安徽師範大學中國詩學研究中心學術專刊

安徽師範大學文學院高峰學科建設經費資助項目

李商隱資料彙編（一）

劉學鍇文集

第三卷

安徽師範大學出版社
ANHUI NORMAL UNIVERSITY PRESS
·蕪湖·

圖書在版編目(CIP)數據

李商隱資料彙編:1—2册 / 劉學鍇,余恕誠,黃世中編. —蕪湖:安徽師範大學出版社,2020.12

(劉學鍇文集;第三卷)

ISBN 978-7-5676-4971-2

Ⅰ.①李… Ⅱ.①劉… ②余… ③黃… Ⅲ.①李商隱(812—約858)—研究資料 Ⅳ.①I206.2

中國版本圖書館CIP數據核字(2020)第260185號

李商隱資料彙編:1—2册

LI SHANGYIN ZILIAO HUIBIAN

劉學鍇　余恕誠　黃世中◎編

責任編輯:胡志恒　吴順安
責任校對:劉　佳
裝幀設計:丁奕奕
責任印製:桑國磊
出版發行:安徽師範大學出版社
蕪湖市北京東路1號安徽師範大學赭山校區　郵政編碼:241000
網　址:http://www.ahnupress.com
發行部:0553-3883578　5910327　5910310(傳真)
印　刷:安徽新華印刷股份有限公司
版　次:2020年12月第1版
印　次:2020年12月第1次印刷
開　本:700 mm × 1000 mm　1/16
印　張:52
字　數:873千字
書　號:ISBN 978-7-5676-4971-2
定　價:280.00圓(全2册)

前言

李商隱是中國詩歌史上最富藝術獨創性的大詩人之一，又是大駢文家。他代表晚唐，而又超越晚唐。隨着研究的逐步深入，他的文學創作的特徵、意義、價值以及在文學史上的地位將越來越被人們所深刻認識。而隨着改革開放與國際文化交流的進展，他的既古典又頗具現代色彩的詩，必將進一步走向世界。這部李商隱研究資料彙編便是適應更多的人瞭解、研究李商隱其人其詩其文的需要而編纂的。

中國歷史上在不少情況下，是文以人存，即文因作者的飛馳之勢得以保存與流傳。但李商隱的情況不是這樣。他的詩、文流傳至今，爲歷代人們推重、傳誦，主要是憑藉其自身的藝術魅力與獨特價值。作爲祖國文化遺産中非常有活力的一份，李商隱詩文在歷代流傳的過程中，不少學者文人傾注了極大的熱情，不斷進行搜集、整理、注釋、評論，使之從詞語到意藴，一方面變得更易於把握理解，另一方面又變得更爲深永豐富。這部資料彙編即大體上反映了自唐末至近代人們對李商隱作品整理研究與理解接受的情況，提供了除詩、文全注本以外較爲豐富的李商隱研究史資料。

從李商隱逝世到明末這八百來年，在李商隱研究史上是一個顯得過長的發軔期。與杜詩、韓文的整理注釋從宋代起就成爲熱門不同，李商隱的詩文創作，在很長的一段時間内，並没有得到足够的重視。宋蔡絛《西清詩話》提到都人劉克嘗注杜子美、李義山詩，元袁桷《清容居士集》提到鄭潛庵曾編《李商隱詩選》，明唐覲《延州筆記》載張文亮有義山詩注，今均不傳。此外，八百年中竟無一部流傳至今的整理研究專著。這主要是内容與形式都相當獨特的義山詩歌，在理學盛行的宋元明三代未能爲自己找到一個有利於接受與認識它的文化學術環境。值得注意的是，最初出現的對李商隱詩品與人品的評論有不少是持否定態度的。唐末李涪攻擊商隱之作『無一言經國，無纖意獎善，唯逞章句』，五代劉昫《舊唐書》商隱本傳多次提到時人對商隱『背恩』『無行』『無特操』『恃才詭激』一類明顯帶有貶意的品評。這種觀點一直有支持者。像南宋張戒從『思無邪』的傳統儒家詩教出發，將商隱視爲『邪思之尤者』，敖陶孫則説李義山詩『如百寶流蘇，千絲鐵網，綺密瓌妍，要非適用』，范晞文指責《龍池》《馬嵬》《曼倩辭》《東阿王》等詩『發乎情止乎禮義之意安在』，都是顯例。大詩人陸游認爲唐人《無題》『率皆杯酒狎邪之語』，雖未必即指或專指商隱《無題》，但『温李真自鄶』的貶辭則明白表示了對綺豔詩風的鄙夷。這種認爲商隱在人品上無特操、詩品上流於綺豔的觀點，成爲長期以來帶有普遍性的傳統觀點。但另一方面，在這一階段也出現了一些對商隱人品、詩品持肯定、贊揚態度的觀點，如黄徹對義山不甘趨奉昏庸長官的正直品格與『扼腕不平』之氣的發現，王安石對商隱『學老杜而得其藩籬』的贊揚，范温對商隱詩蘊含『高情遠意』的揭示，都是獨到而對後世有影響的見解。比較起來，這一階段數量更多的還是對李商隱詩風格與諸方面特徵的評論。這些評論，雖多爲直觀性的片言隻語的品鑒，且多僅言及某一方面，但綜合起來，却可大體窺見義山詩的風貌。如楊億説義山詩『包藴密致』，許顗謂熟讀義山詩可去『作詩淺易鄙陋之氣』，張戒謂『義山多奇趣』，葉夢得謂其詩『精密華麗』似杜，劉克莊謂『義山之作鍛鍊精粹，探幽索微』，元好問贊其詩『精純』，胡應麟謂義山『精深』，都分别揭出義山詩的某種特徵。與此同時，一部分評論者已開始注意到李商隱在咏史、咏物、無題、七律、七絶及藝術手法（如用事）等方面的成就與特點（也包含其缺點），其中如明初楊基對義山無題詩『雖極其穠麗，皆托於臣不忘君之意，而深惜乎才之不遇也』的評論，成爲無題有寄托説的濫觴。對義山詩的影響，朱弁謂黄庭堅『用崑體工夫而造老杜渾成之地』，發現表面似乎相反的文學現象間的内在聯繫，從深層揭示出義山詩對江西詩派的影響。許學夷則從詩、詞的遞嬗演變方面指出『商隱七言古，聲調婉媚，大半入詩餘矣』，均屬不拘於表面形迹的深刻見解。不過從總的傾向看，宋人由於受江西詩派刻意鍛煉的影響和喜歡在小結裹上做文章的習氣，對義山的用典、對仗等實例，反反復復地談得很多，而上升到理論的探討較少。對義山詩中某些偏離傳統詩教的表現，更往往持嚴刻態度。明代詩學有成就，但由於前後七子普遍存在崇盛唐抑中晚的傾向，對晚唐翹楚商隱詩的評論，無論數量、質量都遠不如對盛唐詩的評論。

而一代學風的空疏，又導致對義山詩文的整理箋釋付諸闕如。明末著名唐詩學者胡震亨認爲唐詩『有兩種不可不注。如老杜之用意深婉者，須發明；李賀之譎詭、李商隱之深僻，……並須作注，細與箋釋』，感嘆『商隱一集迄無人能下手，始知實學之難』。這正是有懲於一代學術之空疏而引出的反思與呼喚，預示着下一階段李商隱研究將出現由虛趨實的重大變化。

有清一代，特別是從清初到嘉、道年間，在義山研究史上是一個高峰期。這一階段義山研究最主要的成就，是陸續出現了朱鶴齡、程夢星、姚培謙、屈復、馮浩、錢振倫、錢振常等對玉谿詩與樊南文所作的箋釋考證著作。這些著作中的優秀者，即使在樸學高峰期也屬上乘之作。在他們的前後左右，還出現了一大批選解、選評、選箋的著作。如錢龍惕的《玉谿生詩箋》，吳喬的《西崑發微》，陸昆曾的《李義山詩解》，徐德泓、陸鳴皋的《李義山詩疏》，紀昀的《玉谿生詩説》，姜炳璋的《選玉谿生詩補説》等。此外，在清人詩話、文集、選本、筆記雜著中還有大量有關李商隱研究的資料。特別是如何焯、朱彝尊、錢良擇、胡以梅、趙臣瑗等人的選評選解，賀裳、吳喬、葉燮、沈德潛、管世銘、朱庭珍、林昌彝、施補華、劉熙載等人的詩話著作中，更有許多精到的見解與評論。以上三個層次，構成了清人義山研究的洋洋大觀。即使撇開本編不收的詩文全注本不計，其總數量仍超過自唐末至明末的三倍，研究的範圍與深度，也遠非前一階段可比。清代李商隱研究的空前進展，基於以下三個方面的原因。一是繼明代後期思想解放傾向抬頭之後，清代學者對李商隱詩中不大符合儒家詩教的思想藝術表現，能够給以更多的寬容，甚至能在更高層次上認識到它的價值。如《柳枝五首》，宋葛立方曾斥之云：『天倫同氣之重，共聚於子女揉雜之所，已爲名教之罪人。……又作爲詩章，……遺臭無窮。所謂滅天理窮人欲者無大於此。』而清人除了他們認爲事關君臣大體者外，一般很少對兒女私情持葛氏那種道學家的口誅筆伐式的嚴苛態度。相反，對這組詩能從『效樂府體』的角度，評爲『有《子夜》《讀曲》之遺』，『於生澀中見姿態』。純屬豔情的詩被這樣寬容，那些在綺豔題材中不同程度有所托寓之作，更受到金聖嘆、吳喬、馮班、王夫之、錢曾、朱彝尊、賀裳、錢良擇、何焯等人的普遍贊賞。從表面看，從錢龍惕、朱鶴齡、吳喬到程夢星、馮浩，往往更多强調商隱詩中關心國家命運、寓諷時政的進步傾向及托男女寓君臣、朋友的風騷緒響，觀點仍本乎儒家詩教。但從深層看，對李商隱這樣一個長期以來被視爲無特操、務綺豔的詩人，能打破傳統偏見，發現他的價值，甚至擡到『可與曲江老人相視而笑』的高度，却不能不認爲與明代中葉以來逐漸湧動的思想解放潮流有密切關聯。二是清人在詩學觀念上較前代更强調創新，更能從辯證發展的角度看問題。懲於明前後七子唯宗盛唐的主張與創作上機械模仿、優孟衣冠而乏創造之弊，馮舒、馮班、吴喬、賀裳諸家起而推崇晚唐，發明李商隱詩歌用筆深細、工於比興的特點，以救『瞎盛唐』詩之膚廓空泛。吴喬强調：『三唐人各自作詩，各自用心，寧使體格稍落，而不肯爲前人奴隸。』並進而從創新的觀點出發，提出前人從未談到却又十分精闢的論斷：『唐人能自闢宇宙者，唯李、杜、昌黎、義山。』葉燮則從詩歌藝術代有演進的根本觀點出發，對李商隱七絶的藝術成就作了高度評價：『七言絶句古今推李白、王昌齡。李俊爽，王含蓄，兩人詞、調、意俱不同，各有至處。李商隱七絶寄托深而措辭婉，實可空百代而無其匹也。』這和胡應麟貶晚唐絶之極工者爲『氣韻衰颯，天壤開寶』，可以説是鮮明的對照。吴、葉之論，是清人對李商隱藝術貢獻和詩史地位在更高層次上的發現。而之所以有這種發現，則基於詩學觀念的進步。三是清代樸學興盛，學風嚴謹求實。李商隱詩文用典使事繁多，不少詩用意深隱，如果不在文字上加以詳明的注釋疏通，即使是表層内容也不易讀懂，至於深層内蘊則更須知人論世，揭示背景，體會詩心，方能有較切實的感受與把握。清人以其實學的功底，從開國至道光年間，陸續有朱鶴齡到錢氏兄弟等一系列詩文注本問世。這些注本，以首出的吸取了釋道源與錢龍惕箋注成果的朱注本爲標誌，可以毫不誇張地説，開闢了李商隱詩研究史上的新局面。朱注以後又有馮注，二家的成果無疑是李商隱研究史上的里程碑。朱注成爲以後一系列注本的藍本，收入本編的朱注本序文，就是頭一篇全面論述李商隱其人其詩的極有份量的論文，是運用知人論世方法研究李義山詩的突出例證。馮注則更廣泛吸收前人與同時代人研究成果，在商隱生平事迹與交游考證、典故史實的箋注、詩旨的探求發明等方面，都達到很高水平，是一部集大成之作。通過這些注釋箋證，李商隱詩的可讀面大大擴展了，傳播範圍更大了，詩人的生平遭際與一些政治詩的背景被揭示得更清楚了，李商隱的人品、詩品與詩歌的意義、價值更爲人所知。因此不妨認爲清人對玉谿詩的箋注解説，是李商隱一次被重新認識與發現的過程，同時也爲李商隱詩的深入研究奠定了比較堅實可靠的文獻學基礎。儘管按照體例，本編不收詩、文全注本的具體注解評箋（僅收序跋凡例），但這些功力深厚、考證詳審的著作的輻射力在本編所收清代的資料中隨處可見。由於以上三方面的原因，李商隱研究在清代成果空前豐盛，研究領域達到當時可能達到的各個方面，水平也在前人基礎上有很大提高。

從本編所收清人研究資料看，無論是對玉谿詩的總體性評論或是某類題材、體裁作品的研討，以及對具體作品的藝術評論，都擺脱了前此那種印象式的比較浮泛的品評，而顯得更爲深切具體。除上引吴喬、葉燮那種宏觀上把握玉谿詩在唐詩發展史上的地位、貢獻者外，像『沉博絶麗』『長處在議論感慨』『情深於言，義山所獨』『詩外有詩，寓意深而托興遠』『穠麗之中，時帶沉鬱』『意多沉至，語不纖佻』等評論，都是對義山詩總體風貌深有體認的精到之論。對義山最擅長的七律，明人如許學夷、胡應麟僅以『對多精切，語多穠麗』『填塞故實』目之，而清人如錢良擇、舒位、施補華則能從七律一體的發展史着眼，指出義山七律在此體發展史上的突出地位，以及義山學杜而加以變化、具自己獨特面目之處。對其絶句，魏裔介云：『余嘗嘆服其絶句之妙，以爲有獨至之識，而藴藉宏深，江寧、供奉未能過也。』管世銘云：『李義山用意深微，使事穩愜，直欲於前賢之外，另闢一奇。絶句秘藏，至是盡洩，後人更無可以展拓處也。』與上引葉燮之論可謂後先輝映，異曲同工。對於從宋代以來就談論得很多的義山學杜這個老話題，清人如錢良擇即有更爲具體精微的分析：『義山學杜，其嚴重者得杜之骨，其雄厚者得杜之氣，其微妙者得杜之神。所稍異者，杜無所不有，義山自成一家。杜如天造地設，義山錘煉工勝。此時爲之，亦作者、述者必然之勢也。』對歷來目義山爲綺豔的議論，劉熙載『借色』『真色』『絢中有素』的評語更可説是一語中的之論。此外，對義山的咏史詩、咏物詩、無題詩、悼亡詩，清人都分别有許多精到的見解。這説明清人對玉谿詩的研究已經涉及各個方面。與此同時，在藝術分析、評論方面，金聖嘆、吴喬、馮舒、馮班、王夫之、賀裳、朱彝尊、何焯、錢良擇、趙臣瑗、沈德潛、馮浩、紀昀等都結合具體作品，作了許多精微的闡發。尤其是紀昀《玉谿生詩説》，以其很高的文化修養與藝術素養審視玉谿詩，不僅對具體作品的品鑒分析多真知灼見，辨析入微，而且常常上升到詩歌理論、詩史的高度進行品評，可以説是立足於義山詩藝闡發而能給人以多方面啓發的一部高品位的論詩之作。

李商隱研究中有一些歷代意見紛紜的老問題，同時也是歷代李商隱研究中爲人關注的熱點。如商隱與牛李黨争的關係問題、《無題》及《錦瑟》等詩有無寄托及所寓内容的問題，即是其中突出的兩例。清人對這些問題除繼續予以關注，表現出很大的興趣與熱情外，還較爲普遍地顯示出思路活躍、各抒所見同時又通達寬容的傾向，他們不拘執一端，甚至兼容折衷衆説，反映出當時學術環境較爲健康與富有建設性。以《無題》及《錦瑟》等詩的研討爲例，早在錢龍惕的《大究集》中就提出，「况裙衩脂粉之語，閨房謔浪之事，僅可以意逆志，無庸刻舟求劍」。吴喬《西崑發微》雖力主用寄托與令狐二世恩怨來解説無題，並視此爲發七百年來獨得之秘，但受此説很深影響的馮浩，在具體解説中却採取有分析的態度，承認其中有直賦豔情者。至紀昀更對《無題》中各種不同類型分别加以具體分析，他綜論《無題》的一段話至今仍爲學者所稱引。至於《錦瑟》，則在傳統的寄意令狐家侍人説與咏瑟之適怨清和之外，另立悼亡、自傷以及别開生面的「自題其詩以開卷首」諸説，總數不下幾十種。這衆多的説法雖距離似乎很大，但却反映出研究在不斷深化，而且其間也不是没有可以兼容融貫之處。通過研討，有些主觀臆説、穿鑿附會之論不斷被揚棄，有些有一定依據、較爲合理的意見，逐漸爲多數學者接受，有些具有創造性的領悟，則以其靈心慧感，給人以多種啓發與聯想。這些資料啓示我們，《無題》及《錦瑟》諸詩的意藴也許本來就深廣虚括，不主於一端。讀者聯想與感受的豐富和多端，可能正是其内涵意藴豐富多端的反映。從這一角度看《彙編》中對《無題》《錦瑟》諸詩的解説，也許能在衆説紛紜之中有所發現。

李商隱不僅是大詩人，而且畢生以大部分精力從事四六文的寫作。他的駢散兩體文章，留存至今的有三百五十餘篇，收入馮浩的《樊南文集詳注》和錢振倫、振常兄弟箋注的《樊南文集補編》中。除這兩部專著外，散見於各種文集、選本、文話及筆記等雜著中的，還有一些論樊南文的資料，這也是前代李商隱研究的重要成果。

這部資料彙編，是我們十多年來在編著《李商隱詩歌集解》、選注和撰寫小型評傳及系列研究論文的過程中逐漸積累起來的。其間曾在北京圖書館、中國科學院圖書館、南京圖書館等處查閲鈔輯過有關資料，還託友人在國外複印過當時在國内尚不易查閲的資料。一九九〇年至九二年，我們又集中翻閲了本校圖書館藏景印文淵閣本《四庫全書》集部及四庫外館藏清人文集，計被採輯的著作五百二十餘種，作者四百九十餘人。我們估計明代以後，尤其是清人的研究成果，由於存世文集太多，還會有不少遺漏。但學者們的研究，在學術界也有個接受傳播的問題，可以説歷代有影響的研究成果，除全集注本外，基本上已彙集於此了。搜集資料過程中，安徽師大圖書館古籍部給了許多幫助。陳冠明同志將平時積累的大量有關李商隱的資料卡片提供給我們，彙編中採用了數十條。彭國忠同志也提供了一部分資料。本書的補編部分大部分是由温州師院黄世中先生輯補的。這裏還要特别提到，日本友人森岡緣女士爲我們提供了原藏懷德堂文庫、現歸大阪大學附屬圖書館管理的清代學者徐德泓、陸鳴臯合撰的《李義山詩疏》的複印件，在此特向森岡緣女士及大阪大學附屬圖書館表示感謝。中華書局馬蓉同志從八十年代初起，一直是《李商隱》《李商隱詩歌集解》《李商隱研究資料彙編》的責任編輯，在編輯過程中，從總體規劃，到具體的文字加工，做了大量切實細緻的工作。可以説這部彙編，是集多人勞動的成果。没有大家的共同努力，就難得有今天此編的問世。願這部彙編的出版，能對李商隱研究起到一些應有的作用。

劉學鍇
余恕誠
一九九三年四月於安徽師範大學

凡例

一、本書彙輯從晚唐至近代有關李商隱研究的資料，內容包括：李商隱生平事跡的記述、李商隱佚詩及佚文、李商隱詩歌及駢散文的評論、作品時代背景以及本事的考證、文字典故的詮釋。其中對李商隱詩歌的總評，以及對作品的詮釋、疏解、鑑賞，爲輯集的重點。佚詩及佚文，僅按原書過録，未考證真僞。

二、本書材料來源除一般詩文别集、總集、詩話、筆記、史書、地志、類書等外，還包括李商隱研究的專集、專著。專著中不收詩文全註本的註解、評箋，僅收序、跋、凡例，非全註本的專著，則予收録。

三、本書所收材料，一般截至『五四』時期，並大致依資料的時代先後順序排列。『五四』以後，有些材料比較集中，且對理解具體作品幫助較大，從有利於讀者較全面地掌握李商隱研究資料以及省却翻檢之勞考慮，酌量收録了幾種。

四、有些資料，互相轉述，前後重複，我們適當地作了删汰，但有的因爲年代較早（如宋詩話），有的因大同中有小異，有的因文字互相牽扯，難以分割，作爲資料的輯集，仍然予以保留。

五、本書基本上在同一人名下，彙集了其人在各種著作中有關李商隱的研究資料。但有些著作（如《瀛奎律髓彙評》）彙集了多人的評箋，評箋之間又展開了論辯，難以分割，一般即保存該書原貌，而不再一一析出分至各家名下。

六、本書所輯資料中有顯著的誤字、漏字者，作了必要的改正或補足。各家所引李商隱詩及其他詩人的詩句，有一些與本集不同的異文，多半一仍其舊。

引用書目

八瓊室金石補正　清陸增祥
刊誤　唐李涪　四庫全書本
全唐詩　清彭定求等編　中華書局排印本
全唐詩外編　王重民　孫望　童養年輯録　中華書局排印本
唐詩紀事　宋計有功　四部叢刊本
全唐文　清黃誥等編　中華書局影印本
東觀奏記　五代裴廷裕　叢書集成本
舊唐書　五代劉昫　中華書局點校本
唐摭言　五代王定保　叢書集成本
北夢瑣言　五代孫光憲　上海古籍出版社校點本
小畜集　宋王禹偁　四部備要本
太平廣記　宋李昉　中華書局影印本
册府元龜　宋王欽若　楊億　四庫全書本
西崑酬唱集注　宋楊億輯　今人王仲犖注　中華書局排印本
徂徠石先生文集　宋石介　中華書局點校本

新唐書 宋歐陽修 宋祁 中華書局點校本
無爲集 宋楊傑 四庫全書本
丹淵集 宋文同 四部叢刊本
資治通鑑 宋司馬光 中華書局校點本
中山詩話 宋劉攽 中華書局點校歷代詩話本
灌園集 宋吕南公 四庫全書本
夢溪筆談 宋沈括 戊辰（一九二八）渭南嚴氏校刊本
蘇軾文集 宋蘇軾 中華書局孔凡禮校點本
演山集 宋黄裳 四庫全書本
侯鯖録 宋趙令畤 知不足齋叢書本
後山集 宋陳師道 四部備要本
張右史文集 宋張耒 四部叢刊本
景遇生集 宋晁説之 四庫全書本
嵩山文集 宋晁説之 涵芬樓影印本
王直方詩話 宋王直方 宋詩話輯佚本
冷齋夜話 宋惠洪 津逮秘書本
西清詩話 宋蔡絛 宋詩話輯佚本
古今詩話 宋李頎 宋詩話輯佚本
唐語林 宋王讜 中華書局周勛初校證本

藏海詩話　宋吴可　中華書局點校歷代詩話續編本
河南邵氏聞見後録　宋邵博　叢書集成本
潛溪詩眼　宋范温　宋詩話輯佚本
蔡寬夫詩話　宋蔡居厚　宋詩話輯佚本
金石録　宋趙明誠　四庫全書本
五總志　宋吴坰　知不足齋叢書本
彦周詩話　宋許顗　中華書局點校歷代詩話本
書叙指南　宋任廣　叢書集成本
相山集　宋王之道　四庫全書本
靖康緗素雜記　宋黄朝英　叢書集成本
墨莊漫録　宋張邦基　稗海本
紫薇詩話　宋吕本中　中華書局點校歷代詩話本
童蒙詩訓　宋吕本中　宋詩話輯佚本
雞肋編　宋莊季裕　中華書局點校本
風月堂詩話　宋朱弁　寶顔堂祕笈本
筠溪集　宋李彌遠　四庫全書本
歲寒堂詩話　宋張戒　歷代詩話續編本
碧溪詩話　宋黄徹　歷代詩話續編本
通志　宋鄭樵　光緒廿七年上海圖書集成局排印本

方舟集　宋李石　四庫全書本
西溪叢語　宋姚寬　叢書集成本
韻語陽秋　宋葛立方　歷代詩話本
太倉稊米集　宋周紫芝　四庫全書本
猗覺寮雜記　宋朱翌　武英殿聚珍叢書本
碧雞漫志　宋王灼　知不足齋叢書本
詩事　宋佚名　宋詩話輯佚本
能改齋漫録　宋吴曾　中華書局校點本
藝苑雌黄　宋嚴有翼　宋詩話輯佚本
觀林詩話　宋吴聿　歷代詩話續編本
增修詩話總龜　宋阮閲　四部叢刊本
宣和書譜　宋佚名　四庫全書本
苕溪漁隱叢話　宋胡仔　人民文學出版社校點本
容齋詩話　宋洪邁　叢書集成本
渭南文集　宋陸游　四部叢刊本
劍南詩稿　宋陸游　四部叢刊本
老學庵筆記　宋陸游　中華書局校點本
文忠集　宋周必大　四庫全書本
二老堂詩話　宋周必大　叢書集成本

全唐詩話　舊題宋尤袤（疑廖瑩中）　歷代詩話本
誠齋詩集　宋楊萬里　四部備要本
晦庵先生朱文公文集　宋朱熹　四部備要本
鶴林玉露　宋羅大經　叢書集成本
演繁露續集　宋程大昌　四庫全書本
郡齋讀書志　宋晁公武　萬有文庫本
緯略　宋高似孫　叢書集成本
芥隱筆記　宋龔頤正　續知不足齋叢書本
詩評　宋敖陶孫　叢書集成本
艇齋詩話　宋曾季貍　歷代詩話續編本
拙軒集　宋張侃　四庫全書本
密齋筆記　宋謝采伯　四庫全書本
澗泉集　宋韓淲　四庫全書本
漫塘集　宋劉宰　四庫全書本
西山文集　宋真德秀　四庫全書本
羣書考索續集　宋章如愚　四庫全書本
後村先生大全集　宋劉克莊　四部叢刊本
後村詩話　宋劉克莊　中華書局點校本
野客叢書　宋王楙　稗海本

雲麓漫鈔　宋趙彦衛　古典文學出版社排印本
竹莊詩話　宋何汶　中華書局點校本
直齋書録解題　宋陳振孫　武英殿聚珍版叢書本
履齋示兒編　宋孫奕　知不足齋叢書本
蒙齋集　宋袁甫　四庫全書本
坦齋通編　宋邢凱　四庫全書本
竹溪鬳齋十一稿續集　宋林希逸　四庫全書本
浩然齋雅談　宋周密　武英殿聚珍版叢書本
樂府指迷　宋沈義父　人民文學出版社蔡嵩雲箋釋本
滄浪詩話　宋嚴羽　人民文學出版社郭紹虞校釋本
懷古録校注　宋陳模　中華書局鄭必俊校注本
古今合璧事類　宋謝維新　四庫全書本
詩人玉屑　宋魏慶之　中華書局校點本
臆乘　宋楊伯喦　叢書集成本
對牀夜語　宋范晞文　歷代詩話續編本
南宋群賢小集　讀畫齋刊本
寶刻叢編　宋陳思　四庫全書本
寶刻類編　宋佚名　四庫全書本
滹南遺老集　金王若虚　四部叢刊本

中州集　金元好問　四部叢刊本
遺山先生文集　金元好問　四部叢刊本
元遺山詩集　金元好問　人民文學出版社施國祁箋注本
剡源戴先生文集　元戴表元　四部叢刊本
瑟譜　元熊朋來　叢書集成初編本
桐江續集　元方回　四庫全書本
瀛奎律髓彙評　元方回選評　李慶甲彙評　上海古籍出版社排印本
陵川集　元郝經　四庫全書本
静修續集　元劉因　四庫全書本
牧庵集　元姚燧　四庫全書本
資治通鑑（注）　元胡三省　中華書局點校本
隱居通議　元劉壎　讀畫齋叢書本
清容居士集　元袁桷　四部備要本
木天禁語　元范梈　歷代詩話本
詩學禁臠　元范梈　歷代詩話本
唐才子傳　元辛文房　中華書局傅璇琮等校箋本
元人十種詩　毛晉輯涵芬樓影印汲古閣本
吴禮部詩話　元吴師道　歷代詩話續編本
東維子集　元楊維楨　四庫全書本

宋史　元脱脱等　中華書局點校本
句曲外史貞居先生詩集　元張雨　四部叢刊本
九靈山房集　元戴良　四部叢刊本
輟耕録　元陶宗儀　四庫全書本
蓮堂詩話　元祝誠　叢書集成本
硯北雜志　元陸友人　筆記大觀本
文憲集　明宋濂　四庫全書本
王忠文集　明王禕　四庫全書本
歸田詩話　明瞿佑　歷代詩話續編本
唐詩品彙　明高棅　上海古籍出版社影印本
眉菴集　明楊基　四庫全書本
瓊臺先生詩話　明蔣冕　許自昌校抄本
椒邱文集　明何喬新　四庫全書本
懷星堂集　明祝允明　四庫全書本
沙溪集　明孫緒　四庫全書本
儼山集　明陸深　四庫全書本
麓堂詩話　明李東陽　歷代詩話續編本
餘冬詩話　明何孟春　叢書集成本
南濠詩話　明都穆　歷代詩話續編本

七修類稿　明郎瑛　中華書局校點本
升菴詩話　明楊慎　歷代詩話續編本
藝林伐山　明楊慎　叢書集成本
詞品　明楊慎　人民文學出版社校點本
丹鉛雜録　明楊慎　叢書集成本
四溟詩話　明謝榛　歷代詩話續編本
李開先集　明李開先　中華書局上海編輯所校點本
戒庵老人漫筆　明李詡　中華書局校點本
墨卿談乘　明張懋修　上海古籍書店影印本
四友齋叢説　明何良俊　中華書局校點本
藝苑巵言　明王世貞　歷代詩話續編本
續玉笥詩談　明朱孟震　叢書集成本
鴻苞　明屠隆　茅元儀刻本
騷壇祕語　明周履靖　叢書集成本
重訂唐詩歸　明鍾惺　譚元春　六友齋重訂本
詩藪　明胡應麟　中華書局上海編輯所校點本
少室山房筆叢　明胡應麟　中華書局校點本
少室山房集　明胡應麟　四庫全書本
詩源辯體　明許學夷　人民文學出版社校點本

袁宏道集　明袁宏道　上海古籍出版社箋校本
湧幢小品　明朱國楨　中華書局上海編輯所點校本
曲律　明王驥德　中國古典戲曲論著集成本
唐音癸籤　明胡震亨　古典文學出版社校點本
唐音戊籤　明胡震亨　康熙二十四年刊本
玉芝堂談薈　明徐應秋　筆記大觀本
通雅　明方以智　浮山此藏軒刊本
詩鏡總論　明陸時雍　歷代詩話續編本
唐詩鏡　明陸時雍　四庫全書本
唐詩選脉箋釋會通評林　明周敬　周珽　崇禎乙亥刊本
删訂唐詩解　明唐汝詢解　清吴昌祺删訂　康熙刊本
逸老堂詩話　明俞弁　歷代詩話續編本
識餘　明惠康野叟　筆記大觀本
延州筆記　明唐覲　古今説部本
木几冗談　明彭汝讓　叢書集成本
貫華堂選批唐才子詩　清金聖嘆　浙江古籍出版社排印本
初學集　清錢謙益　四部叢刊本
有學集　清錢謙益　四部叢刊本
唐詩箋注　題作李攀龍　鍾惺選評　錢謙益箋釋　嵩秀堂藏板

定山堂詩集　清龔鼎孳　龔氏瞻麓齋重校刊本
玉溪生詩箋　清錢龍惕　日本静嘉堂文庫藏本
大究集　清錢龍惕　清刊本（殘本）
李義山詩集箋註　清朱鶴齡　順治刻本
愚菴小集　清朱鶴齡　四庫全書本
李義山詩集補註　清朱鶴齡　上海師大藏本
詩筏　清賀貽孫　清詩話續編本
唐詩叩彈集　清杜詔　杜庭珠　采山亭藏板
鈍吟雜録　清馮班　澤古齋重鈔本
鈍吟文稿　清馮班　鈍吟老人遺稿本
二馮評閲才調集　清馮舒　馮班　汪氏垂雲堂寫刻本
梅村詩話　清吴偉業　清詩話本
南雷文定　清黄宗羲　四部備要本
西崑發微　清吴喬　叢書集成本
圍爐詩話　清吴喬　清詩話續編本
唐詩快　清黄周星　康熙刊本
晚唐詩善鳴集　清陸次雲　康熙懷古堂刻本
田間文集　清錢澄之　宣統二年錢氏振風學社校印本
金石文字記　清顧炎武　四庫全書本

蠖齋詩話　清施閏章　清詩話本
學餘堂文集　清施閏章　四庫全書本
唐詩評選　清王夫之　船山遺書本
夕堂永日緒論　清王夫之　人民文學出版社校印本
兼濟堂文集　清魏裔介　四庫全書本
春酒堂詩話　清周容　清詩話續編本
抱真堂詩話　清宋徵璧　清詩話續編本
古今詞論　清王又華　詞話叢編本
遠志齋詞衷　清鄒祗謨　詞話叢編本
歷代詞話　清王弈清等　詞話叢編本
林蕙堂全集　清吴綺　四庫全書本
詩辯坻　清毛先舒　清詩話續編本
唐詩摘抄　清黄生　康熙辛丑是亦山房刊本
唐七律選　清毛奇齡　王錫　康熙刊本
堯峯文鈔　清汪琬　四庫全書本
午亭文編　清陳廷敬　四庫全書本
原詩　清葉燮　清詩話本
讀書敏求記　清錢曾　叢書集成本
曝書亭集　清朱彝尊　四部叢刊本

靜志居詩話　清朱彝尊　嘉慶間扶荔山房刊本
朱彝尊評點李義山詩集　據黄永年藏過録本
讀書堂杜工部詩集註解　清張溍　康熙三十七年刊本
唐詩鼓吹評註　清王清臣　陸貽典（附明廖文炳解）上海文明書局石印本
歷代詩話　清吴景旭　中華書局校點本
帶經堂詩話　清王士禛　人民文學出版社校點本
漁洋山人精華録　清王士禛　四庫全書本
花草蒙拾　清王士禛　昭代叢書本
漫堂説詩　清宋犖　清詩話本
古歡堂雜著　清田雯　清詩話續編本
古歡堂集　清田雯　四庫全書本
峴齋詩談　清張謙宜　清詩話續編本
蓮洋詩鈔　清吴雯　四庫全書本
三家評註李長吉歌詩　清王琦等評註　中華書局上海編輯所排印本
唐音審體　清錢良擇　光緒癸未知不足齋刻本
嚴太僕文集　清嚴虞惇　光緒癸未重刊常熟嚴氏藏版
柳亭詩話　清宋長白　康熙乙酉刊本
聖祖仁皇帝御製文　清愛新覺羅・玄燁　四庫全書本
古文淵鑒　清愛新覺羅・玄燁選　徐乾學等編注　四庫全書本

義門讀書記　清何焯　乾隆三十一年蔣元益序刊本
寒廳詩話　清顧嗣立　清詩話本
温飛卿詩集箋註　清顧嗣立　四部備要本
存研樓文集　清儲大文　四庫全書本
玉溪生詩意　清屈復　乾隆四年芝古堂刊本
唐詩成法　清屈復　乾隆間刊本
澄懷園詩選　清張廷玉　乾隆間刊本
載酒園詩話　清賀裳　清話續編本
皺水軒詞筌　清賀裳　詞話叢編本
湯子遺書　清湯斌　同治九年刊本
古今詞話　清沈雄　詞話叢編本
後山集　清王原　清趙駿烈刻本
歷代詩發　清范大士　康熙壬寅虚白山房刊本
唐詩貫珠串釋　清胡以梅　康熙乙未素心堂板
助字辨略　清劉淇　中華書局重印本
而菴説唐詩　清徐增　乾隆文茂堂刊本
山滿樓箋注唐詩七言律　清趙臣瑗　康熙間山滿樓刊本
此木軒唐五言律七言律讀本　清焦袁熹　此木軒全集本
李義山詩疏　清徐德泓　陸鳴皋　清雍正甲辰刊本

李義山詩集箋注（藥轉錦瑟箋） 清徐夔 轉引自復旦大學出版社《中國古代文學叢考》第一輯
唐詩繹 清楊逢春 乾隆紉香書屋藏板
唐詩箋要 清吴瑞榮 乾隆金陵三樂齋刻本
李義山詩解 清陸昆曾 上海書店影印本
蘭叢詩話 清方世舉 清詩話續編本
天禄識餘 清高士奇 古今説部叢書本
説詩晬語 清沈德潛 清詩話本
唐詩别裁 清沈德潛 中華書局影印本
訂譌雜録 清胡鳴玉 叢書集成本
讀杜心解 清浦起龍 中華書局點校本
貞一齋詩話 清李重華 清詩話本
五代詩話 清鄭方坤 四庫全書本
古唐詩合解 清王堯衢 狀元閣印本
柳南隨筆 續筆 清王應奎 中華書局點校本
冬心先生集 清金農 上海古籍出版社點校本
野鴻詩的 清黄子雲 清詩話本
蓮坡詩話 清查爲仁 清詩話本
鄭板橋集 清鄭燮 上海古籍出版社點校本
道古堂文集 清杭世駿 清乾隆壬子刊本

榕城詩話　清杭世駿　叢書集成本
訂訛類編　清杭世駿　劉氏嘉業堂叢書本
西圃詩説　清田同之　清詩話續編本
西圃詞説　清田同之　詞話叢編本
唐堂集　清黄之雋　乾隆六年序刻本
御製詩四集　清愛新覺羅・弘曆　四庫全書本
唐宋詩醇　清愛新覺羅・弘曆　四庫全書本
唐宋文醇　清愛新覺羅・弘曆　四庫全書本
唐詩觀瀾集　清李因培　乾隆二十四年刊本
唐詩三百首　清孫洙　文學古籍刊行社本
詩學纂聞　清汪師韓　清詩話本
一瓢詩話　清薛雪　清詩話本
秋窗隨筆　清馬位　清詩話本
李義山詩集箋註　清姚培謙　乾隆四年松桂讀書堂刊本
重訂李義山詩集箋註　清程夢星　乾隆八年汪增寧今有堂刻本
元詩選　清顧奎光　乾隆十六年序刊本
唐詩類釋　清臧岳　乾隆二十四年重印本
集虚齋學古文　清方棨如　光緒十年重刊本
才調集補註　清殷元勳等　乾隆二十九年序本

隨園詩草　清邊連寶　乾隆乙未刊本
詩法易簡録　清李瑛　道光壬午刊本
精選七律耐吟集　清梅成棟　清刊本
玉谿生詩集箋註（初刊本）　清馮浩　北京圖書館藏王鳴盛手批本
蛾術編　清王鳴盛　商務印書館排印本
隨園詩話　清袁枚　人民文學出版社校點本
詩學全書　清袁枚　上海華美書局石印本
小倉山房文集　清袁枚　文明書局石印本
燕在閣唐絶句選　清王棠　清刊本
玉谿生詩説　清紀昀　朱記榮校刊本
紀河間詩話　清紀昀　光緒辛丑安樂延年堂刊本
删正二馮評閲才調集　清紀昀　鏡烟堂十種本
四庫全書總目提要　清紀昀等　中華書局影印本
瀛奎律髓刊誤　清紀昀　嘉慶五年刊本
紀文達公集　清紀昀　嘉慶十七年刊本
陔除叢考　清趙翼　乾隆庚戌湛貽堂本
甌北詩話　清趙翼　清詩話續編本
詩學源流考　清魯九皋　清詩話續編本
忠雅堂全集·評選四六法海　清蔣士銓　成都清刊本

潛研堂文集　清錢大昕　四部叢刊本
十駕齋養新録　清錢大昕　四部備要本
唐賢清雅集　清張文蓀　清精抄本
春融堂集　清王昶　嘉慶塾南書舍刻本
今體詩鈔　清姚鼐　上海古籍出版社標點本
拜經樓詩話　清吴騫　清詩話本
小瀰草堂雜論詩　清牟願相　清詩話續編本
趙秋谷所傳聲調譜　清翁方綱　清詩話本
七言詩平仄舉隅　清翁方綱　清詩話本
石洲詩話　清翁方綱　清詩話續編本
復初齋文集　清翁方綱　道光重刊本
劍谿説詩　清喬億　清詩話續編本
抱經堂文集　清盧文弨　四部叢刊本
札樸　清桂馥　商務印書館排印本
文史通義　清章學誠　上海古籍出版社點校本
讀雪山房唐詩鈔序例　清管世銘　清詩話續編本
韞山堂詩集　清管世銘　光緒辛卯存厚堂刊本
過庭録　清宋翔鳳　中華書局排印本
蒓鄉詩鈔　清金夢熊　乾隆五十三年序刻本

北江詩話　清洪亮吉　叢書集成本
杜詩鏡銓　清楊倫　上海古籍出版社重印本
梧門詩話　清法式善　亦讀書堂鈔本
履園譚詩　清錢泳　清詩話本
國朝漢學師承記　清江藩　道光丁亥刊本
左海駢文　清陳壽祺　嘉慶辛酉刊本
絳跗草堂詩　清陳壽祺　嘉慶辛酉刊本
戴簡恪公遺集　清戴敦元　清刊本
玉山草堂集　清錢林　道光十五年刊本
甚原詩説　清冒春榮　清詩話續編本
静居緒言　清闕名　清詩話續編本
揅經室集　清阮元　四部叢刊本
小滄浪筆談　清阮元　叢書集成本
定香亭筆談　清阮元　光緒甲申刊本
瓶水齋詩集　清舒位　光緒十二年刊本
瓶水齋詩話　清舒位　光緒十二年刊本
小萬卷齋詩稿　清朱琦　光緒十一年重刊本
昭昧詹言　清方東樹　人民文學出版社點校本
方植之全集　清方東樹　光緒年間刊本

夫椒山館詩　清周儀暐　民國壬午排印本
消寒詩話　清秦朝釪　清詩話本
選玉谿生詩補説　清姜炳璋　南開大學出版社排印本
漢詩總説　清費錫璜　清詩話本
巢村筆談　清龔煒　中華書局排印本
雨村詩話　清李調元　清詩話續編本
玉谿生詩箋註　清馮浩　四部備要本
孟亭居士詩稿　清馮浩　嘉慶七年刊本
樊南文集詳註　清馮浩　四部備要本
網師園唐詩箋　清宋宗元　乾隆三十二年刊本
全唐詩話續編　清孫濤　清詩話本
唐律消夏録　清顧安　清何文煥重刻本
龍性堂詩話　清葉矯然　清詩話續編本
詞綜偶評　清許昂霄　詞話叢編本
史記志疑　清梁玉繩　中華書局排印本
南野堂筆記　清吴文溥　嘉慶間袖珍本
炙硯瑣談　清湯大奎　乾隆五十七年亦有生齋本
藝芸館詩鈔　清王世錦　乾隆壬子序本
吴興詩話　清戴璐　嘉慶元年嘉業堂刊本

古文分類集評　清于在衡　于光華　嘉慶辛酉刊本
淵雅堂外集　清王芑孫　嘉慶三年序刊本
四六叢話　清孫梅　嘉慶三年刊本
鳳巢山樵求是録　清吴慈鶴　嘉慶庚午序刊本
合肥學舍札記　清陸繼輅　道光十六年刊本
崇百藥齋文集　清陸繼輅　嘉慶二十五年刊本
覺生詩鈔　清鮑桂星　嘉慶刊本
退庵隨筆　清梁章鉅　清詩話續編本
小倦游閣詩集　清包世臣　黄山書社點校本
雙硯齋筆記　清鄧廷楨　光緒丙申刊本
國朝詩話　清楊際昌　清詩話續編本
養一齋詩話　清潘德興　清詩話續編本
唐人七言絶句批鈔　清陳廣專　清刊本
識小録　清姚瑩　黄山書社校點本
東溟文集　清姚瑩　道光十三年李兆洛序本
詩比興箋　清陳沆　中華書局上海編輯所排印本
有正味齋駢文　清吴錫麒　嘉慶十三年刊本
靈芬館雜著　清郭麐　嘉慶十三年刊本
柏梘山房詩集　清梅曾亮　咸豐三年培根堂刊本

龔自珍全集　清龔自珍　上海人民出版社校點本
曹集詮評　清丁晏　文學古籍刊行社排印本
賜綺堂集　清覺羅長麟　嘉慶十七年序本
石園詩話　清余成教　清詩話續編本
老生常談　清延君壽　清詩話續編本
蓮子居詞話　清吴衡照　詞話叢編本
詩娱堂初集　清黄安濤　嘉慶二十五年序本
匏廬詩話　清沈濤　槜李遺書本
李義山詩集輯評　清沈厚塽輯　廣州書局本
春草堂詩集　清謝堃　道光二十五年刊本
春草堂詩話　清謝堃　道光刊本
十二筆舫筆録　清李兆元　道光壬午刻本
考田詩話　清喻文鏊　冶存甫　道光年間掣筆山房刊本
小清華園詩談　清王壽昌　清詩話續編本
三家詩論　清尚鎔　清詩話續編本
瑀琈山房詩稿　清王志湉　道光丁亥序刊本
王曉堂雜著　清王曉堂　道光辛卯鵲華館刊本
輟鍛録　清方南堂　清詩話續編本
花仙劫圖　清汪作霖　道光十五年序刊本

兩般秋雨盦隨筆　清梁紹壬　道光十七年刊本
唐賢小三昧續集　清周咏棠　精抄本
樸學齋筆記　清盛大士　民國庚申嘉業堂刊本
登科記考　清徐松　中華書局點校本
豔雪堂詩集　清張晉　道光戊戌香雪庵藏板
雲左山房詩抄　清林則徐　光緒丙戌刊本
希古堂文存　清黄炳堃　民國二十年刊
竹林答問　清陳僅　清詩話續編本
問花樓詩話　清陸鎣　清詩話續編本
問花樓詞話　清陸鎣　詞話叢編本
意苕山館詩稿　清陸嵩　道光癸卯序刊本
小匡説詩　清梁邦俊　道光戊申刊本
澗東集　清彭藴章　道光元年刊本
躬厚堂集　清張金鏞　同治五年序刊本
邃懷堂詩集　清袁翼　光緒十四年刊本
大梅山館集　清姚燮　咸豐四年大梅山館刊本
唐七律詩抄　清曹毓德　抄本
儀宋堂文外集　清吳嘉淦　咸豐元年刊本
重論文齋筆録　清王端履　筆記小説大觀本

十八家詩鈔　清曾國藩　四部備要本
曾文正公詩集　清曾國藩　傳忠書局同治十三年刊本
韻學源流　清莫友芝　貴陽文通書局民國十三年版
思益堂日札　清周壽昌　光緒十四年刊本
唐詩三百首續選　清于慶元　道光間刊本
藝概　清劉熙載　上海古籍出版社排印本
射鷹樓詩話　清林昌彝　咸豐元年家刻本
海天琴思録　清林昌彝　同治己巳富文齋刊本
通齋詩話　清蔣超伯　光緒乙卯宜秋館刊本
停雲閣詩話　清李家瑞　咸豐乙卯刊本
小滄浪詩話　清張燮承　咸豐九年刊本
筱園詩話　清朱庭珍　清詩話續編本
詩志堂詩集　清譚瑩　咸豐十一年刊本
樊南文集補編　清錢振倫　錢振常箋註　上海古籍出版社排印本
煮藥漫鈔　清葉煒　光緒十七年刊本
小匏庵詩話　清吴仰賢　光緒八年俞樾序本
遜學齋文鈔　清孫衣言　同治二年序刊本
退庵詩話　清何日愈　光緒九年刊本
粟香隨筆　清金武祥　光緒二十一年刊本

戊戌六君子遺集　張元濟編　一九一七年商務印書館排印本
峴傭説詩　清施補華　清詩話本
越縵堂詩話　清李慈銘　商務印書館排印本
越縵堂讀書記　清李慈銘　民國十八年北平圖書館排印本
越縵堂讀書簡端記　清李慈銘　中華書局排印本
悔餘庵詩文集　清何栻　同治壬戌序刊本
俞俞齋詩稿　清史念祖　光緒丙申桂林刊本
復堂詞話　清譚獻　詞話叢編本
湘綺樓説詩　清王闓運　民國二十三年成都日新社初版本
張文襄公全集　清張之洞　民國二十六年北平刊本
桐城先生評點唐詩鼓吹　清吴汝綸　南宫邢氏刻本
曾惠敏公文集　清曾紀澤　光緒癸巳鉛印本
澗于日記　清張佩綸　澗于草堂石印本
訥盦類稿　清李恩綬　民國甲子横山草堂刊本
久芬室詩集　清鄭襄　光緒乙未刊本
澹仙詩話　清趙德襄　清刊本
蓼園詞評　清黄氏　詞話叢編本
詞學集成　清江順詒　詞話叢編本
賭棋山莊詞話　清謝章鋌　詞話叢編本

蒿庵論詞　清馮煦　詞話叢編本
白雨齋詞話　清陳廷焯　詞話叢編本
靈僊館詩鈔　清胡念修　光緒二十六年序刊本
彊村老人評詞　清朱祖謀　詞話叢編本
夢痕館詩話　清胡薇元　玉津閣叢書本
純常子枝語　清文廷式　廣陵揚州古籍刊行社本
夢紅豆村詩集　清黄大華　民國刊本
知白齋詩鈔　清江人鏡　光緒間刊本
楚天樵語　清張清標　光緒十八年漢川甑山書院刊本
鐵琴銅劍樓藏書目録　清瞿鏞　誦芬室刊本
鄭堂讀書記　清周中孚　萬有文庫本
曼殊沙館初集　清程士經　民國三十二年武昌刊本
吟林綴語　清戴文選　光緒間刊本
嘯古堂詩集　清蔣敦復　清刊本
静學廬逸筆　清施文銓　安吉施氏遺著　光緒十七年刊本
姜露庵雜記　清施山　申報館叢書餘集　光緒中申報館排印本
鶴道人論詞書　清鄭文焯　國粹學報六十六期
左庵詞話　清李佳　詞話叢編本
日貫齋塗説　清錢同書　清人説薈初集本

東澗老人寫校本李商隱詩集跋　清蔣斧　宣統元年影印本
中國歷代文派沿革録　清池虬　温州光緒三十四年石印本
東目館詩見　清胡壽芝　有脩然處藏板
飲冰室文集　清梁啓超　中華書局排印本
雲在山房類稿　清楊壽枏　民國十九年刊本
三唐詩品　清宋育仁　考雋堂刊本
味静齋詩存　清徐嘉　清刊本
小雅樓詩集　清鄧方　清刊本
蕙櫋雜記　清嚴元照　峭帆樓叢書本
雪橋詩話　清楊鍾羲　吴興劉氏求恕齋叢書本
石遺室文集　清陳衍　民國二年刊本
石遺室詩話　清陳衍　商務印書館民國二十四年印本
續杜工部詩話　清蔣瑞藻　古今文藝叢書本
蕙風詞話　清況周頤　詞話叢編本
詞徵　清張德瀛　詞話叢編本
詞論　清張祥齡　詞話叢編本
文學研究法　清姚永樸　黄山書社安徽古籍叢書本
定厂詩話　清由雲龍　民國二十年刊本
浩山集　清歐陽述　丙辰（一九一六）刊本

詩境淺説　詩境淺説續編　清俞陛雲　上海書店影印本
詩學淵源　清丁儀　民國十九年印本
詞説　清蔣兆蘭　詞話叢編本
詩學　黄節　北京大學出版部民國十一年印本
南北文學不同論　劉師培　國粹學報第一年九期
左盦集　劉師培　民國十七年修綆堂刊本
人境廬詩草箋註　清黄遵憲著　錢仲聯箋註　商務印書館排印本
二硯齋詩集　葉堯階　民國十五年石印本
唐宋詩舉要　高步瀛　上海古籍出版社排印本
李義山詩偶評　黄侃　中華文史論叢一九八一年三輯
唐詩評註讀本　王文濡等　上海文明書局印本
玉溪生詩箋舉例　汪辟疆　中華文史論叢第四期
著硯樓書跋　潘景鄭　古典文學出版社排印本
聆風簃詩　黄濬　民國三十年刊本
談藝録　錢鍾書　中華書局排印本
管錐編　錢鍾書　中華書局排印本
宋詩選註　錢鍾書　人民文學出版社排印本
李商隱選集　周振甫　上海古籍出版社一九八六年版

補編

南部新書　宋錢易　叢書集成本
宋景文公筆記　宋宋祁　説郛本
宋朝事實類苑　宋江少虞　上海古籍出版社排印本
廣川書跋　宋董逌　叢書集成本
默記　宋王銍　商務印書館影印本
學林　宋王觀國　湖海樓叢書本
詩律武庫　宋吕祖謙
四六談麈　宋謝伋　叢書集成本
緯略　宋高似孫　叢書集成本
道山清話　宋王□　叢書集成本
鼠璞　宋戴埴　叢書集成本
三體詩法　宋周弼　轉引自程夢星《重訂李義山詩集箋註》附録
解頤新語　宋范處義　同右
胡刻謝注唐詩絶句　宋謝枋得　浙江古籍出版社排印本
愛日齋叢鈔　宋葉寘　守山閣叢書本
詩林廣記　宋蔡正孫　中華書局排印本

敬齋古今黈　元李治　叢書集成本
水東日記　明葉盛　中華書局排印本
菊坡叢語　明單宇　轉引自程夢星《重訂李義山詩集箋註》
震澤長語　明王鏊　説郛續編本
夢蕉詩話　明游潛　轉引自程夢星《重訂李義山詩集箋註》
名賢詩評　明俞允文　同右
戲瑕　明錢希言　叢書集成本
學古緒言　明婁堅　轉引自《全唐文紀事》
詩話類編　明王昌曾　轉引自程夢星《重訂李義山詩集箋註》
巵林　明周嬰　叢書集成本
疑雲集　明王彦泓　上海國學保存會印本
十笏草堂集　清王士禄
榕村語録續編　清李光地　光緒黄家鼎重刊本
李義山文集箋註　清徐炯　徐樹穀　花谿草堂刻本
管城碩記　清徐文靖　轉引自《全唐文紀事》
東皋草堂評《唐詩鼓吹》　清朱東皋　康熙有客堂刻本
詠物詩選　清俞琰　成都古籍書店重排本
緩堂詩話　清顧貽禄　乾隆丁巳刻本
古今論詩絶句輯注　清宗廷輔　清坊刻本

陶廬雜録　清法式善　中華書局排印本
臨水莊詩話　清丁繁滋　嘉慶刻本
小知録　清陸鳳藻　上海古籍出版社排印本
全唐文紀事　清陳鴻墀　上海古籍出版社排印本
唐詩三百首注疏　清章燮　浙江人民出版社排印本
藥欄詩話　清嚴廷中　雲南叢書本
癸巳存稿　清俞正燮　叢書集成本
不下帶編　清金埴　中華書局排印本
唐宋千家聯珠詩格　清于濟　日本天保二年東都書林重刻本
捫燭脞存　清陳僅　咸豐繼雅堂刻本
唐絶詩鈔注略　清趙彦傳　同治補讀齋刻本
霞外攟屑　清平步青　上海古籍出版社排印本
跋三唐人集　清邵淵耀
有不爲齋隨筆　清光聰諧　光緒丁亥刻本
手批唐詩選　清王闓運　上海古籍出版社影縮本
玉溪生詩説　清閔萃祥
許廎學林　清末民初胡玉縉　中華書局排印本
小招隱館談藝録　清末民初王禮培　船山學社排印本

媿生叢録　清末民初李詳　國粹學報排印本

今古詩範　清末民初吴闓生　文學社刻本

萬首論詩絶句　郭紹虞　錢仲聯　王遽常編　人民文學出版社排印本

目錄

三　金元

四　明代

五 清代

六　近代

補編

〔宋〕

一 唐 五代

喻 鳧

【贈李商隱】羽翼恣搏扶，山河使筆驅。月疏吟夜桂，龍失詠春珠。草細盤金勒，花繁倒玉壺。徒嗟好章句，無力致前途。（《全唐詩》卷五百四十三）

薛 逢

【重送徐州李從事商隱】曉乘征騎帶犀渠，醉別都門慘袂初。蓮府望高秦御史，柳營官重漢尚書。斬蛇澤畔人煙曉，戲馬臺前樹影疏。尺組挂身何用處？一作『説』。古來名利盡邱墟。（《全唐詩》卷五百四十八）

李 郢

【送李商隱侍御奉使入關】梁園相遇管絃中，君踏仙梯我轉蓬。《白雪》詠歌人似玉，青雲頭角馬生風。相逢幾日虛懷待，賓幕連期醉蝶同。如有扁舟棹歌思，題詩時寄五湖東。（童養年輯全唐詩續補遺卷十二）

【板橋重送】梁苑城西蘸水頭，玉鞭公子醉風流。幾多紅粉低鬟恨，一部《清商》駐拍留。王事有程須仃仃，客

身如夢正悠悠。洛陽津畔逢神女，莫墜金樓醉石榴。（同上）

【贈李商隱贈佳人】金珠約臂近笄年，秋月嫦娥漢浦仙。雲髮膩垂香採妥，黛眉愁入翠連娟。花庭避客鳴環珮，鳳閣持杯泥管絃。聞道彩鸞三十六，一雙雙映碧池蓮。（同上）

温庭筠

【秋日旅舍寄義山李侍御】一水悠悠隔渭城，渭城風物近柴荆。寒蛩乍響催機杼，旅雁初來憶弟兄。自爲林泉牽曉夢，不關砧杵報秋聲。子虚何處堪消渴，試向文園問長卿。（《全唐詩》卷五百八十三）

崔珏

【哭李商隱二首】成紀星郎字一作『李』。義山，適歸黄一作『高』。壤抱長嘆。詞林枝葉三春盡，學海波瀾一夜乾。風雨已吹燈燭滅，姓名長在齒牙寒。只應一作『應遊』。物外攀琪樹，便着霓裳上絳壇。一作『蜺衣上玉壇』。（其一）

虚負凌雲萬丈才，一生襟抱未曾一作『嘗』。開。鳥啼花落一作『發』。人何在，竹死桐枯鳳不來。良馬足因無主踠，舊交心爲絶絃哀。九泉莫嘆三光隔，又送文星入夜臺。（其二）（《全唐詩》卷五百九十一）

皮日休

【松陵集序（節録）】古之士窮達必形於歌詠，苟欲見乎志，非文不能宣也，於是爲其詞。詞之作，固不能獨善，必須人以成之。昔周公爲詩以貽成王，吉甫作頌以贈申伯，詩之酬贈，其來尚矣。後每爲詩，必多以斯爲事。咸通七年，今兵部令狐員外在淮南，今中書舍人弘農公守毗陵，日休皆以詞獲幸，悉蒙以所製命之和，各盈編軸，亦有名其首者。十年，大司諫清河公出牧於吴，日休爲部從事。居一月，有進士陸龜蒙字魯望者，以其業見造，凡數編，其才之變，真天地之氣也。近代稱温飛卿、李義山爲之最，俾生參之，未知其孰爲之後先也？（計有功《唐詩紀事》卷六十四引）

陸龜蒙

【後蝨賦并序】余讀玉谿生《蝨賦》，有就顔避跖之嘆，似未知蝨，作《後蝨賦》以矯之：衣緇守白，髮華守黑。不爲物遷，是有恒德。小人趨時，必變顔色。棄瘠逐腴，乃蝨之賊。（《全唐文》卷八〇〇）

【書李賀小傳後】玉溪生傳李賀，字長吉，常時旦日出遊，從小奚奴，騎駏驢，背一古破錦囊，遇有所得，即書投囊中，暮歸足成其文。余爲兒時，在溧陽。聞白頭書佐言：孟東野貞元中以前秀才家貧受溧陽尉。溧陽昔爲平陵縣，南五里有投金瀨。瀨南八里許，道東有故平陵城，周千餘步，基趾坡陁，裁高三四尺，而草木勢甚盛，率多大櫟，合數十抱，藂篠蒙翳，如塢如洞。地窪下積水沮洳，深處可活魚鼈輩，大抵幽邃岑寂，氣候古澹可喜，除里民樵罩外，無入者。東野得之忘歸，或比日，或間日，乘驢領小吏，經驀投金渚一往。至則蔭大櫟，隱岩篠，坐於積水之傍，苦吟到日西而還，爾後衮衮去。曹務多弛廢，令季操卞急，不佳東野之爲，立白上府，請以假尉代東野，分其俸以給之，東野竟以窮去。吾聞淫畋漁者謂之暴天物，天物既不可暴，又可抉擿刻削露其情狀乎？使自萌卵至於槁死，不能隱伏，天能不致罰耶？長吉夭，東野窮，玉溪生官不掛朝籍而死，正坐是哉！正坐是哉！（同上書卷八〇一）

温　憲

【唐故集賢直院官榮王府長史程公墓志銘（節録）】大中初，詞人李商隱每從公（按：指程修己）游，以爲清言玄味，可雪緇垢。（《八瓊室金石補正》卷七十六）

李　涪

【釋怪（節録）】李商隱文曰：『儒者之師曰魯仲尼，仲尼師聃猶龍，不知聃師竺乾，善入無爲，稽首正覺，吾師吾師。』正史不言老子適戎狄，師於竺乾，未知商隱何爲取信。孔子師堯、舜、文王、周公之道，以老子老而能熟古事，故師之。聖人學無常師，非謂幼而學之如堯、舜、文、周之聖德也。故袁宏《後漢紀》孔融答李膺曰『先君孔子與子先人李耳同德比義，而相師友』是也。竺乾者，佛書言生周昭王時，言後漢明帝夢金人，有傅毅對。徵於周、漢正史，並無此文，未知聃師竺乾，出於何典。近世尚綺靡，鄙稽古，商隱詞藻奇麗，爲一時之最；所著尺牘篇詠，少年師之如不及；無一言經國，無纖意奬善，惟逞章句。因以知夫爲錦者，纖巧萬狀，光輝曜日，首出百工，惟是一端，得其性也；至於君臣長幼之義，舉四隅莫反其一也。彼商隱者，乃一錦工耳，豈妨其愚也哉！（《刊誤》）

裴廷裕

『敕鄉貢進士温廷筠，早隨計吏，夙著雄名。徒負不羈之才，罕有適時之用。放騷人於湘浦，移賈誼於長沙。尚有前席之期，未爽抽毫之思。可隨州隨縣尉。』舍人裴坦之詞也。廷筠字飛卿，彦博之裔孫也。詞賦詩篇，冠絶一時。與李商隱齊名，時號『温李』。連舉進士，竟不中第。至是謫爲九品吏……前一年商隱以鹽鐵推官死。商隱字義山，文章宏博，牋表尤著於人間。自開成二年昇進士，至上十二年，竟不升於王廷，而廷筠亦栖栖不涉第。豈以文學爲極致，已靳於此，遂於禄位有所愛耶？不可得而問矣。（《東觀奏記》卷下）

令狐相綯夢德裕曰：『某已謝明時，幸相公哀之，許歸葬故里。』……後數日，上將坐延英，綯又夢德裕曰：『某委骨海上，思還故里，與相公有舊，幸憫而許之。』……既而於帝前論奏，許其子蒙州立山尉曄護喪歸葬。又，是時柳仲郢鎮東蜀，設奠於荆南，命從事李商隱爲文曰：『恭承新渥，言還舊止。』又曰：『身留蜀郡，路隔伊川。』……（《通鑑考異》註引《實録》註引《東觀奏記》）

朱閲

【歸解書彭陽公碑陰（節録）】予感公之知，獨來弔，作《歸解》。或曰：『子不識彭陽公而云知，豈誣也哉？』曰：公尹洛，禮陳商；爲鄆，薦蔡京；莅京，辟李商隱。予偶不識公耳。公之知予，如春潦之奔壑，夏雲之得龍，秋弧之發矢，冬爐之納火，勢豈後於三子哉！是則公亦知予者也。（《全唐文》卷九〇一）

劉昫

【李商隱傳】李商隱，字義山，懷州河内人。曾祖叔恒，年十九登進士第，位終安陽令。祖俌，位終邢州録事參軍。父嗣。商隱幼能爲文，令狐楚鎮河陽，以所業文干之，年纔及弱冠。楚以其少俊，深禮之，令與諸子遊。楚鎮天平、汴州，從爲巡官，歲給資裝，令隨計上都。開成二年，方登進士第，釋褐祕書省校書郎，調補弘農尉。會昌二年，又以書判拔萃。王茂元鎮河陽，辟爲掌書記，得侍御史。茂元愛其才，以子妻之。茂元雖讀書爲儒，然本將家子，李德裕素厚遇之。時德裕秉政，用爲河陽帥。德裕與李宗閔、楊嗣復，令狐楚大相讐怨。商隱既爲茂元從事，宗閔黨大薄之。時令狐楚已卒，子綯爲員外郎，以商隱背恩，尤惡其無行。俄而茂元卒，來遊京師，久之不調。會給事中鄭亞廉察桂州，請爲觀察判官、檢校水部員外郎。大中初，白敏中執政，令狐綯在内署，共排李德裕，逐之。亞坐德裕黨，亦貶循州刺史。商隱隨亞在嶺表累載。三年入朝，京兆尹盧弘正奏署掾曹，令典牋奏。明年，令狐綯作相，商隱屢啓陳情，綯不之省。弘正鎮徐州，又從爲掌書記。府罷入朝，復以文章干綯，乃補太學博士。會河南尹柳仲郢鎮東蜀，辟爲節度判官、檢校工部郎中。大中末，仲郢坐專殺左遷，商隱廢罷，還鄭州，未幾病卒。商隱能爲古文，不喜偶對，從事令狐楚幕，楚能章奏，遂以其道授商隱，自是始爲今體章奏。博學强記，下筆不能自休，尤善爲誄奠之辭，與太原温庭筠南郡段成式齊名，時號『三十六』。文思清麗，庭筠過之。而俱無特操，恃才詭激，爲當塗者所薄，名宦不進，坎壈終身。弟羲叟，亦以進士擢第，累爲賓佐。商隱有《表狀集》四十卷。（《舊唐書》卷一百九十下《文苑傳》）

王定保

趙光遠，丞相隱弟子，幼而聰悟，咸通、乾符中，以爲氣焰温李，因之恃才不拘小節，常將領子弟恣遊俠斜，著《北里志》，頗述其事。（《唐摭言》卷十）

李義山師令狐文公，大中中，趙公在内廷。重陽日，義山謁，不見，因以一篇紀于屏風而去。詩曰：『曾共山公把酒巵，霜天白菊正離披。十年泉下無消息，九日樽前有所思。莫學漢臣栽苜蓿，還同楚客詠江蘺。郎君官貴施行馬，東閣無因更重窺。』（同上卷十一）

孫光憲

【宰相怙權温庭筠附】宣宗時，相國令狐綯最受恩遇而怙權，尤忌勝己。以其子滈不解而第，爲張雲、劉蜕、崔瑄疊上疏疏之。宣宗優容，綯出鎮維揚，上表訴子之冤，其略云：『一從先帝，久次中書，得臣恩者謂臣好，不得臣恩者謂臣弱。臣非美酒美肉，安能啖衆人之口？』時以執己之短，取誚于人。或云曾以故事訪於温岐，對以其事出《南華》。且曰：『非僻書也。或冀相公燮理之暇，時宜覽古。』綯益怒之，乃奏岐有才無行，不宜與第。會宣宗私行，爲温岐所忤，乃授方城尉。所以岐詩云：『因知此恨人多積，悔讀《南華》第二篇。』又李商隱，綯父楚之故吏也，殊不展分。商隱憾之，因題廳閣，落句云：『郎君官重施行馬，東閣無因許再窺。』亦怒之，官止使下員外也。江東羅隱亦受知於綯，畢竟無成，有詩哭相國云：『深恩無以報，底事是柴荆！』以三才子怨望，即知綯之遺賢也。（《北夢瑣言》卷二）

【温李齊名】温庭雲字飛卿，或云作『筠』字，舊名岐，與李商隱齊名，時號曰『温李』。才思豔麗，工於小賦，每入試，押官韻作賦，凡八叉手而八韻成，多爲鄰鋪假手，號曰『救數人』也。而士行有缺，縉紳薄之。李義山謂曰：『近得一聯句云：「遠比召公，三十六年宰輔。」未得偶句。』温曰：『何不云：「近同郭令，二十四考中書。」』宣宗嘗賦詩，上句有『金步摇』，未能對。遣未第進士對之，庭雲乃以『玉跳脱』續也。宣宗賞焉。又藥名有『白頭翁』，温以『蒼耳子』爲對，他皆此類也。宣宗愛唱《菩薩蠻》詞，令狐相國假其新撰密進之，戒令勿他泄，而遽言於人，由是疏之。温亦有言云：『中書堂裏坐將軍。』譏相國無學也。宣皇好微行，遇於逆旅，温不識龍顔，傲然而詰之曰：『公非司馬、長史之流？』帝曰：『非也。』又謂曰：『得非大參、簿、尉之類？』帝曰：『非也。』謫爲方城縣尉。其制詞曰：『孔門以德行爲先，文章爲末。爾既德行無取，文章何以補焉？徒負不羈之才，罕有適時之用。』云云。竟流落而死也。杜豳公自西川除淮海，温庭雲詣韋曲杜氏林亭，留詩云：『卓氏壚前金線柳，隋家隄畔錦帆風。貪爲兩地行霖雨，不見池蓮照水紅。』豳公聞之，遺絹一千疋。吳興沈徽云：『温舅曾於江淮爲親表櫝楚，由是改名焉。』庭雲又每歲舉場，多借舉人爲其假手（一作『多爲舉人假手』），沈詢侍郎知舉，別施鋪席授庭雲，不與諸公鄰比。翌日，簾前謂庭雲曰：『向來策名者，皆是文賦託於學士，某今歲場中並無假託學士，勉旃！』因遣之，由是不得意也。（同上卷四）

【李商隱草《進劍表》蜀庾傳昌顧雲附】李商隱員外依彭陽令狐公楚，以牋奏受知。相國危急，有寶劍，嘗爲君上所賜，將進之。命李起草，不愜其旨。因口占云：『前件劍，武庫神兵，先皇特賜。既不合將歸泉下，又不宜留在人間。』時人服其簡當。彭陽之子綯，繼有韋、平之拜，似疏隴西，未嘗展分。重陽日，義山詣宅，於廳事上留題，其略云：『十年泉下無消息，九日樽前有所思。……郎君官重施行馬，東閣無因許再窺。』相國覩之，慚悵而已。乃扃閉此廳，終身不處也。蜀中庾傳昌舍人，始爲永和府判官，文才敏贍，傷於冗雜。因候相國張公，有故未及見，庾怒而歸，草一啓事，僅數千字，授於謁者，拂袖而去。他日，張相謂朝士曰：『庾舍人見示長牋，不可多得。雖然，曾聞其草角觝牒詞，動乃數幅。』譏其無簡當體要之用也。黄籙擅場，星辰備位，顧雲博士爲高燕公草齋詞云：『天静則星辰可摘。』奇險之句，施於至敬，可乎？唐末亂離，渴於救時之術，孔相國緯，每朝士上封事，不暇周覽，但曰：『古今存亡，某知之矣。未審所陳利害，其要如何？』蓋鄙其不達變也。國子司業于晦，曾上崔相國胤啓事數千字，上至堯舜，下及隋唐，一興一替，歷歷可紀。其末散漫，殊非簡略。所以儒生中通變者鮮矣。裴晋公臨終，進先帝所賜玉帶表文，與令狐公事頗同，未知孰是？舊朝士多云，李義山草《進劍表》，令狐公曰：『今日不暇多云。』信口占之。（同上卷七）

二　宋代

王禹偁

【商於驛記後序】有唐都長安三百年，商於爲近輔。……會昌中刺史呂公領是郡，新是驛，請翰林學士承旨户部侍郎韋琮文其字，太子賓客柳公權書其石，秘書郎李商隱篆其額。皆一時之名士也。觀其文不獨記斯驛之盛，大率頌呂公之政耳。自唐風不競，鼎入于梁，長安廢爲列藩，商於化爲小郡，軺車罕至，傳舍孔卑，古驛無餘，遺文空在。運歷五代，時踰百稔。痛乎呂公之政事、三賢之文翰，世莫得而聞也。（《小畜集》卷二十）

李昉

【温庭筠】唐温庭筠，字飛卿，舊名岐，與李商隱齊名，時號温李。（《太平廣記》卷二百九十九文章類）

【李商隱】唐李商隱，字義山，爲彭陽公令狐楚從事。彭陽之子綯，繼有韋、平之拜，似疏商隱，未嘗展分。重陽日，商隱詣宅，於廳事上留題，其略云：『十年泉下無消息，九日樽前有所思。郎君官重施行馬，東閣無因得再窺。』相國覩之，慚悵而已。乃扃此廳，終身不處也。（同上）

王欽若　楊億

令狐楚爲相，時李〔商〕隱進士擢第，爲秘書省校書郎，楚奏爲進（集）賢校理。（《册府元龜》卷三百二十四宰相部·薦賢）

石　介

【祥符詔書記（節録）】（楊億）性諂浮近，不能古道自立。好名事勝，獨驅海内。謂古文之雄有仲塗、黄州、漢公，謂之輩，度已終莫能出其右，乃斥古文而不爲，遠襲唐李義山之體，作爲新製。時執政馮文懿與二、三朝士竊病之。又黄州、漢公皆已死；他人柔弱，無以摧楊雄鋩。……楊遂肆然無復回避，爲文章宗主二十年。（《徂徠石先生文集》卷十九）

歐陽修　宋祁

【文藝傳序（節録）】唐有天下三百年，文章無慮三變。高祖、太宗，大難始夷，沿江左餘風，絺句繪章，揣合低卬，故王、楊爲之伯。玄宗好經術，羣臣稍厭雕瑑，索理致，崇雅黜浮，氣益雄渾，則燕、許擅其宗。是時，唐興已百年，諸儒争自名家。大曆、貞元間，美才輩出，擩嚌道真，涵泳聖涯，於是韓愈倡之，柳宗元、李翺、皇甫湜等和之，排逐百家，法度森嚴，抵轢晋、魏，上軋漢、周，唐之文完然爲一王法，此其極也。若侍從酬奉則李嶠、宋之問、沈佺期、王維，制册則常衮、楊炎、陸贄，權德輿、王仲舒、李德裕，言詩則杜甫、李白、元稹、白居

易、劉禹錫，譎怪則李賀、杜牧、李商隱，皆卓然以所長爲一世冠，其可尚已。（《新唐書》卷二百一）

【李商隱傳】李商隱字義山，懷州河内人。或言英國公世勣之裔孫。令狐楚帥河陽，奇其文，使與諸子游。楚徙天平、宣武，皆表署巡官，歲具資裝使隨計。開成二年，高鍇知貢舉，令狐綯雅善鍇，獎譽甚力，故擢進士第。調弘農尉，以活獄忤觀察使孫簡，將罷去，會姚合代簡，諭使還官。又試拔萃，中選。王茂元鎮河陽，愛其才，表掌書記，以子妻之，得侍御史。茂元善李德裕，而牛、李黨人蚩謫商隱，以爲詭薄無行，共排笮之。茂元死，來遊京師，久不調，更依桂管觀察使鄭亞府爲判官。亞謫循州，商隱從之，凡三年乃歸。亞亦德裕所善，綯以爲忘家恩，放利偷合，謝不通。京兆尹盧弘止表爲府參軍，典箋奏。綯當國，商隱歸窮自解，綯憾不置。弘止鎮徐州，表爲掌書記。久之，還朝，復干綯，乃補太學博士。柳仲郢節度劍南東川，辟判官，檢校工部員外郎。府罷，客滎陽，卒。商隱初爲文瑰邁奇古，及在令狐楚府，楚本工章奏，因授其學。商隱儷偶長短，而繁縟過之。時温庭筠、段成式俱用是相夸，號『三十六體』。（《新唐書》卷二百三《文藝下》）

【李商隱樊南甲集二十卷　乙集二十卷　玉溪生詩三卷　又賦一卷　文一卷】（同上卷六十藝文志四别集類）

楊傑

【和李義山盤豆館蘗蘆有感】盤豆蒼珉刻舊吟，清風自可滌煩襟。庭蘆邂逅開青眼，澤國歸投是素心。鄉夢不知家遠近，世塗休問迹升沉。《陽春》一曲一樽酒，遮莫秋聲四面砧。（《無爲集》卷六）

文同

【李堅甫淨居雜題一十三首（録其第五首：書齋）并序】堅甫既得請太平宫，遂於長安里第營治亭館，爲逍遥種種之樂，已而作詩十三篇，遠來見寄，且使余亦爲之。余愛其趣尚清遠，因以累句附其所題之末，慙非精工，聊以塞命云爾：縑緗羅几格，無限有奇書。想在中間坐，渾如獺祭魚。（見《義山别録》。）（《丹淵集》卷十七）

司馬光

【資治通鑑考異】李商隱《宜都内人傳》云云，此蓋文士寓言。（《資治通鑑》卷二百五）

劉攽

李商隱有《錦瑟》詩，人莫曉其意，或謂是令狐楚家青衣名也。（《中山詩話》）

祥符天禧中，楊大年、錢文僖、晏元獻、劉子儀以文章立朝，爲詩皆宗尚李義山，號『西崑體』，後進多竊義山語句。賜宴，優人有爲義山者，衣服敗敝，告人曰：『我爲諸館職撏撦至此。』聞者懽笑。大年《漢武》詩曰：『力通青海求龍種，死諱文成食馬肝。待詔先生齒編貝，忍令索米向長安。』義山不能過也。元獻《王文通》詩曰：『甘泉柳苑秋風急，却爲流螢下詔書。』子儀畫義山像，寫其詩句列左右，貴重之如此。（同上）

吕南公

【夜擬李義山四更四點】四更四點露成霜，箇裹愁人暗斷腸。鼓角未喧聞鼻鼾，北風窗户月荒凉。（《灌園集》卷六）

【反李義山人欲篇】藥囊易中荆軻背，匕首難傷趙政胸。燕國無辜竟魚肉，可能人欲有天從？（同上）

沈括

彈棋今人罕爲之，有譜一卷，蓋唐人所爲。其局方二尺，中心高如覆盂，其顛爲小壺，四角微隆起，今大名開元寺佛殿上有一石局，亦唐時物也。李商隱詩曰：『玉作彈棋局，中心最不平』，謂其中高也。白樂天詩曰：『彈棋局上事，最妙是長斜。』『長斜』謂抹角斜彈，一發過半局，今譜中具有此法。（《夢溪筆談》卷十八《技藝》）

蘇軾

【漁樵閒話録（節録）】漁曰：李義山賦三怪物，述其情狀，真所謂得體物之精要也。其一物曰：臣姓猾狐氏〔一〕。帝名臣曰巧彰〔二〕，字臣曰九尾〔三〕，而官臣爲佞魑焉。佞魑之狀，領佩丰〔四〕，手貫風輪，其能以烏爲鵠，以鼠爲虎，以蚩尤爲誠臣，以共工爲賢王〔五〕，以夏姬爲廉，以祝鮀爲魯，誦節義於寒浞，贊韶曼於嫫姆。其一物曰：臣姓潛弩氏。帝名臣曰攜人，字臣曰銜骨，而官臣爲讒魍〔六〕。讒魍之狀，能使親爲疏，同爲殊，使父膾其子，妻羹其夫。又持一物，狀若豐石，得人一惡，乃鑱乃刻。又持一物，大如長篲，得人一善，掃掠蓋蔽。諂啼僞泣，以就其事。其一物曰：臣姓狼貪氏〔七〕。帝名臣曰欲得，字臣曰善覆，而官臣爲貪魃〔八〕。貪魃之狀，頂有千眼〔九〕，亦有千口，鼠牙蠶喙，通臂衆手。常居於倉，亦居於囊。頰鈎骨箕〔一〇〕，環聯琅璫。或時敗累，囚於牢狴。拳梏履校，蕠棘死灰。僥倖得釋，他日復爲。嗚戲！義山狀物之怪，可謂中時病矣。（《蘇軾文集》蘇軾佚文彙編卷七附録《漁樵閑話録》）

編者按：整理者據明趙開美編《東坡雜著五種》本轉録，用《説郛》及《龍威祕書》本校勘，提供研究參考。

〔一〕《説郛》《龍威祕書》『猾』作『猾』。〔二〕《龍威祕書》『巧』作『考』。〔三〕《説郛》《龍威祕書》『尾』作

『規』。〔四〕趙開美《東坡雜著五種》原校：『丰』一作『凝』。《説郛》『領佩丰』作『領環水凝』，《龍威祕書》作『領佩水凝』。〔五〕《説郛》《龍威祕書》『王』作『主』。〔六〕《龍威祕書》『魏』作『魑』，下句同。〔七〕《説郛》『貪』作『浮』。〔八〕《龍威祕書》『魅』作『魃』。下句同。〔九〕《龍威祕書》『頂』作『見』。〔一〇〕《説郛》《龍威祕書》『頰鈎骨箕』作『鈎骨箕鑊』。

黄　裳

【陳商老詩集序】讀杜甫詩如看羲之法帖，備衆體而求之無所不有，大幾乎有詩之道者，自餘諸子，各就其所長，取名於世。故工於書者必言羲之，工於詩者必取杜甫。蓋彼無所不有，則感之者各中其所好故也。然使諸子才之靡麗者不至於元稹，率易者不至於居易，新奇飄逸者不至於李白，寒苦者不至於孟郊，譎怪奇邁者不至於賀、牧、商隱輩，亦無足取者。安能得名於世哉？故無諸子則不知有杜，無杜則亦不知諸子，各有得焉。長樂陳傅商老，爲人俊逸，不就束縛，能飲酒及書畫，嘉祐中已有文章名於士大夫間，每於座上引觥取大醉，有索詩者走筆立就，不復留思，至十篇而後止。其譎怪奇邁，庶幾賀、牧、商隱輩間見，風思飄逸絶塵不可追及，有謫仙之遺風。雖然卒以其譎怪，不能俯就有司法度。少年引試崇政，下第流落南邦，遂老以死，無令狐綯、吴武陵爲之地，可勝悼哉！其友張濤仲時出詩集若干卷以序屬予。故予因論唐人之詩，以明商老之才，觀者考焉。（《演山集》卷二十一）

趙令時

李商隱《江之嫣賦》云：『豈如河畔牛星，隔歲只聞一過；不及苑中人柳，終朝剩得三眠。』漢苑有人形柳，一日三起三倒。（《侯鯖録》卷二）

世以鮑昭字明遠，讀李義山詩云：『嫩割周顒韭，肥烹鮑照葵』，乃知名『照』，非『昭』也。（同上卷七）

唐明皇時，《孫逖集》中有《壽王瑁妃楊氏廢爲道士制》，此可見太真妃真壽王妃也。李商隱詩云：『驪岫飛泉泛煖香，九龍呵護玉蓮房。平明每幸長生殿，不從金輿惟壽王。』又云：『龍墀賜酒敞雲屏，羯鼓聲高衆樂停。夜半宴歸宫漏永，薛王沉醉壽王醒。』書此事也。（同上）

唐李義山《樊南甲乙四六集序》云：『四六之名，六博、格五、四數、六甲之取也。』（同上）

陳師道

【擬李義山柳枝詞五首】江清沙日煖，雄鴨雌鴛鴦。相看不相識，花晚褪紅香。嫋嫋東門柳，重重小苑花。爲誰須落子，著意莫藏鴉。

雨葉不自持，風花故入衣。飛花已無定，忍著惡風吹。伏雌將阿（一作沙）鶩，水陸不相直。鴨鴨横波去，嗝嗝呼不得。

莫解丁香結，從教長苦辛。却因千種恨，别作一家春。（《後山集》卷八）

張耒

【效李商隱】夜深傳警報更籌，霜桂月華寒未收。昨夜雨昏今日朗，一番風雨一番愁。（《張右史文集》卷二十七）

【楚王（效李商隱）】十二巫山聳翠巒，楚王宫殿玉巑岏。定知爲雨爲雲處，不似當初夢裏看。（同上）

晁説之

【落花學義山】春來脉脉去輪困，滿地飛英委玉塵。苟令香殘端有意，石家錦碎更堪珍。目成霄漢星前石，腸斷驪駒掌上人。我久飄零本憔悴，爲君今日恨綸巾。（《景遇生集》卷六）

【成州同谷縣杜工部祠堂記（節録）】本朝王元之學白公。楊大年矯之，專尚李義山。歐陽公又矯楊而歸韓門，而梅聖俞則法韋蘇州者也。（《嵩山文集》卷十六）

王直方

【句意相襲】梁簡文云：『早知半路應相失，不若從來本獨飛。』李義山云：『無事父渠（郭紹虞校：當作『教渠』）更相失，不及從來莫作雙。』〔遞相踵襲〕以最爲詩之大患。（《總龜》前八，樂趣二）郭紹虞案：『無事教渠更相失，不及從來莫作雙』，乃庾信《代人傷往》詩，王氏以爲李義山詩，誤。（郭紹虞校輯《宋詩話輯佚》卷上《王直方詩話》）

【斧鑿痕與粘皮骨】作詩貴雕琢，又畏有斧鑿痕；貴破的，又畏粘皮骨，此所以爲難。李商隱《柳》詩云：『動春何限葉，撼曉幾多枝』，恨其有斧鑿痕也。石曼卿《梅》詩云：『認桃無緑葉，辨杏有青枝』，恨其粘皮骨也。能脱此二病，始可以言詩矣。（《詩學指南》本《名賢詩旨》《詩話類編》三）郭案：此説亦見《韻語陽秋》。（同上）

惠洪

【西崑體】詩到李義山，謂之文章一厄。以其用事僻澀，時稱西崑體。然荆公晚年，亦或喜之，而字字有根蔕。如作《雪》詩曰：『借問火城將策探，何如雲屋聽牕知？』又曰：『未愛京師傳谷口，但知鄉里勝壺頭。』其用事琢句，前輩無相犯者。……（《冷齋夜話》卷四）

蔡絛

【殺風景】李義山《雜纂》品目數十，蓋以文滑稽者。其一曰殺風景。謂『清泉濯足，花上曬褌。背山起樓，燒琴煮鶴，對花啜茶，松下喝道』是也。晏元獻慶曆中罷相守潁，以惠山泉烹日注茶，從容置酒賦詩曰：『稽山新茗緑如烟，静挈都藍煮惠泉。未向人間殺風景，更持醪醑醉花前。』王荆公元豐末，居金陵，蔣大漕之奇夜謁公於蔣山，騶喝甚都，公取松下喝道語作詩戲之云：『扶衰南陌望長楸，燈火如星滿地流。但怪傳呼殺風景，豈知禪客夜相投。』自此殺風景之語，頗著於世。（《類説》本、《叢話》前二十二，《詩林》四，《玉屑》十六，《宋紀》七。）郭案：王荆公事亦見《聞見録》十七。（郭紹虞校輯《宋詩話輯佚》卷上《西清詩話》）

李頎

【楊大年陳恕讀李義山詩】楊大年同陳恕讀李義山詩，酷愛一絶，云：『珠箔輕明覆玉墀，披香新殿鬬腰肢。不須看盡魚龍戲，終遺君王怒偃師。』嘆曰：『古人措辭寓意如此深妙。』各嘆服。（《總龜》前四）郭案：《竹莊詩

話》十三引此作《談苑》。《全閩詩話》二引此則作《詩話總龜》。（郭紹虞校輯《宋詩話輯佚》卷上李頎《古今詩話》）

【宋莒公晏元獻論詩】宋莒公好玉谿詩，不愛韋蘇州。晏元獻取少陵多，取太白少。又取裴説『幸無偏照處，剛有不明時』爲佳。（《總龜》前六）（同上）

【優人嘲西崑體】楊大年、錢文僖、晏元獻、劉子儀以文章立朝，爲詩皆宗李義山，號西崑體。後進效之，多竊取義山語。嘗御賜百官宴，優人有裝爲義山者，衣服敗裂，告人曰：『吾爲諸館職撏撦至此。』聞者大噱。然大年《詠漢武》詩云：『力通青海求龍種，死諱文成食馬肝。待詔先生齒編貝，忍令乞米向長安。』義山不能過也。（《總龜》前十一、《叢話》前二十二、《玉屑》十七、《詩林》二、《歷代》五十五、《宋詩紀事》六）郭案：此則出《中山詩話》。（同上）

【李義山賦木蘭花詩】李義山遊長安，投宿逆旅，適會客，召與坐，不知爲義山也。酒酣，客賦《木蘭花》詩，衆皆誇示。義山後成。詩曰：『洞庭波冷曉侵雲，日日征帆送遠人。幾度木蘭舟上望，不知花是此船身。』坐客大驚，詢之，方知是義山。（《總龜》前二十）（同上）

王讜

大中末，諫官獻疏，請賜白居易謚。上曰：『何不讀《醉吟先生墓表》？』卒不賜謚。弟敏中在相位，奏立神道碑，使李商隱爲之。（《唐語林》卷三）

温庭筠字飛卿，彦博之裔孫，文章與李商隱齊名，時號温、李。連舉進士不中，宣宗時，謫爲隨縣尉。制曰：『放騷人於湘浦，移賈誼於長沙。』舍人裴坦之詞，世以爲笑。（同上卷七）

吴可

『春陰妨柳絮，月黑見梨花。』『登臨獨無語，風柳自摇春。』鄭谷詩。此二聯無人拈出。評：『月黑見梨花』此語少含蓄，不如義山『自明無月夜』之爲佳也。（《藏海詩話》）

邵博

李義山《樊南四六集》，載《爲鄭州天水公言甘露事表》云：『宰臣王涯等，或久服顯榮，或超蒙委任。徒思改作，未可與權。敷奏之時，已彰虚僞；伏藏之際，又涉震驚。』云云。當北司憤怒不平，至誣殺宰相，勢猶未已，文宗但爲涯等流涕，而不敢辨，義山之表，謂『徒思改作，未可與權』，獨明其無反狀，亦難矣。（《河南邵氏聞見後録》卷十五）

王荆公步月中山，蔣穎叔爲發運使，過之，傳呼甚寵。荆公意不悦。穎叔喜談禪，荆公有詩云：『怪見傳呼殺風景，不知禪客夜相投。』按李義山《雜纂·殺風景》門：月下傳呼。用此事。（同上卷十七）

杜子美『無風雲出塞，不夜月臨關』。王子韶云：『無風，谷名；不夜，城名。嘗親至其地。』如李義山《錦瑟》詩：『莊生曉夢迷蝴蝶，望帝春心託杜鵑。』莊生、望帝，皆瑟中古曲名。（同上卷十八）

范温

【詩貴工拙相半】老杜詩凡一篇皆工拙相半，古人文章類如此。皆拙固無所取，皆工，則峭急而無古氣，如李賀之流是也。然後世學者，當先學其工者，精神氣骨，皆在於此。如《望嶽》詩云：『齊魯青未了』，《洞庭》詩云：『吴楚東南坼，乾坤日夜浮。』語既高妙有力，而言東嶽與洞庭之大，無過於此。後來文士極力道之，終有限量，益知其不可及。《望嶽》第二句如此，故先云：『岱宗夫何如』。《洞庭》詩先如此，故後云：『親朋無一字，老病有孤舟。』使《洞庭》詩無前兩句，而皆如後兩句，語雖健，終不工。《望嶽》詩無第二句，而云：『岱宗夫如何』，雖曰亂道可也。今人學詩多得老杜平慢處，乃鄰女效顰者。余舊日嘗愛劉夢得《先主廟詩》，山谷使余讀李義山漢宣帝詩（按：指《鄠杜馬上念漢書》一詩），然後知夢得之淺近。……（《叢話》前九、《玉屑》十四、《鑑衡》一引《古今詩話》《歷代》四十一）。（郭紹虞校輯《宋詩話輯佚》卷上范温《潛溪詩眼》）

【命意用事】詩有一篇命意，有句中命意。……又有意用事，有語用事。李義山『海外徒聞更九州』，其意則用楊妃在蓬萊山，其語則用鄒子云：『九州之外，更有九州』，如此然後深穩健麗。（《叢話》前十，《玉屑》六，《竹莊》五，《草堂詩話》一）（同上）

【李義山詩】文章貴衆中傑出，如同賦一事，工拙尤易見。余行蜀道，過籌筆驛。如石曼卿詩云：『意中流水遠，愁外舊山青。』膾炙天下久矣，然有山水處便可用，不必籌筆驛也。殷潛之與小杜詩甚健麗，亦無高意。惟義山云：『魚鳥猶疑畏簡書，風雲長爲護儲胥。』簡書蓋軍中法令約束，言號令嚴明，雖千百年之後，魚鳥猶畏之也。儲胥蓋軍中藩籬，言忠誼貫神明，風雲猶爲護其壁壘也。誦此兩句，使人凛然復見孔明風烈。至於『管樂有才真不忝，關張無命欲何如』，屬對親切，又自有議論，他人亦不及也。馬嵬驛，唐詩尤多：如劉夢得『緑野扶風道』一篇，人頗誦之，其淺近乃兒童所能。義山云：『海外徒聞更九州，他生未卜此生休』，語既親切高雅，故不用愁怨墮淚等字，而聞者爲之深悲。『空聞虎旅鳴宵柝，無復雞人報曉籌』，如親扈明皇，寫出當時物色意味也。『此日六軍同駐馬，他時七夕笑牽牛』，益奇。義山詩世人但稱其巧麗，至與温庭筠齊名，蓋俗學祇見其皮膚，其高情遠意皆不識也。（《叢話》前二十二、《玉屑》十六、《詩林》二分二節引，《詩學指南》本《名賢詩旨》）（同上）

蔡居厚

【詩家使事之難】安禄山之亂，哥舒翰與賊將權（郭校：當作『崔』）乾祐戰潼關，見黄旗軍數百隊，官軍以爲賊，賊以爲官軍，相持久之，忽不知所在。是日昭陵奏陵内前石馬皆汗流。子美詩所謂『玉衣晨自舉，鐵馬汗常趨』，蓋記此事也。李晟平朱泚，李義山作詩復用之云：『天教李令心如日，可待昭陵石馬來』，此雖一等用事，然義山但知推美西平，不知於昭陵似不當耳。乃知詩家使事難。若子美，所謂不爲事使者也。（《叢話》前七、《玉屑》七）
（郭紹虞校輯《宋詩話輯佚》卷下《蔡寬夫詩話》）

【韓愈李商隱譽兒】舊説退之子不惠，讀金根車改爲金銀。然退之贈張籍詩所謂『召令吐所記，解摘了瑟僩』，則不應不識字也。白樂天晚極喜李義山詩文，嘗謂我死得爲爾子足矣。義山生子，遂以白老字之。既長，略無文性。温庭筠嘗戲之曰：『以爾爲樂天後身，不亦忝乎？』然義山有『衮師我嬌兒，美秀乃無匹』之句，其譽之不亦減退之，不知詩之所稱，乃此二子否乎？不然，二人之後，何其無聞也？（《叢話》前十六）（同上）

【宋初詩風】國初沿襲五代之餘，士大夫皆宗白樂天，故王黄州主盟一時。祥符天禧之間，楊文公、劉中山、錢思公專喜李義山，故崑體之作，翕然一變，而文公尤酷喜唐彦謙詩，至親書以自隨。……（《叢話》前二十二、《詩林》二）（同上）

【王荆公愛義山詩】王荆公晚年亦喜稱義山詩，以爲唐人知學老杜而得其藩籬者，唯義山一人而已。每誦其『雪嶺未歸天外使，松州猶駐殿前軍』，『永憶江湖歸白髮，欲迴天地入扁舟』與『池光不受月，暮氣欲沉山』，『江海三年客，乾坤百戰場』之類，雖老杜無以過也。（《叢話》前二十二、《詩林》二）（同上）

【李義山詩紀時事】義山詩集載《有感》篇而無題，自注云：『乙卯年有感，丙辰年詩成。』其中有『如何本初輩，自取屈氂誅』，又『蒼黄五色棒，掩遏一陽生』之語。按李訓、鄭注作亂，實以冬至日，是年歲在乙卯，則是詩

蓋爲訓、注作也。唐小説紀此事，謂之《乙卯記》，大抵不敢顯斥之云。（《叢話》前二十二）（同上）

【李義山詩言蒲葵扇】李義山詩『小鼎煎茶面曲池，白鬚道士竹間棋。何人書破蒲葵扇，記着南塘移樹時。』蒲葵扇出《謝安傳》，然人不知其何名。蒲葵，蘇子容云：『椶櫚也，出《廣雅》。今衢、信、宣、歙間扇是也。』謂形似蒲葵爾。（《總龜》前二、《樂趣》二、《全唐詩話續編》上）（郭紹虞校輯《宋詩話輯佚》卷下蔡居厚《詩史》）

趙明誠

唐《太倉箴》李商隱撰。行書，無姓名。太和七年十月。（《金石録》卷十）

吴坰

唐温庭筠每入試作賦，凡八叉手而八韻成。宣帝（按：當是宣宗）賦詩，上句有『金步摇』對，令未第進士屬之，庭筠以『玉條脱』續。李義山偶謂之曰：『近得一聯，「遠比邵公三十六年宰輔」，未得偶詞。』温應聲曰：『何不道「近同郭令二十四考中書」？』是以今事對古事也。山谷有詩云：『雖無季子六國印，乞讀田郎萬卷書。』蓋用此例也。而學者疑之。田鈞，荆州人，藏書甚富，山谷書萬卷堂以名其居。（《五總志》）

唐李商隱爲文，多檢閱書史，鱗次堆積左右，時謂爲獺祭魚。（同上）

許顗

洪覺範在潭州水西小南臺寺。覺範作《冷齋夜話》，有曰：『詩至李義山，爲文章一厄。』僕至此蹙額無語，渠再三窮詰，僕不得已曰：『夕陽無限好，只是近黄昏。』覺範曰：『我解子意矣。』即時删去。今印本猶存之，蓋已前傳出者。（《彦周詩話》）

李義山詩，字字鍛鍊，用事婉約，仍多近體，惟有《韓碑》詩一首是古體。有曰：『塗改《堯典》《舜典》字，點竄《清廟》《生民》詩。』豈立段碑時躁詞耶？（同上）

李義山《錦瑟》詩曰：『錦瑟無端五十絃，一絃一柱思華年。莊生曉夢迷蝴蝶，望帝春心託杜鵑。滄海月明珠有淚，藍田日暖玉生烟。此情何待成追憶，只是當時已惘然！』《古今樂志》云：『錦瑟之爲器也，其柱如其絃數，其聲有適怨清和。』又云：『感（當作『適』）怨清和，昔令狐楚侍人能彈此四曲，詩中四句，狀此四曲也。』章子厚曾疑此詩，而趙推官深爲説如此。（同上）

李義山賦云：『豈如河畔牛星，隔年秪聞一度。不及苑中人柳，終朝剩得三眠。』注：『漢苑中有人形柳，一日三起三倒。』（同上）

李太白云：『子夜吴歌動君心』，李義山詩『鶯能歌子夜』，云晋有子夜者善歌，非時數也。（同上）作詩淺易鄙陋之氣不除，大可惡。客問何從去之，僕曰：『熟讀唐李義山詩與本朝黄魯直詩而深思焉，則去也。』……（同上）

任廣

遞鋪曰公驛（李商隱），又曰傳遽（《玉藻》），又曰行書之舍（《説文》），又曰驛傳（義山）。遞甬曰遞篰（趙廣漢），又曰音驛（義山），又曰飛郵（上）。（《書叙指南》卷十五郵舍邸店）

王之道

【追和李義山賦菊二首】嫩萼猶封緑，繁英已醉黄。雨餘三徑晚，秋到一枝香。滴滴盈朝露，暉暉映夕陽。何妨浮玉斝，共醉木蘭堂。

團團青蓋小，拂拂御袍黄。翠葉凌霜秀，繁英浥露香。浮觴追北牖，飲水記南陽。采采東籬下，行歌對草堂。

（《相山集》卷七）

黄朝英

【五松】《史記》載：秦始皇遂上泰山立石，封，祠祀，下，風雨暴至，休于樹下，遂封其樹爲五大夫，禪梁父，刻所立石。蓋五大夫者，秦官名，第九爵也。唐陸贄作《禁中春松》詩云：不羡五株封。』案《史記》但云封其樹爲五大夫，不聞有五株松之説。而贄云爾者何耶？然贄博極羣書，不當有誤，恐有所據而云然也。或曰循襲之誤耳，所未詳也。又李商隱有《五松驛》詩云：『獨下長亭念《過秦》，五松不見見輿薪。只應既斬斯高後，尋被樵人用斧斤。』而商隱亦謂『五松』，如何？又李白《送人游桃源序》云：『登封泰山，風雨暴作。雖五松受職，草木有知；而萬象乖度，禮刑將弛。』然太白亦以謂『五松』也。唯舒王《詠柏》詩云：『老松先得大夫官。』乃爲切當。

（《靖康緗素雜記》卷三）

【人日】《西清詩話》云：『都人劉克者，窮該典籍之事，多從之質，嘗注杜子美詩『元日到人日，未有不陰時』，人知其一，不知其二，唯杜子美與克會耳。起就架上取書示諸，東方朔占書也。歲後八日：一日雞，二日犬，三日豕，四日羊，五日牛，六日馬，七日人，八日穀。其日晴，所主之物育，陰則災。……又案宗懍《荆楚歲時記》云：正月七日謂之人日，採七種菜以爲羹，翦綵爲人，或鏤金薄爲人，以貼屏風，亦戴之頭鬢。求之經典，罕有此事。……李義山《人日》詩云：『文王喻復今朝是，子晉吹笙此日同。舜格有苗旬太遠，周稱流火月難窮。鏤金作勝傳荆俗，剪綵爲人起晉風。獨有道衡詩思苦，離家恨得二年中。』（同上）

【餳粥】《劉夢得嘉話》云：爲詩用僻字，須有來處。宋考功詩云：『馬上逢寒食，春來不見餳。』餳，徐盈切。嘗疑此字，因讀《毛詩》鄭箋説『吹簫』處云：『即今賣餳人家物。』六經唯此注中有餳字。後輩業詩，即須有據，不可學常人率焉而道也。……李義山詩云：『粥香餳白杏花天，省對流鶯坐綺筵。』又宋子京《途中清明》詩云：『漠漠輕花着早桐，客甌餳粥對禺中。』寒食清明，多用餳粥事。（同上卷九）

【儲胥】揚雄《甘泉賦》云：『近則洪崖旁皇，儲胥弩阹。』又《長楊賦》云：『木擁槍纍，以爲儲胥。』吕延濟云：『槍纍，作木槍相纍爲柵也。』蘇林注云：『木擁柵其外，又以竹槍纍爲外儲也。』顔師古云：『儲，峙也；胥，須也。以木擁槍及纍，繩連結以爲儲胥，言有儲蓄以待所須也。』漢武帝作儲胥館。故李義山詩云：『風雲長爲護儲胥。』宋子京《傷孟昭圖》云：『密疏叩儲胥。』又《侍宴》云：『秋色遍儲胥。』又《思歸老》云：『至今三籍在儲胥。』……蓋儲胥，猶言皇居也。不必云有儲蓄以待所須也。……（同上）

【義山《錦瑟》詩】『錦瑟無端五十絃，一絃一柱思華年。莊生曉夢迷蝴蝶，望帝春心託杜鵑。滄海月明珠有淚，藍田日暖玉生烟。此情可待成追憶，只是當時已惘然。』山谷道人讀此詩，殊不曉其意，後以問東坡，東坡云：『此出《古今樂志》，云：『錦瑟之爲器也，其絃五十，其柱如之，其聲也適、怨、清、和。』案李詩，『莊生曉夢迷蝴蝶』，適也；『望帝春心託杜鵑』，怨也；『滄海月明珠有淚』，清也；『藍田日暖玉生烟』，和也。一篇之中，曲盡其意，史稱其瑰邁奇古，信然。《劉貢父詩話》以爲錦瑟乃當時貴人愛姬之名，義山因以寓意，非也。（《苕溪漁隱叢話》前集卷二十二引《緗素雜記》。今本《緗素雜記》佚此條）

張邦基

李商隱《錦瑟》詩……人多不曉。《劉貢父詩話》云：『錦瑟，令狐綯家青衣。』亦莫能考。《瑟譜》有《適》《怨》《清》《和》四曲名。四句蓋形容四曲耳。（《墨莊漫録》卷一）

婦人之纏足，起於近世。前世書傳，皆無所自。《南史》：齊東昏侯爲潘貴妃鑿金爲蓮花以帖地，令妃行其上，曰此步步生蓮華。然亦不言其弓小也。如古樂府、《玉臺新詠》，皆六朝詞人纖艷之言，類多體狀美人容色之姝麗，又言粧飾之華，眉目唇口腰肢手指之類，無一言稱纏足者。如唐之杜牧、李白、李商隱之徒，作詩多言閨幃之事，亦無及之者。惟韓偓《香奩集》有詠《屧子》詩云：『六寸膚圓光緻緻』，唐尺短，以今校之，亦自小也，而不言其弓。（同上卷八）

吕本中

東萊公嘗言，少時作詩，未有以異於衆人，後得李義山詩，熟讀規摹之，始覺有異。（《紫薇詩話》）

東萊公深愛義山『一春夢雨常飄瓦，盡日靈風不滿旗』之句，以爲有不盡之意。（同上）

楊道孚深愛義山『嫦娥應悔偷靈藥，碧海青天夜夜心』，以爲作詩當如此學。（同上）

【黄陳學義山】義山《雨》詩『摵摵度瓜園，依依傍竹軒』，此不待説雨，自然知是雨也。後來魯直、無己諸人，多用此體。作詠物詩不待分明説盡，只彷彿形容，便見妙處。如魯直《酴醿》詩云：『露濕何郎試湯餅，日烘荀令炷爐香。』（《叢話》四十七、《玉屑》六、《鑑衡》一、《總龜》後二十八）（郭紹虞校輯《宋詩話輯佚》卷下《童蒙詩訓》）

莊季裕

杜子美詩云：『飯抄雲子白，瓜嚼水晶寒。』李義山《河陽詩》亦云：『梓澤東來七十里，長溝複塹埋雲子。』世莫識『雲子』爲何物。白彦惇云，其姑壻高士新爲吉州兵官，任滿還都，暑月，見其榻上數囊，更爲枕抱。視之，皆碎石，匀大如烏頭，潔白若玉。云出吉州，土人呼『雲子石』。而周燾子演云：『雲子，雹也。』見唐小説，而不記其書名。義山謂埋于溝塹，則非雹明矣。疑少陵比飯者，是此石也。（《雞肋編》卷上）

朱弁

李義山擬老杜詩云：『歲月行如此，江湖坐渺然。』真是老杜語也。其他句『蒼梧應露下，白閣自雲深』，『天意憐幽草，人間重晚晴』之類，置杜集中亦無愧矣，然未似老杜沈涵汪洋，筆力有餘也。義山亦自覺，故别立門户成一家。後人挹其餘波，號西崑體，句律太嚴，無自然態度。黄魯直深悟此理，乃獨用崑體工夫，而造老杜渾成之地，今之詩人少有及者。此禪家所謂更高一著也。（《風月堂詩話》卷下）

李彌遜

【舍人林公時雋集句後序（節録）】自風雅之變，建安諸子，南朝鮑、庾、謝輩至唐，以詩鳴者何止數百人，獨杜子美上薄風騷，盡得古今體勢，其他旁門異派，如沈、宋、韓、柳、賀、白、韋應物、劉禹錫、李商隱、杜牧、張籍、盧仝、韓偓、温庭筠之流，其精深、雄健、閒淡、放逸、綺麗、軟美、變怪、各自爲家。（《筠溪集》卷二十二）

計有功

邕州蔡大夫京者，故令狐文公鎮滑臺日，於僧中見，曰：『此童眉目疏秀，進退不懾，惜其單幼，可以勸學乎？』師從之，乃得陪學於相國子弟。後以進士舉上第，尋又學究登科，作尉畿服。既爲御史，覆獄淮南，李相紳憂悸而卒，頗得繡衣之稱。……（《唐詩紀事》卷四十九蔡京）

令狐文公在天平後堂宴樂京時在坐，故義山詩云：『白足禪僧思敗道，青袍御史擬休官。』謂京曾爲僧也。或云：咸通中爲廣西節度，褊忮貪克，峻條令，爲炮熏刳斮法，御下慘毒，爲軍中所逐，後貶死。（同上）

扶，登大和四年進士第。大中初，知禮闈，入貢院題詩云：『梧桐葉落滿庭陰，鎖閉朱門試院深。曾是當年辛苦地，不將今日負前心。』牓出，無名子削爲五言詩以譏之。李義叟，義山弟也，是歲登第。義山因上魏公詩曰：『國以斯文重，公仍内署來。風標森太華，星象逼中台。朝滿遷鶯侶，門多吐鳳才。寧同魯司寇，只鑄一顏回。』（同上卷五十一魏扶）

李商隱《擬沈下賢》詩云：『千二百輕鸞，春衫瘦著寬。倚風行稍急，含雪語應寒。帶火遺金斗，兼珠碎玉盤。河陽看花過，曾不問潘安。』（同上沈亞之）

（喻鳧）《贈李商隱》云：『羽翼恣搏扶，山河使筆驅。月疏吟夜桂，龍失詠春珠。草細盤金勒，花繁倒玉壺。徒嗟好章句，無力致前途。』（同上卷五十一喻鳧）

商隱，字義山，懷州人，英國公世勣裔孫。令狐楚帥河陽，奇其文，使與諸子游。楚歷鎮，表爲巡官，卒於工部侍郎。商隱累佐王茂元、鄭亞、柳仲郢，故《樊南甲》《乙》之集作焉。温庭筠、段成式俱以儷偶相誇，號三十六體。（同上卷五十三李商隱）

楊大年出義山詩示陳恕，酷愛一絶云：『珠箔輕明覆玉墀，披香新殿鬬腰支。不須看盡魚龍戲，終遺君王怒偃師。』嘆曰：『古人措辭寓意，如此深妙，令人感慨不已。』大年又曰：鄧帥錢若水舉《賈誼》兩句云：『可憐夜半虛前席，不問蒼生問鬼神。』錢云：措意如此，後人何以企及？鹿門先生唐彥謙爲詩，纂慕玉溪，得其清峭感愴，蓋其一體也，然警絶之句亦多有。（同上）

商隱賦云：『豈如河畔牛星，隔年只聞一過；不及苑中人柳，終朝剩得三眠。』注：漢宮中有人形柳，一日三起三側。（同上）

義山少遊，投宿逆旅，主人會客，召與坐，不知其爲義山也。酒酣，席客賦《木蘭花》詩，義山後就，曰：『洞庭波冷曉侵雲，日日征帆送遠人。幾度木蘭舟上望，不知元是此花身。』坐客覽之大驚，詢之，乃義山也。（同上）

商隱爲彭陽公從事，彭陽之子綯，繼有韋、平之拜，惡商隱從鄭亞之辟，以爲忘家恩，疏之。重陽日，商隱留詩於其廳事曰：『曾共山翁把酒巵，霜天白菊繞堦墀。十年泉下無消息，九日樽前有所思。不學漢臣栽苜蓿，空教楚客詠江蘺。郎君官貴施行馬，東閣無因再得窺。』綯乃補太學博士，尋爲東川柳仲郢判官。府罷，客滎陽，卒。（同上）

《錦瑟》詩云：『錦瑟無端五十絃，一絃一柱思華年。莊生曉夢迷蝴蝶，望帝春心託杜鵑。滄海月明珠有淚，藍田日暖玉生烟。此情可待成追憶，只是當時已惘然。』或云：錦瑟，令狐楚之妾。（同上）

（温庭筠，）彥博裔孫，與李商隱俱有名，號温、李。與貴冑裴諴、令狐滈等蒲飲狎昵，爲襄陽巡官。（同上卷五十四温庭筠）

庭筠才思豔麗，工於小賦，每入試，押官韻作賦，凡八叉手而八韻成，時號『温八叉』。多爲鄰鋪假手，號曰救數人也，而士行玷缺，縉紳薄之。李義山謂曰：『近得一聯句云：遠比召公，三十六年宰輔。未得偶句。』温曰：『何不云：近同郭令，二十四考中書。』……（同上）

李義山作《杜司勳》詩云：『高樓風雨嘆（按：本集作『感』）斯文，短翼差池不及羣。刻意傷春復傷別，人間唯有杜司勳。』又云：『杜牧司勳字牧之，清秋一首《杜秋》詩。前身應是梁江總，名總還應字總持。心鐵已從干鏌利，鬢絲休嘆雪霜垂。漢江遠弔西江水，羊祜韋丹盡有碑。』時杜撰《韋碑》。（同上卷五十六杜牧）

李義山《汴上送郢之蘇州》云：『人高詩苦滯夷門，萬里梁王有舊園。烟幌自應憐《白紵》，月樓誰伴詠黄昏？露桃塗頰依苔井，風柳誇腰住水村。蘇小小墳今在否？紫蘭香逕與招魂。』（同上卷五十八李郢）

（崔珏）《哭李商隱》云：『成紀星郎字義山，適歸黄壤抱長嘆。詞林枝葉三春盡，學海波瀾一夜乾。風雨已吹燈燭滅，姓名長在齒牙寒。應遊物外攀琪樹，便着霓裳上玉壇。』（同上卷五十八崔珏）

李義山《送珏往西川》云：『年少因何有旅愁？欲爲東下更西遊。一條雪浪吼巫峽，千里火雲燒益州。卜肆至今多寂寞，酒壚自古擅風流。浣花牋紙桃紅色，好好題詩詠玉鉤。』（同上）

皮日休《松陵集序》云（略）（同上卷六十四皮日休。按同卷陸龜蒙亦節引此文，題爲《松陵唱和集序》）

（韓）偓父瞻，開成二（原作『六』，據本傳改）年李義山同年也。義山有《餞韓同年西迎家室戲贈》云：『籍籍征西萬户侯，新緣貴婿起朱樓。一名我漫居先甲，千騎君翻在上頭。雲路招邀回綵鳳，天河迢遞笑牽牛。南朝禁臠無人寄（本集作『近』），瘦盡瓊枝詠《四愁》。』（同上卷六十五韓偓）

偓小字冬郎。義山云：嘗即席爲詩相送，一座盡驚，句有老成之風。因有詩云：『十歲裁詩走馬成，冷灰殘燭動離情。桐花萬里丹山路，雛鳳清於老鳳聲。』（同上）

（唐）彦謙學義山爲詩。（同上卷六十八唐彦謙）

張戒

李義山、劉夢得、杜牧之三人，筆力不能相上下，大抵工律詩而不工古詩，七言尤工。五言微弱，雖有佳句，然不能如韋、柳、王、孟之高致也。義山多奇趣，夢得有高韻，牧之專事華藻，此其優劣耳。（《歲寒堂詩話》卷上）

『地險悠悠天險長，金陵王氣應瑶光。休誇此地分天下，只得徐妃半面妝。』李義山此詩，非誇徐妃，乃譏湘中也。義山詩佳處，大抵類此。詠物似瑣屑，用事似僻，而意則甚遠，世但見其詩喜説婦人，而不知爲世鑒戒。『玉桃偷得憐方朔，金屋妝成貯阿嬌。誰料蘇卿老歸國，茂陵松柏雨瀟瀟。』案：李商隱詩刊本『妝成』作『修成』。此詩非誇王母玉桃，阿嬌金屋，乃譏漢武也。『景陽宫井剩堪悲，不盡龍鸞誓死期。腸斷吴王宫外水，濁泥猶得葬西施。』此詩非痛恨張麗華，乃譏陳後主也。其爲世鑒戒，豈不至深至切。『内殿張絃管，中原絶鼓鼙。舞成青海馬，鬬殺汝南雞。不睹華胥夢，空聞下蔡迷。宸襟他日淚，薄暮望賢西。』夫雞至于鬬殺，馬至于舞成，其窮歡極樂不待言而可知也。『不睹華胥夢，空聞下蔡迷』，志欲神仙而反爲所惑亂也。其言近而旨遠，其稱名也小，其取類也大。杜牧之《華清宫三十韻》，鏗鏘飛動，極叙事之工，然意則不及此也。『卜肆至今多寂寞，酒壚自古擅風流。浣花牋紙桃花色，好好題詩詠玉鉤。』此詩送人蜀人，雖似誇文君酒壚，而其意乃是譏蜀人粗鄙少賢才爾。義山詩句，其精妙處大抵類此。（同上）

王介甫只知巧語之爲詩，而不知拙語亦詩也。山谷只知奇語之爲詩，而不知常語亦詩也。歐陽公詩專以快意爲主，蘇端明詩專以刻意爲工，李義山詩只知有金玉龍鳳，杜牧之詩只知有綺羅脂粉，李長吉詩只知有花草蜂蝶，而不知世間一切皆詩也。惟杜子美則不然，在山林則山林，在廊廟則廊廟，遇巧則巧，遇拙則拙，遇奇則奇，遇俗則俗，或放或收，或新或舊，案：《説郛》刊本作『或刻或奮』。一切物，一切事，一切意，無非詩者，故曰『吟多意有餘』，又曰『詩盡人間興』，誠哉是言。案：此條及下條原本未載，今據《學海類編》補入。（同上）

孔子曰：『《詩》三百，一言以蔽之，曰：「思無邪。」』世儒解釋終不了。余嘗觀古今詩人，然後知斯言良有以也。《詩序》有云：『詩者，志之所之也。在心爲志，發言爲詩。情動于中，而形於言。』其正少，其邪多。孔子删詩，取其思無邪者而已。自建安七子、六朝、有唐及近世諸人，思無邪者，惟陶淵明、杜子美耳，餘皆不免落邪思也。六朝顔、鮑、徐、庾，唐李義山，國朝黄魯直，乃邪思之尤者。魯直雖不多説婦人，然其韻度矜持，冶容太甚，讀之足以蕩人心魄，此正所謂邪思也。魯直專學子美，然子美詩讀之，使人凜然興起，肅然生敬，《詩序》所謂

『經夫婦，成孝敬，厚人倫，美教化，移風俗』者也，豈可與魯直詩同年而語耶？（同上）

【武侯廟】孔明卧于南陽之時，豈期爲人用耶？及玄德三顧，意氣相感，遂許以驅馳。更幼主之托，抗表以辭，仗義北伐，卒死于軍，義風凛然，竦動千載。故子美于空山之中，睹其遺廟而曰『猶聞辭後主，不復卧南陽』者，追想而嘆慕之也。此詩若草草不甚留意，而讀之使人凛然，想見孔明風采，比夫李義山『魚鳥猶疑畏簡書，風雲長爲護儲胥』之句，又加一等矣。（同上卷下）

黄徹

李義山任弘農尉，嘗投詩謁告云：『却羨卞和雙刖足，一生無復没階趨。』雖爲樂春罪人，然用事出人意表，尤有餘味。英俊屈沉，强顔低意，趨跖諸虎，扼腕不平之氣，有甚於傷足者。非粗知直己，不甘心於病畦下舐，不能賞此語之工也。（《䂬溪詩話》卷一）

李商隱《詠淮西碑》云：『言訖屢頷天子頤。』雖務奇崛，人臣言不當如此。乘輿軒陛，自不敢正斥，如老杜『天顔有喜近臣知』，『虬須似太宗』，可謂知體矣。東坡《贈寫御容》詩云：『野人不識日月角，髣髴尚憶重瞳光。天容玉色誰能畫，老師古寺晝閉房。』蓋遵此法。（同上卷二）

舉人過失難於當，其尤者，臧孫之犯門斬關，惟孟椒能數之，臧紇謂國有人焉，必椒也，其難如此。司馬相如竊妻滌器開巴蜀，以困苦鄉邦，其過已多；至爲《封禪書》，則諂諛蓋天性，不復自新矣。子美猶云：『竟無宣室召，徒有茂陵求。』李白亦云：『果得相如草，仍餘《封禪》文。』和靖獨不然，曰：『茂陵他日求遺藁，猶喜曾無《封禪書》。』言雖不迫，責之深矣。李商隱云：『相如解草《長門賦》，却用文君取酒金。』亦舍其大，論其細也。舉其大者，自西湖始，其後有譏其諂諛之態，死而未已。正如捕逐寇盗，先爲有力者所獲，搤其吭而騎其項矣，餘人從旁助捶縛耳。（同上卷三）

杜《尋范十隱居》云：『侍立小童清。』義山《憶匡一》云：『鑪烟銷盡寒燈晦，童子開門雪滿松。』子厚：『日午獨覺無餘聲，山童隔竹敲茶臼。』秀老云：『夜深童子喚不起，猛虎一聲山月高。』閒棄山間累年，頗得此數詩氣味。（同上卷四）

老杜：『卿到朝廷説老翁，漂零已是滄浪客。』又：『朝覲從容問幽仄，勿云江漢有垂綸。』其後夢得《送陳郎中》云：『若問舊人劉子政，而今頭白在商於。』《送惠休》則云：『休公久別如相問，楚客逢秋心更悲。』小杜：『江湖酒伴如相問，終老烟波不記程。』『交遊話我憑君道，除却鱸魚更不聞。』商隱《寄崔侍御》云：『若向南臺見鶯友，爲言垂翅度春風。』臨川：『故人一見如相問，爲道方尋木雁編。』『歸見江東諸父老，爲言飛鳥會知還。』聖俞：『儻或無忘問姓名，爲言嬾拙皆如故。』坡：『單于若問君家世，莫道中朝第一人。』皆有所因也。（同上卷五）

史趙釋絳縣老人年數云：『亥有二首六身。』蓋離析『亥』字點畫而上下之，如算籌縱横然，則下其二首爲二萬，六身各一縱一横，爲六千六百六十，正合其甲子之日數，傳以趙之明曆。劉賓客《送人赴絳州》云：『午橋羣吏散，亥字老人迎。』義山《贈絳臺老驛吏》云：『過客不勞詢甲子，惟書亥字與時人。』可謂善使事矣。……（同上卷九）

退之《韶州留別張使君》云：『久欽江總文才妙，自嘆虞翻骨相屯。』翻放棄南方，自恨疏節，骨鯁不媚，犯上獲罪，當長没海隅，其剛褊方拙，凌突權勢，出於天性，雅宜文公喜用。江總乃敗國奸回，特引之何故？按《南史·孔奐傳》，陳後主欲以總爲太子詹事，奐曰：『江有潘、陸之華，而無園、綺之實。』乃奏江總文華之人，宜求敦重之才。是詩恐有譏云。杜云：『遠愧梁江總，還家尚黑頭。』李商隱《贈牧之》云：『前身應是梁江總。』皆未可與言史也。（同上卷九）

山澤之儒多癯，詩人尤甚。子美有『思君令人瘦』。樂天云：『形容瘦薄詩情苦，豈是人間有相人。』又云：『貌將松共瘦，心與竹俱空。』李商隱：『瘦盡東陽姓沈人。』掉頭撚髭之苦，豈有張頤豐頰者哉！沈昭略嘗戲王約以肥而癡，答以瘦而狂，昭略喜曰：『瘦已勝肥，狂應勝癡。』（同上卷十）

晨牝妖鴟，索家生亂，自古而然，故夏姬亂陳，費無極亂楚。李義山《咏北齊》云：『小蓮玉體橫陳夜，已報周師入晉陽。』東坡：『成都畫手開十眉，橫雲卻月争新奇。遊人指點小顰處，中有漁陽胡馬嘶。』熟味此詩，則『吴人何苦怨西施』，豈足稱詠史哉！等而下之，凡移於此物者，皆可以爲戒。案：宋刻李義山詩『小憐』亦作『小蓮』，與此正同，姑仍之，俟考。（同上卷十）

李商隱詩好積故實，如《喜雪》云：『班扇慵裁素，曹衣詎比麻。鵝歸逸少宅，鶴滿令威家。』又『洛水妃虚妒，姑山客謾夸』，『聯辭雖許謝，和曲本慚《巴》』，一篇中用事者十七八。嘗觀臨川《詠棗》止數韻：『餘甘入鄰家，尚得饞婦逐。贄享古已然，《豳》詩自宜録。』用『女贄棗脩』，『八月剥棗』。『誰云食之昏』，用范曄『棗膏昏蒙』。『願比赤心投，皇明儻予燭』，用蕭琛『陛下投臣以赤心，臣敢不報以戰栗』。以是知凡作者，須飽材料。傳稱任昉用事過多，屬辭不得流便。余謂昉詩所以不能傾沈約者，乃才有限，非事多之過。坡集有全篇用事者，如《賀人生子》，自『鬱葱佳氣夜充閭，喜見徐卿第二雛』，至『我亦從來識英物，試教啼看定何如』；戲《張子野買妾》，自『錦里先生自笑狂，身長九尺鬢眉蒼』，至『平生謬作安昌客，略遣彭宣到後堂』，句句用事，曷嘗不流便哉！（同上）

鄭樵

【李商隱蜀爾雅三卷。古文略（不書卷數）。雜纂一卷。玉谿生詩一卷。玉谿生賦一卷。樊南四六甲集二十卷，乙集二十卷。】（《通志·藝文略》）

李石

【何南仲分類杜詩叙（節録）】雅道不復作，至于子美、太白天下無異議，退之晚尤知敬而仰之。唐人多工巧，退之以爲餘事，其有取於李、杜者，雅道之在故也。近世楊大年尚西崑體，主李義山句法，往往摘子美之短而陋之曰『村夫子』，語人亦莫或信，何者？子美詩固多變，其變者必有説，善説詩者固不患其變，而患其不合於理，理苟在焉，雖其變無害也。（《方舟集》卷十）

姚寬

昔楚襄王與宋玉遊高唐之上，見雲氣之異，問宋玉，玉曰：『昔先王夢遊高唐，與神女遇，玉爲《高唐》之賦。』先王，謂懷王也。宋玉是夜夢見神女，寤而白王，王令玉言其狀，使爲《神女賦》。後人遂云襄王夢神女，非也。古樂府詩有之：『本自巫山來，無人覩容色。惟有楚懷王，曾言夢相識。』李義山亦云：『襄王枕上元無夢，莫枉陽臺一片雲。』今《文選》本『玉』『王』字誤。（《西溪叢語》卷上）

李義山《代魏宫私贈》詩云：『來時西館阻佳期，去後漳河隔夢思。知有宓妃無限意，春蘭秋菊可同時？』《代元城吴令質暗爲答》云：『背闕歸藩路欲分，水邊風日半西曛。襄王枕上元無夢，莫枉陽臺一片雲。』第一篇注云：『黄初三年，已隔存殁。追逮其意，何必同時？』按此詩當是四年作。甄后，黄初二年，郭后有寵，后失意。帝大怒，六月，遣使賜死，葬於鄴。《洛神賦》云：『黄初三年，朝京師，還濟洛川。』李善云：『三年，立植爲鄄城王。四年，徙封雍邱。其年朝京師。』又《文紀》云：『三年，行幸許。』又曰：『四年三月，還雒陽。』並云四年朝，此云三年，誤矣。『怨盛年之不當，李善云：『謂少壯之時不能得當君王之意。』此言微感甄后之情。黄初二年，植與諸侯就國，監國謁者灌均奏植醉酒悖慢，劫脅使者。有司請治罪，故貶爵安鄉侯，改封鄄城侯。後求見帝。黄初四年來朝，帝責之，置西館，未許朝，上《責躬詩》。裴鉶《傳奇》載《感甄賦》之因，文字淺俗不可信。元微之《代曲江老人百韻》有『班女恩移趙，思王賦《感甄》』，何也？李善注《感甄賦》云：『東阿王漢末求甄逸女，不遂。太祖回，與五官中郎將，植殊不平，晝思夜想，忘寢與食。黄初中入朝，帝示植玉鏤金帶枕。植見之，不覺泣下。時已爲郭后讒死，帝意亦悟，因令太子留宴飲，以枕賚植。植還度轘轅，將息洛水上，忽見女子來，自云：『我本託心君王，其心不遂。此枕是我嫁時從嫁，前與五官中郎將，今與君王。』遂用薦枕席，歡情交集。又云：『豈不欲常見，但爲郭后以糠塞口，今被髮掩面，羞將此形貌重覩君王爾。』言訖，遂不復見所在。遣人獻珠於王，王答以玉珮，悲喜不能自勝。因作《感甄賦》。後明帝見之，改爲《洛神賦》云。《孔融傳》云：『初，曹操攻屠鄴城，袁氏婦子多見侵掠。而操子丕納袁熙妻甄氏。』《魏略》云：『文帝入紹舍，后脇伏姑膝上。帝令舉頭就視，見其顏色非常。太祖聞其意，爲迎取之。』（同上）

李義山《崇讓宅讌》詩：『風過回塘萬竹悲。』洛陽有崇讓坊，有河陽節度使王茂元宅。《韋氏述征記》云：『此坊出大竹及桃。』（同上）

李商隱詩云：『何人書破蒲葵扇，記看南塘移樹時。』蒲葵，棕櫚也。《晉陽秋》：『謝太傅鄉人有罷中宿縣，詣安，安問歸資，答曰：「唯有五萬蒲葵扇。」安乃取其中者執之，其價數倍。』又，王羲之見老姥持六角扇賣之，因書其扇各五字。老姥初有難色，羲之謂曰：『但云右軍書，以求百金。』姥從之，人競買之。乃二事誤用也。（同上）

李商隱有《當句對》詩云：『密邇平陽接上蘭，秦樓鴛瓦漢宮盤。池光不定花光亂，日氣初涵露氣乾。』亦有當句對而兩句不對者，如陸龜蒙詩云：『但説漱流並枕石，不辭蟬腹與龜腸。』（同上）

李商隱《燒香曲》云：『八蠶繭綿小分炷，獸焰微紅隔雲母。』左太冲《吴都賦》云：『鄉貢八蠶之綿。』注云：『有蠶一歲八育。』《雲南志》云：『風土多暖，至有八蠶。』言蠶養至第八次，不中爲絲，只可作綿，故云八蠶之綿。（同上）

『洞庭春水緑於雲，日日征帆送遠人。曾向木蘭舟上過，不知元是此花身。』一小説：唐末，館閣數公泛舟，以木蘭爲題，忽一貧士登舟作此。諸公覽詩大驚，物色之，乃李義山之魄，時義山下世久矣。又《嵐齋集》載此詩，陸龜蒙於蘇守張摶座上賦此《木蘭堂》詩，未知孰是。（同上）

李君翁詩話《卜居》云：『「寧誅鋤草茅，以力耕乎？」詩人皆以爲宋玉事，豈《卜居》亦宋玉擬屈原作邪？庾信《哀江南賦》云：「誅茅宋玉之宅。」不知何據而言。』此君翁之陋也。唐余（知）古《渚宫故事》曰：『庾信因侯景之亂，自建康遁歸江陵，居宋玉故宅。』宅在城北二里。故其賦曰：『誅茅宋玉之宅，穿徑臨江之府。』老杜《送李功曹歸荆南》云『曾聞宋玉宅，每欲到荆州』是也。又在夔府《詠懷古跡》云：『摇落深知宋玉悲』，『江山故宅空文藻』。然子美《移居夔州入宅》詩云：『宋玉歸州宅，雲通白帝城。』蓋歸州亦有宋玉宅，非止荆州也。李義山亦云：『却將宋玉臨江宅，異代仍教庾信居。』（同上）

李義山《定子》詩：『堪笑喫虚隋煬帝，破家亡國爲何人？』《北里志》：劉泰娘門有樗樹，贈詩云：『尋常凡木最輕樗，今日尋樗桂不如。漢高新破咸陽後，莫使奔波（英俊）遂喫虚。』（《西溪叢語》卷下）

李義山《柳枝詩序》，有『湔裙水上』之語。《北史》：竇泰母夢風雷有娠，朞而不産，甚懼。有巫者曰：『度河湔裙，産子必易。』便向水所，忽見一人云：『當生貴子，可徙而南。』母從之。俄而生泰。及長，爲御史中尉。别見《荆楚歲時記》。（同上）

李義山《嬌兒詩》云：『忽復學參軍，按聲喚蒼鶻。』按《吴史》云：『徐知訓怙威驕淫，調誚王，無敬畏之心。嘗登樓狎戲，荷衣木簡，自號參軍。令王髽髻鶉衣爲蒼頭以從。』歐公《五代史·吴世家》云：『（徐）知訓爲參軍，隆演鶉衣髽髻爲蒼鶻。』前云『蒼頭』，非也。（同上）

葛立方

咸平景德中，錢惟演劉筠首變詩格，而楊文公與王鼎王綽號『江東三虎』，詩格與錢、劉亦絶相類，謂之『西崑體』。大率效李義山之爲豐富藻麗，不作枯瘠語，故楊文公在至道中得義山詩百餘篇，至於愛慕而不能釋手。公嘗論義山詩，以謂包蘊密緻，演繹平暢，味無窮而炙愈出，鑽彌堅而酌不竭，使學者少窺其一斑，若滌腸而洗骨。是知文公之詩，有得於義山者爲多矣。又嘗以錢惟演詩二十七聯，如『雪意未成雲着地，秋聲不斷雁連天』之類，劉筠詩四十八聯，如『溪牋未破冰生硯，罏酒新燒雪滿天』之類，皆表而出之，紀之於《談苑》。且曰二公之詩，學者爭慕，得其格者，蔚爲佳詠。可謂知所宗矣。文公鑽仰義山於前，涵泳錢、劉於後，則其體制相同，無足怪者。小説載優人有以義山爲戲者，義山服藍縷之衣而出，或問曰：『先輩之衣何在？』曰：『爲館中諸學士撏扯去矣。』人以爲笑。（《韻語陽秋》卷二）

作詩貴雕琢，又畏有斧鑿痕；貴破的，又畏黏皮骨，此所以爲難。李商隱《柳》詩云：『動春何限葉，撼曉幾多枝。』恨其有斧鑿痕也。石曼卿《梅》詩云：『認桃無緑葉，辨杏有青枝。』恨其黏皮骨也。能脱此二病，始可以言詩矣。劉夢得稱白樂天詩云：『郢人斤斲無痕迹，仙人衣裳棄刀尺。世人方内欲相從，行盡四維無處覓。』若能如是，雖終日斲而鼻不傷，終日射而鵠必中，終日行於規矩之中，而其迹未嘗滯也。山谷嘗與楊明叔論詩，謂以俗爲雅，以故爲新，百戰百勝。如孫、吳之兵，棘端可以破鏃；如甘蠅、飛衛之射，捏聚放開，在我掌握，與劉所論，殆一轍矣。（同上卷三）

裴度平淮西，絶世之功也。韓愈《平淮西碑》，絶世之文也。非度之功不足以當愈之文，非愈之文不足以發度之功。碑成，李愬之子乃謂没父之功，訟之於朝。憲宗使段文昌別作。此與舍周鼎而寶康瓠何異哉！李義山詩云：『碑高三丈字如斗，負以靈鼇蟠以螭。句奇語重喻者少，讒之天子言其私。長繩百尺拽碑倒，粗砂大石相磨治。公之斯文若元氣，先時已入人肝脾。』愈書愬曰：『十月壬申，愬用所得賊將，自文城因天大雪，疾馳百二十里到蔡，取元濟以獻。』與文昌所謂『郊雲晦冥，寒可墮指。一夕卷旆，凌晨破關』等語，豈不相萬萬哉！東坡先生謫官過舊驛壁間，見有人題一詩云：『淮西功業冠吾唐，吏部文章日月光。千古斷碑人膾炙，世間誰數段文昌？』坡喜而誦之。（同上）

裴度在朝，憲宗委任不疑，使破三賊。已而吴元濟授首，王承宗割二州遣子入侍，李師道被擒。兩河諸侯，忠者懷，强者畏，克融、廷湊皆不敢桀驁，勛烈之盛，一時無與比肩者。惟李義山指爲聖相，詩曰一帝得聖相相曰度』，又曰『嗚呼聖皇及聖相』，亦過矣哉！荀卿曰：『得聖臣者帝。』若舜、禹、伊、尹、周公皆聖臣也，謂四人爲聖臣則可，謂裴度爲聖相，其可哉？（同上）

省題詩自成一家，非他詩比也。首韻拘於見題，則易於牽合；中聯縛於法律，則易於駢對，非若遊戲於烟雲月露之形，可以縱横在我者也。王昌齡、錢起、孟浩然、李商隱輩皆有詩名，至於作省題詩，則疏矣。王昌齡《四時調玉燭》詩云：『祥光長赫矣，佳號得温其。』錢起《巨魚縱大壑》詩云：『方快吞舟意，尤殊在藻嬉。』孟浩然《騏驥長鳴》詩云：『逐逐懷良馭，蕭蕭顧樂鳴。』李商隱《桃李無言》詩云：『夭桃花正發，穠李蕊方繁。』此等句與兒童無異，以此知省題詩自成一家也。（同上）

仲長統云：『垂露成幃，張霄成幄。沆瀣當餐，九陽代燭。』蓋取無情之物作有情用也。自後竊取其意者甚多。張志和則云：『太虛爲室，明月爲燭。』王康琚則云：『華條當圜屋，翠葉代綺窗。』吴筠則云：『綠竹可充食，女蘿可代裙。』劉伶則云：『日月爲扃牖，八荒爲庭衢。』皆是意也。李義山《無題》詩云：『春蠶到死絲方歇（按：集本作『盡』），蠟炬成灰淚始乾。』此又是一格。今效此體爲俚語小詞傳於世者甚多，不足道也。（同上）

杜子美褒稱元結《舂陵行》兼《賊退後示官吏》二詩云：『兩章對秋水，一字偕華星。致君唐、虞際，淳朴憶大庭。』又云：『今盗賊未息，得結輩數十公，落落然參錯爲天下邦伯，天下少安，可立待已。』蓋非專稱其文也。至於李義山，乃謂次山之作『以自然爲祖，以元氣爲根』，無乃過乎？秦少游《漫郎詩》云：『字偕華星章對月，漏

洩元氣煩揮毫。』蓋用子美、義山語也。（同上卷六）

李義山詩云：『本爲留侯慕赤松，漢庭方識紫芝翁。蕭何只解追韓信，豈得虛當第一功？』是以蕭何功在張良下也。王元之詩云：『紀信生降爲沛公，草荒孤壘想英風。漢家青史緣何事，却道蕭何第一功？』是以蕭何功在紀信下也。余謂炎漢創業，何爲宗臣，高祖設指蹤之喻盡之矣，他人豈容議邪！（同上卷九）

李義山作《嬌（按本集作『驕』）兒詩》時，衮師方三四歲爾。其末乃云：『兒應（按本集作『慎』）勿學爺，讀書求甲乙。況今西與北，羌戎正狂悖。……兒當速成大，探雛入虎窟。當爲萬户侯，勿守一經袠。』夫兵禍連結，生民塗炭，以日爲歲之時，而乃望三四歲兒立功於二十年後，所謂俟河之清，人壽幾何者邪！（同上卷十）

李商隱《九日》詩云：『曾共山翁把酒時，霜天白菊繞階墀。十年泉下無消息，九日尊前有所思。不學漢臣栽苜蓿，空教楚客詠江蘺。郎君官貴施行馬，東閣無因再得窺。』蓋令狐楚與商隱素厚，楚卒，子綯位致通顯，略不收顧，故商隱怨而有作。然實商隱自取之也。且商隱妻父王茂元與所依鄭亞皆李德裕黨也。商隱與二人暱甚，故綯以爲忘家恩，放利偷合者，是綯惡其異己也。後綯當國，商隱亦歸窮自解，綯雖與一太學博士，然商隱亦厚顔矣。唐之朋黨，延及縉紳四十年，而二李爲之首，至綯而滋熾。綯之忘商隱，是不能念親；商隱之望綯，是不能揆己也。（同上卷十一）

烟霞泉石，隱遁者得之，宦游而癖此者鮮矣。謝靈運爲永嘉，謝玄暉爲宣城，境中佳處，雙旌五馬，游歷殆遍，詩章吟詠甚多，然終不若隱遁者藜杖芒鞋之爲適也。玄暉《敬亭山》詩云：『我行雖紆阻，兼得尋幽蹊。』《板橋詩》云：『既歡懷禄情，復叶滄洲趣。』自謂兩得之者。其後又有《鼓吹登山》之曲。且松下喝道，李商隱猶謂之殺風景，而況於鼓吹乎？韋應物、歐陽永叔皆作滁州太守，應物《遊琅琊山》則曰：『鳴騶響幽澗，前旌耀崇岡。』永叔則不然，《遊石子澗》詩云：『麏麚魚鳥莫驚怪，太守不將車騎來。』又云：『使君厭騎從，車馬留山前。行歌招野叟，共步青林間。』遊山當如是也。（同上卷十三）

傀儡之戲舊矣，自周穆王與盛姬觀偃師造倡於崑崙之道，其藝已能奪造化通神明矣。晏元獻公嘗爲《傀儡賦》

云『外眩刻瑚，内牽纏索，朱紫坌並，銀黄煜爚，生殺自口，榮枯在握』者，可謂曲盡其態。李義山作《宫妓》一絶云：『珠箔輕明拂玉墀，披香新殿鬥腰支。不須更看（本集作『看盡』）魚龍戲，終恐（本集作『遣』）君王怒偃師。』是以觀倡不如觀舞也。然唐明皇好舞《霓裳》，以至於亂，杜牧所謂『《霓裳》一曲千峯上，舞破中原始下來』是也。漢高祖白登之圍，以刻木爲美人而圍解，《樂録》謂即今之傀儡。則是舞或亂唐，而刻木或可以興漢，義山之詩異矣。（同上卷十七）

柳比婦人尚矣，條以比腰，葉以比眉，大垂手、小垂手以比舞態。故自古命侍兒，多喜以柳爲名。白樂天侍兒名柳枝，所謂『兩枝楊柳小樓中，嫋嫋多年伴醉翁』是也。韓退之侍兒亦名柳枝，所謂『别來楊柳街頭樹，擺撼春風只欲飛』是也。洛中里娘亦名柳枝，李義山欲至其家久矣，以其兄讓山在焉，故不及昵。義山有《柳枝五首》，其間怨句甚多，所謂『畫屏繡步障，物物自成雙。如何湖上望，只是見鴛鴦』之類是也。嗚呼，天倫同氣之重，共聚於子女揉雜之所，已爲名教之罪人，而一不得其欲，又作爲詩章，顯形怨讟，且自彰其醜，遺臭無窮，所謂滅天理而窮人欲者，無大於此。如李商隱者，又何足道哉！（同上卷十九）

古今人詠王昭君多矣。王介甫云：『意態由來畫不成，當時枉殺毛延壽。』歐陽永叔云：『耳目所及尚如此，萬里安能制夷狄。』白樂天云：『愁苦辛勤顦顇盡，如今却似畫圖中。』後有詩云：『自是君恩薄於紙，不須一向恨丹青。』李義山云：『毛延壽畫欲通神，忍爲黄金不爲人。』意各不同，而皆有議論，非若石季倫駱賓王輩徒序事而已也。邢惇夫十四歲作《明君引》，謂『天上仙人骨法别，人間畫工畫不得。』亦稍有思致。（同上）

周紫芝

【風玉亭記（節録）】唐人以詩名家者甚多，獨以李長吉、李義山、杜牧之爲詭譎怪奇之作，牧之詩其實清麗閒放，宛轉而有餘韻，非若義山之僻、長吉之怪，隱晦而不可曉也。（《太倉稊米集》卷六十）

朱翌

宋景文《落花》云：『將飛更作回風舞。』李義山云：『落時猶自舞。』宋用此。（《猗覺寮雜記》卷上）

介甫云：『日高青女尚横陳。』又云：『水歸洲渚得横陳。』用《楞嚴》『於横陳時味如嚼蠟』事。唐李義山：『小蓮玉體横陳夜，已報周師入晋陽。』……宋玉《諷賦》：『主人之女歌曰：「内怵惕兮徂玉牀，横自陳兮君之旁。」』『横陳』蓋本於此。（同上）

《左氏》『室如懸罄』。言室中之物垂盡。以『罄』訓『盡』也。其下云：『野無青草』。則罄恐是器物，但非今之僧罄也。若以古之鐘罄言之，則罄皆曲折片石，無中虚之理。《説文》『罄，虚器。』以是知爲器物。但不知於今爲何器。子厚云：『三畝能留懸罄室，九原猶寄若堂封。』李義山云：『不憂懸罄乏，乍喜覆盂安。』（同上）

『玄菟郡』多作平聲。義山云：『可惜前朝玄菟郡，積骸成莽陣雲深。』則作仄音。『燈檠』平聲也。義山云：『六曲屏風江雨急，九枝燈檠夜珠圓。』則又爲仄音。（同上）

楊太真妃，本壽王瑁妃也。玄宗納之，爲壽王别娶韋詔訓女。李義山《驪山》詩云：『驪岫飛泉泛暖香，九龍呵護玉蓮房。平明每幸長生殿，不從金輿唯壽王。』（同上）

李義山云：『取酒一封駝。』《前漢》：大月氏一封橐駝。注：『脊上有一封。言其隆高若封土，俗號封牛。』（同上）

詩人論魯直《酴醾》云：『露濕何郎試湯餅，日烘荀令炷鑪香』，不以婦人比花，乃用美丈夫事。不知魯直此格亦有來歷。李義山《早梅》云：『謝郎衣袖初翻雪，荀令熏鑪更换香。』亦以美丈夫比花。魯直爲工。（同上）

王灼

古書亡逸固多，存於世者，亦恨不盡見。李義山絶句云：『本來銀漢是紅墻，隔得盧家白玉堂。誰與王昌報消息，盡知三十六鴛鴦。』而唐人使王昌事尤數，世多不曉，古樂府中可互見，然亦不詳也。一曰：『相逢狹路間，道隘不容車。如何兩少年，挾轂問君家。君家誠易知，易知復難忘。黄金爲君門，白玉爲君堂。堂上置樽酒，使作邯鄲倡。中庭生桂樹，華燈何煌煌。兄弟兩三人，中子爲侍郎。五日一來歸，道上自生光。黄金絡馬頭，觀者滿路傍。入門時左顧，但見雙鴛鴦。鴛鴦七十二，羅列自成行。』一曰：『河中之水向東流，洛陽女兒名莫愁。莫愁十三能織綺，十四採桑南陌頭。十五嫁爲盧家婦，十六生兒字阿侯。盧家蘭室桂爲梁，中有鬱金蘇合香。頭上金釵十二行，足下絲履五文章。珊瑚桂鏡爛生光。平頭奴子提履箱。人生富貴何所望，恨不嫁與東家王。』以三章互考之，即知樂府前篇所謂白玉堂與鴛鴦七十二，乃盧家。然義山稱三十六者，三十六雙，即七十二也。又知樂府後篇所謂東家王，即王昌也。余少年時戲作《清平樂》曲，贈妓盧姓者云：『盧家白玉爲堂。于飛多少鴛鴦。縱使東墻隔斷，莫愁應念王昌。』黄載萬亦有《更漏子》曲云：『憐宋玉，許王昌，東西鄰短墻。』予每戲謂人曰：『載萬似曾經界兩家來。』蓋宋玉《好色賦》，稱東鄰之子，即宋玉爲西鄰也。東家王，即東鄰也。載萬用事如此之工。世徒知石城有莫愁，不知洛陽亦有之，前輩言樂府兩莫愁，正謂此也。又韓致光詩：『何必苦勞魂與夢，王昌祇在此墻東。』業唱歌者，沈亞之目爲聲家，又曰聲黨，又曰貢聲中禁。案：業唱歌者至此二十一字與上下文無涉，似當析出别爲一條。李義山云：『王昌且在墻東住，未必金堂得免嫌。』又云：『欲入盧家白玉堂，新春催破舞衣裳。』《對雪》云：『又入盧家妒玉堂。』（《碧雞漫志》卷二）

佚名

【李義山詩】李義山《襪》詩云：『嘗聞宓妃襪，渡水欲生羅。好借姮娥著，清秋踏月輪。』荆公作《月夕》詩云：『蹋月看流水，水明摇蕩月。草木已華滋，山川復清發。褰裳伏檻處，緑浄數毛髮。誰能挽姮娥，俯濯凌波襪？』因舊而語意俱新矣。（《竹莊》九）（郭紹虞校輯《宋詩話輯佚》卷下佚名《詩事》）

吴曾

【裴度聖相】葛立方《韻語陽秋》云（略）。余按：李義山《韓碑》詩：『帝得聖相相曰度』，其下自注曰：『《晏子春秋》，仲尼聖相。』蓋《晏子春秋》不顯，人讀之者少，義山恐人以爲疑，因注詩下。而《陽秋》議論乃爾鹵莽，何耶？紹興間曾惇《黄州書事》亦用此事云：『裴度乃今真聖相，勒碑千載可無人。』（《能改齋漫録》卷四）

豫章《題陽關圖》絶句：『斷腸聲裏無聲畫，畫出陽關更斷腸。』按：李義山《贈歌妓》詩云：『紅綻櫻桃含白雪，斷腸聲裏唱《陽關》。』豫章所用也。（同上卷七）

陳橋距舊城二十里，即古之板橋。太祖北征，次陳橋，軍士推戴，即其地也。白居易《板橋路》詩曰：『梁苑城西二十里，一渠長水柳千條。若爲此路應重過，十五年前舊板橋。曾共玉顔橋上别，不知消息到今朝。』李義山《板橋曉别》云：『迴望高城落曉河，長亭窗户壓微波。水仙欲上鯉魚去，一夜芙蓉紅淚多。』王荆公《陳橋》詩云：『走馬黄昏渡河水，夜争歸路春風裏。指點韋城太白高，投鞭日午陳橋市。楊柳初回陌上塵，胭脂洗出杏花匀。紛紛塞路堪追惜，失却新年一半春。』（同上卷九）

歐公……自爲一詞云：『闌干十二獨憑春。晴碧遠連雲。千里萬里，二月三月，行色苦愁人。謝家池上，江淹浦畔，吟魄與離魂。那堪疏雨滴黄昏。更特地、憶王孫。』蓋《少年遊》令也。……雖置諸唐人温、李集中，殆與之爲一矣。（《能改齋詞話》卷二）

嚴有翼

【反用故事法】文人用故事有直用其事者，有反其意而用之者。（王）元之《謫守黄岡謝表》云：『宣室鬼神之問，豈望生還？茂陵封禪之書，惟期死後。』此一聯每爲人所稱道。然皆直用賈誼、相如之事耳。李義山詩：『可憐夜半虚前席，不問蒼生問鬼神。』雖説賈誼，然反其意而用之矣。林和靖詩：『茂陵他日求遺藁，猶喜曾無《封禪書》。』雖説相如，亦反其意而用之矣。直用其事，人皆能之；反其意而用之者，非識學素高，超越尋常拘攣之見，不規規然蹈襲前人陳迹者，何以臻此！（《叢話》後十九、《詩學指南》本《名賢詩旨》、《歷代》五十二、《玉屑》七）（郭紹虞校輯《宋詩話輯佚》卷下《藝苑雌黄》）

吴聿

李義山云：『小亭閒眠微酒銷，山榴海柏枝相交。』韓致光云：『深院下簾人晝寢，紅薔薇架對芭蕉。』皆微辭也。（《觀林詩話》）

程文若在官，喜抄書，嘗云：『古人以是爲風流罪過，予以李義山「舉白弈棊兼把釣，不離至教事顛狂」之語作對云：「舉白顛狂，不離至教；抄書罪過，抄書當是殺青之謂。要是風流。」』（同上）（按：吴聿所引義山此二句，本集不載，當是佚詩。）

阮閱

李義山詩：『小鼎烹茶面曲池，白鬚道士竹間棋。何人書破蒲葵扇，記着南窗（按本集作『塘』）移樹時。』蒲葵扇出《謝安傳》。然人不知其何名蒲葵。蘇子容云：椶櫚也。出《廣雅》。今衢、信、宣、歙間扇是也。謂形似蒲葵耳。《詩史》（《增修詩話總龜》前集卷二《達理門》）

楊大年同陳恕讀李義山詩，酷愛一絶云：『珠箔輕明覆（按本集作『拂』）玉墀，披香新殿鬬腰支。不須看盡魚龍戲，終遣君王怒偃師。』嘆曰：『古人措意如此深妙。』各嘆服。（同上卷四《稱賞門》）

宋莒公好玉谿詩，不愛韋蘇州。晏元獻取少陵多，取太白少；又取裴説『幸無偏照處，剛有不明時』爲佳。《古今詩話》（同上卷六《評論門》中）

梁簡文云：『早知半路應相失，不若從來本獨飛。』李義山云：『無事交渠更相失，不及從來莫作雙。』而近時樂府亦云：『早知今日長相憶，不及從來莫作雙。』此最爲詩之大患。（同上卷八《評論門》四）

楊大年、錢文僖、劉子儀以文章立朝，爲詩皆宗李義山，號西崑體。後進效之，多竊取義山語。御嘗賜百官宴，優人有裝爲義山者，衣服敗裂，告人曰：『爲諸館職撏撦至此。』聞者大噱。然大年《漢武》詩云：『力通青海求龍種，死諱文成食馬肝。待詔先生齒編貝，忍令乞米向長安？』義山不能過。《古今詩話》（同上卷十一《雅什門》下）

錢鄧帥嘗舉《思賈誼》兩句云：『可憐半夜虚前席，不問蒼生問鬼神。』後人何可及。《談苑》（同上卷十二《警句門》上）

李義山遊長安，投宿旅店，適會客，因召與坐，不知爲義山也。酒酣，客賦《木蘭花》詩，衆皆誇示。義山後成詩曰：『洞庭波冷曉侵雲，日日征帆送遠人。幾度木蘭舟上望，不知花是此船身。』坐客大驚，詢之，方知是義山。《古今詩話》。《零陵總記》載：《木蘭花》詩是陸龜蒙所作。（同上卷二十《詠物門》上）

稷山驛吏王金（按：本集作『全』）作吏五十六年，稱有道術，往來多贈篇什。李義山有詩贈云：『過客不須詢歲代（按：本集作『甲子』），唯書乙亥（按：本集作『亥字』）與時人。』（同上卷二十六《寄贈門》上）

彈棋今人罕爲之，有譜一卷，蓋唐賢所爲。其局方二尺，中心高如覆盂，其巔爲小壺，四角微起。李商隱詩云：『玉作彈棋局，中心最不平。』謂其中高也。樂天詩云：『彈棋局上事，最妙是長斜。』謂抹角長斜一發過半局。今譜中具有此法。柳子厚叙用二十四棊者，即此謂也。（同上卷二十八《故事門》）

李義山作《驕兒詩》，時衮師方三四歲爾。其末乃云：『兒應（按：本集作『愼』）勿學耶，讀書求甲乙。……況今西與北，羌戎正狂悖。……兒當速成大，探雛入虎窟。當爲萬户侯，勿守一經帙。』兵連禍結，生民塗炭，以日爲歲之時，而乃望三四歲兒立功于二十年後，所謂『俟河之清，人壽幾何』者也。葛常之（同上後集卷三《孝義門》）

《談苑》曰：余知制誥日，與陳恕同考試。恕曰：『夙昔師範徐騎省爲文，騎省其有《徐孺子亭記》，其警句云：「平湖千畝，凝碧乎其下，西山萬疊，倒影乎其中。」他皆常語。近得舍人所作《涵虚閣記》，終篇皆奇語，自渡江來未嘗見。此信一代之雄文也。』其相推如此。因出義山詩共讀，酷愛一絶云：『珠箔輕明拂玉墀，披香新殿鬭腰支。不須看盡魚龍戲，終遣君王怒偃師。』擊節稱嘆曰：『古人措辭，寓意如此之深，令人感慨不已。』（同上卷五《求意門》）

杜子美褒稱元結《舂陵行》兼《賊退不官吏》二詩云：『兩章對秋月，一字偕華星。致君唐、虞際，淳樸憶大庭。』又云：『今盗賊未息，得結輩數十公，落落然參錯爲天下邦伯，天下少安，可立待已。』蓋非專稱其文也。至于李義山，乃謂『次山之作，以自然爲祖，以元氣爲根』，無乃過乎！秦少游《漫郎》詩云：『字偕華星章對月，漏泄元氣煩揮毫。』蓋用子美、義山語也。（同上卷九《稱賞門》）

咸平、景德中，錢惟演、劉筠首變詩格，而楊文公與之鼎立，綽號『江東三虎』。詩格與錢、劉亦絶相類，謂之西崑體。大率效李義山之爲豐富藻麗，不作枯瘠語。故楊文公在至道中得義山詩百餘篇，至于愛慕而不能釋手。公嘗論義山詩，以爲包藴密致，演繹平暢，味無窮而炙愈出，鑽彌堅而酌不竭，使學者少窺其一斑，若滌腸而浣胃。

是知文公之詩者，得于義山者多矣。又嘗以錢惟演詩二十七聯，如『雪意未消雲着地，秋聲不斷雁連天』之類，劉筠詩四十八聯，如『溪牋未破冰生硯，爐酒新燒雪滿天』之類，皆表而出之。（同上卷十一《評論門》）

作詩貴雕琢，又畏有斧鑿痕；貴破的，又畏粘皮骨。此所以爲難。李商隱《柳詩》云：『動春何限葉，撼曉幾多枝。』恨其有斧鑿痕也。石曼卿《梅》詩云：『認桃無緑葉，辨杏有青枝。』恨其粘皮骨也。能脱此二病，始可以言詩矣。……（同上卷十一《評論門》）

杜牧《赤壁》詩云：『折戟沉沙鐵未銷，自將磨洗認前朝。東風不與周郎便，銅雀春深鎖二喬。』李義山集中亦載此詩，未知果何人所作也。（同上）

李義山詩云：『本爲留侯慕赤松，漢庭方識紫芝翁。蕭何只解追韓信，豈得虚當第一功！』是以蕭何功在張良下也。王元之詩云：『紀信生降爲沛公，草荒孤壘想英風。漢家青史緣何事？却道蕭何第一功！』是以蕭何功在紀信下也。余謂炎漢創業，何爲宗臣。高祖設指縱之喻，盡之矣，他人豈容議耶？葛常之（同上卷十四《評史門》）

裴度……勳烈之盛，一時無與比肩者。惟李義山指爲聖相，詩曰：『帝得聖相相曰度』，又曰：『嗚呼聖皇及聖相』，亦過矣哉！荀卿曰：『得聖臣者帝。』若舜、禹、伊尹、周公，皆聖臣也。謂四人爲聖臣，則可；謂裴度爲聖相，其可哉！《韻語陽秋》（同上卷十五《評史門》）

李義山任弘農尉，嘗投詩謁告云：『却羡卞和雙刖足，一生無復没階趨。』雖爲樂春罪人，然用事出人意表，尤有餘味。英俊陸沉，强顔低意，趨跖諸虎，扼腕不平之氣有甚於傷足者，非粗知直己，不甘心於病畦下舐者，不能賞此語之工也。《陽秋》（同上卷二十《警句門》）

山澤之儒多癯，詩人尤甚。子美有『思君令人瘦』。樂天云：『形容瘦薄詩情苦，豈是人間有相人。』又云：『貌將松共瘦，心與竹俱空。』李商隱：『瘦盡東陽姓沈人。』掉頭撚髭之苦，豈有張頤豐頰者哉！沈昭略嘗戲王約以肥而癡，答以瘦而狂。昭略喜曰：『瘦已勝肥，狂已勝癡。』黄常明（同上）

李商隱詩好積故實，如《喜雪》云：『班扇慵裁素，曹衣詎比麻？鵝歸逸少宅，鶴滿令威家。』又，『洛水妃虚

妬，姑山女謾誇。聯辭雖許謝，和曲本慚《巴》。」一篇中用事十七八。《碧溪》（同上卷二十二《用事門》）

李商隱《詠淮西碑》云：『言訖屢頷天子頤。』雖務奇崛，人臣言不當如此。乘輿軒陛，自不敢正斥。如老杜『天顏有喜近臣知』，『虬鬚似太宗』，可謂知體矣。東坡《贈寫御容》詩云：『野人不識日月角，仿徨尚憶重瞳光。天容玉色誰敢畫，老師古寺晝閑房。』蓋遵此法。《碧溪》（同上卷二十五《傚法門》）

玉谿生《牡丹》詩錦帳佳人乃《越絶書》中事，退之《燈花》詩全似老杜，所用黄裹事見《前漢》黄屋注中。荆公詩曰：『溪邊飲啄白浮鳩。』浮鳩出《晋志》。《雪浪齋日記》（同上卷二十七《詠物門》）

詠物詩不待分明説盡，只彷彿形容，便見妙處。如魯直《酴醿》詩云：『露濕何郎試湯餅，日烘荀令炷爐香。』義山《雨》詩云：『摵摵度瓜園，依依傍竹軒。』此不待説雨自然知是雨也。後來魯直、無己諸人多用此體。《吕氏童蒙訓》（同上卷二十八《詠物門》）

晨牝妖鴟，索家生亂，自古而然。故夏姬亂陳，費無極亂楚。李義山《詠北齊》云：『小憐玉體横陳夜，已報周師入晋陽。』東坡：『成都畫手開十眉，横雲却月争新奇。游人指點小顰處，中有漁陽胡馬嘶。』熟味此詩，則『吴人何苦怨西施』豈足稱詠史哉！等而下之，凡移於尤物者皆可以爲戒。黄常明（同上卷三十六《怨嗟門》）

南齊楊侃性豪侈，舞人張静婉腰圍一尺六寸，能掌上舞。唐人作《楊柳枝辭》曰：『認得楊家静婉腰。』後人却除『家』字，只使『楊静婉』，誤矣。李太白云：『子夜吴歌動君心。』李義山云：『鶯有《子夜歌》。』晋有子夜女善歌，非當時可及也。《許彦周詩話》（同上卷四十一《歌詠門》）

裴度平淮西，絶世之功也；韓愈《平淮西碑》，絶世之文也。非裴之功，不足以當韓之文；非韓之文，不足以發裴之功。碑成，李愬之子乃謂没父之功，訟之於朝。憲宗使段文昌别作。此與舍周鼎而寶康瓠何異哉！李義山詩云：『碑高三丈字如手，負以靈鼇蟠以螭。句奇語重喻者少，讒之天子言其私。長繩百尺拽碑倒，粗砂大石相磨治。公之斯文若元氣，先時已入人肝脾。』愈書愬曰：『十月壬申，愬用所得賊將，自文城因天大雪疾馳百二十里，到蔡取元濟以獻。』文昌所謂『郊雲晦冥，寒可墮指，一夕卷旆，凌晨破關』等語，豈不相萬萬哉！東坡先生謫官過舊驛，壁間見有人題一詩云：『淮西功業冠吾唐，吏部文章日月光。千古斷碑人膾炙，世間誰數段文昌？』坡喜而録之。黄常明。（同上卷五十《技藝門》）

佚名

（李商隱）觀其《四六稿草》，方其刻意致思，排比聲律，筆畫雖真，亦本非用意。然字體妍媚，意氣飛動，亦可尚也。今御府所藏二：正書《月賦》、行書《四六本稿草》。（《宣和書譜》卷三正書《月賦》、行書《四六本稿草》）

胡仔

宋子京筆記云：今人多誤鮑照爲鮑昭。李商隱有詩云：『濃烹鮑昭葵。』又金陵有人得地中石刻，作『鮑照』字。（《苕溪漁隱叢話》前集卷二）

《蔡寛夫詩話》云：安禄山之亂，哥舒翰與賊將權（崔）乾祐戰潼關，見黄旗軍數百隊，官軍以爲賊，賊以爲官軍，相持久之，忽不知所在。是日，昭陵奏陵内前石馬皆汗流。子美詩所謂『玉衣晨自舉，鐵馬汗常趍』，蓋記此事也。李晟平朱泚，李義山作詩，復引用之云：『天教李令心如日，可待昭陵石馬來？』此雖一等用事，然義山但知推美西平，不知於昭陵似不當耳。乃知詩家使事難。若子美，所謂不爲事使者也。（同上前集卷七）

《西清詩話》云：都人劉克，窮該典籍，人有僻書疑事，多從之質。嘗注杜子美、李義山集，與客論曰：子美《人日》詩『元日至人日，未有不陰時。』人知其一，不知其二。四百年間，惟杜子美與克會耳。……（同上前集卷九）

《詩眼》云：……詩有一篇命意，有句中命意。如老杜《上韋見素詩》……是一篇命意也。又有意用事，有語用事。李義山『海外徒聞更九州』，其意則用楊妃在蓬萊山，其語則用鄒子云『九州之外，更有九州』，如此然後深穩

健麗。（同上前集卷十）

《蔡寬夫詩話》云：文章變態固亡窮盡，然高下工拙亦各繫其人才。子美以『盤渦鷺浴底心性，獨樹花發自分明』爲吴體，以『家家養烏鬼，頓頓食黄魚』爲俳偕體，以『江上誰家桃樹枝，春寒細雨出疏籬』爲新句。雖若爲戲，然不害其格力。李義山『但覺游蜂饒舞蝶，豈知孤鳳憶離鸞』，謂之『當句有對』，固已少貶矣。而唐末有章碣者，乃以八句詩平側各有一韻，如『東南路盡吴江畔，正是窮愁暮雨天。鷗鷺不嫌斜兩岸，波濤欺得逆風船。偶逢島寺停帆看，深羡漁翁下釣眠。今古若論英達算，鴟夷高興固無邊。』自號變體，此尤可怪者也。（同上前集卷十四）

《蔡寬夫詩話》云：舊説退之子不惠，讀金根車改爲金銀。然退之贈張籍詩所謂『召令吐所記，解摘了瑟僴』，則不應不識字也。白樂天晚極喜李義山詩文，嘗謂我死得爲爾子足矣。義山生子，遂以『白老』字之。既長，略無文性。温庭筠嘗戲之曰：『以爾爲樂天後身，不亦忝乎？』然義山有『衮師我嬌兒，美秀乃無匹』之句，其譽之亦不減退之，不知詩之所稱，乃此二子否乎？不然二人之後，何其無聞也？（同上前集卷十六）

苕溪漁隱曰：古今聽琴、阮、琵琶、箏、瑟諸詩，皆欲寫其音聲節奏，類以景物故實狀之，大率一律，初無中的句，互可移用，是豈真知音者，但其造語藻麗，爲可喜耳。……如玉谿生詩云：『莊生曉夢迷蝴蝶，望帝春心托杜鵑。滄海月明珠有淚，藍田日暖玉生烟。』此亦是以景物故實狀之，若移作聽琴、阮等詩，誰謂不可乎？（同上）

《笠澤叢書》云：吾聞淫畋漁者，謂之暴天物。天物不可暴，又可抉擿刻削，露其情狀乎？使自萌卵至於槁死不能隱，天能不致罰邪？長吉夭，東野窮，玉谿生官不挂朝籍而死，正坐是耳。（同上前集卷十九）

《蔡寬夫詩話》云：國初沿襲五代之餘，士大夫皆宗白樂天詩，故王黄州主盟一時。祥符、天禧之間，楊文公、劉中山、錢思公專喜李義山，故崑體之作翕然一變，而文公尤酷嗜唐彦謙詩，至親書以自隨。……（同上前集二十二）

《古今詩話》云：楊大年、錢文僖、晏元獻、劉子儀爲詩皆宗義山，號西崑體。後進效之，多竊取義山詩句。嘗内宴，優人有爲義山者，衣服敗裂，告人曰：『爲諸館職撏撦至此。』聞者大噱。然大年詠漢武帝詩云：『力通青海求龍種，死諱文成食馬肝。待詔先生齒編貝，忍令乞米向長安？』義山不能過也。（同上）

《蔡寬夫詩話》云：王荆公晚年亦喜稱義山詩，以爲唐人知學老杜而得其藩籬，惟義山一人而已。每誦其『雪嶺未歸天外使，松州猶駐殿前軍』，『永憶江湖歸白髮，欲回天地入扁舟』，與『池光不受月，暮氣欲沉山』，『江海三年客，乾坤百戰場』之類，雖老杜亡以過也。義山詩合處信有過人，若其用事深僻，語工而意不及，自是其短。世人反以爲奇而效之，故崑體之弊適重其失，義山本不至是云。（同上）

《蔡寬夫詩話》云：義山詩集載《有感》篇而無題，自注云：乙卯年有感，丙辰年詩成。其中有『如何本初輩，自取屈氂誅』，又『蒼黄五色棒，掩遏一陽生』之語。按李訓、鄭注作亂，實以冬至日。是年歲在乙卯，則是詩蓋爲訓、注作也。唐小説記此事，謂之《乙卯記》，大抵不敢顯斥之云。（同上）

《西清詩話》云：義山《雜纂》品目數十，蓋以文滑稽者。其一曰：殺風景，謂『清泉濯足，花上曬褌，背山起樓，燒琴煮鶴，對花啜茶，松下喝道』。晏元獻慶曆中罷相守潁，以惠山泉烹日注茶，從容置酒賦詩曰：『稽山新茗綠如烟，静挈都藍煮惠泉。未向人間殺風景，更持醪醑醉花前。』王荆公元豐末居金陵，蔣大漕之奇夜謁公於蔣山，騶唱甚都，公取松下喝道語作詩戲之云：『扶衰南陌望長楸，燈火如星滿地流。但怪傳呼殺風景，豈知禪客夜相投。』自此『殺風景』之語頗著於世。（同上）

《緗素雜記》云：義山《錦瑟》詩云：『錦瑟無端五十絃，一絃一柱思華年。莊生曉夢迷蝴蝶，望帝春心托杜鵑。滄海月明珠有淚，藍田日暖玉生烟。此情可待成追憶，只是當時已惘然。』山谷道人讀此詩，殊不曉其意。後以問東坡，東坡云：『此出《古今樂志》，云：錦瑟之爲器也，其絃五十，其柱如之。其聲也適、怨、清、和。』案李詩，『莊生曉夢迷蝴蝶』，適也；『望帝春心托杜鵑』，怨也；『滄海月明珠有淚』，清也；『藍田日暖玉生烟』，和也。一篇之中，曲盡其意。史稱其瑰邁奇古，信然。《劉貢父詩話》以謂錦瑟乃當時貴人愛姬之名，義山因以寓意，非也。（同上）

《詩眼》云：文章貴衆中傑出，如同賦一事，工拙尤易見。余行蜀道，過籌筆驛，如石曼卿詩云：『意中流水遠，愁外舊山青。』膾炙天下久矣。然有山水處便可用，不必籌筆驛也。殷潛之與小杜詩甚健麗，亦無高意。惟義山詩云：『魚鳥猶疑畏簡書，風雲長爲護儲胥』，簡書蓋軍中法令約束，言號令嚴明，雖千百年之後，魚鳥猶畏之也。儲胥蓋軍中藩籬，言忠義貫神明，風雲猶爲護其壁壘也。誦此兩句，使人凛然復見孔明風烈。至於『管、樂有才真不忝，關、張無命欲何如』，屬對親切，又自有議論，他人亦不及也。馬嵬驛唐詩尤多。如劉夢得『緑野扶風道』一篇，人頗誦之，其淺近乃兒童所能。義山云：『海外徒聞更九州，他生未卜此生休』，語既親切高雅，故不用愁怨墮淚等字，而聞之爲之深悲。『空聞虎旅鳴宵柝，無復鷄人報曉籌』，如親扈明皇，寫出當時物色意味也。『此日六軍同駐馬，他時七夕笑牽牛』，益奇。義山詩世人但稱其巧麗，至與温庭筠齊名。蓋俗學祇見其皮膚，其高情遠意皆不識也。（同上）

《謾叟詩話》云：嘗見曲中使柳三眠事，不知所出。後讀玉谿生《江之嫣賦》云：『豈如河畔牛星，隔歲止聞一過；不比苑中人柳，終朝剩得三眠。』注云：漢苑中有柳，狀如人形，號曰人柳，一日三起三倒。（同上）

《桐江詩話》云：近時士人作四六頌德，多用『辭林枝葉』，『學海波瀾』，殊不知出處，乃崔珏《哭義山》詩也。詩云：『辭林枝葉三春盡，學海波瀾一夜乾』，非佳語耳。（同上）

《雪浪齋日記》云：玉谿生《牡丹》詩『錦帳』『佳人』乃《越絶書》中事。……（同上）

寒食、清明多用餳粥事，如李義山詩云：『粥香餳白杏花天。』宋子京《途中清明》詩云：『漠漠輕花着早桐，客甌餳粥對禺中。』苕溪漁隱曰：六一居士詩云：『杯盤餳粥春風冷，池館榆錢夜雨新。』又云：『多病正愁餳粥冷。』東坡詩云：『新火發茶乳，温風散粥餳。』皆清明、寒食詩也。（同上前集卷二十三）

《西齋話記》云：古人作詩引用故實，或不原其美惡，但以一時中的而已。如李端於郭曖席上賦詩，其警句云：『新開金埒教調馬，舊賜銅山許鑄錢。』乃比鄧通耳。既非令人，又非美事，何足算哉！引用故事，多以事淺語熟，更不思究，率爾用之，往往有誤。如李商隱《路逢王二十八入翰林》詩云：『定知欲報淮南詔，急召王褒入九重。』漢武帝以淮南王安善文辭，尊重之，每爲報書，常召司馬相如視草，乃遣。王褒自是宣帝時人。……《苕溪漁隱》曰：《路逢王二十八入翰林》詩，乃劉夢得，非李商隱詩也。（同上前集卷四十）

《呂氏童蒙訓》云：義山《雨》詩：『摵摵度瓜園，依依傍竹軒。』此不待説雨，自然知是雨也。後來魯直、無己諸人多用此體作詠物詩，不待分明説盡，只髣髴形容，便見妙處。如魯直《酴醾》詩云：『露濕何郎試湯餅，日烘荀令炷爐香。』（同上前集卷四十七）

《蔡寬夫詩話》云：唐搢紳自浮屠易業者頗多。劉禹錫《答廖參謀》：『初服已驚白髮長，高情猶向白雲深。』李義山《呈令狐相公》詩曰：『白足禪僧思敗道，青袍御史欲休官。』以指其座中人，皆顯言之。蓋當時自不以爲諱，近世言還俗，雖里民且恥之也。（同上前集卷五十七）

《古今詩話》云：南方浮圖能詩者多，士大夫鮮有汲引，多汩没不顯。福州僧有詩百餘篇，其中佳句如『虹收千嶂雨，潮展半江天』，不減古人也。苕溪漁隱曰：此一聯乃躲李義山詩『虹收青嶂雨，鳥没夕陽天』，所謂屋下架屋者，非不經人道語，不足貴也。（同上）

苕溪漁隱曰：古今詩人以詩名世者，或只一句，或只一聯，或只一篇。雖其餘别有好詩，不專在此，然播傳於後世，膾炙於人口者，終不出此矣，豈在多哉！……『宣室求賢訪逐臣，賈生才調更無倫。可憐夜半虚前席，不問蒼生問鬼神。』此李商隱也。……凡此皆以一篇名世者。……（《苕溪漁隱叢話》後集卷二）

《藝苑雌黄》云：凡王室中否而復興，謂之中興。周宣之詩曰：任賢使能，周室中興焉。『中』字陸德明《釋文》：張仲切。徐安道音辨只作平聲讀。然古人用此，或作平聲，或作去聲。如杜陵云：『今朝漢社稷，新數中興年』，『萬里傷心嚴譴日，百年垂死中興時』，李義山云：『言皆在中興』，此類皆作去聲用。杜陵云：『神靈漢代中興主，功業汾陽異姓王。』『側聽中興主，長吟不世賢。』李義山云：『身閒不睹中興盛』，此類皆作平聲用。（同上後集卷五）

苕溪漁隱曰：《豫章先生傳》，載在《豫章外集》後，不知何人所作，初無姓名。其《傳贊》叙詩之源流頗有條理。《贊》云：自李、杜殁而詩律衰。唐末以及五季，雖有興比自名者，然格下氣弱，無以議爲也。宋興，楊文公始以文章莅盟，然至於詩，專以李義山爲宗，以漁獵掇拾爲博，以儷花鬭葉爲工，號稱西崑體。嫣然華靡，而氣骨不

存。嘉祐以來，歐陽公稱太白爲絶唱，王文公稱少陵爲高作，而詩格大變。高風之所扇，作者間出，班班可述矣。（同上後集卷八）

《韓子年譜》云：舊史言《淮西碑》多叙裴度事，時先入蔡州，李愬功第一，愬不平之。詔令磨愈文，命翰林學士段文昌重撰文勒石，故李義山詩云：『帝曰汝度功第一，汝從事愈宜爲辭。……句奇語重喻者少，讒之天子言其私。長繩百尺拽碑倒，麄砂大石相磨治。』東坡嘗於邸舍壁間見一詩云：『淮西功德冠吾唐，吏部文章日月光。千載斷碑人膾炙，不知世有段文昌。』或曰：此詩東坡作。蓋東坡嘗作《上清宫記》，蔡元常磨之，別自書撰，故云耳。《許彦周詩話》云：李義山詩字字鍛鍊，用事宛約，仍多近體，惟《韓碑》詩一首是古體，有曰：『塗抹《堯典》《舜典》字，點竄《清廟》《生民》詩』（按：本集作『點竄《堯典》《舜典》字，塗改《清廟》《生民》詩』），豈立段碑時躁辭邪？（同上後集卷十）

苕溪漁隱曰：《九日》云：『曾共山公把酒巵，霜天白菊滿階墀。十年泉下無消息，九日樽前有所思。不學漢臣栽苜蓿，空教楚客詠江蘺。郎君官貴施行馬，東閣無人得再窺。』《古今詩話》云：李商隱依令狐楚，以牋奏受知。後其子綯有韋、平之拜，浸疏商隱。其後重陽日，商隱造其廳事題此詩，綯覩之慚恨，扃鎖此廳，終身不處。又唐史本傳云：令狐楚奇其文，使與諸子游。楚徙天平、宣武，皆表署巡官。後從王茂元之辟，其子綯以爲忘家恩，放利偷合，謝不通。綯當國，商隱歸窮，綯憾不置。則商隱此詩必此時作也。若《古今詩話》以謂綯有韋、平之拜，浸疏商隱，其言殊無所據。余故以本傳證之。但綯父名楚，商隱又受知於楚，詩中有『楚客』之語，題於廳事，更不避其家諱，何邪？東坡《九日》云：『聞道郎君閉東閣，且容老子上南樓。』又云：『南屏老宿閑相過，東閣郎君懶重尋。』皆用商隱語也。（同上後集卷十四）

《藝苑雌黄》云：義山詩：『莫羡仙家有上真，仙家暫謫亦千春。月中桂樹高多少，試問西河斫樹人。』按《酉陽雜俎》云：『舊傳月中有桂樹，有蟾蜍。故異書言：月桂高五百丈，下有一人常斫之，樹創隨合。人姓吴名剛，西河人，學仙有過，謫令伐樹。』故宋子京《嘲月》詩亦云：『吴生斫鈍西河斧，無奈婆娑又滿輪。』《緗素雜記》嘗論吴生斫桂事，引李賀《箜篌引》云：『吴質不眠倚桂樹。』李賀謂之吴質，段成式謂之吴剛，未詳其義。竊意《箜篌引》所謂吴質，非吴剛也，恐别是一事。魏有吴季重，亦名質。（同上）

《談苑》云：予知制誥日，與陳恕同考試。恕曰：夙昔師範徐騎省爲文，騎省有《徐孺子亭記》，其警句云：『平湖千畝，凝碧乎其下；西山萬疊，倒影乎其中。』他皆常語。近得舍人所作《涵虚閣記》，終篇皆奇語。自渡江來，未嘗見此，信一代之雄文也。其相推如此。因出義山詩共讀，酷愛一絶云：『珠箔輕明拂玉墀，披香新殿鬬腰肢。不須看盡魚龍戲，終遣君王怒偃師。』擊節稱嘆曰：『古人措辭，寓意如此之深妙，令人感慨不已。』苕溪漁隱曰：東坡《快哉亭詞》云：『一千頃，都鏡净，倒碧峰』，用徐騎省語意也。（同上）

《談苑》云：徐鍇嗜學該博，仕江左，領集賢學士，校祕書。時吴淑爲校理。古樂府中有『摻』字者，淑多改爲『操』，蓋章草之變。鍇曰：『非可一例。若《漁陽摻》者，音七鑒反，三撾鼓也。禰衡作《漁陽摻撾》。古歌詞云：「邊城晏聞《漁陽摻》，黄塵蕭蕭白日暗。」』淑嘆服。鍇嘗欲注李商隱《樊南集》，悉知其用事所出。有《代王茂元檄劉稹書》云：『喪貝躋陵，飛走之期既絶；投戈散地，灰釘之望斯窮。』獨恨不知『灰釘』事。及觀《後漢》杜篤《論都賦》云：『焚康居，灰珍奇，椎鳴鏑，釘鹿蠡。』商隱之雕篆如此。又《藝苑雌黄》云：『予考之《南史·陳本紀》云：「祅酋震慴，遽請灰釘。」此又在商隱之前矣。』（同上）

《緗素雜記》云：《後漢·禰衡傳》云：『衡方爲《漁陽摻撾》，蹀躞而前。』注云：『《文士傳》曰：衡擊鼓，作《漁陽》摻搥，蹋地來前，躡鼓足跗，容態不常，鼓聲甚悲。易衣畢，復擊鼓摻搥而去。至今有《漁陽》摻搥，自禰衡始也。』臣賢按：『搥及撾，并擊鼓杖也。參撾是擊鼓之法。』而王僧孺詩云：散度《廣陵音》，參寫《漁陽曲》。而於其詩自音云：參，七甘反。後諸文人多同用之。據此詩意，以參爲曲奏之名，則搥字入於下句，全不成文。下云『復參撾而去』，是知『參撾』二字當相連而讀。參字音爲去聲，不知何所憑也。按《談苑》載徐鍇仕江左，領集賢學士，校祕書。時吴淑爲校理，古樂府中有『摻』字者淑多改爲『操』，蓋章草之變。鍇曰：『非可以一例。若《漁陽摻》者，音七鑒反，三撾鼓也。禰衡作《漁陽摻撾》。古歌詞云：邊城晏聞《漁陽摻》，黄塵蕭蕭白日暗。』淑嘆服之。余謂搥、撾一也，故或用『搥』字。然『摻』字當如徐説音七鑒反，三撾鼓也，以其三撾故，因謂之『摻』。故唐李義山《聽鼓》詩云：『欲問《漁陽摻》，時無禰正平。』又《口占》詩云：『必投潘岳果，誰摻《漁陽撾》？』亦以去聲讀之也。觀《筆談》論《廣陵散》云：散是曲名，如操、弄、摻、談、序、引之類。乃引潘岳《笙賦》云：『流《廣陵》之名散。』又應璩詩云：『聽《廣陵》之清散。』則知散爲曲名明矣。所謂『漁陽摻』者，正如『廣陵散』是也。此僧孺詩所以有云。又宋景文《喜雨》詩云：『波生客浦揚舲遠，潤逼《漁陽撾摻》遲。』又《送李冀州》云：『征鼙曲曲《漁陽摻》，後乘人人鄴下才。』皆以去聲呼之，但『㦎』字從『人』爲異耳。（同上）

《許彦周詩話》云：洪覺範在潭州水西小南臺寺作《冷齋夜話》，有曰：『詩至李義山，謂之文章一厄。』僕讀至此，蹙額無言。渠再三窮詰，僕不得已，曰：『夕陽無限好，只是近黄昏。』覺範曰：『我解子意矣。』即時删去。今印本尤存之，蓋前已傳出者。（同上）

苕溪漁隱曰：義山詩，楊大年諸公皆深喜之，然淺近者亦多。如《華清宫》詩云：『華清恩幸古無倫，猶恐蛾眉不勝人。未免被他褒女笑，只教天子暫蒙塵。』用事失體，在當時非所宜言也。豈若崔魯（按：應作『櫓』）《華清宫》詩云：『障掩金雞蓄禍機，翠華西拂蜀雲飛。珠簾一閉朝元閣，不見人歸見燕歸。』語意既精深，用事亦隱而顯也。義山又有《馬嵬》詩云：『如何四紀爲天子，不及盧家有莫愁？』《渾河中》詩云：『咸陽原上英雄骨，半是君家養馬來。』如此等詩，庸非淺近乎？（同上）

《藝苑雌黄》云：文人用故事，有直用其事者，有反其意而用之者。元之《謫守黄州謝表》云：『宣室鬼神之問，豈望生還？茂陵封禪之書，惟期死後。』此一聯每爲人所稱道，然皆直用賈誼相如之事耳。李義山詩：『可憐夜半虚前席，不問蒼生問鬼神。』雖説賈誼，然反其意而用之矣。林和靖詩：『茂陵他日求遺藁，猶喜曾無封禪書。』雖説相如，亦反其意而用之矣。直用其事，人皆能之；反其意而用之者，非識學素高，超越尋常拘攣之見，不規規然蹈襲前人陳迹者，何以臻此？苕溪漁隱曰：《藝苑》以元之直用賈誼相如事不若李義山、林和靖反用之。然元之

是謝表，須直用其事，以明臣子之心，非若作詩可以反意用。此語殊非通論也。（同上後集卷十九）

《藝苑雌黄》云：……予又嘗讀李義山《效徐陵體贈更衣》云：『輕寒衣省夜，金斗熨沉香』，乃知少游詞『玉籠金斗，時熨沉香』與夫『睡起熨沉香，玉腕不勝金斗』，其語亦有來歷處，乃知名人必無杜撰語。……（同上後集卷三十三）

《四六談麈》云：四六全在編類古語。李義山有《金鑰》，宋景文有一字至十字對句，司馬文正有《金桴》，……（同上後集卷三十五）

洪邁

唐人歌詩，其于先世及當時事，直辭詠寄，略無避隱，至宮禁嬖昵，非外間所應知者，皆反復極言，而上之人亦不以爲罪。如白樂天《長恨歌》諷諫諸章，元微之《連昌宮辭》，始末皆爲明皇而發，杜子美尤多，……此下如張祜賦連昌宮、《元日仗》……等三十篇，大抵詠開元、天寶間事。李義山《華清宮》《馬嵬驛》《驪山》《龍池》諸詩亦然。今之詩人，不敢爾也。（《容齋詩話》卷一）

唐人詩文，或于一句中自成對偶，謂之『當句對』，蓋起于《楚辭》『蕙烝蘭藉』『桂酒椒漿』『桂櫂蘭枻』『斲冰積雪』。……李義山一詩，其題曰《當句有對》云：『密邇平陽接上蘭，秦樓鴛瓦漢宮盤。池光不定花光亂，日氣初涵露氣乾。但覺游蜂饒舞蝶，豈知孤鳳憶離鸞。三星自轉三山遠，紫府程遥碧落寬。』其他詩句中，如『青女素娥』對『月中霜裏』，『黃葉風雨』對『青樓管絃』，『骨肉書題』對『蕙蘭蹊徑』，『花鬚柳眼』對『紫蝶黄蜂』，『重吟細把』對『已落猶開』，『急鼓疏鐘』對『休燈滅燭』，『江魚朔雁』對『秦樹嵩雲』，『萬户千門』對『風朝露夜』，如是者甚多。（同上卷二）

莫愁者，郢州石城人，今郢有莫愁村。畫工傳其貌，好事者多寫寄四遠。《唐書·樂志》云：《莫愁樂》者，出於《石城樂》。石城有女子名莫愁，善歌謡。古詞曰『莫愁在何處？莫愁石城西。艇子打兩槳，催送莫愁來』者，是也。李義山詩曰：『海外徒聞更九州，他生未卜此生休。空傳虎旅鳴宵柝，無復雞人報曉籌。此日六軍同駐馬，當時七夕笑牽牛。如何四紀爲天子，不及盧家有莫愁？』此莫愁者，洛陽人。梁武帝《河中之水歌》曰『河中之水向東流，洛陽女兒名莫愁。莫愁十三能織綺，十四采桑南陌頭。十五嫁爲盧家婦，十六生兒字阿侯。盧家蘭室桂爲梁，中有鬱金蘇合香。頭上金釵十二行，足下絲履五文章。珊瑚掛鏡爛生光，平頭奴子擎履霜。人生富貴何所望，恨不早嫁東家王』是也。盧氏之盛如此，所云『不早嫁東家王』，莫詳其義。近世周美成樂府《西河》一闋，專詠金陵，所云『莫愁艇子曾繫』之語，豈非誤指石頭城爲石城乎？（同上）

王荆公集《古胡笳詞》一章云：『欲問平安無（來）使東，桃花依舊笑春風。』後章云：『春風似舊花仍笑，人生豈得長年少？』二者貼合，如出一手，每嘆其精工。其上句蓋用崔護詩，後一句久不見其所出。近讀范文正公《靈巖寺》一篇云：『春風似舊花猶笑。』以『仍』爲『猶』，乃此也。李義山又有絶句云：『無賴夭桃面，平明露井東。春風爲開了，却擬笑春風。』語意兩極其妙。（同上）

唐文宗太和二年三月，親策制舉人，賢良方正劉蕡對策，極言宦官之禍。既而裴休、李郃等二十二人中第，皆除官。考官左散騎常侍馮宿、太常少卿賈餗、庫部郎中龐嚴見蕡策皆嘆服，而畏宦官不敢取。詔下，物論囂然稱屈。諫官御史欲論奏，執政抑之。李郃曰：『劉蕡下第，我輩登科，能無厚顔。』乃上疏，以爲『蕡所對策，漢、魏以來，無以爲比。今有司以蕡指切左右，不敢以聞，恐忠良道窮，綱紀遂絶。臣所對不及蕡遠甚，乞回臣所授，以旌蕡直。』不報。予按是時宰相乃裴度、韋處厚、竇易直。易直不足言，裴、韋之賢，顧獨失此，至于抑言者使勿論奏，豈不有愧于心乎？蕡既由此不得仕于朝，而李郃亦不顯，蓋無敢用之也。令狐楚、牛僧孺乃能表蕡入幕府，待以師禮。竟爲宦人所嫉，誣貶柳州司户。李商隱贈以詩曰：『漢廷急詔誰先入？楚路高歌自欲翻。萬里相逢歡欲（按：當作『復』）泣，鳳巢西隔九重門。』及蕡卒，復以二詩哭之曰：『一叫千回首，天高不爲聞。』又曰：『已爲秦逐客，復作楚冤魂。……併將添恨淚，一灑問乾坤。』其悲之至矣。甘露之事，相去纔七年，未知蕡及見之否乎？

（同上卷四）

唐李義山有詩云：『鏤月爲歌扇，裁雲作舞衣。』同時人張懷慶竊爲己作，各增兩字云：『生情鏤月爲歌扇，出性裁雲作舞衣。』致有生吞活剥之誚。予又見劉希夷《代閨人春日》一聯云：『池月憐歌扇，山雲愛舞衣。』絶相似。杜老亦云：『清江歌扇底，野曠舞衣前。』儲光羲云：『竹吹留歌扇，蓮香入舞衣。』然則唐人好以歌扇、舞衣爲對也。（同上）

自齊、梁以來，詩人作樂府《子夜四時歌》之類，每以前句比興引喻，而後句實言以證之。至唐張祜、李商隱、温庭筠、陸龜蒙，亦多此體，或四句皆然。……其兩句者，如……『明燈照空局，悠然未有期，『玉作彈棋局，中心最不平』……（同上）

唐明皇兄弟五王：兄申王撝以開元十二年，寧王憲、邠王守禮以二十九年，弟岐王範以十四年，薛王業以二十二年薨。至天寶時，已無存者。楊太真以三載方入宮，而元稹《連昌宮詞》云：『百官隊仗避岐、薛，楊氏諸姨車鬬風。』李商隱詩云：『夜半宴歸宫漏永，薛王沉醉壽王醒。』皆失之也。（同上卷六）

元次山有《文編》十卷，李商隱作序，今九江所刻是也。……（《容齋隨筆》卷十四）

陸游

【施司諫註東坡詩序（節録）】某頃與范公至能會於蜀，因相與論東坡詩。慨然謂予：『足下當作一書，發明東坡之意，以遺學者。』某謝不能。他日又言之。因舉一二三事以質之，曰：『「五畝漸成終老計，九重新掃舊巢痕。」「遥知叔孫子，已致魯諸生。」當若爲解？』至能曰：『東坡竄黄州，自度不復收用，故曰「新掃舊巢痕」。建中初，復召元祐諸人，故曰「已致魯諸生」，恐不過如此耳。』某曰：『此某之所以不敢承命也。昔祖宗以三館養士，儲將相材；及官制行，罷三館。而東坡蓋嘗直史館，然自謫爲散官，削去史館之職久矣，至是史館亦廢，故云「新掃舊巢

痕」。其用事之嚴如此。而「鳳巢西隔九重門」，則又李義山詩也。……』（《渭南文集》卷十五）

【假中閉户終日偶得絶句（其三）】官身常欠讀書債，禄米不供沽酒資。剩喜今朝寂無事，焚香閑看《玉谿詩》。（《劍南詩稿》卷十九）

【示子遹】我初學詩日，但欲工藻繪。中年始少悟，漸若窺宏大。怪奇亦間出，如石漱湍瀨。數仞李杜墻，常恨欠領會。元白纔倚門，温李真自鄶。正令筆扛鼎，亦未造三昧。詩爲六藝一，豈用資狡獪。汝果欲學詩，工夫在詩外。（同上卷七十八）

唐人詩中有曰無題者，率杯酒狎邪之語，以其不可指言，故謂之無題，非真無題也。近歲吕居仁、陳去非亦有曰無題者，乃與唐人不類，或真亡其題，或有所避，其實失於不深考耳。（《老學庵筆記》卷八）

徽宗嘗乘輕舟，泛曲江，有宫嬪持寶扇乞書者，上攬筆亟作草書一聯云：『渚蓮參法駕，沙鳥犯鈎陳。』俄復取筆塗去『犯鈎陳』三字。曰：『此非佳語。』此聯實李商隱《陳宫》詩，亦不祥也。李耕道云。（同上卷九）

吕進伯作《考古圖》云：『古彈棋局，狀如香爐。』蓋謂其中隆起也。李義山詩云：『玉作彈棋局，中心亦不平。』今人多不能解。以進伯之説觀之，則粗可見。然恨其藝之不傳也。魏文帝善彈棋，不復用指，第以手巾角拂之。有客自謂絶藝，及召見，但低首以葛巾角拂之。文帝不能及也。此説今尤不可解矣。大名龍興寺佛殿，有魏宫玉石彈棋局，上有黄初中刻字，政和中取入禁中。（同上卷十）

周必大

【文苑英華序（節録）】臣伏覩太宗皇帝丁時太平，以文化成天下，既得諸國圖籍，聚名士於朝，詔修三大書：曰《太平御覽》，曰《册府元龜》，曰《文苑英華》，各一千卷。今二書閩、蜀已刊，惟《文苑英華》士大夫家絶無而僅有，蓋所集止唐文章，如南北朝間存一二，是時印本絶少，雖韓、柳、元、白之文尚未盛傳，其它如陳子昂、張説、九齡、李翱等諸名士文集，世尤罕見，故修書於宗元、居易、權德輿、李商隱、顧雲、羅隱輩，或全卷取入。……（《文忠集》卷五十五）

【李、石霜月詩】唐李義山《霜月》絶句：『青女素娥俱耐冷，月中霜裏鬭嬋娟。』本朝石曼卿云：『素娥青女元無疋，霜月亭亭各自愁。』意相反而句皆工。（《二老堂詩話》）

（舊題）尤袤《全唐詩話》

按：此書作者舊題尤袤，但《四庫全書總目》已考證爲賈似道門客廖瑩中所輯。書中録楊大年與陳恕論義山詩、義山賦《木蘭花》詩、温庭筠以『近同郭令，二十四考中書』，對義山『遠比趙（邵）公，三十六年宰輔』，系源於計有功《唐詩紀事》、李頎《古今詩話》、吴坰《五總志》等書，且有舛誤。三條均已前見，兹從略。

楊萬里

褒頌功德五言長韻律詩，最要典雅重大。如杜云：『鳳歷軒轅紀，龍飛四十春。八荒開壽域，一氣轉洪鈞。』又云：『碧瓦初寒外，金莖一氣旁。山河持繡户，日月近雕梁。』李義山云：『帝作黄金闕，天開白玉京。有人扶太極，是夕降玄精。』七言褒頌功德，如少陵、賈至諸人倡和《早朝大明宫》，乃爲典雅重大。和此詩者，岑參云：『花迎劍佩星初落，柳拂旌旗露未乾。』最佳。（《誠齋詩話》）

太史公曰：『《國風》好色而不淫，《小雅》怨悱而不亂。』《左氏傳》曰：『《春秋》之稱，微而顯，志而晦，婉而成章，盡而不汙。』此《詩》與《春秋》紀事之妙也。近世詞人，閒情之靡，如伯有所賦，趙武所不得聞者，有過之無不及焉，是得爲好色而不淫乎？惟晏叔原云『落花人獨立，微雨燕雙飛』，可謂好色而不淫矣。唐人《長門怨》云：『珊瑚枕上千行淚，不是思君是恨君。』是得爲怨悱而不亂乎？惟劉長卿云『月來深殿早，春到後宮遲』，可謂怨悱而不亂矣。近世陳克《詠李伯時畫寧王進史圖》云：『汗簡不知天上事，至尊新納壽王妃』，是得謂爲微、爲晦、爲婉、爲不汙穢乎？惟李義山云：『侍宴歸來宮漏永，薛王沉醉壽王醒』，可謂微婉顯晦，盡而不汙矣。（同上）

五七字絶句最少，而最難工，雖作者亦難得四句全好者，晚唐人與介甫最工於此。如李義山憂唐之衰云：『夕陽無限好，其奈近黄昏。』如：『青女素娥俱耐冷，月中霜裏鬥嬋娟。』如：『芭蕉不展丁香結，同向春風各自愁。』如：『鶯花啼又笑，畢竟是誰春。』唐人《銅雀臺》云：『人生富貴須回首，此地豈無歌舞來。』《寄邊衣》云：『寄到玉關應萬里，戍人猶在玉關西。』《折楊柳》云：『羌笛何須怨楊柳，春光不度玉門關。』皆佳句也。如介甫云：『更無一片桃花在，爲問春歸有底忙？』『祇是蟲聲已無夢，三更桐葉强知秋。』『百囀黄鸝看不見，海棠無數出墻頭。』『暗香一陣風吹起，知有薔薇澗底花。』不減唐人，然鮮有四句全好者。杜牧之云：『清江漾漾白鷗飛，緑淨春深好染衣。南去北來人自老，夕陽長送釣船歸。』唐人云：『樹頭樹尾覓殘紅，一片西飛一片東。自是桃花貪結子，錯教人恨五更風。』韓偓云：『昨夜三更雨，臨明一陣寒。薔薇花在否？側卧卷簾看。』介甫云：『水際柴扉一半開，小橋分路入青苔。背人照影無窮柳，隔屋吹香併是梅。』東坡云：『暮雲收盡溢清寒，銀漢無聲轉玉盤。此生此夜不長好，明月明年何處看。』四句皆好矣。（同上）

【贈剪字吴道人】剪李義山《經年别遠公》詩，用青紙剪字，作米元章字體，逼真。寶晋雲烟雜海濤，玉溪花月寫風騷。一生不倩毛錐子，只倩并州快剪刀。（《誠齋詩集·朝天續集》卷三十二）

朱熹

【奉使直秘閣朱公行狀（節録）】公諱弁，字少章……於詩酷嗜李義山，而詞氣雍容，格力閒暇，不蹈其險恠奇澀

之弊。（《晦庵先生朱文公文集》卷九十八）

羅大經

【農圃漁樵】農圃家風，漁樵樂事，唐人絶句模寫精矣。余摘十首題壁間，每菜羹豆飯飽後，啜苦茗一盃，偃卧松窗竹榻間，令兒童吟誦數過，自謂勝如吹竹彈絲。今記於此……李商隱云：『城郭休過識者稀，哀猿啼處有柴扉。滄江白石漁樵路，薄暮歸來雨濕衣。』……（《鶴林玉露》甲編卷之二）

【漢宫詩】唐李商隱《漢宫詩》云：『青雀西飛竟未回，君王猶在集靈臺。侍臣最有相如渴，不賜金莖露一杯。』譏武帝求仙也。言青雀杳然不回，神仙無可致之理必矣，而君王未悟，猶徘徊臺上，庶幾見之。且胡不以一物驗其真妄乎？金盤盛露，和以玉屑，服之可以長生，此方士之説也。今侍臣相如，正苦消渴，何不以一盃賜之，若服之而愈，則方士之説，猶可信也，不然，則其妄明矣。二十八字之間，委蛇曲折，含不盡之意。（同上）

程大昌

【唐人行卷】唐人舉進士必行卷者，爲緘軸，録其所著文，以獻主司也。其式見《李義山集·新書序卷七》曰：『治紙工率一幅，以墨爲邊準今俗呼解行也，用十六行式言一幅解爲墨邊十六行也，率一行不過十一字此式至本朝不用。』（《演繁露》卷七）

【賽越王神文】李商隱《樊南集·賽越王神文》曰：『今來古往，常教威著越城；萬歲千秋，勿使魂歸真定。』此即模韓文《羅池碑》詞也。其詞曰：『北方之人兮，爲侯是非。千秋萬歲兮，侯毋我違。』玉谿生自言其文體之所從來，則已曰時人目爲韓文杜詩也。（《演繁露續集》卷三）

【蝶粉蜂黄】嘗有問予周美成詞曰：『蝶粉蜂黄都過了』用何事？予曰：記得李義山集有之。李《酬崔八早梅》曰：『何處拂胸資蝶粉，幾時墮額藉蜂黄。』又《贈子直花下》曰：『屏緣蝶留粉，窗油蜂印黄』，周蓋用李語也。（同上卷四）

【萬壽白雲杯】李義山集中《漢南書事》云：『陛下好生千萬壽，玉樓長御白雲杯。』（同上卷四）

【李娟】李義山詩曰：『隨宜教李娟。』《樂天集》二十《霓裳詩》曰：『妍蚩優劣寧相遠，大都只在人擡舉。李娟張態君莫嫌，亦擬隨宜教歌舞。』注：『娟、態，蘇妓也。』（同上卷六）

晁公武

【李商隱樊南甲集二十卷、乙集二十卷。又文集八卷】右唐李商隱義山也。隴西人，開成二年進士。令狐楚奏爲集賢校理，楚出汴、滑、興元，皆表幕府。補太學博士。初，爲文瑰邁奇古，及從楚學，儷偶長短，而繁縟過之。又有古賦及文共三卷，辭旨能感人，人謂其横絶前後無儔者。今《樊南甲、乙集》皆四六爲序，即所謂繁縟者。又有古賦及文共三卷，辭旨恢詭。宋景文序傳中云：『譎怪則李商隱。』蓋以此。詩五卷，清新纖豔，故舊史稱其與温庭筠、段成式齊名，時號三十六體云。（《郡齋讀書志》别集類中）

高似孫

李商隱瑰邁奇古。（《緯略》卷三《古人文章》）

龔頤正

商隱有『點竄《堯典》《舜典》字，塗改《清廟》《生民》詩』；樂天有『《毛詩》三百篇後得，《文選》六十卷中無』。（《芥隱筆記》）

《玉臺新詠·詠樂昌》云：『笑啼俱不敢。』李商隱亦云。又云：『啼笑兩難分。』（同上）

敖陶孫

李義山如百寶流蘇，千絲鐵網，綺密瓌妍，要非適用。（《詩評》）

曾季貍

晏叔原小詞：『無處説相思，背面鞦韆下。』吕東萊極喜誦此詞，以爲有思致。此語本李義山詩，云：『十五泣春風，背面鞦韆下。』（《艇齋詩話》）

吕東萊『粥香餳白是今年』，『粥香餳白』四字本李義山《寒食》詩，云：『粥香餳白杏花天。』（同上）

李義山詩雕鎸，惟《詠平淮西碑》一篇詩極雄健，不類常日作。如『點竄《堯典》《舜典》字，塗改《清廟》《生民》詩』及『帝得聖相相曰度，賊斫不死神扶持』等語，甚雄健。（同上）

謝采伯

李義山作《李賀小傳》《白樂天墓碑》《劉叉傳》，文體奇逸，不應止取其詩。（《密齋筆記》卷三）

張侃

又，李義山《錦瑟》詩云：『錦瑟無端五十絃，一絃一柱思華年。莊生曉夢迷蝴蝶，望帝春心託杜鵑。滄海月明珠有淚，藍田日暖玉生烟。此情可待成追憶，只是當時已惘然。』讀此詩俱不曉。蘇文忠公云：『此出《古今樂志》。錦瑟之爲器也，其絃五十，其柱如之。其聲也，適怨清和。攷李詩「莊生曉夢迷蝴蝶」，適也；「望帝春心託杜鵑」，怨也；「滄海月明珠有淚」，清也；「藍田日暖玉生烟」，和也。』孫仲益爲錫山費茂和説蘇文忠公《水龍吟》，曲盡詠笛之妙。其詞曰：『楚山修竹如雲，異材秀出千林表』，笛之地也；『龍鬚半剪，鳳膺微漲，緑肌匀繞』，笛之材也；『木落淮南，雨晴雲、夢，月明風裊』，笛之時也；『自中郎不見，桓伊去後，知辜負、秋多少』，笛之怨也；『聞道嶺南太守，後堂深，緑珠嬌小』，笛之人也；『綺窗學弄，《梁州》初遍，《霓裳》未老』，笛之曲也；『嚼徵含宮，泛商流羽，一聲雲杪』，笛之聲也；『爲使君洗盡，蠻煙瘴雨，作《霜天曉》』，笛之功也。予恐仲益用蘇文忠讀《錦瑟》詩，以釋《水龍吟》耳。劉貢父云：『錦瑟是令狐楚家青衣名。』許彦周云：『令狐楚侍兒能彈此曲，詩中四句，狀此景也。』（《張氏拙軒集》）

韓淲

【劉克莊潛夫詩編】等閒温、李相遊戲，有底應、劉獨怒嗔。雅調縱教勝俗調，古人疑不似今人。時閒作吏元非達，官滿歸鄉必是貧。既往巖居惟野處，由來澤畔則江濱。（《澗泉集》）

劉宰

【跋楊文公書李義山詩刻後】文公書李義山詩數十篇，蓋當時習尚如此，與坡、谷諸賢喜書杜少陵詩不異。退之曰：『《春秋》謹嚴，《左氏》浮誇。』杜元凱好《左氏》，夫豈浮誇者，覽此當得之。（《漫塘集》）

真德秀

【跋楊文公書玉溪生詩】此吾鄉文公書也。國朝南方文物之盛自浦城起。浦城人物之盛自文莊公及公始。當咸平、景德間，公之文章擅天下。然使其所立，獨以詞翰名，則亦不過與騷人墨客角逐争先後耳。惟其清忠大節，凛凛弗渝，不義富貴，視猶涕唾，此所以屹然爲世郛郭也歟？某蓬藋之居，距公故第不數里，蓋嘗徘徊終日，想公遺風而不得見，今乃從公之孫零陵史君獲觀其真跡，斯亦幸矣。嗚乎！前輩之典型日遠，鄉邦人物既寥寥其可數，而楊氏之後如史君者復幾人，其不可嘆也夫！其不可更相勉也夫！（《西山文集》）

章如愚

【選舉】唐初貢舉屬之考功。至開元，移之禮部。所謂主司，皆有常人，則既預知之矣。不惟預知也，亦可預謁之。不惟預謁也，亦可預托之。貴者以勢托，富者以財托，親故者以情托，此豈復有貢舉哉？故有因權勢以相傾奪，如牛、李之黨由於錢徽典舉之日，至於互相磨軋者四十餘年。於是又有畏嫌自私而矯時以爲公者。則有嫌於貴而不得舉者矣，如韓退之之序齊皞是也；有嫌於富而不得舉者，如柳子厚《與王參元書》是也。幸而不出於私，則又不幸而入於矯，夫其矯者必有所懲也。故觀其矯，而思其所懲之由。則通榜取士，弊且如此。此唐名臣多由此出，彼果何以致之耶？豈其有徇私之弊而猶不失其收時望之利耶？若夫崔群之第緣梁肅，杜牧之第緣吳武陵，李商隱之第緣令狐綯，盧肇之第緣李德裕，每每類此，亦何惡請托哉！（《群書考索續集》卷三十八）

劉克莊

【江西詩派・黄山谷（節録）】如潘閬、魏野，規規晚唐格調，寸步不敢走作也。楊、劉，則又專爲崑體。故優人有撏扯義山之譃。蘇、梅二子，稍變以平淡豪俊，而和之者尚寡。至六一、坡公，巍然爲大家數，學者宗焉。然二公亦各極其天才筆力之所至而已，非必鍛鍊勤苦而成也。豫章稍後出，會粹百家句律之長，究極歷代體制之變，蒐獵奇書，穿穴異聞，作爲古律，自成一家，雖隻字半句不輕出，遂爲本朝詩家宗祖。（《後村先生大全集》卷九十五）

【送謝旿（節録）】詩至唐尤盛，人主以此拔士，得戴叔倫、韓翃之流焉。主司以此取士，得錢起、徐凝之流焉。藩鎮以此取士，得李商隱、羊士諤之流焉。迨至唐衰，錢鏐、王審知父子猶能收羅隱、徐寅於幕府。（同上卷九十六）

【李耘子詩卷（節録）】唐世以賦詩設科，然去取予奪，一決於詩。故唐人詩工而賦拙。《湘靈鼓瑟》《精衛填海》

之類，雖小小皆含意義，有王回、曾鞏之不能道。本朝亦以詩賦設科，然去取予奪，一決於賦，故本朝賦工而詩拙。今之律賦，往往造微入神，温飛卿、李義山之徒未必能髣髴也。（同上卷九十九）

【徐寶之貢士詩】徐君詩如『炊熟風飄動，吟歸雪硯枯』，如『盡日飛花急，隔溪芳草深』，皆鍛鍊精到，而卷中不能皆然。昔人有刻玉爲楮葉，三年而成。或笑之曰：『使造化之生物如是，則物之有葉者少矣。』君詩以温、李爲師，故工。惟工，故少。少非詩病也。（同上卷九十九）

【劉叔安感秋八詞（節録）】長短句昉於唐，盛於本朝。余嘗評之：耆卿有教坊丁大使意態，美成頗偷古句，温、李諸人困於撏撦。近歲放翁、稼軒一掃纖艷，不事斧鑿，高則高矣，但時時掉書袋，要是一癖。（同上）

【墨林方氏帖・蘇文忠公】公貴盛時，士競趨其門，故文者托公以重其文，挾藝者托公以售其藝，及其遷謫也，未聞一士如韓生從殷浩至東陽、李商隱從鄭亞來循州者，蓋有相遇都城，以扇障面不揖叔黨者矣。（同上卷一百四題跋）

【刁通判詩卷（節録）】本朝詩崑體過於雕琢，去情性寖遠，至歐、梅始以開拓變拘狹，平澹易纖巧。子曰：『辭達而已』矣，豈必撏撦義山入杜乎。（同上卷一百十題跋）

古人感知己之遇，欒布奏事彭越頭下，臧洪、盧諶皆不以主公成敗而二其心。叔季所謂『賓客方翕翕』，熱時則趨附恐後，及時異事改，則振臂而去，至有射羿者。世傳嚴武欲殺子美，殆未必然。觀『老親如宿昔，部曲異平生』之句，極其悽愴，至位置武於《八哀》詩中，忠厚藹然，異於『幕府少年今白髮』之作矣。李義山過舊府，有《寄諸掾》詩云：『莫憑無鬼論，終負託孤心。』猶有門生故吏之情，可以矯薄俗。（《後村詩話・前集》卷一）

唐人善形容人情物態。杜公云『已經十日竄荆棘』，困厄極矣，然『腰下寶玦青珊瑚』終不解去，何也？義山云『不收金彈抛林外，却憶（本集作『惜』）銀牀在井頭』，亦曲盡貴公子之憨態。若貫休輩『自拳五色毬，迸入他人宅。御從蒼頭奴，玉鞭打一百』之句，拙俚甚矣。（同上）

李義山《答令狐補闕》云：『人生有通塞，公等繫安危。』於升沉得喪之際，婉而成章。簡齋南渡初被召東，同時召客云：『共談太極非無意，能繫蒼生本不同。』則氣象益開闊矣。（同上）

楊、劉諸人師李義山可也，又師唐彥謙。唐詩雖雕琢對偶，然求如『一抔』『三尺』之聯，惜不多見。五言敍亂離云：『不見泥函谷，俄驚火建章。剪茅行殿溼，伐柏舊陵香。』語猶渾成，未甚破碎。若《西崑酬唱集》，對偶字面雖工，而佳句可録者殊少，宜爲歐公之所厭也。（同上《前集》卷二）

『將飛更作回風舞，已落猶成半面妝』，宋景文《落花》詩也，爲世所稱。然李義山固云：『落時猶自舞，掃後更聞香。』李下句猶妙。（同上）

李義山《蝨賦》云：『爾職惟齧，而不善齧。回臭而多，跖香而絶。』雖甚簡短，然有意味。（同上《後集》卷一）《蝎賦》云：『夜風索索，緣隙憑壁。弗聲弗鳴，潛此毒螫。厥虎不翅，厥牛不齒。爾今何功，既角而尾。』《虎賦》云：『西白而今（按：當作『金』），其獸惟虎。何彼列辰，自虎而鼠。善人瘠，讒人肥，汝不食讒，畏汝之飢。』《惡馬賦》云：『彼騎而囓，孰爲其主？彼芻而蹄，孰爲其圉？五里之堠，癬燥飢渴，不擇重輕。亭有饞吏，曝之爲腊，又毒其吏，立死於櫪。』原注：已上三賦見《玉溪集》。（《後村詩話・續集》卷二）（按：以上三賦除《蝎賦》收入《樊南文集》外，其他二賦《樊南文集》及《樊南文集補編》均未收，當爲義山佚文）

玉溪《與陶進士書》：『夫所謂博學宏詞者，豈容易哉！天地之災變盡解矣，人事之興廢盡究矣，皇王之道盡識矣，聖賢之文盡知矣。天下及蟲豸草木鬼神精魅，一物以上，莫不開會，此其可以當博學宏詞者耶？恐猶未也。設他日或朝廷、或持權衡大臣問一事，詰一物，小如毛甲，而時脱有不能盡知者，則是博學宏詞者當其罪矣。私自恐懼，窘若囚械。後幸有中書長者曰：「此人不堪，抹去之。」大快樂，曰：「此日後不能知得東西左右，亦不畏矣。」』又云：『常時祝願得時人曰：此物不識字，此物不知書，是我生獲忠肅之謚也。』其論激矣。（同上）

義山《孔明廟》云：『玉壘經綸遠，金刀曆數終。』誠齋《徐孺子墓》云：『舊國已禾女，荒阡猶石翁。』比山谷『司馬寒如灰，禮樂卯金刀』之句尤精確。（同上）

義山善用事，《哭劉蕡》云：『空聞遷賈誼，不待相孫弘。』自應制科至謫死，止以十字道盡。（同上）

李義山《西掖玩月》五言云：『露索秦宮井，風絃漢殿筝。』《歸墅》云：『渠濁村春急，旗高社酒香。』《蟬》

云：『五更疏欲斷，一樹碧無情。』『煩君最相警，我亦舉家清。』《寄飛卿》云：『何因携庾信，同去哭徐陵？』《陳後宮》云：『茂苑城如畫，閶門瓦欲流。還依水光殿，更起月華樓。侵夜鸞開鏡，迎冬雉獻裘。從臣皆半醉，天子正無愁。』《楚宮》云：『歌成猶未唱，秦火入夷陵。』《公子》云：『歸應衝鼓半，去不待笙調。』《全溪作》云：『戰蒲知雁唼，皺月覺魚來。』《越燕》云：『去應逢阿母，來莫害皇孫。』《無題》云：『錦長書鄭重，眉細恨分明。』《詠月》云：『嫦娥無粉黛，衹是逞嬋娟。』《壽安公主出降》云：『事等和强虜，恩殊睦本枝。四郊多壘在，此禮恐無時。』公主嫁田承嗣（按：當爲王庭湊）之子，承嗣握兵而驕，詩意嘆唐朝之姑息，與嫁冒頓、烏孫無異。末句言諸節鎮皆有子，皆欲尚主，何以待之？《昭肅挽詩》云：『海迷求藥使，雪隔獻桃人。』《哭劉蕡》云：『空聞遷賈誼，不待相孫弘。』《裴明府居》云：『試墨書新竹，張琴和古松。』《陳後宮》云：『渚蓮參法駕，沙鳥犯鉤陳。』《鄭大有隱居》云：『石梁高瀉月，樵路細侵雲。』《題李蕃壁》云：『舊著《思玄賦》，新編《雜擬》詩。』《撰彭陽公誌》云：『敢伐不加點，猶當無媿詞。』《詠懷寄舊僚》云：『僕御嫌夫懦，孩童笑叔癡。少男方嗜栗，幼女漫憂葵。』《聖女祠》七言云：『一春夢雨常飄瓦，盡日靈風不滿旗。』《潭州》云：『陶公戰艦空灘雨，賈傅承塵破廟風。』《平淮西碑》云：『點竄《堯典》《舜典》字，塗改《清廟》《生民》詩。』『公之斯文若元氣，先時已入人肝脾。』《寄令狐學士》云：『賡歌太液翻黃鵠，從獵陳倉獲碧雞。』《杜工部蜀中離席》云：『雪嶺未歸天外使，松州猶駐殿前軍。』《楚宮》云：『已聞佩響知腰細，更辨絃聲覺指纖。』《無題》云：『扇裁月魄羞難掩，車走雷聲語未通。』《井絡》云：『堪嘆故君成杜宇，可能先主是真龍？』《北齊》云：『小憐玉體横陳夜，已報周師入晉陽。』《寄令狐郎中》云：『休問梁園舊賓客，茂陵秋雨病相如。』《李家園》云：『惟有夢中相近分，卧來無睡欲何如。』《嫦娥》云：『嫦娥應悔偷靈藥，碧海青天夜夜心。』《隋宮》云：『紫泉宮殿鎖烟霞，欲取蕪城作帝家。玉璽不緣歸日角，錦帆應是到天涯。於今腐草無螢火，終古垂楊有暮鴉。地下若逢陳後主，豈宜重問《後庭花》？』《籌筆驛》云：『魚鳥猶疑畏簡書，風雲長爲護儲胥。徒令上將揮神筆，終見降王走傳車。管、樂有才真不忝，關、張無命欲何如？』《七夕》云：『由來碧落銀河畔，可要金風玉露時？』《馬嵬》云：『此日六軍同駐馬，當年七夕笑牽牛。

如何四紀爲天子，不及盧家有莫愁？』《九日》云：『曾共山公把酒時，霜天白菊滿階墀。十年泉下無消息，九日尊前有所思。不學漢臣栽苜蓿，空教楚客咏江蘺。郎君官貴施行馬，東閣無因得再窺。』《錦瑟》云：『莊生曉夢迷蝴蝶，望帝春心託杜鵑。滄海月明珠有淚，藍田日暖玉生烟。』相傳瑟有適怨清和四音，於此二聯見之。或云令狐楚家青衣名也。《河中》云：『九廟無塵八馬回，奉天城壘長春苔。咸陽原上英雄骨，半向君家養馬來。』《無題》云：『春風自共何人笑，枉破陽城十萬家。』絶句云：『臨邛不見馬相如，更欲南行問酒壚。行到巴西覓譙秀，巴西惟是有寒蕪。』《宫妓》云：『珠箔輕明拂玉墀，披香新殿鬭腰肢。不須看盡魚龍戲，終遣君王怒偃師。』《夕陽樓》云：『花明柳暗繞天愁，上盡重城更上樓。欲問孤鴻向何處，不知身世自悠悠。』《吴宫》云：『龍檻沉沉水殿清，禁門深掩斷人聲。吴王宴罷滿宫醉，日暮水漂花出城。』《鈞天》云：『上帝鈞天會衆靈，昔人因夢到青冥。伶倫吹裂孤生竹，却爲知音不得聽。』温庭筠與商隱同時齊名，時號温、李。二人記覽精博，才思横逸，其豔麗者類徐、庾，其切近者類姚、賈。義山之作尤煅煉精粹，探幽索微，不可草草看過。世傳飛卿傲婦翁，亦可見其不羈。（同上《新集》卷四）

王楙

【詩句用嫖姚事】苕谿漁隱曰：『杜子美詩云：「借問大將誰，恐是霍嫖姚。」「漢朝頻遣將，應拜霍嫖姚。」按《漢史》顔師古注：「并去聲呼。」而此作平聲用。蓋從服虔之音爾。王荆公詩亦曰：「莫教空説霍嫖姚」，亦以平聲呼。蓋承襲子美之意也。』《聞見録》亦以子美用嫖姚字爲失，且譏之曰：『退之云：「凡爲文詞，宜略識字。」有以也夫。』僕謂二公不深考耳。嫖姚作平聲用，自古已然，不但子美、荆公二人而已。……唐人前詩已多如此，而唐人如……李商隱詩：『五年從事霍嫖姚』……皆明知爲平聲字用者，未見有作去聲呼，蓋承襲而然。（《野客叢書》卷六）

劉鍇注李商隱《樊南集》，有《代王茂元檄》云：『喪貝躋陵，飛走之期既絶；投戈散地，灰釘之望斯窮。』恨不知『灰釘』事。前輩謂杜篤賦：『燔康居，灰珍奇，椎鳴鏑，釘鹿蠡。』商隱雕篆如此。僕謂此二字出于《南史·陳高祖紀》：『九錫策曰：玉斧將揮，金鉦且戒，妖酋震慴，遽請灰釘。』商隱用此耳。後見《藝苑雌黃》亦引此辨，與僕暗合。（同上卷十二）

李濟翁《資暇集》曰：『園庭中藥欄，欄即藥，藥即欄，猶言圍援，非花藥之欄。《漢宣帝紀》：「池藥未御幸者，假與貧民。」《漢書》「闌入宮禁」，率多作草下闌，則藥欄尤分明也，有誤者以藤架、蔬圃作對。』僕謂此說固是，然考《漢宣帝紀》：『池籞未御幸者，假與貧民』，非『藥』字。又觀古人詩，如梁庾肩吾曰：『向嶺分花徑，隨堦轉藥欄』，唐李商隱曰：『水精眠夢是何人，欄藥日高紅髲鬟』，王維曰：『藥欄花徑衡門裏』，又曰：『新作藥欄成』，杜子美曰：『乘興還來看藥欄』，許渾曰：『竹院晝看筍，藥欄春賣花』，又曰：『欄圍紅藥盛』，張籍曰：『借宅常欣事藥欄』，多作花藥之欄用也。近見《苕谿漁隱》，亦引『籞』爲證。（同上）

《容齋續筆》曰：唐人詩文，或于一句中自成對偶，謂之當句對。蓋起于《楚詞》『蕙蒸蘭藉』『桂酒椒漿』『桂棹蘭枻』『斲冰積雪』。自齊、梁以來，江文通、庾子山諸人亦如此。僕謂此體亦出于《三百篇》之詩，不但《楚詞》也，如『玄衮赤舄』『鉤膺鏤錫』『朱英緑縢』『二矛重弓』之類是焉。（同上卷十七）

《冷齋夜話》云：前輩作花詩，多用美女比其狀，如曰：『若教解語應傾國，任是無情也動人。』塵俗哉！山谷作《荼蘼》詩曰：『露濕何郎傅湯餅，日烘荀令炷鑪香。』乃用美丈夫比之，特出類也。僕謂山谷此聯，蓋出于李商隱之意，而翻案尤工耳。商隱詩曰：『謝郎衣袖初翻雪，荀令熏鑪更換香。』以此聯較之，真不侔矣。（同上卷二十）

歐公詞曰：『池外輕雷池上雨，雨聲滴碎荷聲。』云云。末曰：『水晶雙枕，旁有墮釵横。』此詞甚膾炙人口。舊説謂歐公爲郡幕日，因郡宴，與一官妓荏苒。郡守得知，令妓求歐詞以免過，公遂賦此詞。僕觀此詞，正祖李商隱《偶題》詩云：『小亭閒眠微醉消，石榴海柏枝相交。水紋簟上琥珀枕，旁有墮釵雙翠翹。』又『柳外輕雷』亦用商隱『芙蓉塘外有輕雷』之語。……（同上卷二十四）

《草堂詩餘》載張仲宗《滿江紅》詞：『蝶粉蠭黄都褪却。』注：蝶粉蠭黄，唐人宮妝。僕觀李商隱詩有曰：

『何處拂胸資蝶粉，幾時塗額藉蠭黃。』知《詩餘》所注爲不妄。唐《花間集》却無此語。或者謂蝶交則粉落，蠭交則黃退。（同上）

《緗素雜記》云：《史記》：秦始皇上泰山，立石，封，祠祀。下，風雨暴至，休于樹下，遂封其樹爲五大夫。唐陸贄《松》詩：『不羡五株封。』李商隱有《五松驛》詩。李白《序》謂：『風雨暴作，五松受職。』皆言五松事。惟荆公詩『老松先得大夫封』，此爲得之。僕謂黃朝英稽考未至耳，非李白之徒謬也。按應劭云：秦皇逢暴雨，得五松，因封爲五松大夫。蓋當時大夫係封五株松，非一松也。是以庾信《終南山》詩曰：『水奠三川后，山封五樹松。』五樹松在唐人前已如此言，豈謂李白等謬誤！朝英但見唐人有此數處用五松事，與《史記》之文不合，故有是說，不知此事見于應劭所載，而唐前人已用之矣。（同上卷二十六）

唐史與三説皆謂退之《淮西碑》多歸裴度功，李愬妻唐安公主不平，訴之于帝，謂愈文不實，遂斲其碑，更命段文昌爲之。而丁用晦《芝田録》則曰：『元和中有老卒推倒淮西碑。帝怒，命縛來殺之。因至，曰：「碑中只言裴度功，不述李愬力，微臣是以不平。」命放罪，敕段文昌別撰。』羅隱《石烈士説》亦曰：「石烈士名孝忠，猛悍多力，嘗爲前驅。一旦熟視裴碑，大恚怒，因作力推去其碑。僅傾欹者再三。吏執之詣前。孝忠云云。」上因得淮西平賊之本末，命段學士更爲之。』二説皆謂因老卒推碑，與前説不同。又讀李商隱《淮西碑詩》曰：『碑高三丈字如手，負以靈鼇蟠（原作『戴』，據本集改）以螭。句奇語重喻者少，讒之天子言其私。長繩百尺拽碑倒，麤砂大石相磨治。』觀商隱所説，又非關老卒，推仆碑石乃爲當時之人。讒言所入，天子自使人拽倒，別刻文昌之作。諸説不同，竝著于此。（同上卷二十七）

趙彦衛

《能改齋漫録》……言：『秦益公生日，蜀人李善詩云：「無窮身有無窮樂，第一人爲第一官。」其後言者以爲過，有旨禁之，仍著爲令。然前輩類多有之，如荆公、東坡皆有曾魯公、張文定生日詩。』又載曾郡守獻秦十絶『裴度只今稱聖相』之句。解云：『李義山《韓碑》詩「帝得聖相相曰度」，蓋取《晏子春秋》「仲尼，魯之聖相也」意，以禁生日詩爲非、聖相爲可稱。』（《雲麓漫鈔》卷四）

何　汶

《黄魯直傳贊》云：『自李、杜没而詩律衰，唐末以及五季，雖有比興自名者，然格下氣弱，無以議爲也。宋興，楊文公始以文章莅盟，然至爲詩，專以李義山爲宗，以漁獵掇拾爲博，以儷花鬭葉爲工，號稱「西崑體」。嫣然華靡，而氣骨安存？嘉祐以來，歐陽公稱太白爲絶唱，王文公推少陵爲高作，而詩格大變，高風之所扇，作者間出，班班可述矣。』（《竹莊詩話》卷十六《雜編》六引）

陳振孫

【李義山集八卷、樊南甲乙集四十卷】唐太學博士李商隱義山撰。商隱，令狐楚客，開成二年進士，書判入等，從王茂元、鄭亞辟。二人皆李德裕所善，坐此爲令狐綯所憾，竟坎壈以終。《甲》《乙集》者，皆表章啓牒四六之文，既不得志于時，歷佐藩府，自茂元、亞之外，又依盧弘正、柳仲郢，故其所作應用若此之多。商隱本爲古文，

令狐楚長于章奏，遂以授商隱。然以近世四六觀之，當時以爲工，今未見其工也。（《直齋書録解題》卷十六别集類上）

【玉溪生集三卷】李商隱自號此集，即前卷中賦及雜著也。（同上）

孫奕

李義山云：『鶯能歌《子夜》』，謂晋人有子夜者善歌，則知非『甲夜』『乙夜』之類也。（《履齋示兒編》）

袁甫

【跋楊文公手抄李義山詩】公之風節高矣，如陽翟之歸。知者以爲脱屣富貴，不知者以爲直情徑行。斥丁謂等事，知者以爲盡忠無隱，不知者以爲沽激要名。心胸落落，與世枘鑿，名高謗隨，勢固然也。君子之所爲，要使知者知耳。公之聞孫，當塗使君，以手抄李義山詩示余，因得盡觀諸公跋語。夫遊戲翰墨，尚爲人寶玩若此，則當時知者雖寡，後世知者多矣。尊其名未知學其爲人，真知亦豈易得耶？援筆敬書，因以自警。（《蒙齋集》）

邢凱

李義山《雜纂》有『殺風景』之語，謂清泉濯足，花上曬裩，背山起樓，燒琴煮鶴，對花點茶，松下喝道。予謂清泉濯足、對花點茶，尚庶幾，背山起樓之外，誠可笑矣。若山僧獻高茶，而取消風散調之部；使者惠方竹杖，乃規圓而漆之，亦殺風景之類也。（《坦齋通編》）

林希逸

【李君瑞奇正賦格序】自退之爲《詩》正《易》奇之論，文章家遂有以此互品題者，抑嘗思之，張説、徐堅之論文也，其曰良金美玉無施不可，非正乎？其曰孤峯絶岸，壁立萬仞，濃雲鬱興，陣雷俱發，非奇乎？不妨俱美也。前輩乃曰：好奇自是文章一病。退之自謂怪怪奇奇，不施於時，祇以自嬉，然則奇固不若正矣。雖然，李長吉辭尚奇詭，而當時皆以絶去翰墨畦逕稱之。李義山受偶儷之學於令狐，及其自作，乃過於楚，非以其爲文素瑰奇歟？長吉之奇，見於歌行；義山之奇，見於偶儷。偶儷云者，即今時賦體也。使今人之賦，有若玉溪之奇，又何愧于古哉！莆陽同舍李君瑞以賦得名，屢薦於鄉，優升於學，每以奇取勝，自謂之伏兵。蓋前後見賞有司，皆以鋪敘體得之。今集賦家大小諸試，自蘭省三舍，諸郡鹿鳴，以至堂補巍綴者皆在焉。每題先之以正，繼之以奇。鋪叙之外，或以韻奇，或以意奇，或以句簡古而奇，或以原頭末三韻兩韻混成構結。而謂之正者，人固知之，時出之奇，多有流輩思索所未及，譬猶孫臏之减竈削木，淮陰之背水囊沙，初不在堂堂之陣，正正之旗，自可呃敵吭而破敵膽也。以君瑞肘後方之已效之劑，不自秘而傳之，人得之者，當萬選萬中矣。然唐人論詩有六迷云者，有七至云者。其説則曰：以詭差爲新奇，一迷也；至奇而不差，一至也。是必知其至而去其迷。以詩之病而驗之賦，庶乎得君瑞所以傳之法，而又盡其所以至之妙。余少學賦，苦不能奇，今老矣，喜聞其説，故不辭君瑞之請而爲之序云爾。（《竹溪鬳齋十一稿續集》卷十二）

周密

周美成長短句，純用唐人詩句，如『低鬟蟬影動，私語口脂香』，此乃元、白全句。賀方回嘗言：吾筆端驅使李

商隱、温庭筠常奔走不暇。則亦可謂能事矣。（《浩然齋雅談》）

李商隱詩云：『咸陽宮殿鬱嵯峨，六國樓臺艷綺羅。自是當年秦帝醉，不關天地有山河。』末句殊不可曉。南昌裘聞詩以爲『秦帝』合作『天帝』，『天地』合作『秦地』，事在張平子《西京賦》，曰：『昔者天帝悦穆公而覲之，饗以鈞天廣樂，帝有醉焉，乃爲金策，錫用此土，而翦諸鶉首。是時也，并爲强國者有六，然而四海同宅西秦，豈不詭哉？』李善注：若穆公嘗如此，七日而寤。《志林》曰：天帝醉暴秦，金誤隕石墜。《列仙贊》云：秦穆受金策祚世之業，史載秦地雨金三日。金誤隕其是邪？嗚呼！天帝果有時而醉乎？（同上）

李商隱《晋元帝廟》云：『青山遺廟與僧鄰，斷鏃殘碑銷暗塵。紫蓋適符江左運，翠華空憶洛中春。夜臺無月照珠户，秋殿有風開玉扆。弓劍神靈定何處，年年春緑上麒麟。』案此詩李商隱集不載，未詳所據何本，疑姓名有誤。（同上）

沈義父

要求字面，當看温飛卿、李長吉、李商隱及唐人諸家詩句中字面好而不俗者，采摘用之。即如《花間集》小詞，亦多好句。（《樂府指迷》）

嚴羽

國初之詩，尚沿襲唐人，王黄州學白樂天，楊文公、劉中山學李商隱，盛文肅學韋蘇州，歐陽公學韓退之古詩，梅聖俞學唐人平淡處。至東坡山谷始自出己意以爲詩，唐人之風變矣。……（《滄浪詩話·詩辯》）

以人而論，則有：蘇李體，李陵、蘇武 曹劉體，子建、公幹 陶體，淵明 謝體，靈運 徐庾體，徐陵、庾信 沈宋體，佺期、之問 陳拾遺體，陳子昂 王楊盧駱體，王勃、楊炯、盧照鄰、駱賓王 張曲江體，始興文獻公九齡 少陵體，太白體，高達夫體，高常侍適，孟浩然體，岑嘉州體，岑參，王右丞體，王維，韋蘇州體，韋應物，韓昌黎體，柳子厚體，韋柳體，蘇州與儀曹合言之，李長吉體，李商隱體，即西崑體也，盧仝體，白樂天體，元白體，微之、樂天，其體一也，杜牧之體，張籍王建體，謂樂府之體同也，賈浪仙體，孟東野體，杜荀鶴體，東坡體，山谷體，後山體，後山本學杜，其語似者但數篇，他或似而不全，又其他則本其自體耳，王荆公體公絶句最高，其得意處高出蘇、黄、陳之上，邵康節體，陳簡齋體，陳去非與義也。亦江西之派而小異，楊誠齋體，其初學半山、後山，最後亦學絶句於唐人。已而盡棄諸家之體而別出機杼，蓋其自序如此也。（同上《詩體》）

又有所謂：《選》體選詩時代不同，體制隨異，今人例用五言古詩爲《選》體非也，柏梁體漢武帝與羣臣共賦七言，每句用韻，後人謂此體爲『柏梁』，玉臺體《玉臺集》，乃徐陵所序，漢、魏六朝之詩皆有之，或者但謂纖豔者爲玉臺體，其實則不然，西崑體即李商隱體，然兼温庭筠及本朝楊、劉諸公而名之也，香匳體韓偓之詩，皆裙裾脂粉之語，有《香奩集》，宫體梁簡文傷于輕靡，時號『宫體』。其他體制，尚或不一，然大概不出此耳。……（同上）

曾原

【懷古録序（節録）】杜陵翁筆有神，豈故求其神哉，萬卷書流溢云爾。晚習靡，古道微，彼自謂張施五色，隋苑之葩，遇雨則蔫，剪綵裁縠猶爾，而謂刻楮亞枝可陵厲風日乎！每若過予以此講。淳祐戊申，余入京，道洪，螺洲陳模子宏以詩來，與語是，且相與評玉谿、草堂詩。宏曰：『吾師熊公晋仲論與子合。』別九年，予捧檄來洪，重與宏語，出《懷古録》，上下古今，文章關紐，人物臧否，一一區析探索，不見真是非不止也。余向嘗記所誦聞，日隨日識，往往宏説多暗符。（《懷古録》卷首）

陳模

唐三百年，詩萬餘首之多。近時柯東海止揀百六十首，其去取雖不能無得失，然大概多是。如於李、杜，止取八九首，皆有定見。李、杜雖爲唐詩之宗師，好絶句直是少。然唐絶句多，好者亦不過二三人而已。如李商隱、杜牧之、劉禹錫之外，則白樂天之類是也。……本朝絶句好者稱半山。如『繅成白雪桑重緑，割盡黄雲稻正青』。『含風鴨緑粼粼起，弄日鵝黄裊裊垂』。其工麗或過於唐人。又如『野水從横漱屋除，悠悠殘夢鳥相呼。春風日日吹香草，山北山南路欲無』。『春風自緑江南岸，明月何時照我還』。『細數落花因坐久，獨尋芳草得歸遲』。此等閑適風韻姿態處，亦不減唐人。然求其如唐人意在言外有餘味，及若李義山打隔譚之體，則皆無之也。（《懷古録》卷上）

晚唐唯絶句好。五言八句等作，多萎弱無氣骨，無含蓄餘味。近時永嘉趙靈秀、翁靈舒、徐靈暉、徐靈困號爲『四靈』。詩大率宗晚唐體。如『野水多於地，春山半是雲。吾生嫌已老，學圃未如君』。如『知分貧堪樂，無營夢亦清。看君話幽隱，如我願逃君』。『不來相送處，怕有獨歸時』。『思君難可見，新集見君詩』。『一面門無水，東隅路入京。青峰三十六，霜雪見分明』。如『清得門如水，貧惟帶有金』。『四海爲儒者，相逢問信音』。此其好者。然已體格卑弱而無氣骨，且不絶矣。此後山詩所謂『後世無高學，舉俗愛許渾』。當後山時有此嘆，況今日乎？蒼山曰：『許渾詩尚秀整，亦非姚、賈輩所可望。』前輩論李商隱詠驪山云：『海外徒聞更九州，他生未卜此生休。空聞虎旅鳴宵柝，無復雞人報曉籌。』以爲白樂天《長恨歌》費一篇，而不如商隱數句包括得許多意。蓋述得事情出，則不必言垂涙斷腸，而自不能不垂涙斷腸也。東坡《别杭州南北山諸道人》云：『當年衫鬢兩青青，彊説重臨慰别情。衰髮秖今無可白，故應相對話來生。』所謂辭不迫切，意已獨至者。其視戴式之『此行堪一哭，何日見諸君』者，固有間矣。蒼山曰：『坡句畢自露，不及義山。』（同上）

李商隱絶句之好者，不可一律求之。《漢宫詞》云：『青雀西飛竟不回，君王長在集靈臺，侍臣最有相如渴，不賜金莖露一杯。』此詩若止詠武帝求長生，相如病渴而已，而不知其譏刺漢君臣之顛倒者，而意溢於言外矣。蓋言長在集靈臺，與金莖露盃，則武帝惑於神仙長生之説者可見。言相如渴，則相如有乖於衛生而病者又可見。使金莖露果可飲而不死，則必能療相如之渴，不然則又安能長生乎？隱然抑揚，寓此意也。《龍池》云：『龍池賜酒敞雲屏，羯鼓聲高衆樂停。夜半宴歸更漏永，薛王沉醉壽王醒。』此詩若止詠宮中燕樂而已，而譏訶明皇父子間傷敗人倫者，意已溢於言外矣。蓋貴妃即壽王之妃，明皇奪之。當其內宴，見其父與妃子作樂之時，其飲酒必不能醉。歸而獨醒，聞宮漏之永，壽王無聊之意當如何也。《東阿王》云：『君王不得爲天子，半爲當時賦《洛神》。』此詩若言子建不合爲麗美之詠，其實有以誅子建之心也。蓋賦《洛神》者，乃託意詠其嫂甄氏也。即袁尚之妻，曹操索之，而已爲五官郎將持去者，魏文帝甄后也。以嫂氏而子建屬意之，則其爲人可知。曹操初焉不以天下與之，雖未必知此，然以此觀之，則不得爲天子者，亦未爲過也。故但言半爲賦《洛神》。半之爲言託辭也，此皆冷語打隔諢而好者也。《夜雨〔寄北〕》云：『君問歸期未有期，巴山夜雨漲秋池。何當共剪西窗燭，却話巴山夜雨時。』《贈畏之》云：『待得郎來月也低，寒暄不道醉如泥。五更又欲向何處，騎馬出門烏夜啼。』《爲有》云：『爲有雲屏無限嬌，鳳城寒盡怕春宵。無端嫁得金龜婿，辜負香衾事早朝。』此皆句意透徹，有恣態而好者也。《望喜驛别嘉陵江水》云：『嘉陵江水此東流，望喜樓中憶閬州。君到閬州還赴海，閬州應有更高樓。』蓋言方在望喜樓中相送，則憶其到閬州，到閬州則憶其赴海。然閬州應更有樓，又當望以相送也。此比興宛轉，不忍别之意足以盡之矣。《柳》云：『曾逐東風拂舞筵，樂遊春苑斷腸天。如何肯到清秋日，已帶斜陽又帶蟬。』若『帶斜陽』人能言之，『帶蟬』則無人能言矣。此盡言前日逐春風舞筵，如此可樂，後日乃帶斜陽、蟬聲之凄悲，則宜不肯到秋日，不如望秋先零也。此比興先榮後悴難爲情之意，足以盡之矣。《閨情》云：『紅露花房白蜜脾，黃蜂紫蝶兩參差。春窗一覺風流夢，却是同袍不得知。』蓋蜂則在蜜脾，蝶則在花房，故春窗風流之時，意各有屬，雖同袍迹若情而月〔疑有脱誤〕，則安有所謂惆悵者。《〔寄〕蜀客》云：『金徽却是無情物，不許文君憶故夫。』而金徽又安能不許文君哉！《〔代〕贈》云：『芭蕉不展丁香結，同向春風各自愁。』而芭蕉、丁香本無〔所〕謂愁，蓋是以物爲人，此皆以無爲有而好者也。雖其體不一，而句與字皆華潤，意味皆可咀嚼者，此其所以足爲唐絶句之冠冕。薛能《銅雀臺》云：『魏帝當時銅雀臺，黄花深映棘叢開。人生富貴須回首，此地豈無歌舞來。』此詩若叙前榮後悴，人皆能之，此其所以曲折而有餘味者，乃是以後爲先，人多效之。（同上）

謝維新

【李商隱詩（佚句）】郊野鵝毛滿，江湖雁影空。（《古今合璧事類》卷三二）

魏慶之

【誠齋評爲詩隱蓄發露之異】太史公曰：『《國風》好色而不淫，《小雅》怨悱而不亂。』《左氏傳》曰：『《春秋》之稱，微而顯，志而晦，婉而成章，盡而不汙。』此《詩》與《春秋》紀事之妙也。近世詞人，閒情之靡，如伯有所賦，趙武所不得聞者，有過之無不及焉。是得爲好色而不淫乎？惟晏叔原云：『落花人獨立，微雨燕雙飛。』可謂好色而不淫矣。唐人《長門怨》云：『珊瑚枕上千行淚，不是思君是恨君。』是得謂怨悱而不亂乎？惟劉長卿云：『月來深殿早，春到後宮遲。』可謂怨悱而不亂矣。近世陳克《詠李伯時畫寧王進史圖》云：『汗簡不知天上事，至尊新納壽王妃。』是得爲微、爲晦、爲婉、爲不汙穢乎？惟李義山云：『侍宴歸來（本集作『夜半宴歸』）宮漏永，薛王沉醉壽王醒。』可謂微婉顯晦，盡而不汙矣。（《詩人玉屑》卷二）

【臞翁詩評】李義山如百寶流蘇，千絲鐵網，綺密瓌妍，要非適用。（同上）

【唐人句法】寫景　秋應爲紅葉，雨不厭蒼苔。李義山（同上卷三）

【風騷句法】夜筵滅燭蔽覆　池光不受月，野氣欲沉山。　澄江浸月月　流處水花急，吐時雲葉鮮。　金鱗

躍浪雙句俱動 鏡好鸞空舞，簾疏燕誤飛。（同上卷四）

【去陋】作詩淺易鄙陋之氣不除，大可惡。客問：何從去之？僕曰：熟讀唐李義山詩與本朝黃魯直詩而深思之，則去也。許彥周（同上卷五）

【不可露斧鑿粘皮骨】作詩貴雕琢，又畏有斧鑿痕；貴破的，又畏粘皮骨。李商隱《柳》詩云：『動春何限葉，撼曉幾多枝。』恨其有斧鑿痕也。石曼卿《梅》詩云：『認桃無緑葉，辨杏有青枝。』恨其粘皮骨也。能脱此二病，始可以言詩矣。（按：此條又見《王直方詩話》。）（同上）

【立意深遠】李義山《錦瑟》詩云：『錦瑟無端五十絃，一絃一柱思華年。莊生曉夢迷蝴蝶，望帝春心託杜鵑。滄海月明珠有淚，藍田日暖玉生烟。此情可待成追憶，只是當時已惘然。』山谷道人讀此詩，殊不曉其意。後以問東破，東坡云：『此出《古今樂志》。云錦瑟之爲器也，其絃五十，其柱如之，其聲也適、怨、清、和。』案李詩，『莊生曉夢迷蝴蝶』，適也；『望帝春心託杜鵑』，怨也；『滄海月明珠有淚』，清也；『藍田日暖玉生烟』，和也。一篇之中曲盡其意，史稱其瑰邁奇古，信然。《緗素雜記》（同上卷六）

【詠物詩造語】詠物詩不待分明説盡，只髣髴形容，便見妙處。如魯直《酴醾》詩云：『露濕何郎試湯餅，日烘荀令炷爐香。』義山《雨》詩云：『摵摵度瓜園，依依傍竹軒。』此不待説雨，自然知是雨也。後來陳無己諸人，多用此體。《呂氏童蒙訓》（同上）

【用事】使事不爲事使安禄山之亂，哥舒翰與賊將崔乾佑戰潼關，見黃旗軍數百隊，官軍以爲賊，賊以爲官軍，相持久之，忽不知所在。是日，昭陵奏陵内前石馬皆汗流。子美詩所謂『玉衣晨自舉，鐵馬汗常趨』，蓋記此事也。李晟平朱泚，李義山作詩，復引用之云：『天教李令心如日，可待昭陵石馬來？』此雖一等用事，然義山但知推美西平，不知於昭陵似不當耳。乃知詩家使事難，若子美，所謂不爲事使者也。《蔡寬夫詩話》（同上卷七）

【反其意而用之】文人用故事，有直用其事者，有反其意而用之者。李義山詩：『可憐夜半虚前席，不問蒼生問鬼神。』雖説賈誼，然反其意而用之矣。林和靖詩：『茂陵他日求遺稿，猶喜曾無封禪書。』雖説相如，亦反其意而用之矣。直用其事，人皆能之。反其意而用之者，非學業高人，超越尋常拘攣之見，不規規然蹈襲前人陳迹者，何以臻此！《藝苑雌黄》（同上）

【作詩須飽材料】李商隱詩好積故實，如《喜雪》詩：『班扇慵裁素，曹衣詎比麻？鵝歸逸少宅，鶴滿令威家。』又，『洛水妃虛妬，姑山客漫誇。聯辭雖許謝，和曲本慚《巴》。』一篇之中用事者十七八，以是知凡作者須飽材料。……《䂬溪詩話》（同上）

【用其意用其語】有意用事，有語用事。李義山『海外徒聞更九州』，其意則用楊妃在蓬萊山，其語則用鄒子云『九州之外，更有九州。』如此然後深穩健麗。《潛溪詩眼》（同上）

【屋下架屋】南方浮圖能詩者多，士大夫鮮有汲引，多汩没不顯。福州僧有詩百餘篇，其中佳句如『虹收千嶂雨，潮展半江天』，不減古人也。苕溪漁隱曰：此一聯乃體李義山『虹收青嶂雨，鳥没夕陽天』，所謂屋下架屋者，非不經人道語，不足貴也。《古今詩話》（同上卷八）

【諸公品藻相如】舉人過失難於當。……司馬相如竊妻滌器開巴蜀，以困苦鄉邦，其過已多。至爲《封禪書》，則諂諛蓋天性，不復自新矣。子美猶云：『竟無宣室召，徒有茂陵求。』李白亦云：『果得相如草，仍餘《封禪文》。』和靖獨不然，曰：『茂陵他日求遺稿，尤喜曾無《封禪書》。』言雖不迫，責之深矣。李商隱云：『相如解草《長門賦》，却用文君取酒金。』亦舍其大，論其細也。舉其大者，自西湖始。其後有譏其諂諛之態，死而不已。正如捕逐寇盗，先爲有力者所獲，搤其吭而騎其項矣，餘人從旁助捶縛耳。《䂬溪詩話》（同上卷十二）

【誠齋評五言長韻要典雅重大】褒頌功德五言長韻律詩，最要典雅重大，如杜子美云：『鳳歷軒轅紀，龍飛四十春。八荒開壽域，一氣轉洪鈞。』又，『碧瓦初寒外，金莖一氣旁。山河扶繡户，日月近雕梁。』李義山云：『帝作黄金闕，天開白玉京。有人扶太極，是夕降元精。』（同上）

【誠齋之論】五七字絶句，最少而難工。雖作者亦難得四句全好者。晚唐人與介甫最工於此。如李義山憂唐之衰云：『夕陽無限好，其奈（本集作『只是』）近黄昏。』如『青女素娥俱耐冷，月中霜裏鬬嬋娟。』如『芭蕉不展丁

香結，同向春風各自愁。』如『鶯花啼又笑，畢竟是誰春？』……皆佳句也。（同上）

【九日詩】《九日》云：（詩略）《古今詩話》云：『李商隱依令狐楚，以牋奏受知。後其子綯有韋、平之拜，浸疏商隱。重陽日，商隱造其廳事，題此詩，綯覩之慚恨，扃鎖此廳，終身不處。』又唐史本傳云：『令狐楚奇其文，使與諸子游。楚徙天平、宣武，皆表署巡官。後從王茂元之辟，其子綯以爲忘家恩，放利偷合，謝不通。綯當國，商隱歸窮，綯憾不置。』則商隱此詩，必此時作也。若《古今詩話》以爲綯有韋、平之拜，浸疏商隱，其言殊無所據，余故以本傳證之。但綯父名楚，商隱又受知於楚，詩中有『楚客』之語，題於廳事，更不避其家諱，何耶？東坡《九日》云：『聞道郎君閉東閣，且容老子上南樓。』又云：『南屏老宿閑相過，東閣郎君懶相尋。』皆用商隱詩也。漁隱（同上卷十六）

【殺風景】義山《雜纂》，品目數十，蓋以文滑稽者。其一曰殺風景，謂：清泉濯足，花上曬褌，背山起樓，燒琴煮鶴，對花啜茶，松下喝道。晏元獻慶曆中罷相守潁，以惠山泉烹日注，從容置酒，賦詩曰：『稽山新茗綠如烟，靜挈都藍煮惠泉。未向人間殺風景，更持醪醑醉花前。』王荆公元豐末居金陵，蔣大漕之奇，夜謁公於蔣山，騶唱甚都。公取『松下喝道』語，作詩戲之曰：『扶衰南陌望長楸，燈火如星滿地流。但怪傳呼殺風景，豈知禪客夜相投。』自此『殺風景』之語頗著於世。《西清詩話》（同上）

【斫桂樹】義山詩：『莫羨仙家有上真，仙家暫謫亦千春。月中桂樹高多少，試問西河斫樹人。』按《酉陽雜俎》云：『舊傳月中有桂，有蟾蜍，故異書言月桂高五百丈，下有一人，常斫之，樹創隨合。人姓吴，名剛，西河人，學道有過，謫令伐樹。……』《藝苑雌黃》（同上）

【詞意深妙】余知制誥日，與余（陳）恕同考試。恕曰：『夙昔師範徐騎省爲文，騎省有《徐孺子亭記》，其警句云：「平湖千畝，凝碧乎其下；西山萬疊，倒影乎其中。」他皆常語。近得舍人所作《涵虛閣記》，終篇皆奇語，自渡江以來，未嘗見此，信一代之雄文也。』其相推如此。因出義山詩共讀，酷愛一絕云：『珠箔輕明拂玉墀，披香新殿鬬腰支。不須看盡魚龍戲，終遣君王怒偃師。』擊節稱嘆曰：古人措辭寓意，如此之深妙，令人感慨不已。……

《談苑》（同上）

【高情遠意】文章貴衆中傑出，如同賦一事，工拙尤易見。余行蜀道，過籌筆驛，如石曼卿詩云：『意中流水遠，愁外舊山青。』膾炙天下久矣。然有山水處便可用，不必籌筆驛也。殷潛之與小杜詩甚健麗，亦無高意。惟義山詩云：『魚鳥猶疑畏簡書，風雲長爲護儲胥。』『簡書』蓋軍中法令約束，言號令嚴明，雖千百年之後，魚鳥猶畏之也。『儲胥』蓋軍中藩籬，言忠義貫神明，風雲猶爲護其壁壘也。誦此兩句，使人凛然復見孔明風烈。至於『管樂有才真不忝，關張無命欲何如』，屬對親切，又自有議論，他人亦不及也。馬嵬驛唐詩尤多，如劉夢得『緑野扶風道』一篇，人頗誦之，其淺近乃兒童所能。義山云：『海外徒聞更九州，他生未卜此生休。』語既親切高雅，故不用愁怨墮淚等字，而聞者爲之深悲。『空聞虎旅鳴宵柝，無復雞人報曉籌。』如親扈明皇，寫出當時物色意味也。『此日六軍同駐馬，當時七夕笑牽牛』，益奇。義山詩，世人但稱其巧麗，至與温庭筠齊名，蓋俗學衹見其皮膚，其高情遠意，皆不識也。《詩眼》（同上）

【淺近】李義山詩，楊大年諸公皆深喜之，然淺近者亦多。如《華清宫》詩云：『華清恩幸古無倫，猶恐蛾眉不勝人。未免被他褒女笑，只教天子暫蒙塵。』用事失體，在當時非所宜言也。豈若崔魯《華清宫》詩云：『障掩金雞蓄禍機，翠華西拂蜀雲飛。珠簾一閉朝元閣，不見人歸見燕歸。』……語意既精深，用事亦隱而顯也。義山又有《馬嵬》詩云：『如何四紀爲天子，不及盧家有莫愁。』《渾河中》詩云：『咸陽原上英雄骨，半是君家養馬來。』如此等詩，庸非淺近乎？《漁隱》（同上）

【西崑體宗李義山】楊大年、錢文僖、晏元獻、劉子儀爲詩，皆宗李義山，號西崑體。後進效之，多竊取義山詩句。嘗内宴，優人有爲義山者，衣服敗裂，告人曰：吾爲諸館職撏撦至此。聞者大噱。然大年《詠漢武》詩云：『力通青海求龍種，死諱文成食馬肝。待詔先生齒編貝，忍令乞米向長安。』義山不能過也。《古今詩話》（同上卷十七）

【荆公晚年喜稱義山】王荆公晚年亦喜稱義山詩，以爲唐人知學老杜而得其藩籬，惟義山一人而已。每誦其『雪嶺未歸天外使，松州猶駐殿前軍』，『永憶江湖歸白髮，欲回天地入扁舟』，與『池光不受月，暮（本集作『野』）氣欲沉山』，『江海三年客，乾坤百戰場』之類，雖老杜亡以過也。義山詩合處信有過人，若其用事深僻，語工而意不及，自是其短。世人反以爲奇而效之。故崑體之弊，適重其失，義山本不至是云。《蔡寬夫詩話》（同上）

詩到義山，謂之文章一厄，以其用事僻澀，時稱西崑體。然荆公晚年，亦或喜之，而字字有根蒂。如『試問火城將策探，何如雲屋聽窗知？』『未愛京師傳谷口，但知鄉里勝壺頭。』其用事琢句，前輩無相犯者。《冷齋夜話》（同上）

楊伯嵒

【雲族】《莊子》云：『雲氣不待族而雨族聚也，未聚而雨，言澤少也。』李義山《雪賦》（編者案：此賦今佚）云：『雲市飄蕩，當從于月；月窟淅瀝，合隨于雲。』市雲族雲，市亦奇字。（《臆乘》）

范晞文

詩用古人名，前輩謂之點鬼簿，蓋惡其爲事所使也。如老杜『但見文翁能化俗，焉知李廣不封侯』，『今日朝廷須汲黯，中原將帥憶廉頗』等作，皆借古以明今，何患乎多？李商隱集中半是古人名，不過因事造對，何益於詩？至有一篇而疊用者，如《茂陵》云：『玉桃偷得憐方朔，金屋修成貯阿嬌。誰料蘇卿老歸國，茂陵松柏雨蕭蕭。』此猶有微意。《牡丹》詩云：『錦幃初見衛夫人，繡被猶堆越鄂君。』『石崇蠟燭何曾剪，荀令香爐可待熏？』不切甚矣。（《對牀夜語》卷三）

詩人形容新臺之事，不過曰：『新臺有泚，河水瀰瀰。燕婉之求，籧篨不鮮。』形容公子頑之事，不過曰：『墻有茨，不可掃也。中冓之言，不可道也。所可道也，言之醜也。』如是而已。李商隱咏真妃之事，則曰：『平明每幸長生殿，不從金輿唯壽王。』彰君之惡也。聖人答陳司敗知禮之問，恐不爾也。又：『未免被他褒女笑，只教天子暫蒙塵。』又：『君王若道能傾國，玉輦何由過馬嵬？』又：『如何四紀爲天子，不及盧家有莫愁？』皆有重色輕天下之心，大抵商隱之詩類如此。如《東阿王》云：『君王不得爲天子，半爲當年賦《洛神》。』《曼倩詞》云：『如何漢殿穿針夜，又向窗中覷阿環？』至有『趙后樓中赤鳳來』之句，發乎情止乎禮義之意安在？（《對牀夜語》卷二）

唐人絶句，有意相襲者，有句相襲者。……賈島《渡桑乾》云：『客舍并州已十霜，歸心日夜憶咸陽。無端更渡桑乾水，却望并州是故鄉。』李商隱《夜雨寄人》云：『君問歸期未有期，巴山夜雨漲秋池。何當共剪西窗燭，却話巴山夜雨時。』此皆襲其句而意别者。若定優劣，品高下，則亦昭然矣。（同上卷四）

前輩云，詩家病使事太多，蓋皆取其與題合者類之，如此乃是編事，雖工何益。李商隱《人日》詩云：『文王喻復今朝是，子晉吹笙此日同。舜格有苗旬太遠，周稱流火月難窮。鏤金作勝傳荆俗，剪綵爲人起晋風。獨想道衡詩思苦，離家恨得二年中。』正如前語。若《隋宫》詩云：『玉璽不緣歸日角，錦帆應是到天涯。』又《籌筆驛》云：『管樂有才真不忝，關張無命欲何如？』則融化斡旋如自己出，精粗頓異也。（同上）

商隱又有《題新創河亭》詩云：『河蛟縱玩難爲室，海蜃遥驚恥化樓。』不過蛟室蜃樓耳，而點化如此。世稱王禹玉『鳳輦鰲山』之句，本斯意也。（同上）

『虹收青嶂雨，鳥没夕陽天。』『月澄新漲水，星見欲銷雲。』『池光不受月，野氣欲沉山。』『城窄山將壓，江寬地共浮。』『秋應爲紅葉，雨不厭蒼苔。』皆商隱詩也，何以事爲哉？又《落花》云：『落時猶自舞，掃後更聞香。』《梅花》云：『素娥唯與月，青女不饒霜。』尤妙。若『江海三年客，乾坤百戰場』，則絶類老杜。（同上）

李商隱《賈誼》詩云：『可憐夜半虚前席，不問蒼生問鬼神。』韓偓云：『如今冷笑東方朔，唯用詼諧侍漢皇。』又：『長卿祗爲《長門賦》，未識君臣際會難。』皆反其事而用之。是時韓在翰林，故出此語，視李爲切。（同上）

商隱別有《柳枝詞》，味其序，柳枝乃商隱從昆讓山鄰家之女，因悦商隱《燕臺》詩，遂通其約，且以後三日爲期。會友人盗商隱卧裝先去，不果留，嗣後竟爲他人所有。詩中所謂『嘉瓜引蔓長，碧玉冰寒漿。東陵雖五色，不忍值牙香』，非不忍也，不果也。若『玉作彈棋局，中心亦不平』，又『如何湖上望，只是見鴛鴦』，亦惜其不終遇之意。（同上卷五）

白樂天《楊柳枝》云：『陶令門前四五樹，亞夫營裏百千條。何似東都正二月，黄金枝映洛陽橋？』劉禹錫云：『金谷園中鶯亂啼，銅駝陌上好風吹。城東桃李須臾盡，争似垂楊無限時。』張祜云：『凝碧池邊斂翠眉，景陽樓下綰青絲。那勝妃子朝元閣，玉手和烟弄一枝。』薛能云：『和風烟樹九重城，夾路春陰十萬營。惟向邊頭不堪望，一株憔悴少人行。』三詩皆倣白，獨薛能一首變爲凄楚耳。李商隱亦有二絶，立意頗新。其詞云：『暫憑尊酒送無憀，莫損愁眉與細腰。人世死前唯有别，春風争擬惜長條？』『含烟惹霧每依依，萬緒千條拂落暉。爲報行人休盡折，半留相送半迎歸。』（同上）

商隱詩：『鬬雞迴玉勒，融麝暖金釭。玳瑁明珠閣，琉璃冰酒缸。』七言云：『不收金彈抛林外，却惜銀牀在井頭。綵樹轉燈珠錯落，繡檀迴枕玉雕鎪。』金玉綵繡，排比成句，乃知號『至寶丹』者，不獨王禹玉也。（同上）

趙汝回

近世論詩，有《選》體，有唐體，唐之晚爲崑體，本朝有江西體。江西起於變崑。崑不足道也，而江西以力勝，少涵泳之旨。獨《選》體近古，然無律詩，故唐詩最著。（《南宋羣賢小集》薛嵎《雲泉詩序》）

陳思

《唐白居易碑》唐李商隱撰。譚郊書。大中五年四月。（《金石録》）（《寶刻叢編》卷四）

《唐使院石柱記》唐李商隱撰。（《諸道石刻録》）（同上卷十）

佚名

《商於驛路記》韋琮撰。李商隱篆額。大中元年正月立。商。（《寶刻類編》卷四）

《太倉箴》李商隱撰，細書。大中元年。京兆。（同上）

三　金元

王若虛

吾舅周君德卿嘗云：『凡文章巧于外而拙于内者，可以驚四筵而不可適獨坐，可以取口稱而不可得首肯。』至哉，其名言也。杜牧之云：『杜詩韓筆愁來讀，似倩麻姑癢處抓。』李義山詩云：『公之斯文若元氣，先時已入人肝脾。』此豈巧于外者之所能邪？（《滹南遺老集》卷三十七《文辨》）

朱少章論江西詩律，以爲用崑體工夫，而造老杜渾全之地。予謂用崑體功夫必不能造老杜之渾全，而至老杜之地者亦無事乎崑體功夫，蓋二者不能相兼耳。……（同上卷四十《詩話》）

李純甫

李義山喜用僻事，下奇字，晚唐人多效之，號西崑體，殊無雅典渾厚之氣，反詈杜少陵爲村夫子，此可笑者二也。（《中州集》卷二《劉西嵒汲小傳》引）

元好問

瑄字伯威，坊州人，以薦書從事史館調入作習使。博學能文，時輩少有及者。并州人李汾與伯威同在史館，以高蹇得罪，伯威作詩送之，頗譏翰林諸人不能少忍，至與一書生相角逐，使之狼狽而去，有『郎君未足留商隱，官長從教罵廣文』之句，又云：『明日春風一杯酒，與君同酹信陵墳』，人甚稱之。（《中州集》卷七《雷瑄子傳》）

【論詩絶句三十首（録三首）】鄴下風流在晋多，壯懷猶見缺壺歌。風雲若恨張華少，温李新聲奈爾何！（自注：鍾嶸評張華詩，恨其兒女情多，風雲氣少。）

望帝春心託杜鵑，佳人錦瑟怨華年。詩家總愛西崑好，獨恨無人作鄭箋。

古雅難將子美親，精純全失義山真。論詩寧下涪翁拜，未作江西社裏人。（《遺山先生文集》卷十一）

【黄金行】王郎少年詩境新，氣象慘澹含古春。筆頭仙語復鬼語，只有温李無他人。……（《元遺山詩集》卷六按：王郎指王鬱，字飛伯。金末詩人。）

戴表元

【洪潛甫詩序（節録）】始時（按：指宋初）汴梁諸公言詩絶無唐風。其博贍者謂之義山，豁達者謂之樂天而已矣。（《剡源戴先生文集》卷九）

熊朋來

或謂唐時猶言瑟五十弦。以史傳及他詩徵之，唐亦未必有五十弦之瑟。有以柱前後解之者，不知此詩本非言瑟爲『適怨清和』之説，學者滋惑，不復深思。唯洪文敏公以爲不然。近代有廬陵王大初爲此詩解説益明，惜其言未必傳爾。（《瑟譜》卷六）

方回

【秋晚雜書三十首（其二十）】人言太白豪，其詩麗以富。樂府信皆爾，一掃梁陳腐。餘編細讀之，要自有樸處。最於贈答篇，肺腑露情愫。何至昌谷生，一一雕麗句。亦焉用玉溪，纂組失天趣。沈宋非不工，子昂獨高步。畫肉不畫骨，乃以帝閑故。（《桐江續集》卷二）

【讀張功甫南湖集并序（節録）】詩至於老杜而集大成，陳子昂、沈佺期、宋之問律體沿而下之。麗之極莫如玉溪以至西崑，工之極莫如唐季以至九僧。《三百篇》有麗者，有工者，初非有意於麗與工也。風、賦、比、興，情緣事起云耳。而麗之極、工之極，非所以言詩也。（同上卷八）

【恢大山西山小稿序（節録）】崑體始於李義山，至楊、劉及陸佃絶矣。（同上卷三十二）

《武侯廟古柏》方回：五、六善用事，『玉壘』『金刀』之偶尤工。末句候考。（馮舒：何所用考？查慎行：即子美『運移漢祚終難復』一句意。紀昀：『昭融』，用杜詩『契合動昭融』句，説者謂昭融，天也。然詩『昭明有融』，不如此解，應別有所出。）馮班：雄壯似杜。何焯：一句將，一句相。『湘燕』『海鵬』，陰、庾襯法。後四句意極完密，歸重武侯，方抱得轉第三聯。紀昀：風格老重，五、六尤警切。惟『湘燕雨』『海鵬風』，事外添出，毫無取義，『崑體』之可厭在此等。（許印芳：宋初楊、劉諸人詩學晚唐，以義山爲宗。號『西崑體』。其體多尚塗飾，而實義山有以啓之。此詩『湘燕』『海鵰』，即是義山壞處，故曉嵐抹之。）（《瀛奎律髓》卷三懷古類）

《陳後主宮（玄武）》方回：鈎陳星，後宮之象，亦左右宿衛之象。馮舒：『參法駕』者爲『渚蓮』，『犯鈎陳』者爲『沙鳥』，『宿臨春』者爲『江令』，君臣荒湎之狀，備極形容。馮班：如此詠史，不愧盛譽。每讀宋初『崑體』，輒嘆此君之不可及也。○力有千鈞。江左繁華，陳宮淫湎，一筆寫出，而壯麗無形迹。○頸聯妙。何焯：次聯是一篇《艮嶽記》，寫得不成模樣，却渾然不露。○題曰《陳後主宮》，結句顯然有所指斥，即所謂『沙鳥』也。『渚蓮』以比嬪御，借陳事刺當時耳。紀昀：三、四蘊藉，飛卿《驪山》詩『過客聞《韶》《濩》，居人識冕旒』，亦是此意。結故爲尖刻不了之語，義山習氣。（同上）

《隋宮守歲》方回：此以隋宮除夜命題。第三句足見其侈，末句用潘妃事，亦譏煬帝耳，以爲對。作，即是爲也。亦詩家一泛例，可戒。（馮班：方君云：『第三句足見其侈。』是實事。）馮班：只第三句是隋宮。○隋宮用金蓮事，可怪也。錢湘靈：落句何以用潘妃事。何焯：字字妙。首聯破『歲』字。『踏金蓮』，猶言蹈覆轍。○窮極奢侈，以悦婦人，豈知他年流落，止屬他人耶？末句含包蕭后末路，却不潔。紀昀：此是詠古，不宜入『懷古類』。義山詩感事託諷，運意深曲，佳處往往逼杜，非飛卿所可比肩。細閲全集自見，若專以此種推義山，宜以組織見譏矣。（同上）

《井絡》方回：五、六對巧。馮班：殊勝『西崑』諸子。中四句萬鈞之力。何焯：起便破盡全蜀，第三指東川，第四指西川，此四句包括後人數紙。○義山詩如此工緻，却非補紉，其佳處在議論感慨。專以對仗求之，只是『崑體』諸公面目耳。○世守不可保，因餘無能爲，況小醜竊據乎！義山去劉闢事未遠，末句亦孟陽勒銘之意也。紀昀：五、六絶大力量，不但以對巧爲工，七句未免太率易。許印芳：詩意全爲恃險作亂者垂戒。沈歸愚云：『後半言世守及帝胄且不能成功，況奸雄割據乎？如唐之劉闢是也。』○『天』字複。（同上）

《隋宮（紫泉宮殿）》方回：『日角』『天涯』巧。馮班：腹聯慷慨，專以巧句爲義山，非知義山者也。錢湘靈：此首以工巧爲能，非玉溪妙處。查慎行：前四句中轉折如意。三、四有議論，但『錦帆』事實，『玉璽』字湊。何焯：前半筆勢開展，真是大家。紀昀：結即飛卿『後主荒宮有曉鶯，飛來只隔西江水』意，然彼佳此不佳，其故可思。○中四句步步逆挽，句句跳脫，結句佻甚。盛唐人決不如此。無名氏：運掉甚靈。許印芳：結言煬帝亡國之禍，甚於後主，特借《後庭花》爲詞耳。以此爲佻甚，亦苛論也。○『後』字複。（同上）

《籌筆驛》方回：起句十四字，壯哉！五、六痛恨至矣。馮舒：荆州失，益德死，蜀事終矣。第六句是巨眼。馮班：好議論。查慎行：管、樂、關、張皆實事，勝前『玉璽』『錦帆』。何焯：議論固高，尤當觀其抑揚頓挫，使人一唱三嘆，轉有餘味。○第一句，揚。第二句，驛。第三句，抑。第四句，起『恨』字。第五句，揚。第六句，抑。又恨。第七句，對驛。第八句，對籌筆。紀昀：起二句斗然抬起，三、四句斗然抹倒，然後以五句解首聯，六句解次聯，此真殺活在手之本領，筆筆有龍跳虎卧之勢。○『他年』乃當年之謂，言他時經其祠廟，恨尚有餘，況今日親見行兵之地乎？亦加一倍法，通篇無一鈍置語。許印芳：沈鬱頓挫，意境寬然有餘，義山學杜，此真得其骨髓矣。筆法之妙，紀批盡之。又范元實《詩眼》云：『文章貴向衆中傑出，任賦一事，工拙易見，予入蜀，過籌筆驛，見石曼卿詩云：「意中流水遠，愁外舊山青。」二語膾炙人口，然有山水處便可用，不必籌筆驛也。殷潛之與小杜詩甚健麗，亦無高意。惟義山詩猿鳥云云。簡書，蓋軍中約束。儲胥，蓋軍中藩籬。誦此兩句，使人凛然復見孔明風烈。至於管、樂云云，屬對親切，又自有議論，他人不及也。』沈歸愚云：『瓣香在老杜，故能神完氣足，邊幅不窘，六句對法活變。』○『有』字複。（同上）

《馬嵬（海外徒聞）》方回：『六軍』『七夕』，『駐馬』『牽牛』，巧甚，善能鬭湊，『崑體』也。（馮舒：玉溪之高妙不在對偶。陸貽典：義山之高妙，全在用意，不在對偶。）馮班：此篇以工巧爲能，非玉溪妙處。查慎行：一起括盡《長恨歌》。何焯：逐層逆叙，勢極錯綜。○未嘗專事工巧，起聯變化之至。末句乃不能庇其伉儷之意，責明皇極有識見。紀昀：義山此題共二首，此第二首也。因第一首乃七言絶句，選詩家分體各編。沈歸愚不考本集，遽議其起無頭緒，未免孟浪。至謂虎雞馬牛犯複，末句擬人不倫，則確不可易。無名氏：檃括《長恨歌》而出之。

（同上）

《天平公座中呈令狐公時蔡京在座》方回：京嘗爲僧徒，故有第五句。馮班：此體不得不右『西崑』。如《香奩》太褻，元氏傷膩。都不及温、李清麗，義山尤奇。唐彦謙效温有其一體，亦高手也。若使僻事，則宜效段少卿。○義山用事寫情，故曲曲能新。段柯古專用僻事，是不能爲義山而別出一奇者。紀昀：唐時御史不得與宴會，觀《李栖筠傳》可見，故有『休官』之句。（同上卷七風懷類）

《無題（昨夜星辰）》馮舒：妙在首二句，次聯襯貼流麗圓美，『西崑』諸公一世所效，義山高處不在此。馮班：起二句妙。紀昀：觀此首末二句實是妓席之作，不得以寓意曲解義山。『風懷』詩注家皆以寓言君臣爲説，殊多穿鑿。虚谷收入此類，却是具眼。○『通犀』乃犀病所致，此特言病耳，元人始誤用爲褻語。（同上）

《無題（颯颯東南）》何焯：第五句，年不如。○第六句，勢不逮。紀昀：興也。○後四句言賈氏窺簾以韓掾之少，宓妃留枕以魏王之才，自揣才貌不及二人，無垂盼之理，可不必更爲癡憶，此自遣之詞也。（同上）

《無題（相見時難）》馮舒：第二句畢世接不出。次聯猶之『彩鳳』『靈犀』之句，入妙未入神。馮班：妙在首聯。三、四亦楊、劉語耳。查慎行：三、四摹寫『別亦難』，是何等風韻？何焯：『東風無力』，上無明主也。『百花殘』，已且老至也。落句具屈子遠游之思乎？紀昀：三、四究非雅語。（同上）

《楚宫（月姊曾逢）》查慎行：五、六用巫山及牛女事，琢句極工，蓋若不用『暮』字，安知爲巫山之行雨？不用『秋』字，安知爲牛女之渡河？作者尚恐語晦，於『暮雨』襯『山』字，則巫山愈明；於『秋河』襯『夜』字，則銀河不混。而於數虚字足消息相隔之意，可謂窮工極巧。何焯：題應改『水天閑話舊事』。愈寬愈緊，得主文譎諫之妙。○三、四虚虚實實，五、六起『免嫌』，言神女天孫當如是也。此必賦當年貴主之事而不可曉矣。紀昀：通首從次句生出。○不曰及亂而曰不免嫌，忠厚之旨。（同上）

《十一月中旬至扶風見梅花》方回：義山之詩，入宋流爲『崑體』。此謂梅花最宜月，不畏霜耳。添用『素娥』『青女』四字，則謂月若私之而獨憐，霜若挫之而莫屈者。亦奇。末句又似有所指云。（馮班：知添字法，便解『西崑』用鍊法矣。紀昀：意正如此，非借艷字爲色澤也。）馮班：大手。○次聯奇，腹聯用事巧。查慎行：起五字爲梅傳神。何焯：第三『中旬』，第四『十一月』。其中有一義山在。紀昀：『匝路』是至扶風，『非時』是十一月中旬。三四愛之者虛而無益，妬之者實而有損。○結仍不脱『十一月中旬』。○純是自寓，與張曲江同意而加以婉約。

許印芳：『不』字複。（同上卷二十梅花類）

《酬崔八早梅有贈兼示之作》方回：『蝶粉』以言梅花之片，『蜂黄』以言梅花之鬚，似乎借梅以詠婦人之胸、之額矣。起句平淡，却好。（紀昀：意在『何處』『幾時』四字，言白與黄皆天然姿色，非由塗飾耳。所解謬甚。許印芳：方虛谷謂『蝶粉』以言梅花之片，『蜂黄』以言梅花之鬚。良是。蓋早梅時，實未嘗有蜂蝶耳。又云似乎借梅以詠婦人之胸、之額矣。余謂詩意正合爾爾，以題中明言有贈也。然上句又暗用姑射仙人肌膚若冰雪意，下句則暗用壽陽公主梅花落額上意。雖格調未高，而鎔鑄之妙，千古殆無其匹。『初翻』『更換』『何處』『幾時』，俱影切『早』字意。結用天女散花故事。題中兩層一齊照應，一齊收拾，天工人巧，吾無以名之。）馮班：較宋人紛紛比擬，何啻鶴鳴之於蟲吟耶？讀此知後村之拙矣。查慎行：此題無處着艷語。非義山所長。何焯：五、六極透『早』字，『拂胸』『塗額』夾寫『有贈』，第三句『崔八』，尾聯恰有三層。紀昀：三、四俗極。二馮欲以此壓宋人。宋人可壓，此詩不能壓也。（同上）

《江村題壁》方回：三、四好，五、六亦是晚唐。義山詩體不宜作五言律詩。不淡不爲極致，而豔而組不可也。（馮舒：詩亦濃淡隨宜耳，五言律必要淡，又被黄、陳所誤，『香霧』『清暉』，何嘗淡乎？馮班：落句好。○五律本於齊、梁，虛谷不解也。律體成於沈、宋，承齊、梁之排偶而加整也。若云不淡不極，失其原本矣。紀昀：虛谷云：『三、四好，五、六亦是晚唐。』此二句是。○義山五律佳者往往逼杜，虛谷以門户不同，未觀其集耳。況律詩亦不專以淡爲貴，盛唐諸公千變萬化，豈能以一淡字盡之？此論似高而陋。）紀昀：此首不宜入『閒適類』。『愛日』字鄙。許印芳：『應』，平聲。義山學杜，得其神骨，而變其面貌，故能自成一家。虛谷所云組織艷麗，即其外貌也。以外貌論詩，已是門外漢。而且謂義山體不宜五律，直夢囈耳。曉嵐謂義山五律佳者近杜，此語誠非阿好。今取其氣味逼真者數篇，附録于後以示初學。○《河清與趙氏昆季讌集擬杜工部》云：『勝概殊江右，佳名逼渭川。虹收青嶂雨，鳥没夕陽天。客髩行如此，滄波坐渺然。此中真得地，飄蕩釣魚船。』三、四已佳，五、六尤得神解。風格之高，又不待言。○《過故崔兖海宅與崔明秀才話舊因寄舊僚杜趙李三掾》云：『絳帳恩如昨，烏衣事莫尋。諸生空會葬，舊掾已華簪。共入留賓驛，俱分市駿金。莫憑無鬼論，終負託孤心。』八句皆對，極沈鬱頓挫之致。末二語存心忠厚，尤可激厲薄俗。○《哭劉司户蕡》云：『離居歲月易，失望死生分。酒甕凝餘桂，書籤冷舊芸。江風吹雁急，山木帶蟬曛。一叫千回首，天高不爲聞。』起句便已沉痛，後半極黯慘之情。又一首云：『有美扶皇運，無人薦直言。已爲秦逐客，復作楚冤魂。湓浦應分派，荆江有會源。並將添恨泪，一灑問乾坤。』前四句直書其事，不嫌坦白，但覺沉痛。後四句説到彼我異迹同心，欲化江水爲涙，沾灑乾坤，訴此冤恨，思路甚奇。而痛愈深矣。○又一首云：『路有論冤謫，言皆在中興。空聞遷賈誼，不待相孫弘。江潤唯回首，天高但撫膺。去年相送地，春雪滿黄陵。』『中』讀去聲。此章前半從旁面着筆，五、六收前二章意，結句倒追，回應第一章起句，益覺黯然神傷，深得老杜用筆之妙。○《離思》云：『氣盡《前溪舞》，心酸《子夜歌》。峽雲尋不得，溝水欲如何。朔雁傳書晚，湘篁染涙多。無由見顔色，還自託微波。』此亦八句皆對，抑揚頓挫，語語沉着，結意纏綿温厚，是真詩人之筆。○《春遊》云：『橋峻斑騅疾，川長白鳥高。煙輕惟潤柳，風濫欲吹桃。徙倚三層閣，摩挲七寶刀。庾郎年最少，青草妒春袍。』前四句及末句皆有所指而託之景物，便不着迹，杜詩深於比興，義山得其奥秘，乃能如是運筆。五、六有奮發意而含蓄不露，亦賦體之佳者。○《晚晴》云：『深居俯夾城，春去夏猶清。天意憐幽草，人間重晚晴。併添高閣迥，微注小窗明。越鳥巢乾後，歸飛體更輕。』前半深厚，後半細緻，老杜有此格律。○長律佳者，《念遠》云：『日月淹秦甸，江湖動越吟。蒼梧應露下，白閣自雲深。皎皎非鸞扇，翹翹失鳳簪。床空鄂君被，杵冷女嬃砧。北思驚沙雁，南情屬海禽。關山已摇落，天地共登臨。』此憶内詩也。通首排對，起四句伏脉，中四句細寫，結四句點眼，總收兩地相思，筆力壯健，格律亦全摹少陵。○《酬别令狐補闕》云：『惜别夏仍半，回途秋已期。那修直諫草，更賦贈行詩。錦段知無報，青萍肯見疑。人生有通塞，公等繫安危。警露鶴辭侣，吸風蟬抱枝。彈冠如不問，又到掃門時。』義山與令狐綯交誼中乖，此詩有剖白之意。後半温厚纏綿，亦復抑塞淒惋，真少陵嫡嗣。○《戲贈張書記》云：『別館君孤枕，空庭我閉關。池光不受月，野氣欲沉山。星漢秋方會，關河夢幾還。危絃傷遠道，明鏡惜紅顔。古木含風久，平蕪盡日閑。心知兩愁絶，不斷若循環。』此張書記與其婦相離，而義山戲贈以詩也。章法老成，句法高雅。『古木』二句淡而有味，『池光』二句錘鍊而出以自然。王荆公謂近老杜，洵非溢美。○義山五律佳句，如『秋應爲紅葉，雨不厭青苔』，『晚晴風過竹，深夜月當花』，『黄葉仍風雨，青樓自管絃』，『石梁高瀉月，樵路細侵雲』，此等雖不及杜，亦晚唐之高唱。集中排律大篇，長於叙事，尤可爲後學矩矱。兹不具録。（同上卷二十三閒適類）

《錦瑟》方回：《緗素雜記》謂東坡云：『中四句適怨清和也。』凡前輩琴、阮、箏、琵琶等等，少有律體，而多古句，大率譬喻亦不過如此耳。備見《漁隱叢話》。（馮舒：義山又有句云：『錦瑟長於人』，則錦瑟必是婦人。或云令狐楚妾也，則中四句了然可辨，不過云此有淚明珠、生煙暖玉耳。宋人夢説何足道！馮班：令狐公玉溪之師，若盗其妾，豈堪入韻？此是李集第一首，讀如東坡解，方是。紀昀：此謬前人已辨之。）查慎行：是章解者紛紛，愚獨謂此義山喪偶詩也。觀起兩語，其原配亡時，年二十五。瑟本二十五弦，斷則成五十絃矣。此特借題寓感，解者必從錦瑟着題，苦苦牽合，讀到結處，如何通得去？有識者試以鄙言思之，全首打成一片矣。張載華：蒿廬夫子箋註玉溪生詩六卷，又年譜考證及叢説凡數卷，惜書垂成而卒，詳見先兄含广所纂《帶經堂詩話附識》中。其於全詩，疏通證明，足爲玉溪功臣。至『一篇《錦瑟》解人難』，漁洋先生固嘗云爾。夫子詳玩詩意，參考舊評，箋註尤爲明晰。憶昔飫聆緒言，抱此殘編，徒深侯芭之痛。注多不及備録，今略識箋語及叢説於左：楊守智致軒氏曰：此悼亡之作，錦瑟以喻夫婦。徐（朱？）氏曰：此悼亡之詩也。意亡者善彈此，故睹物思人，因而託物起興也。瑟本二十五絃，一斷而爲五十弦矣，故曰『無端』也。按：杜甫詩：『暫醉佳人錦瑟傍。』義山集中言錦瑟者凡四，如《寓目》詩云：『新知他日好，錦瑟傍朱櫳。』《房中曲》云：『歸來已不見，錦瑟長於人。』皆足爲悼亡明證。又有『錦瑟驚絃破夢頻』之句，亦可與此章之意互相發明也。○題名錦瑟，義取斷絃，無可疑者。或因古瑟本五十絃，故於首句、次句尚多別解。不知既曰『無端』，則是變出意外，斷言已斷之後，非猶未破之時矣。三、四『莊生』『望帝』，皆謂生者也。往事難尋，竟同蝶夢；哀心莫寄，唯學鵑啼耳。五、六『珠』『玉』，以喻亡者也。『月明』『日暖』，豈非昔人所謂美景良辰；今則泉路深沉，徒有鮫人之淚，形容縹渺，已如吳女之煙矣。蓋即珠沉、玉碎之意也。結意又進一層，義山慣用此法。○徐氏曰：『蝴蝶』『杜鵑』，言已化去也。誤甚。程箋謂生者輾轉結想，唯有迷曉夢於蝴蝶；死者魂魄能歸，不過託春心於杜鵑。殆與徐氏同其謬。徐解五、六兩句云：『珠有淚』，哭之也。『玉生煙』，已葬也。義亦可通，而其説未暢。唯釋末二句云：此情豈待今日始成追憶乎？只是當時生存之日，已常憂其至此而預爲之惘然矣。最爲明晰。又云：意其人必婉弱而多病，故云然也。似乎太泥。按：秦嘉《贈婦》詩曰：『人生譬朝露，居世多屯蹇。憂艱多早至，歡會常苦晚。』又曰：『傷我與爾身，少小罹煢獨。既得結大義，歡樂苦不足。』此詩結聯似即此意。餘見《叢説》。○初白先生以《錦瑟》爲悼亡詩，確不可易。同時若徐氏、若楊氏，近日若程氏、若姚氏，其説盡符。然余觀王漁洋先生《哭張宜人》詩云：『錦瑟年華西逝波，尋思往事奈君何？』龔尚書芝麓《和韞林集》中《悼顧夫人》詩亦有『塵生錦瑟倚空牀』之句，則前賢早作是解矣。○義山一生喪偶者再，集中悼亡之詩頗多，可確指其爲茂元女而作者，不過十之四、五耳。若《錦瑟》詩、《房中曲》所悼，未審何人。然初白先生既云原配，更以《回中牡丹》推之，疑非茂元之女矣。蓋義山自大中五年後，未聞復至隴西、安定間也。致軒誤認詩中新知皆指茂元，故語多膠柱，豈義山於原配之歿，獨無遺挂之悲耶？○李安溪云：凡詩以虛涵兩意見妙。蓋二意歸於一意，而着語以虛涵取巧，詩家法也。因舉少陵數聯證之。《柳南隨筆》稱爲向來言詩者所未及。余觀唐賢詩中，自少陵外，唯玉溪生深得此法。即如『滄海』『藍田』一聯，滄海月明，而珠偏有淚，藍田日暖，而玉已生煙，下三字與上四字似作反照，此一説也。唯滄海月明，故明珠有淚，唯藍田日暖，故暖玉生煙，又一説也。兼此二説，語意方妙。蓋一句中既併用兩事，而每句內又各涵兩意，宜當時有『獺祭』之號，後世嘆鄭箋之難矣。○論詩與論文不同，故一句中不妨含蓄兩意，隨人自領。即嚴滄浪所謂『如水中月，如鏡中花，言有盡而意無窮』者也。此詩『珠有淚』『玉生煙』，余向時以珠沉、玉碎釋之，不取徐氏哭之之解，緣第四句中已有悲哭意耳。程午橋箋頗與余合，但將珠、玉二字俱貼定亡者説，畢竟説煞，其義未圓。按本集《重祭外舅文》有『植玉求歸，已輕於舊日；泣珠報惠，寧盡於兹辰』一聯，用事既同，取義恐亦相類。又讀昔賢『居人下珠淚』『意愁珠淚翻』等語，及近時王漁洋先生《悼亡詩》云：『方諸萬點鮫人淚，灑向窮泉竟不聞。』轉覺徐氏所解較似直截矣。竊疑『珠有淚』句合用活看，意味更長，然以此益嘆義山詩之深妙。『一篇《錦瑟》解人難』，益信。何焯：此篇乃自傷之詞，騷人所謂美人遲暮也。紀昀：此借錦瑟起興，非咏錦瑟。虚谷入之『着題』，誤信黄朝英之説耳。此篇偶編集首，元遺山遂拈爲論端，説者相沿，愈鑿愈謬。其實不過追憶舊歡之作，集中不一而足，無庸獨執此一篇紛紛聚訟。許印芳：義山詩，常病晦僻，故元遺山〔王士禛〕《論詩絶句》云『一篇《錦瑟》解人難。』正嫌其晦僻也。此詩解者不一，《緗素雜記》解爲直詠錦瑟，以適怨清和分配中四句，託蘇、黄問答以實之。《許彦周詩話》『適、怨、清、和』，一作『感、怨、清、和』，云令狐楚侍兒能彈此四曲。《唐詩紀事》又謂錦瑟乃人名，令狐楚之青衣也。或又謂義山未親事楚，必楚子綯之青衣，皆妄爲之説者也。朱長孺曰：此與『錦瑟長於人』同意，非賦錦瑟也。錢木菴曰：此悼亡詩也。琴瑟喻夫婦，起句取斷絃之意。瑟止二十五絃，一斷爲二，則五十矣。絃分五十，柱仍二十五數，撫瑟之柱而思華年，意其人二十五歲而卒也。結言此情豈待今日追憶，當生存時，固已憂其至此，意其人必婉約善病也。馮孟亭曰：悼亡是此詩定論，木菴解起結有理。予謂：三句取物化之義。四句謂身在蜀中，託物寓哀。五、六撫今思昔：五句思其明眸，六句思其美色，下文所謂追憶也。又引何義門語云：三、四悲其遽化異物，五、六又悲其不能復起之九原也。此解亦可。○『生』字複而義不同，此不爲病。（同上卷二十七着題類）

《茂陵》方回：義山詩織組有餘，細味之格律亦不爲高。此詩譏誚漢武甚矣，謂驕侈如此，終歸於盡也。（馮舒：以其無硬字耶？紀昀：義山殊有氣骨，非『西崑』之比，此語未是。）馮舒：首句亦有病。『蒲梢』，馬名。馮班：只用蘇卿一襯，丰神百倍。○『崑體』也。何焯：首句言蒲梢、汗血，乃天子馬也，故自無嫌。惟一事占二句，稍費詞耳。○『郊』字誤押。○八句中包括貫串，極工整而不牽率。○首句，用兵。第三句畋獵。第四句，微行。第五句，神仙。第六句，聲色。○末二句諷刺自見於言外。（同上卷二十八陵廟類）

《少將》馮班：好在後四句。查慎行：『青海』『天山』，屬對與老杜偶合。何焯：破題是宗子。○人見其『煙波』『花月』，不知其緩急可仗如此，或以自喻也。紀昀：此首宜入『俠少類』，不宜收『邊塞類』。○出手微快，然自俊爽，通首寫俠少之意，注家以爲有刺者，非。許印芳：『青海』句剿襲老杜，此不可學。（同上卷三十邊塞類）

《夜飲》馮舒：極似少陵。馮班：何如老杜？○義山本出於杜，『西崑』諸君學之而句格渾成不及也。『江西派』起，盡除温、李，而以粗、老爲杜，用事瑣屑更甚於『崑體』。王半山云：『學杜者當從義山入。』斯言可以救黄、陳之弊。有解於此者，我請與言詩。紀昀：或入『宴集』，或入『暮夜，皆可。入之『消遣』却無理。○三句纖，五、六沉雄。王荆公謂近杜，良然。末『淹卧』句集中凡兩見，蓋用劉公幹『嗟余嬰疴疢，竄身清漳濱』語，然終爲牽强。（同上卷三十九消遣類）

《安定城樓》馮班：杜體。○如此詩豈妃紅儷緑者所及？今之學温、李者得不自羞？查慎行：王半山最賞此五、六一聯，細味之大有杜意。何焯：五、六言所以垂涕於遠游者，豈爲此腐鼠而不能捨然哉？吾誠『永憶江湖』，欲歸而優游白髮，但俟迴旋天地功成，却『入扁舟』耳。紀昀：此入『消遣』亦無理。『江湖』『扁舟』之興俱自『汀洲』生出，故次句非趁韻凑景。五、六千錘百錬，出以自然，杜亦不過如此。世但喜其浮豔琱鎸之作，而義山之真面隱矣。○結太露。○『欲回天地入扁舟』，言欲投老江湖，自爲世界，如收縮天地歸於一舟。然即仙人斂日月於壺中，佛家縮山川於粟穎之意。注家謂欲待挽回世運，然後退休，非是。（許印芳：此評解次句甚當，解六句則直率無味。蓋五、六句，上四字須作一頓，下三字轉出意思，方有味。言己長念江湖不忘，而歸必在白髮之時，所以然者爲欲挽回天地也。天地既回，而後可入扁舟、歸江湖耳。句中層折暗轉暗遞，出語渾淪，不露筋骨，此真少陵嫡派。曉嵐不賞其筆意曲折，反斥舊解爲非，所解收縮天地云云，又皆浮虚之言，了無意味，此性好翻駁之過也。結句雖露，言外當有餘地，斥爲太露，亦是苛刻。）（同上）

《楊本勝説於長安見小兒阿衮》查慎行：義山集中，『衮師我嬌兒』五古一章絶佳，今乃稱爲『龍種』『鳳雛』，誇張似乎太過。何焯：時在東川。紀昀：義山本宗室，故有『龍種』『鳳雛』之句。結得有餘不盡。異乎元、白之

竭情。蓋元、白務變新聲，温、李猶存古法。（同上卷四十一子息類）

《富平少侯》馮舒：次聯即俗諺所云當著不著也。馮班：自然，非楊、劉輩可及。知此可以言『崑體』矣。紀昀：此義山集中之下乘。（同上卷四十六俠少類）

《鄭州獻從叔舍人》方回：三、四善用事。義山體喜如此。（紀昀：此全不解義山門徑語。）馮舒：此是託言，不應入此。（馮班：『託言』不解。舍人入道，有何不可？而云『託言』？大兄未體會落句也。）何焯：『奕世』『全家』，便爲『他日』『許上』伏脉，從兄弟叙到叔姪，次第極妙。紀昀：義山集中之下乘。（同上卷四十八仙逸類）

《和韓録事送宫人入道》方回：既是宫人，何由可愛韓壽？若用紅葉題詩，後出爲韓姓人所得，事出小説，未可輕信。（紀昀：此用紫玉、韓重事，注誤甚。）何焯：觀于鵠、項斯之寒窘，乃嘆義山之才情過人。落句借當家事收足『和』字。紀昀：亦義山之下乘。（同上）

梅聖俞《和永叔中秋月夜會不見月酬王舍人》方回：宋初詩人惟學白體及晚唐，楊大年一變而學李義山，謂之崑體。（同上卷二十二月類）

郝經

【與撖彦舉論詩書（節録）】嗚呼！自李、杜、蘇、黄，已不能越蘇、李，追三代，矧其下乎？於是近世又儘爲辭勝之詩，莫不惜李賀之奇，喜盧仝之怪，賞杜牧之警，趨元稹之艷。又下焉，則爲温庭筠、李義山、許渾、王建，謂之晚唐，轟轟隱隱，啅噪喧聒，八句一絶，競自爲奇。推一句之妙，擅一聯之工，嘔啞嚼拉於齒牙之間者，衹是天地、風雷、日月、星斗、龍虎、鸞鳳、金玉、珠翠、鶯燕、花竹、六合、四海、牛鬼蛇神、劍戟綺繡、醉酒高歌、美人壯士等。磨切錙銖，偶韻較律，鬬飣排比，而以爲工；驚嚇喝喊，而以爲豪。莫不病風喪心，不復知有李、杜、蘇、黄矣，又焉知三代、蘇、李性情風雅之作哉！……（《陵川集》卷二十四）

劉因

【叙學（節録）】隋唐而降，詩學日變，變而得正，李、杜、韓其至者也。周、宋而降，詩學日弱，弱而後强，歐、蘇、黄其至者也。故作詩者不能《三百篇》則曹、劉、陶、謝，不能曹、劉、陶、謝則李、杜、韓，不能李、杜、韓則歐、蘇、黄。而乃效晚唐之萎蘼，學温、李之清新，擬盧仝之怪誕，非所以爲詩也。（《静修續集》卷三）

姚燧

【唐詩鼓吹序（節録）】嘗疑遺山論詩，于西崑有『無人作鄭箋』之恨，漫不知何説，心竊異之。後聞高吏部談遺山誦《錦瑟》中四偶句，以爲寓意于適怨清和，始知謂鄭箋者殆是事也。（《牧庵集》卷三）

胡三省

唐人成婚之夕，有催妝詩、却扇詩。李商隱《代董秀才却扇》詩：『莫將畫扇出帷來，遮掩春山滯上才。若道團圓是明月，此中須放桂花開。』（《通鑑注》中宗景龍三年）

劉壎

【蒼山序唐絶句（節録）】蒼山曾子實原一，寧都人也，有詩名於江湖，編《唐絶句》，爲序曰：『作絶句，當如顧愷之啖蔗法，又當如飲建谿龍焙，款識鼎彝，其上也；雄馬馳九阪，佳人共笑言，其次矣；燕姬趙娃，舞歌春風，又其次矣。才有不同，所得各異。局婉媚而薄高古，執偉豪而棄淵深，此邇來選詩者之偏也。愚不敢以己局人。隨長兼技，各標圈以志異體，庶可類求。若劉禹錫之標韻，李商隱之深遠，杜牧之之雄偉，劉長卿之淒清，元、白之善叙導人情，蓋唐之尤長於絶者也。老杜鈞樂天籟，不可與諸子並，惟山谷絶近之。……』（《隱居通議》卷六）

袁桷

【書湯西樓詩後】玉溪生往學《草堂詩》，久而知其力不能逮，遂别爲一體。然命意深切，用事精遠，非止於浮聲切響而已也。西崑體盛，襞積組錯，梅、歐諸公發爲自然之聲，窮極幽隱，而詩有三宗焉。夫律正不拘語腴意贍者爲臨川之宗；氣盛而力夸，窮抉變化，浩浩焉滄海之夾碣石也，爲眉山之宗；神清骨爽，聲振金石，有穿雲裂竹之勢，爲江西之宗。二宗爲盛，惟臨川莫有繼者，於是唐聲絶矣。至乾、淳間，諸老以道德性命爲宗，其發爲聲詩，不過若釋氏輩，條達明朗，而眉山、江西之宗亦絶。永嘉葉正則始取徐、翁、趙氏爲四靈，而唐聲漸復。至於末造，號爲詩人者，極淒切於風雲花月之摹寫，力孱氣消，規規晚唐之音調，而三宗泯然無餘矣。夫粹書以爲詩，非詩之正也。謂捨書而能名詩者，又詩之靡也。若玉溪生其幾於二者之間矣。吴門湯君，往得其過葛嶺諸詩，玉辟邪、鐵如意之警策有得乎玉溪生之深切精遠，余每欲蒐其精良者而一讀之。來吴門其從游陳子久相過，知湯君之詩雕搜會稡，皆子久任其事。余不識湯君，而知其用意，間有與余合，遂書玉溪生作詩之原委，宋三宗詩體之變，以慰湯君。庶知湯君非苟於言詩者。子久嘗學于湯，不知余言能有合於湯否？噫！詩至於中唐，變之始也。若玉溪生者跂而望之，其不至者非不進也。子久年富才俊，它日追《風》《雅》之正，返《雲》《咸》之音，其視余言殆猶穅秕也。大德庚子四明袁桷書。（《清容居士集》卷四十八）

【書鄭潛庵李商隱詩選】李商隱詩號爲中唐警麗之作，其源出於杜拾遺。晚自以不及，故别爲一體。玩其句律，未嘗不規規然近之也。拾遺愛君憂國，一寓於詩，而深譏矯正，不敢以談笑道。若商隱則直爲訕侮，非若爲魯諱者，使後數百年，其詩禍之作，當不止流竄嶺海而已也。桷往歲嘗病其用事僻昧，間閲《齊諧》《外傳》諸書，籤于其側，冶容褊心，遂復中止。私以爲近世詩學頓廢，風雲月露者，幾於晚唐之悲切；言理析旨者，鄰於禪林之曠達。詩雖小道，若商隱者，未可以遽廢而議也。客京師，潛庵鄭公示以新選一編，去其奇衺俚艷，讀其詩，若截狐爲裘，播精爲炊，無一可議。去取之當，良盡於此。昔蕭統定《文選》，至淵明詩存者特少，故議之者不置。至王介甫選《唐百家詩》，莫敢異議，而或者又謂筆札傳録之際多所遺落，嗜好不同，固難以一。今此編對偶之工，一語之切，悉附于左。商隱之詩，如是足矣。覽者其何以病？因書其説而歸之。（同上）

范梈

【七言律詩篇法】一字血脉　二字貫穿　三字棟梁　數字連序　中斷　鉤鎖連環順流直下　雙拋　單拋　内剥　外剥　前散　後散（外剥舉李商隱《錦瑟》爲例）

【家數】詩之造極適中，各成一家。詞氣稍偏，句有精粗，强弱不均，况成章乎？不可不謹。李商隱微密閒艷學者不察，失於細碎。（以上均《木天禁語》）

【一句造意格】《子初郊墅》：『看山酌酒君思我，聽鼓離城我訪君。臘雪已添橋下水，齋鐘不散檻前雲。陰移松柏濃還淡，歌雜漁樵斷更聞。亦擬城南買烟舍，子孫相約事耕耘。』初聯上句以興下句，而下句乃第一句之主意。第二聯、三聯，皆言郊墅之景。末聯結句羡郊墅之美，亦欲卜鄰于其間，有悠然源泉之意。此乃詩家最妙之機也。（《詩學禁臠》）

【兩句立意格】《寫意》：『燕雁迢迢隔上林，高秋望斷正長吟。人間路止潼關險，天上山惟玉壘深。日向花間留遠照，雲從城上結層陰。三年已制相思淚，更入新愁却不禁。』（按：范氏所引此詩文字與本集多有出入，現仍其舊。）初聯上句起第二句，第二句起頸聯。蓋頷聯是應第一句，頸聯是應第二句，結尾是總結上六句。思之切，慮之深，得乎性情之正也。（同上）

【想像高唐格】《楚宮》：『月姊曾逢下彩蟾，傾城消息隔重簾。已聞佩響知腰細，更辨絃聲覺指纖。暮雨自歸山悄悄，秋河不動夜厭厭。王昌且在牆東住，未必金堂得免嫌。』初聯言曾逢，又言重簾，蓋彷彿音塵之意也。二聯、三聯是才情。落聯述王昌故事，其意深矣。（同上）

辛文房

開成間，李商隱尉弘農，以活囚忤觀察使孫簡，將罷去，會（姚）合來代簡，一見大喜，以風雅之契，即諭使還官，人雅服其義。（《唐才子傳》卷六）

商隱，字義山，懷州人也。令狐楚奇其才，使游門下，授以文法，遇之甚厚。開成二年，高鍇知貢舉，楚善於鍇，奬譽甚力，遂擢進士。又中拔萃。楚又奏爲集賢校理。楚出，王茂元鎮興元，素愛其才，表掌書記，以子妻之。除侍御史。茂元爲牛、李黨，士流嗤謫商隱，以爲詭薄無行，共排擯之。來京都，久不調，更依桂林總管鄭亞府爲判官，後隨亞謫循州，三年始回。歸窮於宰相綯，綯惡其忘家恩，放利偷合，從小人之辟，謝絶殊不展分。重陽日，因詣廳事，留題云：『十年泉下無消息，九日樽前有所思。』又云：『郎君官重施行馬，東閤無因許再窺。』

絢見之，憫然，乃補太學博士。柳仲郢節度中州，辟爲判官。商隱廉介可畏，出爲廣州都督。人或袖金以贈，商隱曰：『吾自性分不可易，非畏人知也。』未幾，入拜檢校吏部員外郎，罷，客滎陽卒。商隱工詩，爲文瓌邁奇古，辭難事隱。及從楚學，儷偶長短，而繁縟過之。每屬綴，多檢閱書册，左右鱗次，號『獺祭魚』。而旨能感人，人謂其横絶前後。時温庭筠、段成式各以穠緻相誇，號『三十六體』。後評者謂其詩如百寳流蘇，千絲鐵網，綺密瓌妍，要非適用之具。斯言信哉！初得大名，薄游長安，尚希識面，因投宿逆旅，有衆客方酣飲，賦《木蘭花》詩就，呼與坐，不知爲商隱也。後成一篇云：『洞庭波冷曉侵雲，日日征帆送遠人。幾度木蘭船上望，不知元是此花身。』客問姓名，大驚稱罪。時白樂天老退，極喜商隱文章，曰：『我死後，得爲爾兒足矣。』白死數年，生子，遂以『白老』名之；既長，殊鄙鈍。温飛卿戲曰：『以爾爲侍郎後身，不亦忝乎？』後更生子，名衮師，聰俊。商隱詩云：『衮師我嬌兒，英秀乃無匹。』此或其後身也。商隱文自成一格，後學者重之，謂『西崑體』也。有《樊南甲集》二十卷，《乙集》二十卷，《玉谿生詩》三卷。初，自號『玉谿子』。又賦一卷，文一卷，並傳於世。（《唐才子傳》卷七）

光遠，丞相隱之猶子也。幼而聰悟。咸通、乾符中稱氣焰。善爲詩，温庭筠、李商隱輩梯媒之。（同上卷九）

黄　溍

今之言詩者，大氐祖玉谿而宗楊、劉，殊不思楊、劉諸公皆侍從近臣，凡所以鋪張太平之盛者，直寫其所見云爾。江湖之士寘身風月寂寞之鄉，而欲暗中摸索以追逐之，用心亦良苦矣。（《元人十種詩·書金台集》）

吴師道

方崧卿《韓文舉正》後有附録等，裒集後人有及韓公事甚悉，而李商隱《讀韓》詩甚壯偉，獨不及載，何也？

王伯大所刻本音釋中載之。（《吴禮部詩話》）

李商隱《隋宫》中四句云：『玉璽不緣歸日角，錦帆應是到天涯。于今腐草無螢火，終古垂楊有暮鴉。』日角、錦帆、螢火、垂楊是實事，却用他字面交蹉對之，融化自稱，亦其用意深處，真佳句也。（同上）

李商隱詩：『玉桃偷得憐方朔，金屋妝（本集作『修』）成貯阿嬌。』以東方朔爲方朔，人以爲病，若用『臣朔』字自佳，乃傳語也。（同上）

楊維楨

【齊稿序（節録）】詩之厚者不忘本也。先民情性之正，異乎今之詩人，曰某體六朝、體杜夔州、孟襄陽、李西崑也，安識所謂推本其自者哉！高唐盧昇氏……集其所自爲詩一編曰《齊稿》，齊蓋其所出，故以名，示不忘其本睠焉……此豈今人妄一男子談漢魏、六朝、夔州、襄陽、西崑者耶？吾是以器而重之。（《東維子集》卷七）

脱　脱等

【李商隱賦一卷，又雜文一卷】（《宋史·藝文志》七別集類）

【李商隱文集八卷、又四六甲乙集四十卷、別集二十卷、詩集三卷。】（同上）

【李商隱桂管集二十卷】（同上《藝文志》八總集類）

【李商隱蜀爾雅三卷】（同上《藝文志》一小學類）

【李商隱李長吉小傳五卷】（同上《藝文志》二傳記類。案：今存《李長吉小傳》僅一篇，此云『五卷』恐誤）

【李商隱使範一卷、家範十卷】（同上《藝文志》三儀注類）

【李商隱雜纂一卷】（同上《藝文志》五小説類）

【李義山雜藁一卷】（同上）

【李商隱雜鑰二卷】（同上《藝文志》六類事類）

賀鑄字方回，……博聞强記，工語言，深婉麗密，如次組繡。尤長於度曲，掇拾人所棄遺，少加隱括，皆爲新奇。嘗言：『吾筆端驅使李商隱、温庭筠常奔命不暇。』（同上《文苑傳》五）

張雨

【李商隱學仙】誰云有分不關情，淪謫千年爲底名。消得羊權火浣布，詩中唯數玉溪生。（《句曲外史貞居先生詩集》卷四）

戴良

【鶴年吟稿序（節録）】我元受命亦由西北而興，而西北諸國……其沐浴休光，沾被寵澤，與京國内臣無少異，積之既久，文軌日同，而子若孫遂皆舍弓馬而事詩書，至其以詩名世，則馬公伯庸、薩公天錫、余公廷心其人也。論者謂馬公之詩似商隱、薩公之詩似長吉，而余公之詩則與陰鏗、何遜齊驅而並駕，此三公者皆居西北之遠國，其去豳、秦蓋不知其幾萬里，而其爲詩乃有中國古作者之遺風，亦足見我朝王化之大行，民俗之丕變，雖成周之盛莫及也。（《九靈山房集》卷二十一）

陶宗儀

【纏足（節録）】如唐之杜牧之、李白、李商隱之輩，作詩多言閨幃之事，亦無及之者（按：指女子纏足）。（《輟耕録》卷十）

祝　誠

唐李義山《李花》詩云：『自明無月夜，强笑欲風天。』又《嘲桃》詩云：『無賴夭桃面，平明露井東。春風爲開了，却擬笑春風。』非有爲而然邪？（《蓮堂詩話》卷上）

陸友人

李商隱《雜纂》一卷，蓋唐人酒令所用。其書有數十條各數事。其『殺風景』一條，有十三事，如背山起樓、焚琴煮鶴皆在焉。陳聖觀云：『殺，所界反。或作入聲，非。』（《硯北雜志》卷下）

四　明代

宋濂

【藥房樵唱序（節録）】《藥房樵唱》者，吴公文可所著之詩也。……公之子履與其門人黄琪編輯遺稿，鋟之文梓，乃緣世契深遠，以首簡爲囑。嗟夫，玉光劍氣，直出人間。麟角鳳毛，終爲世瑞。蕭功曹之新章不泯，李奉常之妙什宜傳，此理之常，無足疑者。第以疾疢相仍，文藻衰落，無義山之雅製，序漫叟之雄篇，姑綴蕪辭，以信微臆云爾。（《文憲集》卷九）

【答章秀才論詩書（節録）】至于大曆之際，錢、郎遠師沈、宋，而苗、崔、盧、耿、吉、李諸家，亦皆本伯玉而宗黄初，詩道於是爲最盛。韓、柳起於元和之間，韓初效建安，晚自成家，勢若掀雷抉電，撑决於天地之垠。柳斟酌陶、謝之中，而措辭窈眇清妍，應物以下，亦一人而已。元、白近於輕俗，王、張過於浮麗，要皆同師於古樂府。賈浪仙獨變入辟，以矯豔於元、白。劉夢得步驟少陵，而氣韻不足。杜牧之沉涵靈運，而句意尚奇；孟東野陰祖沈、謝，而流於蹇澀。盧仝則又自出新意，而涉於怪詭。至於李長吉、温飛卿、李商隱、段成式專誇靡蔓，雖人人各有所師，而詩之變極矣。（同上卷三十七）

王禕

【練伯上詩序（節録）】古今詩道之變非一也。氣運有升降，而文章與之爲盛衰，蓋其來久矣。《三百篇》勿論已，漢以來蘇子卿、李少卿實作者之首，此詩之始變也。迨乎建安接魏黄初，曹子建父子起而振之，劉公幹、王仲宣相爲倡和。正始之間，稽、阮又繼作，詩之道於是爲大盛，此其再變也。自是以後，正音稍微，逮晋太康而中興，陸士衡兄弟、潘安仁、張茂先、張景陽、左太冲，皆其稱首。而陶元亮天分獨高，自其所得，殆超建安而上之，此又一變也。宋元嘉以還，三謝、顔、鮑者作，似復有漢魏風，然其間或傷藻刻而渾厚之意缺焉，視太康不相及矣。齊永明而下，其弊滋甚，沈休文之拘於聲韻，王元長之局於褊迫，江文通之過於摹擬，陰子堅、何仲言之流於纖瑣，徐孝穆、庾子山之專於婉孎，無復古雅音矣，此又一變也。唐初襲陳隋之弊，多宗徐、庾，張子壽、蘇廷碩、張道濟、劉希夷、王昌齡、沈雲卿、宋少連皆溺於久習，頽靡不振，王、楊、盧、駱始若開唐音之端，而陳伯玉又力復於古，此又一變也。開元、大曆杜子美出，乃上薄《風》《騷》，下掩漢魏，所謂集大成者，而李太白又宗《風》《騷》而友建安，與杜相頡頏，復有王摩詰、韋應物、岑參、高達夫、劉長卿、孟浩然、元次山之屬，咸以興寄相高，以及錢、郎、苗、崔諸家，比比而作，既而韓退之、柳宗元起於元和，實方駕李、杜，而元微之、白樂天、杜牧、劉夢得咸彬彬附和焉，唐世詩道之盛，於是爲至，此又一變也。然自大曆、元和以降，王建、張籍、賈浪仙、孟東野、李長吉、温飛卿、盧仝、劉叉、李商隱、段成式雖各自成家，而或淪於怪，或迫於險，或窘於寒苦，或流於靡曼，視開元遂不逮。至其季年，朱慶餘、項子遷、鄭守愚、杜彦夫、吴子華輩，悉纖弱鄙陋而無足觀矣，此又一變也。……（《王忠文集》卷五）

【張仲簡詩序（節録）】文章與時代高下，代有是言也。《三百篇》尚矣。秦、漢以下，詩莫盛於唐，而唐之詩始終凡三變，其始也承陳、隋之餘，風尚浮靡而寡理，至開元以後，久于治平，其言始一于雅正，唐之詩於斯爲盛。

及其末也，世治既衰，日趨於卑弱，以至西崑之體作而變極矣。由是觀之，謂文章與時高下，而唐之詩始終凡三變，豈非然哉。（《王忠文集》卷五）

瞿佑

昌黎作《平淮西碑》，既已登諸石，憲宗惑於讒言，詔斵其文，更命學士段文昌爲之，在當時莫能別其文之高下也。及東坡録臨江驛小詩云：『淮西功業冠吾唐，吏部文章日月光。千載斷碑人膾炙，不知世有段文昌。』公論始定。然李義山與昌黎相去不遠，其《讀淮西碑》長篇至五十餘句，稱贊備盡，則是非不待百年而已定矣。（《歸田詩話》卷上）

高棅

【唐詩品彙總叙（節録）】開成以後，則有杜牧之之豪縱，温飛卿之綺靡，李義山之隱僻，許用晦之偶對。（《唐詩品彙》卷首）

【五言律詩叙目】正變元和以還，律體多變。賈島、姚合思致清苦。許渾、李商隱對偶精密。李頻、馬戴後來與致超邁時人。之數子者，意義格律，猶有取焉。（同上卷五十六前）

【七言律詩叙目】正變元和後律體屢變。其間有卓然成家者，皆自鳴所長。若李商隱之長於詠史，許渾、劉滄之長於懷古，此其著也。今觀義山之《隋宫》《馬嵬》《籌筆驛》《錦瑟》等篇，其造意幽深，律切精密，有出常情之外者。用晦之《凌歊臺》《洛陽城》《驪山》《金陵》諸篇，與乎藴靈之《長洲》《咸陽》《鄴都》等作，其今古廢興，山河陳迹，凄凉感慨之意，讀之可爲一唱而三嘆矣。三子者雖不足以鳴乎《大雅》之音，亦變《風》之得其正者矣。

（同上卷八十二前）

【李商隱】唐史本傳云：李爲文章，瑰邁奇古。長於律詩，尤精咏史。與温庭筠輩號三十六體。自稱玉溪子云。亦曰西崑體。（同上卷二十一）

《過楚宫》謝云：高唐雲雨，本是説夢，古今皆以爲實事。此詩譏襄王之愚。前人未道破。（同上卷五十三）

《嫦娥》謝云：意謂嫦娥有長生之福，無夫婦之樂，爲悔。前人未道破。（同上）

《促漏》此篇擬深宫怨女而作。○郝新齋云：恨不如姮娥入月，神女爲雲，有不如禽鳥之有匹也。有感之辭也。（同上卷八十八）

《錦瑟》《緗素雜記》云：李義山此詩，山谷讀之殊不曉其意。以問東坡，答曰：《古今樂志》云：錦瑟，其弦五十，柱亦如之。其聲也，適怨清和。按：李詩中四句曲盡其意，唐史稱其瑰邁奇古，信焉。（同上）

張綖

論詩者類知宗盛唐，黜晚唐，斯二體信有辨矣。然詩道性情，古人采之，觀風正樂，以在治忽者也。如不得作者之意，徒曰盛唐盛唐，予不知其直似盛唐亦何以也。杜少陵，盛唐之祖也；李義山，晚唐之冠也。體相懸絶矣，荆國乃謂唐人學杜者，惟義山得其藩離，此可以意會矣。楊、劉諸公倡和《西崑集》，蓋學義山而過者。六一翁恐其流靡不返，故以優游坦夷之辭矯而變之，其功不可少，然亦未嘗不有取於崑體也。徂徠、冷齋，著爲《怪説》、『詩厄』，和者又從而張之，崑體遂廢，其實何可廢也！夫子一嘆由瑟，門人不敬子路，信耳者難以言喻如此，故曰『游於藝』。夫誠以藝游，晚唐亦可也。不然，盛唐猶是物也，奚得於彼哉？要必有爲之根源者耳。子美曰：『文章一小技，於道未爲尊。』作者之言蓋如此。夫惟達宣聖游藝之旨，審老杜技道之序，味介甫藩籬之説，而得歐公變崑之意，詩道其庶矣乎！（《西崑酬唱集》嘉靖刊本序）

楊基

【無題和李義山商隱序】嘗讀李義山無題詩，愛其音調清婉，雖極其穠麗，然皆託於臣不忘君之意，而深惜乎才之不遇也。客窗風雨，讀而悲之，爲和五章。（《眉菴集》卷九）

蔣冕

《無題》詩自唐李商隱而後，作者代有其人，然不傷於誕，則傷於淫；且詞晦旨幽，使人讀之，茫不知其意味所在。童志昂、劉欽謨諸公嘗和商隱《無題》詩，間以屬先生和，先生曰：予村學究也，不能外爲詩也，遂詠史以復之，其一曰：『《大雅》無人繼古風，周家轍迹一朝東。越裳白雉音塵隔，庸蜀金牛道路通。烏首百年終不白，宫煙三月尚餘紅。淳風死去無回日，天下紛紛類轉蓬。』……先生之詩，無一句不可解，無一句無出處，真有古作者之風焉。近代評詩者謂詩至於不可解然後爲妙。夫詩美教化，厚風俗，示勸戒，然後足以爲詩。詩而至於不可解，是何説邪？……（《瓊臺先生詩話》）

何喬新

【無題和李商隱韻序宫怨五首　仙興五首】唐李商隱賦《無題》五首，蓋託宫怨之情以寓思君之意，其引物託興有《國風》《楚騷》之旨焉。自元以來，和者甚衆。而憲副郁君，又託之以寫其憂深思遠繾綣之情，予讀而愛之，每韻和二首，前五首宫怨，子建《洛神》之意也；後五首仙興，屈子《遠遊》之意也。第恨詞氣萎弱，不足追步昔人

耳。（《椒邱文集》卷二十四）

祝允明

【表弟蔣秀才遺文序（節録）】李義山序李賀集，稱賀死時語其母，帝召作《白玉樓記》，頃之烟氣起，賀死。事傳於今七百年，人信之，極章著。余近得姨母蔣夫人説表弟事，知千載有繼賀者，事復章著。蓋氣元英靈，天人流通，自輕清降凝，俄復歸返，若帝有命，兹固古今之理與？（《懷星堂集》卷二十九）

孫緒

【無用閒談】唐明皇兄弟共五王，相次薨逝，至天寶時已無存者，唐史可考也。《連昌宫詞》云：『百官隊仗避岐薛』，李商隱詩云：『薛王沉醉壽王醒』，張祐（祜）曰：『閒把寧王玉笛吹』，皆未之考耳。（《沙溪集》卷十二）

草食者多力而愚，肉食者勇敢而悍，水食者耐寒而浮，土食者無心而惠，氣食者神明而壽，穀食者智慧而夭。古人詩文亦自有不可解者，或當時偶有所寄，激而爲言，今皆不可知。如老杜《桃樹詩》，温飛卿《郭處士擊甌歌》，李賀《申胡子觱栗歌》，李義山《錦瑟歌》，樊紹述《絳守居園池記》，公孫龍《白馬非馬論》等篇，今人必欲解，且謂其高妙，亦隨衆悲喜而已。（同上卷十四）

李義山《宫詞》曰：『不須看盡魚龍戲，終遺君王怒偃師。』夫偃師以木人瞬目招美人而楚王猶怒，妬癡一至此哉！蜀甘后寵幸專房，先主嘗得一玉人，長數寸，朝夕把玩，或寘之衽席中，后甚忿恚，伺先主出，碎之以自快。然則楚王之怒未足深訝也。（同上卷十五）

陸深

【詩話（三十二則，録一則）】詩句有相似而非相襲者，然亦各有工拙。杜甫云：『江清歌扇底，野曠舞衣前。』儲光羲云：『竹吹留歌扇，蓮香入舞衣。』李義山云：『鏤月爲歌扇，裁雲作舞衣。』劉希夷云：『池月憐歌扇，山雲愛舞衣。』老杜格高，但歌舞於清江曠野之中，固不若竹下荷邊之韻。池月山雲之句，風情興致，藹藹政自可人。（《儼山集》卷二十五）

【與郁直齋書（節録）】作詩一事，古人論之詳矣。要先認門庭，乃運機軸，須發之性情，寫乎胸次，然後體裁格律辯焉。方今詩人輩出，極一代之盛。大抵古宗《選》，律宗杜，可謂門庭正，機軸工矣。惜乎過於摹擬，頗傷骨氣。昔宋時有優人誚館閣者，衣破碎之衣，揚言於衆曰：『我李義山也，爲三館諸公牽撦至此。』今日《文選》、杜詩亦可謂牽撦盡矣。（《儼山續集》卷十）

李東陽

質而不俚，是詩家難事。樂府歌辭所載《木蘭辭》，前首最近古。唐詩，張文昌善用俚語，劉夢得《竹枝》亦入妙。至白樂天令老嫗解之，遂失之淺俗。其意豈不以李義山輩爲澀僻而反之？而弊一至是，豈古人之作端使然哉？（《麓堂詩話》）

楊廷秀學李義山，更覺細碎；陸務觀學白樂天，更覺直率。概之唐調，皆有所未聞也。（同上）

元詩：『山中烏喙方嘗膽，臺上蛾眉正捧心。』『空懷狗監知司馬，且喜龍門識李膺。』『生藏魚腹不見水，死挽龍髯直上天。』皆得李義山遺意。至『戲爾築壇登大將，危乎操印立真王。自是假王先賈禍，非關真主不憐才』，直

世俗所謂簡板對耳，不足以言詩也。（同上）

何孟春

宋人《談苑》，載徐（劉）鍇嗜學該博，嘗注李商隱《樊南集》，悉知其用事所出，獨于《代王茂元檄》『喪貝躋陵，飛走之期既絶；投戈散地，灰釘之望斯窮』，不知『灰釘』事。後見杜篤《論都賦》云：『焚康居，灰珍奇，椎鳴鏑，釘鹿蠡。』以爲商隱雕篆如此。《藝苑雌黄》云：『《南史·陳本紀》云：「妖酋震懾，遽請灰釘。」此語已在商隱前矣。』春按：《南史》『請灰釘』之云，商隱之所引者，非杜篤賦中語也。《魏略》：『王凌陰謀廢立。事覺，司馬宣王討凌，遂使人送來。而凌自知罪重，試索棺釘，以觀太傅意。太傅給之，凌遂自殺。』《陳本紀》乃此事，故有『請』之云。而商隱亦有『望窮』之云。《本紀》以棺爲灰，灰與釘皆闔棺之具。商隱承用之，正王凌事耳。若用杜篤賦所云者，何以『請』以『望』爲哉？（《餘冬詩話》）

都穆

李商隱《錦瑟》詩，人莫曉其義，劉貢父謂是令狐楚家青衣名也。近閲《許彦周詩話》云：『錦瑟之爲器，其柱如其絃數，其聲有適怨清和，又云感怨清和。昔令狐楚侍人，能彈此四曲，詩中兩聯，狀此四曲也。』乃知錦瑟非青衣之名，貢父失之於不考耳。（《南濠詩話》）

楊孟載詩律精切，其追次李義山《無題》五首，詞意俱到，真義山之勍敵也。（同上）

郎瑛

貞元間，詩人裴交泰《長門怨》絶句云：『自閉長門幾經秋，羅衣濕透淚還流。一種峨嵋明月夜，南宮歌吹北宮愁。』後章孝標《對月》詩云：『長安一夜千家月，幾處笙歌幾處愁。』至于李商隱《龍池》詩云：『夜半讌歸宮漏永，薛王沉醉壽王醒。』題意不同，而俱一格也。（《七修類稿》卷三十五詩文類七）

謝無逸有《詠蝶》詩云：『身似何郎全傅粉，心如韓壽愛偷香。』又云：『飛隨柳絮有時見，舞入梨花無處尋。』可爲形容蝴蝶盡矣。遂稱爲『謝蝴蝶』。自後李商隱竊其義而變之曰：『蘆花惟有白，柳絮可能温？』句雖工而不妙矣。此可謂絶唱之後，不當再道。李豈不能煉句者哉！（同上卷二十九詩文類一）案：謝無逸宋人。此説時代顛倒。

楊妃小字，《外傳》諸書皆曰玉環。《鶴林玉露》載唐狄昌詩曰：『馬嵬煙柳正依依，又見鑾輿幸蜀歸。地下阿蠻應有語，這回休更罪楊妃。』阿蠻又似妃之小字。況狄昌唐人，必知之真（《唐詩紀事》作狄歸昌）。李商隱詩又曰：『十八年來墮世間，瑶池歸夢碧桃閒。如何漢殿穿針夜，又向窗前覰阿環。』此字或可移也。（同上卷二十六辯證類八）

李商隱《錦瑟》詩中二聯，蘇子謂藏適、怨、清、和四字，嘗舉所以告歐陽也。後人不知，遂以蘇公自得之見。然《古今樂志》曰：錦瑟之爲器也，其柱如絃數，其聲有適、怨、清、和之音。（同上卷十九辯證類一）

《錦瑟詩》，玉溪生作也。《續筆》解云：説者以錦瑟爲令狐丞相侍兒小名，此篇皆寓言，而不知五十絃所起。然既舉其名而復引諸書明箜篌之義，似將以箜篌爲錦瑟也。且言起于漢武，後雖能引《史記·封禪書》之説，亦不能引《世本》五十絃起于伏羲，知尾而不知首，可哂也！況五十絃之義，一無所解。案：《琴瑟中論》曰：朱襄氏使士達制爲五絃之瑟，瞽叟制爲十五絃，舜益之爲二十三，又有二十七之説。以理考之，樂聲不過乎五，則五絃、十五絃，小瑟也；二十五絃，中瑟也；五十絃，大瑟也。彼謂二十三、二十七者，然三于五聲爲不足，七于五聲爲有餘，豈非惑于二變二少之説而遂誤耶？觀此，則絃之多寡有自矣。若《錦瑟》云者，即大瑟之謂也。故《古今樂志》云：錦瑟之爲器也，其絃五十。但『無端』二字，似乎不通，俟知詩者詳焉。（同上）

……又如張仲達之『滄海最深處，鱸魚啣得歸』，嘴、脚何長也！李商隱《錦瑟》詩云：『錦瑟無端五十絃』，五十絃自有故也，豈謂『無端』？辯證類已言矣。此皆顯名之詩，礙理有如此，詩豈易作耶？（同上卷三十三詩文類五）

五大夫，乃秦爵之第九級者。案《史記》云：『封其樹爲五大夫。』後人不解，謂松封大夫者五株。且唐陸贄作《禁中松》詩云：『不羨五株封。』又李商隱有《五松驛》詩云：『獨下長亭念《過秦》，五松不見見輿薪。』遂漫延而不可解矣。有辨之者尚未明白，獨《雲谷雜記》引如曹參賜爵七大夫、遷五大夫是也，何其快哉！予又思今上虞有五大夫里，必當時有此一等之爵者居焉。（同上卷十九辨證一）

楊慎

【小姑無郎】古樂府《清溪小姑曲》云：『開門白水，側近橋梁。小姑所居，獨處無郎。』唐李義山詩：『神女生涯元是夢，小姑居處本無郎。』小姑，蔣子文第三妹也。楊炯《少姨廟碑》云：『虞帝二妃，湘水之波瀾未歇；蔣侯三妹，青溪之軌跡可尋。』（《升菴詩話》卷一）

【木綿】唐李商隱詩『木棉花暖鷓鴣飛』，又王叡詩『紙錢飛出木綿花』。南中木綿樹，大如抱，花紅似山茶而蕊黄，花片極厚，非江南所藝者。張勃《吴録》云：『交趾安定縣有木綿樹，實如酒杯，口有綿，可作布。』按此即今之斑枝花，雲南阿迷州有之，嶺南尤多。註：廣洋有《斑枝花曲》。（同上）

【皮日休館娃宫懷古】『響屧廊中金玉步，採香徑裏綺羅身。不知水葬歸何處，溪月彎彎欲效顰。』杜牧之詩：『西子下姑蘇，一舸逐鴟夷。』後人遂謂范蠡載西施以去，然不見其所據。余按《墨子》云：『西施之沉，其美也。』蓋勾踐平吴後，沉之於江也，又兼此詩可證。李義山《景陽井》一首，亦叶此意。（同上卷三）

【半豹】郭頒《世語》云：『殷仲文讀書，若半袁豹，則筆端不減陸士衡。』蓋惜其有才而寡學也。李商隱四六啓云：『學殊半豹，藝愧全牛。』（同上）

【李義山螢詩】『水殿風清玉户開，飛光千點去還來。無風無月長門夜，偏到階前點緑苔。』似是螢謎，不書題可知也。（同上卷五）

（按：此詩本集不載，是否佚詩，待考。）

【李義山景陽井】『景陽宮井剩堪悲，不盡龍鸞誓死期。惆悵（本集作『腸斷』）吴王宮外水，濁泥猶得葬西施。』觀此，西施之沉信矣。杜牧所云『逐鴟夷』者，安知不謂沉江而殉子胥乎？『鴟革浮胥骸』，亦子胥事也。（同上卷五）

【李義山柳詩】『曾逐東風拂舞筵，樂遊春苑斷腸天。如何肯到清秋日，已帶斜陽又帶蟬。』宋廬陵陳模《詩話》云：『前日春風舞筵，何其富盛，今日斜陽蟬聲，何其淒凉，不如望秋先零也。形容先榮後悴之意。』（同上）

【杜牧之】律詩至晚唐，李義山而下，惟杜牧之爲最。宋人評其詩豪而艷，宕而麗，於律詩中特寓拗峭，以矯時弊，信然。（同上）

【洛陽花雪】何遜《與范雲聯句》詩云：『洛陽城東西，却作經年別。昔去雪如花，今來花似雪。』李商隱《送王校書分司》云：『多少分曹掌祕文，洛陽花雪定隨君。定知何遜緣聯句，每到城東憶范雲。』又《漫成》一絶云：『不妨何范盡詩家，未解當年重物華。遠把龍山千里雪，將來擬並洛陽花。』二詩皆用此事，若不究其原，不知爲何説也。（同上卷七）

【洛春謡】劉須溪所選《古今詩統》，亡其辛集一册，諸藏書家皆然。予於滇南偶得其全集。然其所選，多不愜人意，可傳者止十之一耳。辛集中皆宋人詩，無足採取。獨司馬才仲《洛春謡》，曹元寵《夜歸曲》，尚有長吉、義山之遺意，今録於此。《洛春謡》云：『洛陽碧水揚春風，銅駝陌上桃花紅。商樓疊柳緑相向，綃帳金鸞香霧濃。龍裘公子五陵客，拳毛赤兔雙蹄白。金鉤寶玦逐飛香，醉入花叢惱花魄。青蛾皓齒别吴倡，梅粉粧成半額黄。羅屏繡幞圍寒玉，帳裏吹笙學鳳皇。細緑團紅曉烟溼，車馬騑騑雲櫛櫛。瓊蕊杯深琥珀濃，鴛鴦枕鏤珊瑚澀。吹龍笛，歌《白紵》，蘭席淋漓日將暮。君不見灞陵岸上楊柳枝，青青送别傷南浦。』《夜歸曲》云：『饑烏啞啞啼暮寒，回風急雪飄朱闌。鎖窗繡閣豔紅獸，畫幞金泥摇彩鸞。吳妝秀色攢眉緑，能唱襄陽《大堤曲》。酒酣横管咽孤吹，吹裂柯亭傲霜竹。遠空寒雲渾不動，老狐應渡黄河凍。暗回微暖入江梅，何處荒榛掛么鳳。歸來穩跨青連錢，貂茸擁鼻行翩翩。籠紗蜜炬照飛霰，十二玉樓人未眠。』（同上）

【書貴舊本】先太師收唐百家詩，皆全集，近蘇州刻則每本減去十之一，如……李義山詩：『瑶池宴罷留王母，金屋妝成貯阿嬌。』俗本作『玉桃偷得憐方朔』，直小似兒語耳。……書所以貴舊本者，可以訂訛，不獨古香可愛而已。（同上卷八）

【唐彦謙詩】唐彦謙絶句，用事隱僻，而諷諭悠遠似李義山。如《奏捷西蜀題沱江驛》云：『野客乘軺非所宜，况將儒服報戎機。錦江不識臨邛酒，幸免相如渴病歸。』即李義山『相如未是真消渴，猶放沱江過錦城』之意也。餘如《登興元城觀烽火》云：『漢川城上角三呼，護蹕防邊列萬夫。褒姒冢前烽火起，不知泉下破顔無？』《鄧艾廟》云：『昭烈遺黎死尚羞，揮刀斫石恨譙周。如何千載留遺廟，血食巴山伴武侯？』此即唐人題《吳中范蠡廟》云『千年宗國無窮恨，只合江邊祀子胥』之句也。《漢殿》云：『烏去雲飛意不通，夜壇斜月轉桐風。君王寂慮無消息，却就真人覓鉅公。』首首有醖藉，堪吟詠，比之貫休、胡曾輩天壤矣。考其世，蓋僖宗時人也。（同上）

【崔魯華清宫詩】崔魯華清宫詩四首，每各精練奇麗，遠出李義山、杜牧之上，而散見於《唐音》及《品彙》《漁隱叢話》《長安》古志中，各載其一而已，今並録於此。其一曰：『門横金鎖閴無人，落日秋聲渭水濱。紅葉下山寒寂寂，濕雲如夢雨如塵。』其二曰：『銀河漾漾月輝輝，樓礙星邊織女機。横玉叫雲天似水，滿空霜霰不停飛。』其三曰：『障掩金鷄蓄禍機，翠華西拂蜀雲飛。珠簾一閉朝元閣，不見人歸見燕歸。』其四曰：『草遮回磴絶鳴鑾，雲樹深深碧殿寒。明月自來還自去，更無人倚玉欄干。』（同上卷九）

【晚唐兩詩派】晚唐之詩分爲二派：一派學張籍，則朱慶餘、陳標、任蕃、章孝標、司空圖、項斯其人也；一派學賈島，則李洞、姚合、方干、喻鳧、周賀、『九僧』其人也。其間雖多，不越此二派，學乎其中，日趨于下。其詩不過五言律，更無古體。五言律起結皆平平，前聯俗語十字一串帶過，後聯謂之『頸聯』，極其用工。又忌用事，謂之『點鬼簿』，惟搜眼前景而深刻思之，所謂『吟成五個字，撚斷數莖鬚』也。余嘗笑之，彼之視詩道也狹矣。《三百篇》皆民間士女所作，何嘗撚鬚？今不讀書而徒事苦吟，撚斷肋骨亦何益哉！晚唐惟韓、柳爲大家。韓、柳之外，元、白皆自成家。餘如李賀、孟郊祖《騷》宗謝，李義山杜牧之學杜甫，温庭筠、權德輿學六朝，馬戴、李益不墜盛唐風格，不可以晚唐目之。數君子真豪傑之士哉！彼學張籍、賈島者，真處裩中之蝨也。二派見《張洎集》序項斯詩，非余之臆説也。（同上卷十一）

【落梅詩】冰崖蕭立等《落梅詩》云：『玉龍戰退鹿胎乾，好在晴沙野水看。舞翠夢回仙袂遠，射雕人去露簷寒。連環骨冷香猶暖，如意痕輕補未完。誰在高樓吹笛處，輕衫當户獨凭闌。』此詩工緻似李義山。後六句皆用美人事，甚奇，不類晚宋之作，當表出之。唐詩：『新柳園林鵝毳色，落梅田地鹿胎斑。』（同上）

【鐵馬汗常趨】安禄山之亂，哥舒翰與賊將崔乾祐戰，見黄旗軍數百隊，官軍以爲賊，賊以爲官軍，相持久之，忽不見。是日昭陵内石馬皆汗流。杜詩：『玉衣晨自舉，鐵馬汗長趨。』李義山亦云：『天教李令心如日，可待昭陵石馬來？』（同上卷十四）

唐人進士榜，必以夜書，書必以淡墨。或曰：名第者，陰注陽受，以淡墨書者，若鬼神之跡也。世傳大羅天放榜於蘂珠宮，故又稱蕊榜。李義山贈同年詩曰：『空記大羅天上事，衆僊同日詠《霓裳》。』又放榜後，必有一人下世者，謂之報羅使。（《藝林伐山》卷十）

秦少游《踏莎行》『杜鵑聲裏斜陽暮』，極爲東坡所賞，而後人病其『斜陽暮』似重複，非也。見斜陽而知日暮，非複也。猶韋應物詩『須臾風暖朝日暾』，既曰朝日，又曰暾，當亦爲宋人所譏矣。此非知詩者。《古詩》『明月皎夜光』，明，皎，光，非複乎。李商隱詩：『日向花間留晚照。』皆然。又唐詩『青山萬里一孤舟』，又『滄溟千萬里，日夜一孤舟』，宋人亦言『一孤舟』爲複，而唐人累用之，不以爲複也。（《詞品》卷三）

【塗字音】塗字從余，余有三音。一音餘剩之餘。又音蛇，今人姓有余氏，即『佘』之轉注。而俗書從入從示作『佘』，乃小兒强作解事也。一音賒，故賒字從佘，可證也。《東方朔傳》：『老拍塗。』解曰：『塗者，漸之如徑也。』柳子厚詩：『善幻迷冰火，齊諧笑拍塗。』叶入麻韻。又雨多塗則滑而顛，得其音矣。李義山《蜀爾雅》云：《禹貢》：厥土惟塗。《夏小正》：寒口滌凍塗。二塗字音在巴茶之間。蓋禹本蜀人，故塗泥、東塗，皆叶蜀音。今蜀人目濡土曰塗泥，肉爛曰塗肉，蓋禹時已有此音，蜀之土音亦古矣。○《毛詩》：『昔我往矣，黍稷方華；今我來思，雨霜載塗。』《易林》：『雨雪載塗，東行破車，旅人無家。』以此博證之，則古音昭昭矣。焦云：華音敷，家音姑。不可强引。（《丹鉛雜録》卷四）

郭頒《世語》云：『殷仲文讀書若半袁豹，則筆端不減陸士衡。』惜其無才而寡學也。李商隱四六啓云：『學殊半豹，藝愧全牛。』（同上卷六）

謝　榛

詩有簡而妙者，……亦有簡而弗佳者，若……李義山『江上晴雲雜雨雲』，不如劉夢得『東邊日出西邊雨，道是無情還有情』。……（《四溟詩話》卷二）

許彦周曰：『作詩淺易鄙陋之氣不除，熟讀李義山黄魯直之詩，則去之。』譬諸醫家用藥，稍不精潔，疾復存焉，彦周之謂也。（同上）

古辭曰：『黄蘗向春生，苦心隨日長。』又曰：『霧露隱芙蓉，見蓮不分明。』又曰：『石闕生口中，銜碑不得語。』又曰：『菖蒲花可憐，聞名不相識。』又曰：『桑蠶不作繭，晝夜常懸絲。』又曰：『理絲入殘機，何悟不成匹。』又曰：『桐枝不結花，何由得梧子。』又曰：『殺荷不斷藕，蓮心已復生。』此皆吴格指物借意。李義山曰：『春蠶到老（本集作『死』）絲方盡，蠟燭（本集作『炬』）成灰淚始乾。』劉禹錫曰：『東邊日出西邊雨，道是無情却有

情。』措詞流麗，酷似六朝。蘇子瞻曰：『破衫尚有重逢日，一飯何曾忘却時。』造語殊乏風致。（同上）

李商隱作《無題》詩五首，格新意雜，託寓不一，難於命題，故曰『無題』。本朝何、李二公，各擬一首，惜未完美。鄴下杜約夫亦擬四首，皆佳。然太清則寒，氣薄不壽。附其詩云：一『内家標格破時妝，萬引千呼出洞房。楚曲風烟愁倩女，武陵花月夢仙郎。故開金索飛鸚鵡，偶弄瓊簫下鳳凰。恩怨自思成底事。坐看疏雨濕丁香。』二『月明獨立桂花陰，惆悵恩多怨亦深。並逐鴛鴦真有意，雙開菡萏本無心。班姬苦思題團扇，卓女幽情託素琴。天畔彩雲休散却，鳳臺此夜會知音。』三『楊柳遥遮百尺樓，水晶簾箔護嬌羞。鄰姬鬪巧輪瓊佩，公子聽歌贈玉鉤。青鳥暗隨明月落，彩雲虚傍碧天流。庭花爛熳春無限，不信盧郎負莫愁。』四『美人初試石榴裙，縹緲飛香别院聞。玉笛臨風吹《折柳》，錦機向月織迴文。花殘金谷鶯聲寂，天斷湘江雁影分。憑仗隴梅將信息，蓬山遥隔萬重雲。』（（同上卷三）

凡詩用『恩』字，不粗則俗，難於造句。陳思王『恩紀曠不接』，梁武帝『籠鳥易爲恩』，謝玄暉『恩變龍庭長』，張正見『讒新恩易盡』，蘇廷碩『戈甲爲恩輕』，杜子美『漏網辱殊恩』，竇叔向『恩深犬馬知』，高蟾『君恩秋後葉，日日向人疏』，李義山『但保紅顔莫保恩』，此皆句法新奇，變俗爲雅，名家自能吻合。作文亦然，若陸士衡『廣樹恩不足以敵怨』是也。予《悼徽藩》詩：『撫膺臣妾淚，葬骨死生恩。』《哭沈参軍鍊》詩：『今日孔融留二子，應知生死感餘恩。』此二作易於措詞，由其悲感故爾。（同上卷四）

李開先

【中麓山人詠雪詩序（節録）】詩有難題，有俗題，雪題甚雅而亦甚難。不惟難於今，而古亦難之。作者不惟鮮於今，而古亦鮮焉。惟其題難作鮮，而佳詩因是不多得。簡文帝、唐太宗帝王，不當以聲律較論，實則高古不可及。庾肩吾、吴均、何遜、徐陵、張正見，六朝詩人，人各一兩首，殊不逮其他作。唐則李嶠、司空曙、張九齡、孟浩然、杜荀鶴、劉長卿、祖詠、戴叔倫、楊巨源、賈島、鄭谷，亦人各一首。二首則白居易、許渾、駱賓王、錢起、李商隱。三則韋應物、温庭筠。四則韓退之。李、杜亦止數首，其不逮他作，與六朝人俱一焉而已。（《李開先集》上册）

李詡

佳茗比佳人，未經人道，惟東坡有詩曰：『仙山靈雨濕行雲，洗徧香肌粉未勻。明日來投玉川子，清風吹破武陵春。要知玉雪心腸好，不是膏油首面新。戲作小詩君一笑，從來佳茗似佳人。』比花用美丈夫者，如『蓮花似六郎』佞語之類，全篇絶少。黄山谷《詠酴醿》詩曰：『肌膚冰雪薰沉水，百草千花莫比方。露濕何郎試湯餅，日烘荀令炷爐香。風流徹骨成春酒，夢寐宜人入枕囊。輸與能詩王主簿，瑶臺影裏據胡牀。』與東坡同一格調。然李商隱已有『謝郎衣袖初翻雪，荀令薰鑪更换香』，不免經人道過。（《戒庵老人漫筆》卷八）

張懋修

歌行之怪幻者，無如長吉，而義山彷彿之；但商隱好僻澀，故事多于長吉。賀好不經人道語勝于義山耳。（《墨卿談乘》卷七）

【佳句】李商隱《秋與澈師同宿》：『墮蟬翻敗葉，棲鳥定寒枝。』（同上）

唐李商隱詩：『風長應側帽。』自注：『獨孤景公信，舉止風流，常風吹帽傾，觀者滿路。』由此觀之，落帽故事不獨九日孟嘉，凡風流遊樂皆可用。詩人第當辨其『側』『落』二字，勿專指九日孟嘉可也。（同上卷七）

何良俊

齊梁體自盛唐一變之後，不復有爲之者。至温、李出，始復追之。今觀温飛卿《西州曲》『單衫杏子紅，雙鬢鴉雛色』之句，及李義山《無題》云：『八歲偷照鏡，長眉已能畫。十歲去踏青，芙蓉作裙衩。十二學彈箏，銀甲不曾卸。十四藏六親，懸知猶未嫁。十五泣春風，背面鞦韆下。』《無題》云：『照梁初有情，出水舊知名。裙衩芙蓉小，釵茸翡翠輕。錦長書鄭重，眉細恨分明。莫近彈棋局，中心最不平。』《詠月》云：『池上與橋邊，難忘復可憐。簾開最明夜，簟卷已涼天。流處水花急，吐時風（本集作『雲』）葉鮮。姮娥無粉黛，只是逞嬋娟。』《詠荷花》云：『都無色可並，不奈此香何。瑤席乘涼設，金羈落晚過。迴衾燈照綺，渡襪水沾羅。預想前袂別，離居夢櫂歌。』《效江南曲》云：『郎舡安兩槳，儂舸動雙橈。掃黛開宫額，裁裙約楚腰。乖期方積思，臨醉欲拚嬌。莫以採菱唱，欲伴秦臺簫。』又《效徐陵體贈更衣》云：『密帳真珠絡，温幃翡翠裝。楚腰知便寵，宫眉正鬭强。結帶懸梔子，繡領刺鴛鴦。輕寒衣省夜，金斗熨沉香。』此作雜之《玉臺新詠》中，夫孰有能辨之者？（《四友齋叢説》卷二十五）

宋初之詩，劉子儀、楊大年諸人皆學李義山，謂之西崑體。然義山蓋本之少陵也，當時猶具體而微。至神宗朝，蘇東坡、黄山谷、王半山、陳後山諸公出，而詩道大備。東坡、山谷專宗少陵，半山稍出入盛唐。後山則規模中唐，簡質可尚。（同上）

王世貞

李義山《錦瑟》中二聯是麗語，作適怨清和解，甚通。然不解則涉無謂，既解則意味都盡。以此知詩之難也。

（《藝苑卮言》卷四）

義山浪子，薄有才藻，遂工儷對。宋人慕之，號爲『西崑』。楊、劉輩竭力馳騁，僅爾窺藩。許渾、鄭谷厭厭有就泉下意，渾差有思，句故勝之。（同上）

……曩與同人戲爲文章九命，一曰貧困，二曰嫌忌，……温庭筠、李商隱見忌令狐綯，……或以材高畏逼，或以詞藻懈工。大則斧質，小猶貝錦。……（同上卷八）

靈武回天，功推李、郭；椒殿犯蹕，禍始田、崔，是則然矣。不知僖、昭困蜀、鳳時，温、李、許、鄭輩得少陵、太白一語否。有治世音，有亂世音，有亡國音。故曰『聲音之道與政通』也。大力者爲之，故足挽回頹運；沈幾者知之，亦堪高蹈遠引。（《全唐詩説》）

朱孟震

升菴楊太史，年十三，過馬嵬，賦詩云：『鳳輦忽忽下九天，馬嵬西去路三千。漁陽鼙鼓烟塵裏，蜀道淋鈴夜雨前。方士游魂招不返，詞人《長恨》曲空傳。蛾眉尚有閒邱壠，戰骨如山更可憐。』殊有諷詠。又唐温庭筠云：『穆滿曾爲物外游，六龍曾此暫淹留。反魂無驗青烟滅，埋血空山碧草愁。香輦却歸長樂殿，曉鐘還下景陽樓。甘泉不復重相見，誰道文成是故侯？』亦有致。校義山『駐馬』『牽牛』，不知誰復先後也？（《續玉笥詩談》）

屠　隆

《三百篇》是如來祖師，《十九首》是大乘菩薩，曹、劉、三謝是大阿羅漢，顔、鮑、沈、宋、高、岑是有道高僧，陶、韋、王、孟是深山野衲，杜少陵是如來總持弟子，太白是散聖，李長吉是幻師，郊、島是苦行頭陀，《玉

臺》《香奩》是綺語破戒僧，温、李、二羅是野狐禪。（《鴻苞》卷十七）

周履靖

李商隱以古語入新意，宋諸家皆陰祖之。（《騷壇秘語》卷中）

徐熥

【無題和李義山】香燼金猊燭散風，月沉西嶺水流東。雲迷洛浦人何處，柳暗章臺路不通。遠岫似凝眉上翠，守宫猶染臂間紅。淒涼往事休重省，十載遊踪嘆轉蓬。

爲雨爲雲無定蹤，半衾幽恨數聲鐘。絃於離緒同時斷，墨與淚痕一樣濃。無復芳心含荳蔻，空將薄命委芙蓉。西鄰只在高樓畔，似隔天台路幾重。（《幔亭集》卷八）

鍾惺 譚元春

李商隱《房中曲》『嬌郎』句下鍾批：妙在無謂。篇末總批：苦情幽豔。（鍾批）情寓纖冷（譚批）。（六友齋重訂唐詩歸》卷三十三晚唐一）

《韓碑》『此事不繫于職司』句下鍾批：特識。『點竄《堯典》《舜典》字，塗改《清廟》《生民》詩』二句下鍾批：二語是此詩大主意。『公之斯文若元氣』二句下鍾批：文章定價，説得帝王無權。『湯盤孔鼎有述作』二句下譚批：比例甚妙。篇末總評：一篇典謨雅頌大文字，出自纖麗手中，尤爲不測。（鍾惺）文章語作詩，畢竟要看

來是詩不是文章。(譚元春)(同上)

《蟬》『本以高難飽』句下鍾批：五字名士贊。『一樹碧無情』句下鍾批：(碧無情)三字冷極幻極。『煩君最相警』二句下鍾批：自處不苟。(同上)

《無題》(照梁初有情)『錦長書鄭重』二句下鍾批：幽細婉孌。『中心最不平』句下譚批：末語《子夜》《讀曲》妙想。(同上)

《落花》『高閣客竟去』句下鍾批：落花如此起，無謂而有至情。譚批：調亦高。『腸斷未忍掃』句下鍾批：深情苦語。『所得是霑衣』句下鍾批：『所得』二字苦甚。篇末總評：俗儒謂温、李作落花詩，不知何如纖媚，詎意高雅乃爾。(鍾惺)(同上)

《雨》(摵摵度瓜園)『秋池不自冷』句下鍾批：三字立起來，非老杜無此筆力。『窗迥有時見，簷高相續翻』二句下譚批：像。『侵宵送書雁，應爲稻粱恩』二句下鍾批：晚唐如此結法，何嘗不極深厚。(同上)

《晚晴》『人間重晚晴』句下鍾批：妙在大樣。『併添高閣迥』句下譚批：此句説晚晴，其妙難知。(同上)

《春宵自遣》『深夜月當花』句下鍾批：『當』字有景，尤有情。『陶然恃琴酒』句下譚批：『琴酒』字熟，在一『恃』字點化。(同上)

《夜出西溪》『東府憂春盡』句下鍾批：『憂』字又生一意。『柳好休傷别』句下鍾批：無奈何，作翻案語。(同上)

《有感》(丹陛猶敷奏)『古有清君側』二句下鍾批：鄭重流走。篇末總批：風切時事，詩典重有體，從老杜《傷春》等作得來。(鍾惺)(同上)

《過楚宫》末句下鍾批：亦笑得呆人妙。(同上)

《嫦娥》末句下鍾批：語、想俱到，此三字(按指『夜夜心』三字)却下得深渾。(同上)

《寄蜀客》篇末鍾氏總批：極刻之語，極正之意。譚氏總批：讀此使人不敢言『佳人才子』四字。(同上)

胡應麟

義山用事之善者，如《題柏》『大樹思馮異，甘棠憶召公』，亦可觀。至『玉壘』『金刀』，便入崑調。一篇之內，法、戒具存。世欲束晚唐高閣，患頂門欠隻眼耳，要皆吾益友也。（《詩藪》内編卷四）

《錦瑟》是青衣名，見唐人小説。謂義山有感作者，觀此詩結句及『曉夢』『春心』『藍田』『珠淚』等，大概《無題》中語，但首句略用錦瑟引起耳。宋人認作詠物，以適怨清和字面附會穿鑿，遂令本意懵然。且至『此情可待成追憶』處，更説不通。學者試盡屏此等議論，只將題面作青衣，詩意作追憶，讀之當自踴躍。（同上）

『飛星過水白，落月動沙虛』，吴均、何遜之精思；……『雨拋金鎖甲，苔卧緑沉槍』，義山之組織纖新；『圓荷浮小葉，細麥落輕花』，用晦之推敲密切。杜集大成，五言律尤可見者。（同上）

唐七言律自杜審言、沈佺期首創工密，至崔顥、李白時出古意，一變也。高、岑、王、李，風格大備，又一變也。杜陵雄深浩蕩，超忽縱橫，又一變也。錢、劉稍爲流暢，降而中唐，又一變也。大曆十才子，中唐體備，又一變也。樂天才具泛瀾，夢得骨力豪勁，在中晚間自爲一格，又一變也。張籍、王建略去葩藻，求取情實，漸入晚唐，又一變也。李商隱、杜牧之填塞故實，皮日休、陸龜蒙馳騖新奇，又一變也。許渾、劉滄角獵排偶，時作拗體，又一變也。至吴融、韓偓，香奩脂粉；杜荀鶴、李山甫，委巷叢談。否道斯極，唐亦以亡矣。（同上内編卷五）

中唐絶如劉長卿、韓翃、李益、劉禹錫，尚多可諷詠。晚唐則李義山、温庭筠、杜牧、許渾、鄭谷，然途軌紛出，漸入宋、元，多岐亡羊，信哉！（同上内編卷六）

五言絶晚唐殊少作者，然不甚逗漏。七言絶則李、許、杜、趙、崔、鄭、温、韋，皆極力此道。然純駁相揉，所當細參。（同上）

晚唐絶『東風不與周郎便，銅雀春深鎖二喬』，『可憐夜半虛前席，不問蒼生問鬼神』，皆宋人議論之祖。間有極工者，亦氣韻衰颯，天壤開、寶。然書情則愴惻而易動人，用事則巧切而工悦俗。世希大雅，或以爲過盛唐。具眼觀之，不待其辭畢矣。(同上)

『夜半宴歸宫漏水，薛王沉醉壽王醒』，句意愈精，筋骨愈露。然此但假借立言耳。泥者謂二王迥不同時，則癡人説夢，難以口舌争矣。(同上)

唐以詩賦聲律取士，於韻學宜無弗精。然今流傳之作，出韻者亦間有之。蓋檢點少疏，雖老杜或未能免。今稍識數條以自警省，非曰指摘前人也。……三江李商隱《柳枝》五言絶。出鶱字。十五删李商隱《贈張書記》排律。出關字。……(同上外編卷三)

俊爽若牧之，藻綺若庭筠，精深若義山，整密若丁卯，皆晚唐錚錚者。其才則許不如李，李不如温，温不如杜。今人於唐專論格不論才，於近則專論才不論格，皆中無定見，而任耳之過也。(同上外編卷四)

飛卿北里名倡，義山狹斜浪子，紫薇緑林傖楚，用晦材學小兒。李賀鬼仙，盧仝鄉老，郊、島寒衲。(同上)

《正聲》於初唐不取王、楊四子，於盛唐特取李、杜二公，於中唐不取韓、柳、元、白，於晚唐不取用晦、義山，非凌駕千古膽，超越千古識不能。用修於此四者，政不能了了，宜其輕於持論也。(同上)

自李商隱、唐彦謙諸詩作祖，宋初楊大年、錢惟演、劉子儀輩，翕然宗事，號『西崑體』，人多訾其僻澀。然諸人材力富健，格調雄整，視義山不啻過之，惟丰韻不及耳。九僧諸作，多在晚唐貫休、齊己上，惠崇尤傑出，如『露寒金掌重，天近玉繩低』，『人遊曲江少，草入未央深』之類，佳句不可勝數，幾欲與賈島、周賀争衡。魏野、林逋亦姚合流亞也。二宋之富麗，晏同叔、夏英公之和整，梅聖俞之閒澹，王平甫之豐碩，雖時有宋氣，而多近唐人。永叔、介父始欲汎掃前流，自開堂奥，至坡老、涪翁，乃大壞不復可理。(同上外編卷五)

宋之學陳子昂者朱元晦，學杜者王介甫、蘇子美、黄魯直、陳無己、陳去非、楊廷秀，學太白者郭功父，學韓退之者歐陽永叔，學劉禹錫者蘇子瞻，學王右丞者梅聖俞，學白樂天者王元之、陸放翁，學李商隱者楊大年、劉子儀、錢思公、晏元獻，學李長吉者謝皐羽，學王建者王禹玉，學晚唐者九僧、林和靖、趙天樂、徐照、翁卷、戴石

屏、劉克莊。諸人亦自有近者，總之不離宋人面目。（同上）

西崑倡和今不傳，其詩尚散見宋人詩話及諸選中。世但知楊、劉、錢、晏數子，不知宋初諸名家，往往皆同，蓋一時氣運使然。雖門逕自玉溪生，而才富力強，終是綦隆人物。所恨刻削未融，觔骨太露耳。……（同上）

楊大年『風來玉宇烏先覺，露下金莖鶴未知』，錢思公『立候東溟邀鶴駕，窮兵西極待龍媒』，劉承儀『行厨饗蠟雕胡熟，永埒舖金汗血驕』，晏元獻『秦聲未覺朱絃潤，楚夢先知薤葉凉』，宋景文『風經禦寇仙遊外，墅識裨諶草創餘』，《過鄭國詩》。楊黎州『人歸漢后黄金屋，燕在盧家白玉堂』，宋宣獻『江涵帝子翬飛閣，山際真君鶴馭天』，丁晉公『乞珠泉客通闤市，種玉仙翁寄版圖』，劉師道『金谷路塵埋國豔，武陵溪水泛天香』，徐鼎臣『蘭橈破浪城陰直，玉勒穿花苑樹深』，李宗諤『一溪曉綠浮鸂鶒，萬樹春紅叫杜鵑』，胡武平『雕戈夜統千廬衛，緹騎秋盤五柞宫』。右諸人詩雖時傷晦僻，而句格多整麗精工，其用事亦時時可取，世咸以撏撦義山非也。（同上）

李白、杜甫外，杜審言、李嶠結友前朝，李商隱、杜牧之齊名晚季，咸稱李、杜，是唐有三李、杜也。（同上外編卷四）

自義山、牧之、用晦開用事議論之門，元人尤喜模倣。如『夜深正好看明月，又抱琵琶過别船』，『如何十二金人外，猶有當年鐵未銷』，『却愛曹瞞臺上瓦，至今猶屬建安年』，『中郎有女能傳業，傳得胡笳業不如』，皆世所傳誦。晚唐尖巧餘習，深入膏肓，弘、正前尚中此，嘉、隆始洗削一空。（同上外編卷六）

使事自老杜開山作祖，晚唐若李商隱深僻可笑，宋人一代坐困此道。後之作者，鑒戒前規，遂爲大忌。（同上續編卷二）

孔鮒有《小爾雅》，劉伯莊有《續爾雅》，張楫有《廣雅》，曹憲有《博雅》，李商隱有《蜀爾雅》《羌爾雅》……劉、李二《爾雅》今不傳，蓋宋末已亡。……（《少室山房筆叢》卷三甲部《經籍會通》三）

【灰釘】李商隱露布：『飛走之期既絶，灰釘之望斯窮。』宋人小説，謂灰釘用杜篤《論都賦》：『燔康居，灰珍奇，椎鳴鏑，釘鹿蠡。』近燕泉何子元《餘冬緒録》中證其非，謂是曹爽在獄中，乞棺釘與灰於司馬懿事。其事本不

僻也。（以上胡氏録楊慎《丹鉛録》中語）

案：（此爲胡氏按語）《王凌傳》：『請灰釘於司馬懿，懿即送與之。凌因自殺。』此云曹爽，用修之誤。蓋因爽禁獄，乞食於懿，懿送醎豉大豆等物，遂憶爲凌也。（《少室山房筆叢》卷五《丹鉛新録》一）

【雙行纏】杜牧之詩：『纖纖玉筍裹春雲』，見《合璧事類》。……婦人纏足，實當起於此時。并楊（慎）所引《花間》詞、商隱絶可證。然《合璧》引杜詩，乃入襪類。恐唐人自以足指爲玉筍，非必以弓纖也。（同上卷十二《丹鉛新録》八）

【弓足】《墨莊漫録》：『考婦女弓足，起於李後主。』予案樂府行雙纏，知其起於六朝。……唐詩：『便脱鸞靴出翠帷。』又《麗情集》載：章仇公鎮成都，有真珠之惑，或上詩以諷云：『神女初離碧玉階，彤雲猶擁牡丹鞋。應知子建憐羅襪，顧步褰衣拾墜釵。』李義山詩：『浣花牋紙桃花色，好好題詩詠玉鉤。』陶南邨謂唐人題詠，略不及之，蓋亦未之博考也。（以上爲楊慎《丹鉛新録》中語）

案：考用修所引，惟義山詩較似近之。實温、杜一時事也。（同上）

【兩李商隱】一玄宗朝太子賓客，見《舊唐書·明皇本紀》；一晚唐詩人。（同上卷十八《史書佔畢》六）

【崔魯華清宮詩】崔魯《華清宮》詩四首，每各精練奇麗，遠出李義山、杜牧之上，而散見於《唐音》及《品彙》《漁隱叢話》《長安古志》中，各載其一而已。（以上爲楊慎《藝林伐山》中語。）案：《唐詩紀事》并載四首，楊蓋未見此書。然以魯詩爲精練奇麗，則誠然。『草遮回磴』一首，《漁隱》已有評，謂勝義山。（同上卷二十三《藝林學山》五）

前人詩自有託風者，如沈佺期：『漢文宜惜露臺費，武帝須焚前殿裘。』李商隱：『雨露偏金穴，乾坤入醉鄉』之類，意皆顯然。（同上卷二十四《藝林學山》六）

【石尤風】《困學紀聞》云：『《容齋五筆》，石尤風引陳子昂、戴叔倫詩，意其爲打頭風也。李義山詩作『石郵』（來風佇石郵），楊文公詩亦作『郵』（石郵風惡客心愁）。』以上俱王伯厚説。余謂石尤之『尤』，作『郵』字殊

勝。（同上卷二十六《藝林學山》八）

【乙未仲冬朔舟次濟南大雪百二十韻】（詩中自註）余與永叔坐中戲放温、李舊習，各隸雪事，遂盈數卷。（《少室山房集》卷四十七）

許學夷

或問予：『歐陽公不好杜詩，其意何居？』曰：至和、嘉祐間，俱仁宗年號。場屋舉子爲文高奇澀，讀或不成句，歐公力欲革其弊，既知貢舉，凡文涉雕刻者皆黜之。時楊大年、錢希聖、晏同叔、劉子儀爲詩皆宗李義山，號『西崑體』，公又矯其弊，專以氣格爲主；子美之詩，間有詰屈晦僻者，不好杜詩，特借以矯時弊耳。或言『歐公欲倡古文以抑末學』，是又不然；果爾，則歐公但不爲詩足矣，何既爲之而又不好杜耶？（《詩源辯體》卷十九）

中唐五七言絶，錢、劉而下皆與律詩相類，化機自在，而氣象風格亦衰矣。亦正變也。五言上承太白、摩詰諸子，下流至許渾、李商隱。七言上承太白、少伯諸子，下流至許渾、杜牧、李商隱、温庭筠。（同上卷二十）

韓（翃）七言古，豔冶婉媚，乃詩餘之漸。如『重門寂寞垂高柳』『把君香袖長河曲』『平蕪霽色寒城下，美酒百壺爭勸把』『朝辭芳草萬歲街，暮宿春山一泉塢』『殘花片片細柳風，落日疏鐘小槐雨』『池畔花深鬭鴨欄，橋邊雨洗藏鴉柳』等句，皆詩餘之漸也。下流至李賀、李商隱、温庭筠，則盡入詩餘矣。（同上卷二十一）

元和晚唐諸公，各立門户，實以才力相勝。其才力有大小，故其門户亦有大小耳。以韓、白二公與餘子相比，則知之矣。宋人才大者學韓、白，才小者學李賀、李商隱、温庭筠，若楊大年諸人是也。詳見子美論中。（同上卷二十四）

李賀樂府七言，聲調婉媚，亦詩餘之漸。上源於韓翃七言古，下流至李商隱、温庭筠七言古。如『啼蛄弔月鈎闌下』『天河落處長洲路』『鵶啼金井下疏桐』『落花起作迴風舞』『露脚斜飛濕寒兔』『蘭臉別春啼脉脉』『况是青春日將暮，桃花亂落如紅雨』『樓頭曲宴仙人語，帳底吹笙香霧濃』『桐英永巷騎新馬，内屋深屏生色畫』『春風爛熳惱嬌慵，十八鬟多無氣力』『衰蘭送客咸陽道，天若有情天亦老』『芳草落花如錦地，二十長遊醉鄉裏。紅纓不重白馬驕，垂柳金絲香拂水』等句，皆詩餘也。（同上卷二十六）

李賀古詩或不拘韻，律詩多用古韻，此唐人所未有者；又仄韻上、去二聲雜用，正合詩餘，李商隱、温庭筠亦然。後人於上、去二聲雜用，一則惑於李賀諸君，二則惑於俗音，以爲上、去可通用也。（同上）

李商隱作《賀傳》，言：『賀將死，見一緋衣人召賀曰：「帝成白玉樓，召君爲記。」賀竟死。』此好奇之士爲之，或賀自衒以欺世；不然，豈天帝亦鬼仙耶？又或謂：『怨家投賀詩於厠，故不盡傳。』此亦好奇之士謂賀之奇有不盡耳。（同上）

或問予：『子嘗言陸機、謝客「非有才不足以濟變」，今於許渾又云：「才力既小」，何耶？』曰：許渾才力較錢、劉、子厚爲小，非較衆人爲小耳，以李郢、薛逢、鄭谷、韓偓諸子相比，則知之矣。杜牧、李商隱，其才實勝於渾，故其古詩又多大變也。（同上卷三十）

李商隱字義山，才力亦優於渾，而用事詭僻，多出於元和。五言古多用古韻，《井泥》一篇，援引議論又似杜牧，但更冗漫耳。七言古惟《韓碑》《安平公》二詩稍類退之，而《韓碑》爲工。其他多是長吉聲調，詭僻尤甚，讀之十不得三四也。（同上卷三十）

商隱七言古，聲調婉媚，太半入詩餘矣。與温庭筠上源於李賀七言古，下流至韓偓諸體。如『柔腸早被秋眸割』『海闊天翻迷處所』『衣帶無情有寬窄』『香眠冷襯琤琤珮』『蠟燭啼紅怨天曙』『蟾蜍夜豔秋河月』『醉起微陽若初曙，映簾夢斷聞殘語』『前閣雨簾愁不卷，後堂芳樹陰陰見』『低樓小徑城南道，猶自金鞍對芳草』『雲屏不動揜孤嚬，西樓一夜風箏急。欲織相思花寄遠，終日相思却相怨』『瑶瑟愔愔藏楚弄，越羅冷薄金泥重。簾鈎鸚鵡夜驚霜，唤起南雲繞雲夢』等句，皆詩餘之調也。（同上）

商隱律詩較古詩稍顯易，而七言爲勝。七言如『何年部落』一篇，乃晚唐俊調，其他對多精切，語多穠麗，宋人號爲『西崑體』，爲晚唐一種。如『賡歌太液翻黄鵠，從獵陳倉獲碧雞。』『雲隨夏后雙龍尾，風逐周王八馬蹄。』『閬苑有書多附鶴，女牀無樹不棲鸞。』『不收金彈抛林外，却惜銀牀在井頭。』『舞鸞鏡匣收殘黛，睡鴨香爐换夕薰。』『珠樹重行憐翡翠，玉樓雙舞羡鵾雞。』『明珠可貫須爲珮，白璧堪裁且作環。』『身無彩鳳雙飛翼，心有靈犀一點通。』『九枝燈下朝金殿，三素雲中侍玉樓。』『滄海月明珠有淚，藍田日暖玉生煙』等句，皆精切穠麗者也。較許渾而言，許工詞，李工意，而俱不甚暢。然許入選者多，而李入選者少。（同上）

商隱七言律，語雖穠麗，而中多詭僻。如『狂飈不惜蘿陰薄，清露偏知桂葉濃。』《深宫》『落日渚宫供觀閣，開年雲夢送烟花。』《宋玉》。『曾是寂寥金燼暗，斷無消息石榴紅。』《無題》。等句，最爲詭僻，《冷齋夜話》云『詩至義山，爲文章一厄』是也。論詩者有理障、事障，予竊謂此爲意障耳。又《贈司勳杜十三》一篇，體製甚奇，然亦出於樂天《覽盧子蒙詩》也。（同上）

商隱七言律既多詭僻，時亦有鄙俗者，如『空歸腐敗猶難復，更困腥臊豈易招？』《楚宫》。『未容言語還分散，少得團圓足怨嗟。』《昨日》。『稽氏幼男尤可憫，左家嬌女豈能忘。』《悼亡》。『賈氏窺簾韓掾少，宓妃留枕魏王才。』《無題》。等句，最爲鄙俗者也。（同上）

商隱七言絶，如《代贈》云：『芭蕉不展丁香結，同向春風各自愁。』《鴛鴦》云：『不須長結風波願，鎖向金籠始兩全。』《春日》云：『蝶銜花蕊蜂銜粉，共助青樓一日忙。』全篇較古、律豔情尤麗。（同上）

五言絶，許渾聲急氣促，商隱意新語豔，此又大曆之降，亦正變也。五言絶正變止此。（同上）

温庭筠字飛卿，與李商隱齊名，時號『温、李』。五、七言古，綺靡妖豔。……七言轉韻，四句一换，平仄相間，語亦多詭僻，讀之十不得五六，聲調略與義山相類，其才或不及耳。（同上）

庭筠五言律，有六朝體，酷相類。……七言入録者，調多清逸，語多閒婉，在晚唐另爲一種，如『出寺馬嘶秋色裏，向陵鴉亂夕陽中。竹間泉落山厨静，塔下僧歸影殿空。』『窗間半偈聞鐘後，松下殘棋送客回。簾向玉峰藏夜雪，砌因藍水長秋苔。』『爲尋名畫來過院，因訪閒人得看棋。新雁參差雲碧處，寒鴉繚繞葉紅時。』『湖上殘棋人散

後，岳陽微雨鳥歸遲。』『蒼苔路熟僧歸寺，紅葉聲乾鹿在林』等句，皆清逸閒婉，與義山相反者也。（同上）

庭筠七言律，如『莽莽寒空』『蘇武魂銷』『曾於青史』三篇，乃晚唐俊調；『石路荒凉』『羨君東去』『倚欄愁立』『龍沙鐵馬』四篇，有似許渾；『穆滿曾爲』『曲巷斜臨』『曾向金扉』『積潤初銷』四篇，有似商隱。（同上）

按李賀、李商隱、温庭筠古、律之詩，多側詞豔語。宋初楊大年諸人，翕然宗之，詳見子美論中。號『西崑體』，人多訾其僻澀。今人但指商隱詩爲崑體，非也。（同上）

開成七言絶，許渾、杜牧、李商隱、温庭筠，聲皆瀏亮，語多快心，此又大曆之降，亦正變也。下流至鄭谷七言絶。中間入議論，便是宋人門户。（同上）

王敬美云：『晚唐詩，萎苶無足言。獨七言絶句，膾炙人口，其妙至欲勝盛唐。予謂絶句覺妙，正是晚唐未妙處。其勝盛唐，乃其不及盛唐也。晚唐快心露骨，便非本色。議論高處，逗宋詩之徑；聲調卑處，開大石之門。』以上俱敬美語。胡元瑞云：『晚唐絶，「東風不與周郎便，銅雀春深鎖二喬」、「可憐夜半虚前席，不問蒼生問鬼神」，皆宋人議論之祖。間有極工者，亦氣韻衰颯，天壤開、寶。然書情，則惻愴而易動人；用事，則巧切而工悦俗。世希大雅，或以爲過盛唐。具眼觀之，不待其辭畢矣。』愚按：晚唐絶句，二子乃深得之。但二詩雖爲議論之祖，然『東風』二句猶有晚唐音調，『可憐』二句則全入議論矣。與晚唐總論首則參看。（同上）

七言律，盛唐諸子醖藉和平，大曆諸子氣格雖衰，而和平未改。開成而後，意態過於軒舉，聲韻傷於急促。意態軒舉者，如許渾『對雪夜窮黄石略，望雲秋計黑山程』，李商隱『夜捲牙旗千帳雪，朝飛羽騎一河冰』、李郢『雕没夜雲知御苑，馬隨仙仗識天香』、薛逢『霜中入塞雕弓響，月下翻營玉帳寒』等句是也；聲韻急促者，如許渾『湘潭雲盡暮山出，巴、蜀雪消春水來』『溪雲初起日沉閣，山雨欲來風滿樓』、劉滄『千年事往人何在，半夜月明潮自來』『花開忽憶故山樹，月上自登臨水樓』等句是也。予少時最喜讀之。學者苟不能辨，終無以脱晚近之習耳。七言絶亦然。（同上卷三十一）

晚唐五言古，温、李而後，作者絶響。大中、咸通間，諸子多習爲之，而實無足取。……（同上）

韓偓《香奩集》，皆裙裾脂粉之詩。高秀實云：『元氏豔詩，麗而有骨；韓偓《香奩集》，麗而無骨。』愚按：詩名《香奩》，奚必求骨？但韓詩淺俗者多，而豔麗者少，較之温、李，相去甚遠，即予所録者十之二三，而亦不能佳也。五言古如『侍女動粧奩，故故驚人睡。那知本未眠，背面輸垂淚。』七言古如『嬌嬈意緒不勝羞，願倚郎肩永相着。』『直教筆底有文星，亦應難狀分明苦。』七言律如『小疊紅牋書恨字，與奴方便送卿卿。』七言絶如『想得那人垂手立，嬌羞不肯上鞦韆』等句，則詩餘變爲曲調矣。上源於李商隱、温庭筠七言古，詩餘之變止此。至七言律如『仙樹有花難問種，御香聞氣不知名。』『静中樓閣深春雨，遠處簾櫳半夜燈。』亦頗有致。又，『分明窗下聞裁剪，敲遍欄干故不應』，則曲盡豔情。（同上卷三十二）

或問：『唐人律詩以劉長卿、錢起、柳宗元、許渾、韋莊、鄭谷、李山甫、羅隱爲正變，古詩以元和諸子爲大變，何也？』曰：律詩由盛唐變至錢、劉，由錢、劉變至柳宗元、許渾、韋莊、鄭谷、李山甫、羅隱，皆自一源流出，體雖漸降，而調實相承，故爲正變；古詩若元和諸子，則萬怪千奇，其派各出，而不與李、杜、高、岑諸子同源，故爲大變。其正變也，如堂陛之有階級，自上而下，級級相對，而實非有意爲之。晚唐律詩，即李商隱、温庭筠、于武陵、劉滄、趙嘏，雖或出正變之上，終不免稍偏矣。（同上）

詩與經書文復有不同。經書文名爲帖括，有定旨，亦有定格，詩名爲散作，無定旨，亦無定制。故經書文惟沉思默運，始能中的；詩必幽閒放曠，乃能超越耳。試觀今人場屋之文多傳，謂流傳一時，非流傳後世也。而唐人試作，傳者惟祖詠《終南望餘雪》、錢起《湘靈鼓瑟》二篇。此外，如王昌齡《四時調玉燭》云『祥光長赫矣，佳號得温其』，孟浩然《騏驥長鳴》云『逐逐懷良馭，蕭蕭顧樂鳴』，錢起《巨魚縱大壑》云『方快吞舟意，尤殊在藻嬉』，李商隱《桃李無言》云『夭桃花正發，穠李蕊方繁』，較平生所作，遂爲霄壤。（同上卷三十四）

敖器之評詩，自魏武而下，人各數語。其評陶彭澤、鮑明遠、李太白、王右丞、韋蘇州、柳子厚、韓退之、白樂天、孟東野、李義山，正變各得其當，則似有兼識者。元美、元瑞雖極淵源，然於淵明、韋、柳已不能知；王於韓、白諸子，則瞢然矣。（同上卷三十五）

韋縠《才調集》唐末人。所選唐人古、律歌詩凡一千首。中如元稹、李商隱、温庭筠、韋莊，各五六十篇，而佳者多遺。……（同上卷三十六）

楊伯謙《唐音》，……詳初、盛而略中、晚。……晚唐七言律，以李商隱、許渾載諸正音，則於律詩正變，亦未有得也。……（同上）

廷禮復於《品彙》中拔其尤者，爲《唐詩正聲》。……胡元瑞謂：『於初唐不取王、楊四子，於盛唐特取李、杜二公，於中唐不取韓、柳、元、白，謂柳律詩。於晚唐不取用晦、義山，非凌駕千古膽，超越千古識，不能也。』此論甚當。……（同上）

宋初譚用之、胡宿、林逋及九僧之徒，五七言律絶尚多唐調，而楊大年、錢希聖等又學李義山，號『西崑體』，人多訾其僻澀。……（同上《後集纂要》卷一）

裕之七言絶《論詩三十首》，其論甚正。又七言絶極駁東坡，而五七言古多學東坡；七言絶極駁崑體，而七言律多學崑體，則又不可知。（同上）

國朝古、律之詩爲豔語者，自孟載始，然情勝而格卑，遠出温、李之下。元美謂『其情至之語，風雅掃地。』予謂：果爾，則温、李諸子宜盡黜矣，豈詩家恒論哉！（同上《後集纂要》卷二）

袁宏道

【風林纖月落跋語】畫有工似，有工意。工似者親而近俗，工意者遠而近雅。作詩亦然。余此詩從似而入意者也。何遜之題梅也，似而意者也；子美之『幸不折來』，意而意者也。李群玉之『玉鱗寂寂』可謂工似，然亦不俗；如林處士之『霜禽粉蝶』俗矣。至云『疏影横斜』『水邊籬落』，可謂意中之似；若李錦瑟輩，直謎而已，如《雪》詩則云『欲舞定隨曹植馬』，《人日》則云『舜格有苗』，『周稱流火』，此可與工意者道哉？謂之似亦未也。唐人詠月多矣，如云『只益丹心苦，能添白髮明』，深沉古雅，非子美不能。至云『暫將弓并曲，番與扇俱圓』，此惡道語也，似而俗者也。（《袁宏道集箋校》卷三十二《瀟碧堂集》之八——詩）

朱國禎

【字義字起】篾簩。韻書四豪『簩』字下注云：『篾簩，竹名。』而不詳其説。按《異物志》：『南方思牢國産竹，可礪指甲。』《竹譜》云：『可挫爪。』是也。崔鶠詩曰：『時一出輕芒，皚皚落微雪。』又李商隱《射魚曲》曰：『思簩弩箭磨青石，繡額蠻渠三虎力。』是知亦可作箭。新州有此種，製成琴樣，爲礪甲之具。用之頗久則微滑，當以酸漿漬之，過信宿，則澀復初。又作『澀勒』。東坡有詩云：『倦看澀勒暗蠻村。』（《湧幢小品》卷十八）

王驥德

衣衩之衩，屬去聲。唐李義山《無題》詩：『八歲偷照鏡，長眉已能畫。十歲去踏青，芙蓉作裙衩。』足爲明證。（《曲律·論須識字》第十二）

胡震亨

温飛卿庭筠與義山齊名，詩體麗密概同，筆徑較獨酣捷。七言樂府，似學長吉，第局脉緊慢稍殊，彼愁思之言促，此淫思之言縱也。（《唐音癸籤》卷八）

段成式詩與温、李同號『三十六體』，思龐而貌瘠，故厥聲不揚。（同上）

崔侍御珏與李義山善，《岳麓》長歌，《鴛鴦》近體，分有義山餘豔，豈亦三十六體之一耶？（同上）

唐彦謙詩律學温、李，『下疾不成雙點淚，斷多難到九迴腸』，何減『春蠶』『蠟燭』情藻耶？又《盆稻篇》亦詠物之俊者。（同上）

韓致堯偓冶遊情篇，豔奪温、李，自是少年時筆。翰林及南竄後，頓趨淺率矣。（同上）

唐七言律自杜審言、沈佺期首創工密，……嗣後温、李之競事組織，薛能之過爲芟刊，杜牧、劉滄之時作拗峭，韋莊、羅隱之務趨條暢，皮日休、陸龜蒙之填塞古事，鄭都官、杜荀鶴之不避俚俗，變又難可悉紀。律體愈趨愈下，而唐祚亦告訖矣。參（按此條論唐七言律衍變，主要採胡應麟《詩藪》内編卷五唐七言律一條，惟對晚唐諸家評述，與應麟有别，故節録之。）（同上卷十）

唐大曆後五七言律尚可接翅開元，惟排律大不競。錢、劉以降，氣味總薄。元、白中興，鋪叙轉凡。所見中唐楊巨源，晚唐李商隱、李洞、陸龜蒙三家，楊則短韻不失前矱，三家則長什尤饒新藻，將無此體限於材即難，曙於法亦自易乎？惟深於詩者知之。（同上）

【屈戌】今人家牕户設鉸具，或鐵或銅，名曰環紐，即古金鋪之遺意，北方謂之屈戌，其稱甚古。梁簡文詩：『織成屏風金屈戌。』李商隱詩：『鎖香金屈戌。』李賀詩：『屈膝銅鋪鎖阿甄。』屈膝當是屈戌。《輟耕録》（同上卷十九）

【勾欄】韻書：『木爲之，在階際。』《古今注》：『漢顧成廟槐樹設扶老鉤欄。』其始也。王建《宫詞》、李長吉《宫娃歌》俱用爲宫禁華飾。自晚唐李商隱輩用之倡家情詞，如『簾輕幕重金鉤欄』之類，宋人相沿，遂專以名教坊，不復他用。《漢書注》：『賣隸妾納闌中。』以爲曲中麗餙稱可，以爲寓簡賤意專稱亦可。（同上）

【木棉樹】大可合抱，高數丈，花紅似山茶，而蕊黄色，瓣極厚。春初葉未舒時，花開滿樹，望之爛然如錦，又如火之燒空。既結實，大似酒杯，絮茸茸如細毳，半吐於杯之口，所獲與江南草本歲藝者異。唐王叡詩：『紙錢飛出木綿花。』蓋其盛開之時，正與春社相值。又李商隱：『木綿花飛鷓鴣啼。』（按：本集作「木棉花暖鷓鴣飛」）。則花盡

葉長，春已老矣。《西事珥》。（同上卷二十）

《利州江潭作》自注：『感夢（按：本集作『孕』）金輪所。』《蜀志》：『則天父士彠爲利州都督，泊州江潭，后母感龍交娠后。』然史不載其事。雖建寺賜真容，不聞別有詞設，豈后欲諱之耶？『自携明月移燈疾，欲赴行雲散錦遥』，言龍啣珠爲燈，而散鱗錦以交合。龍性淫，義山爲代寫其淫，工美得未曾有。散錦，本木華《海賦》中語。（同上卷二十三）

以錦瑟爲真瑟者癡。以爲令狐楚青衣，以爲商隱莊事楚、狎綯，必綯青衣亦癡。商隱情詩，借詩中兩字爲題者儘多，不獨《錦瑟》。（同上）

【温暾】南人方言曰温暾者，乃懷暖也。唐王建《宫詞》：『新晴草色暖温暾。』又白樂天詩：『池水暖温暾。』則古已然矣。《輟耕録》又李商隱詩：『疑穿花逶迤，漸近火温馨。』亦暖氣之意。（同上卷二十四）

温、李皆遊令狐相之門，交皆不終。温不終以平昔狼藉，口語不慎，故恨尚淺。李不終以其忘家恩，受贊皇黨人辟，從宦塗門户起見，恨較深。温楊子院一訴，僅置不理；李《九日》感舊詩，至并所題廳閉之不處，情可知已。士君子出身，一有倚托後，便去就兩難。李錯處不在忘恩，正在受恩初耳。然亦見當時黨禍之烈，其微蔓亦如此。温、李詩皆輕豔，李集中情詩尤多。然妻死，府主選樂籍一人贈之，自云棲志禪玄不納，有謝啓辨生平篇什中無賴事非實。信爾，當非僅挑達一生者。（同上卷二十五）

唐至開元而海内稱盛，盛而亂，亂而復。至元和又盛。前有青蓮、少陵，後有昌黎、香山，皆爲其時鳴盛者也。咸通而後，奢靡極釁，孽兆世衰，而詩亦因之氣萎語偷，聲繁調急，甚者忿目褊㣻，如戟手交罵者有之。王化習俗，上下交喪，而心聲隨焉，豈獨士子罪哉！王弇州云：靈武回天，功推李、郭；椒香犯蹕，禍始田、崔。是則然矣。不知僖、昭困蜀、鳳時，温、李、許、鄭輩得少陵、太白一語否？有治世音，有亂世音，有亡國音，故曰聲音之道與政通也。大力者爲之，故足挽回頹運；沈幾者知之，亦堪高蹈遠引。旨哉言矣。（同上卷二十七）

唐人一時齊名者，……其專以詩稱有沈宋，佺期、之問。錢、郎，起、士元。時人語：前有沈、宋，後有錢、郎是也。又錢、郎、劉、李，合劉長卿、李嘉祐稱之，亦時人語。鮑、謝，防、良輔。元、白，稹、居易。劉、白，合劉禹錫稱。温、李，商隱、庭筠。……至李杜才王孟、高岑、韋孟、王韋、韋柳諸合稱，則出自後人，非當日所定。……（同上卷二十八）

唐詩不可注也。詩至唐，與《選》詩大異，説眼前景，用易見事，一注詩味索然，反爲蛇足耳。有兩種不可不注：如老杜用意深婉者，須發明；李賀之譎詭，李商隱之深僻，及王建《宫詞》自有當時宫禁故實者，並須作注，細與箋釋。建宫詞正如鄭嵎《津陽門詩》，非嵎注不知當時事。今杜詩注既如彼，建與賀詩有注與無注同，而商隱一集迄無人能下手，始知實學之難，即注釋一家，亦未可輕議也。元遺山有詩云：『望帝春心托杜鵑，佳人錦瑟怨華年。詩家總愛西崑好，獨恨無人作鄭箋。』蓋謂義山詩用事頗僻，惜無人注釋也。乃遺山《鼓吹》一選，郝天挺所注義山詩，尤蕪謬不通。門墻士親受詩教者尚如此，可望之他人？友人屠用明嘗勸予爲義山集作注，以便後學，余笑謂用明曰：『彼自祭魚獺，今又欲我拾獺殘耶？』（同上卷三十二）

《錦瑟》元釋圓至注云：前輩謂商隱情有所屬，托之錦瑟。近胡元瑞亦云：大概《無題》中語，首句略用錦瑟引起耳。宋人如《緗素雜記》謂其直詠錦瑟，以適怨清和爲解，托蘇、黄問答之説以實之，固非；即《紀事》以爲詠令狐楚青衣名錦瑟者，又有謂商隱莊事楚，必楚子綯之青衣者，皆未得肯綮而妄爲之説者也。（《唐音戊籤·李商隱詩集》）

《題僧壁》舊松前生，新桂來生。通三生纔得一悟法，故如是。（同上）

《商於》《談苑》云：商、汝山中多麝，絶愛其臍，每爲人所逐，勢且急，即自投高巖，舉爪裂出其香，就縶而死，猶拱四足以保其臍。李商隱詩曰『投巖麝退香』是也。（同上）

《北禽》此必東川幕府不得意寄托之詩。（同上）

《無題》（八歲偷照鏡）末句下評：『只須如此便好。』（同上）

《碧城三首》此似詠其時貴主事。唐時公主多自請出家，與二教人蝶近。商隱同時如文安、潯陽、平恩、邵陽、永嘉、永安、義昌、安康諸主，皆先後丐爲道士，築觀在外。史即不言他醜，於防閑復行召入，頗著微辭。味詩中『蕭史』一聯及引用董偃水精盤故事，大指已明，非止爲尋恒閨閣寫豔也。（以上題下箋）第一首『碧城』四句：此四語甚貴，舍主第，即孫壽、賈夫人家未易副。

『曉珠』二句：曉珠，日也。曉珠不定，是以有星沉雨過之惆悵。合冥過藩來，向曉開門去，天上人亦何必與《讀曲》小家女大異！第二首『對影』四句：如金仙、玉真之師事道士史崇玄，皆不逢蕭史而拍洪崖肩者也。『鄂君』二句：心説君兮君不知，自嘆不得不爲洪崖也。第三首：三四爲初瓜寫嫩，饞涎欲垂。胡夏客曰：家君定此詩，人多未領。後讀劉中山《題九仙公主舊院》詩：『武皇曾駐蹕，親問主人翁。』前此詩人亦未嘗諱言，何疑玉谿生也？（同上）

《玉山》似爲津要之力能薦士者詠，非情詞也。與《一片》詩意同。『才子』指津要子弟，期與之同登也。（同上）

《代元城吴令暗爲答》宋姚寬云：『詳詩意，甄之贈有情，吴代答無情。豈以質史稱其善處渠家兄弟間，故托之爲子桓解嘲歟？』愚謂甄贈恨阻隔不得同宓妃，意似妬之，故是情語；吴代答實其非夢宓妃，有不必妬也者，尤深於情之辭，可第云無情哉？必須爲子桓解嘲，子桓當日亦自無贈枕事矣，説得無稍迂乎？《高唐賦》古本元是玉夢神女，非襄王夢，故用之。（同上）

《謝先輩防記念拙詩甚多異日偶有此寄》興寄視他篇自超，惜重『寒』『曉』二字，爲全璧之玷。（同上）

《宫妓》楊文公《談苑》以此絶寓意深妙，酷愛之。宋人推尚西崑無別白如此。（同上）

《中元作》言瀛洲之遠，必有青雀爲媒，何可如有娀之媒鴆，鴆告余不好也。通篇皆不得親近之意。（同上）

《即日》（小鼎煎茶）姚寬云：謝安執蒲葵扇，價頗高。王羲之書老姥六角扇，人競買之。乃二事，偶誤用。（同上）

《細雨》髮彩，趙氏《萬首絶句》誤改爲『髮影』。着『彩』字方是瑶姬，着『影』字公然一婆矣。（同上）

《正月崇讓宅》崇讓宅是其妻家，而詩似私有所待，豈侍婢流歟？（同上）

《驕兒詩》通篇俚而能雅，曲盡兒態。惜結處迂纏不已，反不如玉川《寄孫篇》以一兩語謔送爲斬截耳。（同上）

徐應秋

【同姓事相類】韓退之侍兒名柳枝……而白樂天侍兒亦名柳枝……李義山屬情洛中婦，能吹葉嚼蕋，調歌擫管，爲天海風濤之曲，亦名柳枝。郢州石城有莫愁者，出於《石城樂》……而洛陽又有莫愁。李義山詩：『如何四紀爲天子，不及盧家有莫愁。』梁武帝『河中之水向東流，洛陽女兒名莫愁。十五嫁爲盧家婦，十六生兒似阿侯。』（《玉芝堂談薈》卷六）

【西施隨蠡】世傳西施隨范蠡去，不見所出。只因杜牧『西子下姑蘇，一舸逐鴟夷』之句而附會也。《越絶書》：『西施亡吳國後，復隨范蠡，因泛五湖而去。』據《墨子》：『吳起之裂，其功也；西施之沉，其美也。』則吳亡之後，西施實死於水，不從蠡矣。《修文御覽》引《吳越春秋》逸篇云：『吳亡後，越浮西施於江，令隨鴟夷以終。』則其不隨范蠡，更爲可據。隨鴟夷者，謂伍胥以鴟皮裹而沉于江也。皮日休《館娃宮懷古》：『響屧廊中金玉步，採香徑裏綺羅身。不知水葬歸何處，溪月彎彎欲效顰。』李義山《景陽井》詩：『景陽宮井剩堪悲，不盡龍鸞誓死期。惆悵吳王宮外水，濁泥猶得葬西施。』皆可互證。（同上卷六）

【辟寒香】有辟寒玉。李商隱詩有云：『犀辟塵埃玉辟寒』。唐東夷所貢火玉，長尺數寸，積之可以燃鼎，置之室中不復挾纊是也。（同上卷二十七）

【鴉黄】張仲宗《滿江紅》詞：『蝶粉蜂黄都退了，枕痕一綫紅生玉。』注：『蝶粉蜂黄，唐人宮粧。』李商隱詩：『何處拂胸資蝶粉，幾時塗額藉蜂黄。』（同上卷二十九）

【木蘭】古有木蘭而無玉蘭，今則有玉蘭而無木蘭。吳中木蘭堂，其花樹最雄。陸龜蒙詩所謂『幾度木蘭舟上望，不知原是此花身。』（同上）

方以智

近體因陳、隋之比儷，而初、盛以高渾出之，氣格正矣。調至中唐，乃稱嫺雅。刻露取快，則晚唐也。究當互取，寧可執一？杜陵悲凉沉厚，以老作態，是運斤之質也。錢、劉、皇甫之流利，義山、温、許之工豔，香山、放翁之樸爽，何不可以兼互用之，自然光焰萬丈，寧須沾丐殘膏。後世尊杜太過者，溲泄亦零陵香矣。不善學古人者，專學古人之疵累。徒好畫龍，見真龍必怖而走，何怪乎！（《通雅》卷首之三《詩説》）

屈戌，即屈膝，或作鋦鉞。○李長吉《宫娃歌》：『屈膝金鋪鎖阿甄。』陸友仁曰：『金鋪爲門飾，屈膝蓋鉸鍊。上二乘者爲鋦，下三衡者爲鉞。李商隱詩：『鎖香金屈戌。』張伯雨有一器是香爐，蓋有鎖者。屈戌乃受鎖之搭連卷口也。金鋪是門環鋪首。今人定以屈膝作帳鉤，非也。凡鉤上之絡索，可名屈戌。（同上卷三十四器用）

陸時雍

李商隱麗色閑情，雅道雖漓，亦一時之勝。温飛卿有詞無情，如飛絮飄揚，莫知指適。《湖陰詞》後云：『吴波不動楚山曉，花壓欄干春晝長。』余直不知所謂。余於温、李詩，收之最寬，從時尚耳。（《詩鏡總論》）

李商隱七言律，氣韻香甘。唐季得此，所謂枇杷晚翠。（同上）

晚唐温、李以麗名家，然李多影射之詞，温多游移之致。凡詩以雅始，以麗終，麗即敝，敗隨之，陳梁其前鑑也。（《唐詩鏡》卷四十九）

《韓碑》宏達典雅，其品不在淮西碑下。（同上）

《燕臺詩四首》脂粉氣濃，風姿態寡。（同上）

《河内詩》『入門暗數一千春，願去閏年留月小』，巧思快絶。（同上）

《偶成轉韻七十二句贈四同舍》纖詞巧句，一往俊氣不無。（按：疑爲『一往俊氣，不無纖詞巧句。』）（同上）

《安平公詩》昌黎胎氣。（同上）

《風雨》三、四語極自在。□詩以不做爲佳。中、晚刻核之極，有翻入自然者，然未易多摘耳。（同上）

《夜飲》（末）四語風味。（同上）

《槿花》（燕體傷風力）中晚詩一以借影班襯，去難就易，方便法門。（同上）

《錦瑟》總屬影借。（同上）

《促漏》濃郁，結語佳。（同上）

《隋宮》（紫泉宮殿）隋煬荒于酒色，故末有此二語。（同上）

《九成宮》三、四刺語，思路極工，末二語更顯。（同上）

《無題》（相見時難）三、四痛快，不得以雅道律之。（同上）

《春光》可知腸已寸斷。（同上）

《過楚宮》説意之過。（同上）

《嫦娥》其詩多以意勝。（同上）

《槿花》（風露淒淒）有刺。（同上）

《暮秋獨遊曲江》三、四的是情語。（同上）

周　珽等

李商隱《燕臺詩·秋》周珽曰：寄意深遠，情意愴然。『金魚鎖斷』四句，更饒悲戚。周啓琦曰：氣脉調暢。

《蟬》鍾惺曰：起句五字名士贊。『碧無情』三字冷極幻極。結自處不苟。周珽曰：此借蟬自況也。前四句言蟬以高潔，空有聲聞，其如疏斷於碧樹間何！後四句自言宦游飄薄，致家鄉荒穢，亦由清高自好故耳。乃煩爾類勤相警勵如此。觸物興情，良可悲也。唐仲言云：堪與駱臨海、張曲江並馳。起二語意佳，『恨』下字欠妥。（同上）

《戲贈張書記》吴山氏曰：章法却整，次聯寫景好。周明輔曰：『池光』二語，寫景森渾。（同上）

《錦瑟》周珽曰：此詩自是閨情，不泥在錦瑟耳。……屠長卿注云：義山嘗通令狐楚之妾，名錦而善彈，故作以寄思。言瑟聲甚悲，而情思在妙年女子所彈者乃有適怨清和之妙，令人思之不能釋也。末謂此日宜及時盡情撫弄，豈可待他年空成追憶，致悔當時惘然不曲轉其懷抱而自失也。胡元瑞則云：觀結句及曉夢、春心、藍田、珠淚等，大概《無題》中語，但首句略用錦瑟引起耳。宋人認作詠物，附會穿鑿，遂令本意懵然。且至『此情可待成追憶』處更説不通。試只將題面作青衣，詩意作追憶讀之，當自躍然。（同上）

《隋宫》顧璘曰：此篇句句用故實，風格何在？况又俗，且用小説語，非古作者法律。初聯、結語亦俗。大抵晚唐起結少有好語。周秉倫曰：通篇以虚意挑剔譏意，即結語不曰難面陰靈於文帝，而曰豈宜問淫曲於後主，見殷鑒不遠，致覆成業於前車，可笑可哭之甚，殊有深思。評者病其風格不雅則可，如謂其用小説語，彼稗官野史，何者非古今人文、賦中料耶？周珽曰：此譏煬帝逸遊忘返，窮欲敗國也。言關中爲自古帝王之居，棄之南遊，反欲家於江都。假天不生太宗，宰此神器，推其所幸，必不止於江都，將盡天下矣。至天隱注：『無螢火，有暮鴉者，虐燄雖滅，惡聲常在也。』近鑿。余謂『腐草無螢火』，蓋譏其當時徵求之盡，疑無遺種矣。垂楊爲暮鴉所栖，淒凉之象也。結刺其曾以荒淫責後主，今復蹈之，隋亡即陳之續耳，寧不愧見後主於地下哉！（同上）

《籌筆驛》顧璘曰：此篇八句匀停，略成晚唐一體。周珽曰：此追憶武侯而深致感傷之意。謂其法度忠誠，本足感天人，垂後世，然籌畫雖工，而漢祚難移，蓋才高而命不在也。他年而經武侯祠廟，而恨功之徒勞，與武侯賦《梁父吟》所以恨三良者更有餘也。聯屬清切而又有意，他人不能及。（同上）

《馬嵬》（海外徒聞）顧璘曰：此篇中聯雖無興意，然頗典實，起、結粗濁不成風調。唐陳彝曰：起議論體。唐孟莊曰：結天子至此，可笑可涕。周珽曰：此詩譏明皇專事淫樂，不親國政，不惟不足以保四海，且不能庇一貴妃，用事用意，俱深刻不浮。論詩者先有晚唐二字横處胸中，概棄其美多矣。……唐解：海外九州，事屬虛誕，帝乃求妃之神於方外乎？他生未必可期，此生已不可作，帝復廢寢思之耶？虎旅雞人，幾於虛設矣。吾想六軍駐馬之禍，始於七夕牽牛之約，以五十年天子求保一婦人而不可得，反不如盧家之有莫愁，何哉？讀此堪爲人君色荒者之戒。（同上）

《重過聖女祠》周珽曰：首謂祠宇閒封者，由聖女被謫上清，留滯人間也。雨常飄瓦，風不滿旗，正歸遲虛寂之景。來無定所，去不移時，乃仙伴疏曠之象。末謂己之姓名，倘在仙籍之中，當會此相問飛昇不死之藥也。（同上）

《對雪》周啓琦曰：義山詩號西崑體，格調每嫌於板實，如《對雪》『欲舞』『有情』二句，與昌黎『隨風翻縞帶，逐馬散銀盃』，各可謂極於摹寫。若意象超脱，直到人不能處，終不及昌黎『穿細時復透，乘危忽半摧』二語遠矣。周珽曰：《鼓吹》注：此詩前六句，大意只描寫雪之白，但末二句有謂，此去龍山未甚遠，而雪飛集此三月尚有，當待行人歸玩焉。又一説云：何不少留三月而後下，則行人已歸，無復道路之苦。兩存以俟高明。蔡載集曰：荆公嘗與伯氏大啓，在鍾山對雪，舉唐人詠雪數十篇，要之窮極變態，無如退之。大抵唐人詩尚工巧，失之氣格不高，有如『鳥向不香花裏宿，人從無影月中歸』；若狀一時佳處，如『江上晚來堪畫處，漁人披得一簑歸』；道孤寂之意，如『夜深惟聞折竹聲』；其好用事，則如李義山『已隨江令誇瓊樹，又入盧家妬玉堂』，『欲舞定隨曹植馬，有情應濕謝莊衣』；至於老杜則不然，其『霏霏向日薄，脉脉去人遥』等句，便覺超出人意也。（同上）

《宫辭》（君恩似水向東流）周敬曰：『得寵憂移失寵愁』，事出無奈；『凉風只在殿西頭』，説得怕人。吴山氏曰：懇懇囑囑，以見寵不可留，實境苦情，道無餘蘊。至天隱注：以凉風喻寵衰而冷落。殿西頭者，言近而易至也。敖子發云：末二句，託喻君恩不可恃者，由君側有讒人也。人臣以寵利居成功者，觀此亦可省哉！然則女寵仕路，均多不測榮辱，此曰『莫向樽前奏《花落》』，分明示人慎守供職，以聽自然，毋徒戚戚，以得失攖心也。

（同上）

《漢宫詞》顧璘曰：望幸之臣良然。訓：此刺世主不急禮賢而徒事虛妄無益之事也。彼青雀西飛不返，王母後來之語，既已不驗，漢武惑於方士妄言而不悟，猶登臺望仙不已，何愚若是也？後二句至天隱注：若食露果可不死，相如最渴，何不以此試之，則驗否見矣。吴逸一曰：唐憲宗服金丹暴崩，穆宗復循舊轍，義山此作，深有託諷意。天子好仙，宫闈必曠，故以宫詞名篇。（同上）

《宫妓》唐汝詢曰：此以女寵之難長，爲仕宦者誡也。居綺麗之宫，競纖腰之態，自謂得意矣。然歡不敝席，嘗起君王偃師之怒。噫！駑馬戀棧豆，止足者幾人！鮮有能捨魚龍之戲而去者，此黄犬之所以興悲，唳鶴之所以發嘆也！（同上）

《嫦娥》謝枋得曰：嫦娥貪長生之福，無夫妻之樂，豈不自悔。前人未道破。敖英曰：此詩翻空斷意，從杜詩『斟酌嫦娥寡，天寒奈九秋』變化而來。陸時雍曰：多以意勝。胡次焱曰：羿妻竊藥奔月中，自視夢出塵世之表，而入海昇天，夜夜奔馳，曾無片暇時，然則何取乎身居月宫哉？此所以悔也。按商隱擢進士第，又中拔萃科，亦既得靈藥入月宫矣；既而以忤旨罷，以牛、李黨斥，令狐綯以忘恩謝不通，偃蹇蹭蹬，河落星沉，夜夜此心，寧無悔耶！此詩蓋自道也。上二句紀發思之時，下二句志凝想之意。唐仲言云：此疑有《桑中》之思，借嫦娥以指其人，與《錦瑟》同意。蓋義山此類作甚多，如《月夕》《西亭》《有感》《昨夜》等什，俱與《嫦娥》篇情思相左右，但不若此沉含更妙耳。（同上）

《瑶池》敖英曰：此詩就題斷意，與《賈生》《楚宫》二詩同體。周明輔曰：實語如此散逸，固自難得。唐仲言曰：此譏古史之誣。夫八駿之行疾矣，穆王何以不踐三年之約乎？（同上）

《寄令狐郎中》敖英曰：落句以相如自況，此是用古事爲今事，用死事爲活事，如『短衣匹馬隨李廣』，『爲報惠連詩不惜』，『但用東山謝安石』，『自保曾參不殺人』，『憑君説與謝玄暉』，皆是此法。唐汝詢曰：次句補綴成句。結語于鱗絶句多此句法。周珽曰：義山才華傾世，初見重於時相，每以梁園賓客自負。後因被斥，所向不如其志，故此託卧病茂陵以致慨。意謂秦、梁修阻，所憑通信，惟有一書，今已抱病退居若相如矣，雖有書可寄，不必重問昔時之行藏也。（同上）

《夜雨寄北》李夢陽曰：唐詩如貴介公子，風流閒雅，觀此信然。蔣一葵曰：末句又翻出一層來。唐汝詢曰：題曰『寄北』，此必私暱之人，就景生意，爲後人話舊長談。郭濬曰：兩叠『巴山夜雨』，無聊之甚。周珽曰：以今夜雨中愁思，冀爲他日相逢話頭，意、調俱新。第三句應轉首句，次句生下落句，有情思。蓋歸未有期，復爲夜雨所苦，則此夕之寂寞，惟自知之耳。得與共話此苦於剪燭之下，始一腔幽衷，或可相慰也。『何當』『却話』四字，妙，犁犁雲樹之思可想。（同上）

《寄蜀客》鍾惺曰：極刻之語，極正之意。譚元春曰：讀此使人不敢言佳人才子四字。唐汝詢曰：在詠史中亦是一種議論。周珽曰：奇藻異想，令人可思。（同上）

《憶住（匡）一師》徐禎卿曰：詞、意俱足。周珽曰：人情趨炎，鮮不以山僧對爐燈松雪不勝凄冷，不若京都鐘漏之地切近繁華，故有別經年而不知時日之長也。此後二句，正形容西峰岑寂之景。義山之憶住（匡）一師，垂想及此，感念耶？羡慕耶？（同上）

《賈生》周珽曰：以賈生而遇文帝，可謂獲主矣。然所問不如其所策，信乎才難，而用才尤難。此後二句，詩而史斷也。（同上）

《夕陽樓》徐充曰：身無定居，與鴻何異？此因登夕陽樓感物而興懷也。焦竑曰：感慨無窮，此與『最無根蒂是浮名』同例，馳競者誦之，可以有省。謝枋得曰：夕陽不好説，此詩形容不着迹。孤鴻獨飛，必是夕陽時，若只道身世悠悠，與孤鴻相似，意思便淺。欲問，不知四字，無限精神。胡次焱曰：商隱文詞極工，而時當牛、李分黨，至以詭薄無行斥之，宦途坎坷。此身世悠悠之句所由發也。身世方自悠悠，而問孤鴻所向，不幾於悲乎？『自』字宜玩味。我自如此，何問鴻爲？感慨深矣。（同上）

唐汝詢　吴昌祺

李商隱《樂遊原》吴評：（夕陽）二句似詩餘，然亦宜選。宋人謂喻唐祚，亦不必也。（唐汝詢《唐詩解》，吴昌祺評。卷十二）

《漢宮詞》唐解：青雀不返，王母無驗矣，帝猶望仙不已，則金莖之露何不賜消渴之相如，以觀其效耶？吴逸一曰：『憲宗服金丹暴崩，穆宗復循舊轍，義山此作，深有托諷意。天子好仙，宮闈必曠，故以宮詞名篇。』余按陳伯玉云：『荒哉穆天子，好與白雲期。宮人多怨曠，層城閉蛾眉。』宮人怨詞，蓋有所本。吴評：泛言之則好神仙而疏賢才耳。而題曰宮詞，則後解（指唐解）宜玩。又曰：觀此知唐人之不易及也。（同上卷十五）

《夜雨寄北》唐解：題曰『寄北』，必私暱之人。歸未有期，則今宵之會，尚未可再卜也。吴評：東坡『對牀風雨』之詩，意亦本此。題曰『寄』，則非今宵相會，當是答其書信耳。（同上）

《寄令狐郎中》唐解：嵩雲秦樹，天各一方，所可達者惟書耳。然我秋雨抱痾，無足問也。吴評：相如即梁園之客，蓋義山舊爲令狐楚之客也。（同上）

《宮妓》唐解：此以女寵之難長，爲仕宦者戒也。居綺麗之宮，競纖腰之態，自謂得意矣，然歡不敝席，嘗起君王偃師之怒。吴評此言其美麗足動偃師倡者之招。唐解過求，而反失之。『終遣』二字未佳。（同上）

《瑶池》唐解：此譏古史之誣。

《宮詞》吴評：結言君恩一斷，即落花也。（同上）

《馬嵬》（海外徒聞）唐解：海外九州，事屬虚誕，帝乃求妃之神於方外乎？他生未必可期，此生已不可作，帝復廢寢思之耶？虎旅雞人，幾於虚設矣。吾想六軍皆駐，徒然七夕私盟，五十年天子，求保一婦人而不可得，堪爲色荒之戒矣。吴評：言相傳太真在蓬萊而其實就死。此時帝在軍中，有刁斗之聲，無朝廷之樂，然則笑牽牛之常

隔，反不如盧婦之白頭矣。○虎雞馬牛同用，亦一病。（同上卷二十一）

俞弁

唐李義山詩，有『天意憐幽草，人間重晚晴』之句。世俗久雨，見晚晴輒喜，自古皆然。余適逢此景，遂演二首云：『天意憐幽草，孤根托磵隈。自含幽獨意，長殿百花開。香馥滋春雨，情深襯落梅。心知惟二謝，勾引夢中來。』『人間重晚晴，水色共天清。池面浮魚泳，山腰反照明。魚罾懸别浦，林鳥度新聲。彷彿王維畫，超然物外情。』李義山全篇，惜未見之耳。（《逸老堂詩話》卷上）

惠康野叟

【宋人之祖】李商隱《崔處士》云：『真人塞其内，夫子入於機。』此宋人之祖也。（《識餘》卷二）

唐覲

【唐音】李義山《咸陽》詩曰：『自是當時天帝醉，不關秦地有山河。』張文亮注云：『秦都咸陽。』而于『天帝醉』，則置不解矣。夫秦都咸陽，誰不知之？所當解者，正在『天帝醉』之句耳。按《文選》張平子《西京賦》曰：『昔者天帝悦秦穆公而觀之，享以《鈞天廣樂》，帝有醉焉。乃爲金策，錫用此土，而翦諸鶉首。』又《廣文選》庾信《哀江南賦》曰：『以鶉首而賜秦，天何爲而此醉？』秦穆公夢至帝所，事見《史記·扁鵲傳》。故二賦皆引之。義山詩所謂『天帝醉』者，蓋本二賦及《史記》也。（《延州筆記》）

彭汝讓

凡作文須養得一塊雄厚之氣，下筆拈來自成一篇好議論。昔人謂李商隱爲獺祭魚，楊大年爲衲被，果然。（《木几冗談》）

五　清代

金聖嘆

《辛未七夕》七夕詩，順口既嫌牙後，翻新又恐無干。如此幽情細筆，順則不順，翻却不翻，真爲簾中悄問，耳後低商，檀口無言，蕙心密印。彼籬落下物，何處容渠插口也。○七夕，從來傳是合會，看他偏説恐好别離，便將仙靈眷屬與下界雌雄，早已分聖分凡，即離俱失。三四一氣翻跌而下，言不然則胡爲而必取於七夕哉！五，寫黄姑之急；六，寫織女之憨。看他漏移、雲接，真是用字如畫。七八一意切責遲者，猶言費盡中間周旋，自反故弄多巧，天下真有此機變女郎，使人不可奈矣！（《貫華堂選批唐才子詩》卷六李商隱詩）

《聖女祠》（松篁臺殿）知他聖女定是何物，我亦借題自言我所欲言即已耳。松篁、蕙花，言身所居處，既高且清而又芳香也；龍護、鳳掩，言深自藏匿，不令他人容易得窺也。無質易恐迷霧，言時切戒懼，不敢自失也；不寒常著銖衣，言致其恭敬，永以自持也。夫士誠如此，則亦可稱天姿既良，人功又深者也。（一二喻其天姿之良，三四喻其人功之深）。前解寫詣，必以純；此解寫遇，必以正也。羅什，言自有婚媾之舊期；武威，言不得隱形以相就也。而又不免寄問雙燕者，猶《離騷》所云『託蹇修以爲理』也。（同上）

《重過聖女祠》此則又託聖女以攄遷謫之怨也。言此巖扉本白，而今蘚滋成碧者，自蒙放逐，久不召還，多受沉屈，則更憔悴也。雨常飄瓦者，歸朝之望，一念奮飛，恨不拔宅冲舉；風不滿旗者，寡黨之士，無有扶掖，終然顛墜而止也。前解寫被謫，此解寫得援也。萼緑華，言定復有人憐而援手，特未卜其因緣則在何處也。杜蘭香，言近已有人，唇承面許，然無奈其別去猶無多日也。末言既有相援之人，則必有得歸之日，此番若至中朝，定須牢記一問，有何巧宦之方，始終得免淪謫？蓋怨之甚，而遂出於戲言也。（蕚緑華、杜蘭香，皆聖女之同人也。玉郎，即稱聖女也；憶向，即記問也。）（同上）

《哭劉蕡》一解四句，便有搏胸叫天，奮顱擊地，放聲長號，涕泗縱横之狀。言夢夢上帝，爾在何處？更不遣人略看下界，今日遂致聽我劉司户且湮没而死也。三四言廣（按：當作黄）陵春別，謂限衣帶；湓浦秋書，遽言永訣。天乎？人耶？哀哉痛絶也！前解寫劉蕡死，此解寫哭也。言往往有恩義迫切之人，喜言死者容有還魂之事；殊不知人生在世，死爲大都，訃既曰死，即真死矣。我爲恩義迫切之人，則惟有備極哀痛，以哭其死，更不應升降招呼，以冀其生也。末句因言：古禮，朋友若死，則哭諸寢門之外，今劉於己，情雖朋友，義從師事，然則今日我直哭之於寢，不敢同於朋友之禮也。（同上）

《隋宫》（紫泉宫殿）言隋有如此宫殿，乃皆空鎖不住，而更別下揚州，再建宫殿，當時亦民生猶幸而太原龍起也。設如稍遲，而瓊花一謝之後，烏知其不又鎖揚州而又去別處耶？寫淫暴之夫，流連荒亡，無有底極，最爲絛暢盡事也。『於今』二字，妙。只二字，便是冷水兜頭驀澆！『終古』，妙。只二字，便是傀儡通身綫斷，直更不須『腐草』『垂楊』十字也。結以重問後主者，從來遍是大聰明人看得透，説得出，偏又犯得快，特搶白之，以爲後之人著戒也。（同上）

《二月二日》此二月二日，乃是偶然恰值之日。是日本是東風，却又日暖，江上閒行，忽聞吹笙，因而遽念家室，不能自裁也。花鬚柳眼，寫盡少年冶遊；紫蝶黄蜂，寫盡閨房秘戲。看他『無賴』『有情』上加『各』字、『俱』字，猶言物猶如此，人何以堪也。前解止寫春色惱人，此解方寫乘春欲歸也。五言別去之遠，六言別來之久。七八言趁風晴日暖，便宜及早束裝，毋至風雨淋漓，又恨泥滑難行也。（同上）

《籌筆驛》言直至今日，而魚鳥猶畏，然則當時上將揮筆，其所號令、部署，爲是何等簡書，何等儲胥！而彼劉禪也者，乃終不免銜璧輿櫬，跪爲降王，此真不能不令千載英雄父兄拊膺痛哭至於淚盡出血者也。○分明如子美先生乎！後解言：然此亦無用多責劉禪也。天生武侯，雖負王霸之才，然而炎德既終，虎臣盡隕，大事之去，早有驗矣。所以鞠躬盡瘁，猶未肯即弛擔者，只爲遠答三顧之殷勤，近奉遺詔之苦切耳。至於自古有才，决是無命，此固不能與天力争者也。（同上）

《即日》（一歲林花）言三春花事，是一歲大觀，若此事一休，即了無餘事。蓋入夏徂秋，如風疾卷，特地開春，便成往事也。江間，取長逝義；亭下，取暫住義；悵淹留者，長逝無法教停，故不覺其悵然，然暫住且如不逝，故遂漫作淹留也。三四，重吟細把，妙。已不必吟，而又重吟；已不足把，而又細把，此無奈，乃所謂真無奈也。已落猶開，又妙。親見已落，何止萬片，便報猶開，豈能數朶？此欲故將如何可放也。前解寫一春已盡，後解寫一日又盡也。山色銜苑，暮光自遠而至也；春陰傍樓，日影只剩觚棱也。倏忽馬嘶人去，漏動更停，則不知後會之在何家也。哀哉！哀哉！（純是工部詩）（同上）

《馬嵬》（海外徒聞）玉妃既縊之後，上皇悲不自勝，因而謬托方士家言，言方士排神馭氣，至於海外仙山，抽簪輕叩院門，果有太真出見，授以鈿盒半扇，仍約生生夫婦，此無非欲聊自解釋者也。今先生特又劈手奪去其說，言他生則我不能知，至於今生，則眼見休矣！因急以三四實之，言既是他生尚愿夫婦，何不今生久住宫幃，而乃自致馬嵬宵柝，永辭上陽曉漏耶？便令方士之飾説更無以得申也。此六軍、七夕、駐馬、牽牛，隨手所合，不費雕飾，而當時陳玄禮侃侃之請，與長生殿密密之誓，一時匆匆相逼，遂成草草不顧，寫來真如小兒木馬，鬼伯蒺藜，既復可笑，又復可憫也。末言四十餘年天子，而不能保一婦人，以爲痛戒也。（同上）

《題白石蓮花寄楚公》將以白石蓮花奉寄楚公，看他一解四句，先將白石蓮花與楚公説得蕭然無關，各各異住，妙，妙。言白石蓮花自在佛前，老病楚公自在西山；白石蓮花既不雕鎸應入西山，西山老僧又不起心欲此石蓮。然而忽然發心，愿移相寄，此間有第一機；若使連忙會得，早也是第二機也。《妙法蓮花經·多寶塔品》：有龍王女，年始八歲，已發道意，辨才無礙。鶖子疑其胡得有是，爾時，龍女即以手從多寶塔前疾上於佛，佛便受之。龍女因題向鶖子：『一上，一受，是事疾耶？』答曰：『甚疾！』龍女笑言：『以汝神力，觀我成佛，又疾於是。』遂往南方無垢世界，忽然之間，成等正覺。今先生前解已奉寄蓮花，而此解則正引此經文，自申其義也。言大海有無限地，而龍女獻佛，只須一珠；寶塔有無量層，而古佛臨機，則止分半座。然則我今所寄白蓮花，不會其實，一門隘小；會得，便是露地大牛。此間任君妙波秋眼，正恐急覷不着也。（同上）

《宿晋昌亭聞驚禽》看他將寫驚禽，乃出手先寫自己亦是驚禽。於是三四之『飛來曲渚』『過盡南塘』，其中所有無限怕恐，便純是自己怕恐。後來讀者，物傷其類，自不能不爲之泫然流涕也。烟方合，猶言這裏亦復可疑也。樹更深，猶言彼中一發不好也。看他不問前此何事得驚，反説後此無處不驚，最爲善寫『驚』字第一好手也。五六因與普天下驚心之人悉與數之也。言馬嘶，一驚也；塞笛，又一驚也。猿吟，一驚也；村砧，又一驚也。於是而命之不猶，遂致於罹，普天之下，蓋往往而有之也。豈獨晋昌今夜此禽此驚而已也哉！（同上）

《淚》入宫則哭綺羅，去家則哭風波，此寫流淚之因。湘江則點於竹上，峴首則零在碑前，此寫眼淚之痕也。前解猶泛寫天下人淚，此（按指後解）專寫獨一人淚也。雖蒙天生，而不蒙人用，於是而慷慨辭衆，深走入胡。我欲自用，而天又亡之，於是而半夜悲歌，引刀自絶。如今灞橋折柳，青袍送人之中，豈少如是之人、之事也，故曰橋下水未抵橋上淚也。（同上）

《楚宫》（湘波如淚）此爲先生反《招魂》之作也。言湘江之波，漻乎其清，臨崖窺之，底皆可見。見底，則不見靈均之魂也。所以然者，靈均實『恨』，恨則必『迷』，迷則必『遥』。既恨而迷、而遥，即又安得定在一處，而有魂之可招哉！三四凡下楓、猿、蘿、鬼等字，皆寫其恨其迷其遥也。上寫靈均之不可招，此（指後解）寫招靈均之未必是也。言他人死於牖下，然升屋呼畢，猶卒歸大殮，豈有懷憤捐生，已誓葬魚腹，乃更望還返哉！夫前人未卒之業，即後人莫卸之擔；前人臨終之言，即後人敬諾之心也。然則，但有一人仰體存楚之志，靈均雖爲長蛟所食，乃無恨焉。不然而三户盡亡，一黍是惠，靈均日月争光之心，僅如此而已乎？亦可發一笑已。（同上）

《贈從兄閬之》悵望人間者，言望久之，而悵悵久之，而仍望，然而終不免於萬事遲違，則是今日之人間，真已不堪其又往也。私書者，不敢明説，則託之於書；幽夢者，不敢明來，則託之於夢；約忘機者，言此間滿地皆機，才脱一機，却又入一機，則不如共去無機之處爲樂也。三四魚標、鹿跡，即寫忘機之處可知。只携僧人者，僧受律，不似在俗多欲；好與月依者，月清凉，不似人間煩熱也。城中云云者，昔言國狗之瘈，無不遭噬，而近今又聞獨噬蘭佩，然則力疾早歸，勉圖瓦全，毋再遲回，致遭玉碎，足更不可不加之意也。（同上）

《井絡》此先生深憂巴、蜀之國，江山險峻，或有草竊據爲要害，而特深著嚴切之辭，以爲預戒也。言此井絡天彭，拔地插天，飛棧千里，界山爲門，自古稱爲險絶之區者，以今日朝廷視之，不過在我一掌之中焉已耳。蓋言聖德皇皇，寬仁無外，臣工濟濟，算盡無遺故也。然則雖復陣圖在東，雪嶺在西，天設劍關以爲雄塞，據我論之，固曾不得而謾誇也。前解寫全蜀之險，更不足恃，後解寫起蜀之人，皆未必成也。言前如望帝，佐以鼈靈；後如昭烈，輔之諸葛，然而曾不轉眼，盡成異物，又况區區草芥之子乃欲何所覬覦於其間也哉！（同上）

《寫意》前解言只望一寄書人尚自不得，安望乃有歸家之日耶?所謂瀼江之險，玉壘之深，一墮其間，便成井底也。後解寫一年又有一年，一月又有一月，只今一日又有一日，如此返照雖留，暮雲已結，真爲更無法處者也。設果一日又有一日，一月又有一月，因而一年又有一年，則我且欲失聲竟哭也。（同上）

《安定城樓》言今日我適在此安定，彼旁之人不知，則必疑我有何所慕而特遠來，至何所得方乃捨去？此殊未明我胸前區區之心者也。夫我上高城，倚危墻，窺緑楊，見汀洲，方欲呼風亂流，乘帆竟去。何則？滿懷時事，事事可以垂淚；時正春日，日日可以遠遊。大丈夫眼觀百世，志在四方，胡爲而曾以安定爲意哉？上解既明其近迹，此解（指後四句）又説其本志也。言若疑我不憶江湖，則我不唯一憶，方且永憶！永憶之爲言，時時日日長在懷抱也。特自約得歸之日，必直至白髮之後者，細看今日之天地，必宜大作其旋轉。此事既已重大，爲時必非聊且，故知不至白頭，不入扁舟，因而濡滯尚似有冀也。此之不察，而謂我有世間戀慕，嗟乎，糟鴟得腐鼠，嚇鵷雛，固從來舊矣。（同上）

《杜工部蜀中離席》擬杜工部，便真是杜工部者。如先生餘詩，雖不擬杜工部，亦無不杜工部者也。蓋不直聲調皆是，維神髓亦皆是也。〇起手七字，便是工部神髓，其突兀而起，淋漓而下，真乃有唐一代無數鉅公曾未得闖其籬落者。○一言大丈夫初非麀鹿相聚，何故乃欲惜别？二言今日把袂流淚，亦只爲世路干戈故耳。三四即承寫世路之干戈，言如雪山之使未回，即松州之軍猶駐，此不可不戒心者也。前解寫不應别，此解（指後四句）寫應不别也。醉客延醒客，言此地知己之多也；晴雲雜雨雲，言此地風景之美也。然則藉此美酒，便堪送老，帶甲滿地，又欲何之？『當壚仍是』之爲言普天流血，而成都獨乾净也。（同上）

《曲池》此是先生觀無常詩，而特指曲池以寄意也。言日下繁香，我或不得自持；若月中流豔，則復與誰爲期乎？甚欲言别，即可竟别，初無尚須不别之故者也。然而終亦不忍其遽别者，誠預憂急鼓疏鐘，此時一至，即以後休燈滅燭，與汝永違。爲是而臨期回惑，不知所措，是則誠有之也。○某嘗憶七歲時，眼窺深井，手持片瓦，竟欲擲下，則念其永無出理，欲且已之，則又笑便無此事。既而循環摩挲，久而久之，瞥地投入，歸而大哭，此豈宿生亦嘗讀此詩之故耶？至今思之，尚爲惘然。因附識於此。○張蓋欲判，眼前便真有此一輩粗率可笑人。回頭更望，某嘗告諸同學，學道人須是世間第一情種始得，今只看先生此語，便大信也。蓋千古人流浪生死，止爲生生世世，張蓋便判，一切諸佛大師得成正覺，亦止爲時時刻刻回頭更望故也。末又言河梁未抵此别者，從來此事下愚之夫以爲聊爾，上智之士無不大驚極痛也。（下愚之夫亦能大驚極痛，只是爲期稍遲耳，言百年既盡，臨死之日也。）（同上）

《潭州》暮樓空，言既不對酒，又不攤書，只是凭高閒望，并無他事感發。此即次句所云『無端』也。然而心如秋滿月，眼若青蓮花，一任空樓無端，偏是萬端齊起。於是而淚色淺深，怨歌重疊，心同理同，自哭自笑，由來天下絶頂大聰明人，單除二時茶飯，其餘總代古人擔憂，此真不可得而自解者也。前解自寫解事，此解（指後四句）寫潭州人不解事也。言如此愁絶無聊，庶幾破除有酒，然而巡索全州，更無可語。陶公已去，賈傅又夭，故園信斷，又能奈何哉！（同上）

《王十二兄與畏之員外相訪見招》先生與畏之同爲王茂元壻，此王十二兄，想即茂元之子，故得以閨房之至悲盡情相告也。一二言己昔日先忝門下，今畏之新來末席，分爲僚壻，歌管必同，乃身今有故，不忍便過，遂讓畏之獨叨此宴也。三四承寫今朝所以不忍便過之故，最是幽豔淒惋，雖在筆墨，亦有貌不瘁而神傷之嘆也。前解寫悼亡，此解（指後四句）悼亡中則有無數不堪之事也。言如幼男啼乳，嬌女尋娘，秋霖徹宵，腹悲成疾，略舉四端，俱是難遣，則有何理又來歡聚乎？夜正長者，自訴今夜決不得睡，猶言十二兄與畏之共聽歌管之時，正我一人獨聽西風之時。加『萬里』字，并西風怒號之聲皆寫出來也。（同上）

《流鶯》此悲羣賢不得甄録，遂致各自分散，而特託流鶯以見意也。漂蕩者，獨言其一人之失所；參差者，合言其諸人之乖隔。『度陌臨流不自持』者，又與各各人分言，其南北東西，不能自擇。蓋糊口維艱，則托身隨便，此皆出於萬無可奈，而不能以又深責之者也。三四因與曲折代陳，言其學成來京，豈能無望朝廷，然而君明相賢，未審何日召見也。『風朝露夜』之爲言無朝無夜也；『萬户千門』之爲言無開無閉也。此二句寫流鶯之悲鳴不已也。末又結以『曾苦傷春』之二句者，自憶昔日未遇，亦復深領此味，至今回首思之，猶自神傷不安也。（同上）

《七月二十九日崇讓宅宴作》此七月二十九日，定是小盡，不然，則發言亦未必有如是之悲也。蓋霰下池，風過塘，此已是夜色向闌之候也。回思日間開宴，羣賢畢至，衆使咸作，酒曾幾行，燭曾幾跋，而馬嘶客起，鴉叫樹間，遂復如是。於是自不能解，而反怪紅蕖，花神有靈，不更失笑耶？唯燈見者，正作夢時，旁無一人，獨有燈照也。獨酒知者，愁在胸中，酒常入來，與之親處故也。此二句，即七之所謂『只爾』也。豈到白頭，妙，妙。言頻年更無處分，宛有白頭之勢，今特地自明，我自有千丈松、三尺雪於嵩山之陽，更有成算，不至孟浪一生也。（同上）

《和人題真娘墓》起句七字，即真娘墓。次句七字，即『人題』也。罥樹掛絲，出雲清梵，即起句七字；悲舞席，想歌筵，即次句七字也。易解。柳眉效顰，榆莢買笑，言人來虎丘，至今徘徊不盡，然而真娘化去，乃更無有踪影也。前解自欲題真娘，則云斷絲舞席，清梵歌筵，便謂如或睹之；後解笑人不必題真娘，則又云柳空效顰，榆能買笑，便又謂更没交涉。真乃筆隨手轉，理逐言成，只許州官放火，不許老百姓點燈矣。（同上）

《水齋》此只是水齋晏起詩。然必須看其特地晏起，却已是起得甚早。如三四之燕還拂水，蟲猶打窗，此俱是侵早景物，而人情又皆已謂爲晏起，則真所謂有道之邦者也。沃土之民不材，晏起故也。瘠土之民莫不向義，相戒不許晏起故也。夫多病，斯不得不晏起也；乃今又反以此邦爲道而欣依之者，夫居家早起，固實能却一切病也。卷是前頭已披，缸是昨夜未開，想見水齋盤桓已久，然則七八之一雙鯉魚，正是怪其前此之契闊，非是望其後此之殷勤也。（同上）

《韓同年新居餞韓西迎家室戲贈》餞人親迎詩，看他一二縱筆，却反從他丈人家寫起，已是語無倫次；三四乃因與之同年之故公然忽插自己入來，言前日之試，我爲勝；今日之迎，君爲勝。下一漫字一翻字恰是屈之甚妒之甚也者此所謂戲贈詩也（恰似眼熱新起朱樓也者）。此五六乃一發戲言也。雲路招邀，言彼中待子已久；天河迢遞，言此處鈍滯何甚也。七八又戲，子今已爲一家禁臠，則遂盡虛家家之『瓊枝』也（如謝混既爲孝武之壻，便瘦盡袁山松之女）。（同上）

《子初郊墅》寫自訪子初，却先寫子初見憶，乃見兩人相歡之深，本如磁鐵相吸，何況又有好郊墅耶！看他『看山對酒』，妙，『聽鼓離城』，又妙！寫一個思之深，一個去之早，總是意思都在尋常往還之外，固不可以賓主二字淺律之也。三，臘雪，是紀此日相訪是初春。四，齋鐘，是表此日到墅是晌午。二句只承『我訪君』之三字也。（下四句）此方寫郊墅之佳。看他訪人郊墅，却欲自買郊墅，乃至欲合兩家子孫世世同有郊墅，真乃心醉子初郊墅不淺也。（同上）

《贈趙協律晳》孫言孫綽，謝言謝安，以比吏部相公與安平公也。『歌哭處還同』者，言二年聚於兩家，美輪美奐之下，未嘗暫有分隔也。三四再寫『俱』字、『同』字，言不寧此『俱』此『同』而已，唯叨附文墨則又『同』，忝繫中表則又『俱』也。一解寫與趙投分之厚如此。『賓館在』，言舊游如昨也；『妓樓空』，言吏部下世也。言從此二人分散，直至今日得逢，而又匆匆西東，更值雨雪載途也。一解寫己與趙踪跡之乖如此也。（同上）

《贈司勳杜十三員外》因其名杜牧，又字牧之，於是特地借來小作狡獪，寫二『牧』字，二『杜』字，二『秋』字，三『總』字，二『字』字，成詩一解，此亦沈《龍池》、崔《黃鶴》所濫觴，而今愈出愈奇無窮也。上解止因牧又字牧，故有三四之緫又字緫，其實一解四句，則止贊得其一首《杜秋》而已。故此解（指後四句）再從一首《杜秋》轉筆，言杜爲士大夫，心如鐵石，何用詩中多寓遲暮之嘆乎哉！夫人生立言，便是不朽，如公今日奉勅所撰韋丹一碑，已與羊枯峴山一樣墮淚，然則鬢絲禪榻，風颺落花，公正無爲又作爾許言語也。看他又寫二『江』字，與前戲應，妙，妙。（同上）

錢謙益

【曹房仲詩叙】自唐以降，詩家之途轍，總萃于杜氏。大曆後，以詩名家者，靡不繇杜而出。韓之《南山》，白之諭諷，非杜乎？若郊，若島，若二李，若盧仝、馬戴之流，盤空排奡，縱横譎詭，非得杜之一枝乎？（《初學集》卷三十二）

【邵梁卿詩草序（節録）】唐人之詩，光燄而爲李、杜，排奡而爲韓、孟，暘而爲元、白，詭而爲二李，此亦黄山之三十六峰，高九百仞，厜㕒直上者也。善學者如登山然，陟其麓，及其翠微，探其靈秀，而集其清英，久而有得焉。（同上卷三十九）

【注李義山詩集序】石林長老源公禪誦餘暑，博涉外典，苦愛李義山詩。以其使事奥博，屬辭瑰譎，捃摭羣籍，疏通詮釋。吾家夕公又通考《新》《舊書》，尚論時事，指見其作爲之指意，累年削藁，出以眎余。余問之曰：『公之論詩，何獨取乎義山也？』公曰：『義山之詩，宋初爲詞館所宗，優人内燕，至有撏撦商隱之謔。元季作者，懲江西學杜之弊，往往躋義山，祧少陵，流風迨國初未變。然詩人之論少陵，以謂忠君憂國，一飯不忘，兔園村夫子皆能嗟咨吟咀；而義山徒以其綺靡香豔，極《玉臺》《香奩》之致而已。吾以爲論義山之世，有唐之國勢視玄、肅時滋削；涓人擅命，人主贅旒，視朝恩、元振滋甚。義山流浪書記，洊受排笮，乙卯之事，忠憤抑塞，至于結怨洪鑪，託言晉石，則其非詭薄無行，放利偷合之徒，亦已明矣。少陵當雜種作逆，藩鎮不庭，疾聲怒號，如人之疾病而呼天呼父母也，其志直，其詞危。義山當南北水火，中外箝結，若喑而欲言也，若魘而求寤也，不得不紆曲其指，誕謾其辭，婉孌託寄，讔謎連比，此亦《風》人之遐思，《小雅》之寄位也。吾以爲義山之詩，推原其志義，可以鼓吹少陵。其爲人也，激昂奡兀，劉司户、杜司勳之流亞，而無庸以浪子蚩摘，此吾與夕公疏、箋之意，願受成于夫子者也。』余曰：『是則然矣。義山《無題》諸什，春女讀之而哀，秋士讀之而悲。公爲真清净僧，何取乎爾也？』公曰：『佛言衆生，爲有情此世界，情世界也。慾火不燒然則不乾，愛流不飄鼓則不息。詩至于義山，慧極而流，思深而蕩，流旋蕩復，塵影落謝，則情瀾障而欲薪燼矣。春蠶到死，蠟炬灰乾，香銷夢斷，霜降水涸，斯亦篋蛇樹猴之善喻也。且夫螢火暮鴉，隋宫《水調》之餘悲也；牽牛駐馬，天寶《淋鈴》之流恨也。《籌筆》儲胥，感關、張之無命；昭陵石馬，悼郭、李之不作。富貴空花，英雄陽燄，由是可以影視山河，長挹三界，疑神奏苦集之音，何徒證那含之果，寧公稱杼山能以詩句牽勸令入佛智，吾又何擇于義山乎？』余往嘗箋注杜詩，于義山則未遑。今方繙閲《首楞》，拋棄世間文句，源公來索序，愧未有以應也。爲次其言以復之。（《有學集》卷十五）

【李義山詩集序】往吾友石林源師好義山詩，窮老戹乞，註解不少休。乙酉歲，朱子長孺訂補余《杜詩箋》輟簡，將有事于義山。余取源師遺本以畀長孺，長孺先有成藁，歸而錯綜讎勘，綴集異聞，敷陳隱滯。取源師註，擇其善者爲之剟其瑕礫，搴其蕭稂，更數歲而告成。于是義山一家之書粲然矣。長孺既自爲其序，復以屬余。余往爲源師撰序，推明義山之詩忠憤蟠鬱，鼓吹少陵，以爲《風》人之博徒，《小雅》之寄位，其爲人詭激歷落，阨塞排笮，不應以浪子嗤點，大略如長孺所云。又謂其綺靡穠豔，傷春悲秋，至于春蠶到死，蠟炬成灰，深情罕儔，可以涸愛河而乾欲火。此蓋爲源師言之，而其援據則未有盡者。義山贊佛一偈，馳譽禪林，晚從事河東梓潼幕，師事悟達國師知玄，以目疾遥禮禪宫，明旦得《天眼偈》，讀終疾瘉。卧病語僧録僧徹，誓願多生削染爲玄弟子。鳳翔寫玄真，義山執紼侍立。集中《别智玄法師》詩云：『東西南北皆垂淚，却是楊朱真本師。』智玄即知玄，故云『本師』也。又有《寄安國大師》詩。知玄與弟子僧徹皆住上都大安國寺，號安國大師。玄歸老九隴舊山，義山罷歸鄭州，故其卧病與僧徹語云云。又寄書偈與玄訣别。《唐書》載義山終于鄭州，其蹤跡亦略可考見。源師註安國爲玄祕塔端甫法師，此失考也。少陵云：『余亦師粲可。』又云：『身許雙峰寺。』謝康樂言：學道必須慧業，未有具慧業而不通于禪者。靈山拂席，滄海求珠，豈可與《香奩》《金縷》裁雲鏤月之流比類而訶之哉！書此貽長孺，聯以補前序之闕。又竊念吾遠祖思公與楊大年諸公仿義山詩刱西昆體，余爲耳孫，老耄多忘。《玉臺》風流，邈然異代，徒假手于長孺，以終源師殺青之託，此則爲之口沫手胝，撫卷而三嘆者也。（同上）

【題馮子永日草（節録）】今稱詩之病有二：曰好奇，曰好豔。離岐以爲奇，非奇也；丹華以爲豔，非豔也。《十九首》，五言之祖也。亦奇亦豔，驚心動魄。自是以降，左之《咏史》，阮之《咏懷》，陶之《讀山海》，奇莫奇于此矣。郭弘農之《游仙》，謝康樂之遊攬，江記室之《擬古》，豔莫豔于此矣，而人不知也。搜盧仝、劉叉以爲奇，獵《玉臺》《香奩》以爲豔，問其所以爲奇爲豔者而懵如也。嗜奇之病，頃少爲士友發之。又嘗謂李義山之詩，其心肝腑臟竅穴筋脉，一一皆綺組縟繡排纂而成。泣而成珠，吐而成碧，此義山之豔也。古之美人，肌肉皆香，三十三天以及香國，毛孔皆香。劉季和有香癖，熏身遍體，張坦庌之曰俗。今之學義山者，其不爲季和之熏身者，尠矣！而況不能爲季和者乎？（同上卷四十八）

【定山堂詩集舊序（節録）】今之論詩者刌度格調，劌鉥肌理，奇神幽鬼，旁行側出，而不知原本性情。言古詩，則曰《十九首》，亦知其驚心動魄，一字千金者乎？言今體，則曰杜陵，亦知其『語必驚人』『餘波綺麗』者乎？義山之《隋宫》《馬嵬》，長吉之《銅仙》《遼海》，長慶之《長恨》、諷喻，一言半句，色飛灰死，連章累什，心折骨驚，有能唱嘆吟咀，深知其旨意者乎？（《定山堂詩集舊序》）

《漢宫詞》題下注：宫詞又一變。結註：望幸之情良然。（《唐詩箋註》卷七　編者按：該書題濟南李攀龍、竟陵鍾惺選評、虞山錢謙益箋釋、江東劉化蘭增訂。）

《寄令狐郎中》題下注：當是商隱客梁時作。篇末評：落句用古事爲今事，以死事爲活事，如短衣匹馬隨李廣耳。（同上）

錢龍惕

【玉谿生詩箋叙】余少好讀李義山詩，往往不得其解。積以歲月，吾鄉爲義山之學者間不乏人，時以僻事隱義就而正之，乃知其弘深精妙，上薄《風》《騷》，下該沈、宋，升少陵之堂而入其室矣。間嘗論之，宋初諸公，如吾祖思公及楊、劉、二宋西崑酬唱之詩，此嗜炙而嘗其一臠者也。江西宗派，如黄魯直、劉辰翁之徒，詆之爲文章一厄，此門外漢安肆譏評者也。國初楊廉夫、高季迪、楊孟載諸公，如子孫肖像祖宗，年代久遠，猶得其聲音笑貌者也。至如高廷禮、李空同之流，欲爲杜詩而黜義山爲晚唐卑近，是登山而不蹊徑，泛海而斷之港也。然其用意高遠，運詞精奥，讀者未必易曉。今年春，侍家叔太保公于吴門，謂余曰：『子何不註釋之以貽學者？』余以學問淺陋，兼之家無藏書，難以援據，謝不敢當，歸而訪石林源上人于高林庵，見其取李集一編，隨事夾註其下，旁行逼仄，蚓行蚊脚，幾不可辨，迫而讀之，乃知徵引極博，蒐羅甚苦。經史諸書，紛然雜陳于左右，而功猶未及半。余扣之曰：『師亦知某詩爲某人，某詩爲某事乎？』源公曰：『尚未悉也。』余謂古人讀其書，論其世，即如註陶淵明、杜子美之詩，必先立年譜，然後其游歷出處，感時論事，皆可考據。師欲注義山，當先事此。源公謙退，屢以見問。因取新、舊《唐書》，并諸家文集小説，有關李詩者，或人或事，隨題箋釋于下，疑而無考者闕焉。得上中下三卷，以復石林長老。至於全詩之註解，有源公之博識，可以任之，非余所敢及也。他日書成，附此于後，可以不朽矣。戊子仲夏望日鱸鄉漁父錢龍惕上。（《玉谿生詩箋》卷上）

《錦瑟》《緗素雜記》：義山《錦瑟》詩，山谷讀之，殊不曉其意。後以問東坡，坡曰：此出《古今樂志》，云錦瑟之爲器也，其弦五十，其柱如之，其聲也適怨清和。按李詩『莊生曉夢迷蝴蝶』，適也；『望帝春心託杜鵑』，怨也；『滄海月明珠有淚』，清也；『藍田日暖玉生烟』，和也。一篇之中，曲盡其意，史稱其瑰奇邁古，信然。《劉貢父詩話》以謂錦瑟乃當時貴人愛姬之名，義山因以寓意。非也。苕溪漁隱説如此。《唐詩紀事》云：錦瑟，令狐楚婢。按義山《房中曲》有『歸來已不見，錦瑟長于人』之句，此詩落句云：『此情可待成追憶，只是當時已惘然。』或有所指，未可知也。惟彭陽公青衣，則無所據。（同上）

《異俗二首時從事嶺南》大和中，王茂元檢校工部尚書、廣州刺史、嶺南節度使，義山爲其從事也。《酉陽雜俎》：伍相奴或擾人，許于伍相廟多已。舊説一姓姚，二姓王，三姓汪。昔值洪水，食都樹皮，餓死化爲烏都，皮骨爲猪都，婦女爲人都。（同上）

《贈劉司户》蕡《舊書》：蕡字去華，嫉閹寺恣横，大和二年試賢良策，極陳其事，考官嘆服，以爲晁、董。言論激切，士林感動。時登科者二十二人，而中官當途，考官不敢留蕡在籍中，物論喧然不平之。登科人李郃謂人曰：『劉蕡下第，我輩登科，實厚顔矣。請以所授官讓蕡。』事雖不行，人士多之。《新書》：『蕡對後七年，即有甘露之變。令狐楚、牛僧孺節度山南東、西道，皆表蕡幕府，授祕書郎，以師禮禮之。而宦人深嫉蕡，誣以罪，貶柳州司户，卒。』詩云『江風揚浪動雲根』者，謂奄宦勢盛也。水深雪紛，以比小人也。『重碇危檣白日昏』者，蔽君之明也，猶所謂『浮雲能蔽日』也。蕡以忠言危論，排君門而上聞，如燕鴻之初起而遽斷其勢，雖騷魂可招，驚猶未定也。『漢廷急詔』，求直言也。蕡言不用，則先入者誰乎？迨柳州之貶，南過沅、湘，則『楚路高歌自欲翻』耳。回望君門九重，鳳巢新掃，所以萬里相逢既歡而復泣，悲夫！他日《哭蕡》詩有云：『已爲秦逐客，復作楚寃魂。』『平生風義兼師友，不敢同君哭寢門。』其感于蕡者深矣！（同上）

《哭劉司户二首》《玉泉子》：『劉蕡，楊嗣復門生也。對策以直言忤時，中官尤所嫉忌。仇士良謂嗣復曰：「奈何以國家科第放此風漢耶？」嗣復懼而答曰：「嗣復昔與劉蕡及第時，猶未風耳。」』（同上）

《聽鼓》《緗素雜記》：《後漢·禰衡傳》：『衡方爲《漁陽摻撾》，蹀躞而前。』注云：《文士傳》曰：『衡擊鼓作《漁陽摻撾》，蹋地來前，躡鼓足脚，容態不常，鼓聲甚悲。易衣畢，復擊鼓三摻撾而去。至今有《漁陽摻撾》，自衡始也。』臣賢按：摻及撾，并擊鼓杖也。摻撾，是擊鼓之法。而王僧孺詩云：『散度《廣陵》音，參寫《漁陽》曲。』而於其詩自音云：參，七甘反。後諸文人多同用之。據此詩意以參爲曲奏之名，則撾字入于下句，全不成文。

下句云『復參撾而去』，是知『參撾』二字當相連，而讀參字音爲去聲，不知何所憑也。按《談苑》載徐鍇任江左，領集賢學士，校祕書，時吴淑爲校理，古樂府中有『摻』字者，淑多改爲『操』，蓋章草之變。鍇曰：非可以一例。若《漁陽摻》者，音七鑒反，三撾也。禰衡作《漁陽摻撾》。古歌詞云：『邊城晏聞《漁陽摻》，黄塵蕭蕭白日暗。』淑嘆服之。余謂摻、撾一也，故或用摻字。然摻字當如徐説七鑒反，三摻鼓也。以其三撾鼓，故謂之摻。李義山《聽鼓》詩云：『欲問《漁陽摻》，時無禰正平。』又《口占》詩云：『必投潘岳果，誰摻禰衡撾？』亦以去聲讀之也。（同上）

《宿駱氏亭寄懷崔雍崔衮》《舊書·本紀》：咸通九年正月，徐州赴桂林戍卒五百人擅還本鎮，推糧料判官龐勛爲都頭，殺節度使崔彦曾，攻陷江淮州郡。時崔雍爲和州刺史，賊至，雍登城謂之曰：『城中玉帛子女不敢惜，只勿取天子城池。』賊許之。十年八月，和州防虞行官石倖等一百三十人狀訴刺史崔雍與賊頭吴約，于鼓角樓上飲酒，許與賊州。便令押衙李詞等各脱下衣甲，防虞、官健束手被斬者八百餘人。行官石瓊脱衣甲稍遲，便被雍遣賊處斬。其崔雍所有料錢并家口累差人押送采石，今在潤州。豈有將一千人兵士之命，拔己一身，不惟辜其神明，實亦生負聖主。敕曰：臣子之節，無如盡忠；士人之風，宜當遠耻。崔雍任居牧守，賊犯州城，禦扞曾不發言，從容乃與命酒。況石瓊未脱衣甲，志在當鋒，不能獎其赤誠，翻令擒送賊所。原其深意，與賊通和，臣節全虧，情狀可見。其崔雍家口，並在宣州，宜令宣歙觀察使追雍收禁，逮勘逐具事由申奏，是用差内養孟公度專往宣州，賜自盡。公度至，雍死于陵陽館，其男黨兒、歸僧，配流康州。《北夢瑣言》：咸通中，龐勛反於徐州。時崔雍典和州，爲勛所陷，執到彭門。雍善談笑，遜詞以從之，冀紓其禍。勛亦見待甚厚。其子少俊，飲博擊拂，自得親近，更無阻猜。雍以失節于賊，以門户爲憂，謂其子曰：『汝善狎之，或得方便，能剚刃乎？人皆有死，但得其所，吾復何恨！』其子承命，密懷利刃，忽色變身戰。勛疑訝，因搜懷袖，得匕首焉，乃令烹之。翌日召雍赴飲，既徹，問雍曰：『肉美乎？』對曰：『以味珍且飽。』勛曰：『此即賢郎肉也。』亦命殺之。《瑣言》所載，與唐史正相反背，然制勅昭然，賜死有地，當以《舊書》爲正。小説之不足據如此。《新書》：『雍字順中，由起居郎出爲和州刺史。龐勛以兵劫烏江，雍不能抗，遣人持牛酒勞之，密表其狀。民不知，訴諸朝。宰相路巖素不平，因是傅其罪，賜死宣州。』由此觀之，則當日制書，亦未爲金科也。（同上）

《漫成三首》《何遜集·范廣州宅連句》云：『洛陽城東西，却作經年別。昔去雪如花，今來花似雪。』雲『濛濛夕煙起，奄奄殘暉滅。非君愛滿堂，寧我安車轍？』遜《梁書·遜傳》：『沈約嘗謂何遜曰：吾每讀卿詩，一日三復，猶不能已。』○《詩品》曰：『顔延之詩，其源出于陸機，尚巧似，體裁綺密，情喻淵深，動無虚散，一句一字，皆致意焉。』『謝希逸詩，氣候清雅，不逮于王、袁，然興屬閑長，良無鄙促矣。湯惠休曰：謝詩如芙蓉出水，顔詩如錯彩鏤金。顔終身病之。○《遜集·看伏郎新婚》云：『霧夕蓮出水，霞朝日照梁。何如花燭夜，輕扇掩紅妝？』『良人復灼灼，席上自生光。所悲高駕動，環珮出長廊。』○作詩以論古人之詩，而題曰『漫成』，必有所感而作也。三詩皆推美何水部，首言『何范盡詩家』，而當時之論，重范輕何，抑知花雪之句，未必勝于何也。次言沈、何、顔、謝，四子俱清新有得，名譽無傷，而顔之毁謝，不如沈之憐何，亦所以重水部也。又言霧夕芙蓉之句，爲水部得意語，而沈則三復不已，范則輒用嗟賞，其掩映一時，傾動一時，爲不可誣也。抑揚反覆于少陵之《戲爲六絶句》也，直神似之，豈止伯仲之間乎？（同上）

《西溪》《文苑英華·謝河東公和詩啓》：『商隱啓：某前因暇日，出次西溪，既惜斜陽，聊裁短什，蓋以徘徊勝境，顧慕佳辰，爲芳草以怨王孫，借美人以喻君子。思將玳瑁，爲逸少裝書；願把珊瑚，與徐陵架筆。斐然而作，曾無足觀，不知誰何，仰達尊重。果煩屬和，彌復兢惶。某曾讀《隋書》，見楊越公地處親賢，才兼文武，每舒錦繡，必播管絃，當時與之握手言情，披襟得侶者，惟薛道衡一人而已。及觀其唱和，乃數百篇。力鈞聲同，德鄰義比。彼若陳葛天氏之舞，此必引穆天子之歌；彼若言太華三峰，此必曰潯陽九派。神功古跡，皆應物無疲；地理人名，亦争承不缺。後來酬唱，罕繼聲塵。嘗以斯風，望于哲匠，豈知今日，屬在所天。坐席行衣，分爲七覆；烟花魚鳥，置之五衡。詎能狎晉之盟，實見取鄶之易。不以鼙鼓，惠莫大焉。恐懼欣榮，投錯無地。』（同上）

《明神》此詩亦爲甘露之變，王涯、賈餗、舒元輿之無辜而作也。當時倉卒變起，涯等實不與聞，仇士良執而訊之，五毒俱備，涯等誣伏，遂族誅之，一時不以爲冤。實以涯等執政時，招權僭侈，結怨于民，故曰明神司過，決無冤濫，暗室禍門，自招之也。然涯等國之大臣，一旦以無辜之事，駢首就戮，專殺者自謂舉世無人，一物可欺，抑知其取精多而用物弘，憑石而言，得無慮乎？訓、注之咆虓于中國也，士大夫咸怨忿之。及其敗也，又以畏中官之勢，未有言其冤者。豈惟不冤之，又從而歌詠快暢之。即杜牧之詩，尚曰『元禮去從緱氏學，江充來上犬臺宮』，又曰『其冬二凶敗，渙汗開湯罟』，其他可知矣。獨義山于此事，抑揚反覆，致其不平之意，以示刑賞誅戮，不出于文宗，其人雖惡，猶然冤也。況履霜堅冰，漸有無將之心，人臣大義，豈可誣哉！然猶不敢顯言，微寓其意于歌詠，可見當時奄宦暴横，士林脅息如此，哀哉！（同上）

《代魏宮私贈》《代元城吴令暗爲答》《洛神賦注》：記曰：魏東阿王，漢末求甄逸女，既不遂，太祖回，與五官中郎將，植殊不平，晝思夜想，寢食俱廢。黄初中入朝，帝示植甄后玉鏤金帶枕，植見之，不覺泣，時已爲郭后讒死，帝意亦尋悟，因令太子留宴飲，仍以枕賚植。植還度轘轅，少許，時將息洛水上，思甄后，忽見女來，自云：『我本託心君王，其心不遂，此枕是我在家時從嫁，前與五官中郎將今與君王。』遂用薦枕席，懽情交集。（又云：）『豈常辭能具，爲郭后以糠塞口，今被髮，羞將此形貌重覩君王爾。』言訖，遂不復見所在。遣人獻珠於王，王答以玉珮，悲喜不能自勝，遂作《感甄賦》。〇王銍《默記》：裴鉶《傳奇》曰：陳思王《洛神賦》，乃思甄后作也，然無可疑。李商隱詩曰『君王不得爲天子，半爲當時賦《洛神》』是也。賦曰：『怨盛年之莫當，抗羅袂以掩涕兮，淚流襟之浪浪。』李善注曰：『盛年，謂少壯之時不能當君王之意。此言感甄后之情善已。』言感甄后之情，則此事益明，然謂少壯之時不能當君王之意則誤。按甄后自爲袁熙妻，而魏文帝爲五官中郎將，平袁氏，納甄后，至即位之二年黄初二年，而甄后被殺，時年二十餘。而甄后死之年，文帝已三十六矣。文帝在位七年，年四十，於黄初七年乃崩，即黄初二年年三十六可驗。故賦謂『恨人神之道殊，怨盛年之莫當』者，意非文帝匹敵，及年齡之相遠絶故也。此有深旨。僕考之舊事，知其明甚。《世説》云：甄慧而有色，先爲袁熙妻，甚獲寵。曹公之屠鄴也，疾召甄，左右白五官中郎將已將去，公曰：『今年破賊，正爲此奴。』云云。故孔融聞五官將納熙妻也，以書與曹公曰：『武王伐紂，以妲己賜周公。」太祖以融博學，謂書傳所記。後見問，對曰：『以今度古，想其然也。』繇是觀之，不獨兄弟之嫌，而父子之争，亦可醜也。又按《洛神賦序》云：黄初三年，予朝京師，還濟洛川。古人有言，斯水之神，名曰宓妃。感宋玉對楚王神女之事，遂作斯賦。而《魏志》曰：黄初二年，甄夫人卒。乃甄后死後一年作賦也。故此賦託之鬼神，有曰『洛靈感焉』，又曰『悼良會之永絶，哀一逝而異鄉』，又曰『忽不悟其所舍，悵神霄而蔽光』，又曰『冀靈體之復形，御輕舟而上遡』，皆鬼神死生之語也。《魏志》曰：植幾爲太子數矣，而任性而行，不自雕勵。又黄初二年，監國謁者灌均希旨奏植醉酒悖慢，刼脅使者，有司請治罪。帝以太后故，貶爵安鄉侯。詔曰：『朕于天下，無所不容，况植乎？』按此皆甄后死之年也。惟李商隱詩再三言之，有《涉洛川》詩：『通谷、陽林不見人，我來遺恨古時春。宓妃漫結無窮恨，不爲君王殺灌均。』注曰：灌均，陳王之典籤，譖王于文帝者。又有《代魏宫私贈》詩云云。李義山最號知書，必有據耳。○《魏略》曰：吴質，字季重，以才學通博，爲五官將及諸侯所禮愛，質亦善處其兄弟之間，若前世樓君卿之游五侯矣。及河北大定，以大將軍爲世子，質與劉楨等並在坐席，楨坐譴之際，質出爲朝歌長，後遷元城令。（同上）

《華州周大夫讌席西銓》《舊書》：周墀，字德升，汝南人。長慶二年，擢進士第，武宗即位，出爲華州刺史、鎮國軍潼關防禦等使。（同上）

《過伊僕射舊宅》《舊書》：伊慎，兖州人，累有戰功。元和中，檢校尚書右僕射，右衛上將軍，贈太子太保。

（《玉谿生詩箋》卷中）

《酬别令狐補闕》《舊書》：令狐綯，字子直，開成二年改左補闕、史館修撰。商隱幼能爲文，令狐楚深禮之，令與諸子遊。後商隱爲王茂元從事。時楚已卒，綯以其背家恩，從李德裕之黨，惡其無行，數以文章干綯，竟不之省。此詩所謂『彈冠如不問，又到掃門時』也。《北夢瑣言》：令狐公在大中之初，傾陷李太尉，唯以附會李紳而殺吴湘，又擅改元和史，又言賂遺奄官，殊不似德裕立功于國，自儉立身，掎其小瑕，忘其大美。洎身居岩廟，别無所長，與朱崖之終始，殆難比焉。又云：宣宗時，令狐綯最受恩遇，而怙權，尤忌勝己。嘗以故事訪于温歧，對以事出《南華》，非僻書也。或冀相公燮理之暇，時宜覽古。綯益怒之，乃奏歧有才無行，不宜與第。所以歧詩曰：『誠知此恨人多積，悔讀《南華》第二篇。』又，李商隱，綯父楚之故吏也，殊不展分。商隱憾之，因題廳閣，落句云：『郎君官重施行馬，東閣無因許再窺。』亦怒之，官止使下員外。江東羅隱，亦受知于綯，畢竟無成，有詩哭相國云：『深恩無以報，底事是柴荆？』以三才子怨望，即知綯之遺賢矣。（同上）

《彭陽公薨後贈杜二十七勝李十七潘二君並與愚同出故尚書安平公門下》《文苑英華》義山《爲安平公兗州奏杜勝等四人充判官狀》：杜勝右件官流慶相門，策名詞苑，當仁罕讓，見義敢爲，符彩極高，涯涘難挹。臣前任已奏爲判官。臨事而每見公方，與語而必相弘益。今臣寄分團練，任切訓齊，將奉廟謨，實在賓彦。賜守本官，充臣團練判官。李藩（當作『潘』）右件官文囿馳聲，賓階擅美，口含言瑞，身出禮門。前任已奏爲判官。馭下而和易不流，臨事而貞方有執。今臣移參國用，務切軍須，實假平均，以同計畫。請賜本官，充臣觀察支使。彭陽公者，令狐楚也；安平公者，崔戎也。杜、李二君既同出安平之門，又同爲彭城從事，故二公没而贈之以詩也。詩中並感二公，故有梁山、兗水、謝墅、庾村之目，而恩地感傷，同舍離别，有無窮之思矣。（同上）

《有感二首》乙卯年有感，丙辰年詩成 《舊書》：文宗性守正嫉惡，以宦者權寵太過，繼爲禍胎，元和末弑逆之徒，尚在左右，雖外示優假，心不堪之。思欲芟落本根，以雪讎耻。九重深處，難與將相明言。前與侍講宋申錫謀，謀之不臧，幾成反噬。自是巷伯尤横。李訓既因鄭注得幸，在翰林講《易》之際，語及巷伯事，再三憤恨，以動上心。以其言論縱横，必能成事，遂以真誠謀于訓、注，擢訓爲禮部侍郎、同平章事。訓既秉權衡，即謀誅囚豎，以鄭注爲鳳翔節度，使先之鎮。又以郭行餘鎮邠寧，王璠鎮太原，未赴鎮。間廣令召募豪傑，俾集其事。大和九年乙卯十一月二十一日，帝御紫宸，班定，金吾街使韓約不報平安，奏曰：『金吾左仗院石榴樹，夜來有甘露，臣已進狀訖。』乃蹈舞再拜，宰相百官，相次稱賀。李訓奏曰：『甘露降祥，俯在宫禁，陛下宜親幸左仗觀之。』班退，上乘軟舁出紫宸門，由含元殿東階昇殿，令宰相兩省官先往視之，既還，曰：『臣等恐非真甘露，不敢輕言。』上曰：『韓約妄耶？』乃命左右軍中尉、樞密、内臣往視之。既去，訓召王璠、郭行餘曰：『來受勑旨！』璠恐悚不能前，行餘獨拜殿下。時兩鎮官健，皆執兵在丹鳳門外，訓已令召之，惟璠從兵入，邠寧兵竟不至。中尉、樞密至左仗，聞幕下有兵聲，驚恐走出。閽者欲扃鎖之，爲中人所叱，執關而不能下。内官迴奏曰：『事急矣，請陛下入内！』即舉軟舁迎帝。訓殿上呼曰：『金吾衛士，上殿來護乘輿者，人賞百千。』内官決殿後罘罳，舉輿疾趨，訓攀呼曰：『陛下不得入内！』金吾衛士數十人隨訓而入。京兆尹羅立言、中丞李孝本率臺府從人四百餘人上殿，縱擊内官，死傷者數十人。訓時愈急，邐迤入宣政門，内官郄志榮奮拳擊其胸，訓即僵仆于地。帝入東上閤門，門即闔，内官呼萬歲者數四。須臾，内官率禁兵五百人露刃出閤門，遇人即殺。訓、注、璠、行餘、約、立言、孝本，及宰相王涯、賈餗、舒元輿等皆族誅，流血塗地，京師大駭。○甘露之變，從古未有之事也。閹豎横行，南司塗炭，朝右束手而奉行，明主吞聲而免禍，可謂日月晦冥，陵谷震蕩矣。當時士大夫，深嫉訓、注之姦邪，反若假手寺人，殲除大憝。故文致二人之罪，以爲千窮奇而百檮杌，一旦肆諸市朝，便朝廷清明，上下無事者。一時若鄭覃、李石諸人，以不忤中人而命相矣；李德裕、李宗閔，以訓、注所逐而量移矣；令狐楚號爲仇士良所不悦，而見王涯訊諜，則曰『然，涯誠有謀，罪應死』矣；節度使兵仗參辭，則乞停罷矣。汲汲然唯恐得罪宦官以取禍，而訓、注之惡，亦遂昭布于天下後世。論者不咎文宗之不密失臣，則恨訓、注之狂躁悮國，而當日情勢，未有究論之者，可異也！宦官盜竊國柄，兇横不可制者，莫過于漢之十常侍，故何進等謀誅之不勝，反爲所殺。然進之謀，進始之，非命于靈帝也。李訓内與文宗謀，而外連藩鎮以誅宫奴，謂之奉天討可也。詐言甘露，衷甲帷幙，謂之權以濟勇可也。事已敗裂，猶扳呼乘輿，投身虎口，謂之死不忘君可也。迨奄人得志，身分族滅，此時文宗稍欲救之，即有閻樂、望夷之禍，天道至此，不可問矣，何獨區區罪訓也！使其非平昔傾險，君子猶將予之，不成之責，何乃甚乎？况山有猛獸，藜藿不採，使當時國之重臣，有不畏强禦者，倡言訓等之無辜，士良諸兇，猶未必刃加其頸也。乃箝口不言，而請王涯三相罪名，僅僅出于劉從諫，亦可耻矣！義山詩云：『古有清君側，今非乏老成。素心雖未易，此舉太無名。誰瞑銜冤目，寧吞欲絶聲？』極言訓等之冤，未嘗甚其罪也。其感憤激烈，恨當事之無人，有不同于衆人之言者，故表而出之如此。（同上）

《重有感》大和九年十月，以前廣州節度使王茂元爲涇原節度使。逾月，李訓事作。茂元在涇原，故曰『得上游』也。昭義節度使劉從諫三上疏問王涯等罪名，内官仇士良聞之惕懼，故曰『竇融表已來關右』也。初，未獲鄭注，京師戒嚴，涇原、鄜坊節度使王茂元、蕭弘，皆勒兵備非常，故曰『陶侃軍宜次石頭』也。宦豎知訓事連天子，相與怨讟，帝懼，僞不語，故宦人得肆志殺戮，則蛟龍而愁失水矣，曰『豈有』者，諱之也。《傳》曰：『見無禮于其君者，如鷹鸇之逐鳥雀也。』奄豎恣横，舉朝脅息，曰『更無』者，傷之也。至于晝號夜哭，雪涕星關，則欲爲包胥救楚之事而無九伯，徒託空言。嗚呼，悲夫！（同上）

《壽安公主出降》《舊書》：開成二年六月丁酉，以成德軍節度使王元逵爲駙馬都尉，尚壽安公主。鎮冀自李惟岳以來，拒天子命，然重鄰好畏法，稍屈則祈自新。至王廷凑，資凶悖，肆毒甘亂，不臣不仁，雖夷狄不若也。廷凑死，其次子元逵襲節度，識禮法，歲時貢獻如職。帝悦，詔尚絳王悟女壽安公主。元逵遣人納聘闕下，進千盤食、良馬、主粧澤奩具、奴婢，議者嘉其恭。○唐之姑息藩臣也，起于夷狄之亂也。而唐之克定禍亂，既失復得，則皆藩臣之力也。藩臣能使朝廷危而復安，夷狄叛而旋滅，而不驕蹇自大，長子老孫，唯忠而賢者，李、郭之徒能之，他人不能也。人人驕蹇自大，長子老孫，舉山東、河北膏腴扼要之地，朝廷不得而問其租賦，司其黜陟，欲國家不削弱，不可得也。故當日蒿目時艱者，鰓鰓然以藩鎮爲憂，謂唐必折而入于藩鎮，則唐之亡也，藩鎮亡之也。不知唐之不遽亡也，藩臣繫之也。封建不知起于何時，大抵自有君長而已然也。三代守而勿失，享國長久。秦破滅之，二世而亡。漢、魏而後，有其名而無其實，夷狄盗賊之禍，遂接踵于世。封建之不可廢也昭昭矣。唐之藩鎮，非封建也，而其後則有封建之勢也。一方亂起，一方討之，未嘗不以尊王室爲名也。禄山盗竊而不成，迴紇屢入而却敗，即芝、巢横決，藩后問鼎，而鍾簴絲懸，猶未斬焉遽絶也。自侯國無价人之藩，而宗子撤維城之助，夷狄之入于中國也，不可復支矣。然則公天下而防夷狄之禍者，封建聖王之典也。（同上）

《夕陽樓》在滎陽，是所知今遂寧蕭侍郎牧滎陽日作矣 大和九年，刑部侍郎蕭澣貶遂州刺史。（同上）

《迎寄韓魯州瞻同年》《舊書》：大和四年二月，興元軍亂，節度使李絳舉家被害，判官薛齊、趙存約死之。

（同上）

《送鄭大台文南覲》《北夢瑣言》：鄭文公畋，字台文，父亞，曾任桂管觀察使。畋生于桂州，小字桂兒。時西門思恭爲監軍，有詔徵赴闕，亞餞于北郊，自以衰年，因以畋託之曰：『他日願以桂兒爲念，九泉之下，不敢忘之。』言訖，泫然流涕。思恭誌之。及爲神策軍中尉，亞已卒，思恭使人召畋，館之于第，年未及冠，甚愛之，如甥姪，因選師友教導之。畋後官至將相。黄巢之入長安，西門思恭逃難於終南山，畋以家財厚募有勇者，訪而獲之以歸岐下，温清侍膳，有如父焉。思恭終于畋所，畋葬于鳳翔西岡，松栢皆手植之。未幾，畋亦卒，葬近西門之墳，百官皆造二壠以弔之，無不墮淚，咸伏其義也。○《三國志注》：《晉陽秋》曰：胡威字伯虎，少有志尚，厲操清白。父質之爲荆州也，威自京都省之，家貧無車馬僮僕，威自驅驢單行拜見父，停厩中，十餘日告歸，臨辭，質賜其絹一疋爲道路糧。威跪曰：『大人清白，不審於何得此絹？』質曰：『是我俸禄之餘，故以爲汝糧耳。』威受之，辭歸。每至客舍，自放驢取樵炊爨，食畢，復隨旅進道，往還如是。質帳下都督，素不相識，先其將歸，請假還家，陰資裝，百餘里要之，因與爲伴，每事佐助經營之，又少進飲食。行數百里，威疑之，密誘問，乃知其都督也。因取向所賜絹答謝而遣之。後因他信具以白質，質杖其都督一百，除吏名。其父子清慎如此。（同上）

《喜舍弟羲叟及第上禮部魏公》《唐詩紀事》：魏扶大和四年進士第。大中初知禮闈，入貢院題詩云：『梧桐葉落滿庭陰，鎖閉朱門試院深。曾是當年辛苦地，不將今日負前心。』牓出，無名子削爲五言詩以譏之。（同上）

《行至金牛驛寄興元渤海尚書》《舊書》：高元裕字景圭，大中二年檢校吏部尚書、襄州刺史，加銀青光禄大夫、渤海郡公，山南東道節度使。（同上）

《同學彭道士參寥》《酉陽雜俎》：舊傳月中有桂樹，有蟾蜍，故異書言月桂高五百丈，下有一人常斫之，樹創隨合。人姓吴名剛，西河人，學仙有過，謫令伐樹。（同上）

《梓州罷吟寄同舍》《舊書》：大中中，柳仲郢自河南尹遷梓州刺史、劍南東川節度使，辟商隱爲節度判官，檢校工部郎中。大中末，仲郢坐專殺左遷，商隱廢罷，還鄭州。○《文苑英華・上河東公啓》：兩日前於張評事處伏覩手筆，兼評事傳旨意，於樂籍中賜一人以備紉補。某自悼傷已來，光陰未幾。梧桐半死，才有述哀；靈光獨存，且兼多病。眷言息胤，不暇提携。或小于叔夜之男，或幼于伯喈之女。檢庾信荀娘之啓，常有酸辛；詠陶潛通子之詩，每嗟漂泊。所賴因依德宇，馳驟府庭，方思效命旌麾，不敢載懷鄉土。錦茵象榻，石館金臺，入則陪奉光塵，出則揣摩鉛鈍。兼之早歲，志在玄門，及到此都，更敦夙契。自安衰薄，微得端倪。至于南國妖姬，叢臺妙妓，雖有涉于篇什，實不接于風流。況張懿仙本自無雙，曾來獨立。既從上將，又托英僚。汲縣勒銘，方依崔瑗；漢庭曳履，猶憶鄭崇。寧復河裏飛星，雲間墮月，窺西家之宋玉，恨東舍之王昌？誠出恩私，非所宜稱。伏惟克從至願，賜寢前言。使國人盡保展禽，酒肆不疑阮籍。則恩優之禮，何以加焉。（同上）

《故驛迎弔故桂府常侍有感》《舊書》：會昌末，鄭亞爲桂管觀察使，辟義山爲判官。未幾，謫循州刺史，三年卒。（同上）

《贈趙協律晳》《英華·爲安平公兖州奏狀》：趙晳 右件官洛下名生，山東茂族，仁實堪富，天爵極高。妙選文場，亟仕侯國。珪璋特達，蘭杜芬馨。今臣廉問大藩，澄清列部，藉其謀畫，共讚朝經。伏請賜守本官，充臣觀察判官。○大和七年，令狐楚入爲吏部尚書，仍檢校右僕射，故稱吏部相公也。孫公、謝公，指安平與彭陽也。歲暮相逢，河梁送别，追感賓館妓樓之事，所以黯然而作也。（《玉谿生詩箋》卷下）

《撰彭陽公誌文畢有感》《舊書》：令狐楚封彭陽郡開國公。鎮河陽時，商隱以所業文干之，年纔弱冠。楚以其少俊，深禮之，令與諸子遊。楚鎮天平、汴州，從爲巡官。歲給資裝，令隨計上都。楚能爲章奏，遂以其道授商隱。自是始爲今體章奏。臨殁前一日，召商隱曰：『吾氣魄已殫，情志俱盡。然所懷未已。强欲自寫聞天，恐辭語乖舛，子當助我成之。』又謂其子曰：『吾生無益于人，勿請謚號，葬日勿請鼓吹，誌銘但志宗門，秉筆者無擇高位。』卒于任，年七十二。（同上）

《過故崔兖海宅與崔明秀才話舊因寄舊僚杜趙李三掾》《樊南甲集叙》：『樊南生十六能著《才論》《聖論》，以古文出公卿間，後聯爲鄆相國、華太守所憐。』鄆相國，令狐楚也；華太守，兖海觀察使崔戎也。杜、趙、李三掾者，杜勝、李藩（按：應作『潘』）、趙晳也。此詩八句，用事精妙，念舊感知，讀之凄然。向秀山陽之笛，羊曇西州之慟不是過矣。詩之感人如此。（同上）

《九日》《北夢瑣言》：李商隱員外，依彭陽令狐楚，以牋奏受知。相國既没，彭陽之子綯，繼有韋、平之拜，似疏隴西，未嘗展分。重陽日，義山詣宅，于廳事上留題云云。相國覩之，慙恨而已。乃扃閉此廳，終身不處也。苕溪漁隱曰：『唐史本傳：「令狐楚奇其文，使與諸子遊。楚徙天平、宣武，皆表署巡官。後從王茂元之辟。其子綯以爲忘家恩，放利偷合，謝不通。綯當國，商隱歸窮，綯憾不置。」則商隱此詩，必此時作也。若謂綯有韋、平之拜，寖疏商隱，其言殊無所據。余故以本傳證之。但綯父名楚，商隱又受知於楚，詩中有「楚客」之語，題於廳事，更不避其家諱，何耶？』〇嘗考綯之黜義山也，鈎黨之禍也。唐自元和以後，黨勢浸盛。逮文宗時，李宗閔、牛僧孺、令狐楚與李德裕大相仇怨，角立門户，驅除異己。宗閔諸人爲尤。李太尉相武宗五年，雖未嘗忘情于太牢，然救楊嗣復、李珏之死，猶有大臣之度。大中初立，贊皇被參乘之禍。令狐綯當軸，舉贊皇之客誅剪無孑遺矣。義山幼受知于彭陽。自開成登第後，相國既没，累辟王茂元、鄭亞、盧弘正府。三人皆李太尉委用，故綯尤深惡之。十年輔政，抑之終于使府。史謂義山忘恩放利，而綯尤憸刻寡恩哉！（同上）

《天平公座中呈令狐令公時蔡京在座京曾爲僧徒故有第五句》《舊書》：大和三年十一月，令狐楚進位檢校兵部尚書鄆州刺史、天平軍節度使。（同上）

《行次昭應縣道上送户部李郎中充昭義攻討》《舊書》：會昌三年四月，昭義節度使劉從諫卒。三軍以從諫姪稹爲兵馬留後，上表請授節鉞。尋遣使齎詔潞府，令稹護從諫之喪歸洛陽。稹拒朝旨。詔宰臣百寮會議劉稹可誅可宥之狀，皆以昆戎未殄，塞上用兵，不宜中原生事，潞府請以親王遥領，令稹權知兵馬事，以俟邊上罷兵。獨李德裕以爲澤、潞内地，前時從諫許襲，已是失斷，自後跋扈難制，規脅朝廷。以稹豎子，不可復踐前車，討之必殄。武宗性雄俊，曰：吾與德裕同之，保無後悔。九月，詔王元逵、何弘敬、王茂元、王宰等討之。明年七月，潞州大將郭誼等遣人至王宰軍，請殺稹以自贖。王宰以聞，詔石雄率軍七千人入潞州，誼斬劉稹首以迎雄，澤潞平。（同上）

《哭遂州蕭侍郎二十四韻》《舊書》：大和九年六月，京兆尹楊虞卿坐妖言人得罪，人皆以爲寃誣。宰臣李宗閔於上前極言論列，上怒，數宗閔之罪叱出之，貶明州刺史，再貶虔州長史。貶吏部侍郎李漢爲邠州刺史，刑部侍郎蕭澣爲遂州刺史。坐宗閔、虞卿黨牽累，故曰『初驚逐客議，旋駭黨人寃』也。時李訓、鄭注竊弄威權，凡不附己者目爲宗閔、德裕之黨，貶逐無虚日，中外震駭，連月陰晦，人情不安，故曰『苦霧三辰没，窮陰四塞昏』。虎威狐更假，隼擊鳥逾喧』也。澣没于遂寧，故曰『遺音和蜀魄，易簀對巴猿』也。訓、注誅後，文宗始大赦，量移貶謫諸臣，故曰『白骨始霑恩』也。義山至開成二年始登第，故曰『自嘆離通籍，何嘗忘叫閽』也。因澣爲梁武子孫，故引同泰徼福之事，以爲虚語，傷之之詞也。義山于楊虞卿、蕭澣之亡也，皆哭之極哀。至此云『不成穿壙入，終擬上書論』，寃忿極矣，惡訓、注之奸邪也。訓、注用事，鷹擊毛摯，僚宷一空，遂成甘露之變。君子嘆息痛恨於文宗之失人也，有由然哉！（同上）

《送千牛李將軍赴闕五十韻》『内豎』十二句箋：千牛李將軍者，西平王晟之孫也。《舊書》：建中四年十月，詔涇原節度使姚令言率涇原之師救哥舒曜。涇原軍出京城，至滻水，倒戈謀畔。令言不能禁。上令載繒綵二車，遣晋王往慰諭之，亂兵已陣于丹鳳闕下，促神策軍拒之，無一人至者。上與太子諸王妃主百餘人，出苑北門。其夕至咸陽，飯數匕而過。戊申，至奉天。《舊書》：是時朱泚盗據京城，李懷光圖爲反噬，河朔僭僞者三，李納虎視于河南，希烈鴟張于汴、鄭，晟内無貨財，外無轉輸，以孤軍抗劇賊而鋭氣不衰，徒以忠義感於人心，故英豪歸向。〇『捨魯』十二句箋：《舊書》：德宗纔幸奉天，賊軍已至，四面攻城。晝夜矢石不絶，城中死傷者甚衆。重圍救絶，蒭粟俱盡。城中伺賊休息，輒遣人城外捃拾樵采以進御，人心危蹙。上與渾瑊對泣。賊泚北據乾陵，下瞰城内，身衣黄衣，蔽以翟扇，前後左右，皆朱紫閹官，宴賜拜舞，紛紜旁午。城中動息，賊俯窺之。慢辭戲侮，以爲破在漏刻之頃。賊造雲橋成，闊數十丈，以巨輪爲脚，推之使前，施濕氈生牛革，多懸水囊以爲障，直指城東北隅。兩旁構木爲廬，冒以牛革，迴環相屬，負土運薪于其下，以填濠塹，矢石不能傷。城中恐懼，相顧失色。〇『縱未』十二句箋：《新書》：賊負其衆，遂長圍。百拳弩射城中，不及幄坐者三步。《舊書》：朱泚盗據宮闕，遣其將韓旻，領馬步三千，疾趨奉天。以段秀實失兵權，疑其蓄怨，召與同惡。秀實詐許之，陰與劉海賓、何明禮、歧靈岳等謀，倒用司農印，追韓旻兵還，遂以象笏擊泚，中顙流血，匍匐而走，唾泚面大罵曰：『狂賊，吾恨不斬汝萬段！』遂遇害。海賓等相次被殺。《新書》：奉天圍久，食且盡，以蘆秣帝馬，大官糲米止二斛。圍解，父老争上壺飡餅餌。○『否極』十二句箋：《新書》：帝欲幸咸陽，趣諸將捕賊。懷光出醜言，進狩梁州。次渭陽，太息曰：『朕是行將有永嘉事乎？』渾瑊曰：『臨大難無畏者，聖人勇也，陛下何言之過！』《舊書》：『晟大集諸將，駱元光、尚可孤等陳兵光泰門外，直抵苑墻。晟先使人開苑墻二百餘步，至是賊已樹木栅之。賊倚栅拒戰，晟叱軍士曰：『安得縱賊如此！當先斬公等。』史萬頃懼，先登拔栅而入，鼓噪雷動，賊即奔潰。乘勢驅促，至于白華。忽有賊騎千餘出于官軍之背，晟以麾下百餘騎馳之，左右呼曰：『相公來！』賊聞之驚潰，官軍追斬，不可勝計。朱泚、姚令言、張庭芝相率遁走涇州。田希鑒斬姚令言，幽州京士韓旻於彭原斬朱泚，並傳首至行在。晟破賊露布至梁州，上覽之，感泣，羣臣無不隕涕，因上壽稱萬歲，奏曰：『李晟虔奉聖謨，盪滌兇醜，然古之樹勳力復都邑者，往往有之。至于不驚宗廟，不易市肆，長安人不識旗鼓，安堵如初，自三代以來，未之有也。』上曰：『天生李晟，爲社稷萬人，不爲朕也。』（同上）

《和鄭愚贈汝陽王孫家箏妓二十韻》《北夢瑣言》：唐鄭愚尚書，廣州人。雄才博學，擢進士第，敭歷清顯，聲稱赫然。而性本好華，以錦爲半臂。崔魏公鉉鎮荆南，滎陽除廣南節制，經過，魏公以常禮延遇。滎陽舉進士時，未嘗以文章及魏公門，此日於客次换麻衣，先贄所業，魏公覽其卷首，尋已，賞嘆至三四，不覺曰：『真銷得錦半臂也。』○《新書》：讓皇帝子璡，眉宇秀整，謹絜善射。帝愛之，封汝陽王。（同上）

《自桂林奉使江陵途中感懷寄獻尚書》會昌五年（按：應爲大中元年），鄭亞爲桂州刺史、桂管觀察使，義山爲其判官。時奉使南郡，作此詩也。江陵相國者，按《新書》，會昌五年，鄭肅以檢校尚書左僕射同中書門下平章事。宣宗即位，罷爲荆南節度使。當是鄭肅也。自注『韶』字疑誤（《宰相世系表》無鄭韶）。○《樊南甲集序》：『大中元年，被奏入嶺當表記，所爲亦多。冬如南郡，舟中忽復括其所藏，火燹墨污，半有墜落。因削筆衡山，洗硯湘江，

以類相等色。』正作此詩也。（同上）

《偶成轉韻七十二句贈四同舍》此詩武寧軍節度使盧弘正鎮彭門時，義山爲掌書記作也。武威將軍者，王茂元也。《舊書》本傳：茂元雖讀書爲儒，本將家子。故云『少年箭道驚楊葉。武功高後數文章』也。本傳：會昌二年，又以書判拔萃。王茂元鎮河陽，辟爲掌書記，得侍御史。茂元愛其才，以子妻之，故云『憐我秋齋夢蝴蝶』『臘月大雪過大梁』也。『憶昔公爲會昌宰』者，即弘正也。《舊書》：會昌末，王師討劉稹，收山東邢、洺、磁三郡，宰臣李德裕奏弘正爲邢、洺、磁團練觀察使留後，未行而稹誅，遂令弘正銜命宣諭河北三鎮。『公事武皇爲鐵冠』者，弘正嘗爲御史也。『明年赴辟下昭桂者，赴鄭亞之辟也。《舊書》：會昌五（按：當作『六』）年，李德裕罷相。出亞爲桂州刺史、桂管經略使，請義山爲觀察判官，檢校水部員外郎。大中初，亞坐德裕吴湘獄，再貶循州刺史，義山亦隨在嶺表。自秦之桂之循，所謂陽臺、湘妃廟、虞帝城、謝游橋，及鸊鵜、朱槿，皆所經歷聞見者也。『頃之失職辭南風』者，亞卒而西歸也。義山自嶺表歸朝，弘正爲京兆尹，奏署掾曹，令典牋奏，故云『手封狴牢』『帖使修表』也。『此時聞有燕昭臺』以下，正從事弘正于徐州也。《舊書》：徐方自王智興之後，軍士驕怠，有銀刀都尤勞姑息，前後屢逐主帥。弘正在鎮朞年，皆去其首惡，喻之忠義，訖于受代，軍旅無譁，故云『彭門十萬皆雄勇，首戴公恩若山重』也。作詩在彭門，故以『沛國東風』起興。繼乃追叙生平游宦，前後受知茂元與弘正，而相得之厚，知己之深，不自今日始也。及乎從事桂管，失職還京，外則涉歷風波，內則棲遲下吏，正抑鬱無聊之時，忽有弘正徐州之辟，所以欣然樂王粲之從軍而忘淵明之歸去也。若夫芙蓉幕內，握靈蛇而吞綵鳳，吟《梁父》而舞《鴝鵒》，豈非同舍之榮而從軍之樂哉！終以感弘正之知遇，而祝其入相也。（同上）

《五言述德抒情詩一首四十韻獻上杜七兄僕射相公》『率身』十二句箋：《舊書》：會昌中，杜悰拜中書侍郎、同中書門下平章事，尋加左僕射。大中初，出鎮西川，降先没吐蕃維州，州即古西戎地也。其地南界江陽，岷山連嶺而西，不知其極。北望隴山，積雪如玉；東望成都，如在井底。地接石紐山，夏禹生于石紐山是也。其州在岷山之孤峰，三面臨江。天寶後河、隴繼陷，惟此州在焉。吐蕃利其險要，二十年間，設計得之，遂據其城，因號曰『無憂城』。吐蕃由是不憂邛、蜀之兵。先是，李德裕鎮西川，維州吐蕃首領悉怛謀以城來降。德裕奏之，執政者與德裕不協，遽勒還其城。至是收復之，亦不因兵刃，乃人情所歸也。按維州之事，在文宗大和五年，牛僧孺當國，害德裕之功也。會昌中，德裕復相，嘗追論之，悉怛謀已贈官矣。大中繼立，僧孺黨白敏中、令狐綯等共排德裕，逐之。此時而悰又有收復維州之功，當非執政所喜，故云『惡草雖當路，寒松實挺生。人言真可畏，公意本無争』，惡草，指敏中諸人也。悉怛謀之勒歸也，吐蕃戮之漢界之上，三百餘人，寃叫呼天。擲其嬰孩，承以槍槊。此實僧孺以鈎黨殺降，故詩云『感念殽屍露，咨嗟趙卒坑。儻令安隱忍，何以贊貞明』也。○『南詔』四句箋：李衛公《奏維州事》曰：『此地内附，可減八處鎮兵，坐收千里舊地。臣見莫大之利，乃爲恢復之基。况臣未嘗用兵攻取，彼自感化來降。』悰之收維州，可比衛公也。（同上）

《行次西郊作一百韻》『蛇年』四句箋：《舊書》：開成二年丙辰（按：當作丁巳），義山登進士第。釋褐秘書省校書郎，調補弘農尉（按：釋褐在開成四年）。此詩三（當作二）年丁巳，自弘農之長安道中作也。○『晋公』十二句箋：《新書》：宰相李林甫嫌儒臣以戰功進，尊寵間己，乃請顓用蕃將。故帝寵安禄山益牢，羣議不能軋。楊國忠以宰相領選，資格紛繆，無復綱叙。大選就第，唱補惟女兄弟觀之。士之醜野偃蹇者，呼其名，輒笑于堂，聲徹于外。士大夫詬耻之。楊貴妃有寵，禄山請爲妃養兒，帝許之。其拜必先妃後帝，帝怪之，答曰：『蕃人先母後父。』帝大悦。○『重賜』八句箋：《新書》：禄山逆謀日熾，築壘范陽北，號『雄武城』。峙兵積穀，養同羅降曳落河、奚、契丹八千人爲假子，教家奴善弓矢者數百，畜單于護真大馬三萬，牛羊五萬。每乘驛入朝，半道必易馬，號『大夫换馬臺』，不爾，馬輒仆，故馬必能負五石者乃勝載。○『大朝』八句箋：《新書》：帝登勤政樓，幄坐之，左張金雞大障，前置特榻，詔禄山坐，褰其幄以示尊寵。太子諫曰：『自古幄坐，非人臣當得。陛下寵禄山過甚，必驕。』帝曰：『胡有異相，我欲厭之。』○『廷臣』十二句：《舊書》：安禄山率蕃、漢之兵十餘萬，自幽州南向詣闕，以誅楊國忠爲名。封常清、高仙芝等戰敗，斬于潼關。明年，哥舒翰與賊將崔乾祐戰于靈寶西原，官軍大敗，關門失守。京師大駭，帝謀幸蜀。六月乙未凌晨，自延秋門出，微雨霑濕，扈從惟楊國忠、韋見素、内侍高力士及太子，其親王，妃主、皇孫已下多從之不及。《舊書》：潼關失守，玄宗幸蜀，百姓亂入宮禁，取左藏大盈庫物，既而焚之。京兆尹崔光遠號令百姓救火，又募人分守之，殺十數人方止，使其息東見禄山，禄山大悦。《舊書》：朝廷失守，衣冠流離道路，多爲逆黨所脅，自陳希烈、張均已下數十人赴洛陽。《舊書·本紀》：玄宗至馬嵬驛，六軍不進，陳玄禮奏誅國忠，并賜貴妃自盡。次扶風，軍士各懷去就，咸出醜言，玄禮不能制。韋見素、崔圓、崔渙、房琯俱拜中書侍郎、同平章事。○『列聖』二十四句：《新書》：安、史亂天下，至肅宗大難略平。君臣皆幸安，故瓜分河北地，付授畔將，護養萌孽，以成禍根。亂人乘之，遂擅署吏，以賦税自私，不朝獻于廷。效戰國肱髀相依，以土地傳子孫，脅百姓，加鋸于頸，利鉢逆汙，遂使其人自視由羌狄然。一寇死，一賊生，迄唐亡，百餘年卒不爲王土。杜牧曰：大曆、貞元之間，有城數十，千百卒夫，則朝廷貸以法。故於是闊視大言，自樹一家，破制削法，角爲尊奢。天子不問，有司不呵。王侯通爵，越録受之；覲聘不來，几杖扶之。逆息虜胤，皇子嬪之。地益廣，兵益强，僭擬益甚，侈心益昌。土田名器，分劃大盡，而賊夫貪心，未及畔岸，淫名越號，走兵四略，以飽其志。趙、魏、燕、齊，同日而起；梁、蔡、吴、蜀，躡而和之。其餘混澒軒囂，欲相效者，比比而是。○『近年』十六句箋：《舊書》：鄭注始以藥術游長安權豪之門。本姓魚，冒鄭氏，時號『魚鄭』。注用事，人目之爲水族。因李愬結王守澄，薦于文宗，深寵異之。注晝伏夜動，交通賂遺。天資狂妄，偷合取容。大和九年十一月，與李訓等謀誅宦官，訓出注爲鳳翔節度使，欲中外合勢。事敗，注自鳳翔率親兵五百餘人赴闕，監軍使張仲清誘而斬之，傳首京師，家屬屠滅，靡有孑遺。注兩目不能遠視。自言有金丹之術，可去痿弱重腿之疾。（同上）

《送從翁東川弘農尚書幕》（昔帝迴冲眷）箋九條

編者按：此詩非義山作，兹删略。

《哭虔州楊侍郎虞卿》《舊書》：虞卿字師臯，大和中，李宗閔、牛僧孺輔政，引用至給事中。七年，宗閔罷，李德裕知政事，出爲常州刺史。八年，宗閔復入相，召爲工部侍郎。九年，拜京兆尹。其年六月，京師訛言鄭注爲上合金丹，須小兒心肝，密旨捕小兒無筭。民間相告語，扃鎖小兒甚密，街肆詾詾。上聞之不悦，鄭注頗不自安，約李訓奏言：語出虞卿家，因京兆騶伍布都下。御史大夫李固言素嫉虞卿，因傅左端倪。上怒，即令收虞卿下獄。於是子弟八人，皆自縶撾鼓訴冤，詔虞卿歸私第。翌日，貶虔州司馬，再貶虔州司户，卒于貶所。詩云『如何大丞相，翻作弛刑徒』者，指宗閔也；『中憲方外易』者，指固言也；『本矜能弭謗，先議取非辜』者，謂注也。念昔之恩知禮秩，至欲爲聶政、朱家之事。楚水招魂，邙山卜宅，哀之深矣。是冬即有甘露之變，所謂『旋踵戮城狐』也。史言虞卿性柔佞，能阿附權幸，以爲姦利。每歲銓曹貢部，爲舉選人馳走取科第，占員闕，無不得所欲，升沉取舍，出其脣吻，而李宗閔待之如骨肉。以能朋比唱和，故時號『黨魁』，以及於禍。觀義山此詩，其與虞卿情好篤厚，則亦宗閔之黨也。他日哭蕭澣，哭令狐楚，皆有百身之感，二人亦宗閔之黨也。乃自開成登第後，連應王茂元、鄭亞、盧弘正之辟，皆李太尉引用之人，豈嫉楊、李朋比之私，而遷于喬木耶？卒爲令狐綯所排擯，坎廩以終。當時鈎黨之禍，根株牽連，吁！可畏矣。（同上）

《寄太原盧司空三十韻》《舊書》：大中六年，盧鈞爲檢校司空、太原尹、北都留守、河東節度使。義山時在東川，作此詩寄之也。『隋艦臨淮甸』以下，因太原爲高祖興王之地，故首述之，願鈞著丹青之功也。『舊族開東岳』以下，言其家世宦蹟也。『雞塞誰生事』以下，述其節度嶺南之功也。開成元年，鈞鎮嶺表。先是土人與蠻獠雜居，婚娶相通。吏或撓之，相誘爲亂。鈞至，立法，俾華、蠻異處，婚娶不通，蠻人不得立田宅，由是徼外肅清而不相犯。詩曰『那勞《出師表》，盡入《大荒經》』，比于武侯之功也。『羲之當妙選』以下，叙姻婭之誼以及寄詩之情也。鈞晚歲爲宰相令狐綯所惡，謝病不視事，悠優别墅，故有『黄菊』『白蘋』之句。及其再爲司空，年逾大耋，則『西山童子藥，南極老人星』，其祝頌之辭歟？自以伶俜劍外，不得親叩玄扃，所以願其入相，身致太平，而成封禪之禮也。（同上）

《安平公詩》安平公者，兖海觀察使崔戎也。《新書·宰相世系表》：戎字可大，兖、海、沂、密都團練觀察等使，封安平公。子雍，和州刺史。《舊書·戎傳》：高伯祖玄暐，神龍初有大功，封博陵郡王。戎舉兩經登科，授太子校書。調判入等，授藍田主簿。歷仕至給事中。改華州刺史，詩所謂『華州留語曉至暮』者也。仲子延岳者，即雍也；其弟炳章者，衮也。咸通中坐崔雍事同貶者，司勳郎中崔原、比部員外郎崔福、長安縣令崔朗、左拾遺崔庚、荊南觀察使崔序，詩所謂『陳留阮家諸姪秀』也。『從事杜與李』者，杜勝、李潘也。《舊書・本紀》：大和八年三月丙子，以戎爲兖海觀察使，所謂『公時受詔鎮東魯』也。六月庚子戎卒，所謂『五月至止六月病，遽頽泰山驚逝波』也。咸通九年，徐州赴桂林戍卒反，推判官龐勛爲都頭，攻剽州郡。時雍爲和州刺史，坐與賊將吴約飲酒通好，十年八月，和州防虞行官石侔等一百三十人狀訴其事，敕賜雍死于宣州陵陽館，其子黨兒、歸僧配流康州，所謂『宅破子毀哀如何』也。此詩蓋作于咸通中，追叙安平公之事。始言總角受知于安平，當其守華之時，與諸子習業南山。其羣從友朋之秀麗，歌詩文賦之鏗鏘，春花鳴鳥之流悦，致足樂也。及公載酒來過，游歷登覽，視世界如恒沙，仰諸天之勝蹟，皆華州事矣。逮乎移官兖海，隨車草詔，一時章表，皆出其手。而丹砂難覓，逝波不返，哀哉！曾幾何時，而徒步京國，宅破子毀，卷西風于素帳，照隟光于燕寠，以此思哀，哀可知矣。然後撫知己于淪賤之日，如此其難，而安平之德，一二世而遽斬，所以灑淚瀝膽，願其澤之滂沱也。（同上）

義山《無題》之什，掇宫體、《玉臺》之菁英，加以聲勢律切，令讀者咀吟不倦，誠古之絶調。然楊眉庵以爲雖極其穠豔，皆託於臣不忘君之義，而深惜乎才之不遇。則其詞有難於顯言者。况裙衩脂粉之語，閨房謔浪之事，僅可以意逆志，無庸刻舟求劍。（《大兖集》）

丁祖蔭

夕公爲牧翁從子，詩名冠儕輩，柳南老人稱爲原本温、李。所著有《李義山詩箋》，蓋即箋釋道源注本，吴江朱長孺氏嘗取其説以入詩注者。是其寢饋於玉谿者久，故其得力也深。特其書自《稽瑞樓書目》著録而外，闃無聞。更求其所著《大兖集》五卷而亦不可得。……王君葆初一日遇我，袖其集殘本兩卷。……卷末有朱文籛後人三字印，疑爲夕公手寫本。（《大兖集跋》）

朱鶴齡

【箋注李義山詩集序】申酉之歲，予箋杜詩於牧齋先生之紅豆莊。既卒業，先生謂予曰：『玉谿生詩，沈博絶麗，王介甫稱爲善學老杜，惜從前未有爲之注者。元遺山云：「詩家總愛西崑好，只恨無人作鄭箋。」子何不併成之，以嘉惠來學？』予因緐覈新、舊《唐書》本傳，以及箋、啓、序、狀諸作所載於《英華》《文粹》者，反覆參考，乃喟然嘆曰：『嗟乎！義山蓋負才傲兀，抑塞於鈎黨之禍，而《傳》所云「放利偷合」、「詭薄無行」者，非其實也。』夫令狐綯之惡義山，以其就王茂元、鄭亞之辟也；其惡茂元、鄭亞，以其爲贊皇所善也。贊皇入相，薦自晋公，功流社稷。史家之論，每曲牛而直李。茂元諸人，皆一時翹楚，綯安得以私恩之故，牢籠義山，使終身不爲之用乎？綯特以仇怨贊皇，因併惡其黨贊皇之黨者，非真有憾於義山也。太牢與正士爲讐，綯父楚比太牢而深結李宗閔、楊嗣復。綯之繼父，深險尤甚。會昌中，贊皇擢綯臺閣，一旦失勢，綯與不逞之徒竭力排陷之，此其人可附離爲死黨乎？義山之就王、鄭，未必非擇木之智，涣邱之公。此而目爲放利偷合、詭薄無行，則必將朋比奸邪，擅朝亂政，如『八關十六子』之所爲，而後謂之非偷合、非無行乎？（紀昀批語：詭薄無行，固當時已甚之詞。而以爲擇木之智，涣邱之公，亦後人張大其事而涉於袒護者。義山蓋自行其志，而於朝廷黨友無所容心於其間。感王茂元一時知己，故依而從之，不幸值綯之谿刻，遂成莫解之怨，固迫於勢之不得不然耳。倘以爲有意去就，則後之屢啓陳情，又何説以處之？）且吾觀其活獄弘農，則忤廉察；題詩九日，則忤政府；於劉蕡之斥，則抱痛巫咸；於乙卯之變，則銜寃晋石；太和東討，懷『積骸成莽』之悲；党項興師，有『窮兵禍胎』之戒。以至《漢宫》《瑶池》《華清》《馬嵬》諸作，無非諷方士爲不經，警色荒之覆國。此其指事懷忠，鬱紆激切，直可與曲江老人相視而笑，斷不得以放利偷合、詭薄無行嗤摘之也。（紀昀批語：諸詩工拙不一，然自是其身份見地高出晚唐諸家處，所以爲杜之苗裔而卓然有以自立。）或曰：『義山之詩，半及閨闥，讀者與《玉臺》《香奩》例稱，荆公以爲善學老杜，何居？』予曰：『男女之情，通於君臣朋友。《國風》之螓首蛾眉，雲髮瓠齒，其辭甚褻，聖人顧有取焉。《離騷》託芳草以憶王孫，借美人以喻君子，遂爲漢魏六朝樂府之祖。古人之不得志於君臣朋友者，往往寄遥情於婉孌，結深怨於蹇修，以序其忠憤無聊、纏綿宕往之致。唐至太和以後，閹人暴横，黨禍蔓延，義山阨塞當塗，沈淪記室，其身危，則顯言不可而曲言之；其思苦，則莊語不可而謾語之。計莫若瑶臺璚宇、歌筵舞榭之間，言之者可無罪，而聞之者足以動。其《梓州吟》云：「楚雨含情俱有託」，早已自下箋解矣。（紀昀批語：此段真抉出本原，然此等皆可以意會之，必求其事以實之，則刻舟之見矣。中亦有實是豔詞者，又不得概論。）吾故曰：義山之詩，乃風人之緒音，屈宋之遺響，蓋得子美之深而變出之也。（紀昀批語：「變出之三字，爲千古揭出正法眼藏。知李之所以學杜，知所以學李矣。若撏撦字句，株守格律，皆屬淺嘗。至於拾一二淺薄語以自快，則下劣詩魔，不可藥救矣。）豈徒以徵事奥博，擷采妍華，與飛卿、柯古争霸一時哉！學者不察本末，類以「才人」「浪子」目義山，即愛其詩者，亦不過以爲帷房暱媟之詞而已，此不能論世知人之故也。』（紀昀批語：凡詩皆當如此看。就詩論詩，蓋有不曉爲何語者，况定其工拙乎？）予故博考時事，推求至隱，因箋成而發之，以復於先生，且以爲世之讀義山集者告焉。順治己亥二月朔，朱鶴齡書於猗蘭堂。

（《李義山詩集箋註》卷首）

【箋註李義山詩集凡例】《西清詩話》載都人劉克嘗註杜子美、李義山詩，又《延州筆記》載張文亮有《義山詩註》，今皆不傳。近海虞釋石林道源鋭意創爲之，洵稱罕觀，惜其用就而終未及。牧齋先生授余是正，余因大加剪薙，遴其當者録之，不敢掠美。錢夕公龍惕箋與鄙意多合，並爲采入，以公同好。

所引之事，必求其書；所引之書，必求其祖。事之奥僻者詳之，習見者簡之，所傳互異者則備載之，意義之沈晦者疏明之，不可解者則闕之。此余箋註杜詩之例也。今一以是例爲準。

義山詩《藝文志》止三卷，想後人掇拾于散佚之餘，故詩與題或不相應。又作詩之歲月多不可考，今略于譜中詮次先後，以附於論世之義云。

是集夾註中所云『自註』及『一作』者，皆徧搜宋刻善本，與《文苑英華》《唐文粹》諸本所收，參互而折衷之。原文闕文，姑仍其舊，較之時刻，迴不侔矣。

余合箋義山詩文，始于丁酉孟冬，成於己亥季春。初意爲名山之藏。顧子茂倫有孝慫恿先出詩集授梓，非余志也。婁東錢子梅仙㲉、海虞馮子竇伯武及同邑趙子砥之瀚、沈子留侯自南、張子九臨拱乾、陳子長發啓源皆各疏所聞，助余固陋。校勘點畫則茂倫有專功焉。朱鶴齡長孺氏謹識。（同上）

【新編李義山文集序】義山老于幕僚，故其集章奏啓牒居多。《通考》載《樊南甲集》二十卷，《乙集》二十卷，又《雜文》八卷，今都散佚不存，所傳者僅詩集三卷耳。余箋注其詩，檢閱《文苑英華》《唐文粹》《御覽》《玉海》諸部，蒐緝義山文，凡得表、書、啓、箋、檄、序、説、論、賦、祭文、墓碑等作共若干首，釐爲五卷，又以新、舊《唐書》考證時事，略爲詮釋，而因題其首曰：四六之名，不知何昉。義山云：『四六者，六博格五四數六甲之取也，未足矜。』然則此本非文章家所重，而六朝以來特尚之，斯古文所由日下耶？厥體繁于齊、梁，至庾子山而纖麗極矣。唐初四傑以及燕、許諸公，踵事增華，號稱絶盛，其體裁閎博，音響琳琅，較過前人，而清新儁拔則微有間焉。子美詩云：『庾信文章老更成，凌雲健筆意縱横。』又云：『王楊盧駱當時體，輕薄爲文哂未休。』雖不置軒輊其間，然文章流别，亦略可睹矣。義山四六，其源出于子山，故章摛造次之華，句挾驚人之豔，以磔裂爲工，以纖妍爲態。迄于宋初，楊、劉刀筆，猶沿習其製，誠厥體中之稱栂薝蔔也已。若夫《雪皇太子書》《論劉稹檄》，則侃論正辭，有『風情張日，霜氣横秋』之概。及讀《辭張懿仙》一啓，又見其悟通禪悦，所得于知玄本師之教深矣。此豈區區妃青儷白、鏤月裁雲者所能及？而唐史稱其文，第以繁縟恢譎目之，豈得爲知言哉！余嘗觀晚唐人文章，如李甘、沈亞之、陸龜蒙、司空圖數子最爲卓犖瑰瑋，而世罕睹其集，欲從《文苑》諸書中摘抄出之，以備一家之作，特病嬾未暇。姑以此集爲乘韋之先云。（《愚菴小集》卷七）

【西崑發微序】義山之詩，原本《離騷》。余向爲箋注而序之曰：『男女之情，通于君臣朋友。』夫屈原之時，其君則懷王也，其所與同朝者，子椒、子蘭也。原之耿介，能無怨乎？怨而不忍直致其怨，則其辭不得不詭譎曼衍。而義山一祖其杼軸以爲詩，以故瑰采驚人，學者難以逆志。余之箋注，特鱗次羣書，析疑徵事而已。若其指趨之隱伏者，固不能條件指晰，將以待世之曉人深求而自得之焉。今春次耕歸自玉峰，以吴子修齡《西崑發微》示余。其説以爲義山《無題》詩皆爲令狐綯作也。義山受知令狐楚，後就王、鄭之辟，綯與黨人排斥之，終其身。義山固功名之士也，能無怨乎？怨則以神仙之境爲艷情，巾帨之間作廋語，斯固夫君美人靈修山鬼，屈、宋之家法也，豈徒麗藻云爾乎？往虞山馮子定遠嘗語余：義山《無題》詩皆寄思君臣遇合。其説蓋出于楊孟載。今得修齡解，益可與定遠相證明，足埤益余箋注所未逮。修齡真曉人哉！修齡精律吕之學，妙有神悟，蓋今之異材，兹特吉光片羽爾。敬題首簡歸之，以志余傾倒之意。（同上）

【傳家質言】《杜工部集輯注》《李義山詩集箋注》，盛行海内已久，然余不欲以此自見也。當變革時，惟手録杜詩過日。又見一越友選時賢詩，嗤薄艷體，另爲一編，故借西崑以曉正之。而不知者疑議叢生，余一無所辨，直付之太虚之鴻爪耳。（同上卷十五）

【李義山詩集補注（引言）】剞劂既竟，時有弋獲。兼以疑義，廣諮博聞。復得一百六十餘條，不忍割棄，因綴録之，附於各卷之末。（《李義山詩集補注》）

《復京》詩云『李令心如日』，則《復京》是咏德宗事，但朱泚乃逆臣，非『虜騎胡兵』也。按：代宗廣德初，吐蕃率羌、渾陷長安，帝幸陝州，賴郭子儀收復，『李令』若改作『郭令』，於首句甚合，姑筆此存疑。（同上）

《北禽》此詩作於東川。義山自北來，居幕府，故曰北禽，以自况也。中二聯皆憂讒畏譏之意。末語有羡於雕陵之鵲，其爲周身之防至矣。此等詩意味深長，逼真老杜家法。（同上）

《風》馮班曰：撩釵拂帶，咏風之麗語也。洞房無人，風吹羅薦，寂寞光景宛狀在目。義山詩取境幽遠，大略如此。（同上）

《咏史》（歷覽前賢）此詩疑爲文宗而發也。史稱文宗恭儉性成，衣必三澣。蓋守成令主也。迨乎受制家奴，自比周赧、漢獻，義山追感其事，故言儉成奢敗，國家常理。……此詩全是故君之悲。玩末二語，可見特不欲顯言，故託其辭於咏史耳。（同上）

《無題》（昨夜星辰）馮班曰：義山以畿赤高資，失意蹉跎，出而從事諸侯幕府。此詩託辭諷懷，以序其意。『身無綵鳳』一聯，言同人之相隔也。下二聯序宴會之歡，而己不得與，方走馬從事遠方以爲慨也。楊孟載云：義山《無題》詩皆寓言君臣遇合，得其旨矣。（同上）

《杏花》陳帆曰：此詩疑爲令狐綯排笮而作，援少風多，墻高月淺，喻己之援引無人，而彼之門墻甚峻也。（同上）

《錦瑟》（眉批）此悼亡之作也。按義山《房中曲》：『歸來已不見，錦瑟長於人』，此詩寓意略同，是以錦瑟起興，非專賦錦瑟也。《緗素雜記》引東坡適怨清和之説，吾不謂然，恐是僞託耳。《劉貢父詩話》云：錦瑟當時貴人愛姬之名。或遂實以令狐楚青衣，説尤誣矣，當亟正之。（同上）

《重過聖女祠》（眉批）此以『淪謫』二字發自己憤懣也。（同上）

《商於》（眉批）前四句寫歸路之樂。『建瓴』四句言地險人雄。『清渠』四句言時值承平，望帝鄉而切近君之慕也。（同上）

《和孫朴韋蟾孔雀咏》後四句全是寓意。（同上）

《華清宮》（華清恩幸）言褒姒能滅周，而玄宗不久便歸國，是貴妃之傾城猶在褒姒下也。二語深著色荒之戒，意最警策。（同上）

《蟬》此以蟬自況也。（眉批）神韵悠揚。（同上）

《贈劉司户》（眉批）此恨忠直之不見容也。（同上）

《北齊二首》（眉批）只叙本事耳，言外却有許多感嘆。（同上）

《送崔珏往西川》（眉批）此必不得已而西游，詩以慰之也。不過説蜀耳，詞意雄壯，色飛眉舞。此是義山學老杜處。（同上）

《屬疾》屬宦悼亡，何堪屬疾。（同上）

《飲席戲贈同舍》（眉批）此席上有美人同座，爲之傾倒，詩以戲之也。（同上）

《北禽》（眉批）此以北禽自况也。雁自北而南，故曰『北禽』。……應是東川幕府中作。（同上）

《令狐八拾遺見招送裴十四歸華州》（眉批）此送裴而感己之不得志也。（同上）

《寄令狐學士》（眉批）此以汲引望令狐也。（同上）

《酬令狐郎中見寄》此義山羈宦桂管，故有『象卉』『蛟涎』等句。（同上）

《哭劉蕡》（眉批）此痛劉之忠直不容於世也。（同上）

《子初全溪作》（眉批）此定作於甘露之禍後耶？（同上）

《少年》此諷得志者之薄於故交也。（同上）

《越燕二首》（眉批）二詩皆寄恃才流落之感。（同上）

《即日》（一歲林花）（眉批）此嘆恩情之不可恃也。（同上）

《無題二首》（昨夜星辰）此言得路與失路者不同也。（同上）

《無題四首》（來是空言）此章言情愫之未易通也。（颯颯東風）此章言相憶之苦也。（含情春晼晚）此寫咫尺天涯之感。（同上）

《落花》（眉批）此因落花而發身世之感也。（同上）

《月》此嘆有情者之不如忘情也。（同上）

《垂柳》（眉批）此嘆良遇之不能久也。（同上）

《留贈畏之》（眉批）此嘆時命之不如韓也。（同上）

《無題》（相見時難）（眉批）此言情人之不同薄倖也。（同上）

《碧城三首》長材沉屈，志不得伸。（同上）

《對雪二首》（其一眉批）此對雪而寄飄泊之感也。（同上）

《蜂》（眉批）此爲逢迎趨附者發也。（同上）

《菊》（眉批）此寄士爲知己者用之意。（同上）

《代元城吳令暗爲答》此詩爲洛神辨誣，明思王感甄之説未足深信。（同上）

《曉坐》（眉批）此悼亡也。（同上）

《一片》（一片非煙）（眉批）此恐遭逢遲暮也。（同上）

《促漏》高棅曰：此詩擬深宮怨女而作。（同上）

《可嘆》秦宮、赤鳳，以刺當時之事也。陳思之於宓妃，情通而不及亂，作者殆以自況也。（同上）

《杏花》此詩因杏花而寓失路之感，玩首末語可見。（同上）

《題漢祖廟》此詩疑義山居弘止幕府時作也。高祖天下既定，方過沛宫樂飲，項羽甫入關中，即汲汲有故鄉之戀，其氣量大小何如哉？宜羽之終於無成也。此意從前未發。（同上）

《深宫》『香銷』二句，深宫寂寞之况也。『狂飈』二句，榮枯不齊之嘆也。『斑竹』二句，自言己之顧望於君王如此，乃雲雨承恩者，只在高唐而不下逮，其能已於怨思乎哉！（同上）

《韓同年新居餞韓西迎家室》『禁臠』况韓同年，『瘦盡瓊枝』，義山自嘆也。此詩疑作於悼亡之後，故有末語。（同上）

《舊將軍》潘畊曰：此詩追感李晟事而發也。晟有收京之功，張延賞間之。奪其兵柄，此以文墨議論，絀元勳宿德，誰爲表明之者乎？《舊傳》載貞元五年，晟與侍中馬燧，見於延英殿，上嘉其勳，詔各圖像於舊功臣之次。首句蓋以南宫雲臺比延英遺像也。《傳》又云：『晟罷兵權，朝謁之外，罕所過從。』其失勢避讒之狀，可以想見。末曰『李將軍是舊將軍』，所感深矣。（同上）

《獨居有懷》（眉批）此爲憶情人而不得近之詞。（同上）

《臨發崇讓宅紫薇》（眉批）此隨茂元赴河陽時作也。（同上）

《野菊》（眉批）此發遺佚之感也。（同上）

《過伊僕射舊宅》（眉批）此嘆豪華之易盡也。按：楚宮在荆南，疑此詩乃自桂林奉使江陵時作。故有末二句。（同上）

《酬别令狐補闕》（眉批）此因令狐贈别有詩，而以汲引望之也。（同上）

《楚宫二首》（月姊曾逢下彩蟾）（眉批）此以男女託諷君臣之際也。（同上）

《重有感》錢龍惕箋：……士良輩知事連天子，相與怨憤。帝懼，僞不語。宦人得肆志殺戮，則蛟龍而失水矣。曰『豈有』者，諱之也。涯等既死，舉朝脅息，諸藩鎮亦皆觀望不前，誰爲高秋之鷹隼，快意於一擊乎？曰『更無』者，傷之亦望之也。至於晝號夜哭，雪涕星關，而感之者益深，悲夫！（同上）（按：前此《明神》《彭陽公薨後贈杜二十七勝李十七潘》《有感二首》，朱氏《補注》亦引錢箋，因與本編據錢龍惕《玉溪生詩箋》所録錢氏箋語相同，故從略。此條則前半同而後半有異，録後半。）

《中元作》（眉批）此爲女道士作，言仙質之不可以凡侣求也。（同上）

《即日》（小苑試春衣）（眉批）此應寄山南時作。（同上）

《利州江潭作》（眉批）此感時去之不可留也。（同上）

《茂陵》按史：武宗好游獵及武戲，親受道士趙歸真法籙，又深寵王才人，欲立爲后。此詩全是託諷。（同上）

《洞庭魚》（眉批）此影羶附之徒也。蟻聚蠅屯，粉身碎骨，此等本不足惜，但患不能爲鯤鵬變化之人也。（同上）

《哀筝》（眉批）此客中有憶之詞，乃摘詩中『哀筝』二字爲題。……（同上）

《自南山北歸經分水嶺》按史：開成初令狐楚爲山南節度使，卒於鎮。山南治漢中，題云『北歸分水嶺』，而詩有『燕臺哭不聞』之句，知必爲令狐楚作也。義山嘗爲楚撰誌文，故末曰『許刻鎮南勳』。史云：『楚没前一日自草遺表，召從事李商隱助成之』，可證。彭陽没時，義山正在其幕也。（同上）

《淚》此嘆有情人之不易得也。（同上）

《十字水期韋潘侍御同年不至時韋寓居水次故郭邠寧宅》（眉批）此感世間夢幻之不可長也。（同上）

《流鶯》（眉批）此傷己之飄蕩無所托也。（同上）

《出關宿盤豆館對叢蘆有感》（眉批）此發客中摇落之感也。（同上）

《贈從兄閬之》（眉批）此言事難遂意，不如歸隱也。（同上）

《無題二首》（鳳尾香羅薄幾重）（眉批）此咏所思之人可思而不可見也。（同上）

《昨日》（眉批）此感人心之判合不可必也。（同上）

《汴上送李郢之蘇州》（眉批）此感知己之難遇也。（同上）

《子初郊墅》（眉批）此言村居之樂也。（同上）

《漢南書事》（眉批）此在漢南感時事而作也。（同上）

《宋玉》（眉批）此嘆遇合之不如前人也。（同上）

《江上》（眉批）此東行在道之詞。（同上）

《李衛公》詩有『木棉鷓鴣』，蓋衛公投竄南荒時作也。（同上）

《河陽詩》陳帆曰：《河陽詩》乃義山悼其妻王氏之亡也。王茂元嘗爲河陽節度，故以名篇。河陽在河内地，黄河經流其間。『玉樓中天臺』以況就婚茂元時所居也。『龍頭壽客』『淺笑玫瑰』，序主人情禮之隆也。梓澤本石崇河陽故居，當日如雲之女已久埋溝塹，即禁臠秋眸亦化爲馬頭塵矣，能無惜耶？此言茂元女之亡也。『南浦』四句，託言湘中老魚寄書，徒有衰凉之感。『憶得』四句，言追想其生存時，鮫絲木棉被服甚麗，今笙囊尚存，其人安往哉？紅霞夜嚼，其塊獨無聊之況，亦可想見矣。『幽蘭』四句，言蘭香萎而惟見淺縹之畫圖。楚弄新辭，音徽未沫，深可痛也。『巴陵』四句，言感念亡者，遂絶後房之嬖，渴雁蘆花，皆增凄愴矣。『曉簾』四句，言簾屏相對，虚室堪憐。玉灣蓮房，蛟龍尚爾知惜，況有情耶？玉灣，猶言玉溪也。『濕銀』以下，徘徊舊閣，明鏡鸞釵，儼然在目，而幽明異路，髣髴難求，惟有對相風，伴花鳥，揮淚無窮而已！按：義山自茂元女亡，終身不再娶，觀其與河東公辭張懿仙啓，可知其篤於伉儷。讀此詩真不減安仁《悼亡》之作。（同上卷下）

《夜出西溪》（眉批）此不得已而有所赴之詞。（同上）

《九日》（眉批）此諷綯不能繼其先志也。（同上）

《題道静院院在中條山故王顔中丞所置虢州刺史捨官居此今寫真存焉》（眉批）此悵仕隱之兩不遂也。（同上）

《春日寄懷》（眉批）此嘆汲引之無人也。（同上）

《和劉評事永樂閒居見寄》（眉批）此嘆宦途之不可期也。（同上）

《喜聞太原同院崔侍御臺拜兼寄在臺三二同年之什》（眉批）此以汲引望人也。（同上）

《自桂林奉使江陵途中感懷寄獻尚書》時義山爲桂府觀察判官，此詩乃寄鄭亞者。但二史俱不云亞兼尚書，疑有誤。（同上）

《五言述德抒情詩一首四十韻獻上杜七兄僕射相公》此詩乃杜悰再鎮西川，義山居東川幕府所上，言外有覬其薦達之意。（同上）

《無題》（萬里風波）按：詩中益德、阿童皆用巴、閬事，恐是在東川時作。（眉批）此思歸不得也。（同上）

《如有》（眉批）此憶夢中所遇也。（同上）

《朱槿花二首》（眉批）此因槿花而發身世之感也。（同上）

《寓懷》（眉批）此自傷不遇之作，通首是比體。（同上）

《送從翁從東川弘農尚書幕》（昔帝迴沖眷）此題重見，又全詩都咏禄山亂後事，與題無干，必有脱誤。詩内有『錦水湔雲浪』之句，當是作於成都。（同上）

（案：此非義山詩。）

《寄太原盧司空三十韻》錢龍惕箋：鈞爲北都留守，義山時在東川，作此詩寄之。『隋艦臨淮甸』以下，因太原爲高祖興王之地，故特述之，美其功者。丹青而承家世之盛也。『酣戰仍揮日』以下，序其爲鎮將之功也。『雞塞誰生事』以下，述其節度嶺南之功也。開成元年，鈞鎮嶺表。先是土人與蠻獠雜居，婚娶相通。吏或撓之，相誘爲亂。鈞至，立法，俾華蠻異處，婚娶不通。蠻人不得立田宅。由是徼外肅清而不相犯。詩曰：『那勞《出師表》，盡入《大荒經》』，蓋以諸葛比之也。『義之當妙選以下，叙姻婭之誼以及寄詩之情也。鈞別墅在城南，晚歲被召，謝病遨游，故有『黄菊白蘋』之句，其再爲司空，年逾大耋，故有『西山、南極』之祝也。公累朝耆碩，公望所歸，願其入相而告成功於封禪也。（同上）

（按：此條與本編據《玉谿生詩箋》所録之錢氏箋語稍異。）

賀貽孫

同時齊名者，往往同調。如沈、宋，高、岑，王、孟，錢、劉，元、白，温、李之類，不獨習尚切劘使然，而氣運所致，亦有不期同而同者。（《詩筏》）

馬嵬驛詩，人皆凄感，李商隱所謂『如何四紀爲天子，不及盧家有莫愁』是也。獨鄭畋云：『肅宗回馬楊妃死，雲雨雖亡日月新。終是聖明天子事，景陽宫井又何人？』當時論者以爲此詩有宰相之器。及僖宗時，果拜相。余謂此詩善爲本朝回護，佳則佳矣，然不若少陵云『不聞夏、殷衰，中自誅褒、妲』，能道人所不敢道，而回護自深。謂畋語爲宰相之器，或亦自畋拜相後追言之耳。不然幾無以處少陵矣。（同上）

杜牧之作《杜秋娘》五言長篇，當時膾炙人口，李義山所謂『杜牧司勳字牧之，清秋一首《杜秋》詩。前身應是梁江總，名總還曾字總持』是也。余謂牧之自有佳處，此詩借秋娘以歎貴賤盛衰之倚伏，雖亦感慨淋漓，然終嫌其語意太盡。層層引喻，層層議論，仍是作《阿房宫賦》本色，遂使漢、魏渾涵之意，漸至澌滅。是亦五言古之一變，有知者不以余言爲河漢也。（同上）

杜詔　杜庭珠

《燕臺四首》四詩寄託深遠，與《離騷》之賦美人、恨蹇修者，同一寄興。（《唐詩叩彈集》卷七）

《河陽詩》此義山悼其妻王氏之亡也。王茂元嘗爲河陽節度使，故以名篇。『埋雲子』：此『雲子』謂如雲之女子。『南浦老魚』二句：暗用雙魚寄書事。『一口紅霞』，極言塊獨無聊之況。『湘竹千條爲一束』，言淚痕之多。（同上）

《韓碑》庭珠按：義山古詩奇麗，有酷似長吉處，獨此篇直逼退之，荆公謂其得老杜藩籬，亦以近體言之耳。（同上）

《錦瑟》詩以錦瑟起興，『無端』二字便有自訝自憐之意，此錦瑟之絃遂五十耶？瑟之柱如其絃，而人之年已歷歷如其柱矣，即孔北海所謂五十之年忽忽已至也。莊生夢醒，化蝶無蹤；望帝不歸，啼鵑長託，以比華年之難再也。感激而明珠欲淚，絪縕而暖玉生烟，華年之情爾爾。不但今日追憶無從，而在當日已成虚負，故曰『惘然』。庭珠按：夢蝶謂當時牛、李之紛紜，望帝謂憲、敬二宗被弑：五十年世事也。珠有淚，謂悼亡之感；藍田玉，即龍種鳳雛意：五十年身事也。（同上）

《無題》（昨夜、來是、颯颯、相見、鳳尾、重幃諸首）杜詔按：義山《無題》，楊孟載謂皆寓言君臣遇合，長孺亦云不得但以豔語目之，吴修齡又專指令狐綯，説似爲近之。（同上）

《碧城》『赤鱗狂舞撥湘絃』：此句暗用瓠巴鼓瑟，游魚出聽語。（同上）

《重有感》尾聯下批：天關星主邊事，時王茂元節度涇原，領邊鎮，故亟望之。（同上）

《華清宫》（華清恩幸）言褒姒能滅周，而玄宗不久歸國，是貴妃之傾城猶在褒姒下也。（同上）

馮武

《西崑酬唱集序》唐二百八十年，朝以詩取士，士以詩爲業。童而習焉，長而精焉。其法同也，其義同也，其所讀書同也。所不同者，時世先後、風氣淳薄而已。初未有各樹其説，自立墻户者也。歷來作家，或以清真勝，或以雅艷勝，門庭施設，各各不同，究于《三百》六義之旨，何嘗不同歸一轍哉。自宋以來，試士易制，詩各一塗，遂將李唐一代制作四分五裂，若黄山谷、陳後山輩，雅好麤豪，尊昌黎爲鼻祖，而牽連杜工部徑直之作爲證，遂名黄、陳，號江西體。或無事芻狗衣冠，專事清永淡寂，以韋、孟、高、岑爲宗，謂之九僧四靈體。有以李玉溪爲宗，而佐之以温飛卿、曹唐、羅鄴，若錢思公、楊大年諸公，一以細潤清麗爲貴，謂之西崑體。要皆自宋人分之，而唐初無是説焉。元和、太和之代，李義山傑起中原，與太原温庭筠、南郡段成式皆以格韻清拔、才藻優裕爲西崑三十六，以三人倶行十六也。西崑者取玉山策府之意云爾。趙宋之錢、楊、劉諸君子競效其體，互相酬唱，悉反江西之舊。……今江西之説，詩家之快利藥物也，深入肺腑，十牛不能挽。則其横溢顛蹶之禍可憂也。苟不以是書整飭之、救正之，文之而去其鄙野，典焉而去其樸樕，儒雅清越以入乎《三百》六義之中，則風雅之道其能無愧于有唐一代之文藻與？（《西崑酬唱集箋注》卷首）

馮班

【正俗】齊梁聲病之體，自昔已來不聞謂之古詩。諸書言齊梁體不止一處。唐自沈、宋已前，有齊梁詩，無古詩也。氣格亦有差古者，然其文皆有聲病。沈、宋既裁新體，陳子昂崛起於數百年後，直追阮公，創闢古詩，唐詩遂有兩體。開元已往，好聲律者則師景雲、龍紀，矜氣格者則追建安、黄初，而永明文格微矣。然白樂天、李義山、温飛卿、陸龜蒙皆有齊梁格詩，白、李詩在集中，温見《才調集》，陸見《松陵集》，題注甚明，但差少耳。既有正律破題之詩，此格自應廢矣。皎然作《詩式》，叙置極爲詳盡允當，今人弗考，瞶瞶已久，古詩二字牢入人心。今之論者雖子美稱庾開府，太白服謝玄暉，必云降而下之，云古詩當如此論也。至於唐人雖服膺鮑謝，體效徐庾，仰而不逮者猶以爲無上妙品，云律詩當如此論也。吁！可慨已。（《鈍吟雜録》卷三）

【嚴氏糾謬·永明齊梁體】永明之代，王元長、沈休文、謝朓三公皆有盛名於一時，始創聲病之論，以爲前人未知。一時文體驟變，文字皆避八病。一簡之内音韻不同，二韻之間輕重悉異。其文二句一聯，四句一絶，聲韻相避，文字不可增減，自永明至唐初皆齊梁體也。至沈佺期、宋之問變爲新體，聲律益嚴，謂之律詩。陳子昂學阮公爲古詩，後代文人始爲古體詩。唐詩有古、律二體，始變齊、梁之格矣。今叙永明體，但云齊諸公之詩，不云自齊至唐初，不云沈、謝，知其胸中憒憒也。齊時如江文通詩不用聲病，梁武不知平上去入，其詩仍是太康、元嘉舊體，若直言齊、梁諸公則混然矣。齊代短祚，王元長、謝玄暉皆殁於當代，不終天年。沈休文、何仲言、吴叔庠、劉孝綽皆一時名人，并入梁朝，故聲病之格，通言齊梁，若以詩體言，則直至唐初，皆齊梁體。白太傅尚有格詩，李義山、温飛卿皆有齊梁格詩，但律詩已盛，齊梁體遂微。後人不知，或以爲古詩，若明辨詩體，當云齊梁體，創於沈、謝，南北相仍，以至唐景雲、龍紀，始變爲律體。如此方明，此非滄浪所知。（同上卷五）

薛道衡氣格清拔，與楊處道酬唱之作，李義山極道之（何焯云：義山《謝河東公和詩啓》特以越公比仲郢，而以道衡自儗，義取倡和，非舉爲宗師，何足據耶）。唐初文學，兼學南北，以人言之，道衡亦不可缺。（同上）

（嚴氏）云：西崑體。注云即李義山體，然兼温飛卿及楊、劉諸公而名之。按《西崑酬唱集》是楊、劉、錢三君唱和之作，和之者數人，其體法温、李，一時慕效，號爲西崑體，其不在此集者尚多（何焯云：屬和者又十五人：李宗諤、陳越、李維、劉隲、丁謂、刁衎、任隨、張詠、錢維濟、舒雅、晁迥、崔遵度、薛映、劉秉，其一人則傳寫逸其名氏也）。至歐公始變，江西已後絶矣。及元人爲綺麗之文，亦皆附崑體。李義山在唐，與温飛卿、段少卿號三十六體，三人皆行第十六也。於時無西崑之名，按此則滄浪未見《西崑集叙》也（何焯云：其誤始於《冷齋夜話》。金源時此書流於北方，如李屏山《西巖集序》、元遺山《論詩絶句》率皆指義山爲崑體，玉谿不掛朝籍，飛卿淪於一尉，安得厠迹册府耶？楊文公《敘》云：取玉山册府之名，命之曰《西崑酬唱集》）。（同上）

【與瞿鄰凫】詩至貞元、長慶古今一大變，李、杜始重。元、白，學杜者也，元相時有學太白處。韓門諸君兼學李、杜，韋左司自是古詩，與一時文體迥異，大略六朝舊格至此盡矣。李玉谿全學杜，文字血脉却與齊、梁相接。温全學太白，五言律多名句，亦李法也。（同上卷七《誡子帖》）

齊、梁已前，七言古詩有『東飛伯勞』『盧家少婦』二篇，不知其人、代，故題曰古詩也。或以爲梁武，蓋誤也。如唐初盧、駱諸篇，有聲病者，自是齊梁體。若李、杜歌行不用聲病者，自是古調。如沈佺期『盧家少婦』，今人以爲律詩。唐樂府亦用律詩。唐人李義山有轉韻律詩，白樂天、杜牧之集中所載律詩，多與今人不同。《瀛奎律髓》有仄韻律詩。嚴滄浪云：『有古律詩。』則古、律之分，今人亦不能全别矣。……（《鈍吟雜録·古今樂府論》）

【同人擬西崑體序】余自束髮受書，逮及壯歲，經業之暇，留心聯絶。於時好事多綺紈子弟，會集之間，必有絲竹管絃，紅粧夾坐，刻燭擘牋，尚於綺麗，以温、李爲範式，然猶恨不見《西崑酬唱》之集。四十年來，世運變革，同人淪謝，僅得此書於郡中，友人少室錢君舊籍也，讀之不任汍瀾。偶與陳子鄰仙論文之次，戲爲一篇，刻鵠未工，雕蟲自耻。諸君不以其醜，猥加酬和，朱研逾赤，遂成卷帙。鄰仙開板行之。嗚呼！自江西派盛，斯文之廢久矣。至於今日，耳食之徒羞言崑體。然王荆公云：學杜者當從李義山入。歐陽文忠嘗稱楊、劉之工。世有二公，必能鑒斯也。是爲序。（《鈍吟文稿》）

馮舒　馮班

默庵云：此公詩多不可解，所謂見其詩如見西施，不必知名而後美也。

鈍吟云：選玉谿次謫仙後，乃是重他，非以太白壓之也。〇義山自謂杜詩、韓文，王荆公言學杜當自義山入。

余初得荆公此論，心謂不然。後讀《山谷集》，粗硬槎牙，殊不耐看，始知荆公此言正以救江西派之弊也。若從義山入，便都無此病。○山谷用事瑣碎，更甚於崑體。然温、李、楊、劉用事皆有古法，比物連類，妥帖深穩。山谷疏硬，如食生物未化，如吴人作漢語，讀書不熟之病也。○崑體諸人，時有壯偉可愛處，沈、宋不過也。（馮舒、馮班評閱《才調集》卷六）

《錦（鏡）檻》鈍吟云：此首頗直，内用事有未詳處。（同上）

《飲席代官妓贈兩從事》鈍吟云：太褻。（同上）

《代魏宫私贈》鈍吟云：『容耀秋菊，華茂春松。』改『蘭』字便不通矣。（同上）

《齊宫詞》鈍吟云：詠史俱妙在不議論。（同上）

《銀河吹笙》鈍吟云：未解。（同上）

《題後重有戲贈任秀才》鈍吟云：太刻薄。（同上）

《富平侯》繡檀：宋本作『襢』。（同上）

《可歎》『梁家』二句，默云：可歎。（同上）

《曉起》『書長』句，鈍云：書長語多，所以難報，故曰『爲報曉』也。（同上）

《腸》『擬問』二句，鈍云：結妙。（同上）

《代應》（本來銀漢）默云：古樂府『鴛鴦七十二』，合雌雄而言之也，分言之則三十六矣。（同上）

《龍池》鈍吟云：亦似太露。（同上）

《淚》默庵云：句句是淚，不是哭。鈍吟云：平叙八句，律詩變體。○詩有起承轉合，訓蒙之法也。如此詩八句七事，《三體詩》《瀛奎律髓》全用不着矣。（同上）

《水天閒話舊事》鈍云：此題集本誤也（按：集本作《楚宫》二首之二）。『月姊』句旁批，默云：俱説舊事。（同上）

《漢宫詞》鈍吟云：刺好仙事虚無而賢才不得志也。○風刺清婉。（同上）

《席上作》『料得』二句旁批，鈍云：太露。（同上）

《留贈畏之》（待得郎來）默庵云：是贈同年，所以意深味旨。俗本改作無題詩，誤甚。（同上）

《馬嵬》（海外徒聞）鈍吟云：工甚。（同上）

唐彦謙下評語鈍吟云：此君全法飛卿，時有玉溪之體，皆西崑所祖也。《春雨》結句（庾郎盤馬地，却怕有春泥）鈍吟云：結句真義山。（同上）

吴偉業

女道士卞玉京，字雲裝，白門人也。善畫蘭，能詩，好作小詩。嘗題扇送余兄志衍入蜀一絶云：『剪燭巴山別思遥，送君蘭楫渡江皋。願將一幅瀟湘種，寄與春風問薛濤。』後往南中，七年不得消息。忽過尚湖，寓一友家不出。余在東澗宗伯坐，談及故人，東澗云：『力能致之。』呼輿往迎，續報至矣。已而登樓，託以妝點始見。久之云：『痁疾驟發，請以異日訪余山莊。』余詩云：『緣知薄倖逢應恨，恰便多情唤卻羞。』此當日情景實語也。又過三月，爲辛卯初春，乃得扁舟見訪，共載橫塘，始將前四詩書以贈之。而東澗讀余詩有感，亦成四律，其序曰：『余觀楊孟載論李義山《無題》詩，以爲音調清婉，雖極其濃麗，皆託以臣不忘君之意。因以深悟風人之旨。若韓致光遭唐末造，流離閩、越，縱浪香奩，蓋亦起興比物，申寫託寄，非猶夫小夫浪子，沈湎流連之云也。頃讀梅村豔體詩，聲律妍秀，風懷惻愴，於歌《禾》賦《麥》之時，爲題柳看桃之作。旁皇吟賞，竊有義山、致光之遺感焉。雨窗無聊，援筆屬和，秋蛩寒蟬，噪吟啁哳，豈堪與間關上下之音希風説響乎？河上之歌，聽者將同病相憐，抑或以同牀異夢，而囅爾一笑也。』詩絶佳，以其談故朝事，與玉京不甚切，故不録。末簡又云：『小序引楊眉庵論義山臣不忘君語，使騷人詞客見之，不免有兔園學究之誚矣。然他日黄閣易名，都堂集議，有彈駁「文正」二字，出余此言爲證明，可以杜後生三尺之喙，亦省得梅老自下注脚。』其言如此。玉京明慧絶倫，書法逼真《黄庭》，琴亦妙得指法。余有《聽女道士彈琴歌》及《西江月》《醉春風》填詞，皆爲玉京作，未盡如東澗所引楊孟載語也，此老殆借余解嘲。（《梅村詩話》）

黄宗羲

【姜山啓彭山詩稿序（節録）】天下皆知宗唐詩，余以爲善學唐者唯宋。顧唐詩之體不一，白體、崑體、晚唐體。白體如李文正、徐常侍兄弟、王元之、王漢謀。崑體則楊、劉之西崑，出於義山，二宋、張乖崖、錢僖公、丁崖州其亞也。晚唐體則九僧、寇萊公、魯三交、林和靖、魏仲先父子、潘逍遥、趙清獻之輩，凡數十家，至葉水心、四靈而大振。少陵體則黄雙井耑尚之，流而爲豫章詩派，乃宋詩之淵藪，號爲獨盛。歐、梅得體於太白、昌黎。王半山、楊誠齋得體於唐絶、晚唐之中出於自然不落纖巧凡近者，即王輞川、孟襄陽之體也。雖鹹酸嗜好之不同，要必心遊萬仞，瀝液群言，上下於數千年之間始成其爲一家之學，故曰善學唐者唯宋。（《南雷文定》後集一）

吴喬

【西崑發微序】詩之比、興、賦，《三百篇》至晚唐未之或失。自歐公改轍，而蘇、黄繼之，往往直致胸懷，不復寄託。自兹以後，日甚一日。明人自矜復古，不過於聲色求唐人，未有及六義者，殊可慨也。蓋賦必意在言中，可因言以求意；比興意在言外，意不可以言求。所以《三百篇》有序，唐詩有紀事，令後世因之以知意，關係非淺小也。六義既泯，遂至解《三百篇》者盡黜舊序，自行己意。使《三百篇》皆賦，意猶可測；既有比興，而執辭以求意，豈非韓盧之逐兔哉！如高駢詩云：『鍊汞燒鉛四十年，至今猶在藥爐邊。不知子晋緣何事，只學吹簫便得仙。』駢意自刺王鐸拜都統，故雋永有味；若昧之爲賦，謂是學仙之詩，即同嚼蠟。晚唐詩猶不易讀，況《三百篇》

乎？李義山《無題》詩，陸放翁謂是狹邪之語，後之作《無題》者，莫不同之。余讀而疑焉。夫唐人能自闢宇宙者，惟李、杜、昌黎、義山。義山始雖取法少陵，而晚能規模屈、宋，優柔敦厚，爲此道之瑶草奇花。凡諸篇什，莫不深遠幽折，不易淺窺。何故於豔情詩諱之爲《無題》，而遺辭惟出於賦？梁家秦宫，賈女韓壽，何其凡下？冀德寃魂，阿童高義，何其不倫？又，《錦瑟》詩蘇、黄謂是適、怨、清、和，果爾，成何著作？懷此疑者數年。甲午春，偶憶《唐詩紀事》云：『錦瑟，令狐丞相青衣也。』恍若有會。取詩繹之，而義山、楚、綯二世恩怨之故，了然在目。併悟《無題》同此，絶非豔情。七百年來，有如長夜。蓋唐之末造，贊皇與牛、李分黨。鄭亞、王茂元，贊皇之人；令狐楚，牛、李之人。義山少年受知於楚，而復受王、鄭之辟，綯以爲恨。及其作相，惟宴接款洽以侮弄之，不加携拔。義山心知見疏，而冀幸萬一，故有《無題》諸作。至流落藩府，終不加恩，乃發憤自絶。九日題詩於綯廳事，綯遂大恨，兩世之好决然矣。《無題》詩十六篇，託爲男女怨慕之辭，而無一言直陳本意，不亦《風》《騷》之極致哉！其故若此，以放翁之學識，猶不深考，况餘人乎！作者之意，如空谷幽蘭，不求賞識，固難與走馬看花者道也。《無題》詩於六義爲比，自有次第。《阿侯》，望綯之速化也；《紫府仙人》，羡之也；《老女》，自傷也；《心有靈犀》，謂綯必相引也；《聞道閶門》，幸綯之不念舊隙也；《白道縈迴》，訝綯舍我而擢人也。然猶未怨。《相見時難》《來是空言》，怨矣，而未絶望；《鳳尾香羅》《重幃深下》，絶望矣，而猶未怒。至《九日》，而怒焉。《無題》自此絶矣。夫詩以言志，而志由於境遇。少陵元化在手，適當玄、肅播遷之世，其忠君愛國之志，一發於流落奔走之篇，遂爲千古絶業。義山於唐人中辭意最爲縹緲，適遇令狐之扼，得極其比興《風》《騷》之致，吸霞飲露，遺世獨立，綯誠爲他山之石焉。喬敢表而出，世或好學深思有志於風雅者，能諒也。今於本集中抽取《無題》詩一十六篇爲上卷，與令狐二世及當時往還者爲中卷，疑似之詩爲下卷。詳説其意，聊命名曰《西崑發微》。而注釋事實，則全取朱長孺本云。甲午夏日，吴喬序。（《西崑發微》卷首）

《無題》（近知名阿侯）『近知』句：喬曰：以莫愁比楚，以阿侯比綯。曰『近知名』，則知是湖州被召時作。『腰細』二句：比綯之才寵。『黄金』二句：望其有韋、平之拜。（《西崑發微》卷上）

《無題二首》『昨夜』首：『畫樓』句：述綯宴接之地。『身無』二句：言綯與己位地隔絶，不得同升，而已兩心相照也。『隔座』二句：極言情禮之歡洽。『嗟余』句：南唐李建勳出鎮臨川，九江帥周宗移文索器物，建勳乘醉批答之云：『偶罷阿衡來此郡，固無閑物可應官。』知『可應官』是唐人口語也。『走馬』句：結惟自恨，未怨令狐也。○馮班曰：義山以畿赤高資，失意蹉跎，出而從事諸侯幕府。此詩託詞諷懷，以序其意。『身無綵鳳』一聯，言同人之相隔也。下二聯，序宴會之歡，而已不得與，方走馬從事遠方以爲慨也。楊孟載曰：『義山《無題》詩，皆寓君臣遇合。』得其旨矣。○『聞道』首：義山就王茂元之辟，慮綯見疏，故酬別詩有『青萍肯見疑』之句。今因禮遇之隆，喜出望外。（同上）

《無題》（紫府仙人）極其嘆羨，未有怨意，疑是與《阿侯》《玉山》《昨夜星辰》同時作。（同上）

《無題》（白道縈迴）春風比綯，十萬家自比；『何人』，則綯所引進之黨也。嘶斷，有不可攀躋之意。（同上）

《無題四首》『來是』首：『來是』句：言綯有軟語而無實情。『月斜』句：言作詩時。『蠟照』二句：兩句從第二句來。『劉郎』句：李賀《金人辭漢歌》：茂陵劉郎秋風客。『更隔』句下總批：此詩與《相見時難》皆是致書于綯時作，即《舊傳》所言屢啓陳情也。○『颯颯』首：『宓妃』句：言己才藻足爲國華，綯不拔擢也。○『含情』首：『樓響』二句：末句有『歸』字，則知此聯言在綯處之次且也。義山《石城》詩又有『簾烘不隱鉤』，『烘』不可解，或者如畫家以空白雲氣處爲烘斷之意乎？『多羞』句：愧不如釵得近其人之身。『真愧』：愧不如鸞之决然自絶，而猶戀戀一官。『歸去』二句：《楚詞》言君恩之薄，而曰『波滔滔以來迎，魚鱗鱗以媵予』，言無人也。結語祖之。○『何處』首：『東家』句：自比。『溧陽』句：比綯。（同上）

《無題》（照梁初有情）結意顯然。（同上）

《無題二首》『八歲』首：才而不遇之意。『幽人』首：此詩乃招友同遊不至之作。讀結語，意其人亦不得志于綯者乎？（同上）

《無題》（相見時難）『相見』句：見時難于自述，別後通書又不親切，所以嘆之，畢竟致書猶易，故有此詩。

『東風』句：東風比綯，百花自比。上不引下也。『春蠶』二句：致堯云：『一名所係無窮事，怎肯當年便息機。』肥遯之士，莫容易笑人。『蓬山』二句：無多路，爲探看，侯門如海，事不可知。亦屢啓陳情事也。（同上）

《無題二首》『鳳尾』首：『鳳尾』句：鳳尾羅，即鳳紋羅也。《黄庭經》：盟以金簡鳳尾之羅四十尺。《白帖》：鳳文、蟬翼，並羅名。庾信《謝賚皂袍羅啓》：『鳳不去而恒飛，花雖寒而不落。』『碧文』句：言裁扇也。『扇裁』二句：言裁扇枉自乾忙。『斷無』句：則天詩云：『不信比來長下淚，開箱驗取石榴裙。』『紅』字疑用此意。『何處』句：河清難俟之意。○『重幃』首：『神女』二句：此時大悟。『風波』句：通顯不管流落之苦。『月露』句：翻恨天之與己美才。詩人大無賴也。《傳》云：『恃才詭激。』此語見之。『直道』句：道破。『未妨』句：聊自解嘲。（同上）

《無題》（萬里風波）益德、阿童，皆巴、閬事，恐在東川時作。此詩在外集，長孺説信也。或義山別有閎事，亦名爲《無題》耶？而《無題》之非豔詩，即此阿童、益德可據。冤魂報主，唐時稗史，必有其説，故爾用之。張、王皆是東川事，故曰『懷古』，而『豈得長無謂』，思有所建立也。（同上）

《天平公座中呈令狐令公時蔡京在座京曾爲僧徒故有第五句》題中天平公座中之『公』字，疑是衍文。蓋天平言地，令公言人，若云天平座中呈令狐令公，則曉然矣。憲宗元和十四年己亥，楚拜中書；文宗太和三年己酉，鎮天平。則在天平座中呈令狐令公甚合。潘耒曰：天平公座，即《紀事》所云『後堂宴樂』也。作『天平公』讀者失之。『更深』二句：座中必有官妓，故云。篇末總批：直稱蔡京姓名，而詩語帶謔，其在京學于相國子弟時無疑。不敢細看，當是家妓耳。青袍御史，必指別客。楚卒後義山方授御史。愚意此詩作于文宗太和三年己酉楚爲天平節度時。義山年三十一。其爲御史去此十五年，詩更波瀾老成。（同上卷中）

《子直晋昌李花》令狐綯字子直。詩題但稱其字，則在未授官時也。晋昌，乃綯之居，疑是楚宅。而在開化坊者乃綯宅。（同上）

《和友人戲贈二首》《英華》作《和令狐八戲題》。『東望』首：燭房，即月殿。○『迢遞』首：『新正』句：

宋之問詩：『今年春色早，應爲剪刀催。』『猿啼』二句：言終歲相思，不如一夕佳會。（同上）

《酬别令狐補闕》指綯。『彈冠』句：時綯服闋，爲補闕。借用彈冠，非自謂也。篇末總批：題稱『酬别』，詩有『贈行』，則知此詩乃答綯之作。綯以文宗開成五年庚申轉左補闕。義山以武宗會昌三年癸亥受茂元之辟，意者此詩作于赴河陽時也。其曰『青萍肯見疑』，必非無謂之語。（同上）

《酬令狐郎中見寄》『夜讀』句：述己之寂寞。『不見』句：言不能如雁之銜蘆避險。『空流』句：言所託非善地。『土宜』二句：『悲』，自言；『怒』，言綯欲其亟己，王、鄭之事，未嘗不自歉于心也。『象卉』二句：二語言就亞非善事。『補羸』句：言以窮故受辟于亞。『負氣』句：欲終依綯以自振。篇末總批：義山癸亥受王茂元辟，娶其女。丁亥受鄭亞辟，從往桂州。綯官湖州太守。大中二年，召拜考功郎中。此作題稱『郎中』，爲詩語多湖、桂事，則知綯之贈詩，猶未離湖州，而此答在内召之後也。（同上）

《贈子直花下》詩中有『侍史從清郎』之句，必是令狐綯官郎中時作。（同上）

《寄令狐學士》時義山在桂州。結有望援之意。（同上）

《錦瑟》《唐詩紀事》以錦瑟爲令狐丞相青衣。愚謂丞相指楚言。『錦瑟』句：舊事年深，託怨于瑟柱之多。『一絃』句：此句追思前事。《紀事》所謂丞相，斷是楚而非綯矣。『莊生』句：『迷』言仕途速化之無術。『望帝』句：義山，王孫，故用望帝。『滄海』句：述己思楚之意。『藍田』句：言綯通顯之樂。『此情』二句：言楚之厚德，不待綯今日見疏而後追思之，雖在其存日，已自惘然出于望外也。○此詩或病其猥褻，或爲之掩諱，而蘇、黄猶以爲適、怨、清、和。義山去今不遠，其詩猶不易解。苟非《紀事》有令狐丞相青衣之語，喬亦没齒以《無題》爲豔情。《三百篇》之不可捨古序，于此可斷矣。（同上）

《九日》『空教楚客』句：故犯家諱，令不得削去耳。（同上）

《悼傷後赴東蜀辟至散關遇雪》武宗癸亥，義山娶王氏；宣宗癸酉，東川辟爲判官。觀此詩，則王氏已死。（同上）

《奉和太原公送前楊秀才戴兼招楊正字戎》太原公，王茂元也。『萬里』句：二楊必兄弟，故云。『桂樹』句：此語送戴。『芸香』句：此語招戎。（同上）

《王十二兄與畏之員外相訪》王十二，即茂元之子，所悼即茂元之女，故詩中有『謝傅門庭舊末行』之句。（同上）

《臨發崇讓宅紫薇》崇讓里在東都洛陽，崇讓坊有河陽節度使王茂元宅。義山乃茂元之壻。『天涯』二句：結語解嘲，疑是遠就辟命之作。（同上）

《李衛公》詩有『木棉』『鷓鴣』語，蓋衛公投竄南荒時作也。（同上）

《崇讓宅東亭醉後沔然有作》『鶗鴂』句：意有所指。（同上）

《銀河吹笙》此必悼亡王氏之作。（同上卷下）

《玉山》當時權寵未有如綯者，此詩疑爲綯作。『玉山』二句：極言嘆美。『何處』二句：言其炙手。『珠容』二句：二語言君相相得。『聞道』二句：即『擬薦《子虛》名』之意。（同上）

《曲池》此詩似與綯遊觀時作。○首二句謂白日猶不可知，黑夜更何能料？次二句在未別時預憂分隔。張蓋，別時也；判者，捨之而去也。迴頭，別後也；望者，去而不忘也。即此大是不堪，何必蘇、李胡漢之別乃足悲乎？（同上）

《可嘆》此詩似與綯宴歸而作。『幸會』二句：得會爲幸，未別而憂，情意可知。『梁家』二句：此與『賈氏』『宓妃』二語同意，皆非豔詩也。『冰簟』句：述別後獨處情事。『瓊筵』句：在席已不能醉。『宓妃』二句：宓妃似比綯，陳王似自比。愁字，倒句也。順之則在『宓』字上，乃自謂耳。綯之恨義山亦淺。夫常事既恨而不絕交，宴接殷勤以侮弄之，有送鉤射覆等事，則城府深阻爲可畏矣，是以君子惡之也。（同上）

《有感》『中路因循』句：自嘲自解之辭。因循，似謂受茂元之辟。『勸君』二句：既交令狐，畫蛇成矣；又婚茂元，乃蛇足也。（同上）

《宮詞》『莫向』句：樂府有《梅花落》。『涼風』句：有警綯意。（同上）

《柳》（爲有橋邊）似以玉樹比綯，柳自比。（同上）

《亂石》《左傳》：『隕石于宋。』隕星也。○詩有比刺，其爲綯乎？（同上）

《少年》命題亦小兒詩之類。似乎有爲之作。○『外戚』二句：重封似謂楚、綯韋、平之拜。『直登』二句：直登螭頭，横過豹尾，言恣横也，與宣宗『宰相可謂有權』之語冥合。『別館』二句：時綯廣引牛、李私人。『灞陵』二句：似比刺綯惟趨勢焰，不引孤寒。（同上）

《寫意》温飛卿以玉跳脱對金步摇，宣宗有意拔擢，綯沮抑之。意者義山因此事，故第三聯云然乎？綯之忌才，無往不極也。（同上）

《富平少侯》言襲封，疑是爲綯。（同上）

《東阿王》《魏志》：明帝太和二年，植復還雍丘，三年，徙封東阿。○後二語似有悔婚王氏之意。夫婦不及十年，甥舅不滿一年，而竟致一生顛躓。此種情事，出于口則薄德，而意中不無輾轉，故以不倫之語誌之乎？若論故實，丕爲世子，在建安一十二年；子建賦《洛神》，在黄初三年，相去十五年也。唐人作詩，意自有在。或論故實，或不論故實。宋人不解詩，便以薛王、壽王同用譏刺義山，何異農夫以菽麥眼辨朱草紫芝乎？（同上）

《五松驛》在長安東。『只應』句：似有刺。篇末總批：義山卒時，綯正貴顯，意者遥詛之詞，并及其用事者乎？（同上）

《蜀桐》李賀詩：『吴絲蜀桐張高秋。』○壞，《英華》作『廣』。《琴操》十二曲曰《壞陵》，伯牙所作。○作者此種詩以爲必刺令狐，則固；以爲全不相干，又恐没作者之意。且曰『拂玉繩』，義山不至趁韻也。今日讀之，只在疑似間耳。（同上）

《杏花》此三詩（案：指本篇及下《獨居有懷》《深宫》）鄙意無所見，以長孺示教，收之编末。○援，去聲。陳帆曰：此詩疑爲令狐綯排笮而作。援少風多，墻高月淺，喻己之援引無人，而彼之門墻甚峻也。下遂言含意欲伸，因對此以發之。『仙子』八句，言所思之人如在玉京、金谷，今乃辭碧落而過黄昏，拂鏡擁爐，揮杯命詠，誰爲伴此者乎？末四句言不必悲啼，或夢魂猶可相感。夫此花芬香可採，奈何使之埋没于烟村耶？詞旨凄婉，當與集中《獨居有懷》等作參看。○此詩因杏花而寓失路之感，玩首、末語可見。（同上）

《深宫》『香銷』二句，深宫寂寞之況也。『狂飈』二句，榮枯不齊之嘆也。『斑竹』二句，言己之顧望于君王如此，乃雲雨承恩者只在高唐而不下逮，其聽己于思怨乎？此等詩全有寓意。（同上）

或問曰：『無題之爲令狐綯而作，有顯徵乎？』喬曰：『《新》《舊》本傳，寧非顯徵？』問曰：『本集亦有徵乎？』喬曰：『自拾遺至學士詩，題皆稱其官，獨不及侍郎、丞相，可知《紫府》《玉山》之類，初曾有侍郎、丞相之稱，暨後絶交，盡易爲《無題》也。題無侍郎、丞相，豈非本集之顯徵也哉！（同上）

所謂詩，如空谷幽蘭，不求賞識者。唐人作詩，惟適己意，不索人知其意，亦不索人之説好。如義山《有感》二長律，爲甘露之變而作，則《重有感》七律無別意可知，何以遠至七百年後，錢夕公始能注釋之耶？意尚不知，誰知好惡？蓋人心隱曲處，不能已于言，又不欲明告于人，故發于吟詠。《三百篇》中如是者不少，唐人能不失此意。宋人作詩，欲人人知其意，故多直達。明人更欲人人見好，自必流于鏗鏘絢燦，有詞無意之途。瞎盛唐詩泛濫天下，貽禍二百餘年，學者以爲當然，唐人詩道，自此絶矣。（《圍爐詩話》卷一）

詩貴有含蓄不盡之意，尤以不着意見、聲色、故事、議論者爲最上。義山刺楊妃事之『夜半宴歸宫漏永，薛王沉醉壽王醒』是也。稍著意見者，子美《玄元廟》之『世家遺舊史，道德付今王』是也。稍着聲色者，子美之『落日留王母，微風倚少兒』是也。稍用故事者，子美之『伯仲之間見伊吕，指揮若定失蕭曹』是也。着議論而不大露圭角者，羅昭諫之『静憐貴族謀身易，危覺文皇創業難』是也。露圭角者，杜牧之《題烏江亭》詩之『勝負兵家未可期，包羞忍恥是男兒。江東子弟多才俊，捲土重來未可知』是也。然已開宋人門徑矣。宋人更有不倫處。宋楊誠齋《題武惠妃傳》之『壽王不忍金宫冷，獨獻君王一玉環』，詞雖工，意未婉。惟義山之『薛王沉醉壽王醒』，其詞微而意顯，得風人之體。（同上）

學詩不可雜，又不可專守一家。樂天專學子美，西崑專學義山，皆以成病。大樂非一音之奏，佳肴非一味之嘗，子美所以集大成也。（同上）

問曰：『唐詩六義如何？』答曰：『《風》《雅》《頌》各别，比、興、賦雜出乎其中。……「忽見陌頭楊柳色，悔教夫壻覓封侯」，興也。「夕陽無限好，只是近黄昏」，比也。「海日生殘夜，江春入舊年」，賦也。』（同上）

明人不知比興而説唐詩，開口便錯。義山之『侍臣最有相如渴，不賜金莖露一杯』，言雲表露試之治病，可知真僞，諷憲、武之求仙也。白雪樓大詩伯以爲宫怨，評曰：『望幸之思悵然。』呵呵！（同上）

問曰：『詩有惟詞而無意者乎？』答曰：『唐時已有之，明人爲甚，宋人却少。如李義山《挽昭肅皇帝》詩「海迷求藥使，雪隔獻桃人」是也。弘、嘉人湊麗字以成句，湊麗句以成篇，便有詞無意。宋不勦説，故無此病。』（同上）

詩惟求詞采則甚易，明人優爲之；有意則措辭不勝其難。……義山《重有感》云……夫《有感》長韻律二篇既爲甘露之變而作，則《重有感》可知。而余讀之，殊不能領。見夕公註，不覺自失，以其命意視《無題》詩更奥故也。楊、劉、錢之西崑，直是兒童之見。余注《無題》詩名爲《發微》，蓋以此故。賀黄公説此詩大意同夕公。又有曰：『顧華玉譏此詩云：「所言何事？次聯粗淺不成風調。古人紀事必明白，褒貶乃隱約，未有如此者。」華玉之論，何以服人？』余謂覺範言『詩至義山爲一厄』，淺夫類然，何必東橋？晚唐詩難讀如此，况盛唐乎？（同上）

起聯如李遠之『有客新從趙地回，自言曾上古叢臺』，太傷平淺。劉禹錫之『王濬樓船下益州，金陵王氣黯然收』稍勝。而少陵之『童稚情親四十年，中間消息兩茫然』，能使次聯『更爲後會知何地，忽漫相逢是别筵』倍添精彩，更勝之矣。至于義山之『海外徒聞更九州，他生未卜此生休』，則勢如危峰矗天，當面崛起，唐詩中所少者。而『昨夜星辰昨夜風，畫樓西畔桂堂東』，乃是具文見意之法。起聯以引起下文而虚做者，常道也。起聯若實，次聯反虚，是爲定法。（同上）

結句收束上文者，正法也；宕開者，别法也。上官昭容之評沈、宋，貴有餘力也。『曲終人不見，江上數峰青』，貴有遠神也。義山《馬嵬》詩一代傑作，惜于結語説破。絶句是合，律及長詩是結。温飛卿《五丈原》詩以『譙周』結武侯，《春日偶成》以『釣渚』結旅情。劉長卿之『白馬翩翩春草緑，邵陵西去獵平原』，宕開者也。子美《褥段》詩之『振我粗席塵，愧客茹藜羹』，收上文者也。此法人用者多。（同上）

義山《龍池》詩云：『龍池賜酒敞雲屏，羯鼓聲高衆樂停。夜半宴歸宫漏永，薛王沉醉壽王醒。』龍池，玄宗潛邸南池，沉而爲池，即位後以爲瑞應，賜名龍池，制《龍池樂》。杜審言之《龍池篇》，即樂歌也。開元、天寶共四十二年，賜酒于此者多矣。薛王侍宴自在前，壽王侍宴自在後，義山詩意非指一席之事而言之也。十四字中叙四十餘年事，扛鼎之筆也。玄宗厚于兄弟而薄于其子，詩中隱然，入《三百篇》可也。苕溪漁隱謂楊妃時薛王之死已久。呵呵！（同上）

義山《馬嵬》詩曰：『此日六軍同駐馬，當時七夕笑牽牛。』叙天下大事而『六』『七』、『馬』『牛』爲對，恰似兒戲，扛鼎之筆也。高棅謂義山詩對偶精切。呵呵！人欲開口，先須開眼，開口則易，開眼則難。（同上）

禪者有云：『意能剗句，句能剗意，意句交馳，是爲可畏。』夫意剗句，宜也。而句亦能剗意，與意交馳，不須稟意而行，故曰『可畏』。詩之措詞，亦有然者，莫以字面求唐人也。臨濟再參黄公案，禪之句剗意也。『薛王沉醉壽王醒』，詩之句剗意也。（同上）

唐樂府亦用律詩，而李義山又有轉韻律詩，杜牧之、白樂天集中律詩多與今人不同。《瀛奎律髓》有仄韻律詩，嚴滄浪云『有古律詩』，今皆不能辨矣。（同上卷二）

馮定遠曰：『……元長、玄暉没于齊朝，沈休文、何仲言、吴叔庠、劉孝綽並入梁朝，故聲病之格通言齊、梁，而其體直至唐初也。白太傅尚有格詩，李義山、温飛卿皆有齊、梁格詩。律詩既盛，齊、梁體遂微，後人不知，咸以爲古詩。』（同上）

劉夢得、李義山之七絶，那得讓開元、天寶？（同上）

兼興比者，如義山《聖女祠》詩云：『杳藹逢仙跡，蒼茫滯客途。何年歸碧落？此地向皇都。消息期青雀，逢迎異紫姑。腸迴楚國夢，心斷漢宮巫。從騎栽寒竹，行車蔭白榆。星娥一去後，月姊更來無？寡鵠迷蒼壑，羈凰怨翠梧。惟應碧桃下，方朔是狂夫。』首句，出題也。次句，自述也。三句，言聖女也。四句，又自述也。『消息』二句，讚聖女也。『腸迴』句，謂異于襄王之媟侮。『心斷』句，言不同巫蠱之狂邪，尊聖女也。『從騎』二句，又自述行踪，興也。『星娥』『月姊』，比聖女之不可得見也。『寡鵠』，言想念之切也。結用『方朔』，以王母比聖女也。此本虛題，不可全用賦義，故雜出興比以成篇，其間架亦不得如前二詩（按：指杜審言《和李嗣真奉使存撫河東》與杜甫《上韋左丞》詩）之截然也。（同上）

義山《蟬》詩，絶不描寫用古，誠爲傑作。『幽人不倦賞』篇，情景浹洽。《落花》起句奇絶，通篇無實語，與《蟬》同，結亦奇。《月》詩次聯虛靈。《李花》亦然。《後閣》第三聯，苦心奇險句也。《晚晴》次聯澹妙。（同上）

少陵七律，有一氣直下，如『劍外忽傳收薊北』者。又有前六句皆是興，末二句方是賦，如《吹笛》者，通篇正意只在『故園愁』三字耳。……『蓬萊宮闕』篇，全篇是賦，前六句追叙昔日之繁華，末二句悲嘆今日之寥落。……『童稚情親』篇，只前二聯，詩意已足，後二聯無意，以興完之。義山《蜀中離席》詩，正倣此篇之體。（同上）

嚴滄浪云：『西崑即義山體，而兼温飛卿及楊、劉諸公以名之。』馮定遠云：『《西崑酬唱》是楊、劉、錢三人之作，和者數人，取法温、李，一時慕效，號爲西崑體。不在此集者尚多。永叔始變之，江西以後絶矣。元人爲綺麗語，亦附西崑體。而義山詩實無此名。』余注義山《無題》詩，名曰《西崑發微》，正嫌滄浪之粗漏也。（同上）

開成已後，詩非一種，不當概以晚唐視之。如『時挑野菜和根煮』，『雪滿長安酒價高』之類，極爲可笑。平淺成篇者，亦不足觀。至如《落花》之『高閣客竟去，小園花亂飛』，『五更風雨葬西施』，《節使筵中》之『幕外刀光立從官』，《牡丹》起句之『邀勒東風不早開，衆芳飄後上樓臺。當筵始覺春風貴』，《妓人》之『劍截眸中一寸光』，『薄命曾嫌富貴家』，『瘦去誰憐舞掌輕』，《弔李義山》之『九泉莫嘆三光隔，又送文星入夜臺』，《别妓》之『枕上相看直到明』，《憶妾》之『從此山頭似人石，丈夫形狀淚痕深』之類，皆是初唐人未想到者，故能發學者之心光，豈可輕視。初盛大雅之音，固爲可貴，如康莊大道，無奈被沈、宋、李、杜諸公塞滿，無下足處，大曆人不得不鑿山

開道，開成人抑又甚焉。若抄舊而可爲盛唐，韋、柳、温、李之倫，其才識豈無及弘、嘉者？而絶無一人，識法者懼也。（同上卷三）

詩意大抵出側面。鄭仲賢《送别》云：『亭亭畫舸繫春潭，只待行人酒半酣。不管煙波與風雨，載將離恨過江南。』人自别離，却怨畫舸。義山憶往事而怨錦瑟亦然。文出正面，詩出側面，其道果然。（同上）

唐時詩人不肯苟同，所以能自立。僧齊己見韋蘇州，仿韋體作數詩以投之，韋大不喜，獻其舊作，乃極嘉賞曰：『人人自有能事，何得苟同老夫耶？』樂天、義山詩體絶異，樂天見義山詩，愛重之極，謂曰：『吾死後當爲爾子。』故義山名其子曰白老。弘、嘉貴人，莫不收拾同調，互相標榜，李、杜不死，高、岑復生，以誑誘無識。蓋唐人務實，明人務名，子瞻所謂『羣兒自相名字』者也。（同上）

于李、杜後，能别開生路，自成一家者，惟韓退之一人。既欲自立，勢不得不行其心之所喜奇崛之路。于李、杜、韓後，能别開生路，自成一家者，惟李義山一人。既欲自立，勢不得不行其心之所喜深奥之路。義山思路既自深奥，而其造句也，又不必使人知其意，故其詩七百年來知之者尚鮮也。高棅以爲隱僻，又以爲屬對精切；陸游輩謂《無題》爲艷情；楊孟載亦以艷情和之，能不使義山失笑九原乎？淺見寡聞，難與道也。（同上）

唐詩措詞妙而用意深，知其意固覺好，不知其意而惑于其詞亦覺好。如崔國輔《魏宫詞》，李義山之『青雀西飛』，白雪、竟陵讀之亦甚樂也。（同上）

覺範謂『詩至義山爲一厄』，蓋嫌其使僻事而不察其用意之深，猶是歐、蘇氣習也。詩人大抵言過其實，如子瞻所言『賦詩必此詩，定知非詩人』，唐人祕奥盡此，自所作詩，不負其言者有幾？覺範反是，所説不逮所作。（同上）

賀黄公曰：『李賀骨勁而神秀，在中唐最高深渾厚有氣格，奇不入誕，麗不入纖，雖與温、李並稱西崑，温、李纖麗而長于近體，七言古效長吉，全不得神。』黄公此言，高識過人遠矣。（同上）

賀黄公曰：『温之與李，互有高下。飛卿「十幅錦帆風力滿，連天展盡金芙蓉」，不及義山「玉璽不緣歸日角，錦帆應是到天涯」。而「地下若逢陳後主，豈宜重問《後庭花》」，不及飛卿「後主荒宫有曉鶯，飛來只隔西江水」

之含蓄。』喬謂義山思深而大，温斷不及。而温之『釣渚别來應更好，春風還爲起微波』，寧不淡遠？大抵古人難以一語斷盡。（同上）

賀黄公曰：『義山綺才艷骨，作古詩乃學少陵，頗能質樸，而終有「鏡好鸞空舞，簾疏燕誤飛」等語。《韓碑》詩亦甚肖韓，得《石鼓歌》氣概，造語更勝之。』喬曰：『少陵詩是義山根本得力處，叙甘露之變二長韻律及《杜工部蜀中離席》可驗。此意惟王介甫知之。時有病義山詩骨弱者，故作《韓碑》詩以解之，直狡獪變化耳。（同上）

杜詩無可學之理，詩人久道化成，則出語有近之者。如韋左司之『身多疾病思田里，邑有流亡愧俸錢』，義山之『雪嶺未歸天外使，松州猶駐殿前軍』，王介甫之『未愛京師傳谷口，但知鄉里勝壺頭』是也。……（同上卷四）

馮定遠曰：東坡謂詩至子美爲一變。蓋大曆間李、杜詩格未行，元和、長慶始變，此實文字之大關也。然當時以和韻長篇爲元和體。但言時代，則韓、孟、劉、柳、左司、長吉、義山，皆詩人之赫赫者也。（同上）

學業須從苦心厚力而得，恃天資而乏學力，自必無成；縱有學力而識不高遠，亦不能見古人用心處也。楊大年十一歲，即試二詩二賦，頃刻而成。後來詩學義山，唯詠《漢武帝》云：『力通青海求龍種，死諱文成食馬肝。待詔先生齒編貝，忍令索米向長安？』稍有氣分。其西崑詩全落死句，未能髣髴萬一。文章不脱五代陋習，以視歐、蘇，真天淵矣。非學不贍，識卑近也。識爲目，學爲足。有目無足，如老而策杖，不失爲明眼人；有足無目，則爲瞽者之行道也。今日作詩，于宋、明瞎話留一絲在胸中，縱讀書萬卷，只成有足無目之人。（同上）

……古人詩文如乳母然，孩提時不能自立，不得不倚賴之，學識既成，自能捨去。弘、嘉之詩，如一生在乳母懷抱中，竟不成人，故足賤也。誰于少時無乳母耶？長吉、義山初時亦曾學杜，既自成立，如黑白之相去。此無他，能用自心以求前人神理故也。（同上）

問曰：『先生何不自選一編，爲唐人吐氣？』答曰：『不能也。唐人作詩之意，不在題中，且有不在詩中者，甚難測識，必也盡見其意，而後可定去取。自揣何所知識，而敢去取全唐乎？唐人詩須讀其全集，而後知其境遇、學問、心術。唐人選唐詩，猶不失血脉。元人所選，已不能起人意。于鱗選之，惟取似于鱗者；鍾、譚選之，惟取似鍾、譚者，塗汙唐人而已。余質性愚下，年將四十，方見唐人興比之意，能讀義山、致堯之詩，至于李、杜，迄今未了，何以去取？若不求其意而以詞爲去取，則選者多矣，何取余之一選哉？」（同上）

問曰：「豈有七八十歲老人，僅能讀義山、致堯詩之理？蓋自貶以詬人耳。」答曰：「如《重有感》詩，則知不佞于義山，猶未能讀也，何言自貶以詬人耶！」（同上）

明人應酬，能四面周旋，一處不漏，乃其長技，却從嚴維《送崔兼寄薛詩》來。其詩云『如今相府用英髦，獨往南州肯告勞』，讚崔兼及相府也。『冰水近開漁浦出，雪雲初捲定山高。木奴花映桐廬縣，青雀舟隨白鷺濤』，泛叙景物，全似明人套語。『使者應須訪廉吏，府中惟有范功曹』，譽薛縮及于崔，一處不漏。三人得之，未有不喜者，而詩道壞矣。以視其『柳塘春水漫，花塢夕陽遲』，有天壤之别，應酬之害詩如此。義山《贈趙協律晳》云：『俱識孫公與謝公，二年歌哭處皆同。已叨鄒馬聲華末，更共劉盧族望通。南省恩深賓館在，東山事往妓樓空。不堪歲暮相逢地，我欲西征君又東。』亦是人事詩，以有交情，自然懇切，與嚴詩不同。既落應酬，唐人亦不能勝弘、嘉，弘、嘉無讓于唐人也。（同上）

唐人詩被宋人説壞，被明人學壞，不知比興而説詩，開口便錯。義山《驕兒詩》，令其莫學父，而于西北立功封侯，託興以言己之有才而不遇也。葛常之謂『其時兵連禍結，以日爲歲，而望三四歲兒，立功于二十年後，爲俟河之清。』誤以爲賦，故作寐語。（同上卷五）

憶得宋人咏梅一句云：『疑有化人巢木末』，奇哉！是李義山《落花》詩『高閣客竟去』之思路也。唐人猶少，何况後人？楊誠齋詩云：『野逕有香尋不得，闌干石背一花開。』雖淺薄猶可。又云：『不須苦問春多少，暖幕晴簾總是春。』兒童語耳。（同上）

義山詩被楊億、劉筠弄壞，永叔力反之，語多直出，似是學杜之流弊；而又生平不喜杜詩，何也？（同上）

西崑詩尚有彷彿唐人者，如晏殊之『油壁香車不再逢，峽雲無跡任西東。梨花院落溶溶月，柳絮池塘淡淡風。幾日寂寥傷酒後，一番蕭索禁烟中。魚書欲寄何由達？水遠山遥處處同。』題曰《寓意》，而詩全不説明，尚有義山

《無題》之體。歐、梅變體而後，此種不失唐人意者遂絶。此詩第三聯云『寂寥』『蕭索』，則知次聯乃是以穠麗景句出之，使不至于寒陋耳，非寫富貴氣象也。《弔蘇哥》詩是刺宋子京，語甚温厚，得唐人法。（同上）

宋人學問，史也，文也，詞也，俱推盡善，字畫亦稱盡美，詩則未然，由其致精于詞，心無二用故也。大抵詩人，不惟李、杜窮盡古人，而後自能成家，即長吉、義山，亦致力于杜詩者甚深，而後變體，其集具在，可考也。永叔詩學未深，輒欲變古。魯直視永叔稍進，亦但得杜之一鱗隻爪，便欲自成一家，開淺直之門，貽悮于人。迨江西派立，背淪以亡矣。（同上）

……獻吉……詩之深入唐人閫奥者，……如『卧病一春違報主，啼鶯千里伴還鄉』，上句言坐獄，即退之《琴操》『臣罪當誅兮天王聖明』之意也。下句言人情寥落，即《楚詞》『波滔滔兮來迎，魚鱗鱗兮媵予』，義山『歸去横塘晚，華星送寶鞍』之意也。……（同上卷六）

仲默《戲效義山》云：『班女愁來賦興豪。』戲效者，不屑之詞也。義山詩如是乎？呵呵！（同上）

唐汝詢仲言，奇士也。幼瞽而博學，于崔國輔《魏宫詞》，李義山《漢宫詞》，皆能識其隱奥之意，惟於于鱗、鍾、譚不敢一掃去之，爲可惜耳！（同上）

問云：『今人忽尚宋詩，如何？』答曰：『爲此説者，其人極負重名，而實是清秀李于鱗，無得于唐。唐詩如父母然，豈有能識父母更認他人者乎？宋之最著者蘇、黄，全失唐人一唱三嘆之致，况陸放翁輩乎？但有偶然撞著者，如明道云：「未須愁日暮，天際是輕陰。」忠厚和平，不減義山之「夕陽無限好，只是近黄昏」矣。唐人大率如此，宋詩鮮也。唐人作詩，自述己意，不必求人知之，亦不在人人説好；宋人皆欲人人知我意；明人必欲人人説好，故不相入。然宋詩亦非一種，如梅聖俞却有古詩意，陳去非得少陵實落處。不知今世學宋詩者，尊尚誰人也？子瞻、魯直、放翁，一瀉千里，不堪咀嚼，文也，非詩矣。』（《答萬季埜詩問》）

又問曰：『人謂作詩須合於《三百篇》，其説如何？』答曰：『未卵而求時夜，耳食者之言也，尚未識唐人命意遺辭之體，而輕言《三百篇》，可乎？且《三百篇》《風》與《雅》《頌》異，變與正異，宋註與漢註異，僕實寡學，不敢妄說。如少陵《玄元廟詩》，誰人做得？尚只是變《雅》耳。卑之無甚高論，嚴絶宋、元、明，而取法乎唐，亦足自立矣。如楊妃事，唐人云：『薛王沉醉壽王醒。』宋人云：『奉獻君王一玉環。』豈直金矢之界而已哉！使其作《凱風》《小弁》，必大詬父母矣。余所見《三百篇》僅此，餘實不能測也。《苕溪漁隱》曰：『彼時薛王之死已久。』史學善矣，不必如是責酒以飽也。宋人長于文，而詩不及唐，三體不能辨。』（同上）

又問：『唐詩亦有直遂者，何以獨咎宋人？』答曰：『世間龍蛇混雜，誠是淆訛公案也。七律自沈、宋以至溫、李，皆在起承轉合規矩之中，唯少陵一氣直下，如古風然，乃是別調。白傅得其直遂，而失其氣。昭諫益甚。宋自永叔而後，竟以爲詩道當然，謬引少陵以爲據；而不知少陵婉折者甚多，不可屈古人以遂非也。且唐人直遂者亦不止少陵，皆少分如是，非詩道優柔敦厚之本旨也。《三百篇》亦有《相鼠》等，豈可使作《小弁》《凱風》者如此直遂出語耶？雖宋人詩薄，明人詩厚，直遂則同。禪家宗旨既亡，必不能復；詩教優柔敦厚之旨亦然，唯一嘆耳。（同上）

又問：『少陵七律異於諸家處，幸示之。』答曰：『如「劍外忽傳收薊北」等詩，全非起承轉合之體，論者往往失之。……更有異體如「童稚情親」篇，只須前半首，詩意已完，後四句以興足之。去後四句，於義不缺。然不可以其無意而竟去之者，如畫之有空紙，不可以其無樹石人物而竟去之也。義山「人生何處不離羣」，前有後無，全似此篇，故題曰：《杜工部蜀中離席》，乃擬此篇而作也。義山初時亦學少陵，如《有感》五言二長韻可見矣。到後來力能自立，乃別走《楚辭》一路。如《重感》七律，亦爲「甘露之變」而作，而體格迥殊也。介甫謂義山深有得於少陵，而止讚「雪嶺未歸」一聯，是見其鍊句，而未見其鍊局也。……』（同上）

諸君又問曰：『《三百篇》之意渺矣，請更詳言之。』答曰：『「《國風》好色而不淫，《小雅》怨誹而不亂。」發乎情，止乎禮義，所謂性情也。興、賦、比、《風》《雅》《頌》，其體格也。優柔敦厚，其立言之法也。於六義中，姑置《風》《雅》《頌》而言興、賦、比，……明人多賦，興、比則少，故論唐詩亦不中竅。如薛能云：「當時諸葛成何事，只合終身作卧龍。」見唐室之不可扶而悔入仕途，興也。升菴誤以爲賦，謂其譏薄武侯。義山云：「侍臣最有相如渴，不賜金莖露一杯。」言雲表露未能治病，何况神仙？託漢事以刺憲、武，比也。于鱗以爲宮怨，評曰：「望幸之思悵然。」吕望何等人物，胡曾詩云：「當時未入非熊夢，幾向斜陽嘆白頭。」非詠古人，乃自况耳。讀唐詩須識活句，莫墮死句也。』（同上）

問曰：『丈丈於唐詩，皆如義山《無題》之見作者意乎？』答曰：『是何言歟？安可淺視唐人也。茅塞之心，有見者，有不見者，有疑者。其見者，如韓偓《落花》云：「眼尋片片隨流去」，言昭宗之出幸也。「恨滿枝枝被雨侵」，言諸王之被殺也。「縱得苔遮猶慰意」，望李克用、王師範之勤王也。「若教泥汙更傷心」，恨韓建之爲賊臣弱帝室也。「臨堦一盞悲春酒，明日池塘是緑陰」，悲朱温之將簒弑也。明人云：不讀大曆以後一字。其所自作，未有命意如晚唐此詩之深遠者也，可易言「初」「盛」哉！……』（同上）

問：『三唐變而愈弱，其病安在？』答曰：『須在此處識得唐人好處，方脱二李陋習。……三唐人各自作詩，各自用心，寧使體格稍落，而不肯爲前人奴隸，是其好處，豈可不知，而唯舉其病？楊、劉學義山而不能流動，竟成死句。歐、蘇學少陵，只成一家之體，尚能自立。至於空同，唯以高聲大氣爲少陵；于鱗，唯以皮毛鮮潤爲盛唐，其義本欲振起「中」「晚」，而不知全無自己，以病爲藥也。……』（同上）

黄周星

《蟬》『本以高難飽』，説得有品有操，竟似蟲中夷、齊。（《唐詩快》）

《無題》（照梁初有情）『錦長』二句，妖媚之極。古時有彈棋局，故心中不平。今彈棋之局久廢矣，而不平者常在人心，何也？（同上）

七言律，義山最工爲情語。（同上）

《馬嵬》（海外徒聞）盧家莫愁却不會興妖作怪。（同上）

《哭劉蕡》才人銜冤之魂多矣，巫咸可勝問，宋玉可勝招乎？（同上）

《無題》（鳳尾香羅）義山最工爲情語。所謂情之所鍾，正在我輩，非義山其誰歸！（同上）

《無題》（重幃深下）這相思須索要害。（同上）

《重過聖女祠》『夢雨』『靈風』猶可解，夢雨何以常飄瓦？靈風何以不滿旗？殊覺難解也。然亦何必甚解乎？（同上）

《碧城》（其一）非仙境安得有此？（同上）

《籌筆驛》少陵之嘆武侯『諸葛大名』一首正可與此詩相表裏。（同上）

陸次雲

《蟬》清絶。（《晚唐詩善鳴集》）

《無題》（照梁初有情）豔情古思。（同上）

《落花》落花詩全無脂粉氣，真是豔詩好手。（同上）

《隋宫》（紫泉宫殿）五、六是他人結語，用在詩腹，别以新奇之意作結，機杼另出，義山當日所以獨步於開成、會昌之間。（同上）

《馬嵬》（海外徒聞）使莫愁爲玉環，未必有馬嵬之事；使玉環爲莫愁，未必能保盧家。（同上）

《無題》（相見時難）詩中比意從漢、魏樂府中得來，遂爲《無題》諸篇之冠。（同上）

《重過聖女祠》『夢雨』『靈風』大有《離騷》之致。（同上）

錢澄之

【吴震一詩序（節録）】魏、晋而下，以及唐季，所爲歌曲，直叙男女之私，聲情豔冶，蕩心惑志，猶是桑濮《溱洧》之遺音耳。亦何所託寄哉！然其爲詩能曲盡情事，使人至於蕩惑，意其人亦必有情之獨至者，於身世之際，少有感激，一無所用。其情迫觸境而動，遂有不能以自已者。脱有所用之，而移其不容已者於君父朋友之間，則亦屈原之流亞也。若唐李義山好爲豔體，吾無取焉。其詩使事摛詞，穠厚滯重，徒取工麗耳。本爲情語，讀之無一語足動人情。如《錦瑟》，悼亡詩也。情思頗深，而爲故實所掩，至令解者不知題義所在。無題詩篇，宫媛仙妃錯出互見，衹是情昵香奩，詞取豔異，未嘗有感人於微，風人言外者。而爲之委曲生解，言有託寄者，妄也。大抵義山無故實不能成詞，又好引外傳秘紀，意滿而語重。雖有巧思膏馥蒙其筆端，終不能灑脱以自見耳。譬如富家婦亦有天姿，而粉黛珠翠，全遮本色，烏足以爲佳麗哉。（《田間文集》卷十五）

顧炎武

岳廟唐人題名，九十二人，有裴士淹、李商隱等名。（《金石文字記》）

施閏章

劉貢父《詩話》一卷，語多雜碎。稱李義山《錦瑟》詩，是令狐楚家青衣名，似可破從前之疑。（《蠖齋詩話》）

【顧方亦詩序（節録）】顧子樂府、五七言古體、排律，恢博雄悍，上之原本李、杜，下之長吉、樂天、義山，以

及子瞻、放翁，旁見側出，無所不有。（《學餘堂文集》卷四）

王夫之

李商隱五律《春宵自遣》評語：『駸駸摩初唐之壘。』（《唐詩評選》卷三）

《無題》（照梁初有情）評語：『一氣不忤。豔詩不鍊，則入填詞。西崑之異於《花間》，其際甚大。』（同上）

《藥轉》評語：『義山詩寓意俱遠，以麗句影出，實自《楚辭》來。宋初諸人得其衣被，遂使西崑與《香奩》並目，當於此篇什了不解其意謂。』（同上卷四）

《二月二日》評語：『何所不如杜陵？世論悠悠不足齒。』（同上）

《即日》（一歲林花即日休）評語：『苦寫甘出。少陵初年乃得似此，入蜀後不逮矣。予爲此論，亦不復知世人有恨。』（同上）

《九成宮》評語：『一結收縱有權，劉長卿以還不能問津也。』（同上）

《無題》（重幃深下莫愁堂）評語：『豔詩別調。』（同上）

《一片》（一片非煙隔九枝）評語：『愴時託賦，哀寄不言，既富詩情，亦有英雄之淚。』（同上）

《富平少侯》評語：『姿態雅入樂府。』（同上）

《野菊》評語：『有飛雪迴風之度，《錦瑟集》中賴此以傳本色。』（同上）

《和友人戲贈》評語：『斯有麗情，不徒錦字。』（同上）

《漢南書事》評語：『大有宛折，但露鋒鋩，《百一》以來，不乏此製。』（同上）

《寫意》：『一結初唐。』（同上）

《柳》（江南江北雪初消）評語：『《柳枝詞》演作律詩，倍爲高唱。』（同上）

《贈別前蔚州契苾使君》評語：『平遠。』（同上）

温庭筠《回中作》評語：『温、李並稱，自今古皮相語。飛卿一鍾馗傅粉耳，義山風骨千不得一。』（同上）

立門庭者必飣餖，飣餖非不可以立門庭。蓋心靈人所自有，而不相貸，無從開方便法門任陋人支借也。人譏西崑體爲獺祭魚，蘇子瞻、黄魯直亦獺耳，彼所祭者肥油江豚，此所祭者吹沙跳浪之鱨鯊也。除却書本子，則更無詩。（《夕堂永日緒論》）

魏裔介

【李義山無題詩新注序】唐人詩如李、杜二大家如軍中之有李、郭，豈尋常偏裨可擬尚哉。元和而後，得騷人之深者，莫過義山。余嘗嘆服其絶句之妙，以爲有獨至之識，而藴藉宏深，江寧、供奉未能過也。修齡吴子自爲詩既奇變幽細，而於唐人中尤酷愛李義山。嘗注義山無題詩，慨然曰：『義山抱用世之才，適際唐運之衰，非宰相援引則無由進，而令狐氏齪齪自私，無開誠布公之見，此明珠之所以汩，而江蘺之所以詠也，世概以艷詩目之，不探厥本指，謬哉！』余讀唐詩，既悲義山之不遇，復悲世無能讀義山之詩者。修齡能讀之，匪微讀之，且能知之。是義山不死，而騷人之學將復見於世也。余固樂爲序，而傳之以救夫世之習於艷而忘返者。（《兼濟堂文集》卷六）

周容

李義山云：『嫦娥應悔偷靈藥，碧海青天夜夜心。』傷風雅極矣，何以人盡誦之？至又云：『兔寒蟾冷桂花白，此夜嫦娥應斷腸。』差覺藴藉，似亦悔其初作而爲此。（春酒堂詩話）

宋徵璧

七言初唐、盛唐雖各一體，然極七言之變，則元、白、温、李皆在所不廢。（《抱真堂詩話》）

王又華

毛稚黄詞論：晚唐人好用疊字語，義山尤甚，殊不見佳。如『迴腸九疊後，猶有剩迴腸』，『地寬樓已迴，人更迴於樓』，『行到巴西覓譙秀，巴西惟是有寒蕪』。至於三疊者，『望喜樓中憶閬中，若到閬中還赴海，閬中應更有高樓』之類，又如《菊》詩『暗暗淡淡紫，融融冶冶黄』，亦不佳。李清照《聲聲慢》秋情詞起法，似本於此，乃有出藍之奇。蓋此等語，自宜於填詞家耳。（《古今詞論》）

鄒祇謨

詞至詠古，非惟著不得宋詩腐論，並著不得晚唐人翻案法。反復流連，别有寄託，如楊文公讀義山『珠箔輕明』一絶句，能得其措辭寓意處，便令人感慨不已。（《遠志齋詞衷》）

王弈清等

今以五七言詩之别見者彙較之。如《何滿子》已收六言六句矣，兹考薛逢之《何滿子》云：『繫馬宫槐老，持杯店菊黃。故交今不見，流恨滿山光。』如《三臺令》已收六言四句矣，兹考李後主之《三臺令》云：『不寐倦長更，披衣出户行。月寒秋竹冷，風切夜窗聲。』如《楊柳枝》已收七言四句矣，兹考李商隱之《楊柳枝》（按：此首集本題作《柳枝》，係五首之五）云：『畫屏繡步障，物物自成雙。如何湖上望，只是見鴛鴦。』……他如《離别難》《金縷曲》《水調歌》《白苧》，各有七絶，雜以虚聲，亦多可歌者。後之集譜者無以詩句而亂詞調也。《古今詞話》（《歷代詞話》卷一）

『寒鴉萬點，流水遶孤村』，人皆以爲少游自造此語，殊不知亦有所本。予在臨安，見平江梅知録云：隋煬帝詩云：『寒鴉千萬點，流水遶孤村。』少游用此語也。又余嘗讀李義山《效徐陵體贈更衣》詩云：『輕寒衣省夜，金斗熨沉香。』乃知少游詞『玉籠金斗，時熨沉香袖』與『睡起熨沉香，玉腕不勝金斗』，其語亦有來處。《藝苑雌黄》（同上卷五）

方回眷一姝，别久，姝寄詩云：『獨倚危闌淚滿襟，小園春色嬾追尋。深恩縱似丁香結，難展芭蕉一寸心。』賀因賦《石州引》詞，先叙分别時景色，後用所寄詩語，有『芭蕉不展丁香結』之句。《能改齋漫録》（同上卷六）

吴綺

【范汝愛十山樓詞序（節録）】夫詞者詩之餘也。詩號三唐，極騷壇之變化；詞稱兩宋，盡樂府之源流。然風雅所傳，不能有王、韋而無温、李，豈風雅之道乃可右周、柳而左辛、蘇。譬如五味之滋，並陳醯醬，若夫八音之奏，同具宫商。（《林蕙堂全集》卷五）

毛先舒

詩至七言律，已底極變，既難空騁，又畏事累，大抵温麗爲正，間令流逸，讀之表裏妍整，而風骨隱然。頗惡驅駕才勢，有心章彩；至於隸古事，寓評議，斯爲下風。唐初意盡句中，正用氣格爲高。盛唐境地稍流，而興溢章外，不妨媲美。作者取裁，舍是奚適？中葉翩翩，亦曲暢情興，必欲瓿覆大曆以下，似屬元美過差之談。至於李商隱而下，予不敢道之。（《詩辯坻》卷三）

義山七絶，使事尖新，設色濃至，亦是能手。間作議論處，似胡曾《詠史》之類，開宋惡道。（同上）

七言歌行，雖主氣勢，然須間出秀語，不得全豪；叙述情事，勿太明直，當使參差，更附景物，乃佳耳。唐代盧、駱組壯，沈、宋軒華。高、岑豪激而近質，李、杜紆佚而好變，元、白迤邐而詳盡，温、李朦朧而綺密。陳其格律，校其高下，各有耑詣，不容斑雜。唯張、王樂府，最爲俚近，舉止谺露，不足效也。（同上）

黄生

《聞歌》『香灺燈光』四字旁批：四字硬裝。首句寫歌態如見。次句用遏雲事活甚。中四句言昔時歌舞之地，聲銷影滅，不堪回想。七八承明之，云此際香銷燭盡之後，亦堪腸斷，其如此嬌眸笑靨何哉！（《唐詩摘抄》卷三）

《西亭》疏簾相伴，明無伴也，詩人慣如此反説。好在以孤鶴托興，便於梧桐字有情。若云孤客，即墮惡趣矣。（同上卷四）

《姮娥》義山詩中多屬意婦人，觀《月夕》一首云：『草下陰蟲葉上霜，朱欄迢遞壓湖光。兔寒蟾冷桂花白，此夜嫦娥應斷腸。』玩次句語、景，嫦娥字似暗有所指，此作亦然。朱欄迢遞，燭影屏風，皆所思之地之景耳。（同上）

《寄蜀客》長卿死於好色，故以此諷之。本意言女子無情，游其地者，勿爲所惑耳。唐時蜀中極盛，蓋佳麗之藪也。（三四）反言見意。（同上）

毛奇齡　王錫

《馬嵬》（海外徒聞）是詩五、六對稍通脱，然首句不出題，不知何指。三、四頗庸泛無意。若落句則以本朝列祖皇帝而調笑如此，以視杜詩之忠君戀國，其身份何等？雖輕薄，不至此矣。有心六義者，盍亦於此際商之。（《唐七律選》）

汪琬

【國朝詩選序（節録）】今且區唐之初盛中晚而四之，繼又區唐與宋而二之，何其與予所聞異也。且宋詩未有不出于唐者也。楊、劉學温、李也，歐陽永叔則學太白也，蘇、黄則學子美也，子由、文潛則學樂天也，宋之與唐固若壎篪之相倡和，而駏蛩之相周旋也，審矣。（《堯峯文抄》卷二十七）

【跋李義山詩注】古之爲箋注者，莫不廣萃群説，以成一家，自經傳而外，顔師古之注漢書也，實出於顧遠游，而後世不知遠游者，以其成於師古也。李善之注《文選》也，實集張載、顔延之、沈約、薛綜、徐爰、劉淵林諸家之長，而後世不稱述諸家者，以其薈萃於善也。常熟釋道源解義山詩，未竟而殁，吴江朱長孺作箋注，頗采用之。而錢夕公、馮定遠及陳氏、潘氏諸説亦附焉，未嘗揜没其姓氏。雖於道源亦然。長孺示予道源注原本，頗多蕪累，且間有所遺漏，長孺翦雉哀益不啻十之六七，其用意良亦勤矣。吴人不察，往往竊議。其後幾使長孺如郭象之於向秀，此皆耳剽目竊之論，不足信者也。長孺每每爲予言道源所引釋氏書最稱灝博，非得此注，某書亦不能就也。蓋

其通懷樂善如此，而忌者尤呶呶焉。予恐後進有惑其説者，故題於箋注之後。（《堯峯文鈔》卷三十九）

陳廷敬

【吴元朗詩序（節録）】古人有言，聲畫之美者無如文，文之精者無如詩。夫文以載道，詩獨不然乎？自昔宋初學者祧少陵而宗義山，雖以歐陽公之賢猶捨杜而學韓，歐陽公詩不逮文，固無可論，然亦豈非以韓詩之尤近於道乎？近世詩人多學白香山。香山之詩視義山爲優，然當時詩人已有議之者，而杜牧之爲特甚。則其弗幾乎道者，不爲時所重，而傳之後世，得無流弊也，不其難與？（《午亭文編》卷三十七）

葉燮

繁辭縟節，隨波日下，歷梁、陳、隋以迄唐之垂拱，踵其習而益甚，勢不能不變。小變於沈、宋、雲、龍之間，而大變於開元、天寶高、岑、王、孟、李，此數人者，雖各有所因，而實一一能爲創，而集大成如杜甫，傑出如韓愈，專家如柳宗元，如劉禹錫，如李賀，如李商隱，如杜牧，如陸龜蒙諸子，一一皆特立興起；其他弱者，則因循世運，隨乎波流，不能振拔。所謂唐人本色也。（《原詩》卷一内篇上）

自甫以後，在唐如韓愈、李賀之奇奡，劉禹錫、杜牧之雄傑，劉長卿之流利，温庭筠、李商隱之輕豔；以至宋、金、元、明之詩家，稱巨擘者無慮數十百人，各自炫奇翻異，而甫無一不爲之開先。（同上）

大抵近時詩人，其過有二。……其一，好爲大言，遺棄一切，掇採字句，抄集韻脚，覩其成篇，句句可畫，諷其一句，字字可斷；其怪戾則自以爲李賀，其濃抹則自以爲李商隱，其澀險則自以爲皮、陸，其拗拙則自以爲韓、孟，土苴建安，弁髦『初』『盛』，……（同上卷二内篇下）

七言絶句，古今推李白、王昌齡。李俊爽，王含蓄，兩人辭調意俱不同，各有至處。李商隱七絶，寄托深而措辭婉，實可空百代無其匹也。王世貞曰：『七言絶句，盛唐主氣，氣完而意不盡；中晚唐主意，意工而氣不甚完。然各有至者。』斯言爲能持平。然盛唐主氣之説，謂李則可耳，他人不盡然也。宋人七絶，種族各别，然出奇入幽，不可端倪處，竟有軼駕唐人者。若必曰唐，曰供奉，曰龍標以律之，則失之矣。杜七絶輪困奇矯，不可名狀，在杜集中，另是一格，宋人大概學之。宋人七絶，大約學杜者什六七，學李商隱者什三四。（同上卷四外篇下）

錢曾

《滄浪吟卷》曰：『西崑體，即李商隱體，然兼温庭筠及本朝楊、劉諸公而名之者。』按西崑之名創自楊、劉諸君，及吾遠祖思公，大年序之甚明。其詩皆宗商隱，故宋初内宴，優人有撏撦義山之謔。今云即商隱體而兼庭筠，是統温、李先西崑之矣。且『及』之云者，楊、劉反似西崑繼起之人。疑誤後學，似是實非，積學君子，排斥嚴儀、高棅不少寬假者，豈好辯哉？今世奉《吟卷》爲金科玉條，何也？（《讀書敏求記》總集類）

【李商隱詩集三卷】文宗時，椓人用命，朝士箝結。甘露之變，爲千古所未有。國勢亦岌岌乎殆哉！義山忠憤逼塞，不敢訟言北司，美人香草，讔詞託寄，其旨微矣。《留贈畏之》詩題下注云：時將赴職梓潼，遇韓朝迴三首。夫時事日非，期望畏之來，有所論建，而喑無一語，竟如囈如醒者，何也？故次章云『侍得郎來月已低，寒暄不道醉如泥』也。隨例趨朝，轉轅迴去，國成誰秉？若瑱耳不聞，宫鄰金虎，委之蜩螗沸羹之徒，忠于君者若是乎？故繼之以『五更又欲向何處？騎馬出門烏夜啼』也。首章起句，即責韓以『清時無事奏明光』，反言之，亦激言之耳。詞臣引領，歸客迴腸，義山于君臣朋友之間，情義愷切，且又託爲豔詩，以委曲諷諭，此豈笨伯所能解乎？朱鶴齡注義山詩初藁云：此題有誤。予笑語之：義山既誤作于前，韋縠《才調集》又誤選于後，無知妄作，賢者無是焉。鶴齡面發赤，因削去。今聊引此以啓其端，見義山之詩之難讀如此。（同上卷四别集類）

朱彝尊

【送毛檢討奇齡還越】《香匳》詞悵悵，《錦瑟》淚紛紛。（《曝書亭集》卷十三）

【馮君詩序（節録）】吾于詩而無取乎人之言派也。吕伯恭曰：『詩者，人之性情而已。』吾言其性情，人乃引以爲流派，善詩者不樂居也。温、李之作，派流爲西崑。試取楊、劉諸詩誦之，未見其畢肖于温、李也。黄、陳之作，派流爲江西，試取三洪、二謝、二林諸詩誦之，未見其悉合于黄、陳也。……（同上卷三十八）

【跋楊太真外傳（節録）】……妃入道之期，當在開元二十五年正月二日也。妃既入道，衣道士服入見，號曰太真。史稱不朞歲，禮遇如惠妃。然則妃由道院入宫，不由壽邸。陳鴻《長恨傳》謂高力士潛搜外宫，得妃於壽邸，與《外傳》同其謬。張俞《驪山記》謂妃以處子入宫，似得其實。而李商隱《碧城三首》，一詠妃入道，一詠妃未歸壽邸，一詠帝與妃定情系七月十六日，證以『《武皇内傳》分明在，莫道人間總不知』，是足當詩史矣。……（同上卷五十五）

風懷之作，段柯古《紅樓集》不可得見矣。存者玉溪生最擅場，韓冬郎次之。由其緘懷不露，用事豔逸，造語新柔，令讀之者唤奈何，所以擅絶也。後之爲豔體者，言之惟恐不盡，詩焉得工？故必琴瑟鐘鼓之樂少，而寤寐反側之情多，然後可以追韓軼李。金沙王次回（彦泓）結撰深得唐人遺意……（《静志居詩話》卷十九）

啓、禎詩人善言風懷者莫若金沙王次回，定遠稍後出，分鑣并驅，次回以律勝，定遠以絶句見長。大都次回全學温、李，而定遠多師，其源出於《才調集》也。（同上卷二十二）

道源號石林，太倉州人，居吴北禪寺，有《寄巢詩集》。石林好讀書，嘗類纂子史百家爲《小碎集》，又以餘力注李義山詩三卷。其言曰：詩人論少陵忠君愛國，一飯不忘，而目義山爲浪子，以其綺靡華豔，極《玉臺》《金樓》之體而已。第少陵之志直，其詞危。義山當南北水火，中外箝結，不得不紆曲其指，誕謾其詞，此風人、《小雅》之遺，推原其志義，可以鼓吹少陵。惜其書未刊行。會吴江朱長孺箋義山詩，多取其説，間駁其非，于是虞山詩家謂長孺陰掠其美，且痛抑之。長孺固長者，未必有心效齊邱子也。（同上卷二十三）

《錦瑟》此悼亡詩也。意亡者善彈此，故睹物思人，因而託物起興也。瑟本二十五絃，一斷而爲五十絃矣，故曰『無端』也，取斷絃之意也。『一絃一柱』而接『思華年』三字，意其人年二十五而殁也。胡蝶、杜鵑，言已化去也；珠有淚，哭之也；玉生煙，葬之也，猶言埋香瘞玉也。此情豈待今日追憶乎？只是當時生成之日，已常憂其至此而預爲之惘然，意其人必婉弱多病，故云然也。（朱氏評點《李義山詩集》，據黄永年先生藏本）

《重過聖女祠》（首句）祠。（次句）聖女。（三四句）幽景可想。一句祠。（五六句）二句聖女。（七八句）末二句歸到自身，結出『重過』字。（同上）

《令狐舍人説昨夜西掖翫月因戲贈》結意是干謁而題曰『戲贈』，諱之也。（同上）

《異俗二首》句句賦異俗，紀事體如是。○未驚、不報，言習以爲常。（七八句）恨官長，刺之也。（同上）

《商於》寫景與懷古相間，道中詩常調。（同上）

《人欲》哀怨深矣。（同上）

《蟬》第四句更絶，令人思路斷絶。（同上）

《潭州》頷聯古，腹聯今。（同上）

《贈劉司户蕡》上半首興而比也，取『白日昏』之義。四句直下，故對不甚工。（同上）

《樂遊原》（向晚意不適）言值唐家衰晚也。（同上）

《北齊二首》（首章三句）故用極褻昵字，末句接下方有力。（次章）有案無斷，其旨更深。（同上）

《街西池館》太守、將軍，似言池館主人，客旅則自謂也。（同上）

《鄠杜馬上念漢書》（末句）言亂本復作也。（同上）

《夜雨寄北》時在東川幕下。『君問歸期』：問。『未有期』：答。『巴山』句：今夜。『何當』句：他日。『却話』

句：今夜。（同上）

《陳後宫》（茂苑城如畫）與《南朝》詩同。（同上）

《西溪》（近郭西溪好）時爲柳仲郢東川幕府判官。西溪蓋在東川也。（同上）

《謔柳》『謔』字意在數字上見之。（同上）

《初起》『苦霧』注：鮑照賦：『巖巖苦霧。』注：殺物曰苦。（同上）

《韓碑》題賦韓碑，韻即學韓文，神物之善變如此。○此詩學韓文，非學韓詩也，識者辨之。○『點竄』二字奇想。減之曰點，添之曰竄。○『句奇語重』四字，評韓文，即是評此詩。○『公之斯文』二句：韓詩功能，喻其誠深淺抽肝脾。○『湯盤孔鼎』二句：衛莊公賜孔悝鼎銘。『辭』字複韻，宜作詞。（同上）

《令狐八拾遺綯見招送裴十四歸華州》（首句）裴十四。（次句）歸。（三句）裴殆是楚之壻，綯之妹夫，故借用方回。（五句）華州。（同上）

《宿駱氏亭寄懷崔雍崔袞》（首句）駱氏亭。（次句）寄懷。（末句）宿。（同上）《夢澤》題不曰楚宫而曰夢澤，亦借用也。（同上）

《贈歌妓二首》（首章一二句）二句妓。（三四句）二句歌。（次章）此首見贈意。（同上）

《謝書》此必軍帥招之佐幕，故有第二句。謝者，謝辭之也。（同上）

《寄令狐學士》（末句）不曰無門，而曰『門多』，微詞可想。（同上）

《酬令狐郎中見寄》此必綯寄書義山，詩中詢其近況，因酬其見寄之意。故叙綯略，而自叙詳。此古人立言之法。（同上）

《七月二十八日夜與王鄭二秀才聽雨後夢作》（末句）『獨背寒燈』，則二秀才已去矣，此亦點題襯題之法。（同上）

《漫成三首》此仿少陵《戲爲六絶句》而作。細玩三詩，以何爲主，顔、謝其客也。而首作似貶之，次作又解

之，末作又褒之。豈意中暗指一人，故託言『漫成』與？（同上）

《槿花二首》（燕體傷風力、珠館薰燃久）（首章）上四句實賦槿花，下四句以仙女比之。次首絕無題意，疑其亦是託興，非詠物也。（同上）

《哭劉蕡》（末句）立言之體。同君，言不敢同蕡于哭諸寢門外之朋友也。（同上）《杜司勳》意以自比。（同上）

《荆門西下》情深意遠，玉溪所獨。○『夏雲』，夏日之雲也。味此似由荆門西下入蜀。○觀長孺注及詩首句，則題疑當作『北下』。（同上）

《碧瓦》豔語是義山本色，而錯互其詞，似亦諱之之意。（『無雙』二句眉批）（同上）

《蝶》（葉葉復翻翻）無一句詠蝶，却無一句不是蝶。可以意會，不可以言傳，此真奇作。（同上）

《韓翃舍人即事》題亦不解。○（七八句）此二語想以韓官中書舍人，故云然，蓋賦而比也。（同上）

《子初全溪作》子初二字不可解。又云：子初必全溪主人字也。（同上）

《楊本勝説於長安見小男阿衮》『漸大』句：大則啼不應數矣，疑有誤字。（同上）

《西溪》（悵望西溪水）『不驚』二句：二句承『悵』來。『色染』四句：四句溪中之水。『鳳女』二句：二句溪中之人。『京華』二句：結歸自己。（同上）

《藥轉》題與詩俱不可解。（同上）

《越燕二首》體物工細極矣，然不辨其是越燕而非胡燕。題中『越』字疑衍。（同上）

《屏風》似有所寓。（同上）

《九成宮》（首句）城一作樓。（三四句）雲、風跟避暑來。（同上）

《詠史》（歷覽前賢）感時之切，託之詠史。長孺補注謂其爲文宗而作，近之矣。（同上）

《贈白道者》（三四句）奇想。（同上）

《無題二首》（昨夜星辰、聞道閶門）（次章）意自可曉，不必泥秦樓、吴苑等字。（同上）

《漢宮詞》玩通首，言好渺茫而恩不下逮，非專諷學仙也。（同上）

《無題四首》（次章三四句）鎖雖固，香能透之；井雖深，絲能及之。『入』『迴』二字相應，言來去之難也。（五六句）幸而合，不幸而終不合。（七八句）其同歸於盡則一也。（三章四句）『烘』字難解。意香煙透出，簾中有人，故過之難。（四章）『永巷』：永，長也。非宮中之永巷。（同上）

《赴職梓潼留别畏之員外同年》（一二句）二句言新婚之喜同，至後乃異，非獨指畏之也。（末句）言有盡而意無窮。（同上）

《王十二兄與畏之員外相訪見招小飲》平平寫景，凄斷欲絶。此種風格，唐以後人不能及。（同上）

《贈宗魯筇竹杖》（首句）筇竹杖。（次句）贈宗魯。（五六）望其策杖而來也。（同上）

《曲池》此必當時讌集之地。（同上）

《席上作》意往（狂）語直，詩家惡品。（同上）

《訪隱者不遇成二絶》（次章三句）『白日』當作『白石』。（同上）

《無題》（紫府仙人）古人游仙詩多是寓意，寓意故不曰游仙而曰無題，然其意不可曉。（同上）

《贈庚十二朱版》（首句）朱版。（次句）贈。（末句）庚十二。（同上）

《過招國李家南園二首》詩與題不相合，豈義山曾挈妻居此邪？（同上）

《留贈畏之》（三首）（首章七八句）大抵以登仙喻及第耳。注云是歲榜首李肱所賦詩，以《霓裳羽衣曲》爲題，殆不可解。（二、三章）情深意淡，燕昵之至。故《才調》于此二首注云『遇韓朝迴』也。俗本訛作《無題》，謬甚。（同上）

《無題》（相見時難）古樂府思作絲，猶淮作懷也，往往有此。（同上）

《對雪二首》詠物穩而淺，此義山率筆。（同上）

《蜂》亦未刻畫。（同上）

《賦得鷄》寓意有所指也。（同上）

《辛未七夕》語輕而帶謔，又是一格。（同上）

《玉山》疑是諷人主遊幸之作，但不知指何事。或曰：指津要之薦拔寒士者而言。（同上）

《牡丹》（錦幃初卷）堆而無味，拙而無法，詠物之最下者。（同上）

《北樓》寫旅況深痛至此。『濕』字奇。（同上）

《蝶》（飛來繡户陰）輕妙至此。（同上）

《牡丹》（壓逕復緣溝）竟不似題，何義山獨拙賦牡丹邪？（同上）

《櫻桃荅》『天生』句：率。（同上）

《一片》（一片非烟）三四言歌舞之久，五六言光陰之速，結言宜及時行樂。○詩中九枝、星月俱以夜景言，則『一片』亦泛言夜色。（同上）

《青陵臺》此必有夫負其婦者，故以此託與？（同上）

《酬崔八早梅有贈兼示之作》（首句）早梅。（次句）有贈。（三句）崔八。（四句）崔八。（五六句）二句所贈之人。（七八）酬、示。（同上）

《判春》言二人之美同也。（同上）

《促漏》作閨思解，何其明了，而必曰宫怨也？（同上）

《讀任彦昇碑》（三四）寫出文人豪概。（同上）

《五松驛》以五松比斯、高之見斬，似淡實奇。（同上）

《灞岸》（末句）言非今歲之謂也。（同上）

《可嘆》所刺不可得而知。玩第三句，豈當時有貴人年邁而少姬恣行放誕者乎？（同上）

《望喜驛別嘉陵江水二絶》（次章三四句）閬州應在望喜驛下流，故云。（同上）

《别薛嵒賓》『桂樹』二句：二語義山自謂也。義山釋褐秘書省校書郎，旋調補弘農尉，故有『芸香』之句。（同上）

（按：此係長孺注。）

《腸》一句一意，百鍊千錘，皆極用意，是以全力赴之者。（同上）

《曉起》（首聯）《才調集》『起』作『氣』，『可』作『有』，較穩。○『書長』則語多，所以『報晚』。（同上）

《杏花》『爲含』二句：二句工極，然未必確是杏花。（同上）

《瑶池》此詩方是專諷學仙。（同上）

《南朝》（地險悠悠）高絶。（同上）

《題漢祖廟》新豐建於天下大定之後，此時羽死久矣，二句（指三四句）似可議。（同上）

《韓冬郎即席爲詩相送……因成二絶寄酬兼呈畏之員外》（首章末句）寫謔畏之意。（同上）

《聖女祠》（松篁臺殿）此首全是寄託，不然何慢神乃爾。（同上）

《獨居有懷》『數急芙蓉帶』句：瘦則帶緩，故數急之。『覓使嵩雲暮』句：憶王茂元所。『迴頭灞岸陰』句：憶令狐綯家。『只聞涼葉院』二句：寫出獨居風景。（同上）

《過景陵》諷戒之旨切矣。（同上）

《臨發崇讓宅紫薇》（末聯）感慨更深一層。（同上）

《及第東歸次灞上却寄同年》（首句）及第。（次句）東歸。（三句）次灞上。（五句）却寄。（同上）

《野菊》句句是野菊，無海石榴意。（同上）

《過伊僕射舊宅》（末聯）言楚宮荒涼，當更甚于此也。（同上）

《銀河吹笙》疑此詩是詠吹笙，『銀河』二字乃因詩而誤入耳。（首句）吹笙人之態。（次句）地。時。（三四句）方夢他年事，因笙驚斷而嘆易曉。（五六句）此聯從第二句來。（七八句）吹笙者爲王子，簫、瑟則皆仙

姬，意自可想。（同上）

《與同年李定言曲水閒話戲作》此必二人同有悼亡之事，故云。○『五勝』二字到底難解，一作『玉塍』。（同上）

《聞歌》此詩與《詠淚》作相類。（同上）

《贈華陽宋真人兼寄清都劉先生》徐甲以自況也。（同上）

《和友人戲贈二首》（首章頷、腹兩聯）次第寫出寂寞光景。（末聯）『透』字應作自内而出解，方與『莫』字相應，言徒亂人意也。○（次章）上（指首章）是危之，此首解之。（同上）

《題二首後重有戲贈任秀才》定遠謂『峽中』二句戲甚，有傷雅道。予謂任意更毒，幾不可道。（同上）

《有感二首》用意精嚴，立論婉摯，少陵詩史又何加焉。○（次章『始悔』句）謂訓爲龐萌，亦不得已而用之也。（同上）

《重有感》藩鎮勒兵，止以自衛，莫興勤王問罪之師，故曰『須共』，曰『宜次』，勉之激之，亦《春秋》責備之旨，非刺之也。落句終是望之之詞，作感慨解便淺。○兼幽顯，言神人共見之也。（同上）

《壽安公主出降》『分』字深痛，言竟似分宜爾也。（同上）

《楚宮》（湘波如淚）通首寫『楚』字而無『宮』字意，恐題有誤。（同上）

《妓席暗記送同年獨孤雲之武昌》詩中無妓席意。（同上）

《宿晋昌亭聞驚禽》（首句）晋昌宿。（三四句）二句承上『見』字意。（五六句）二句是聞。（七八句）（失羣）馬，（掛木）猿。（遠隔天涯共此心）人亦在其中。（同上）

《深宮》此首全是宮怨，亦寓言也。○（三句）怨。（四句）妬。（同上）

《即日》前半自喜，後半憂時。（同上）《淮陽路》因投宿而感時，此工部家法。（同上）

《崇讓宅東亭醉後沔然有作》意曲而達，語麗而陡，獨有千古。○『新秋』句：醉後。『幽興』句：自此而沔也。『身世』句：改絃更張，言欲隱也。義山多有此句。『無人』句：無人酬應，庶幾鬢免于黄。『密竹』二句：宅，

東亭。『如何』二句：此可隱之地，如何不可得而隱。（同上）

《晚晴》（五句）俯夾城。（六句）深居。（七八句）寫其得意。（同上）

《一片》（一片瓊英）言薄物倖售，尺璧非寶，而攻苦揣摩，皆無所用。（同上）

《西南行却寄相送者》此謔語耳，無甚深意。（同上）

《題白石蓮花寄楚公》頸聯不對，亦如五律格調。○（末聯）似有所諷。（同上）

《安定城樓》通首皆失意語，而結句尤顯然。茂元乃義山知己也，豈其然乎？○第六句尤奇，後人豈但不能作，且不能解。（同上）

《即目》（地寬樓已迴）『單棲』句：哀怨語。下句更深。（同上）

《鏡檻》此西崑之祖。以句求之，字字可解；以篇求之，字字不可解。後人賞其豔麗而争效之，原未必曉其所以然也。（同上）

《送鄭大台文南覲》何其雅而切。○（黎辟灘）在桂江。（同上）

《天涯》言極怨，語極豔，不可多得。（同上）

《哀箏》借二字爲題，非詠箏也。（同上）

《有感》（非關宋玉）此非詠楚事也。題曰『有感』，可想而知。（同上）

《別智玄法師》此禪語也，讀者參之。中有二義，淺深俱可通。『東西南北』雖從『別』字生出，然所謂『本師』非指智玄也。誤會則絶無意義，並『却是』二字亦接不下。（同上）

《淚》『八句七事，律之變也。』予謂不然。若七事平列，則通首皆是死句，落韻『未抵』二字亦轉不下矣。此是以上六句興下二句也。陸務觀效之，作《聞猿》詩亦然。○（首句）失寵。（次句）憶遠。（三句）感逝。（四句）懷德。（五句）悲秋。（六句）傷敗。（七句）入征人。（同上）

《十字水期韋潘侍御同年不至時韋寓居水次郭汾寧宅》（十字水）在東都。（首句）十字水。（次句）期侍御。（七

句）汾寧宅。（同上）

《流鶯》『良辰』句何以貼鶯，讀者思之。（同上）

《和韓録事送宮人入道》（首句）惟『追還』，故不自由。玩『不自由』三字，似仙女既謫，而後追還也。注何得以李部事釋之！（七句）（韓公子）借比録事。（同上）

《聖女祠》（杳藹逢仙跡）集中《聖女祠》三首。第一首尚詠神廟，次首已似寄託，此首竟似言情矣。人雖好色，未有瀆及鬼神者，疑其有所悼而託以此題。或止因『聖女』二字，故借以比所思之人耳。（同上）

《七月二十九日崇讓宅宴作》情深于言，義山所獨。（同上）

《贈從兄閬之》下六句俱是『約』字。（同上）

《常娥》（三四句）是何言與？（同上）

《殘花》誨淫若此，史稱其無行，信然矣。（同上）

《海客》（三四句）亦有所指。（同上）

《細雨》以髮狀而之細（疑是『以髮細而狀之』之誤）。（同上）

《魏侯第東北樓堂郢叔言别聊用書所見成篇》起四句言樓臺之密。『海底』二句：狀樓臺之深暗。以下皆『所見』。『新歲』句：言日月之速。『念君』二句：言别。（同上）

《華嶽下題西王母廟》亦暗寓武宗、王才人事。（同上）

《昭肅皇帝挽歌辭三首》典麗嚴重，立言之體如是。（同上）

《梓州罷吟寄同舍》大中十三年徵柳仲郢入朝。（同上）

《無題二首》（鳳尾香羅、重幃深下）（首章）陳帆云：鳳尾羅，即鳳文羅也。（同上）

《槿花》（風露凄凄）（末句）言勝槿花不遠。（同上）

《任弘農尉獻州刺史乞假還京》感憤至矣。（同上）

《無愁果有愁曲北齊歌》案此曲本是北齊歌曲，故題云。○龍虎騏驎等語，似指陵廟。而言語雖險僻，意自可曉。（同上）

《房中曲》（『嬌郎』二句）若雲，言亂且昏也。悲極故癡。下四句曉卧所見。（『今日』四句）言情至此，奇闢爲千古所無。（同上）

《汴上送李郢之蘇州》（五六句）塗、誇二字漸開纖套。（同上）

《復至裴明府所居》工部之靡，宋人之俑。（同上）

《覽古》（末聯）言其深識興亡遞禪乃必至之勢也。（同上）

《當句有對》此格僅見。○（末聯）自慰語可憐，當與香山『隔墻如隔山』參看。（同上）

《井絡》此豈感蜀中反覆不常而作與？（同上）

《寫意》（五六句）不言而神傷。（同上）

《宋玉》結意何所指？（同上）

《韓同年新居餞韓西迎家室戲贈》（七句）自比禁臠，真戲言也。（同上）

《池邊》無限低徊，只在『千遶』二字中寫出。（同上）

《寄惱韓同年時韓住蕭洞二首》（韓因）齊眉，故以春光不久惱之。（以上首章三四句眉批）○李以失偶，故云。（以上次章三四句眉批）（同上）

《謁山》（三四句）想奇極矣，不知何所指。（同上）

《鈞天》言得聽者皆夢中人耳，豈知音乎？（同上）

《曼倩辭》此詩直是詠史。（同上）

《昭州》（末聯）言惟以醉自遣也。（同上）

《獻寄舊府開封公》此不過投贈應酬之作，然其高渾已非後人所及。（同上）

《春游》『徙倚』二句：不過即事，無他深意。（同上）

《細雨》（蕭灑傍迴汀）刻意描題，不鬆一句。雖無奇思，自見筆力。（同上）

《夜飲》結句複《崇讓宅東亭》詩，俱不甚連。（同上）

《凉思》首二句『凉』，下六句『思』。○（末聯）妄想遇合之意。（同上）

《因書》詩叙蜀事，以別緒作結，則『因書』猶言『即事』也。（同上）

《即日》（桂林聞舊説）『山響』句：即空谷傳聲之意。（同上）

《漫成五章》或云首章言從令狐楚，但學其駢體章奏，無他奇也。次言令狐綯信讒而疏之，故有蒼蠅曙雞之喻。三章言綯不肖其父，以仲謀刺其爲㹠犬，右軍嫁女則謂茂元。四章謂茂元奉詔出師。末言李德裕之功在朝野。德裕爲蜀帥，索還南詔所掠四千人，故云『耆舊垂淚』『臨老見中原』也。○又題下引楊守智云：此五首乃玉谿生自叙其一生踪跡。前二首乃指令狐喬梓，中二首詠娶茂元之女。末一首結重於贊皇，正以茂元係贊皇所用也。○（首章三四句）楊云：此言從楚幕，學爲對儷之文也。（二章）楊云：前半自標其本領，後半嘆綯之見抑而不得進也。（三章）楊云：第二句蓋自謙之詞。（四章）楊云：此言入河陽幕也。（五章）楊云：以韓、郭比李，推崇之至，見綯之黨私讒貶，不足爲定論也。（同上）

《射魚曲》諸詩多類李長吉體。義山學杜者也，間用長吉體作《射魚》《海上》《燕臺》等詩，則多不可解。飛卿學李者也，即用太白體作《湖陰》《擊甌》等詩，亦多不可解。疑是唐人習尚，故爲隱語，當時之人自能知之；傳之既久，遂莫曉所謂耳。有明制藝且然，何况于詩？（同上）

《日高》語僻而意自可解。○『水精』句：此指眠夢未起之人。『欄藥』句：句佳。『粉蛾』句：此狀門外竊窺之人。（同上）

《七夕偶題》平實。（同上）

《賦得月照冰池》（皓月）二句分起。（金波）六句合。（顧兔）六句又分。（獨憐）二句合結。（同上）

《永樂縣所居一草一木無非自栽今春悉已芳茂因書即事一章》實叙六韻，又以『瓜』字落韻，律法不免於犯矣。（同上）

《和韋潘前輩七月十二日夜泊池州城下先寄上李使君》如此刻畫，便不惡。（同上）

《戲贈張書記》眼前語却道不出。（同上）

《過故崔兖海宅與崔明秀才話舊因寄舊僚杜趙李三掾》疑明即兖海之子，時已式微，故結句云然。（同上）

《南山趙行軍新詩盛稱游讌之洽因寄一絶》意是日游讌多用婦人爲戲劇。梁王即指趙之主帥。然取義少味，不甚了了。（同上）

《故番禺侯以贓罪致不辜事覺母者他日過其門》詩意易曉，不但刺其貪，兼惜其罪之不著也。（同上）

《九日》一本作《九日憶令狐府主》。（同上）

《天平公座中呈令狐令公時蔡京在坐京曾爲僧徒故有第五句》豔詞必極深婉，此天性也。（同上）

《訪隱》（前）四句同一句法，又是一格。（同上）

《子直晋昌李花》（五六）與《詠槿花》同，何也？恐是傳寫之誤。（同上）

《寓目》（七句）『他』疑作『當』，感舊之意也。若作『他日』，不應既衰猶動妄想。（同上）

《賦得桃李無言》未見奇麗。豈義山獨短於鎖院體耶？（同上）

《行次昭應縣道上送户部李郎中充昭義攻討》壯麗渾雅，聲出金石。（同上）

《贈别前蔚州契苾使君》此等詩工麗得體，晚唐人獨擅其勝，不獨義山爲然。（同上）

《人日即事》七旬、七月，襯出七日，何其拙！（同上）

《燕臺四首》語豔意深，人所曉也。以句求之，十得八九；以篇求之，終難了然。定遠謂此等語不解亦佳，如見西施不必識姓名而後知其美，亦不得已之論也。（首章『幾日』句）魂去不知所之。『暖藹』二句：似值其人。『雄龍』二句：杳不可即。『衣帶』二句：景自韶麗，心自悲凉。『研丹』句：莫喻其然。『願得』句：誠極而悲。『今日』二句：情不可禁，隨風而去，直入西海。（次章）『石城』句：其地陰寒。『夜半』句：不眠無聊，戲以自遣。『直教』二句：妄想捉而留之。『濁水』二句：濁水清波，何必異源乎？濟河水清，亦當合流也。『手接』句：冀其從空而下。（四章）『天東』句：冬日短甚，纔出即下。『浪乘』二句：以不必思自解。『空城』二句：又以舊歡難久自解。『風車』二句：更恨其人尚在。（同上）

《河内詩二首》（湖中）此詩入手是湖中，前首毫無『樓上』意。『低樓』二句：轉似『樓上』。（同上）

《贈送前劉五經映三十四韻》『叔世』以下，叙自周入隋學術興廢。『雁下』四句：結出贈送意。（同上）

《哭遂州蕭侍郎二十四韻》『白骨』句：澣没後，訓、注誅，詔量移貶謫諸公。○前叙蕭事，後叙交誼。『始知』二句：疑蕭學佛教，故借以爲言；若竟指武帝，則迂矣。（同上）

《送千牛李將軍赴闕五十韻》通首叙李令事過半，疑千牛是世職，故備述其祖德，亦詩史之意也。『勳伐』一句，領起下文。『此去』三句，言幸奉天之不得已。『别館』二句：言朱泚入宫居僭也。『倉卒』句：言不早用。『此時』二句：轉下無痕。『絃危』二句：以麗語寫情語，何其昵也！豈與千牛有姻婭之舊耶？（同上）

《戊辰會静中出貽同志二十韻》既以仙自命，又以博自矜，此才人高自標置之常，不足多訝。（同上）

《和鄭愚贈汝陽王孫家箏妓二十韻》入手奇絶，可以意會，不可以言傳。（同上）

《四年冬以退居蒲之永樂渴然有農夫望歲之志遂作憶雪又作殘雪詩各一百言以寄情於游舊》（《憶雪》）句句是憶。（《殘雪》）句句是殘。（同上）

《送從翁從東川弘農尚書幕》（從翁）叔祖也。『勿貪』四句：寓規主將意，可見唐時藩鎮之横。（同上）

《李肱所遺畫松詩書兩紙得四十韻》『婀娜旋敷峯』句：峯當作夆。《爾雅》云：粤夆，掣曳也。若作峯，既複韻，且下句對上句文義不通，疑誤。『美人』二句：以下言圖畫常失之不藏。（同上）

《戲題樞言草閣三十二韻》樞言，意草閣主人之字。（同上）

《偶成轉韻七十二句贈四同舍》『憶昔』四句眉批：追叙始識弘正。『大梁』句作不了語，暗含獻策不見收意。

『歸來』句：自昭、桂還京。此下喻下僚不得志之况。『平明』句：京兆另是一人，非弘正也。若此時已爲弘正所用，則下文『聞有燕昭』句不合矣。（同上）

《五言述德抒情詩一首四十韻獻上杜七兄僕射相公》（杜）想必義山之表兄，故曰『七兄』。○投獻之作，極難新警。况所獻者又係極尊貴之人，尤難下筆，勿疑其平易也。（同上）

《今月二日不自量度輒以詩一首四十韻干瀆尊嚴……輒復五言四十韻詩獻上》此二詩義山以全力赴之者也。其莊麗典雅，不減少陵，而變化不逮。才力之不可强如是。○『安禪』句：悰知學佛耶？（同上）

《驕兒詩》『門有』六句：描寫稚子好奇之狀，亦一奇。（同上）

《行次西郊作一百韻》真、文、元、寒、删、先六韻通用。『晋公』句：李林甫。（同上）

《井泥四十韻》此詩以井泥起興，深刺世之沈污下流而倖居高位者。○用韻與《樞言草閣》詩同。○其爲諷刺，夫何待言！然取義亦僻而無味。（同上）

新添集外詩《夜思》上眉批：凡集外詩，確是義山手筆，而稍覺平常，豈曾爲有識者所選訂耶？（同上）

《無題》（萬里風波）『人生』二句：語淡意深。（同上）

《寓懷》與《戊辰静中作》同意。（同上）

《令狐舍人説昨夜西掖翫月因戲贈》（七八句）戲贈中寓干謁意。（《李義山詩集輯評》墨批）

《自喜》取題首二字爲題，别是一體。（同上）

《題僧壁》中四句合大小新舊而化之。（同上）

《霜月》（次句）言白而皎潔也。（三句）霜、月雙含。（同上）

《異俗二首》（次章末聯）意言王化所不及也。（同上）

《和孫朴韋蟾孔雀詠》『秦客被花迷』句：《列仙傳》《水經注》俱云：蕭史吹簫，能致白鶴、孔雀，此『秦客』以對上『西施』，其用秦樓、簫史事無疑。又注云：秦客，謝靈運也，有《遊石徑山門詩》：『花迷石鏡中。』『可在』二句：二句比。『都護』二句：二句言都護、佳人皆愛其羽毛。『愛堪』二句：《太平御覽》：《齊書》云：武帝年十三，夢着孔雀羽衣裳空中飛舞。○高祖穆皇后少時，父母於門屏書二孔雀相對，有求昏者輒與兩箭令射，潛相謂曰：若中孔雀之目，即以妻之。高祖後至，兩發皆中其目，遂歸焉。（同上）

《華清宮》（華清恩幸）（三四）言褒姒能滅周，而玄宗不久便歸國，是貴妃之傾城猶（在）褒姒下也。（同上）

（按：此係抄録朱鶴齡箋語）

《街西池館》『將軍』句：《太平御覽》《唐書》云：王栖曜善騎，爲袁修偏將，在蘇州常游虎丘寺，平野霽日，先一箭射雲中雁，再發貫之。（同上）

《南朝》（玄武湖中）羅列故實，無他命意，此義山獨創之格，西崑祖之，遂成堆金砌玉，繁碎不堪。（三四句）言後主荒淫未嘗少遜東昏。（同上）

《鄠杜馬上念漢書》此詩詠宣帝事。（同上）

《明日》『參旗過』：三字即所謂參横。（同上）

《飲席戲贈同舍》言洞中佳麗如此，而行人將去，别酒亦凉且盡矣。（同上）

《謝書》此詩疑義山爲令狐巡官時作也。《唐書》云：『楚能章奏，以其道授商隱，自是始爲今體章奏。』故借用五祖傳衣事。（同上）

《七月二十八日夜與王鄭二秀才聽雨後夢作》律詩無對偶，古詩而叶今調。此格僅見。（同上）

《少年》（三四句）直、横二字，寫出豪態。（同上）

《詠史》（歷覽前賢）（三四）二句言文宗豈有琥珀、真珠之侈。（五六句）青海馬，謂大中間吐蕃以原秦等州歸國，帝崩後數年，西戎遂有欵關之事，故曰『運去不逢』。蜀山蛇，謂逆閹仇士良諸人也。自甘露之變，天子寄命虎口，愧憤没身，故云『力窮難拔』也。○義山及第于開成，《南薰》之曲固嘗與聞之矣。其能已蒼梧之哭耶？（同上）

《無題四首》（首章三句）已別而復夢，遠別故夢。（次章二句）《西洲曲》：採蓮南塘秋。（三四句）金蟾，鎖飾也；玉虎，轆轤也。（同上）

《赴職梓潼留别畏之員外同年》畏之乃義山姻婭，故詩中多見悼亡。（同上）

《留贈畏之》（三章）『含羞』二字不解。瀟湘非梓潼地，亦不解。（同上）

《碧城三首》三詩莫得其解，予細按之，似皆爲明皇、太真而作。何以知之？玩第三首結句而悟之。蓋以明皇爲武帝，唐人之常也。則其爲明皇無疑。（首章）『碧城』四句，以仙家况宫中之繁麗也。星，小星也；雨，靈雨也；星沈雨過，武惠妃已薨也。當窗、隔座，太真後入宫也。結以飛燕比惠妃，合德比太真，言惠妃不死，一生專寵，猶或不言召亂也。（次章）『對影』句，實寫太真之美也；『玉池』句，指賜浴華清時也。蕭史謂壽王，洪厓謂禄山也。放嬌、狂舞，謂其恃寵之態也。鄂君，謂明皇也，獨自眠，蜀道雨淋鈴時也。（三章）『七夕』二句，點長生殿私語事也。月初生魄，則不復圓矣；珊瑚未有枝，則不可期矣，猶言『他生未卜此生休』也。『神方』，二句，言鴻都道士之渺茫也。『武皇』二句，總結三首，和盤託出，所謂微而顯也。長孺補注引潘耕語，俱影響之論。（同上）

（按：此與錢良擇《唐音審體》所箋略同。）

《七夕》深於怨矣。（同上）

《涉洛川》甄后何能殺灌均，而以此望之，其意必有所指。（同上）

《過景陵》以魏武陪黄帝，則殊不倫，豈其地相近，即所見而言之耶？（同上）

《臨發崇讓宅紫薇》（首句）紫薇。（次句）崇讓宅。（三句）紫薇。爲有，有所爲也。（四句）臨發。（同上）

《贈華陽宋真人兼寄清都劉先生》『劉盧』似不指宋劉。『周史』，老子也。『徐甲』，老子御。（同上）

《楚宫二首》（第二首，月姊曾逢）絶無題意。豈因語意太顯，故詭託之耶？○此批本題作《水天閒話舊事》。（同上）

《和友人戲贈二首》（次章首聯）相去不遠。（頷聯）其勢可諧。（五句）不必怨。（六句）有其時。（同上）

《有感二首》（首章『自取』句）『自取』二字亦微詞。『直是』句：謂訓、注爲盗，可乎？亦微詞也。（同上）

《重有感》感甘露之事也。○『竇融』句：指劉從諫。『陶侃』句：謂王茂元等。（同上）

《鄭州獻從叔舍人褎》純用仙家事，不似寄託。豈其人好道耶？是不可解。（同上）

《茂陵》亦崑體也。（同上）

《驪山有感》淺直，不及《龍池》多矣。（同上）

《天津西望》『滿眼』句：此言望幸之宫人也。（同上）

《病中早訪招國李十將軍遇挈家遊曲江》『相如』二句：此真奇想。若真消渴，則當飲竭之矣。（同上）

《昨日》雁行斜，言箏柱斜有如雁飛也。古詩：刻成箏柱雁相參。鮑溶《風箏》詩：雁柱虚連勢，鸞歌且墜空。（同上）

《暮秋獨遊曲江》已似花間。（同上）

《又效江南曲》『欲拌嬌』：楚人凡揮棄謂之拚。（同上）

《隨師東》『軍令』句：謂宇文述等九軍敗于澾水，帝不忍誅，無何，加述開府，則軍令廢矣。『捷書』句：謂帝再舉東征，高麗囚斛斯政請降。帝既還，罪人竟不得，則捷書虚矣。『可惜』句：借征高麗爲比也。（同上）

（按：此係潘畊箋語之節録）

《宋玉》宫供、夢送疊韻。（同上）

《韓同年新居餞韓西迎家室戲贈》（首句）指王茂元。（次句）新居。（五句）迎家室。（七句）况韓同年。（八句）義山自嘆。○此詩疑作於悼亡之後，故有末句。（同上）

《奉和太原公送前楊秀才戴兼招楊正字戎》（三句）此語送戴。（四句）此語招戎。（同上）

《戲贈友人壁》豈主人不在，而主婦留客，故以此戲之耶？（同上）

《舊將軍》潘畊謂爲李晟而作，良然。（同上）

《贈子直花下》此必作於入直苑閣中，非泛然花下也。(同上)

《俳偕》以『俳偕』命題，自表其語纖而意淺也。後人自以此語意爲能事者，豈不可嗤！(同上)

《漫成五章》前二首論詩，後二首論兵，意絶不相侔，何以併作一題，是不可解。(首章)此首貶四公。(次章)此首稱二公。(三四五章)此三首似指當時將帥。(同上)

《宮中曲》諸詩多類李長吉作。(同上)

《李夫人三首》三首并《景陽宮井雙桐》詩只可闕疑。(同上)

《詠雲》此作殆託詠北司之横。(同上)

(按：此條馮浩引作錢良擇箋語。)

《贈司勳杜十三員外》不過取其名字相類，何其纖也！(同上)

《送豐都李尉》全詠商於景物，於第二句點送意，亦變體。(同上)

《天平公座中呈令狐令公時蔡京在坐京曾爲僧徒故有第五句》(朱長孺)補注云：『公』字疑衍，良然。(同上)

《贈田叟》(末聯)不覺有感，信口説出，妙在突然。(同上)

(按：馮浩引作錢良擇批語)

《春日寄懷》(五句)『定』字奇。(末句)龍津：名龍門。(同上)

《燕臺四首》(三章)『凉蟾』句：月中有蟾蜍，秋月故曰凉蟾。『但聞』句：昏旦易更。『不見』句：河清難俟。『喚起』句：喻情。(四章)『堂中』句：堂中之遠，甚於蒼梧野。(同上)

《贈送前劉五經映三十四韻》『盡欲』句：痛駡。『何由』二句：『由羞』『自呰』疊韻。『鼎新』以下，言唐人學術之盛。『星宿』二句：入劉五經。『勿謂』句：以下自叙。(同上)

《和鄭愚贈汝陽王孫家箏妓二十韻》『孤猿』句：下八句俱言箏聲之哀。『秦人』句：以下叙事之始。『蠹粉』句：此下叙彈箏舊事。『玉砌』句：此下復收到箏妓。(同上)

《自桂林奉使江陵途中感懷寄獻尚書》典疋嚴重而無深意警語，甚矣投贈之難工也。（同上）

《李肱所遺畫松詩書兩紙得四十韻》自『美人昔清興』至『開顔捧靈蹤』，言此畫松，初見重于貴室，乃身名敗後，流落奴童。然此如寶劍神物，終非凡品，今遂以遺我，得無興亡之感乎？（同上）

《偶成轉韻七十二句贈四同舍》『沛國』句：徐方，沛地也。此詩作於幕中，故以此發論（端），亦興體也。『藍山』二句：大意言不必他求炫售。而語特晦僻難通。『武威』句眉批：先受知於茂元。『明年』句眉批：又受知於鄭亞。『頃之』句眉批：自昭、桂還京。『上賀』句眉批：大中三年，收復河湟，是年五月，弘正出鎮，義山從爲掌書記。『廷評』四句：四同舍。『横行』二句：極細，寫得知己之感。（同上）

《病中聞河東公樂營置酒口占寄上》『鎖門金了鳥』句：了鳥，即屈戌也，亦疊韻。（同上）

閻若璩

【讀書堂杜詩註解序（節録）】杜以前之詩，莫聖於陳思王，而其體未備。後乎杜有聖人之目者僅玉溪生，而其類又不廣。故杜爲至聖。（張溍讀書堂杜工部詩集註解）

王清臣　陸貽典附明廖文炳《唐詩鼓吹註解大全》

《錦瑟》此義山有托而詠也。首言錦瑟之制，其絃五十，其柱如之，以人之華年而移於其數。樂隨時去，事與境遷，故於是乎可思耳。若乃華年所歷，適如莊生之曉夢，怨如望帝之春心，清而爲滄海之珠淚，和而爲藍田之玉烟。不特錦瑟之音有此四者之情已。夫以如此情緒，事往悲生，不堪回首，固不可待之他日而成追憶也。然而流光荏苒，韶華不再，遥遡當時，則已惘然矣。此情終何極哉！〇此詩説者紛紛，謂錦瑟爲貴人愛姬者，劉貢父也；謂爲令狐楚之妾者，計敏夫也。自東坡謂詠錦瑟之聲，則有『適怨清和』之解，説詩家多奉爲指南。然以分配中兩聯，固自相合；如『無端五十絃柱』『思華年』則又何解以處此？詳玩『無端』二字，『錦瑟絃柱』當屬借語，其大旨則取五十之義，『無端』者猶言歲月忽已晚也，觀下句自見。顧其意言所指，或憶少年之豔冶，而傷美人之遲暮；或感身世之閲歷，而悼壯夫之晼晚，則未可以一辭定也。至謂寓意令狐之婢，且有援本集《房中曲》『歸來已不見，錦瑟長於人』之句以爲證佐者，斯亦可謂撏撦義山者矣。若《許彦周詩話》和會東坡、敏夫兩家之説，以謂錦瑟有適、怨、清、和之聲，令狐侍人能彈此四曲，不知何以知其能彈？又何以知其爲四曲也？（《唐詩鼓吹箋注》卷七）

《杜工部蜀中離席》首言人生東南西北，有合有離，吾所惜者，世路干戈，又相别而去耳。如雪嶺之使未歸，松州之軍猶駐，此所謂『世路干戈』也。當此相别之時，席中之客醉醒相半，江上之雲雨晴相糅，勝友良辰，皆關别意；而成都有酒，既堪送老；當壚之女，仍是文君，則宜共爲流連也，其忍輕於言别哉！（王清臣、陸貽典）（同上）又《唐詩鼓吹註解大全》廖文炳曰：此詩送别時在離席上而作也。首言人生于東南西北，有合則有離，何必嘆恨哉！但吾所惜者，適世路干戈之亂，又相别而去耳。何言世之亂？如雪嶺之兵使未歸，松州之殿軍猶駐，此吾所以惜也。將别時，席中之客，醒醉相留，皆送别者；既别之際，江上之雲，晴雨相雜，皆關别情。且不盡之情，又欲再飲，蓋想成都之酒，可以送行，其當壚者，即當時文君，酒即當時文君之酒，舍此何以表不盡之情哉！○懿宗時，柳仲郢節度劍南東川，辟商隱爲判官檢校工部員外時作。

《隋宫》此詠煬帝棄國南遊，而關中之紫泉宫殿，閉鎖烟霞，乃欲取蕪城别作帝宫也。由此觀之，若非天命歸於太宗，則煬帝之錦纜牙檣即至天涯未已，豈止江都而已哉！至於今日，腐草青青，久無螢火；垂楊鬱鬱，賸有鳴鴉。轉瞬繁華，都歸烏有耳。昔嘗罪後主之貪淫，乃復荒淫逸遊，蹈危亡之跡，九泉之下，若逢後主，豈宜如生前之時彷彿相見，重問《玉樹後庭》之曲乎？（同上）

《二月二日》首云二月二日，江上聞吹笙，所見者柳眼花鬚、紫蝶黄蜂也。乃余萬里遊遨，憶歸元亮之宅；而三年淹久，猶滯亞夫之營。庶幾乘此春明時來遊此，以適鄉思，不可作風簷夜雨之聲，悮我遊樂之意，反生客愁也。

《後漢書》：班彪避地河西，從事大將軍竇融。此詩當從事軍中而作也。（王清臣、陸貽典）（同上）又，《唐詩鼓吹註解大全》廖文炳解曰：此詩言懷歸之意也。首云二月二日，江上聞吹笙，乃動鄉心。適見江上之柳眼花鬚，各無依賴；黄蜂紫蝶，俱有春情。然歸心雖切，而久役未寧，故欲遊江上，以消思鄉之愁也。時尚事令狐楚，故借言亞夫營。其情不已，明日復來。新春不可作風簷夜雨之聲，悞我遊樂之意，反生客愁也。

《籌筆驛》此追憶武侯之事而傷之也。首言武侯曾駐師於此，其軍法嚴明，至今魚鳥猶敬畏之。且忠感天地，故風雲長護其壁壘而不毁也。所惜者武侯筆畫籌策，指揮若神，而終見後主壁櫬詣降之事，則當日出師之舉，亦屬徒勞而已也。夫亮以管、樂自比，固無所忝，而關、張無命，漢祚終移，其奈之何！今於此驛，既不能無所感，若他年經成都而拜祠廟，讀《梁父》之吟，以先生之惜三人者惜武侯，又寧有既哉！（同上）

《九成宫》此譏玄宗遊樂而不恤國事也。首言九成宫如層城閬苑，明皇避暑於此，高拂虹霓，可謂樂矣。乃其時驅駕雙龍，控馳八駿，而風雲亦從此而翕集焉。以宫中之景言之，吴嶽曉光，遥連翠巘；甘泉晚景，欲上丹梯。且以荔支盧橘之微，亦煩紫泥之詔，似乎霑恩澤者，其爲逸樂何如耶？（同上）

《碧城》（碧城十二）此懷人而不可即，故以比之神人。言碧城之中，塵埃不染，時物皆春，已極清夷華美之象。而且閬苑有書，惟多附鶴；女牀有樹，無不棲鸞，亦迥異於常境已。於是思其人如星之沉於海底不可見，而當牕則猶可見；如雨之過於河源，雖可見而隔座則不可親，所以比之碧城之難至也。末二句未詳，或亦覬望之意，謂若得相親，當百年相守耳。（王清臣、陸貽典）（同上）又《唐詩鼓吹註解大全》廖文炳曰：此詩碧城疑是宫名。詩中皆托言失幸而寓怨之之詞。首言碧城之高，置異寶於其上，吾不得入見其美。聞仙書則付鶴，今乃信息難傳；墻樹俱棲鸞，今乃不得依倚。皆怨之之詞。又在碧城，則星雖高而影可見，今君近無由見也。雨過空看，不入君王之夢。所以然者，以君心不明不定也。若君心明且定，如曉珠然，則在碧城，得以長對此日矣。曉珠、水晶，皆指日以比君王。蓋譏君王信讒逐賢，以宫怨況之。

《馬嵬》此言貴妃殁後，徒聞在海外蓬萊之上，其與玄宗他生之夫婦未卜，而此生則已休矣。所以清宫長夜，無與爲娱，徒聞衛士之鳴柝，無復雞人之唱籌，蓋形其蕭條寂寞之情也。因思此日，六軍銜憤而同駐馬，當時七夕信誓而笑牽牛，其爲哀樂何如矣。而余所惜者，四十四年之天子不能保一貴妃，反不如盧家夫婦猶能百年相守也，是不重可嘆哉！（同上）

《深宮》此宮人不得幸，怨君王厚薄失均也。首言金殿香銷，玉壺傳點，君王已至别宫矣。以君之棄己，如蘿陰之疏薄，反受風吹；其厚於人，如桂葉之濃華，益加露潤，其何能不怨望哉！斯時也，念君不忘，嘗下二妃之淚；徹夜不寐，長聽景陽之鐘，想君王之夢，只在高唐十二峯而已。蓋以神女况近幸之人也。（同上）

《留贈畏之》畏之名瞻，義山之同年友也。此詩本集題注云：『時將赴職梓潼，遇韓朝迴。』故言今值清平之時，無事可奏於明光之殿，亦不遣司門之人報曉霜，以速君之早起也。今此朝回，則中禁詞臣尋引領而相望，而左川歸客腸一日而九迴。乃余所致美於君者，鸜鵒才高，郎君有驚人之句；鳳凰聲好，侍女亦仙子之流。以余浮沉下位，忝屬同籍，空想大羅天上之事，共詠《霓裳》之曲而已。言外有雲泥之意。（同上）

《對雪》（首章）此言雪之光氣，清寒映徹，如梅之發於大庾，絮之飛於章臺，欲舞則隨曹植之馬，有情則濕謝莊之衣，皆極擬其白也。嘗憶鮑昭有『胡風吹朔雪，千里度龍山』之句，計龍山亦止萬里之遥，留待行人既歸，庶無復有道路之苦耳。（次章）此言撲珠簾而度粉墻，輕者如絮，重者如霜，故江令之瓊樹可比，盧家之玉堂可妬也。且月明映雪，所以與桂魄争輝；疎影凌寒，所以與梅妝並色，總以形其白耳。當是時，凍合關河，東西無路，乃有征夫戒途，悠悠遠涉，則應爲之斷腸矣。此亦合東行意。（同上）

《牡丹》（錦幃初卷）首言牡丹之容如錦幃初卷而出衛夫人之豔，繡被夜擁而見越鄂君之姿。而且玲瓏疑玉珮之亂飜，摇蕩比金裙之争舞。其殷紅欲滴，無假照於絳燭之高燒；國色多香，曾何待於奇香之暗惹。當此名花相賞之時，不有彩筆，何申圖詠。唯我亦擅江令之才思，裁好句以貽神女，則惟朝雲亦有如斯之雅豔耳。（同上）

《促漏》郝天挺曰：此篇擬深宫怨女，恨不如禽鳥猶有匹也。○此言宫女之怨。當漏促鐘遥之際，動静皆聞。君起視朝，奏章重疊，不暇來幸矣。前此收殘黛而加新飾，换夕熏而炷新香，皆望君王之幸也。至此則歸去不如羿妻之奔月，夢來難同巫女之行雲。而且南塘漸暖，兩兩鴛鴦，行當戲水，我曾不如此鳥之得偶也，其能免深宮之怨耶？○此詩之爲深宮怨女，本於郝注；郝之此論，則以首句《百官志》之條耳。不知促漏遥鐘，何處不聞，而必深宮？亦何人不聞，而必宮女？且報章重疊，盡可比之私書欲報之列；而舞鸞睡鴨，亦猶之『雲髻罷梳還對鏡，羅衣欲換更添香』，深致其寂寞之思也。至『向月』『爲雲』，郝謂『不能如羿妻巫娥』者，亦正以深宮之中不能遠去，君王之夢不能相接，所見無非宮怨，故拘拘此解，不知此亦可以泛説也。『歸去豈知』，集作『歸去定知』，反郝之意，縱如姮娥竄月，終是獨居；神女爲雲，亦成夢幻，不如南塘之鴛鳥，長匹不離耳。二説並列，以俟知者擇焉。（王清臣、陸貽典）（同上）又《唐詩鼓吹註解大全》廖文炳解曰：詩言宮女侍寢後不得再幸而怨之也，故以促漏爲題。首言促漏轉而天將曉，殿鐘已鳴而動静皆聞之矣。動静如雲已起與未起者，斯時君視朝而報章奏疏重疊，君王苦理治之難，何暇猶幸乎？前此時，宮女鏡收殘黛而加新飾，爐換夕薰而炷新薰，皆望君王之幸，至此已知其不來矣。歸去則如羿妻奔月，不終夫婦之緣；夢來亦猶楚王空歡，無復雲雨之樂。羿妻夫婦之緣不終，比己先幸而不得再之意，不重在仙。上言既無長生之福，又無人世之樂也。末云：况且南塘春來漸暖，而菖蒲結實，鴛鴦戲樂，於水最幸，不得如此鳥之得偶也。寧不傷懷哉！（同上）

《聖女祠》（松篁臺殿）此美聖女之有靈術也。首以祠言，謂松竹鎖其臺殿，蕙香繞其簾幙，牕扉則畫龍鳳於其上，蓋言祠之肅穆也。至無形而興三里之霧，不寒而着五銖之衣，則宜其神靈炫奇矣。乃羅什難逢，誰拜玉環之贈；武威無繼，孰矜螢火之奇？然則人間天上，亦止有聖女之昭昭耳。不知釵頭白燕，往來於貝闕珠宮，之所以朝於帝，正未知其幾時一歸也。吾將就聖女而問之。（同上）

《野菊》此比賢者之遺棄草澤，不得進用也。首言菊生竹園塢屋之間，微香冉冉不斷，而挹雨則如淚涓涓，知其意不自得矣。以彼冒霜而開，已悲節物於啣蘆之雁；兼之帶雨而發，忍委芳心於咽露之蟬？乃余細路獨來，偏當此夕；清罇長伴，偶省他年。思以貢之玉堂，而紫雲新苑，正繁花爭豔之處，誰取霜根以近御筵哉！○首句比君子之失所，二句比失意。頷聯見其操。已下則同心相弔而傷其逕路之無媒耳。（同上）

《與同年李定言曲水閒話戲作》此疑同有遊冶之事，因追憶而賦此也。首言海燕參差而飛，溝水東西而流，則暌離已久；我與君身世相同，則憂思亦大略相等已。憶昔與君共携手於花下，本非秦贅；今與君相對泣於風前，有類楚囚。因思舊遊之地，徑荒草緑，樓静簾垂，而其人已爲五行所制，香骨長埋，亦應傷春於九原之下而髮早添絲也，豈止余與君同抱離憂哉！（同上）

《重有感》首言玉帳牙旗得居上游之地，安危之事，皆當爲人主分憂也。如竇融之表來於關右，後有請討隗囂之舉；陶侃之軍次於石頭，隨建削平蘇峻之功。事權在握，當無慮蛟龍之失水；小人俱遯，自無容鷹隼之横秋。且如包胥乞師，依庭墻而晝號夜哭，不崇朝而復楚，則早晚之間，當拭涕淚而見太平矣。此爲當時之節鎮期之也。（王清臣、陸貽典）（同上）又，《唐詩鼓吹大全》廖文炳解曰：此詩追憶前功而作也。首云玉帳牙旗，得居上流之地，安時之危，乃爲人君分憂也。何以見之？使叛逆之徒如竇融之稱臣獻馬，勤王之旅如陶侃帥衆定盟，當此時，權勢獨持，豈有蛟龍失水之嘆；小人俱遯，自無鷹隼横秋之嗟。然所以得此者豈易致哉？蓋晝號夜哭，如包胥之真心，內迷暗而外顯見，感秦王出師救之，乃能崇朝收復星關之地，雪拭涕淚而見太平也。吾之成功亦猶是，又何負於時哉！

《出關宿盤豆館對叢蘆有感》首言蘆葉瀟瀟，且當殘夏，暫駐於此，可以洗吾之塵襟已。然人生踪跡不定，殊可嘆惜，昔客江南，今居關外，更當風急月沉之候，半夜砧聲，不逐行人而去，時復與蘆聲相間於荒城也。征夫聞此，有不起江南塞北之思者哉！○『思子』二句承『關外』來。（同上）

《子初郊墅》首言君方思我，而我適來訪君至此别墅，見臘雪已消，新添墻下之水；鐘聲未散，猶停檻前之雲。且竹柏之影，或淡或濃，漁樵之歌，時斷時續，此皆别墅之景物也。子初於此，誠爲嘉遯，我亦擬買烟舍同居，使子孫相約，以耕耘爲事，將焉取富貴爲哉！（王清臣、陸貽典）（同上）又，《唐詩鼓吹註解大全》廖文炳解曰：此詩因過子初别墅而作也。首言君在别墅思我，我又適來訪君。至此别墅，見臘雪已消，而添墻下之水；鐘聲未散，猶有檻前之雲。又見竹柏之影，或濃或淡；聞漁樵之歌，或斷或續。此皆别墅之景物也。子初于此誠爲嘉遯，我亦擬買煙舍同居，使子孫期約，以耕耘爲事，何必以禄仕爲哉？

《井絡》此攬二山之勝而弔古也。首言井絡、天彭二山在蜀郡，如在一掌之中，蜀倚以爲固，而劍閣不如。古謂劍閣天設之險，乃謾語耳。觀夫諸葛之陣圖，松、維之邊柝，烟江雪嶺，皆形勝之地。而蜀帝云徂，杜宇之魂欲斷；霸圖既去，真龍之語空傳。今者形勝依然，而廢興則已異矣。將來奸雄輩亦何事以金牛故智窺圖此地也哉！此正所以折其氣也。（王清臣、陸貽典）（同上）又，《唐詩鼓吹註解大全》廖文炳解曰：詩言西蜀得二山以壯觀也。首言井絡、天彭二山在蜀郡，如在一掌中，蜀倚以爲固，而劍閣不如，古謂劍閣天設之險，乃謾語耳。八陣之圖，在於夔州之東；而邊柝之松，在於雪嶺之西。此皆形勝之險。蜀之故君，化爲杜宇；蜀之先主，名爲真龍。此皆人物之傑出者。爲報將來奸雄，如秦惠輩，不可效昔金牛故事以圖蜀也。圖之終不可得，何益哉？

《宋玉宅》（按本集作《宋玉》）此言宋玉才華獨擅於荆門，故唐勒、景差皆有所不及也。且玉居荆門，日落則渚宫觀閣足供吟眺，新年則雲夢烟花來助流連，是以當時梁之庾信，居宋玉之宅而挹其風流，歷仕梁、魏、周三朝，托宋玉之後車而近待於君王也，則豈非才華有獨擅哉！（王清臣、陸貽典）（同上）又，《唐詩鼓吹註解大全》廖文炳解曰：此專詠宋玉事。首言荆門士家之多，何宋玉獨擅其才華也。彼作《大言賦》而得雲夢之田，作《風賦》以諷楚王之過。是其詞賦，首邁唐勒，高出景差，非獨擅才華乎？且居荆門，日落則渚宫日色，可以供吟；新年則雲夢烟花，可以送玩，是以才華日生。當時梁庾信居宋玉之宅，而挹其風流儒雅，以效宋玉之所爲，亦有才思見用，故仕梁、魏、周三朝，得托君王後車，而近侍于君也。庾信雖有才而失臣節，以其仕三朝也。此庾信所以不如宋玉，益見宋玉才華矣乎！

《贈别前蔚州契苾使君》首句設問，言何年帥部落之兵到陰陵之山，蓋奕世勤王，其功著於國史也。胡人以氈爲帳，夜則拱帳爲室，其羽騎疾走如飛，故云夜捲牙旗而有帳雪，朝飛羽騎而渡河冰，此聯美其壯勇也。至蕃兒之至，狄女之迎，使君又積有成勞已。且不特能制夷虜也，亦且不避權貴，如漢郅都日暮會獵於鸊鵜之泉，有不側目而視，擬之蒼鷹者哉！（同上）

《春日寄懷》首言人在世間，如物有榮枯，重在逡巡頃刻之間，落未久而又榮耳，獨我久於丘園，處此窮約，縱使有花有月可以遊賞，其能堪此無酒無人哉！嗟嗟青袍未换，白髮叢生，欲逐風波而上龍門，未期何日可到，此所以重感世間之榮落耳。（王清臣、陸貽典）（同上）又，《唐詩鼓吹註解大全》廖文炳解曰：此詩自嘆未致用也。首言人在世間，如物有榮枯，重在逡巡頃刻之間，落當不久而又榮耳。何我久于丘園，處此窮約，縱使有花有月可以遊賞，豈能堪此無酒無人，其何以賞之哉？無人，言無知己也。噫！青袍未换，白髮屢生，欲逐風波而上龍門，未知何日可到，久落未榮，寧不重吾愁哉！

《和劉評事永樂閒居見寄》此言評事之隱於永樂，不久復用；若我則青雲事業，渺然無期。蓋君曾有諫草歸於鸞掖，我但静處衡門以待鶴書耳。君今閑居此地，蓮峯之聳，荷蓋之翻，皆足以供賞玩，以視余之開書欹枕，蠹魚驚落，其無所聊賴，相去復何如哉！○『衡門』句宜就評事説，謂以君之才，尚閑居以待鶴書之至，使人不能自平耳。（同上）

《無題》（萬事風波。本集『事』作『里』）此詩不甚可解。細玩之，前四句是思鄉，五六乃懷古也。首言萬事如風波中之一葉，思歸未得，則尤如一葉之漂泊無依耳。碧江句未詳。『亦少留』者，或即其所謂夷猶也。益德、阿童，一成一敗，總屬風波，此亦萬事中之一二事，而我爲留滯所觸，懷此二人，所以并思鄉而鬢白如絲耳。○廖解謂忠君者不見親而托意於宫女，不啻千里之隔矣。（王清臣、陸貽典）（同上）又，《唐詩鼓吹註解大全》廖文炳原解云：此詩以忠君者不見親而托意於宫女之詞也。首言人間萬事，皆若風波中一葉舟耳。蓋舟浮泛不定，人生亦聚散無常。是以意欲歸去而不忍離乎君，故心初罷而更夷猶不決，何也？蓋引去之事，必至事勢不容而後爲之。如至於碧江地没，已不能行，始可引去。若尚可留，猶當留之。如遊於黄鶴沙邊，未涉於水，亦當少留。且我心能如張飛殺身以報主，王濬盡力以忠君，但徒抱是心，不近君側。噫！人生孰無一事擾於心哉？懷張、王之盡忠，動鄉土之歸思，二者交戰於中，皆能令人白頭，安得而不易老耶？按陳軫欲去齊，不決，其妻曰：公去不決心，豈無謂哉！謂者亦憂嘆意。

《無題》（昨夜星辰）此追憶昨夜之景而思其地，謂身不能至而心則可通也。送鬮射覆，乃昨夜之事。嗟予聽鼓而去，跡似轉蓬，不惟不能相親，并與畫樓桂堂相遠矣。（王清臣、陸貽典）（同上）又，《唐詩鼓吹註解大全》廖文炳解曰：此詩言昨夜星之明、風之至時，在畫樓之西桂堂之東，而候君不見之時也。然身不能如彩鳳有翼，飛於君側，空有丹心，若靈犀一點通，達於君耳。五六句，言人皆得幸於君，送鬮賭酒，射覆對燈，此何樂也。我獨悵懷而已。徒至夜將盡，聽鼓聲而知應君事者走馬赴臺，如轉蓬不暇耳。終夜徒思，不得於君一會，所思亦何益哉！

《無題》（來是空言）此有幽期不至，故言來是空言而去已絶跡，待久不至，又當此月斜鐘盡之時矣。惟其空言，所以夢爲遠別，啼難喚醒；而裁書作答，催成墨淡也。想君此時，蠟燭猶籠，麝香微度，而我不得相親，比之劉郎之恨不更甚哉！劉郎宜指劉晨。（王清臣、陸貽典）（同上）又，《唐詩鼓吹註解大全》廖文炳解曰：此詩言君來則無一言之接，去則絶跡不見，使我思君至月斜鐘盡而未已也。或夢見而遽別，不能喚回；欲書寄而急催，又不能盡意。遥見宮中之宴樂，則蠟燭半籠于金翡翠之中；遠聞君王之幸，則麝香數度于繡芙蓉之外，已皆不得侍于左右。如劉郎與仙女一別，已恨蓬山遠不能到，今我與君，又如隔蓬山一萬重之遠也，安能已于思耶？

《無題》（颯颯東南）此言細雨輕雷之候，思其人之所在，燒香入而金蟾齧鎖，汲井迴而玉虎牽絲，亦甚寂寞矣。然而窺簾留枕，則未嘗無意於韓掾、魏王也。末則如怨如訴，相思之至，反言之而情愈深矣！（王清臣、陸貽典）（同上）又，《唐詩鼓吹註解大全》廖文炳解曰：此詩首言聞雷輕雨細，則知雲雨之會不成矣。何也？君來則宮中燒香出迎，今則宮門閉鎖而入；君來則天色未曉而至，今則宮人汲井而迴。是知君不復來矣。然君雖不來，而義心懷君，如賈氏窺簾，悦韓掾之年少；似宓妃留枕，待魏王之才人也。噫！徒思君而不得見，如春心不必與花争發，花開必沾春光；吾不一沾君恩，則一寸相思一寸即灰矣。心如死灰，又何有於生意耶？

《無題》（相見時難）此言別離之難因相見之難，而風軟花殘，則有如天若有情天亦瘦也。自別之後，思未盡而淚未乾，惟有鏡容易改，吟興難窮耳。猶幸與君所居相去不遠，青鳥殷勤，試一探看，或有望於別而再見也。（王清臣、陸貽典）（同上）又，《唐詩鼓吹註解大全》廖文炳解曰：此詩言得見君固難，既見君而別亦難。故想人生易老，如東風無力量而百花易殘，恐老而不得於君也。然我思君之心，如蠶不死則絲不盡；思君之淚，如燭未灰則淚未乾。曉而窺鏡，恐鬢髮之改，夜而思吟，覺月光之寒。蓬山此去不多遠也，青鳥殷勤爲通於君，使得一會可也。詩意以青鳥比朝中執政者，望其汲引之意耳。

《回中牡丹爲雨所敗》（浪笑榴花）此從回中移至爲雨所敗而作也。首言榴開五月，爲不及春，不意牡丹先開而零落，反不若榴花，所以更使人愁也。其着雨則如玉盤之迸淚，見者傷心；其爲雨所敗，則如錦瑟之分絃，聞者破夢。此花離於回中，遠去重陰，非舊日所種之圃，而一歲之生意無窮。今乃寥落於風塵之内，則嬌不如前溪舞女之美已，請君回顧，自見舞態之新，而牡丹爲不及也。（同上）

《富平少侯》此言富平侯少年襲封，樂不知節，如韓嫣之棄金彈，淮南之飾銀牀。以至珠燈之錯落，玉枕之雕鏤，皆倚其富貴也。末言新得佳人如莫愁之美，而當關不敢報客，是又極形淫樂以諷之耳。（同上）又，《唐詩鼓吹註解大全》廖文炳解曰：此詩專言富平少侯富貴氣象。首言七國之反，三邊之擾，富平侯徒享富貴，何心於憂國耶？十三歲襲爲富平侯，而年最少，樂不知節，亦如韓嫣之棄金彈，好飾銀牀，皆恃其富也。至於綵樹之燈，檀香之枕，益見其富貴。末聯，言其貯畜女娥，當門之人，不必呼門驚寢，彼蓋新得美人，如莫愁之美也。要之樂而不節，則樂極生悲而已，奚足取哉！

《楚宮》（月姊曾逢）此言貴家之姬，美如月姊，自彩蟾而下，重簾相隔，不可得見。但聞環珮之響，已知腰細；辨琴瑟之聲，尤覺指纖耳。若其既去之後，暮雨自歸，巫山悄悄，秋河不動，靜夜厭厭。悵美人兮寂寞，隔東墻以相窺。雖處金堂錢室之中，而暫時下來，重簾相隔，終未必得免嫌疑也。義山爲人，時稱其詭薄無行，故爲當塗所薄。末二句當是謔浪之詞。如依郝注（郝謂『詩意以桓嘉尚主，故用金堂事，言雖富之極，終不免王昌家之嫌疑也』），又是莊語矣，校與前三聯艷羡稱美之旨不合。且古詞云：『十五嫁王昌，盈盈出畫堂。』郝注所引（按郝注引《襄陽耆舊傳》字公伯爲東平相之王昌）或非其倫歟？（王清臣、陸貽典）（同上）又，《唐詩鼓吹註解大全》廖文炳解曰：詩專言富豪家之氣象也。首言富家所貯佳人皆如月中嫦娥之美，其傾城之貌，隔于重簾，人所罕見。但聽環珮之響，已知細腰；辨琴瑟之彈，頓覺纖指耳。上皆形容其妓女之娉婷，故於方樂之時，如在巫山悄寂之景；既樂之後，適當秋河長夜之時。然是侈奢，金玉爲堂，雖自信其可，若使王昌清節之士在東鄰，見之必斥其非，豈能免其嫌哉！

《鄭州獻從叔舍人褒》此正不必兩兩相比。玩頸聯，絳簡則參黄紙，丹爐則用紫泥，是舍人帶官學道，非混而爲一也。廖解附會郝註，而拘牽過之，遂生如許葛藤矣。《陶貞白傳》：『句容之勾曲山，一名華陽洞天，因自稱華陽隱居。嘗造三層樓，棲止其上，弟子居中，接賓於其下。』末謂不知我至華陽洞中，許上經樓第幾重也。通篇只説以舍人而學道耳。（王清臣、陸貽典）（同上）又，《唐詩鼓吹註解大全》廖文炳解曰：此詩一意謂仙，一意謂舍人。首以蓬萊、閬苑之境比中書鳳凰池，蓋言從叔在中書，清貴如蓬萊仙人，聞殿庭之鐘如閬苑鐘也。次言舍人所掌詔章，註於青史，如三官醮章，附註金龍之簡。三四句言家多禄位，如茅真君累世爲仙，許敬之一家得道也。仙書絳簡，舍人則黄紙。天子以紫泥封詔，比仙家以丹封藥爐。且朝廷有官爵，華陽則有經樓矣。言不知他日薦我於朝，亦如中書之得近天顔否也？

吴景旭

【黄鶴樓】金聖嘆云：沈佺期詩：『龍池躍龍龍已飛，龍德先天天不違。池開天漢分黄道，龍向天門入紫薇。』看他四句中凡下五『龍』字，又下四『天』字，豈不奇絶。後來祇説《鳳凰臺》乃出《黄鶴樓》，我烏知《黄鶴樓》之不先出此耶？其落筆先寫『龍池』二字，三四承之，便寫一句『池』，一句『龍』，已是出色精嚴矣。乃因一二詳寫玄宗起兵定難，入纘大統。前是躍龍，後是飛龍。躍龍是先天，飛龍是天不違。『龍』外又連用二『天』字者，于是索性亦于三四中再加『天漢』『天門』二『天』字，以多添氣色。如此縱横跳躍，彼《鳳凰臺》不足道，正恐《黄鶴樓》殊未抵其一半氣力也。李商隱詩：『杜牧司勳字牧之，清秋一曲《杜秋》詩。前身應是梁江總，名總還應字總持。』二『牧』字，二『杜』字，二『秋』字，三『總』字，二『字』字，此亦《龍池》《黄鶴》所濫觴，而今愈益出奇無窮也。又見韓冬郎詩：『岸上花根總倒垂，水中花影幾千株。一株一影寒山裏，野水野花清露時。』便是一對好手也。鄭谷詩：『石城昔爲莫愁鄉，莫愁魂散石城荒。江人依舊棹舴艋，江岸還是飛鴛鴦。』人只知李欲學《黄鶴樓》，何曾知鄭曾學《黄鶴樓》耶？看其一、二，照樣脱胎出來，分明鬼偷神卸；吾更賞其三、四『江人』『江岸』之句，自翻機杼，另出新裁，不甚規摹《黄鶴》，而凡《黄鶴》所有未盡之極筆，反似與他補寫極盡，此真采神妙手。（《歷代詩話》卷四十八庚集三）

【餳】吴旦生曰：《周禮》：『小師掌教簫。』注云：『簫，編小竹管，如今賣飴餳者所吹也。』《詩》『簫管備舉』，《鄭箋》與《周禮》注同。按《釋文》：『餳，夕精反。又音唐。』《方言》：『餳謂之糖。凡飴謂之餳，自關而東，陳、楚、宋、衛之通語也。』《釋名》：『餳，洋也。煮米消爛，洋洋然也。』《樊儵傳》：『三歲獻甘醪膏餳。』《鄴中記》云：『并州之俗，冬至一百五日爲冷節，作乾粥，即今麥餻也。』世俗每至清明，以麥成秫，以杏酪煮爲薑粥；俟凝冷，裁作薄葉，沃以餳若蜜而食之，謂之麥餻。李義山詩：『粥香餳白杏花天。』宋子京詩：『簫聲吹暖賣餳天。』又：『客甌餳粥對離中。』歐陽永叔詩：『杯盤餳粥春風冷。』又：『多病止愁餳粥冷。』蘇長公詩：『温風散粥餳。』蓋清明、寒食多用之矣。（同上卷四十九庚集四）

【亥】夢得《送人赴絳州》詩：『午橋羣吏散，亥字老人迎。』吴旦生曰：《左傳》：『師曠釋絳縣老人年數云：亥有二首六身。蓋離拆亥字點畫而上下之，如算籌縱横。』然則二首爲二萬，六身各一縱一横，爲六千六百六十，正合其甲子之日數，迺是七十三年也。楊巨源《送絳州盧使君》詩：『絳老問年須算字，庾公逢月要題詩。』李義山《贈絳臺老驛吏》詩：『過客不勞問甲子，惟書亥字與時人。』張伯元《元日》詩：『問年書亥字，獻歲出辛盤。』（同上）

【平淮西】……丁用晦《芝田録》云：『有老卒推倒淮西碑。』羅隱《石烈士説》云：『石烈士，名孝忠，嘗爲李愬前驅。一日熟視裴（按當作韓）碑，作力推去。』《韻語陽秋》云：『愬子訟于朝，憲宗使文昌别作。』李義山詩

云：『句奇語重喻者少，讒之天子言其私。長繩百尺拽碑倒，麤沙大石相磨治。』則是天子自使人拽倒。（同上）

【行馬】……吴旦生曰：商隱依楚，以牋奏受知，其子綯疏之。九日，商隱造其廳事，題此詩（按：指《九日》詩）。綯見之慙恨，扃鏁此廳，終身不處。東坡《九日》詩：『聞道郎君閉東閣，且容老子上南樓。』又云：『南屏老宿閒相過，東閣郎君嬾重尋。』皆用其語也。《漁隱叢話》云：『綯父名楚，商隱又受知于楚，詩中有楚客之語。題于廳事，更不避其家諱，何邪？』《名義考》云：『本以禁馬，曰行馬者，反言之也。』《演繁露》云：『晋、魏以後，官至貴品，其門得施行馬。行馬者，一木横中，兩木互穿，以成四角，施之于門，以爲約禁。今官府前叉（讀作『乍』音）子是也。』《野談》云：『今制不論崇卑，衙門前皆施之。呼爲鹿角叉子。』《三餘贅筆》云：『鹿善警，群居則環其角，圓圍如陣，以防人、物之害。軍中寨柵，埋樹木外向，名鹿角。』余按《周禮・掌舍》：『設梐枑（音互）再重。』注：梐枑謂行馬。鄭玄謂：行馬再重者，以周衛有外内列。《漢官儀》：『光禄大夫門外，特施行馬以旌別之。』魏文帝拜楊彪光禄大夫，令門施行馬；晋孝武置檢校御史，知行馬外事；陳後主時，蕭摩訶以功授侍中，詔摩訶開閤門，施行馬。鮑防詩：『紫門豈斷施行馬。』（同上卷五十二庚集七）

【蒼鶻】李義山《驕兒詩》：『忽復學參軍，按聲喚蒼鶻。』吴旦生曰：《吴史》：『徐知訓怙威嬌淫，調誚王，無敬長之心。嘗登樓狎戲，荷衣木簡，自號參軍，令王髽髻鶉衣爲蒼頭以從。』《五代史・吴世家》云：『知訓爲參軍，隆演鶉衣髽髻爲蒼鶻。知訓嘗使酒罵座，語侵隆演，隆演愧耻涕泣，而知訓愈辱之。』《輟耕録》云：『唐有傳奇，宋有戲曲唱諢詞説，金有院本、雜劇，其實一也。元朝院本、雜劇，始釐而二之。院本則五人：一曰副净，古謂之參軍。一曰副末，古謂之蒼鶻。鶻能擊禽鳥，末可打副净，故云。一曰引戲，一曰末泥，一曰孤裝，又謂之五花爨弄（或曰：宋徽宗見爨國人來朝，衣裝鞋履巾裹，傅粉墨，舉動如此，使優人效之以爲戲。）』然則義山詩，蓋指嬌兒之戲弄也。薛能《吴姬》詩：『此日楊花初似雪，女兒絲管學參軍。』正同此意。《古今説海》云：『肅宗宴于宫中，女優有弄假官戲，其緑衣秉簡者，謂之參軍樁。此蕃將阿布思伏誅，其妻配掖庭，爲假官之長，所謂樁也。』然余按《樂府雜録》，戲弄參軍，始自漢。館陶令石躭，有贓犯，和帝惜其才，免罪。每宴，令衣白夾衫，命優伶戲弄辱之，經年乃放，後爲參軍。則是漢時已然，非唐始之。如五代王宗侃授維州參軍；宋景德中，張景斥爲房州參軍，皆以職名乃俳優所弄，以是爲恨，蓋亦有由矣。（同上）

【錦瑟】《緗素雜記》曰：山谷讀義山《錦瑟》詩，殊不曉其意，後以問東坡。東坡云：『此出《古今樂志》。錦瑟之爲器也，其絃五十，其柱如之，其聲也適怨清和。』按李詩：『莊生曉夢迷蝴蝶』，適也；『望帝春心託杜鵑』，怨也；『滄海月明珠有淚』，清也；『藍田日暖玉生烟』，和也。吴旦生曰：《許彦周詩話》：『錦瑟之聲，適怨清和。昔令狐楚侍人能彈此四曲。詩中四句，狀此四曲也。』《聞見後録》：『《莊生》《望帝》，皆瑟中古曲名。』《劉貢父詩話》：『錦瑟，是令狐楚家青衣名也。』審爾，則義山真浪子矣。東坡分釋四字，詩意分明，遂爲定論。王弇州云：『不解則涉無謂，既解則意味都盡。』余以此詩有不容不解者，故元遺山詩：『望帝春心託杜鵑，佳人錦瑟怨華年。詩家總愛西崑好，獨恨無人作鄭箋。』蓋謂此也。按《世本》云：『伏羲造瑟五十絃。』正史又言：絙桑三十六絃琴瑟。《中論》云：『朱襄氏使士達製五絃之瑟。』《吕氏春秋》云：『瞽叟作十五絃之瑟，命之曰大章。舜益之八絃，以爲二十三絃。』《漢書》：『泰帝命素女鼓瑟，帝悲不止，故破五十絃爲二十五絃。』《史記》：『漢武帝因公孫卿言，召歌兒作二十五弦。』《隋志》：『二十七絃，蓋五絃。十五絃，小瑟也；二十五絃，中瑟也；五十絃，大瑟也。』（同上）

【三素雲】李義山《送宫人入道》詩：『九枝鐙下朝金殿，三素雲中侍玉樓。』吴旦生曰：《雲洞真經》：『立春日清早北望，有紫、緑、白雲，爲三元君三素飛雲，乘八輪之輿，上詣天帝。天子候見，再拜自陳，某乞願侍輪轂，三見元君之輦者，白日昇天。』唐試進士，以《立春日望三素雲》爲題，出此。故蘇子容作《皇太妃閣春貼子》云：『萬年枝上看春色，三素雲中望玉晨。』許冲元作《皇帝閣春貼子》云：『三素雲飛依北極，九農星正見南方。』倪雲林詩：『敷腴三素雲，照耀青蓮臺。』（同上）

李義山詩：『碧玉冰寒漿。』吴旦生曰：水凝曰冰，作平聲；所以寒物曰冰，作去聲。包佶詩：『春飛雪粉如毫潤，曉漱瓊膏冰齒寒。』又：『玳瑁明珠閣，琉璃冰酒缸。』皆作去聲。《容齋隨筆》云：『唐人謂祠部曰冰廳。』冰

音柄。《因話録》云：『言其清且冷也。』歐陽詩：『獨宿冰廳夢帝闕。』（同上）

【蜨粉蜂黄】李義山詩：『何處拂胸資蜨粉，幾時塗額藉蜂黄。』吴旦生曰：《野客叢書》引《滿江紅》詞云：『蜨粉鼇黄都褪却。』注：『蜨粉、鼇黄，唐人宮妝。』觀義山詩，知詞注爲不妄也。《鶴林玉露》載《道藏經》云：『蜨交則粉退，蜂交則黄退。詞云：蜨粉蜂黄渾退了。正用此也。説者以爲宮妝，且以退爲褪，誤矣。』（同上）

【玉條脱】吴旦生曰：……《盧氏雜記》云：『唐文宗博覽羣書，一日問宰臣：古詩云「輕衫襯跳脱」，跳脱是何物？宰臣未對。上曰：即今之腕釧也。』……《宛委餘編》云：『《真誥》：萼緑華贈羊權金、玉條脱各一枚。』周處《風土記》作條達：『仲夏造百索繫臂，又有條達等組織雜物相贈遺。』繁欽《定情篇》又作跳脱，云：『何以致契闊？繞腕雙跳脱。』蓋一物而三名，傳寫之誤也。《秕言》云：『條脱即跳脱。』韻書：跳，田聊切，與條同音。李義山詩：『羊權雖得金條脱，温嶠終虚玉鏡臺。』余于《元音補遺》見宋本《大都雜詩》有云：『朱門細婢金條脱，紫禁材官玉鹿盧。』其工麗不減温、李。（同上）

【横陳】嬾真子曰：荆公詩：『歲晚蒼官聊自保，日高青女尚横陳。』蒼官，松也；青女，霜也。言日高而松上霜不消也。『横陳』出《楞嚴經》六欲界中云：『我無慾，應女行事，當横陳時，味如嚼蠟。』以言道人處世間，雖有慾而無味也。蓋荆公自謂如蒼官自保，但青女横陳，不能已耳。吴旦生曰：汪彦章詩：『從此空花掃除盡，定須嚼蠟向横陳。』金人李之純詩：『横陳已覺如嚼蠟，皆醉何妨獨啜醨。』是用《楞嚴》語也。然觀梁元帝詩：『王孫及公子，熊席復横陳。』夏英公詩：『横陳皆錦繡，器皿盡金玉。』所謂横陳，乃鋪陳之義。《海録碎事》：『横陳，言同被也。』則李義山所云：『小憐玉體横陳夜，已報周師入晉陽。』其謂此邪？他如洪駒父《雪》詩：『偏隨江月横陳夜，未放宮梅獨自香。』任君謀詩：『野寺荒凉人不到，水光山影正横陳。』王君玉詩：『物色横陳詩卷裏，雲濤飛卷酒杯中。』皆借用也。荆公又詩：『木落岡巒因自獻，水歸洲渚得横陳。』山谷謂：自獻、横陳，俱見相如賦，不應用。惠洪答以横陳出《楞嚴經》。《了翁雜鈔》云：『樊宗師所作《絳守園亭記》，陳後山《柏》詩，皆以柏爲蒼官，則作松誤。』《復齋漫録》云：『青女，主霜雪之神也。故《淮南子》：至秋三月，青女乃出，降霜雪。高誘注云：青女乃天神青腰玉女，主天霜雪。荆公以青女爲霜，於理未當。杜子美《秋野》詩：飛霜任青女。乃爲盡理。梁昭明《博山香鑪賦》云：青女司寒，紅光繁景，亦皆爲霜雪神矣。』余觀義山詩：『青女素娥俱耐冷，月中霜裏鬭嬋娟。』黄山谷詩：『嫦娥携青女，一笑粲萬瓦。』用意隱約爲佳。（同上卷五十七辛集三）

【當句對】王禹玉詩：『舞急錦腰迎十八，酒酣玉醆照東西。』吴旦生曰：樂府《六么曲》有《花十八》。古有玉東西杯。而十與八、東與西乃當句對。蓋昔人作詩，有當句對而兩句更不須對者，如陸魯望詩『但説漱流並枕石，不辭蟬腹與龜腸』是也。如李義山詩：『池光不定花光亂，日氣初涵露氣乾。但覺游蜂饒舞蝶，豈知孤鳳憶離鸞？』則中二聯俱用此體。故其命題曰：當句有對。（同上）

【銀牀】蘇東坡詩：『露帳銀牀初破睡。』吴旦生曰：唐人謂井上木欄曰金井欄，如太白詩『絡緯秋啼金井欄』是也。又曰銀牀，如子美詩『露井凍銀牀』是也。《名義考》云：『銀牀井欄，蓋轆轤架也。』《廣韻》：『轆轤，井圓轉木也，用以汲水。（《喪大記》：『以綍繞碑間之鹿盧。』南人謂之油葫蘆，北人謂之滑車。）余觀古舞曲之言，《淮南王》云：『後園鑿井銀作牀，金瓶素綆汲寒漿。』則此説良是。要皆指井而爲言也。東坡用作卧息之牀，恐誤。然觀令狐詩：『玉箸千行落，銀牀一半空。』則自唐時已誤作空牀用矣。（同上卷五十八辛集四）

【鷄鳴埭】劉致君《墨梅》詩又云：『荀妃早發鷄鳴埭，殘月微分燭下妝。』吴旦生曰：《南齊書》：武帝數幸瑯琊城，宫人常從。早發至湖北埭，鷄始鳴，故呼爲鷄鳴埭。温飛卿有《鷄鳴埭曲》，李義山《南朝》詩：『鷄鳴埭口繡襦迴。』按檢江蓄水曰堰，壅水爲堰曰埭。江南謂之埭，巴、蜀謂之堰。……（同上卷六十二壬集一）

【假對】《麓堂詩話》曰：『元詩：「山中烏喙方嘗膽，臺上蛾眉正捧心。」「人憐狗監知司馬，我憐龍門識李膺。」「生藏魚腹不見水，死挽龍髯直上天。」皆得李義山遺意。』吴旦生曰：司馬、李膺一聯，乃成原常詩。此雖屬兩人名，而膺借作鷹，又假對也。《漫叟詩話》所載荆公『黄耇曰』對『白鷄年』之類。又原常《遊上方寺》詩：『老去任添新白髮，平生能著幾青鞋。』以鞋换屐，頗自然，不肯遷就。（同上卷六十九壬集八）

【無題】《南濠詩話》曰：『楊孟載詩律精切，其追次李義山《無題五首》，詞意俱到，真義山之勁敵也。』吴旦生曰：按孟載題下序云：『嘗讀義山《無題》詩，愛其音調清婉，雖極其穠麗，然皆託於臣不忘君之意，而深惜乎才之不遇也。』余以孟載此語，是未解其義體爾。詩話舊謂：『《無題》詩自唐李商隱而後，作者代有其人，然不傷于誕，則傷于淫。且詞晦旨幽，使人讀之，茫不知其意味所在。』余以傷淫者，乃其本質使然。解其義體，斯得其意味矣。觀《香奩集》，有《無題詩序》云：『辛酉年，戲作《無題》詩十四韻。奉常王公、内翰吴融、舍人令狐涣，相次屬和。』《夢溪筆談》謂：『《香奩》乃和凝所作，凝後貴，悔其少作，故嫁名於韓偓。』此亦自傷其淫豔故也。《老學庵筆記》云：『唐人詩中有曰《無題》者，率杯酒狎邪之語，以其不可指言，故謂之無題，非真無題也。近吕居仁、陳去非亦有曰《無題》者，乃與唐人不類。或真亡其題，或有所避，其實失於不深考耳。』（同上卷七十二癸集一）

王士禛

宋明以來詩人學杜子美者多矣。予謂退之得杜神，子瞻得杜氣，魯直得杜意，獻吉得杜體，鄭繼之得杜骨，它如李義山、陳無己、陸務觀、袁海叟輩又其次也，陳簡齋最下。《後邨詩話》謂簡齋以簡嚴掃繁縟，以雄渾代尖巧，其品格在諸家之上，何也？《池北偶談》（《帶經堂詩話》卷一）

同年劉吏部公㦷云：『七律較五律多二字耳，其難什倍。譬開硬弩，祇到七分，若到十分滿，古今亦罕矣。』予最喜其語。因思唐、宋以來，爲此體者，何翅千百人，求其十分滿者，唯杜甫、李頎、李商隱、陸游，及明之空同、滄溟二李數家耳。《居易録》（同上）

嘗戲論唐人詩，王維佛語，孟浩然菩薩語，劉昚虚、韋應物祖師語，柳宗元聲聞辟支語，李白、常建飛仙語，杜甫聖語，陳子昂真靈語，張九齡典午名士語，岑參劍仙語，韓愈英雄語，李賀才鬼語，盧仝巫覡上）語，李商隱、韓偓兒女語；蘇軾有菩薩語，有劍仙語，有英雄語，獨不能作佛語、聖語耳。《居易録》（同上）

杜七言千古標準。自錢、劉、元、白以來，無能步趨者。貞元、元和間，學杜者唯韓文公一人耳。鈔韓詩一卷。李義山《韓碑》一篇，直追昌黎，今附卷末。《七言詩凡例》（同上卷四）

王介甫《唐詩百家選》全本，……余按其去取多不可曉者。如李、杜、韓三大家不入選，尚自有説。然沈、宋、陳子昂、張曲江、王右丞、韋蘇州、劉眘虛、劉文房、柳子厚、劉夢得、孟東野概不入選，下及元、白、温、李諸家不存一字；而高、岑、皇甫冉、王建數子，每人所録，幾餘百篇。介甫自序謂『欲觀唐詩者，觀此足矣』，然乎否乎？……《香祖筆記》（同上）

昔論明布衣詩推吴非熊、程孟陽。嘗反復二家之詩，吴五言源出謝宣城、何水部，意得處時時近之；程七言近體學劉文房、韓君平，清辭麗句，神韻獨絶，七言絶句出入於夢得、牧之、義山之間，不名一家，時詣妙境。……《蠶尾續文》（同上卷六）

弇州先生曰：『七言絶句盛唐主氣，氣完而意不必工；中晚唐主意，意工而氣不必完。』予反復斯集（按：指《唐人萬首絶句》），益服其立論之確。毋論李供奉、王龍標暨開元、天寶諸名家，即大曆、貞元間如李君虞、韓君平諸人，藴藉含蓄，意在言外，殆不易及。元和而後，劉賓客、杜牧之、李義山、温飛卿、唐彦謙諸作者，雖用意微妙，猶可尋其鍼縷之跡，有所作輒欲效之，然終不能近也。……《蠶尾續文》（同上卷七）

世人謂宋初學西崑體有楊文公、錢思公、劉子儀，而不知其後更有文忠烈、趙清獻（抃）、胡文恭（宿）三家，其工麗妍妙不減前人；今所傳《西崑唱和集》則丁謂諸人也。潞公以功名，清獻以清直著聞，而詩格殊不類，亦一奇也。《漁洋詩話》（同上卷九）

文潞公承楊、劉之後，詩學西崑，其妙處不減温、李……《池北偶談》（同上）

……觀李子田（蓘）《蓺圃集》載胡文恭武平（宿）詩二十八首，亦崑體之工麗者，……起結尤多得義山神理，……《香祖筆記》（同上）

元陳樵《鹿皮子集》四卷。詩學温、李，《寒食詞》一篇，有《麥秀》《黍離》之痛。古賦頗工。《居易録》（同上

卷十）

同年子蒲州吴雯字天章，……家蒲州中條山南永樂鎮，臨大河，對岸即華嶽三峯也。……有玉溪，即李商隱所居。《居易録》（同上）

李泰伯觀文章皆談經濟，其本領尤在《周禮》一書，范文正公薦之，以爲著書立言有孟軻、揚雄之風。在北宋歐、蘇、曾、王間别成一家。予嘗病其不能詩，長夏借讀《盱江集》，絶句乃頗有似義山者，如《王方平》云：『五百餘年别恨多，東征重得見青蛾。擗麟始擬窮歡樂，不奈閑人背癢何。』《璧月》云：『璧月迢迢出暮山，素娥心事問應難。世間最解悲圓缺，祇有方諸淚不乾。』《梁帝》云：『凝旒南面摠虚名，廟祀何曾暫割牲。但學禪心能忍辱，莫羞侯景陷臺城。』《送僧遊廬山》云：『行非爲客住非家，此去廬山況不遐。要見南朝舊人物，池中唯有白蓮花。』《憶錢塘》云：『當年乘醉舉歸帆，隱隱前山日半銜。好是滿江涵返照，水仙齊著淡紅衫。』皆有風致。……《蠶尾文》（同上卷十一）

李義山《對雪》詩：『欲舞定隨曹植馬，有情應點謝莊衣。』雖非上乘語，然尚不失雅馴。《墨客揮犀》載羅可二句云：『斜侵潘岳鬢，横上馬良眉。』則晚唐五代惡道，所謂下劣詩魔者也。雅俗之間，不可不辨。《香祖筆記》（同上卷十二）

宋元憲、景文兄弟少賦《落花》詩得大名，刻畫可謂極工。然沈石田『青樓粉暗女子嫁，朱門烏啼賓客稀』，更不刻畫而有言外之意。唐人『高閣客竟去，小園花亂飛』，則尤妙也。徐元歎一首云：『花意寒欲去，登樓送所思。將分春雨恨，似與遠人期。野水斷邨路，孤烟生竹籬。吾徒從此逝，忍見豔陽時。』妙亦不減唐人。《漁洋詩話》（同上卷十二）

張宗柟按：『高閣』一聯，玉溪生五律起筆也，其詩組織穠麗，而有此清妙之句，故知唐人地分乃爾。徐作超然，亦從此脱化而來。《别裁集》評云：落花習徑，以生新之筆湔除之。

渡潼水望長卿山，相傳司馬相如讀書處，明皇幸蜀過之，賜今名。李義山詩：『梓潼不見馬相如，更欲南行問

酒壚。』《秦蜀驛程後記》（同上卷十三）

過閿鄉有閿亭，涉郎水，李義山詩『思子臺邊風正急，玉娘湖上月應沉』，即此。與河中永樂鎮隔河相望，永樂即義山所居也。過戾太子冢，有望思臺、泉鳩水。《秦蜀驛程後記》（同上）

新安東門外一里，即漢之函谷關，樓船將軍楊僕耻居關外，請以己財移函谷于此。義山詩『楊僕移關三百里，可能全是爲荆山』是也。……《秦蜀驛程後記》（同上）

唐人記板橋三娘子事甚怪異，板橋在今中牟縣東十五里。白樂天詩：『梁苑城西三十里，一渠春水柳千條。若爲此路重經過，十五年前舊板橋。』李義山亦有《板橋曉别》詩，皆此地。《隴蜀餘聞》（同上）

乾州武則天陵墓，過客題詩訕笑者，必有風雷之異。利州乃武生處，今四川廣元縣是也。嘉陵江岸皇澤寺有其遺像，乃是一比邱尼。予過之題詩云：『鏡殿春深往事空，嘉陵禍水恨難窮。曾聞奪壻瑶光寺，持較金輪恐未工。』蓋用《洛陽伽藍記》語以謔之，且曰：爾果有靈，不妨以風雷相報！已而晴江如練，微風不作，豈老狐獨靈于乾陵，不靈于利州乎？記之以發一笑。李義山亦有二絶句，自注云：感孕金輪處。《香祖筆記》（同上卷十四）

按：義山有七律《利州江潭作》一首，非二絶句。

鄭州夕陽樓，李義山有詩，余過之題詩云：『野塘菡萏正新秋，紅藕香中過鄭州。僕射陂頭疏雨歇，夕陽山映夕陽樓。』《漁洋詩話》（同上）

唐相國段文昌，……子成式柯古罷江州刺史，居襄陽，與李商隱、温庭筠倡和，故號《漢上題襟集》，……《香祖筆記》（同上卷十五）

……吕居仁《紫薇詩話》記楊道孚克一，張文潛之甥，少有才思，爲舅所知；……道孚極喜李義山詩『嫦娥應悔偷靈藥，碧海青天夜夜心』，以爲作詩當如此學，亦居仁云。……《居易録》（同上）

李子田舉唐人詩用字，音與今人别者，如劉夢得『停杯處分不須吹』，分作去聲；……又《猗覺寮記》舉李商隱『可惜前朝玄菟郡』，菟去聲，『九枝燈檠夜珠圓』，唐彦謙『燈檠昏魚目』，《釋文》：檠音景，《前漢·蘇武傳》注音

警。唐人如此尚多，未能枚舉。《池北偶談》（同上卷十六）

陸魯望《詠木蘭花》詩云：『幾度木蘭舟上望，不知元是此花身。』《述異記》：七里洲有魯班刻木爲舟，至今在洲中。（或以爲李義山詩。）《古夫于亭雜録》（同上）

李商隱、温庭筠、段成式倡和，號三十六體，初不解其義，《小學紺珠》云：三人皆行第十六也。《漢上題襟集》，今潛江莫進士（與先）家有之，予託門人朱（載震）借鈔，則云携遊江右，寄鄱陽人家失之矣。《居易録》（同上卷十七）

胡震亨云：『李義山《碧城三首》，蓋詠其時貴主事。唐公主多自請出家，與二教人媟近，商隱同時如文安、潯陽、平恩、邵陽、永嘉、永安、義昌、安康諸主，皆丐爲道士，築觀于外，史即不言他醜，頗著微辭。詩中簫史、洪崖一聯，及引用董偃水精盤事，大指已明。又劉夢得《題九仙公主舊院》詩：「武皇曾駐蹕，親問主人翁。」前此詩人亦不諱言，又何疑於義山耶？』予謂義山他詩如：『梁家宅裏秦宫入，趙后樓中赤鳳來』，『賈氏窺簾韓掾少，宓妃留枕魏王才』，『一片非烟隔九枝，蓬巒仙仗儼雲旗。……人間桑海須臾（本集作『朝朝』）變，莫遣佳期更後期』之類，率皆戚里中語，亦非泛詠也。《居易録》（同上）

按：張宗柟附識：《曝書亭集·書楊太真傳後》云：《碧城三首》，一咏妃入道，一咏妃未歸壽邸，一咏帝與妃定情係七月十六日，證以『《武皇内傳》分明在，莫道人間總不知』，是足當詩史矣。蒿廬先生云：按王仁裕《開元天寶遺事》，載楊貴妃初承恩召，與父母相别，泣涕登車時，天寒淚結爲紅冰，與《驪山記》所云處子入宫者頗合。秀水未歸壽邸之説良是。唯論第三章，余尚不能無疑云。案先生於山人所指數聯别具懸解，而《碧城》三首分注，更爲明確，今略其箋語如左：〇首章云：前半咏妃爲女道士，住内太真宫也；後半則又包舉始末言之，君恩難恃，一朝失寵便如星沉海底矣；佳人難得，一時遣還，無異雨過河源矣；今則當窗復見，隔座可看，即《外傳》中所云：既夜，開安興坊從太華宅以入，及曉，玄宗見之内殿，大悦。太白《清平調》云『長得君王帶笑看』，香山《長恨歌》云『盡日君王看不足』是也。若使皇綱無缺，天下久安，則百年相守，樂孰甚焉；無如日中則昃，月盈而食，漁陽鼙鼓驚破《霓裳》，奈何！〇次章云：對影聞聲，暗指衣道士衣，奏《霓裳曲》也；玉池荷葉，則明指别疏湯泉，詔賜澡瑩矣，化實事于情景之中，最爲超詣；三句遡其從前，四句要其後日，本無佳偶，安用迴思，既已定情，誓當偕老。蕭史、洪厓皆當活看，不必定指何人。蓋既喜其芳年稺齒，又囑其白頭一心，即《傳》言定情之夕，授鈿合金釵以固之之意也。較元微之《古决絶詞》所云『幸他人之既不我先，又安能使他人之終不我奪』者，更進一層；五六極言貴妃之恃寵，結又微刺明皇之失德，然則雖欲一生長對，其可得乎？〇末章云：舊評曰工部詩『宫中行樂祕，不使外人知』，結語翻案。此首用意全本樂天《長恨歌》及陳鴻《長恨傳》，起言避暑驪山，憑肩密誓，彼一時也，其樂如何；今則物在人亡，感慨係之矣，雖天上人間，後緣可結，而月中海外，良會何時？只十四字，而比翼連枝之願，天長地久之悲，俱隱括於其中。神方駐景，即《傳》所謂太上皇亦不久人間，幸唯自安，無自苦也；鳳紙相思，即《傳》所謂使者還奏太上皇，皇心震悼，日日不豫也。已上四句，皆言馬嵬之後，非言定情之初，故次句以至今二字領起，語意顯然；結聯又自爲注出《武皇内傳》，蓋即隱指《長恨歌》《傳》而言，因《傳》末言世所不聞者，又言予非開元遺民，不得知，故點化其語，收拾三章，非徒翻少陵之案也。〇先生注《玉溪生詩》六卷，又年譜考證及叢説凡數卷，其於全詩反覆涵詠，歷有年所，復博考新舊兩《書》、傳記百家，以逮近時評注，搜擇融洽，疏通證明，舊解或有未合，必駁正瑕釁，期與作者隱詞託寄不隔一塵。嘗見其攤書滿案，沈思獨往時，寢餐幾爲之廢，間拈微旨相示，開余茅塞良多。辛未夏五，纂輯將竣，謂余頗悉此中甘苦，命之作序，余謝弗敢承，詎意是年冬孟，竟以暴疾不起耶！空齋抱影，頓失師承，唯思綴緝遺文，以報知己，如《玉溪詩注》其一也。奈手書定稿，僅有其半，餘則零丁件繫，且塗改勾勒，殊難辨識。嗣君選堂亟欲校録成編，屬爲佽助，自分眛眼蓬心，奚堪率爾從事。悼斯人之不作，亦斯文之不幸也夫！

今人賦詩，用事不詳出處，譌謬相沿，最爲可笑。如彈棊之戲，《西京雜記》云：成帝好蹴踘，羣臣以爲勞體，非至尊所宜，帝曰：可擇似而不勞者奏之。家君（歆謂向也。）作彈棊以獻。《博物志》云：魏文帝善彈棊，能用手巾角。時有書生又能低頭以所冠著葛巾撇棊。故李義山詩云：『玉作彈棊局，中心最不平。』此與弈棊有何干涉，而

今人率以弈爲彈棊，此類甚多。《居易録》（同上卷十八）

唐杜牧之《張好好詩并序》真蹟，……董其昌跋云：『樊川此書深得六朝人氣韻，余所見顏、柳以後，若温飛卿與牧之亦名家也。』愚按：《宣和書譜》唐詩人善書者賀知章、李白、張籍、白居易、許渾、司空圖、吴融、韓偓、杜牧，而不載温飛卿，然余從它處見李商隱書亦絶妙，知唐人無不工書者，特爲詩所掩耳。此卷今藏宋太宰牧仲家。《漁洋詩話》（同上卷二十三）

姜編修西溟爲舉子時，表聯中用『塗抹《堯典》《舜典》字，點竄《清廟》《生民》詩』語，監試御史不知出處，指摘令改易，西溟曰：此出李義山《韓碑》詩，非杜篹也。御史怒，借微錯貼出之。《古夫于亭雜録》（同上卷二十八）

問：元人詩亦近晚唐，而又似不及晚唐，然乎否耶？（答曰：）元詩如虞道園，便非晚唐所及，楊鐵厓時涉温、李，其小樂府亦過晚唐。晚唐如温、李、皮、陸、杜牧、馬戴，亦未易及。（同上卷二十九）

【利州皇澤寺則天后像二首像是一比邱尼（其二）】瓦官寺裏定香熏，詞客曾勞記錦裙。今日蘭橈碧溪上，玉溪空自怨行雲。（李義山詩：『欲就行雲散錦遥』，自注：『感孕金輪處。』）（《精華録》卷十）

【蓮洋詩鈔原序（節録）】中條之南，有地曰永樂，唐詩人玉溪生故居在焉。《水經》云：『河水又東，永樂澗水注之。』注謂渠豬之水，即其地也。《經》又云：『河水又東北，玉澗水注之。』注謂水南出玉溪，義山自號蓋取諸此。（《蓮洋詩鈔》）

【吴徵君天章墓誌銘（節録）】中條山南之永樂，永樂唐縣也。李石兄弟三相皆居之，詩人李商隱義山亦居之，號玉溪生。玉溪者，永樂水名也。……銘曰：山河兩戒，皆首河中。重華舊都，扶輿所鍾。昔在唐賢，摩詰（王右丞祁人，徙河中），允言（盧綸河中人），義山玉溪（李商隱懷州人，居永樂），表聖王官（司空圖虞鄉人）。有明名世，首兩襄毅（楊公博、王公崇古）。勳名燦然，《風》《騷》未繼。……（《蓮洋詩鈔》）

温、李齊名，然温實不及李。李不作詞，而温爲《花間》鼻祖，豈亦同能不如獨勝之意耶。古人學書不成，去

而學畫，學畫不勝，去而學塑，其善於用長如此。（《花草蒙拾》）

孫巨源『樓頭尚有三通鼓』，偶然佳興。然亦本義山『嗟予聽鼓應官去，走馬蘭臺類轉蓬』。（同上）

唐人多用異音。……李義山《石城》詩：『簟冰將飄枕』，冰字讀去聲。（楊倫《杜詩鏡銓》卷一引）

宋 犖

初唐王、楊、盧、駱，倡爲排律，陳、杜、沈、宋繼之，大約侍從遊宴應制之篇居多，所稱『臺閣體』也。雖風容色澤，競相誇勝，未免數見不鮮。《品彙》以太白、摩詰揭爲正宗，錢起、劉長卿録爲接武，均之不愧當家。晚唐李義山刻意學杜，亦是精麗。若夫渾涵汪茫，千彙萬狀，唯少陵一人而已。《上韋右相》《贈哥舒翰》《謁先主廟》等篇，雄渾悲壯，譬諸泰岱滄溟，高深無際。《品彙》推爲大家，諒哉。後來元、白儘多長篇，去之霄壤。（《漫堂説詩》）

世之稱詩者，易言律，尤易言七言律。每見投贈行卷，七律居半。不知此體在諸體中最難工。《品彙》推尊盛唐，未嘗不當。至王、李七子而濫矣。鍾、譚起而闢之，然鍾、譚無詩也。自後雲間陳、李諸子闢鍾、譚，虞山錢牧齋又闢雲間，出奴入主，迄無定評。平心而論，初唐如花始苞，英華未啓；盛唐王維、李頎、岑參諸公，聲調氣格，種種超越，允爲正宗；中、晚之錢、劉、李義山、劉滄亦悠揚婉麗，渢渢乎雅人之致，義山造意幽邃，感人尤深，學者皆宜尋味。獨少陵包三唐，該正變，爲廣大教化主，生平瓣香，實在此公，惜未能闚其閫閾。東坡云：『天下幾人學杜甫，誰得其皮與其骨？』然不敢以難而謝之；學杜有得，即學蘇學陸無乎不可。（同上）

田雯

《選》體可學乎？學之者如優孟學叔敖，衣冠笑貌儼然似也，然不可謂真叔敖也。善學者須變一格，如昌黎、義山、東坡、山谷、劍南之學杜，則湘靈之於帝妃，洛神之於甄后，形體不具，神理無二矣。不然，《選》體何易學也。（《古歡堂雜著》卷一《論詩》）

玉谿生詩中之聖，白樂天晚年極嗜之，云：『我死當爲爾子足矣。』義山生子，遂以白老名之。古人之樂善如此。（同上）

初唐格體，王、楊、盧、駱汗漫長篇。李商隱云：『沈宋裁詞矜變律，王楊落筆得良朋。當時自謂宗師妙，今日唯觀對屬能。』大旨可見。少陵曰：『王楊盧駱當時體，輕薄爲文哂未休。爾曹身與名俱滅，不廢江河萬古流。』別有寓意。（同上卷二《論七言古詩》）

善學少陵者，無如昌黎，歌行盤空硬語，妥帖恢奇，乃神似非形似也。李商隱《韓碑》一首，媲杜凌韓，音聲節奏之妙，令人含咀無盡。每怪義山用事隱僻，而此詩又別闢一境，詩人莫測如此。（同上）

義山七律，逐首擅場，特須鄭箋耳。蓋義山諸體之工，唐人實無出其右者，不獨七律也，又不獨香奩也。温飛卿、韓致堯輩，比事聯詞，波屬雲委，學之成一家言，勝於生硬乾酸者遠矣。（同上《論七言律詩》）

義山佳處不可思議，實爲唐人之冠。一唱三弄，餘音嫋嫋，絶句之神境也。飛卿什之一耳。（同上《論七言絶句》）

李商隱《送王校書分司》詩云：『多少分曹掌祕文，洛陽花雪夢隨君。定知何遜緣聯句，每到城東憶范雲。』再《漫成》一絶云：『不妨何、范盡詩家，未解當年重物華。遠把龍山千里雪，將來擬並洛陽花。』二詩亦不知所指。按何遜與范雲聯句詩云：『洛陽城東西，却作經年別。昔去雪如花，今來花似雪。』大意可見，皆足爲咏雪之一助也。（同上卷三《雪詩》）

【題殷彦來周策銘詠李愬詩後（節録）】昌黎硬語《淮西碑》，玉溪好手《韓碑》詩。僕射殊勳今已矣，千載而下空文辭。三十六體西崑艷，儷偶隱僻矜瑰奇。獨此曲終間奏雅，似聽鈞樂彈朱絲。睥睨昌黎不多讓，湯盤孔鼎同攀追。文章有如二公者，兩雄力拔將軍麾。夜擁甲兵十四萬，直入蔡州昏黑馳。戎戎滕六没馬槊，鵝鴨亂叫寒風吹。元和册功留陳迹，讀二公作如見之。……（同上卷七）

【丹壑詩序】余嘗謂前之詩人無如義山、子瞻之奇者。義山之詩，博奥極矣，摭拾群書，抉搜隱怪。至於放誕風流，清言麗句，雖自謂國人盡保展禽，酒肆無譏阮籍，夫誰信之？其大致欲歐温、段諸人皆出己下乃已，西崑之冠也。……世之徒以豔體目玉溪生者，淺也。（同上卷二十四）

【鹿沙詩集序】余嘗謂學詩者宜分體取法乎前人：五言古體必根柢於漢、魏，下及鮑、謝、韋、柳也；五七言近體，則王、孟、錢、劉，晚唐温、李諸人也；截句則王、李、白、蘇、黄、陸也；至於歌行，惟唐之杜、韓，宋之歐、王、蘇、陸，其鼓駭駭，其風瑟瑟，旌旗壁壘，極闔闢雄蕩之奇。非如是，不足以稱神明變化也。學詩者何分唐、宋，總之以匠心求工，爲風雅之歸而已。（同上卷二十五）

張謙宜

凡情語出自變《風》，本不可以格繩，勿寧少作。情太濃，便不能自攝，入於淫縱，只看李義山『春蠶到死絲方盡，蠟炬成灰淚始乾』之句便知。（《絸齋詩談》卷一統論上）

《無題二首》（按：指『八歲偷照鏡』五古及『幽入不倦賞』五律。視下文所評，實僅指『八歲偷照鏡』一首），樂府高手，直作起結，更無枝語，所以爲妙。樂府（同上卷五《評論》二）

《寄李樞言草閣》通篇叙幕府交情，少年行樂之詞，章法錯落，深得古法。五古（同上）

《偶成轉韻七十二句贈四同舍》天矯如龍，換韻處陡健，當學。七古（同上）

《李花》『自明無月夜，强笑欲風天。』映襯入微。五律（同上）

《杏花》『上國昔相值，亭亭如欲言；異鄉今暫賞，脉脉豈無恩？』隔對法，流動之極。五排（同上）

《送千牛李將軍赴闕五十韻》敘西平功，精采横溢，當接少陵之席。（同上）

《重過聖女祠》云：『一春夢雨常飄瓦，盡日靈風不滿旗。』思入微妙。夫朝雲暮雨，高唐神女之精也。今經春夢中之雨歷歷飄瓦，意者其將來耶？來則風肅然，上林神君之迹也。乃盡日祠前之風尚未滿旗，意者其不來耶？恍忽縹緲，使人可想而不可即。鬼神文字如此做，真是不可思議。七律（同上）

《杜工部蜀中離席》『雪嶺未歸天外使，松州猶駐殿前軍。』分明是老杜化身。回鶻之驕，吐蕃之横，至今可想，豈止徒作壯語。（同上）

《悼亡》『更無人處簾垂地，欲拂塵時簟竟牀。』乍看只似平常，深思方可傷悼。蓋『簾垂地』，房門鎖閉可知；『簟竟牀』，衾裯收捲可想。悼亡作如此語，真乃血泪如珠。（同上）

《題白石蓮花寄楚公》頸聯云：『空庭苔蘚饒霜露，時夢西山老病僧。』此是側注法。（同上）

《九日》『曾共山公把酒時，霜天白菊繞階墀』，觸物思人，已成隔世。『十年泉下』雖『無消息』，『九日樽前』却『有所思』，一開一闔，總説傷心。『不學漢臣栽苜蓿』，既未曾施恩；『空教楚客詠江蘺』，但責其思慕。『郎君官貴施行馬』，彼先拒我；『東閣無緣得再窺』，我豈無情？通篇如訴如泣，妙不可言。（同上）

《北齊二首》不説他甚底，而罪案已定，此詠史體。七絶（同上）

《龍池》諷而不露，所謂藴藉也。（同上）

吴雯

【書義山河陽詩後】義山《河陽詩》乃悼亡之作也。王茂元爲河陽節度使，愛其才，以子妻之，故詩曰『河陽』，隱詞也。其詩云：『黃河摇溶天上來，玉樓影近中天臺。』正言甥館之美，百輛之盛也。『龍頭瀉酒客壽杯，主人淺笑紅玫瑰。』蓋謂琴瑟之調而容色之麗也。『梓澤東來七十里』四語，則且歿而葬矣。『南浦老魚腥古涎』四語，則欲夢見亦無由矣。『憶得蛟絲裁小卓』四語，則又思其平生之事也。『幽蘭泣露新香死，畫圖淺縹松溪水。』即『畫圖省識春風面』之意也。『楚絲微覺《竹枝》高，半曲新詞寫縣紙。』則又思其生平所作歌曲也。『巴陵夜市紅守宫，後房點臂斑斑紅。』則又思其閨房之戲也。『堤南渴雁自飛久，蘆花一夜吹西風。』則又傷其没也。『曉簾穿斷蜻蜓翼』以下所云，『玉灣不釣』『蓮房破』，惜傷愛絶也；『銀鏡』『鸞釵』，托遺物也；『桂樹』『金莖』，亦思少君之術也；『相風插屋』，候其至也。至『百勞不識』『湘竹千條』則亦終不可見，徒淚積斑斑耳。其意婉轉，其詞深沉。雖效長吉，而情種自見也。（《蓮洋詩鈔》卷十）

何永紹

【昌谷詩註序（節録）】夫詩近《春秋》，屬詞比事。註詩者遠于時地，唯知人論世而後著其是非邪正之辨焉。其以昌谷詩爲詩史者，無論其詩之得如少陵不得如少陵，歸之於史則一而已。杜牧之序及其詩，不及其時與事；李商隱之傳及其事，不及其詩與人。今羮湖以千載以下之註，印千載以上之心，長吉未有不啞然笑者。讀此註而謂長吉詩有不可解者，其尚可與言詩乎哉？（《三家評註李長吉歌詩》姚文燮《昌谷詩註》）

陳　式

【重刻昌谷集註序（節録）】賀爲詩不多，其作詩之初，全似以人不解者爲詩，雖一語，教人漫然索解亦不肯。人於是因其早世，遂群起而鬼之。亦既鬼之，而復有沈子明、杜牧之、李義山輩爲傳其作，以至於今。……大約人之作詩，必先有作詩之題，題定而後用意，意足而後成詩。義山稱昌谷與諸公遊，未嘗得題爲詩，遇有所得，輒投之破錦囊中。及歸，研墨叠紙足成之。天下抑有無題之詩耶？要以語於賀，則又未始無當。賀之爲詩無有不題定而覓意，却又意定而覓題。多是題所應諱，則借他題以晦之。姚子（文燮）之註昌谷，率由此問逕，將有一節通而節節以通之勢矣。（《三家評注李長吉歌詩》姚文燮《昌谷詩註》）

錢良擇

《離亭賦得折楊柳二首》（首章）『莫損』句，戒以莫折。『人世』二句，答以不得不折，詩中自爲應對。（次章）又以『休折盡』繳足前首意。（《唐音審體》卷二）

《房中曲》此悼亡詩也。『嬌郎』二句：悲極而癡如雲之昏且亂。『玉簟』二句：因曉卧所見，追憶其存日。『憶得』句：此言將別之時。『歸來』二句：錦瑟爲其人所彈，而物在人亡矣。『今日』句：孤甚。『明日』句：苦甚。『愁到』二句：『池』宜作『地』。天地俱翻，或有相見之日；又恐相見之時，已不相識。設必無之想，作必無之慮，哀悼之情，于此爲極。（同上卷三）

馮班曰：沈約、謝朓、王融創爲聲病，一時文體驟變，其文皆避八病。一簡之内，音韻不同，兩句之間，輕重各異。二句一聯，四句一絶，不可增減。異乎漢、魏、晉、宋古詩，謂之齊梁體。聯者，音韻聯貫，上下相承，不必皆對偶也。絶者，音韻轉换，四句一周，周而復始，如絶而復續也。宋孝武謂吴邁遠：此人聯、絶之外，無所復有。則齊、梁前，已有此名矣。自永明以迄唐初，皆齊梁體也。雖變爲雙聲叠韻，然文不粘綴，取韻不論雙隻，平仄亦不相儷。沈佺期、宋之問因之變爲新體，聲律益嚴，謂之律詩。陳子昂崛起，學阮公爲古詩，唐人於是有古、律二體，漸廢齊梁之格。然白樂天、李義山、温飛卿、陸魯望皆有齊梁格詩，但差少耳。八病出於沈隱侯，其説至宋而訛。阮逸註《文中子》，已云八病未詳。有一惡書，名《續金針格》，托之梅堯臣，其言八病絶可笑。皆以意妄測。王弇州《卮言》不能言其謬也。古書多亡，沈休文《謝靈運傳論》、劉彦和《文心雕龍》，統論梗概，不得分別詳言，所謂平頭、蜂腰、鶴膝、旁紐、正紐、大韻、小韻，雖諸書略有可徵，弗能詳至矣。愚按：陳拾遺與沈、宋、王、楊、盧、駱，時代相同，諸家皆有律詩，蓋沈、宋倡之，古詩止拾遺獨擅，餘皆齊梁格也。略取初唐諸家及樂天、温、李諸作，以備一體。（同上卷六）

《齊梁晴雲》效齊梁體賦晴雲也。（同上）

《韓碑》義山詩多以好句見長，此獨渾然元氣，絶去雕飾，集中更無第二首，神物善變如此。○詩詠韓碑，即用韓文叙事筆法。然是學韓文，非是學韓詩也，識者辨之。（同上卷八）

《燕臺》（首章）『幾日嬌魂』句：魂去不知所之。『蜜房羽客』二句：蜜蜂類我之心，花叢無所不到。『暖藹』二句：偶然值其人。『雄龍』句：別去杳不可即。『絮亂』句：愁緒之紛若此。『醉起』句：早晚幾不能辨。『映簾』句：朦朧似聞其聲。『愁將』二句：不知從何處求之方可得。『衣帶』句：不自知其消瘦。『春烟』句：景自韶麗，心自悲涼。『研丹』句：莫諭其誠。『願得』句：誠極而悲。『今日』二句：情不可禁，隨風而去，直入西海。（次章）『前閣』四句：其地陰寒之甚。『夜半』句：不眠無聊，夜半起行，戲以自遣也。柘枝長勁，烏集將飛，柘起彈烏，後人倣之作柘彈。『綾扇』句：搖扇風生，如自天門而來。『輕帷』句：風動帷幕，如旋波之紋。『桂宫』句：月色不可挹取。『直教』二句：銀漢若墮我懷中，便當捉織女而留之。『濁水』句：何必異源乎？『濟河』句：亦嘗合流也。『安得』句：冀其從空而來。（三章）『月浪』二句：月既落，則星光入户。『終日』二句：昏旦易更。『不見』句：河清難俟。『堪悲』二句：陳宫已爲行路，何人更憐麗華。『簾鈎』二句：行雲之夢，爲鸚鵡喚醒，如繞雲夢而還。『雙璫』句：謂寄來之書。『歌脣』句：此句難解，疑以銜雨比含淚也。『可惜』句：即指尺素。（四章）『天東』句：冬晝短甚，日纔出即下。『堂中』句：堂中之遠，甚于蒼梧之野。『浪乘』二句：以不足思自解。『當時』二句：又以舊歡不久自解。『風車』二句：反恨其人尚在。（同上）

《日高》『鍍鐶』句：鐶，指環也，以金鍍之。袘，衣裾也。『玉筄』句：筄，匙也。『水精』句：水精，簾也。指簾中未起之人。『飛香』二句：極言其不可即。『輕身』二句：狀簾外竊窺之人。（同上）

《偶成轉韻》盧弘正（止）鎮徐方，義山爲掌書記，此詩作于幕中。『沛國』四句：徐方，沛地也，故以此發端。『征東』二句：不欲其去，故勸使懸其鞍。『藍山』二句：此同舍語也，言不必他求衒售。義山乃歷叙平生以答之，言元無去志也。『武威』句：一受知于王茂元。『憐我』句：茂元以女妻之。『詰旦』四句：作不了語，當是獻策不見收也。『憶昔』二句：追叙始識弘正。『我時』二句：初爲弘正從事。『明年』句：再受知于鄭亞觀察桂管，辟爲判官。『平生』句下注：自桂管還京師。『天官』二句：選爲盩厔縣。『愛君』二句：不得志欲歸隱。『此時』四句：復入弘正幕中。『廷評』二句：廷評、書記，皆幕府官。『之子』二句：四同舍。『狂來』句下批：極寫得遇知己，肆志騁才之概。『借酒』二句：題曰贈同舍，而以祝弘正終，以五人見知之感略同也。〇此律詩也。題曰『轉韻』，自明其爲律詩也。唐人律詩，有仄韻者，有通篇無對偶者，其聲調皆今體，故皆名律詩。前人論之甚詳。今雜于歌行中，蓋不得已而從俗，其體則不可不辨。〇唐人歌行，以李、杜爲正聲極則。二人之外，昌黎已屬變格，長吉更是別調，然皆本變《雅》、楚《騷》，自成一家言，可爲後人法。若盧仝、馬異之徒，以狂怪爲能事，裂冠毁冕，非復人間面目。晚唐作者，率多浮豔，實開宋、元淺易之風。是編寧失之簡，不能多録。（同上）

《蟬》客有以此詩索解者，余爲之大窘。『一樹』句：神句，非復思議可通，所謂不宜釋者是也。（同上卷十）

《鄠杜馬上念漢書》義山學杜，其嚴重得杜之骨，其雄厚得杜之氣，其微妙得杜之神。所稍異者，杜無所不有，義山自成一家。杜如天造地設，義山錘鍊工勝，此時爲之也，亦作者、述者必然之勢也。〇『英靈』二句：言傳世未幾，亂本復作。（同上）

《北禽》通首自寓。『爲戀』二句：處非其地，不得已而羈留。『縱能』二句：值，當也。言即能自結主知，難當猛鷙之害。『石小』句：精衛之願難酬。『蘆銛』句：鴻雁自全之具未備。『知來』二句：乾鵲能知來，欲

就之决疑，即屈原《卜居》之旨。（同上）

《蜨》（葉葉復翻翻）無一句詠蜨，却無一字不是蜨，可以神遇，難以言釋。（同上）

《越燕》（次章）『記取』二句：疑指武宗初立。或指宣宗。（同上）

《壽安公主出降》『昔憂』句：元逵父廷湊凶悖，忘朝廷之恩。『今分』句：『分』字深痛，言竟似本分當然也。（同上）

《西溪》舊箋：『從到海』，以其有朝宗之義；『莫爲河』，以其隔牛女之會。『鳳女』二句：溪上之人。（同上卷十三）

《謝先輩防記念拙詩甚多異日偶有此寄》『曉用』二句：自言作詩之勤。『良辰』二句：言非無爲而作。『熟寢』二句：自言其吟之苦。『題時』二句：忽得好句，不知其所自來，曰『偏』者，謙辭也。『南浦』二句：與謝相去甚遠，二句即下所謂『路綿綿』也。『星勢』句：自上瞰下，以比謝。『河聲』句：自下徹上，以自比。『夫君』二句：言謝心有感，我詩適觸其所感，故記念以傳其心耳。（同上）

《腸》『隔樹』四句：以寫景襯出『迴腸』『斷腸』意況。『擬問』二句：言欲托渺茫之説以自解，而又不可得也。（同上）

《燈》義山詠物詩，力厚色濃，意曲語鍊，無一懈句，無一襯字，上下古今，未見其偶。（同上）

《獨居有懷》『數急』句：瘦則帶緩，故數急之。（同上）

《戲贈張書記》少陵何以過之？（同上）

《贈送前劉五經映三十四韻》『建國』四句：以崇儒領起。下叙自周至隋學術興廢。『盡欲西句：古學既廢，無人所知。『南渡』句：晋元帝渡江。『西遷』句：陳後主歸隨。『《詩》《書》』二句：極言學術之壞。『掌故』句下批：言唐興文教始復盛也。下入劉五經。○唐人學杜者，莫善于義山。古調歌行，或有未稱。五七言今體，思深語鍊，無美不臻，實是晚唐之聖也。其僻奥晦澀不可曉解者，多是效長吉體而參以隱語，存而不論也。

（同上）

七言律詩始于初唐咸亨、上元間，至開、寶而作者日出。少陵崛起，集漢魏、六朝之大成，而融爲今體，實千古律詩之極則。同時諸家所作，既不甚多，或對偶不能整齊，或平仄不相黏綴。上下百餘年，止少陵一人獨步而已。中唐律詩始盛。然元、白號稱大家，皆以長篇擅勝，其于七言八句，竟似無意求工。錢、劉諸公以韻致自標，多作偏枯格，中二聯或二句直下，或四句直下，漸失莊重之體。義山繼起，入少陵之室，而運以穠麗，盡態極妍。故昔人謂七言律詩莫工于晚唐。然自此作者愈多，詩道日壞，大抵組織工巧，風韻流麗，滑熟輕豔，千手雷同。若以義求之，其中竟無所有，世遂有開口便是七言律詩。……（同上卷十五七言律詩總論）

《錦瑟》義山詩獨有千古，以其力之厚，思之深，氣之雄，神之遠，情之摯。若其句之鍊，色之豔，乃餘事也。西崑以堆金砌玉傚義山，是畫花繡花，豈復有真花香色？梨園撏撦之誚，未足以盡之也。（以上眉批）○此悼亡詩也。《房中曲》云：『歸來已不見，錦瑟長于人。』即以義山詩注義山詩，豈非明證？錦瑟當是亡者平日所御，故睹物思人，因而託物起興也。集中悼亡詩甚多，所悼者疑即王茂元之女。舊解紛紛，殊無意義。○『錦瑟』句：瑟本二十五絃，一斷而爲二，則五十絃矣，故曰『無端』，取斷絃之意也。『一絃』句：絃分爲五十，柱則依然二十五，數瑟之柱而思華年，意其人年二十五歲而卒也。『望帝』句：言已化爲異物。『珠有淚』：言哭之悲。『玉生烟』：謂已葬也。言埋香瘞玉。『此情』二句：豈待今日始成追憶，當生成之時，固已憂其至此矣。意其人必婉弱善病，故云。（同上卷十六）

《題僧壁》『蚌胎』句：喻未來也。『琥珀』句：喻過去也。四句言大小新舊，皆非真實。○篇末總批：過去、未來、現在三生，亦如鐘聲之倏作倏止而已。（同上）

《南朝》（玄武湖中）篇末批：羅列故實，其意蓋本《玉臺》豔體作詠史詩也。義山創此格，遂爲西崑諸公之祖。（同上）

《哭劉蕡》『不敢』句：不敢同蕡于哭諸寢門外之朋友，蓋尊之也。（同上）

《荆門西下》『却羨』句：路歧在平陸，無風波之惡。（同上）

《九成宮》『雲隨』二句：雲、風跟避暑來。（同上）

《無題》（昨夜星辰）義山《無題》詩，直是豔語耳。楊眉庵謂託于臣不忘君，亦是故爲高論，未敢信其必然。（同上）

《無題》（來是空言）『金蟾』句：鎖雖固，香能透之。『玉虎』句：井雖深，絲能汲之。『賈氏』句：幸而合。『宓妃』句：不幸終不合。『一寸』句：其同歸于盡則一也。（同上）

《赴職梓潼留别畏之員外同年》『佳兆』二句：言新婚之喜同。『京華』二句：原注：時韓留京師。（按原注指朱注）（同上）

《王十二兄與畏之員外相訪》『嵇氏』二句：幼男、嬌女，疑即茂元女所生。（同上）

《無題》（相見時難）『春蠶』兩句：以絲作『思』，猶以淮作『懷』，樂府有此體。然此是以絲喻情緒，非借作『思』也。對句不用借字可證。（同上）

《碧城三首》三詩嚮莫得其解，予細按之，似爲明皇、太真而作。何以知之？翫第三首結句而悟之。蓋以明皇爲武皇，唐人之常也。則其爲明皇事無疑也。以首二字爲題，少陵多有此格，本《三百篇》章法也。〇（首章）『碧城』四句：以仙家況宫中，比而興也。『星沉』句：一星已沉海底，當窗又見一星。『雨過』句：雨已遠過河源，隔座復看雨至。星取小星之意。雨取雲雨之義。星沉雨過，武惠妃已薨也。隔座當窗，太真入宫也。『若是』二句：不夜珠、水晶盤，用趙飛燕事，意以飛燕比惠妃，以合德比太真，言惠妃不死而專寵，或不致召亂也。（次章）『對影』句：實是寫太真之美。聲影皆能動人。『玉池』句：點華清賜浴事。『不逢』句：指壽王也。不復相逢，莫更迴首。『莫見』句：指禄山也。但借『拍肩』二字，故引不倫之人爲喻，欲其詞之隱也。詩中臚列三人，文人毒筆。（此條眉批）『紫鳳』二句：二句寫其驕縱。『鄂君』二句：鄂君指明皇也。蜀道雨淋鈴時，明皇亦不免獨眠矣。（三章）『七夕』二句：點長生殿事。『玉輪』句：已無復圓之望。『鐵網』句：後期杳不可

知，猶言『他生未卜此生休』也。『檢與』二句：言洪都道士之荒唐。『武皇』二句：總結三首，分明説出，所謂微而顯也。（同上）

《一片》（一片非煙）詩中九枝燈及星月，皆夜景也。所謂『一片』，亦是泛言夜色朦朧。『天泉』二句：結言歌舞之清妙。『榆莢』二句：言光陰之迅速。『人間』二句：結言宜及時行樂。（同上）

《促漏》『南塘』二句下批：言姮娥、神女，皆不如水鳥之長匹不離也。高棅謂此詩擬宮怨而作，其説甚迂。（同上）

《臨發崇讓宅紫薇》『不先』句：爲有，有所爲也。『天涯』二句：即使移根上苑，其爲不久亦同。（同上）

《銀河吹笙》此詩當是直詠吹笙，題中『銀河』二字，乃因詩而誤入耳。『悵望』句：寫吹笙人之態。『樓寒』句：吹笙之地、之時。『重衾』句：方夢他年之事，爲笙聲驚寤而斷。『別樹』句：宿鳥亦驚而起。『風簾』句：此從第二句來。『不須』二句：吹笙者爲王子，簫、瑟皆仙姝事，意自可想。（同上）

《聞歌》此詩作法與後詠淚詩相類。『銅臺』句：西陵已無所聞。『玉輦』句：瑶池更不可知。『青塚』句：故國寂無消息。『細腰』句：臺榭已易其主，皆寫斷腸聲也。（同上）

《楚宮》（月姊曾逢）『已聞』二句：皆隔簾想像語。『未必』句：金堂，謂『盧家鬱金堂』也。○詩中無『楚宮』意，豈因詞意太顯，故詭託之歟？（同上）

《安定城樓》『永憶』二句：神句。乍讀不解。（同上）

《淚》『永巷』句：失寵。『離情』句：憶遠。『湘江』句：悲逝。『峴首』句：懷德。『人去』句：怨棄。『兵殘』句：憂危。『朝來』二句：今日征人。○青袍，失意人也；玉珂，貴者也。以失意人送貴者，故尤悲也。但言送別尚泛。（眉批）○馮班曰：句句是淚，不是哭。又曰：八句七事，律之變也。愚謂若七事平列，則通首皆成死句，『未抵』二字，亦轉不下。此是以上六句興下二句，言六種墮淚，尚不及今日送別之悲也。宋陸放翁倣之，作《聞猿》詩亦然。（同上）

《流鶯》『良辰』句：此句何以貼鶯？讀者思之。若以言解，則索然矣。（同上）

《當句有對》此格僅見，録以備體。未詳所本，俟更考之。（同上）

《寫意》此詩氣韻沉雄，言有盡而意無窮，少陵後一人而已。（同上）

《正月崇讓宅》『背燈』二句下批：言外有悼亡意。（同上）

《春日寄懷》此詩稍平易，然自是少陵家法，與他手平易者迥别。（同上）

《七月二十八日夜與王鄭二秀才聽雨夢後作》唐人律詩往往有通篇無對仗者，或以此詩爲金針格，亦誤信宋僞書也。○『恍惚』二句：『初夢』『旋成』『少頃』『逡巡』『瞥見』『亦逢』『恍惚』『低迷』，皆以虛字寫夢中境。『獨背』句：『獨背寒燈』，則二秀才已去矣。此不點題而襯題之法。（同上）

《五松驛》以五松比斯、高之見斬，奇甚。（同上卷十八）

《南朝》（地險悠悠）南朝只分天下之半，徐妃妝面亦止一半。（同上）

《夕陽樓》己之飄泊，不異孤鴻。（同上）

《有感》此非詠楚事也，題曰『有感』，其事可想。（同上）

《别智玄法師》『智』當作『知』，即悟達國師。○（『東西』二句）此禪語也。『東西南北』，言歧路之多。『楊朱泣岐』，意以自比。然所謂『真本師』，非指知玄也。淺言之，謂所適皆庶可入道。深言之，謂思惟路絶，庶可悟真。禪家所謂絶後再甦也。若誤以知玄爲本師，則『却是』二字如何接下？（同上）

《華嶽下題西王母廟》舊注謂此詩感唐武宗餌方士藥得疾崩，王才人從死而作。（同上）

《病中早訪招國李十將軍遇挈（家）遊曲江》（相如二句）言若真消渴，則當飲竭此江矣。（同上）

《池邊》初無深意，而婉切至此，猶畫家所謂寫神不寫形也。（同上）

嚴虞惇

【偶題四絶句（録一首）】競説西崑創温李，義山原是杜陵孫。無端輕薄夸宮樣，拾得殘膏倚市門。（《嚴太僕文集》卷一）

宋長白

【義山渭南】李義山、陸渭南皆祖述少陵者，李之藴藉，陸之排奡，皆能寓變化於規矩之中。李去其靡，陸汰其粗，其於大曆、元和也何有！（《柳亭詩話》卷二十八）

愛新覺羅·玄燁

【鄭亞太尉衛公會昌一品集序眉批】本以讚德裕之制作，而益見國家功德之崇隆。品裁宏廓，筆墨皆靈。○敬所、王宗沫曰：近日應酬，全書不覩，兼昧平生，重贄一臨，嘉言即付。其高者縱能陡發議論，自成佳篇，不知與其人其書何所取也。此序尚有古人序體。可振頽俗。○『昭肅皇帝統握乾符』一段眉批：臣廷敬曰：逐事揚厲，瑰偉裔皇。鯨鏗春麗，雅與制集相稱。德裕在武宗朝有經綸潤色之功，得此文而益彰。○『仍顧勒石於盧龍之塞』一段眉批：臣乾學曰：衛公將相勳蹟，炳烺史乘，所謂以政事爲文章，不僅才人之筆也。故叙作文處，皆追本功業，而架格體憲丘明，於儷句别開生面。（《古文淵鑒》卷四十）

【李商隱爲濮陽公檄劉稹文眉批】淹通朗畫，文之以姿法勝者。○『飯貝纔畢，襚衣莫陳。乃睠後生，遽乖先訓，遷延朝命，迷失臣職』一段眉批：臣廷敬曰：探其隱謀而隨事析之，然後導其歸順之機，懼以覆之之禍。事理顯明，利害詳晰，其於稹也可謂忠告矣。雖朱浮之示彭寵、魏武之諭孫吴，何以加諸？○臣乾學曰：義山學刀劄於彭陽公，以繁縟稱。然觀其體勢豪宕，固氣盛而言浮，此篇尤矯矯。○臣士奇曰：披抉情事，幽隱畢出；層折反覆，不傷於冗。詞嚴義正，益見其厚。義山駢體，傑出三唐，而疎暢磊落如斯文者，尤不易得。（同上）

何焯

晚唐中牧之與義山俱學子美。然牧之豪健跌宕，而不免過於放，學之者不得其門而入，未有不入於江西派者。不如義山頓挫曲折，有聲有色，有情有味，所得爲多。馮定遠先生謂熟觀義山詩，自見江西之病；余謂熟觀義山詩，兼悟西崑之失。西崑只是雕飾字句，無論義山之高情遠識，即文從字順猶有間也。○義山五言出於庾開府，七言出於杜工部，不深究本源，未易領其佳處也。七言句法兼學夢得。（《義門讀書記·李義山詩集》卷上）

《錦瑟》此悼亡之詩也。首特借素女鼓五十絃之瑟而悲，泰帝禁不可止以發端，言悲思之情有不可得而止者。次連則悲其遽化爲異物。腹連又悲其不能復起之九原也。曰『思華年』，曰『追憶』，指趣曉然，何事紛紛附會乎？○錢飲光亦以爲悼亡，與吾意合。『莊生』句，取義於鼓盆也。但云生平不喜義山詩意爲詞掩，却所未喻。○亡友程湘衡謂此義山自題其詩以開集首者。次聯言作詩之旨趣，中聯又自明其匠巧也。余初亦頗喜其説之新。然《義山詩》三卷出於後人掇拾，非自定。則程説固無據也。（同上）

《重過聖女祠》次連乃是聖女祠，移向别仙鬼廟不得。　玉郎會此通仙籍：玉郎疑是自謂。（同上）

《寄羅劭興（輿）》燕重遠兼泥：兼作嗛。（同上）

《令狐舍人説昨夜西掖玩月因戲贈》第二句『説』字不落空。次連是『西掖』底月，寫月即寫出『翫』字意。末二句因直宿而思薦達，足『戲贈』意。（同上）

《崔處士》馮定遠云：上六句先將崔處士似賢事迹寫透，末二句結出，便通體皆靈。（同上）

《自喜》定遠云：己之寄形宇内，以天地爲逆旅，猶蝸牛也。妙在第二句又爲物所寄，便是《莊子·逍遥遊》《齊物論》諸篇見解，活潑潑地那得不自喜？○第三言有竹，第四言有花，第五言近山，第六言近水。末二句言又有酒也。（同上）

《題僧壁》蚌胎未滿思新桂：是未來。琥珀初成憶舊松：是過去。（同上）

《異俗二首》第二首似有刺貪之意。（同上）

《和孫朴韋蟾孔雀詠》都護矜羅幕：宋黄休復《茅亭客話》云：蛇與孔雀交偶，有得其卵者，使雞抱伏，即成，其名爲都護。初年生緑毛，二年生尾、小火眼，三年大火眼，其尾乃成。（同上）

《人欲》此必行役既久而切求歸之思，故云。（同上）

《華山題王母祠》勸栽黄竹莫栽桑：按《穆天子傳》，則黄竹是地名，不知作者何所承也？（同上）

《華清宫》（華清恩幸）言明皇幸免驪山之禍耳。末二句反言之，所以爲絞而婉也。（同上）

《楚澤》第二句伏後『早寒』。三四是澤中。（同上）

《潭州》此隨鄭亞南遷而作。第三思武宗，第四刺宣宗。五六則悲會昌將相名臣之流落也。《楚詞》以蘭比令尹子蘭，蓋指白敏中言之。○今古無端入望中：此登潭州官舍樓而作。所望者故園人耳，今目斷鄉關，而潭州已事，歷歷在目，『無端』二字從空樓寫出，絶妙章法。○湘淚淺深滋竹色二句：入望古今。○陶公戰艦空灘雨二句：雨中壞艦，風中破廟，令人不堪回首。『誼』作『傳』。○目斷故園人不至：收『望』字。（同上）

《贈劉司户》已斷雁（燕）鴻初起勢：謂下第。更驚騷客後歸魂：謂遠貶。（同上）

《哭劉司户二首》酒甕凝餘桂：王建集中有《與去華絶句》，言其病酒，故有此句。江風吹雁急：言己哭之哀也。第二首：已爲秦逐客，謂下第。復作楚冤魂，謂遠貶。（同上）

《悼傷後赴東蜀辟至散關遇雪》通首不離『悼傷後』三字。（同上）

《北齊二首》（首章）上言其一爲所惑，禍敗即來。下言轉入轉迷，必將禍至不覺。用意可謂反復深至矣。首章最警切。又按上篇嘆其不知不見是圖，下篇笑其至死不悟。（同上）

《南朝》（玄武湖中）此篇亦非楊、劉所及。○南朝偏安江左，不思勵精圖治，以保其國，乃徒事荒淫，宋不戒而爲齊，齊不戒而爲梁，陳因梁亂而篡取之，國勢視前此尤促。乃復不戒，甘蹈東昏之覆轍如恐不及。且寇警天戒，儼然不知，安得不滅于隋乎？不特此也，前此宋、齊不過主昏于上，江左猶爲有人；故命雖革，而猶能南北分王。至陳則君臣荒惑，一國俱在醉夢之中，長江天塹，誰復守之？落句深嘆南朝由此終，無一豪傑能代興者，非特痛惜陳亡也。○玄武湖中玉漏催：指宋。雞鳴埭口繡襦迴：指齊。○誰言瓊樹朝朝見一連：誰言、不及，吐屬殊絞而婉，叙致亦錯綜善變。○敵國軍營漂木柹一連：蓋所謂天、地、人皆以告，而王不知戒也。○此等詩須細味其高情遠識。起連便是南朝國勢必爲北併，况又加之陳叔寶乎？二十八字中叙四代興亡，全不費力，又其餘事也。（同上）

《鄠杜馬上念漢書》曰『人間』，所謂舊勞于外，爰曁小人也。曰『興罷』，所謂險阻艱難，備嘗之矣；民之情僞，盡知之矣。如是而踐天子位，以承天地之眷顧，宜有深仁厚德，貽億萬無疆之慶。乃王伯雜用，使漢家之元氣日削；再世之後，冢嫡屢絶。丁、傅華軒，而王氏得以乘之，豈非宣帝之昧于貽厥哉！意思深長，非一覽可竟。○渭水天開苑一連：言祖宗所傳繼者，乃天開地獻之乾坤也。（同上）

《同崔八詣藥山訪融禪師》縈紆鬱悶，四句中無限曲折。（同上）

《聞著明凶問哭寄飛卿》腹連言相隔之遠也。（同上）

《送崔珏往西川》年少因何有旅愁：跌宕。○千里火雲燒益州：白公《書通州事》云：四野千重火雲合。○卜肆至今多寂寞二句：年少無愁。○好好題詩詠玉鉤：加『好好』二字者，正見其年少無旅愁也。不然首句無着落矣。（同上）

《陳後宫》（茂苑城如畫）定翁云：每讀宋初宫體，轉嘆此君之不可及也。○妙在中四句形容得惟日不足。○此

詩極深于作用，自覺味在鹹酸之外。（同上）

《飲席戲贈同舍》左思《吴都賦》：翡翠列巢以重行。謝惠連《雪賦》：對庭鵾之雙舞。程漸于補註《義山詩集》，引以證『珠樹』二句，則重行、雙舞俱有着落。（同上）

《西溪》（近郭西溪好）第二句便含岑寂意。第三句因病廢詩，第四句時方喪偶也。（同上）

《謔柳》上四句寫柳，下四句寫謔，字字淋漓。（同上）

《北禽》此詩作于東川。義山自北來，居幕府，故曰北禽，以自况也。中二聯皆憂讒畏譏意。末有羡于雕陵之鵲，其爲周身之防至矣。（同上）

《楚宫》（複壁交青瑣）落句與《鄠杜馬上》同一結法。（同上）

《韓碑》可繼《石鼓歌》。字字古茂，句句典雅，頌美之體，諷刺之遺也。○行軍司馬智且勇：獨提一句。帝曰汝度功第一：提明晋公功第一，以明其詞之非私也。古者世稱大手筆四句：此等皆波瀾頓挫處，不爾便是直頭布袋。濡染大筆何淋漓：濡作擩。（同上）

《離思》通首是寫離中之思，非單寫『離』字。（同上）

《宿駱氏亭寄懷崔雍崔袞》寓情之意，全在言外。（同上）

《贈歌妓二首》下蔡城危莫破顔：雋妙。（同上）

《寄令狐學士》以飛卿《投蕭舍人》詩相較，兩人真相去不啻三十里。○曉飲豈知金掌迥一連：洗發『崔嵬』二字。顧瞻玉堂，如在天上；流落人間者，九關萬里，夢不得到；而君則曉飲夜吟其中，固不啻濁水污泥清路塵也。（同上）

《漫成三首》此在桂林幕府思北還也。（同上）

《槿花二首》（第一首，燕體傷風力）腹連與《晋昌李花》同。（同上）

《哭劉蕡》巫咸不下問銜冤：以文義論之，當作巫陽，殆因老杜『巫咸不可問』之語而誤。記六朝人亦有作巫咸者。《甘泉賦》：『選巫咸兮叫九閽，開天庭兮延羣神。』從來用巫咸者殆因此而訛。○何曾宋玉解招魂：不必將下『師友』句粘着宋玉説，其取義只在作誄、招魂四字耳。（同上）

《杜司勳》高樓風雨感斯文：含下『傷春』。短翼差池不及羣：含下『傷別』。高樓風雨，短翼差池，玉谿方自傷春傷別，乃彌有感于司勳之文也。（同上）

《荆門西下》末句『楊朱泣路歧』，下『却羨』二字，正見洞庭之險惡也。（同上）

《碧瓦》霧唾香難盡：霧疑作露。酒是蜀城燒：燒字押得奇。（同上）

《公子》歌好惟愁和：妙甚。只欲家妓擅場，惟恐更有和者，非公子無此心情也。（同上）

《少年》『封』字出韻。（同上）

《藥轉》風聲偏獵紫蘭叢：宋玉《風賦》：獵蕙草。（同上）

《杜工部蜀中離席》起句尤似杜。鮑令暉詩：『人生誰不別？恨君早從戎。』發端奪胎于此。○一則于戈滿路，一則人麗酒濃，兩路夾寫出惜別，如此結構，真老杜正嫡也。○詩至此，一切起承轉合之法何足以繩之？然離席起，蜀中結，仍是一絲不走也。○此等詩，須合全體觀之，不可以一句一字求其工拙。荆公只賞他次連，猶是皮相。（同上）

《隋宫》（紫泉宫殿）無句不佳，三四尤得杜家骨髓。○前半展拓得開，後半發揮得足，真大手筆。發端先言其虚闢中以授他人，便已呼起第三句。○着『玉璽』一聯，直説出狂王抵死不悟，方見江都之禍，非出於偶然不幸，後半諷刺更覺有力。（同上）

《二月二日》兩路相形，夾寫出『憶歸』精神。合通首反復咀咏之，其情味自出。○《隋宫》《籌筆驛》《重有感》《隋師東》諸篇，得老杜之髓矣，如此篇與《蜀中離席》尤是。《莊子》所云善者機。○前半逼出『憶歸』，如此濃至，却使人不覺，所謂『國風好色而不淫』也。○其神似老杜處在作用不在氣調。○東風日暖聞吹笙：即温詩『併起別離恨，似聞歌吹喧』之意。○新灘莫悟遊人意二句：同一江上行也，耳目所接，萬物皆爽（馮浩引作

『春』，《輯評》同，義較長），不免引動歸思；及憶歸不得，則江上灘聲，頓有淒其風雨之意，筆墨至此，字字化工。〇杜荀鶴詩云：『此時晴景愁于雨，是處鶯聲苦于蟬。』落句當以此意求之。（同上）

《籌筆驛》議論固高，尤當觀其抑揚頓挫處，使人一唱三嘆，轉有餘味。〇不離承祚舊論，却非承祚本意。讀書論世真難事。〇猿鳥猶疑畏簡書二句：一揚。『簡書』切『籌筆』；『儲胥』切『驛』。〇徒令上將揮神筆二句：一抑。破題來勢極重，妙在次連接得矯健，不覺其板。〇管樂有才終不忝：此句又揚。關張無命欲何如：此句又抑。〇他年錦里經祠廟：對『驛』字。《梁父》吟成恨有餘：對『籌筆』。（同上）

《武侯廟古栢》葉凋湘燕雨一聯：發『古』字偏壯麗。（同上）

《即日》（一歲林花）一歲之花遽休，一日之光遽暮，真所謂刻意傷春者也。金鞍忽散，惆悵獨歸，泥醉無從，排悶不得，其強裁此詩，真有歌與泣俱者矣。觀『江間』之文，疑亦在東川時所作。五六言并不使我稍得淹留也。落句言風光易過，不醉無以遣懷，然使我更醉誰家乎？無聊之甚也。（同上）

《九成宫》雲從夏后雙龍尾一聯：對仗之工，楊、劉所能也。其平平寫去，不恤民依之意自見，言之無罪，聞之足戒，則楊、劉無此作用。〇按九成宫去京師三百餘里，次連用事可謂精切。此連頂避暑。〇吴岳曉光連翠巘一聯：寫九成。〇荔枝盧橘沾恩幸二句：紫泥天書，只爲荔枝盧橘，諷刺極刻，然又不覺。（同上）

《少將》馮云：此詩佳在後半。〇烟波別墅醉一聯：似吴叔庠。（同上）

《詠史》（歷覽前賢）未詳何所指。以爲思文宗，則『青海馬』句終無着落。（同上）

《贈白道者》『贈』一作『送』。（同上）

《無題二首》昨夜星辰昨夜風二句：定翁云：起句妙。馮已蒼先生云：妙在首二句。次連襯貼流麗圓美，西崑一世所效。〇義山高處不在此。（同上）

《無題四首》此等只是豔詩。楊孟載説迂謬穿鑿，風雅之賊也。第二首颯颯東風細雨來：風作南。芙蓉塘外有輕雷：《長門賦》：雷隱隱而響起兮，聲似君之車音。（同上）

《桂林路中作》『村小』一聯確是題位。（同上）

《無題》（照梁初有情）莫近彈棋局二句：似借用王丞相以腹熨彈棋局事。（同上）

《蝶三首》『初來小苑中』首：此必所詠之人小字爲蝶，非必賦蝶也。『長眉』『壽陽』二首，應作『無題』。（同上）

《王十二兄與畏之員外相訪見招》更無人處簾垂地二句：指悼亡。○嵇氏幼男猶可憫二句：兒女滿前，身兼内外之事，欲片時宴飲亦復不可，然則此懷豈能遣也。○萬里西風夜正長：『西風』加『萬里』，『夜長』加『正』字，皆極寫鰥鰥不寐之情。（同上）

《隋宫》（乘興南遊）九重誰省諫書函：省作削。○春風舉國裁宫錦二句：借錦帆事點化，得水陸繹騷、民不堪命之狀如在目前。（同上）

《落花》致光《惜花》七字意度亦出于此。（同上）

《李花》第六湊泊。（同上）

《柳》（曾逐東風）末二句言不甘凄涼，所以望秋先零。（同上）

《留贈畏之三首》（首章）前四句言居禁中者際會清時，并不須早霜趣朝；淪使府者漂零萬里，更加以左川涉險，所以（腸）一日九迴也。後四句言通顯不如，固已迴腸；骨肉之間，畏之又獨際其盛，思詠《霓裳》，豈非雲泥之判乎？○中禁詞臣尋引領二句：引領言可望不可親，遂以中禁詞臣之態待至戚同年也。梓潼在東川，故曰『左川歸客』。○郎君下筆驚鸚鵡：郎君指瞻之子冬郎，即致光也。（次章）執政者皆其所憾，獨一至戚同年在中禁而又不足恃，則何異生世不諧作太常妻耶？○從第一篇『自迴腸』三字咀味，則作者之微情，但畏之都不能解，或冬郎却曉耳。○難於明言而託於狎昵之詞，此《離騷》之法也。（三章）二篇畫出一得意、一失意相對情味來，讀之可以泣下也。（同上）

《無題》（相見時難）東風無力百花殘：已蒼云：第二句畢世接不出。按此句言光陰難駐，我生行休也。○夜吟

應覺月光寒：覺作共。(同上)

《碧城三首》《統籤》：此似詠其時貴主事。唐初公主多自請出家，與二教人媟近。商隱同時，如文安、潯陽、平恩、邵陽、永嘉、永安、義昌、安康諸主，皆先後丐爲道士，築觀在外，史即不言他醜，於防閑復行召入，頗著微詞。味詩中簫史一聯及引用董偃水晶盤故事，大旨已明，非止爲尋恒閨閣寫豔也。○第一首女牀無樹不棲鸞：『鳴女牀之鸞鳥』，《東京賦》中所用《山海經》也。第二首 鄂君悵望舟中夜：注引歌詞云：心悅君兮君不知。蓋自恨不得爲洪崖也。(同上)

《對雪二首》細看其層次。○集中最卑之格。○留待行人二月歸：反結『之東』。○第二首輕于柳絮重于霜：言漸積也。○侵夜可能争桂魄：言連宵也。忍寒應欲試梅妝：言達曉也。此一聯不過雪月交光，梅雪争春兩事，却點化得生動如此。○腸斷斑騅送陸郎：以『之東』收。(同上)

《蜂》趙后身輕欲倚風：移用不得。(同上)

《辛未七夕》起便翻新出奇。(同上)

《壬申七夕》日薄不嫣花：礙『夕』字，『日』疑作『月』。(同上)

《玉山》《戊籤》云：似爲津要之力能薦士者詠，非情詞也。(同上)

《牡丹》(錦幃初卷)飛卿作乃詠花，此篇亦《無題》之流也。起連生氣湧出，無復用事之迹。○錦幃初卷衛夫人：花。翠被猶堆越鄂君：葉。垂手亂翻雕玉佩：葉。招腰争舞鬱金裙：花。(同上)

《牡丹》壓逕復緣溝二句：方是牡丹大觀。終銷一國破二句：方極牡丹身份。此富貴之花，寒餓人一字來不得。鸞鳳戲三島二句：牡丹非豪家不極其致，窮巷寒餓之士所見不過一兩叢。腹連亦懸想出。(同上)

《詠史》(北湖南埭)四句中氣脉何等闊遠。○北湖南埭水漫漫：今人多不了首句爲風刺。○鍾山何處有龍盤：盤遊不戒，則形勝難憑，空令敗亡洊至，寫得曲折藴藉。(同上)

《一片》(一片非烟)榆莢散來星斗轉二句：伏下『後期』。(同上)

《十一月中旬至扶風界見梅花》非時裛裛香：十一月。素娥唯與月：中旬。（同上）

《讀任彦昇碑》不得蕭公作騎兵：『中書堂裏坐將軍』也，奈何他不得。（同上）

《馬嵬二首》第一首：末二句言其覺悟之不早也。第二首縱横寛展，亦復諷嘆有味。對仗變化生動。起聯才如江海。老杜云：『前輩飛騰入，餘波綺麗爲。』義山足窺此秘。五六倒叙奇特。看温飛卿作，便只是《長恨歌》節要，不見些子手眼。落句專責明皇，識見最高，此推本言之也。（同上）

《可嘆》未詳所指何人。○趙后樓中赤鳳來：后作氏。○宓妃愁坐芝田館二句：言宓妃之事猶較此爲未甚，所以深嘆之也。○詩固工妙，但一首中五人名，未免獺祭之病。（同上）

《富平少侯》此詩刺敬宗。漢成帝自稱富平侯家人。三四言多非望之濫恩，反靳不費之近澤。已蒼云：猶諺所謂當着不着。○當關不報侵晨客：不一作莫。按作莫字方是少侯之意，作不字只是閽人拒客耳。（同上）

《曉起》擬杯當曉起：起作氣。呵鏡可微寒：可作有。隔箔山櫻熟：熟作發。（同上）

《離亭賦得折楊柳二首》人世死前惟有别：驚心動魄，一字千金。（同上）

《宫妓》定翁云：此詩是刺也。唐時宫禁不嚴，託意偃師之假人，刺其相招。不忍斥言，真微詞也。（同上）

《瑶池》此首及《王母廟》兩篇皆刺武宗也。（同上）

《題漢祖廟》宅八荒者可以自起新豐，戀池隍者終不能故鄉晝錦，相形最妙。（《義門讀書記·李義山詩集》卷中）

《東阿王》詩之指未詳。吴喬云：此義山自悔其婚于王茂元，因而見擯彭陽，終身淪落也。○從吴説亦得。（同上）

《聖女祠》（松篁臺殿）前二連分明如畫。（同上）

《過景陵》似亦刺學仙之無益。（同上）

《野菊》湘蘅以此篇與《九日》詩同旨，細讀之，近是。紫雲新苑移花處二句：收『野』字。（同上）

《銀河吹笙》未詳。（同上）

《楚宮二首》第二首：一刻《水天閒話舊事》。按此篇賦當年貴主之事而不可考矣。（同上）

《和友人戲贈二首》第二首明珠可貫須爲佩：《韓詩外傳》：曾子曰：君子有三言，可貫而佩之。（同上）

《題二首後重有戲贈任秀才》落句見往還既久，烏龍亦不復作妬媒也。（同上）

《有感二首》上篇深斥訓、注，下篇則哀涯、餗、元輿等。《重有感》一篇，並懼文宗將有望夷之禍，而望藩鎮協力以救之。○第二首古有清君側以下：古有清君側之義，本爲國家；今多老成之人，宜爲平反，豈可以涯等本非素心而聽閹人誣罔族誅之，如今日者無名之舉乎？末句不特譏開讌用樂，蓋深嘆文宗明知其冤，而刑賞下移，不能出聲也。（同上）

《重有感》第六用『見無禮于其君者，如鷹鸇之逐鳥雀也』。第七『幽』謂王涯等十一族，『顯』謂士大夫不附宦官者也。末句『星關』二字未詳。（同上）

《中元作》五六承上『金條脱』句，結句承上『玉鏡臺』句。（同上）

《楚宮》（湘波如淚）『宮』疑作『厲』。按開成元年三月，左僕射令狐楚從容奏：『王涯等既伏辜，其家夷滅，遺骸棄捐，請官爲收瘞，以順陽和之氣。』上慘然久之，命京兆收葬涯等十一人于城西。仇士良潛使人發之，棄骨于渭水。此詩蓋傷其事而託言屈子沉湘困于腥臊也。渭水至清，故曰『色漻漻』；涯等被族滅無後，故以泰厲爲比。落句所謂人之云亡，邦國殄瘁也。（同上）

《宿晋昌亭聞驚禽》楚園吟雜橘村砧：園作猿。（同上）

《明禪師院酬從兄見寄》腹聯言歲月不居也。（同上）

《崇讓宅東亭醉後沔然有作》（崇讓宅）即王茂元宅。（同上）

《晚晴》併添高閣迥：句微晦，言晴後憑高所見愈遠也。○越鳥巢乾後：切『晴』。歸飛體更輕：切『晚』。（同上）

《迎寄韓魯州同年》次連悲凉古直，羈旅中偶一吟諷，便爾即目皆驚心也。（同上）

《一片》（一片瓊英）本是連城光價，況又良工雕琢，乃偏不值錢，豈能無慨于中乎？（同上）

《鄭州獻從叔舍人褒》三四是從叔入道。五六是舍人入道。第三從祖父説到今日叔侄分誼，落句根脉在此。（同上）

《安定城樓》第二言滿地江河，欲歸即得。五六言所以垂淚與遠遊者，豈爲此腐鼠而不能捨然哉！吾誠永憶江湖，欲歸而優游白髮，但俟迴旋天地功成，却入扁舟耳。此二句亦是荆公一生心事，故酷愛之。（同上）

《隋宫守歲》落句既脱『守歲』，又非隋事。定翁云：隋宫用金蓮事，可戒也。（同上）

《利州江潭作》武氏見駱賓王檄文，猶以爲斯人淪落，宰相之罪。義山爲令狐綯所擯，白首使府，天子曾不知其姓名，有不獲與后同時之恨。故因過其所生之地，停舟賦詩。落句蓋言己之漂泊西南，曾不如羅子春之獻燕脯于龍女，猶得乘龍載珠而還也。（同上）

《茂陵》八句中貫穿極工整而不牽率。○漢家天馬出蒲捎：梢作捎。定遠曰：蒲捎，馬名。巳蒼云：首句亦有病。苜蓿榴花滿近郊：點化工妙。起二句指用兵。内苑只知含鳳觜：指畋獵。屬車無復插雞翹：指微行。玉桃偷得憐方朔：指神仙。金屋妝成貯阿嬌：指聲色。誰料二句：落句只借子卿一襯，風刺自見于言外。○此詩始不甚愛之，後觀《西崑酬唱集》，求如此者絶不可得，乃嘆義山筆力之高。（同上）

《鏡檻》陳無己謂昌黎以文爲詩，妄也。吾獨謂義山是以文爲詩者。觀其使事，全得徐孝穆、庾子山門法。○待烏燕太子：待烏，謂烏棲也。駐馬魏東阿：《洛神賦》：日既西傾，車殆馬煩。（同上）

《洞庭魚》下半好。三四足『可拾』之意。（同上）

《驪山有感》末句太露。（同上）

《别智玄法師》言不能隨智玄住山，反致所向泣岐，學楊朱之道也。（同上）

《日日》日日春光鬭月光：驚心動魄之句。（同上）

《過楚宫》微生盡戀人間樂：微作浮。（同上）

《淚》定遠云：句句是淚，不是哭。（同上）

《出關宿盤豆館對叢蘆有感》次連言昔客江南，黃蘆遍地，然年壯氣盛，自視立致要津，曾無摇落之感。此日流落而爲關外之人，不覺淒兮其悲。因蘆葉之梢梢，而百端交集也。腹連皆是所感，末句指叢蘆。○清聲不遠行人去：遠作逐。一世荒城伴夜砧：世作任。（同上）

《和韓録事送宫人入道》觀項斯、于鵠之寒窘，乃嘆義山才情過人。落句用韓憑事。（同上）

《七月二十九日崇讓宅讌作》前半自是變體。○月過迴塘萬竹悲：『月』字《西溪叢語》作『風』。二十九日安得有月耶？豈到白頭長祇爾二句：猶言『庶幾有時衰，莊缶猶可擊』。（同上）

《贈從兄閬之》中四句畫出絶人逃世。落句一『歸』字收盡。歸者，歸于荻花村裏、石蘚庭中，及幽徑、寒塘内也。（同上）

《寄蜀客》第二聯翻案。以無情誚金徽，殊妙。若説文君無情，便同嚼蠟矣。（同上）

《深樹見一顆櫻桃尚在》矮墮緑雲髻：矮作倭。越鳥誇香荔二句：似桂林幕中作，末句蓋有謂也。（同上）

《魏侯第東北樓堂郢叔言别聊用書所見成篇》周賀《送耿山人》腹聯云：『夜濤鳴柵鎖，寒草露船燈。』似本落句。（同上）

《白雲夫舊居》義山之『平生誤識白雲夫』，致光之『若是有情爭不哭』，皆是言外巧妙。○墻外萬株人絶迹：外作柳。（同上）

《同學彭道士參寥》亦寓自傷之意。（同上）

《小桃園》第六似柳。（同上）

《無愁果有愁曲北齊歌》此真鬼詩，大似長吉手筆。（同上）

《房中曲》最古。（同上）

《汴上送李郢之蘇州》起二句是汴上，第三是之蘇州，第四仍説汴上。（同上）

《贈鄭讜處士》寒歸山觀隨碁局一連：此身反隨逐碁局、釣輪，乃真似浮雲浪迹也。○越桂留烹張翰鱠一連：伏下『故人』。（同上）

《復至裴明府所居》求之流輩豈易得一連：此等要非佳處。（同上）

《覽古》未詳。○空糊赬壤真何益一連：言金湯不可恃。（同上）

《子初郊墅》起連中便籠罩得子孫世世相好在。買舍耕耘，恰從腹連生下，更無起承轉合之迹。第五所以息機，第六所以發興，曲盡郊居之樂。中四句一片煙波，孟德所謂以泥水自蔽也。（同上）

《漢南書事》此指討党項事。第三責宰相也，用汲長孺刀筆吏不可爲公卿語。（同上）

《當句有對》每句有對，所謂當句對格也。此遊戲之筆。（同上）

《井絡》第一句便破盡全蜀，第二是門户，第三是東川，第四是西川。四句中包括後人數紙。三四一聯，若不點出東、西二字，只是成都詩耳。『堪嘆』一聯，言以世守因餘，猶歸于泯滅，況么麽草竊耶。喝起落句有力。此篇若作于元和初劉闢據蜀之後，更有關係。在義山之世，止當賦杜元穎、悉怛謀兩事也。觀《西崑·成都》三篇，何其瑣屑補綴。○如此工緻，却非補紉。義山佳處在議論感慨，專以對仗求之，只是崑體諸公面目耳。○陣圖東聚燕江口：燕作夔。（同上）

《寫意》燕雁迢迢隔上林：伏『思鄉』。人間路有潼江險二句：正披寫其不思鄉而不可得之故。○日向花間留晚照：朱晦翁云：西北邊多陰，蓋日到彼方午，則彼已甚晚，不久則西落，故西邊不甚見日。元稹《通州酬白居易》詩有『州斜日易晡，未酉即桑榆』之句。○三年已制思鄉淚二句：一路逼出此二句。（同上）

《宋玉》此題下缺一『宅』字。○此作者自謂。落句澹澹收住，自有無窮感慨。（同上）

《韓同年新居餞韓西迎家室戲贈》義山與畏之俱爲茂元之壻。玩前後詞意，似乎義山悼亡之後，王氏待之差異往日，故云。○新緣貴壻起朱樓：切『新居』即帶『戲』。○一名我漫居先甲：戲也。○雲路招邀迴綵鳳二句：西迎家室。○南朝禁臠無人近：戲也。○瘦盡瓊枝詠《四愁》：按畏之有四樂：茂元愛之，一也；仕宦通顯，二也；新

居，三也；西迎家室，四也。義山皆反是，安得不瘦盡瓊枝乎？（同上）

《賈生》末二句即詩人『召彼故老，訊之占夢』意。（同上）

《鈞天》昔人因夢到青冥；庸才貴仕，皆所謂因夢到青冥者也。○却爲知音不得聽：何嘗知音，偏忽夢到，是真可痛耳。（同上）

《王昭君》忍爲黄金不顧人：顧一作爲。（同上）

《舊將軍》此似爲石雄而發。（同上）

《所居》霜日曝衣輕：『輕』字豈可代『單』字用。（同上）

《高松》落句自傷流滯也。玩『無雪』句，必在桂林時作。（同上）

《訪秋》中四句疏上『望』字。（同上）

《昭州》虎當官道鬬：道，《英華》作路，爲是。（同上）

《哭劉司户蕡》起句言行道爲之傷嗟也。空聞遷賈誼一連：精切。公孫弘再舉賢良，乃遭逢人主而至相位，而去華不及待。第四尤精切。江闊惟迴首二句：是哭。春雪滿黄陵：長沙地暖，而方春雨雪，非君子道消，陰氣盛長乎？落句深痛去華之冤也。（同上）

《陸發荆南始至商洛》青辭木奴橘：切荆南。紫見地仙芝：切商洛。（同上）

《陳後宫》（玄武開新苑）已蒼云：參法駕者爲渚蓮，犯勾陳者爲沙鳥，宿臨春者爲江令，君臣淫湎之狀，極力形容。定翁云：次聯妙。又云：如此詠史，不愧盛譽。（同上）

《小園獨酌》句句生動。與《小桃園》詩皆是宫體。（同上）

《獻寄舊府開封公》五六逐臣讀之定當雨泣。（同上）

《商於新開路》崎嶇古共聞：反映『新路』。○路向泉間辨：是新路。○更誰開捷徑：是新路。（同上）

《夜飲》如此學杜，亦似不病而呻。（同上）

《涼思》起聯寫水亭秋夜，讀之亦覺涼氣侵肌。（同上）

《鸞鳳》此亦悼亡之作。（同上）

《即日》（桂林聞舊説）第三未詳。（同上）

《漫成五章》第一首：嘆世之宗仰三十六體者僅以對屬爲能事，而莫窺其風刺之妙也。第二首：此嘆己之不遇時主，如李、杜也。第三首：身既錮廢，生子又劣，所以深悲所遇之奇蹇也。第四首：此言反不如武夫猶得拔用于草萊也。第五首：此嘆貧賤以終，又將并失清平之適也。（同上）

《射魚曲》自《射魚曲》至《景陽宮井雙桐》，皆仿長吉，雜《長吉集》中幾不能辨。（同上）

《秋日晚思》蝶去螢銷，止剩寒冷，只是頂上『雨餘』『寂寥』。即此已足興感，不必又苦穿鑿。〇平生有遊舊二句：對『寂寥』。（同上）

《春宵自遣》陶然恃琴酒二句：是自遣。（同上）

《幽居冬暮》曉雞驚樹雪二句：工於比興。（同上）

《過姚孝子廬偶書》拱木臨周道：『過』字。〇魚因感姜出：切『廬』，頂得出。（同上）

《永樂縣所居一草一木無非自栽》柳飛彭澤雪六句：寫『悉已芳茂』。〇學植功雖倍：寫『自栽』。（同上）

《南潭上讌集以疾後至因而抒情》次第如畫。（同上）

《偶題二首》第二首：落句風刺隱秀。（《義門讀書記·李義山詩集》卷下）

《夜冷》樹繞池寬月影多：含下『敗荷』。（同上）

《正月崇讓宅》此悼亡之詩，情深一往。〇不覺猶歌《起夜來》：楊文公詩云：『風細傳疏漏，猶歌《起夜來》。』正用此語。（同上）

《撰彭陽公誌文畢有感》『待得生金後』二句：恩門非尋常可報，惟此文使托以不朽而已。落句意微旨遠，非細讀無由知。欲收到碑文，却與彭陽公無關，然梁、陳詩體，亦多有之。（同上）

《北青蘿》獨敲初夜磬：寫『孤』字。『初夜』頂『殘陽』來，而『路幾層』亦透落句，不惟迴顧『孤』字，兼使初夜深山迷離如覩。（同上）

《戲贈張書記》心知兩愁絶：迴顧起處。（同上）

《幽人》樵歸説逢虎：正見塵跡隔絶。○星斗同秦分二句：秦分、漢陵，含下『衰興』。○東流清渭苦二句：言恒人屢閲興亡，幽人不知代謝，秦分、漢陵，不以密邇而妨其獨善，斯真高尚其事者也。（同上）

《念遠》牀空鄂君被一聯：對仗工。（同上）

《曲江》此亦感憤文宗之禍而作。（朱）注所引甚當，特未盡作者之意。蓋此篇句句與少陵《哀江頭》相對而言也。○若比陽春意未多：『陽』作『傷』爲是。（同上）

《詠雲》河秋壓雁聲：句更新。（同上）

《柳》（江南江北）勝飛卿作。（同上）

《九日於東逢雪》粒輕還自亂：是秋雪。（同上）

《僧院牡丹》僧院於中間一點，起結止賦牡丹，不可以大曆後常體論之。（同上）

《贈司勳杜十三員外》牧之以氣節自負，故有第五。落句言朝廷著述，推渠手筆，比之于己，未爲不遇也。○羊祐韋丹盡有碑：祐作祜。（同上）

《送豐都李尉》固難尋綺季一聯：頂『泣歧』。二句用筆之妙，百讀乃知。○山晚更參差：參差二字收『歧』字足。（同上）

《天平公座中呈令狐令公》第七自謂。（同上）

《賦得桃李無言》得意摇風態：似柳。（同上）

《登霍山驛樓》弱柳千條露一連：弱柳、衰荷，以興劉積之易取。（同上）

《題小松》此篇不似義山手筆。○落句殆有夢得不得看花之感耶？（同上）

《行次昭應縣道上送户部李郎中充昭義攻討》頗似夢得《相門才子稱華簪》篇。落句尤有開、賓風氣，然恨其少言外遠致。（同上）

《水齋》一病忽忽，疑已入秋。及見飛燕拂水，暗蟲打牕，始覺猶是夏令，寫病後真入神。更閱已披之書，仍斟昨夜之酒，水齋之中，病夫所以遣日者賴此。如此寂寞無聊，不能出户，惟望故交時時書至，以當披寫，亦字字是多病人心情也。○前四句或作多病之後日想秋爽，而恨其猶然夏令，亦復佳。○落句或地主病中疏闊相接，故云爾。○捲簾飛燕還拂水一聯：簾已捲而飛燕拂水不入，户已開而暗蟲打牕不休，是多病晏起即目事。（同上）

《奉同諸公題河中任中丞新創河亭之作》次連只可施之新創，移掇泛題河亭不得，所以尤佳。○《唐六典》：造舟之梁四：河三、洛一。蒲津浮梁，河之一也。故有第六句。○獨留巧思傳千古：新創。長與蒲津作勝遊：河中。（同上）

《過故府中武威公交城舊莊感事》『中』字衍。（同上）

《贈田叟》荷蓧衰翁似有情：蓧作莜。（同上）

《贈別前蔚州契苾使君》本自功臣之後，材又足以威遠懷外，奈何少恩至此，一路逼出末句。第四用霸陵夜獵，收『前』字。《通鑑》會昌二年秋：以蔚州刺史契苾通將兵詣振武。通，何力五世孫即其人也。注：契苾種帳，太和中附於振武，故有『鸊鵜泉畔』之句。○典麗極矣，但少題中一『別字。○夜掩牙旗千帳雪：掩作捲。（同上）

《人日即事》楊、劉只學此種。齊、梁中本有此體，今變爲七言耳。○文王喻復今朝是：此句是破題。○舜格有苗旬太遠：襯出『日』字。（同上）

《春日寄懷》未知何路到龍津：陳後主詩：岸草發青龍。（同上）

《和馬郎中移白菊見示》郢曲先傳白雪英：『和』字『見示』字。○素色不同籬下發二句：『移』字。○偏稱含香五字客：切『馬郎中』。○從茲得地始芳榮：『移』字。（同上）

《喜聞太原同院崔侍御臺拜》極似夢得。（同上）

《燕臺四首》四首實絶奇之作，何減昌谷？惟《夏》一首思致太幽，尋味不出。○絮亂絲繁天亦迷：奇句。（同上）

《河内詩二首》《湖中》首：結句從『王孫遊兮不歸芳草生』化出。（同上）

《贈送前劉五經映三十四韻》洋洋大篇，仍自一氣呵成，莫能尋其段落之迹。（同上）

《送千牛李將軍赴闕五十韻》空拳轉鬬地：拳作𢍰爲是。○數板不沈城：沈作沉。○壇上揖韓彭：揖作挹。○此時惟短劍：此句轉。（同上）

《和鄭愚汝陽王孫家箏妓二十韻》碧嶂愁不行二句：用遏雲意。（同上）

《殘雪》勝前作（指《憶雪》）。（同上）

《大鹵平後移家到永樂縣居》依然五柳在二句：使夢得、子厚爲之，便無此風致。○不憂懸磬乏二句：是大鹵平後。（同上）

《送從翁從東川弘農尚書幕》高安翡翠巢：『巢』字出韻。（同上）

《戲贈樞言草閣三十二韻》氣味逼古，後幅純乎漢、魏樂府。○君時卧棖觸：入本趣。○榆莢亂不整四句：以比小人之得君多援。（同上）

《偶成轉韻七十二句贈四同舍》迴看屈宋由年輩：年疑作平。○此時聞有燕昭臺以下：指盧弘正。（同上）

《五言述德抒情詩一首獻上杜七兄僕射相公》驚人肯再鳴：會昌四年七月，杜悰自淮南節度使入爲同平章事，帝以其不肯選揚州倡女，得大臣體也。一鳴驚人，蓋指此事。○後飲曹參酒二句：如此使事，西崑所未窺。即伏下争澤、潞窮兵事。言不爲蕭、曹之畫一，而爲鹽梅之相濟也。此長詩中提挈，細讀乃知之。○叩額慮興兵：時方討澤、潞。劉稹將郭誼殺稹以降。李德裕以爲稹阻兵抗命，皆誼爲謀主；力屈，又賣稹以求賞，不誅，何以懲惡？帝然之。詔石雄以七千人入潞州誅誼。杜悰以饋運不給，謂誼等可赦。帝熟視不應，所謂叩額慮興兵也。五年五月，悰遂罷相出爲劍南東川節度使。後徙西川。事詳《通鑑》及《唐書》本傳。○『感念殺屍露』至『公意本無争』：

『惡草』似謂贊皇門下諸人。錢龍惕誤以爲殺屍、趙卒之語指大和中不受維州之降，戮悉怛謀于界上；以悰爲西川節度使收復維州，當非執政所喜，非也。悰本牛黨，時執政者白敏中、馬植、魏扶，皆與悰善，廟堂之上方以克復河湟請上尊號，何『人言』之『可畏』哉？○寄詞收的博一聯乃指悰收復維州事。（同上）

《復五言四十韻詩一章獻上》寶瑟和神農：『農』字出韻。○安禪合北宗：『宗』字出韻。○轉覺季心恭：『恭』字出韻。（同上）

《驕兒詩》『爺昔好讀書』以下：若無此段，詩便無謂。（同上）

《行次西郊作一百韻》及門還具陳：此下皆述『具陳』。至末方自發議論，章法絶佳。○晉公忌此事：唐之亂源開自李林甫。○常恐值荒迴：災荒之時，兵即爲盜，千古一轍。○我聽此言罷：終『具陳』。此下感慨作收，得法。○此等傑作，可稱詩史，當與少陵《北征》並傳。（同上）

《井泥四十韻》後半與牧之《杜秋》詩極相似。（同上）

《夜思》消瘦滯非鄉：『非』當作『他』。（《義門讀書記·李義山詩集》集外詩）

《思賢頓》詠明皇天寶之事。次連借舞馬、鬬雞二實事暗寓重兵在邊、宿衛單薄之意。○《漢官儀》：宮中不蓄雞。汝南出長鳴雞，衛士候朱雀門外，專傳雞唱。（同上）

《無題》（萬里風波）此篇未詳。（同上）

《有懷在蒙飛卿》哀同庾開府：頂『索居』。瘦極沈尚書：頂『移疾』。（同上）

《五月十五夜憶往歲秋與澈師同宿》『十五夜』當作『十六日』。（同上）

《朱槿花二首》第二首（西北朝天路）題當作《晉昌晚歸馬上贈》。○按《戊籤》次首刻云：勇多侵露去，恨有礙燈還。嗅自微微白，看成沓沓殷。坐忘疑物外，歸去有簾間。君問傷春句，千辭不可删。（同上）

《寓懷》義山有極似庾子山處，不可以白公之清流繩之。○星機呈密緒：呈作抛。（同上）

《回中牡丹爲雨所敗二首》回中爲安定地，則此詩作于依王茂元于涇原之時。詳味二篇領句，似皆有所思而託物起興者，其亦爲甘露罹禍者而發耶？舒元輿以《牡丹賦》知名，于諸相中最爲早達。下苑莫追，榴花浪笑，雖不敢强爲之説，世有知言之君子，必將有以解予之惑也。（庚午夏日）〇後細讀《牡丹賦》，無一語與此詩相涉，則非爲甘露罹禍者發也。『下苑』句乃自言未得曲江看花耳。（庚午十一月又記）（同上）

《謝往桂林至彤庭竊詠》城禁將開晚：詩眼。（同上）

《燒香曲》長吉詩雖奇，然指趣故自分明，若義山則徒令人循誦而莫喻其賦何事耳。（同上）

《晋昌晚歸馬上贈》（勇多侵露去）此篇《戊籤》刻《西北朝天路》。『勇多侵露去』云云，乃《朱槿花》次首也。（同上）

《哭虔州楊侍郎虞卿》齊民困未蘇：民作人。〇旋踵戮城狐：楊虞卿之貶，發難于李訓，鍛錬者舒元輿也。（同上）

顧嗣立

大臨《乙未亭集》，多詠物之作，如《詠柳》詩曰：『爲有春風怨玉簫，江南是處拂長條。多愁人嫁娉婷市，送遠車迴宛轉橋。月影半沈烟羃羃，鶯聲不斷雨瀟瀟。可憐張緒才名減，贏得風流似舞腰。』……丰神飄逸，千古絶調，即《樊南》《金荃》無以過之。……（《寒廳詩話》）

證山最喜王半山詠史絶句，以爲多用翻案法，深得玉溪生筆意。如《范增》詩云：『中原秦鹿待新羈，力戰紛紛此一時。有道弔民天即助，不知何用牧羊兒？』千古别具隻眼。……（同上）

温庭筠《走馬樓三更曲》末二句（簾間清唱報寒點，丙舍無人遺燼香）即義山『夜半宴歸宫漏永，薛王沉醉壽王醒』意也。（《温飛卿詩集箋註》卷二）

儲大文

【釋嫉】語曰入朝見嫉，入宮見妬，其要具於《尚書·秦誓》四言，顧娼嫉有二，或以權勢，或以文藝，權勢雖極，文藝軋之；文藝雖工，尤工者軋之，而紛態百變矣。蓋若……令狐綯之於李商隱……此胥載諸史册，灼灼在人耳目間者也。而椒、蘭、絳、灌暨殊塗雜流，不具列焉。萬世士觀此，忮才之念倘不覺涣然冰釋，而鴻鈞庶其永準乎？（《存研樓文集》卷十六）

屈復

《蟬》三四流水對，言蟬聲忽斷忽續，樹色一碧。五六説目前客况，開一筆，結方有力。〇通首自喻清高。三四承『恨費聲』。五六又應『難飽』。七結前四，八結五六。本言其費聲，而翻寫不鳴，蓋除却五更欲斷，此外無不鳴時也。『高』即『清』也。（《唐詩成法》）

《無題》（幽人不倦賞）秋暑猶言秋熱也。一二以不倦賞之幽人，當秋暑之愁時，最貴有招邀者。三四正寫所以『貴』意。五六秋暑景物。七八緊接中四，言此時此景，我已悵望寂寥，兼君無聊時，如得携手此地，定當極歡也，倒法。（同上）

《贈宗魯笻竹杖》問，餽也。中四倒叙法。與僧暮期，樹遠苔滑，至朝不還，故鶴怨而還望也。（同上）

《雨》（摵摵度瓜園）瓜園竹軒，雨易響也。不自冷，因雨冷也。共成喧，因雨成也。時見，續翻，雨不止也。當此夜雨，萬物皆静，而雁獨送書者，念稻粱恩也。結出人意外。程嬰之死易存難，武侯之鞠躬盡瘁，昌黎之晨入暮出，皆爲稻粱恩也。知己之感，讀之墮淚。（同上）

《落花》一傷情，二落花。三四承二，五六承一。七八人花合結。人但知賞首句，賞結句者甚少。一二乃倒叙法，故警策；若順之，則平庸矣。首句如彩雲從空而墜，令人茫然不知所爲。結句如臘月三十日夜聽唱，你若無心我便休，令人心死。（同上）

《晚晴》一地，二時。三四出題。五六承三四。七八開筆。三四寫題深厚。五六得題神。七八自喻，蓋歸歟之嘆也。（同上）

《深樹見一顆櫻桃尚在》題甚妙。○櫻桃既晚，又在深處，非尋不可得也。三四比其色相，五六惜其不遇。結言即與世所貴重者齊名，且未肯甘心，況不能乎？高妙。五六言不能事天子而官幕僚。（同上）

《送豐都李尉》一別地。二飄流不定。三欲隱不可，四欲仕不能。五六別景。七八欲歸不得也。（同上）

《錦瑟》一興二，一篇主句。中四皆承『思華年』。七八結前六。○此篇即錦瑟以起興也。絃五十柱亦五十。蓋言無端而忽已行年五十，因年五十而思華年之事。三四情之厚。莊生即蝴蝶，蝴蝶即莊生。望帝即杜鵑，杜鵑即望帝，猶夫『與君雙棲共一身』，猶司馬温公『我與景仁但異姓』耳。其情之厚如此。五别離之淚，六可望而不可親，别離之情如此。七『此情』二字指中四言。當時已是惘然，今日追憶其惘然更何如？○詩與《無題》同其意，或在君臣朋友間不可知。凡《毛詩》、漢、魏古詩男女慕悦之詞皆寄託也。以『無端』調動『思華年』，中四緊承。『此情』緊收，『可待』『只是』遥應『無端』。後《聽雨後夢作》，有『雨打湘靈五十絃』之句，則非十五絃，一證也。（同上）

《聖女祠》（松篁臺殿）一二臺殿、窗扉如此。三聖女之神雲霧迷離。四聖女之像長着銖衣。五六聖女應在天上，今在人間者，人間定有羅什，而天上應無劉郎，自喻也。故寄問釵頭雙燕，何時可得而一會也。後五言長律與此意同。○劉禹錫《和樂天失婢詩》：『不逐張京兆，定隨劉武威。』李本此。（同上）

《重過聖女祠》前過此祠松篁蕙香，今則碧蘚已滋者，淪謫未歸也。三四留此寂寥之甚。五六雖有伴侣，來去無常。惟有玉郎可長會于此，曾問紫芝。言前已至此。玉郎與崔、劉意同，皆自喻也。○一春飄瓦者乃神女夢中之雨，盡日不滿旗者，乃仙靈來往之微風，既寫寂寥景況，兼起五六。起以『碧蘚滋』弔動『歸遲』。下『一春』『盡日』，正應『歸遲』。五六以萼緑華、杜蘭香逼出玉郎，以『無定所』『未移時』，逼出『會此通仙籍』，以『憶向』遥應首句。此《聖女祠》與《錦瑟》《無題》皆是寄托，不必認真。（同上）

《杜工部蜀中離席》此擬杜工部體也。○『何處』暗提『蜀中』，『干戈』明點時事。三四承『干戈』，五承一，離席；六承二，喻干戈。時事如此，惟有文君之酒，差堪送老而已。雖無工部之深厚曲折，而聲調頗似之。（同上）

《隋宫》（紫泉宫殿）一今日隋宫，二當日煬帝荒淫之意。三四皆開筆。五六承一二，蕪城景物。七八言煬帝以暴易暴也。（同上）

《野菊》一地，二香。三四時。五六深賞。七八慨嘆不遇。竹身多節，椒性芳烈，此中菊香已非凡品。三四言花開何晚，此淚之所以涓涓也。五野菊，六不堪重省。七八深嘆不遇，皆自喻也。紫薇新苑，正應『野』字。二出題不明白。（同上）

《重有感》前半時事，後半致慨。此首即杜之《諸將》也。亦不能爲杜之深厚曲折，而語氣頗壯，用意正大，晚唐一人而已。諸選皆不録者，但采春花之豔麗，而忘秋實之正果也。『須共』，正承『得上游』，『已』『宜』，正承『須共』。五六比，言必不至喪國，但無忠良耳。七承六，八承五。更無鷹隼，所以晝號夜哭。蛟龍不愁失水，故早晚星關可收。（同上）

《安定城樓》一二高樓所見。三四以賈生、王粲自比，賈有痛哭之策，王有《登樓賦》，承一。五六欲泛扁舟歸隱江湖，承二，己之本懷如此。幕府實非所願，而讒者猶有腐鼠之嚇。蓋刺讒之作。（同上）

《無題》（重幃深下）一地，二夜。三承二，四承一。五承四，六承三。七八總結。原是夢，不能真合也；本無郎，命當獨處也。菱枝自喻相思之苦，桂葉喻所思之遺世獨立，猶言誰令汝遺世獨立，我安得不思乎？『夢』字承『秋宵』，『居處』承『莫愁堂』。『風波』承白水『居處』，『月露』承『神女夢』。『相思』總結上六句。下『惆悵』『清狂』，申説上七句也。（同上）

《籌筆驛》一二壯麗稱地，意亦超脱。以下四句是武侯論，非籌筆驛詩。七八猶有餘意。律以初、盛之法，背謬極矣，而范元實稱之，甚矣真知之難也。杜牧詩：『永安宫受詔，籌筆驛沉思。畫地乾坤在，濡毫勝負知。』小杜四語猶能切題。（同上）

《馬嵬》（海外徒聞）誰從海外徒聞乎？舊注徒仿佛其神，於『海外』如何講得通？『空聞』『無復』，熟套語。七八輕薄。前人論之極詳。玉溪諸七律，惟《籌筆驛》《馬嵬》二首詩法背謬，體格乖錯，句亦淺近，意更荒疏。諸家偏選此二首，且極口稱之，真知之難也。（同上）

【玉谿生詩意序】玉谿生詩，王荆公謂爲善學少陵。西崑師之。或者嫌其香奩輕薄，獺祭之誚，其來甚遠。而元遺山云：『只恨無人作鄭箋。』近毛西河奇齡乃曰：『李商隱本庸下之才，其詩皆在半明半暗之間。』何好惡懸殊如是也！人知美玉之貴，而莫攻其堅，玉人則削之如泥。卞氏之璞，矇者石之，而玉人玉之。鏡中之花，空中之人語，唯影響是求，此五月披裘者之所以致嘆於皮相之士也。今其全集有注無解，予兹勉焉，閲兩旬而畢。其間賓客之過從，衣食之交迫，暇少而愁多，其詳且盡也，愧專功矣。三閭《楚辭》至漢武始好之，王逸始注之；《史記》至身後數百年始重於世。彼瞽者之論日，如鉦如盤，無真見也。百丈之繩，不能測十丈之淵，長未用也。吾既不敢以無長誣古人，又豈敢以真見誣來者乎？將毋文章之顯晦，亦如人世之升沉遇合，有運會與？或曰：『詩之典可注，意不可解，解意者鑿也。』夫詩之有典，猶食之品類，而意則味也。略其意而列品類，則土飯塵羹藴以穢惡爲君一飽可乎？既無解矣，復何見而好之惡之而輕薄之也？若鄭人之什襲，荆山之抵鵲，藍田之可餐也，豈玉能自言哉！孔子曰：『思無邪。』孟子曰：『以意逆志。』然則孔、孟非與？况《六經》皆大聖人之作，皆有解，抑又何也？貴人有千金市鬭牛圖者，開筵宴賞，直尾怒目，若真鬭於堂上者。賓客少長貴賤墻進無異詞，有牧童過而大笑。貴人怒詈將扑焉，牧童跽而泣曰：『虎鬭尾豎，牛鬭尾垂』云。乾隆四年，歲次己未十有二月，金粟老人屈復題於燕市之蒲城會館。（《玉谿生詩意》卷首）

張廷玉

【澄懷園語（録一則）】李義山《馬嵬驛》詩，古今來膾炙人口，余亦極愛之。但記三十餘歲時讀結句：『如何四紀爲天子，不及盧家有莫愁。』微有不慊於心，以爲未免强弩之末，然未敢輕以語人也。及老年見《胡苕溪詩話》，以二語爲淺近，不覺掩卷而笑，命兒輩識之。（《澄懷園詩選》）

賀　裳

詩又有以無理而妙者，如李益『早知潮有信，嫁與弄潮兒』，此可以理求乎？然自是妙語。至如義山『八駿日行三萬里，穆王何事不重來』，則又無理之理，更進一塵。總之詩不可執一而論。（《載酒園詩話》卷一《詩不論理》）

論詩雖不可以理拘執，然太背理則亦不堪。温飛卿《博山香爐》曰：『博山香重欲成雲，錦段機絲妬鄂君。粉蝶團飛花轉影，彩鸞雙泳水生紋。』二聯形容香煙之斜正聚散，雖紆曲猶可。末云：『見説楊朱無限淚，可能空爲路岐分？』因煙而思及淚，因淚而思及楊朱，用心真爲僻奥，但燒香亦太濃矣，恐不是解兒。若如義山所云『獸焰微紅隔雲母』，安有是事？（同上）

唐哥舒翰與禄山將崔乾祐戰潼關，見黄旗軍數百隊，官軍與賊互疑，忽隱不見，是日昭陵奏石馬汗流。李晟平朱泚，義山作詩引之：『天教李令心如日，可待昭陵石馬來？』蔡寬夫曰：『此與少陵「玉衣晨自舉，鐵馬汗常趨」同一等用事，但知推奉西平，不知于昭陵似不當。』不知『可待』二字，語甚圓活，何嘗有傷。即謂其貶刺哥舒，作者亦無此意，何况昭陵？（同上卷一《用事》）

義山《西溪》詩：『野鶴隨君子，寒松揖大夫。』上句用穆王南征，一軍盡化，君子爲猿鶴，小人爲沙蟲事；下

句則秦皇避雨事也。其意則自傷淪落荒野，所見君子唯有鶴，大夫唯有松而已。思路雖深，神韻殊不高雅。（同上）

落花詩，宋人推宋莒公兄弟『漢皋珮冷臨江失，金谷樓危到地香』，『將飛更作迴風舞，已落猶成半面粧』，余襄公『金谷已空新步障，馬嵬徒見舊香囊』。余意三詩俱善形容，語亦工麗，若使事着題，又無痕跡，當以子京爲第一，公序次之，襄公又次之。『將飛』『已落』，不問而知爲落花。余公詩如不讀至『清賞又成經歲别』，再不看題，幾疑爲悼亡矣。此皆祖于義山咏蜂：『宓妃腰細難勝露，趙后身輕欲倚風。』思路至此，真爲幽渺。至山谷咏竹而曰：『程嬰、杵臼立孤難，伯夷、叔齊食薇瘦。』終嫌晦澀。此不過言『苦節』二字耳。（同上）

《遯齋閒覽》曰：『杜牧《華清宫》詩：「長安回望繡成堆，山頂千門次第開。一騎紅塵妃子笑，無人知是荔枝來。」尤膾炙人口。據《唐紀》，明皇以十月幸驪山，至春即還宫，是未嘗六月在驪山也。然荔枝盛暑方熟，詞意雖美，而失事實。』此辨甚正。按陳鴻《長恨傳》叙玉妃授方士語曰：『昔天寶十載，侍輦避暑驪山宫，秋七月，牽牛織女相見之夕，……時夜殆半，休侍衛于東西廂，獨侍上。上憑肩而立，因仰感牛女事，密相誓心，願世世爲之夫婦。言畢，執手各嗚咽。』白詩曰：『七月七日長生殿，夜半無人私語時』，正詠其事。長生殿在驪山頂，則暑月未嘗不至華清，牧語未爲無據也。然細推詩意，亦止形容楊氏之專寵，固不沾沾求核。正如義山『夜來江令醉，别詔宿臨春』，致堯則曰『密旨不教江令醉，麗華含笑認皇慈』，蓋總以寫倖臣狎客之態，惟在得其神情，原不拘于醉不醉，真所謂『淡粧濃抹總相宜』也，無容膠執耳。（同上卷一《考證》）

王適『已能憔悴今如此，更復含情一待君』，徐安期『不須面上渾粧却，留着雙眉待畫人』，蔡環『但恐愁容不相識，爲教恒着别時衣』，皆《草蟲》《杕杜》之遺音，『飛蓬』『曲局』之轉境也。（黄白山評：『徐乃《催粧詩》，殊非此解。』）即劉希夷『願作輕羅着細腰，願爲明鏡分嬌面』，徐安貞『曲成虚憶青蛾斂，調急遥憐玉指寒。銀鑰重關聽未闢，不如眠去夢中看』，尚寫虚景，不失《漢廣》《秣駒》之意。至元稹、杜牧、李商隱、韓偓，而上宫之迎，垝垣之望，不惟極意形容，兼亦直認無諱，真桑，濮耳孫也。〇元、白、温、李，皆稱艷手。然樂天惟『來如春夢幾多時，去似朝雲無覓處』一篇爲難堪，餘猶《國風》之好色。飛卿『曲巷斜臨』『翠羽花冠』『微風和暖』等篇，俱無刻劃。杜紫薇極爲狼藉，然如『緑楊深巷馬頭斜』，『馬鞭斜拂笑回頭』，『笑臉還須待我開』，『背插金釵笑向人』，大抵縱恣于旗亭北里間，自云『青樓薄倖』，不虛耳。元微之『頻頻聞動中門鎖，猶帶春醒懶相送』，李義山『書被催成墨未濃』，『車走雷聲語未通』，始真是浪子宰相，清狂從事。（黄白山評：『李爲幕客，而其詩多牽情寄恨之語，雖不明所指，大要是主人姬妾之類。文人無行，至此極矣，而後人於其所作猶慕而好之，真風雅罪人。』）（同上卷一《艷詩》）

人各有能有不能，不能强作以備體。李獻吉一代大手，輕艷殊非所長，效義山作《無題》曰：『班女愁來賦興豪』，『豪』字竟甚。閨閣語言，寧傷婉弱，不宜壯健耳。（同上）

山谷《酴醾》詩：『露濕何郎試湯餅，日烘荀令炷爐香。』楊誠齋云：『此以美丈夫比花也。』余以所言未盡，上言其白，下言其香耳。又云：『此詩出奇，古人未有。』余以此亦余、宋《落花》一類，總出玉溪，固非獨創。……（同上卷一《咏物》）

楊文公《談苑》曰：『余知制誥日，與陳恕同考試，出義山詩共讀，酷愛一絶曰：「珠箔輕明拂玉墀，披香前殿鬬腰肢。不須看盡魚龍戲，終遣君王怒偃師。」擊節稱歎曰：「古人措辭寓意如此之深妙，令人感慨不已。」』余初讀此語，殊自茫然，暨思得之。此詩只形容女子慧心，男子一妬字耳。……余因自歎其鈍，而羡古人之敏，自此粗知執筆。每舉以問人，亦未有應聲而解者。今人之病，正在求奇字句，全不想古人用意處耳。義山又有《亂石》一詩，亦深妙。（黄白山評：『……查本集題是宫妓，則是御前承應之人。此詩使事雖僻，而命意殊屬無禮，以古「齒君路馬有誅」之律律之，則義山洵風雅罪人矣。』又曰：『用意貴深至，以用事發己之意，則必易見其意，方妙。義山用事晦僻，正詩家之大病，乃因楊語而遽稱之，亦是隨人頦頰者爾。』）余嘗選之而衆以爲疑。余曰：『「虎踞龍蟠縱復横」，即柳州所云「怒者虎鬬，企者鳥厲」也。「星光鑱斂雨痕生」，乃用星隕地爲石兼將雨則礎潤二意。「不須併礙東西路，哭殺厨頭阮步兵」，魏步兵厨有美酒，阮籍因乞爲步兵校尉；又常駕車而出，不由徑路，每遇途窮，則慟哭而返。亂石塞路，有類途窮，此義山寄托之詞，而意味深遠，不解其義，烏知其美乎！』義山又有《食笋呈座中》詩『皇都陸海應無數，忍剪凌雲一寸心』，《蜀桐》詩『枉教紫鳳無棲處，斲作秋琴彈《廣陵》』，亦即《亂石》意，但以不使事，故語亮然。《食笋》詩感慨已盡於言内。叔夜死而《廣陵散》不傳，言外有知音難遇意，此語亦深也。（同上卷一《用意》）

作詩貴于用意，又必有味，斯佳。義山《槿花》詩：『燕體傷風力，雞香積露文。殷鮮一相雜，啼笑兩難分。月裏寧無姊，雲中亦有君。三清與仙島，何事亦離羣？』此詩殊不可解。余嘗句揣之：『燕體』句言花枝娟弱，摇曳風中，猶燕之受風也。『雞香』者，雞舌香，入直者含之，言花含露而香似之，蓋以對上『燕』字耳。第三句言其色，第四句言其態。第五第六又因『啼笑』句來，以美人喻花，又非凡間美人可擬，故引『月姊』『雲君』，以『仙島』『離羣』結之，見是天所謫降者。不徒奥僻，實亦牽强支離，有心勞日拙之憾。按『月姊』二句，又用之《李花》詩，當是其得意語，實不然。義山又有《李花》詩『自明無月夜，强笑欲風天』，詠物只須如此，何必詭僻如前作？又《宿晋昌亭聞驚禽》曰：『羈緒鰥鰥夜景侵，高窗不掩見驚禽。飛來曲渚煙方合，過盡南塘樹更深。』數語寫景如畫。後聯『胡馬嘶和榆塞笛，楚猿吟雜橘村砧。失羣掛木知何限，遠隔天涯共此心。』始以『羈緒』而感『驚禽』，又因『驚禽』而思及『塞馬』『楚猿』之失偶傷離者，雖則情深，徑路何紆折也！謝茂秦曰：『詩貴乎遠而近，凡静室索詩，心神渺然。西遊天竺國，仍歸上黨昭覺寺，此所謂遠而近之法也。若經天竺，又向扶桑，此遠而又遠，于何歸宿？』此詩未免犯此病。（同上卷一《用意》）

佳句每難佳對，義山之才，猶抱此恨。如《秋日晚思》『枕寒莊蝶去』，雖用莊周夢蝶事，實是寒不成寐耳；對曰『窗冷胤螢消』，此却是真螢，未免借對，不如上句遠矣。（黄白山評：『二句並不佳。』）《雪》詩『馬似困鹽車』，佳句也；上云『人疑遊麵市』，却醜。《深樹見櫻桃一顆》曰：『痛已被鶯含』，事容有之，實爲俊句；上云『惜堪充鳳食』，又涉牽湊。《僧壁》曰：『琥珀初成憶舊松』，實勝賈島『種子作喬松』，總言禪臘之久耳；上句『蚌胎未滿思新桂』，語雖工，思之殊不甚關切。（同上卷一《屬對》）

中晚人好以虚對實，如元微之『花枝滿院空啼鳥，塵榻無人憶卧龍』，李義山『此日六軍同駐馬，當時七夕笑牽

牛』，皆援他事對目前之景。然持戟徘徊，憑肩私語，皆明皇實事，不爲全虛，雖借用牽牛，可謂巧心濬發。（同上）

人之臧否，不在形骸；詩之工拙，不專聲調。捉刀人鬚眉不及崔琰，不害其爲英雄。若侏儒自惡其短，而高冠巍屐重裘，飾爲魁梧也，不大可笑乎！且作詩宜有氣格，不宜有氣質。宋人誤以氣質爲氣格，遂以生硬爲高，鄙俚爲樸。始于數名家作俑，至末流益甚。如王庭珪《送胡澹菴謫新州》『癡兒不了公家事，男子要爲天下奇』，立意亦佳，但上句口角浮薄，下句有悻悻之狀。又如俞秀老『夜深童子喚不醒，猛虎一聲山月高』，此豈佳事，而謂可與『爐烟消盡寒燈晦，童子開門雪滿松』，『日午獨覺無餘聲，山童隔竹敲茶臼』並驅也。……（同上卷一《音調》）

凡誤字有不必辨者，如李義山『夢爲遠别啼難喚』，必不是『换』；『年華憂共水相催』，必不是『灌』。此直可以心斷之，不須兩載。（同上卷一《疑誤》）

漁隱論詩，余多不以爲善，獨論義山《華清宮》詩『未免被他褒女笑，只教天子暫蒙塵』，『用事失體，在當時非所宜言』。此論甚正。（黄白山評：『此因明皇不久回鑾，特抑貴妃之美不及褒姒，而故作此語，不過翻「傾城」二字之案耳。李意反言以詠本朝事爲無害，豈知害不在意而在辭乎！』）凡遇宗社之禍，臣子當有『嫠不恤緯』之義，乃以『暫蒙塵』爲笑耶？義山詠史，多好譏刺，如『梁臺歌管三更罷，猶自風摇九子鈴』，『晉陽已陷休回顧，更請君王獵一圍』，『如何一夢高唐雨，從此無心入武關』。然論前代之事，則足以備諷戒，昭代則不可，不曰『定、哀之間多微辭』乎！少陵《北征》詩曰：『不聞夏、殷衰，中自誅褒、妲。』舉六軍將士之事，而歸之于明皇，内安玄禮等畏禍之心，外不致啓强悍者效尤之志，又見上皇能自悔過，不難忍情割愛，可以起遠近臣民忠義之志，一言而三善備焉。義山雖法少陵，惜猶昧其大段所在。（同上卷一《苕溪漁隱》）

用修嘗稱晚唐律詩，李義山而下，惟杜牧之爲最。（同上卷『《升菴詩話》）

『玉帳牙旗得上游，安危須共主君憂。竇融表已來關右，陶侃軍宜次石頭。豈有蛟龍曾失水？更無鷹隼與高秋。晝號夜哭兼幽顯，早晚星關雪涕收。』顧璘曰：『此篇所言何事？次聯粗淺，不成風調。古人紀事必明白，但至褒貶乃隱約，未有如此者。』余甚不服此論。按李集先有《有感二首》，註曰：『乙卯年有感，丙辰年詩成。』其次篇有句曰『臨危對盧植』，註曰：『是晚獨召故相彭陽公。』余因得盡解之，此詩正紀甘露之事耳。『丹陛猶敷奏』，是韓約報甘露降石榴枝上。『彤廷欻戰争』，是幕中兵見，仇士良倉皇捧乘輿入，召劉泰倫、魏仲卿帥禁兵擊殺朝士。『臨危對盧植』，是士良以王涯手狀上呈，召鄭覃、令狐楚示之。『始悔用龐萌』，是暗指訓、注。『御仗收前殿，凶徒劇背城』，是軍政皆歸于兩中尉，百官入朝，至露刃夾道。『倉皇五色棒，掩遏一陽生』，乃引魏武爲洛陽北部尉殺蹇碩叔父事。又曰『古有清君側，今非乏老成。素心雖未易，此舉太無名。誰瞑銜冤目，寧吞欲絶聲』，傷涯、餗、元輿輩謀之不善，而又重惜其冤也。『近聞開壽讌，不廢用《咸》《英》』，尤見舉朝斂手，莫敢正言，慨歎無盡。此篇題曰《重有感》，首二句是言諸藩鎮之擁兵者，責以主憂臣辱之義。『竇融表已來關右』，指昭義節度使劉從諫上表請王涯等罪名。『陶侃軍宜次石頭』，傷他鎮無與之同心，兼諷劉逗遛不進。『豈有蛟龍曾失水，更無鷹隼與高秋』，正言事皆決于北司，宰相惟行文書，安危係于外鎮。『晝號夜哭兼幽顯，早晚星關雪涕收』，又舉向時被禍之家，及目前株蔓猶未絶者，激烈言之。愚意義山位屈幕僚，志存諷喻，亦可嘉矣。（黄白山評：『「蛟龍失水」，喻君之失臣。時中人誣宰相王涯、舒元輿等謀反，盡殺之，數日間生殺除拜皆決於中人，帝不與知，故有「蛟龍失水」之喻。下句言朝廷不能正中人之罪，如鷹隼之不能順秋令以擊燕雀也。』）且此何事而可明白言之，讀詩者又可不按本末而妄議耶？○『促漏遥鐘動静聞，報章重疊杳難分。舞鸞鏡匣收殘黛，睡鴨香爐換夕熏。歸去豈知還向月，夢來何處更爲雲？南塘漸暖蒲堪結，兩兩鴛鴦護水紋。』顧璘云：『初聯言夕景，次聯言人事，不知何故一結如此！』郝新齋曰：『恨不如姮娥入月，神女爲雲，又不如禽鳥之有匹也。』愚意末句郝所言得之。第三聯解亦未是，『向月』『爲雲』，言不可蹤跡。合前後觀之，總一傷離惜别之詞。此詩非義山集中之勝，但顧亦不知其旨。（同上卷一《顧華玉論詩》）

文山雖生晚唐，不染輕靡僻澀之習，五言古頗有素風，但警拔處亦少，其于温、李不爲，亦不能也。温、李皆厄于令狐，文山則承其薦，而班勑降制，備文人之榮。且温、李咸屬舊知，李僅一時附託，洵知貧賤驕人，自悮不淺。（《載酒園詩話又編・李羣玉》）

温不如李，亦時有彼此互勝者。如義山《隋宫》詩『玉璽不緣歸日角，錦帆應是到天涯』，飛卿《春江花月夜》

曰『十幅錦帆風力滿，連天展盡金芙蓉』，雖竭力描寫豪奢，不及李語更能狀其無涯之慾，至結句『地下若逢陳後主，豈宜重問《後庭花》』，較温『後主荒宮有曉鶯，飛來只隔西江水』，則温語含蓄多矣。○余嘗戲較温、李一生，截長補短，差足相當。詩歌箋啓，兩皆匹敵。究生平所缺者，温不見古文，李則無小詞；温終困一科名，李未聞有賢子。温憲登第後訴父屈曰：『蛾眉先妬，明妃爲去國之人；猿臂自傷，李廣乃不侯之將。』有此一事，差慰人心。義山已身自得之，亦復何憾！（同上《温庭筠》）

義山綺才艷骨，作古詩乃學少陵，如《井泥》《驕兒》《行次西郊》《戲題樞言草閣》《李肱所遺畫松》，頗能質朴。然已有『鏡好鸞空舞，簾疏燕誤飛』，『十五泣春風，背面鞦韆下』諸篇，正如木蘭雖兜牟裲襠，馳逐金戈鐵馬間，神魂固猶在鉛黛也。一離沙場，即視尚書郎不顧，重復理鬢貼花矣。○《韓碑》詩亦甚肖韓，髣髴《石鼓歌》氣概，造語更勝之。○義山之詩，妙于纖細，如《全溪作》：『戰蒲知雁唼，皺月覺魚來』，《晚晴》：『并添高閣迥，微注小窗明』，《細雨》：『氣涼先動竹，點細未開萍』。然亦有極正大者，如《肅皇帝挽辭》：『小臣觀吉從，猶誤欲東封』，《過故崔兗海宅與崔明秀才話舊因寄趙杜李三掾》：『莫憑無鬼論，終負託孤心』，惻然有攀髯號泣及良士不負死友之志，非温所及。至若『試墨書新竹，張琴和古松』，『石梁高瀉月，樵路細侵雲』，尚是尋常好語，唐律中不難得。○義山好作豔詞，多入褻昵之態。如《可歎》一詩：『幸會東城宴未回，年華憂共水相催。梁家宅裏秦宮入，趙后樓中赤鳳來。冰簟且眠金鏤枕，瓊筵不醉玉交盃。宓妃愁坐芝田館，用盡陳王八斗才。』通篇皆鶉奔鵲彊之旨，此則刺淫，非導欲也。○取青媲白，大家所笑。然如《贈契苾使君》作：『何年部落到陰陵，奕世勤王國史稱。夜掩牙旗千帳雪，朝飛羽騎一河冰。蕃兒襁負來青塚，狄女壺漿出白登。日晚鸊鵜泉上望，路人遥識郅都鷹。』此詩殆可辟瘧。雖以『青塚』『白登』組織，但見其工，寧病其纖哉！○温、李俱有《七夕》詩，李曰『清漏漸移相望久，微雲未接過來遲』，温曰『蘇小横塘通桂楫，未應清淺隔牽牛』，皆妙于以荒唐事説得十分真實。温又有作曰『銀燭有光妨宿燕，畫屏無睡待牽牛』，此則非天上牽牛也。上句尤尖警可喜。又李郢《七夕》詩曰『欲滅煙花饒俗世，暫煩雲月掩粧臺』，語雖雕琢入情，尚不及二子。○義山有《富平少侯》詩，蓋詠西京張氏也。其詩止形容侈汰，而不入實事。如『不收金彈抛林外』，乃韓嫣事，正不妨借用耳。（黄白山評：『此本刺時人而寓言富平侯耳，豈詠西京張氏乎？』）然如『綵樹轉燈珠錯落，繡檀迴枕玉雕鎪』，不過驕奢盡之。至『直登宣室螭頭上，橫過甘泉豹尾中』，儼然畫出東京梁、竇家兒矣。○長吉、義山皆善作神鬼詩，《神絃曲》有幽陰之氣，《聖女祠》多縹緲之思。如『無質易迷三里霧，不寒長著五銖衣』，真令人可望而不可親，有是耶非耶之致。至『一春夢雨長飄瓦，盡日靈風不滿旗』，又似可親而不可望，如曹植所云『神光離合，乍陰乍陽』也。近徐渭有《露筋祠》詩：『烏鳥既能傷義士，蚊虻何苦碎貞肌。由來天道本無定，誰使昆蟲必有知。畫壁幾殘春社雨，靈風時滿夜歸旗。煙波一望三千里，長在湘江洛水湄。』似翻前語，尤覺活現。然徐意殊貞，李已入豔，猶《殘燈》詩韋蘇州之與沈滿願耳。○『二月二日江上行』一詩，全篇俱摹倣少陵，然在集中殊不見佳。閱李集者，猶漢明帝幸濯龍中，正不煩有馬后。○《代魏宫私贈》小序曰：『黄初三年，已隔存没，追代其意，何必同時。亦廣《子夜鬼歌》之流變。』此舉殊屬韻事。但其詩曰：『來時西館阻佳期，去後漳河隔夢思。知有宓妃無限意，春蘭秋菊可同時？』余以末二語意已見于序中，不必復見于篇中。且贈詩只四句，又以兩句説作詩之意，詩意不盡，且註解又蛇足可厭。雖名家，吾不能緘口。○魏、晋以降，多工賦體，義山猶存比興。如《槿花》詩曰：『風露凄凄秋景繁，可憐榮落在朝昏。未央宫裏三千女，但保紅顔莫保恩。』因槿花之易落，而感女色之易衰，此興而兼比者也。至末句説盡古今色衰愛弛之事，慧心者當不待前魚而泣下矣。（《載酒園詩話又編·李商隱》）

温、李俱善作駢語，故詩亦綺麗。隱之表啓不減兩生，詩獨帶粗豪氣，絶句尤無韻度，酷類宋人，不知爾時何以名重如此！（同上《羅隱》）

魯望《自遣》詩曰：『數尺游絲墜碧空，年年長是惹春風。争知天上無人住，亦有春愁鶴髮翁。』似騃似戲，語荒唐而意纖巧，與義山『莫驚五勝埋香骨，地下傷春亦白頭』同意，而陸尤味長，以從『游絲』轉下語有原委也。（黄白山評：『此滄浪所謂無理而有趣者，『理』字只如此看，非以鼓吹經史，裨補風化爲理也。』）又義山『雲母屏風燭影深，長河漸落曉星沉。嫦娥應悔偷靈藥，碧海青天夜夜心。』已爲靈妙。陸更云：『古往天高事渺茫，争知靈

媛不淒涼。月娥如有相思淚，祇待方諸寄兩行。』此可謂吹波助瀾。（同上《皮日休陸龜蒙》）

《春宮怨》，不惟杜集首冠，即在全唐亦屬佳篇。『承恩不在貌，教妾若爲容』，此千古透論。衛碩人不見答，非貌寢也；張良娣擅權，非色勝也。陳鴻《長恨傳》曰：『非徒殊豔尤態獨能致是，蓋才智明慧，善巧便佞，先意希旨，有不可形容者焉。』即此詩轉語。讀此覺義山之『未央宮裏三千女，但保紅顏莫保恩』，尚非至論。（同上《杜荀鶴》）

『無憑諳鵲語，猶得暫心寬。』韓偓語也。馮延巳去偓不多時，用其語曰：『終日望君君不至，舉頭聞鵲喜。』雖竊其意，而語加蘊藉。又賀方回用義山『無端嫁得金龜壻，辜負香衾事早朝』，爲『不待宿酲消，馬嘶催早朝』，亦稍有翻換。至無名氏『見客人來，韈剗金釵溜。和羞走。倚門回首，却把青梅嗅』，直用『見客人來和笑走，手搓梅子映中門』二語演之耳。語雖工，終智出人後。（《皺水軒詞筌》）